Stromaufwärts

Das Buch

Quebec 1811: Nach einer grauenhaften mehrwöchigen Fahrt über den rauen Atlantik schwankt Mark Greenhow der Boden des Festlands unter den Füßen. Der junge englische Farmer, der sich zuvor nie weiter als eine halbe Tagesreise von zu Hause entfernt hatte, ist nach Kanada gekommen, um seine Schwester zu suchen. Als Missionarin wollte Rachel helfen, den Indianern das Wort Gottes näher zu bringen – bis zu jenem verhängnisvollen Tag, an dem der schottische Pelzhändler Alan Mackenzie auftauchte und Rachel heiratete, die daraufhin von der Quäkergemeinschaft ausgeschlossen wurde. Nun ist sie verschwunden, irgendwo im tiefen Westen, wo die Siedlungen spärlicher werden, die weißen Flecken auf der Landkarte zunehmen und das reine Indianergebiet beginnt. Mark schließt sich den *voyageurs*, den Pelzhändlern, an und folgt Rachels Spuren flussaufwärts – ins Abenteuer seines Lebens …

Die Autorin

Margaret Elphinstone wurde in Kent geboren. Sie hat in vielen Teilen Schottlands gelebt und Länder wie Island, Grönland, die USA und Kanada ausgiebig bereist. In Glasgow unterrichtet sie Literatur und Kreatives Schreiben.

Von Margaret Elphinstone sind in unserem Hause
bereits erschienen:

Der Weg nach Vinland
Inselnotizen

Margaret Elphinstone

Stromaufwärts

Roman

Aus dem Englischen
von Marion Balkenhol

List Taschenbuch

Besuchen Sie uns im Internet:
www.list-taschenbuch.de

Mix
Produktgruppe aus vorbildlich bewirtschafteten Wäldern und anderen kontrollierten Herkünften
FSC
www.fsc.org Zert.-Nr. GFA-COC-1223
© 1996 Forest Stewardship Council

Dieses Taschenbuch wurde auf FSC-zertifiziertem Papier gedruckt. FSC (Forest Stewardship Council) ist eine nichtstaatliche, gemeinnützige Organisation, die sich für eine ökologische und sozialverantwortliche Nutzung der Wälder unserer Erde einsetzt.

Ungekürzte Ausgabe im List Taschenbuch
List ist ein Verlag der Ullstein Buchverlage GmbH, Berlin.
1. Auflage Juni 2006

Titel der englischen Originalausgabe: *Voyageurs*
(Canongate Books, Edinburgh)
Published by arrangement with Canongate Ltd., Edinburgh
Umschlaggestaltung und Konzeption:
RME Roland Eschlbeck und Kornelia Bunkofer
Titelabbildung: getty images (oben), akg images (unten)
Gesetzt aus der Baskerville
Satz: Pinkuin Satz und Datentechnik, Berlin
Papier: Munken Print von Arctic Paper Munkedals AB, Schweden
Druck und Bindearbeiten: Clausen & Bosse, Leck
Printed in Germany
ISBN-13: 978-3-548-60636-1
ISBN-10: 3-548-60636-9

Für Henry

Für die Hilfe und Gastfreundschaft so vieler Menschen während dieses langen Unternehmens würde ich mich gern bedanken. Ich kann sie nicht alle nennen, doch ganz besonders möchte ich die im Folgenden Genannten erwähnen. In Cumberland: die Freunde des Mosedale Meeting; Jocelyn Holland bei Warwick-on-Eden. In Schottland: Ruth Fisken, Ian Begg und William Ramsay, alle aus Lochalsh; sowie Kenneth McManus für das Gälische; ebenso Tom Furniss, Cathy Kinnear und Helen Reid Thomas. Vielen Dank auch Karen McCrossan, meiner Lektorin bei Canongate. In Quebec: Lilloette Naegele, Montreal, und Christine Conciatori vom McCord Museum of Canadian History, Montreal. In Ontario: Die Freunde des Toronto und des Yonge Street Meetings, vor allem Marie Doan, Marilyn Church und Anna Cox bei Yonge Street; ebenso Elaine Bishop vom Prairie Meeting. Mein Dank geht auch an John Stevenson beim Canadian Canoe Museum, Peterborough; Barbara Naegele und Roger McDonnell, Ottawa; Alastair und Darlene Baird und Familie, Pembroke, für das Canadian Voyageur Abenteuer; Dave Harding beim Samuel de Champlain Provincial Park; und Nancy Clark, Thunder Bay. Dianne Graves, ihres Zeichens Historikerin, half bei der Überprüfung des Manuskripts, ehe es ihrem Mann, Donald E. Graves, in die Hände fiel, dem bekannten Historiker des Krieges von 1812, dessen scharfen Augen nichts entgeht. In

Michigan: An der Central Michigan University Dank an Steve Holder, der mir immer wieder Zugang zur englischen Fakultät ermöglichte, Henry Fulton, der mir die Central Michigan University wärmstens ans Herz gelegt hat, und an die Mitarbeiter der Clarke Historical Library, hier vor allem Evelyn Leasher. Mein Dank gebührt auch Lisa Tiger an der Fakultät für Native American Studies sowie Ben Ramirez für seine Übersetzungen aus Ojibwa. Auch Charmaine Benz und den anderen Mitarbeitern des Ziibiwiing Cultural Centre in Mount Pleasant möchte ich danken. Schließlich vielen Dank an die folgenden guten Freunde für ihre Gastfreundschaft, für Einführungen, Informationen und Ermutigungen: Jim Paucquette und Nedra Frodge, Pete und Mary Obuchowski, Ann und Colin Alton, die alle in Mount Pleasant leben; Mike Federspiel in Midland; Ann Bardens und Tom McClellan in Interlochen. Für Jagden, Kanutouren und Geschichten über Bären danke ich Larry Hilton in Frankfort und Randy Raymond in Clare. Vielen Dank auch an Tom und Marje Williams, Bruce und Chris McAfee auf Bois Blanc Island sowie an Michael White, Bois Blanc, für Einsicht in seine Notizen.

Dankbar bin ich meinen Amateurreisenden: Amanda Haworth Wiklund (zweites Paddel und Linguistin) und Mike Brown (zweites Paddel etc.).

Nicht unerwähnt lassen möchte ich auch die Hilfe vom Scottish Arts Council an der Central Michigan University und vom Hawthornden International Writers' Retreat, Midlothian. Jeder hat auf seine Weise zur Entstehung dieses Buches beigetragen.

Vorwort der Herausgeberin

Als ich das Manuskript entdeckte, dachte ich kaum daran, dass sich darin ein solches Abenteuer verbergen würde. Als ich das großformatige Notizbuch aufschlug – vorsichtig, denn der Ledereinband war ziemlich brüchig –, sah ich nur eng beschriebene Zeilen in blasser brauner Tinte vor mir. Die Schrift war zum Glück sauber und klar, obwohl die Buchstaben seltsam ungelenk waren, als wäre der Schreiber es nicht gewohnt, mit der Feder zu arbeiten. Ein Farmer aus dem Lake District, dachte ich – und so sollte es auch sein –, doch es war keine Geschichte über eine ländliche Idylle im Schatten von Blencathra. Ich begann zu lesen und vergaß alles um mich herum, warum ich überhaupt hier auf dem staubigen Speicher war. Ich las weiter, und die Worte führten mich über das Meer, quer über einen Kontinent, in ein wildes Abenteuer, das alles, was ich erlebt habe, übertraf, alles, was heutzutage noch jemand erleben könnte. Ich nahm das Buch mit, stieg die Leiter hinunter und arbeitete an jenem Tag nicht mehr. Ich las die Erzählung zu Ende, doch der Verfasser verfolgte mich. Was wäre gewesen, wenn er sich anders entschieden hätte? Er gibt nicht zu, wie kurz er davor stand, doch zwischen den Zeilen las ich durchaus, wie nah wir einem völlig anderen Ausgang waren. Was hätte dann passieren können?

Ich sollte vielleicht erwähnen, dass wir Ende letzten Jahres

Highside von einem Farmer namens Mark Greenhow gekauft haben. Er hatte seine gesamte Herde durch die Maul- und Klauenseuche verloren – erst jetzt fange ich an zu begreifen, was das für einen Mann wie ihn bedeuten musste –, und vor einem Jahr hat er die Farm zum Verkauf angeboten. Als wir kamen, um die Räume auszumessen, nachdem der Kauf abgeschlossen war, verhielt Greenhow sich wortkarg, aber nicht hinderlich. Das Anwesen ist wie auf uns zugeschnitten. Von Penrith nach London gibt es direkte Zugverbindungen, in Carlisle ist ein Flughafen, und wer will heutzutage schon Kinder in London großziehen? Die Handwerker kamen, nachdem wir schon eingezogen waren; das entsprach zwar nicht dem ursprünglichen Zeitplan, doch wäre es nicht so gekommen, dann hätte ich an jenem verregneten Sonntagmorgen vielleicht nicht im Speicher herumgestöbert und an mein großes Arbeitszimmer gedacht, das die gesamte Länge des Hauses einnehmen sollte, erhellt von Dachfenstern, unter denen meine Arbeitsfläche stehen sollte, und mit Bücherregalen an der Rückwand. Der Boden war noch nicht verlegt, es lagen nur ein paar lose Bretter über den Balken, nur eine Ecke war mit dicken Eichenbohlen ausgelegt. Die letzte war nicht festgenagelt, und in einem Moment müßiger Neugier hob ich sie an und entdeckte darunter eine kleine, trockene Vertiefung, groß wie eine Schachtel. Darin fand ich, eingeschlagen in ein Leinentuch, das Manuskript.

In den letzten Monaten hatte ich genug zu tun, doch ich hatte noch Zeit, mir ein paar Sachen anzuschauen. Das Register im Schloss in Carlisle war aufschlussreich, ebenso wie die Quäker vor Ort: Es gibt noch immer eine Versammlung in Mosedale, und ich habe großes Interesse daran gefunden. Nachdem ich mit dem einen oder anderen gesprochen hatte, war mir klar, dass es keinen Grund gab, warum ich das Buch nicht selbst veröffentlichen sollte. Der erste Mark Greenhow hatte mich inzwischen gepackt. Schließlich nahm ich das Herz in beide Hände und schrieb an den jetzigen Greenhow. Er war gerissener, als ich dachte, doch mit Hilfe des Verlegers gelang es uns schließlich, eine Vereinbarung zu erzielen.

Ich habe das Manuskript stark überarbeitet. Ich habe die Rechtschreibung auf den heutigen Stand gebracht und ein paar nahe liegende Korrekturen vorgenommen. Greenhow hatte offenbar noch nie etwas von Satzzeichen gehört – außer dem ausgiebigen Gebrauch von Gedankenstrichen –, die habe ich dann für ihn eingesetzt. Zum Glück war seine Schrift nur an wenigen Stellen unleserlich. Ich habe seine Wortwahl modifiziert an den seltenen Stellen, an denen sie für die Leser von heute anstößig war. Alles in allem legt er für die damalige Zeit eine bemerkenswerte Toleranz an den Tag, aber natürlich konnte er noch nichts von politischer Korrektheit wissen. Er hat versucht, Sätze in Französisch und Ojibwa so umzusetzen, wie er sie hörte, und zuweilen musste ich eine Bedeutung erraten, ehe ich sie entsprechend umwandeln konnte. Ich habe noch nie jemanden Ojibwa sprechen hören, doch meine E-Mail-Kontakte waren enorm hilfreich.

Marks »Fußnoten«, die sein ganzer Stolz waren, sind tatsächlich lose Blätter, die zwischen die gebundenen Seiten gelegt sind. Ich glaube, er wäre zufrieden, wenn er sehen könnte, wie ich sie in die Seiten eingefügt habe. Da sein großes Notizbuch genauso aussieht wie jene, in denen die Monatsversammlungen von Caldbeck festgehalten wurden, gehe ich davon aus, dass er es beim selben Händler erstanden hat.

Ansonsten habe ich den Inhalt nicht verändert. Ich habe einen Großteil der religiösen Abhandlungen herausgenommen, vor allem in den Briefen der Frauen (diese Abschnitte waren am schwierigsten zu redigieren). Offenbar lagen sie den Verfasserinnen damals sehr am Herzen; ich sehe darin aber keinen bedeutenden Nutzen für moderne Leser. Hinzugefügt habe ich nichts – wie denn auch? –, obwohl ich gestehen muss, dass es Zeiten gab, in denen Mark mich frustriert hat. Wenn es nur

Rachel gewesen wäre … Doch die Geschichte gibt uns, was sie will, so ist das eben.

Da sind noch mehr Fragen, die ich nicht beantworten kann. Warum hat Mark die Geschichte überhaupt aufgeschrieben? Hat jemand aus seiner Familie sie je gelesen? Wenn ja, wäre es Sprengstoff gewesen. Bei den Quäkern herrscht auch heute noch die Meinung vor (ich habe meine Hausaufgaben gemacht), dass es notwendig ist, die reine Wahrheit zu sagen. Vielleicht hatte er das Gefühl, seine Geschichte mitteilen zu *müssen* – schließlich hatte er siebenundzwanzig Jahre lang nicht die Wahrheit gesagt –, und weil er sie schlecht erzählen konnte, schrieb er sie auf. Doch das sind reine Vermutungen.

Wer hat das Manuskript auf dem Speicher versteckt? Ich nehme an, es hat dort über hundert Jahre gelegen, denn es sah überhaupt nicht benutzt oder abgegriffen aus. Vielleicht hat es einer der Jungen dorthin gelegt, der sich seiner schämte, es aber zu wichtig fand, um es zu zerstören. Oder seine Frau? Würde sie so etwas tun? Vielleicht hat Mark es auch selbst dorthin gelegt. Doch wozu? Bestimmt will ein Verfasser doch auch von jemandem gelesen werden. Vielleicht hat er es für einen bestimmten Leser geschrieben – für seine Frau oder einen seiner Söhne womöglich –, und als es so weit war, dass es übergeben werden konnte, stellte er fest, dass es nicht ging. Er wäre nicht der Erste, wenn es denn so gewesen ist.

Doch jetzt sollte ich zur Seite treten und ihm das Wort überlassen.

M.N.E.
Highside, Januar 2003

1

Sechster Monat des Jahres 1839. Wo soll ich anfangen? Wenn ich heute diesen ersten Brief betrachte, so ist das Papier weich geworden vom vielen Falten, und die Tinte beginnt braun zu werden. Tante Judith hat ihre Zeilen durchgestrichen, und die Schrift trägt Anzeichen der Verwirrung, unter der sie zu leiden hatte. Es macht nichts; ich kenne ihre Worte beinahe auswendig, und es dauert nicht lange, sie niederzuschreiben:

Aus dem Hause des Thomas Nolan
Ste Marie du Sault
Upper Canada
12. Tag des Neunten Monats, 1809

An meine Schwester auf Highside, Mungrisdale in Cumberland

Seit meinem letzten Brief an dich ist noch keine Woche vergangen, meine liebe Schwester, und wenn es Gottes Wille ist, werden die schlechten Nachrichten die guten überholen. Als ich dir unsere Reise von Niagara nach York beschrieb, von dort aus über verschiedene weit verstreute Quäkerversammlungen in Upper Canada weiter bis zum Huronsee, wo wir verschiedene Indianersiedlungen auf den Inseln besuchten, und von dort zu dem hiesigen entlegenen Außenposten an den Stromschnellen von Ste Mary, dachte ich nicht im Entferntesten daran, welch schreckliche Nachrichten ich dir zu übermitteln hätte.

In meinem letzten Brief erzählte ich dir, wie der Bursche von der Schaluppe fiel, und als Rachel ihn rettete, wie der Schotte den Kampf beendete und sie im Haus eines Mannes namens Ermatinger in Sicherheit brachte, bis das Gezeter vorüber war, und wie er uns sicher wieder über den Fluss brachte. Wenn das doch nur die ganze Geschichte wäre! Oh, meine liebe Schwester, was soll ich dir nur sagen? Sie war eine so liebevolle Gefährtin, sie schien so klar im Lichte, so eifrig in unserer geistlichen Arbeit.

Susan, ich wusste nicht, dass sie ihn traf. Er nahm an unserer dritten Versammlung teil, und ich dachte schon, die Wahrheit sei über ihn gekommen. Von den Treffen bei Johnstons wusste ich nichts. Ich wusste, dass dort getanzt und gesungen wurde, denn wir hörten es sogar bei den Nolans, wenn wir nachts im Bette lagen, doch ich wusste nicht, dass unser eigenes Lamm in die Wildnis verleitet wurde, betört von jenem Wolf im Schafspelz.

Was soll ich dir sagen? Sie hat mir eine Notiz hinterlassen, dass sie nach Süden in die Gegend um den Michigansee aufbrechen, die zu den Vereinigten Staaten gehört, wenigstens dem Namen nach, denn sie liegt weit jenseits besiedelter Gebiete, bewohnt nur von militärischen Außenposten, Handelsstationen und Indianerstämmen. Die Anschrift, die sie mir gegeben hat, lautet: La Maison de Madame Framboise, Mackinac Island, Michigan. Sie sagt, ein Priester in Mackinac werde sie trauen. Wir könnten das wohl nicht verstehen. Ich fühle mich nicht berufen, ihr zu folgen.

In Frieden und mit großer Sorge,
deine dich liebende Schwester Judith Scott

Ich habe diesen Brief bei der Annahmestelle in Keswick abgeholt und meiner Mutter gebracht. Mein Herz tat einen Satz, als der Beamte mir den Brief überreichte, denn wir hatten fast ein Jahr lang nichts von unseren Reisenden gehört. (Der Brief, den Judith erwähnt, ist nie angekommen, und wir hatten keine Ahnung, was sie mit dem Burschen von der Schaluppe meinte, und vom Schotten erfuhren wir zum allerersten Mal überhaupt.) Meine Mutter schälte gerade am Küchentisch Rhabarber, als ich hereinkam, und ich weiß noch, wie sie die Siegelmarke gleich mit dem klebrigen Messer aufschlitzte, ohne es zuvor abzuwischen. Ihre Hände zitterten. Ein Jahr ist eine lange Zeit, und man kommt nicht umhin, sich um die zu fürchten, die sich berufen fühlen, in der Wildnis seelsorgerisch zu wirken.

Nachdem unser erster Kummer verflogen war, schrieb ich mehr als einmal an Rachel, erhielt aber nie eine Antwort. Sie war uns tatsächlich verloren gegangen. Ungefähr drei Monate nach Judiths erstem Brief schrieb sie einen zweiten, dem sie die Kopie des Protokolls beilegte, das den Ausschluss meiner Schwester aus unserer religiösen Gesellschaft belegt. Judith schreibt:

Freunde hier haben mich gebeten, dir die Kopie des Protokolls von unserer Monatsversammlung hier in Yonge Street zu schicken, in dem deine Tochter, meine geliebte Nichte Rachel, ausgestoßen wird; sie lebt nicht mehr im Einklang mit uns, seit sie im Widerspruch zu den Regeln unserer religiösen Gesellschaft von einem Priester mit dem Schotten namens Alan Mackenzie vermählt wurde, einem Angestellten der North West Company. Wenn du dich in diesem Teil der Welt auskennen würdest, dann wüsstest du, dass North West ein Monopol im Pelzhandel innehat, ich glaube, von hier bis zum Pazifischen Ozean, zum Schaden aller anständigen unabhängigen Händler. Angestellte wie Besitzer stammen hauptsächlich aus dem schottischen Hochland und sind bekannt für ihre gottlose Lebensführung. Für gewöhnlich nehmen sie sich auf heidnische Weise eine Indianerin zur Frau und haben mit einer Ehe überhaupt nichts im Sinn. Wie es dazu kam, dass Rachel sich von diesem jungen Mann hat überreden lassen, durchzubrennen, wäre mir ein Rätsel, hätte ich ihn nicht kennen gelernt. Aber – und das mag ein kleiner Trost für dich sein – ich habe ihn kennen gelernt anlässlich der Rauferei, die an der Pier in Soo ausgetragen wurde, als Rachel … aber diesen Vorfall habe ich im letzten Brief erwähnt, und du sollst nicht noch einen Sixpence bezahlen müssen, weil ich mich hier wiederhole (vorausgesetzt, dass mein erster Brief bei dir angekommen ist). Sein Verhalten bei dieser Gelegenheit erklärt vielleicht die Voreingenommenheit, die Rachel in seiner Gesellschaft an den Tag legte, und sein guter Wille uns gegenüber ließ auch mich nicht unbeeindruckt, wenn ich auch die Gewalt nicht verzeihen kann, mit der er unsere Streithähne auseinander brachte.

Darin lag wenig Trost, doch meine Eltern haben alles tapfer ertragen. Nur manchmal fragte meine Mutter: »Aber warum schreibt Rachel uns nicht, Mark? Warum kann sie nicht *schreiben*?« Darauf hatte ich keine Antwort. Jeden Tag beteten wir für Rachel, und mit der Zeit hörte ich auf, eifrig nach einem Brief Ausschau zu halten, wenn ich zur Annahmestelle in Keswick kam.

Doch als über ein Jahr später der dritte Brief von Tante Judith eintraf, erkannte ich, als ich ihn las, dass ich schließlich doch darauf gehofft hatte. Dieser Brief liegt jetzt vor mir.

In der Obhut der Yonge Street Versammlung
Berman's Corners
Provinz Upper Canada
21. Tag des Elften Monats, 1810

An meine Schwester auf Highside, Mungrisdale (und meinen Schwager Caleb Greenhow),

Als ich dir im achten Monat vergangenen Jahres den Brief schrieb, dachte ich, dass ich niemals mehr in die unglückliche Lage käme, derart schlimme Nachrichten weiterzugeben. Ich habe nichts mehr von dir gehört, daher weiß ich nicht einmal, ob du meinen letzten Brief bekommen hast. Aber – oh, meine arme Susan – das, was ich dir jetzt mitteilen muss, ist unendlich viel schlimmer als der Schlag, den ich dir vor zwölf Monaten versetzen musste. Damals war uns unsere geliebte Tochter abhanden gekommen, hatte sich aus eigenen freien Stücken aus unserer Gesellschaft ausgeschlossen. Doch wir konnten wenigstens hoffen, dass sie ein gewisses Maß an weltlichem Glück mit dem Mann finden würde, den sie gewählt hatte, obwohl sie ihre Familie und ihre Religion fallen gelassen hatte, ja, alles, was sie je besaß, um den Platz an seiner Seite einzunehmen. Doch jetzt ist ein Umstand eingetreten, der unsere düstersten Fantasien noch übertrifft. Ich füge den Brief des jungen Mannes an mich bei.

Sie ist verloren, Susan! Sie ist jenseits der Grenzen der bekannten Welt verschwunden. Und doch lebt sie vielleicht noch. Wir wissen es nicht. Ich kann dir auch nicht mehr sagen, als das, was ich den Zeilen Alan Mackenzies entnehme. Hier ist sein Brief, was immer er nützen mag.

Meine Gedanken sind bei dir, meine liebe Schwester (und auch bei meinem Schwager). Ich bete für dich, und ich bringe dich unseren Freunden hier in der Yonge Street Versammlung in Erinnerung. Wenn es irgendetwas gibt, das ich dir zum Trost tun kann, dann sag es mir, doch ich weiß nur zu gut, dass es nichts gibt. Wir alle trauern um sie. Bei den Freunden, die wir besuchten, war sie sehr beliebt, das weißt du ja. Ihr geistlicher Beistand war vielen Trost und strahlendes Licht. So tief sie auch gefallen sein mag, wir dürfen deshalb nicht die Wahrhaftigkeit ihres Zeugnisses verdunkeln lassen; sie hat viel Gutes getan. Ich für meinen Teil trauere um eine geliebte Nichte und eine beherzte Reisegefährtin, die mich selbst in den größten Unannehmlichkeiten zum Lächeln bringen konnte. Sie fehlt mir. Für dich, die du eine gehegte Tochter verloren hast, ist der Verlust umso schmerzlicher. Ich bin in Gedanken bei dir, Schwester. Mehr kann ich nicht sagen, und tatsächlich ist auch kein Platz mehr auf diesem Blatt.

In Freundschaft und Liebe,
Judith Scott

Es muss ihr wirklich schwer gefallen sein, diesen Brief zu schreiben. Durch das offene Fenster höre ich den Bach, der vor unserem Haus plätschert; da ich ihn ein Leben lang gehört habe, bin ich mir seiner selten bewusst, doch zuweilen, so wie jetzt, begleitet er meine Gedanken; er ändert seine Launen ebenso wie ich.

Alans Brief ist so ganz anders als der meiner Tante. Alans Briefe, wenn auch unter starkem Gefühlsdruck geschrieben, sind immer in gestochen scharfer Handschrift gehalten – wohlgemerkt, er war in gleichem Maße Angestellter wie Abenteurer – und bisweilen (natürlich nicht zu diesem Anlass) mit sauberen kleinen Federskizzen von Gegenständen illustriert, die ihm besonders gefielen. Als ich diesen Brief zum ersten Mal vor Augen hatte, wusste ich nichts über Alan. Der Brief erschien mir grausam, und die schöne Schrift sprach dem, was er zu sagen hatte, Hohn. Wie konnte er nur derart gefasst sein! Ich hasste ihn – wenn das eine Sünde ist, will ich sie gern gestehen –, was wiederum zeigt, wie falsch der Eindruck sein kann, den ein Stück Papier vermittelt. Das Papier teilt mit, was man wissen muss, doch durch die leblosen Worte kommt man nicht an den lebendigen Menschen heran. Ich las Alans Brief, als er mit dem von Judith eintraf – es war meine Aufgabe, ihn meinen Eltern vorzulesen, und das schmeckte mir nicht –, und erfuhr darin nichts über Alan. Ich sah einen kalten Mann der Worte vor mir, der meine Schwester nicht einmal geliebt hatte, was ansatzweise eine Entschuldigung wäre für alles, was er ihr angetan hatte.

Der Brief von Alan hatte eine längere Strecke zurückgelegt als der von Judith. Einmal war er feucht geworden. Das Papier ist sehr weich und droht bei der geringsten Berührung zu zerreißen. Ich streiche es ganz sanft glatt. Draußen hat der Regenschauer aufgehört, und die Frühlingssonne scheint auf das Papier. Ich blicke auf, und der graue Nebel über Grasmoor hat sich verzogen. Die Berge sehen sehr nah aus. Noch einmal lese ich den Brief von Alan an meine Tante Judith.

Montreal Michilimackinac Company
Mackinac Island
30. Oktober 1810

Liebe Mrs. Scott,

mein Herz ist traurig, während ich das hier schreibe. Ich bin mit Ihrer Nichte Rachel durchgebrannt, doch alles geschah in bester Absicht. Ich habe sie geliebt, und ich hätte sie auch vor Ihnen allen geheiratet, wenn Ihre absurden Regeln es nicht untersagt hätten. Bei dem, was wir getan haben, gab es keine Heimlichkeiten. Das habe ich Ihnen bereits gesagt.

Rachel hatte ein Kind, aber es kam tot zur Welt. Danach war sie nicht mehr dieselbe: verwirrt und so weit weggetreten in ihrem Unglück, dass ich sie nicht zu trösten vermochte. Wir hatten in Ottawa Handel geführt und folgten auf dem Weg nach Norden dem Ufer des Michigansees. Wir schlugen unser Lager auf der südlichen Insel Manitou auf. In der Abenddämmerung ging sie fort; so war sie damals. Sie ließ niemanden an sich heran.

Sie kehrte nicht zurück. Weder an jenem Abend noch am nächsten, noch am übernächsten. Die Insel ist groß, doch wir durchsuchten sie, so gut es ging. Ein paar Indianer standen kurz davor, ihr Sommerlager zu verlassen und zurück ans Festland zu gehen. Bei ihnen war sie nicht, das weiß ich, und sie halfen uns, nach ihr zu suchen. Sonst war niemand auf der Insel gewesen, soweit ich weiß. Im Sommer herrscht ein Kommen und Gehen. Man kann es nicht sagen.

Wir sind so lange dort geblieben, wie es eben ging. Der Winter war nah, und ich konnte meine voyageurs *nicht länger dort verweilen lassen. Falls sie sich noch in den Wäldern aufhielt, muss sie vor Kälte und Hunger gestorben sein, als wir aufbrachen, aber wir haben gesucht und gesucht, und ich bin sicher, dass sie nicht dort war.*

Entweder ist sie in den See gegangen – sie war sehr unglücklich. Sie war eine andere, nachdem das Kind gestorben war. Es war, als lebte ich mit einer Fremden zusammen. Oder sie wurde entführt. Mehr weiß ich nicht. Es tut mir sehr Leid, Mrs. Scott, Ihnen das mitteilen zu müssen. Vor vier Tagen haben wir die Insel verlassen und sind gestern Abend nach Mackinac zurückgekehrt.

Ohne Zweifel werden Sie ihre Familie in England benachrichtigen. Ich weiß, dass sie einen Bruder hat, sie hat in der ersten Zeit viel von ihm gesprochen – aber das spielt keine Rolle, ich gehöre jetzt nicht mehr zu Ihrem Leben.

Alan Mackenzie

Als ich den Brief in diesem Hause zum ersten Mal las, legte mein Vater den Kopf auf die Arme und knirschte mit den Zähnen, und meine Mutter sagte mir mit starrer Miene: »Zeig mir den Brief von diesem Mann.«

Ich reichte ihr Alans Brief und schaute peinlich berührt von meinem Vater weg. Ich liebte ihn sehr, doch ich hatte ihn noch nie weinen sehen, und mir fiel nichts Besseres ein, als unbeteiligt zu tun.

»Er sagt, er hat sie geliebt«, sagte meine Mutter alsdann. »Meinst du, er schreibt die Wahrheit?«

»Dass er sie geliebt hat?«

»Alles. Ich weiß nicht.« Meine Mutter wandte sich ab und wischte sich mit dem Arm über das Gesicht. »Es liegt daran, dass wir nichts wissen. Caleb, wie sollen wir es nur ertragen, nichts zu wissen?«

Ich nahm den Brief wieder an mich, und mit ihrer Selbstbeherrschung war es vorbei. Sie streckte beide Arme nach meinem Vater aus. »Caleb, Caleb …«

Ich ging hinaus, schloss die Tür und ließ sie allein. Sie konnten sich gegenseitig besser trösten als ich sie. In einer Gartenecke lag noch immer ein wenig verharschter Schnee, und die Hühner drängten sich vor dem schneidenden Wind an der Scheune eng aneinander. Ich ging in die Scheune und setzte mich an den Rand des Heus, wo wir das Winterfutter herausgeholt hatten. Ich las den Brief von Judith noch einmal, dann zweimal den von Alan. Ich dachte darüber nach, was meine

Mutter gesagt hatte, dass wir nichts wissen, nie etwas erfahren werden. Ich saß dort so lange, dass ein Mäuschen es wagte, über die Steinschwelle ein- und auszuschlüpfen und Körner vom Scheunenboden in sein Loch hinter dem Heuhaufen zu tragen. Ich erhob mich und merkte, dass ich festgefroren war. Doch ich hatte mir überlegt, was ich tun musste.

Meine Eltern waren noch in der Küche. Mein Vater saß auf seinem Platz am oberen Ende des Tisches, und meine Mutter hatte rot unterlaufene Augen, war aber beherrscht; sie trug gerade Schalen für Porridge sowie Brot und Käse zum Abendessen auf. Als mein Vater mich erblickte, streckte er mir eine Hand entgegen. Ich ergriff sie und sagte so laut, dass auch meine Mutter es hörte: »Mutter hat Recht. Wir müssen es wenigstens wissen. Besser gesagt, wir müssen sie finden. *Sie war tot und lebt wieder, sie war verloren und wurde gefunden.* Daran müssen wir glauben.« Meine Mutter hatte sich vom Herd abgewandt, den Löffel in der Hand, und starrte mich an. »Ich gehe und suche sie«, sagte ich.

Unsere Quäkerfreunde hatten immer gesagt, Rachel hätte der Junge sein sollen, denn wenn sie zu Hause kein Abenteuer fand, suchte sie es draußen. Mich ärgerte die Andeutung, dass mir die Rolle eines Mädchens besser gestanden hätte, denn das traf wirklich überhaupt nicht zu. Ich war sehr wohl unerschrocken, nicht aber ungehorsam. Schon als kleiner Junge war ich allein draußen auf dem Berg, und mit zwölf Jahren war ich bereits alle Routen auf Blencathra geklettert, die ein zweibeiniges Geschöpf überhaupt in Angriff nehmen kann, und die meisten von Skiddah obendrein. Als ich noch klein war, hatten wir immer mehr als dreihundert stämmige Schafe auf dem Berg, und mein Vater hat mich als Schafhirte eingesetzt, sobald man mich auf dem Berg allein lassen konnte. Außer den Schafen hatten wir dreißig Stück Vieh auf unseren Weiden am Bach Glenderamackin, und meine Mutter hat neben der Milchwirtschaft auch Geflügel und zwei Schweine gehalten. Der Name Greenhow hat in dieser Gegend einen guten Klang, und unser Zweig der Familie hat seit den heldenhaften Sechzigern auf dieser Farm gelebt, ja bereits sechs Generationen davor, zu einer Zeit, da es noch keine Gesellschaft der Freunde gab und nichts niedergeschrieben wurde, was als Beweis hätte dienen können, das wenigstens erzählt man sich.

Meine Vorfahren auf Highside waren schon früh bekehrt, denn unser Begründer George Fox kam Ende des Fünften Monats des Jahres 1653 zu uns, als er auf dem Weg zu Thomas Bewley in Haltcliff Hall bei Gillfoot war, wo unsere Monatsversammlungen heute stattfinden. Mark Greenhow (mein Namensvetter) wurde von George Fox persönlich bekehrt und war einer der Ersten, die gemäß des Inneren Lichts Zeugnis ablegten; er hat deshalb viel zu leiden gehabt, saß dreimal im Kerker zu Carlisle ein, und seine natürliche Lebensdauer wurde durch seine Schicksalsschläge erheblich verkürzt. Auch seine Söhne und Töchter lebten in der Wahrheit und empfingen die Gabe des geistlichen Beistands; sie waren im Dienste unserer Religion sowohl in England als auch in Schottland unterwegs. Am Ende starben sie im Glauben. Als Anfang des letzten Jahrhunderts das Versammlungshaus der Quäker in Mosedale gebaut wurde, gehörten die Greenhows von Highside zu den Begründern der Speziellen Zusammenkunft zu Mosedale, und seither sind wir Mitglieder dieser Versammlung.

Mein Vater war Bauer in Cumberland – das heißt, er besaß seinen eigenen Berghof – und er war einer der Ältesten in der Monatsversammlung von Caldbeck; ich wiederum bin beides, und weder die hohen Berge noch unsere Gesellschaft der Freunde verzeihen ein Leben in Müßiggang. Ich bin in dieser Gegend berühmt dafür, dass ich mich so gut in den Bergen auskenne, und die Berge sind das einzige Abenteuer, auf das ich mich je eingelassen habe. Gott sei Dank lebt die Gesellschaft der Freunde nicht in Zeiten der Verfolgung, doch wenn

Zeugnis abgelegt werden musste, war ich zur Stelle, um der Wahrhaftigkeit zu dienen, so wie es meine Vorfahren ganz zu Anfang getan haben.

Doch Rachel hatte immer schon die Neigung, umherzustreifen, und wenn das Abenteuer nicht zu ihr kam, dann zog sie eben selbst aus. Und was mich betrifft … nun, ich will Folgendes erzählen:

Meine Mutter hielt oberhalb des reißenden Baches, der an unserem Haus vorbeifließt, eine Schar weißer Gänse in einem Pferch. Mitten im Pferch stand eine junge Weide, die für Weidenruten zurückgeschnitten wurde, sodass in etwa drei Fuß Höhe so etwas wie ein kleines Baumhaus entstanden war. Als Rachel noch ein Dreikäsehoch war, hatte sie sich in das kleine Haus zwischen den Weidenästen verguckt, doch sie hatte Angst vor den Gänsen und kam ohne unsere Hilfe nicht über den lehmigen Hof. Ab und an ließen meine Mutter oder ich sie hinein, wenn wir zum Beispiel die Gänse fütterten, aber nie lange genug. Doch dann hat sie eines Tages, als niemand zugegen war, den Gänsen die Stirn geboten, obwohl sie größer waren als Rachel und wütend zischten. Die Tiere haben sie gejagt, und sie ist mitten im Schlamm aufs Gesicht gefallen, ist aber sofort wieder aufgestanden und nicht etwa zum Tor, sondern zum Haus in der Weide gelaufen. Gerade noch rechtzeitig kletterte sie hinauf, doch die Gänse hatten sich zischend um sie herum versammelt, und sie wagte nicht, vom Baum zu steigen. Zwei geschlagene Stunden steckte sie dort oben fest und versäumte das Abendessen. Als wir uns auf die Suche nach ihr machten, habe ich sie gefunden und zurückgebracht, denn ich war sechs Jahre alt und stark obendrein, und ich hatte einen großen Stock. Wohlgemerkt, sie schämte sich kein bisschen, es tat ihr nicht Leid; sie war mit sich zufrieden, dass sie das Wagnis eingegangen war. Sie hat sich nie Sorgen um den Rückweg gemacht. Ich allerdings wusste von Anfang an, dass es mir oblag, mir an ihrer statt Gedanken darüber zu machen. Rachel erwartete das von mir, genau wie meine Eltern, und eigentlich habe ich es auch von mir erwartet.

Dies ist der erste Morgen, an dem ich meinem neuen Vorsatz nachkomme. Ich habe gewartet, bis die Lammungszeit vorüber war, und die Heuernte hat noch nicht begonnen. Die Tage sind jetzt am längsten, was für mich von entscheidender Bedeutung ist – ich bin dazu übergegangen, für die Arbeit dicht vor den Augen eine Brille zu tragen –, und mein Schreibtisch steht so, dass ich das natürliche Licht abbekomme. In Wahrheit können meine Söhne den Hof ganz gut allein ohne mich führen, aber ich bin noch nicht bereit, mich ganz zurückzuziehen. Ich wollte schon immer ein Mann der Worte sein, hatte aber nicht die Zeit, meinen Wunsch zu verfolgen, und war auch nicht sicher, ob die Gesellschaft der Freunde das gutheißen würde. Jetzt bin ich im Herbst meines Lebens angekommen und habe zwei große Söhne, welche die Last und Hitze eines neuen Tages tragen können. Was die Meinung der Gesellschaft der Freunde angeht: Um ehrlich zu sein, die plagt mich weniger als früher. Kurzum, ich kümmere mich nicht darum, solange ich in wesentlichen Angelegenheiten mit ihnen übereinstimme. Am Zweiten Tag und am Fünften Tag werde ich die Morgenstunden dieser Arbeit widmen, es sei denn, dringende geschäftliche Dinge kommen dazwischen.

Ich habe die vier Briefe wieder zusammengefaltet und fortgelegt. Alle Briefe, die mit jener seltsamen Episode in meinem Leben in Zusammenhang stehen, hebe ich in dem Schildpattkasten auf, den Alan mir zur Hochzeit geschenkt hat (denn er hat mir, entgegen den Regeln unserer Religiösen Gesellschaft, ein Geschenk gemacht, ob ich wollte oder nicht). Der Kasten steht auf dem Kaminsims in diesem Zimmer, in dem meine Eltern ihren Besuch zu empfangen pflegten. Heute benutze ich es eher als Arbeitszimmer. Mein Schreibtisch steht am Fenster. Dort sitze ich und schaue über den Berghang des Souther Fell nach Süden, über die rauchenden Schornsteine von Keswick, das zehn Meilen weiter westlich liegt, auf den leuchtenden Streifen von Derwentwater, das halb hinter Eichen verborgen liegt, und den grauen Buckel von Grasmoor dahinter. Als ich zum ersten Mal zu den Bergen aufschauen konnte, hatte ich genau dieses Bild vor Augen, und ich hoffe, meine Berge werden auch das Letzte sein, was ich auf Erden sehe, ehe mein Augenlicht für immer erlischt. Ich habe ein weites Meer überquert und war weit weg in der Wildnis. Ich bin reich an Erinnerungen, doch ich wünsche mir jetzt nichts sehnlicher, als zu Hause zu wohnen. Zumindest würde ich es mir wünschen, wenn Alan nicht ... aber in Wahrheit wäre ich auch jetzt zufrieden, wenn nur meine Schwester Rachel nicht wäre.

Ich sollte zufrieden sein; selbst der Raum, in dem ich sitze, spiegelt die Segnungen eines Lebens wider. Das Brokatsofa steht noch am selben Platz wie damals, als das Zimmer noch das Besuchszimmer meiner Mutter war. Zuweilen sitzen wir abends alle hier, und manchmal bekomme ich tagsüber Besuch. Das Bild über dem Kamin habe ich vor ein paar Jahren gekauft; es ist von Francis Towne und stellt den Schlund von Borrowdale dar. Er hat die kraftvollen Herbstfarben und den wilden Himmel darüber in bewundernswerter Weise eingefangen, obgleich man nicht umhin kann, eine gewisse romantische Freiheit zu konstatieren, wie mir einige Freunde aus der Gesellschaft deutlich machten. Meine Eltern hatten keine Bilder im Haus, und es gibt tatsächlich ein paar Freunde in der Gesellschaft, die auch heute noch meinen, dass solcher Art Luxus sich nicht mit der von uns gelebten Einfachheit verträgt. Ich aber halte ihnen als Beispiel Thomas Wilkinson vor, meinen guten Freund in Yanwath, der Bücher, Bilder und Ziergärten gleichermaßen als Gabe Gottes betrachtet, und es gibt viele Freunde außerhalb Cumberlands, die einen Lebensstil pflegen, den wir hier im Stammland unserer Gesellschaft als in höchstem Grade üppig bezeichnen würden.

Sei's drum, das andere Bild an der gegenüberliegenden Wand hat man mir im vergangenen Winter aus Upper Canada mitgebracht. Es ist eine Aquarellskizze von Kanus, die am Fuße der *Portage des Chats* eintreffen, mit einer romantischen Darstellung der Wasserfälle zur Rechten. Der junge Künstler, ein gewisser William Bartlett, hat die Skizze angefertigt, als er im letzten Sommer an den Wasserfällen war. Anschließend traf er mit Alan in Montreal zusammen, da man ihm gesagt hatte, dass Alan ein Buch mit Kupferstichen vorbestellen würde, das Bartlett von Upper Canada anfertigte. Alan kaufte das Bild und beauftragte ihn damit, es mir zu bringen, wenn er wieder in England war. Der junge Mann hat seinen Auftrag persönlich ausgeführt und das Bild auf seinem Weg nach Schottland auf Highside abgeliefert. Es war an einem kurzen, dunklen Tag gegen Ende des Jahres, doch am Nachmittag ging die Sonne mit Glorienschein hinter Grasmoor unter, und unser Künstler ließ seine Mahlzeit stehen, um eine Bleistiftskizze von unserer Türschwelle aus anzufertigen. Am nächsten Tag vollendete er das Bild und schenkte es meiner Frau als kleine Aufmerksamkeit für ihre Gastfreundschaft.

An die *Portage des Chats* kann ich mich noch gut erinnern. Ich betrachte das Gemälde von den großen Wasserfällen, die von den Felsen spritzende Gischt, das tosende Wasser darunter, und über all dem hängen windschiefe Kiefern. Zur Linken sehe ich im Vordergrund die Spiegelungen im ruhigen Wasser der kleinen Bucht am Fuße des Wasserfalls, wo die Pelzjäger die Kanus entladen und an Land waten. Ich sehe, wie die Männer den felsigen Pfad hinaufeilen, tief gebeugt unter der immensen Last, die nur ein *voyageur* tragen kann. Ich bin froh, dass Alan mir William Bartletts Bild geschickt hat. Es hilft mir, mich zu erinnern.

Außerdem habe ich noch mein Notizbuch. Im Gegensatz

zu Alan kann ich nicht zeichnen, aber ich kann Bilder mit Wörtern malen, und wenn ich bedenke, dass ich damals erst drei- oder vierundzwanzig war, dann ist mir mein Bericht gut gelungen. Zunächst hatte ich vor, mein Notizbuch einfach abzuschreiben und die Beobachtungen, die ich im Nachhinein anstellte, dabei einzufügen. Das Notizbuch ist abgegriffen und fällt beinahe auseinander, der grüne Ledereinband ist durch Feuchtigkeit verdorben und zu schnell an Holzfeuern getrocknet worden. Die Tinte war von Anfang an nicht gut, und heute ist sie stellenweise völlig verblasst, sodass es mir schwer fiele, den Wörtern einen Sinn abzugewinnen, hätte ich sie nicht eigenhändig aufgeschrieben. Manchmal habe ich beim Schein eines Feuers oder im Zwielicht Notizen gemacht, und die Schrift war anfangs kaum lesbar, als sie aus der Feder floss. Doch im Großen und Ganzen kann ich sie entziffern, obwohl kein anderer etwas damit anfangen könnte. Ich habe mit meiner Familie über meinen Plan gesprochen, und sie sagten, ich solle die Wortwahl, für die ich mich einst entschieden habe, nicht verändern. Als junger Mann hätte ich geschrieben wie ein junger Mann, und ich täte meinem früheren Ich Unrecht, wenn ich daran etwas veränderte. Ich habe ihren Rat befolgt und fange meine Geschichte von vorn an. Ich werde das Notizbuch als Wegweiser benutzen, doch ich werde an den Worten des Originals nicht herumpfuschen, sosehr ich auch heute der Meinung bin, dass man es verbessern könnte. Siebenundzwanzig Jahre sind eine lange Zeit. Der junge Mark Greenhow existiert nur noch in der Erinnerung; ich bin nicht mehr er … und doch bin ich es, denn zuweilen erinnere ich mich sehr deutlich, wie es war, er zu sein.

(Ich bin schon zu weit von der Geschichte abgewichen, deren Wiedergabe doch mein alleiniger Vorsatz ist. Ich muss mir gegenüber Strenge walten lassen. In Zukunft werde ich alle Anmerkungen, die ich mir nicht verkneifen kann, in eine Fußnote kleiden, so wie Gibbon in seinen *Historys.* Eines Tages werden meine Söhne über diesen Kunstgriff lachen und doch die Notwendigkeit erkennen. Vielleicht wird es sie nach meinem Tod daran erinnern, wie ihr alter Vater war; mir wäre lieber, wenn sie bei der Erinnerung lächelten.)

Der Schildpattkasten hat ein Schnappschloss. Ich lasse den Schlüssel darin stecken, denn ich habe nichts zu verbergen. Ich stehe auf und stelle den Kasten auf das Kaminsims. Dann setze ich mich wieder an den Tisch, falte die Hände und schaue aus dem Fenster, während der nächste Schauer die Berge verhüllt. Diesen Schreibtisch habe ich von Thomas de Quincey gekauft. (Er war genau seinem Arbeitszimmer auf der ersten Etage im Dove Cottage angepasst; als Thomas nach Fox Ghyll umzog, hat er einen größeren erstanden.) Wenn ich mich um Geschäfte kümmern muss, sitze ich mit dem Rücken zum Zimmer an meinem Schreibtisch und schaue hinaus, doch wenn das Licht schwindet und die Vorhänge zugezogen sind, benutze ich den Mahagoni-Ohrensessel meines Vaters, der am Kamin steht. In die Nischen neben der Wölbung des Schornsteins habe ich Bücherregale eingebaut. Ich habe heute über tausend Bände, und ich kann noch so viele Regale einbauen, sie quellen nach kurzer Zeit über. Die Zeitschriften der Gesellschaft der Freunde gehörten meinem Vater. Ich kaufe Arbeiten von lokalem Interesse, sobald sie erscheinen, was ein teures Hobby ist, doch ich glaube, meine Söhne werden mir die Investition einst danken. Auch die Reisebücher habe ich erstanden. Sie sind alle auf Englisch; Alan mag über meine mangelhafte Begabung für Fremdsprachen lästern, doch ich habe mich nie gezwungen gefühlt, sie zu überwinden, seit ich nach Hause gekommen bin. Bei Tageslicht habe ich im Freien genug zu tun, und es gibt nur so viel zu lesen, wie ein Mann an einem Abend schaffen kann, wenn er nebenher noch eine hoffnungsvolle Familie hat, die seiner Aufmerksamkeit bedarf.

2

Siebter Monat des Jahres 1811. Die Brigg *Jane* warf sich an der Mole in Whitehaven hin und her, die kahlen Masten stießen in den Himmel wie die Hörner eines wütenden Bullen. Ich stand am Ende von East Strand im Schutz der Häuser, und mir schwante Übles. Die grauen Wellen waren kurz und kabbelig, und der Wind zerfetzte ihre Kämme zu eisiger Gischt. Die Fischerboote hüpften auf und ab wie junge Ponys. In der Ferne jenseits des Solway sah ich dieselben schottischen Berge, die man auch hinter Blencathra sieht, doch mit dem Meer dazwischen wirkten sie wilder und finsterer denn je.

Mein Onkel führte einen Krämerladen in Maryport, und er besaß einen Anteil an der *Jane* (denn sie war in Peats Werft in Maryport erbaut worden), sodass er mich dem Kapitän vorstellen und für meine Unterbringung sorgen konnte. Dafür war ich ihm dankbar, denn ich hatte zwar in Maryport bereits geschäftlich zu tun, aber Whitehaven war eine andere Welt, und meine Erfahrung reichte immerhin für die Erkenntnis, dass ich ein Schaf unter Wölfen war, nicht jedoch so weit, dass ich für mich selbst sorgen könnte, um ein Ziel zu erreichen. Mein Onkel lamentiert, dass unser gesamter Handel in die aufstrebende Stadt Liverpool abwandert, doch der Hafen von Whitehaven war für meine ländlichen Augen geschäftig genug. Unsere Investitionen in die Seefahrt wurden über meinen Onkel abgewickelt: Wir hielten einen Anteil an der *Friends*, einer

Brigg mit einhundert Tonnen, die im Jahre 1803 in Maryport erbaut worden war, und meine Aufgabe war es, einmal im Jahr an der Versammlung der Anteilseigner teilzunehmen und unsere Dividenden bei der Forster's Bank in Penrith zu hinterlegen. Ich war immer gern in der Werft am Ellen River gewesen, war dann mit meinem Onkel oder meinen Vettern am Kai entlanggeschlendert und hatte die Seeleute bei der Arbeit beobachtet, hatte die weit gereisten Kapitäne kennen gelernt und eine Ahnung von einer Welt bekommen, die unvorstellbar exotisch und mir gänzlich fremd war. Zweimal blieb ich sonntags in Maryport und nahm an der Versammlung unserer Gesellschaft teil, und ich konnte wahrhaftig sagen, dass ich dort unter Freunden war.

In Whitehaven hingegen war ich nur zweimal. Als ich im Jahre 1803 zum ersten Mal an der Küste war, hatte mein Onkel jemanden gebraucht, der einen Seefrachtbrief nach Whitehaven brachte, und da ich mit meinen fünfzehn Lenzen natürlich neugierig auf die Welt war, bot ich mich an. Es war ein stürmischer Tag im Dritten Monat. Der Krieg war nach dem Frieden von Amiens wieder aufgeflammt, und ich sah zwei Fregatten, die über den Solway fegten, zweifelsohne, um unsere Häfen zu verteidigen. Es war die Zeit, in der wir stündlich mit einer Invasion rechneten; tatsächlich herrschte unter den jungen Männern unserer Gesellschaft Unruhe, und es gab Auseinandersetzungen wegen der Bezahlung der Steuer für die Bürgerwehr. Als ich die großen Kriegsschiffe auf dem Solway sah, geriet mein Blut in Wallung, doch es führte nicht dazu, dass ich das Leben und Wirken unserer Gesellschaft in Frage stellte. Ich halte das Gebot »Du sollst nicht töten« für richtig, und ich glaube, dass die Welt besser wäre, wenn die Menschen die Worte, die sie auswendig gelernt haben, auch befolgten. Damals jedoch dachte ich nicht viel darüber nach; als junger Mann war mir Handeln wichtiger als Denken.

Ich erledigte meinen Auftrag in Whitehaven und verbrachte

den Nachmittag damit, am Kai entlangzuschlendern und dem Be- und Entladen zuzuschauen. Noch nie war ich in einem so großen Hafen gewesen, und die Augen gingen mir über vor Staunen. Es gab einiges, was einen Burschen vom Lande schockierte: Ich hatte noch nie solche Hafenkneipen gesehen, in denen die schmutzigsten Redensarten geführt wurden, oder derart geschminkte, zierliche Fregatten, die kokett an den Kneipen vorbeischarwenzelten und ihre farbenprächtigen Röcke rafften. Einige zwinkerten sich zu und riefen mir lüsterne Worte zu – an einem solchen Ort musste ich mit meinem breitrandigen Hut und dem schlichten Mantel ja auffallen –, sodass ich nicht wusste, wo ich hinschauen sollte. Ich hatte gedacht, ich könnte in einem Hafenlokal etwas essen und dabei dem Schiffsbetrieb zusehen, doch ich wagte nicht, durch diese dunklen Türen zu gehen, vor denen Seeleute mit Krügen oder sogar ganzen Flaschen herumlungerten. Auch sie beobachteten mich, zumindest hatte ich den Eindruck, und einige legten den Finger an die Nase und warfen sich viel sagende Blicke zu, als ich vorüberging. An der Seite meines Onkels in Maryport war ich stolz, Quäker zu sein, aller Welt bekannt für die Redlichkeit in Geschäften, doch bei den Docks in Whitehaven allein auf mich gestellt, war ich alles andere als stolz und hatte schlichtweg Angst.

Doch niemand hat sich an mir vergriffen. Ich wäre unversehrt diesem veritablen Sodom entkommen, für das ich Whitehaven in meiner jugendlichen Unerfahrenheit hielt. Doch plötzlich entstand hinter mir am Kai ein großes Gezeter. Als ich mich umdrehte, sah ich gerade noch, wie der Platz sich leerte, als liefe Wasser aus einem Sieb; die herumlungernden Männer verschwanden, die Fischer ließen ihre Netze liegen und flohen in die dunklen Gassen zwischen den Lagerhäusern. Nur die geschminkten Dirnen wichen nicht von der Stelle, kreischten wie die Katzen und blockierten die Straße, sodass ich nichts sehen konnte. Hinter ihnen war ein Tumult entstanden, Schreie,

Schläge und eine drängelnde Menge. Ein Teil von ihr brach aus, und zwei Männer, der eine ohne Jacke, sausten an mir vorbei. Ich war fürbass erstaunt. Eine blonde Frau packte mich am Mantel und schüttelte mich. »Lauf, du Dummkopf, die Presspatrouille! Bist du noch recht gescheit?«

Ich fuhr zusammen, doch noch ehe ich mich umgedreht hatte, kamen die blauen Uniformen in zwei Reihen, die eine am Wasser entlang, die andere auf der Landseite, schrien wild, während sie die Männer aus den Kneipen holten und wie Schlachtvieh auf dem Pflaster zusammentrieben. Mitten im Gewühl erblickte ich einen großen, rotgesichtigen Mann in blauem, weiß abgesetztem Mantel, der ein Entermesser schwang. Seine Fäuste waren blutig, und ein Seemann lag zu seinen Füßen. Ich wäre losgerannt, doch ein Knäuel kämpfender Männer versperrte den Weg in die Stadt. Zu meinem Entsetzen sah ich den Marineblauen erneut hinter der Menge. Ein Seemann mit teerigem Zopf versetzte mir einen festen Stoß, doch ich vermochte mich nicht zu rühren. Ein Angehöriger der Presspatrouille kam zu uns, packte den Mann beim Kragen, drehte die Hand, sodass er ihn beinahe erwürgte, und warf ihn hart zu Boden. Im Nu war der Ärmste wie ein Huhn geschnürt, die Hände hinter dem Rücken. Schon war der Erste bei mir, sein Kamerad folgte sogleich. Wie wild schlug ich mit den Fäusten um mich. Unser Friedenszeugnis ist mir lieb und wert: Ich würde die andere Wange hinhalten, wenn ich könnte; wenn ein Mann mich bäte, eine Meile mit ihm zu gehen, würde ich nicht zögern, auch zwei mit ihm zu gehen; aber an Bord eines dieser stinkenden Höllenlöcher zu gehen, die zu Unrecht Seiner Majestät Schiffe heißen, und unter Tampenschlägen dazu gezwungen zu sein, auf die Vernichtung meiner Landsleute hin zu arbeiten, ohne Bedenken gehängt zu werden oder in Ketten zwischen den Ratten zu verhungern, wenn ich mich widersetzte, und das würde ich unweigerlich tun, zu den Waffen zu greifen in der Absicht, einen anderen zu verletzen ... All das kam für mich überhaupt nicht in Frage. Und so kam es, dass ich kämpfte wie eine Wildkatze, die man aus ihrem Bau gezogen hatte, mit Fäusten und Füßen und Kopf und Zähnen und jedem Quäntchen Kraft, das mir zur Verfügung stand. Und das war nicht wenig; für meine fünfzehn Jahre war ich schon recht groß. Einen der beiden habe ich gebissen, nach dem anderen getreten. Ich erwischte ihn direkt in den Eiern, sodass er aufschrie und wie ein Ochse umfiel. Ich entwand mich mit einer Drehung, die mein Vetter John Bristo mir beigebracht hatte, aus dem Griff des Ersten, machte einen Satz über den anderen, der sich im Rinnstein wand und sein Gemächt hielt, und lief wie ein Hase auf der Flucht vor den Hunden an den Rand des Kais, wo ich direkt zwischen zwei Fischerbooten ins aufgewühlte Wasser sprang. Mein Wintermantel und die Schuhe zogen mich nach unten, doch ich strampelte so fest, dass ich in einiger Entfernung von den Booten auftauchte.[1] Ich schwamm durch den Hafen und kroch auf allen vieren an ein glitschiges Ufer. Brackwasser lief an mir ab, und ich stakste durch knietiefen Schlamm zu einer Holzleiter. Dort blieb ich zitternd stehen und lauschte, dann stieg ich hinauf und schob den Kopf vorsichtig über den Rand. Dieser Teil der Mole war einsam und verlassen. Am Hauptkai hinter mir wogte die Menge hin und her wie eine riesige Qualle. Niemand sah mich. Ich sprang, durch den nassen Mantel schwerfällig, auf die Mole und rannte auf eine dunkle Gasse zwischen schützenden Häusern zu. Ich schlüpfte in verschiedene Straßen und hielt erst inne, als ich den Lärm am Kai nicht mehr hörte. Dann lehnte ich mich mit dem Rücken an eine Mauer, schnappte nach Luft und sah mich um.

Ich befand mich in den Elendsvierteln hinter dem Hafen,

1 Mein Vater hat mir das Schwimmen beigebracht. Diese Kunst wird im Allgemeinen von Leuten in Cumberland ebenso selten kultiviert wie von den *voyageurs*, doch Burschen aus Mungrisdale sind daran gewöhnt, im Sommer zu einem Teich unter Bannerdale hinaufzusteigen, und stacheln sich gegenseitig zu der Heldentat an, von den Felsen zu springen.

die unpassenderweise Mount Pleasant hießen, an einer Stelle, an der vier stinkende Gassen aufeinander trafen. Ein Schwein wühlte auf dem kleinen Platz im Dreck. Ich war mir nicht sicher, was mehr stank, meine Umgebung oder die schleimige Masse, die aus meinem Mantel troff und mir in den Nacken lief. Den Hut hatte ich verloren, und aus meinen Haaren tropfte mir schmutziges Wasser in die Augen. Zwischen den Häusern war es feucht und modrig, wie am Grund eines abgestandenen Brunnens. Kleine graue Kinder kamen gelaufen, um mich zu mustern. Sie standen im Halbkreis um mich herum, und als ich sie ansprach, gaben sie keine Antwort. Ich hörte einen Mann rufen, und eins der Kinder pfiff. Ein abgemagerter Hund rannte aus einer Gasse. Von den Häuserwänden hallten schwere Schritte wider. Ich schob ein Kind zur Seite und lief fort.

Das alles war acht Jahre her; jetzt war ich ein erwachsener Mann und im Begriff, an Bord der Brigg *Jane* zu gehen, um allein eine Reise anzutreten, an die ich im Traum nicht gedacht hätte. Die Zeiten der Presspatrouillen war längst vorbei. Wollte jetzt einer versuchen, mich zu rekrutieren, könnte ich mit Fug und Recht darauf hinweisen, dass ich Land besitze (denn mein Vater hatte mich als Miteigentümer eingetragen, als ich das entsprechende Alter erreicht hatte), und mich freistellen lassen. Um meinen Wert unter Beweis zu stellen, trug ich einen Geldbeutel voller Guineen bei mir – fünfunddreißig, um genau zu sein –, mit denen ich meine Reise finanzierte. Trotzdem fühlte ich mich in Whitehaven noch immer nicht wohl. Damals war ich der Presspatrouille entkommen, war auf dem Reitpferd meines Onkels nach Maryport zurückgeritten und hatte mich dabei vom Wind trocknen lassen. Doch ich fühlte mich erst sauber, als ich mich ausgezogen hatte und zwischen den beiden Häfen an einem sauberen Sandstrand ins eiskalte Meer gestürzt war. Ich weiß noch, wie ich untertauchte und schwamm, obwohl das Meerwasser in meinen Ohren wie Eis war, und mich am ganzen Körper abrubbelte, und doch hing der Gestank von Whitehaven noch in meinen Haaren und meiner Kleidung; allein bei dem Gedanken an den Ort wurde mir noch lange danach übel. Jetzt, da ich erneut an der Mole stand, und nachdenklich die klaren Linien und die frische Farbe der *Jane* betrachtete, fiel mir mein Anteil an jenem Kampf wieder ein und ich fragte mich, wie sehr das schlechte Gewissen womöglich zu meinem Abscheu beigetragen hatte. Ich dachte an das Leid der ersten Quäker und an meinen Vorfahr Mark Greenhow, der die besten Jahre seines Lebens in den Gefängnissen von Carlisle vergeudet hatte. Hätte er die andere Wange hingehalten und sich widerstandslos auf das Kriegsschiff schleppen lassen? Hätte er vor ihren Waffen gestanden und »Nein« gesagt, hätte er das Haupt zur Exekution geneigt, die ihm daraufhin sicher war? Das wäre ganz bestimmt ein Zeugnis der Wahrheit gewesen. Ich hingegen – ich hatte gekämpft wie der leibhaftige Teufel, und jetzt war ich noch am Leben, gesund und frei, konnte nach Rachel suchen, worauf sie sich immer verlassen hatte.

Zum zweiten Mal kam ich im Jahre 1808 nach Whitehaven, um Rachel und Judith zu ihrer großen Reise zu verabschieden. Rachel war noch nie dort gewesen, und ich sah, wie sie die neuen Eindrücke genoss, die unbekannten Geräusche, die ungeahnten Abenteuer, die sich vor ihr auftaten. Unsere Rachel ließ sich weder von üblen Gerüchen noch von Gassensprache einschüchtern. Ich habe nie erlebt, dass sie schockiert war oder Angst hatte vor dem, was die Welt ihr zeigte, obwohl sie doch in einem behüteten Winkel aufgewachsen war. Ich weiß noch, wie eine irische Hure sich an sie heranmachte, als wir den Kai überquerten, und eine Falte von Rachels schlichtem Kleid zwischen die Finger nahm. »Sagt, Schwester, seid Ihr Nonne?«, fragte sie. »Dann gebt mir doch einen Penny, aus Nächstenliebe!«

Rachel verzog keine Miene. »Nein«, sagte sie, »ich bin ebenso wenig Nonne wie du. Du bist weit von der Heimat entfernt, nehme ich an?«

Wären mein Vater und meine Tante nicht Quäker gewesen, dann hätten sie Rachel zweifelsohne fortgeschleppt, doch so haben sie sie in Ruhe gelassen. Rachel war gewohnt, zu tun, was sie wollte, und sie redete geschlagene fünf Minuten mit der Frau aus Sligo. Am Ende schenkte sie ihr zwei Pennys aus ihrem Geldbeutel. »Aber kauf dir was zu essen, Mädel«, sagte sie beim Abschied. »Du siehst ziemlich verhungert aus, und meine Pennys sind nicht für Getränke, das sag ich dir!«

Für mich war es nicht so einfach gewesen, fortzukommen – hatte ich doch keine Tante Judith, die mich förderte – und dennoch in der Gesellschaft zu bleiben. Nachdem Judiths Brief eingetroffen war, trug ich mein Anliegen bezüglich meiner Schwester bei unserer nächsten Monatsversammlung in Gillfoot vor. Ich wollte, dass sie mir einen Brief schrieben, den ich mit nach Yonge Street nehmen konnte, denn als Erstes musste ich Judith in Upper Canada finden und von ihr weitere Anweisungen einholen, ehe ich mich in die namenlose Wildnis begab. Außer meinem Vater und mir nahmen nur unsere Freunde Joseph Priestman, Joseph Peat und John Nicholson an dieser Monatsversammlung teil. (Denn die Caldbeck-Versammlung führte in meiner Jugendzeit nur ein trauriges Schattendasein.) Es war ein trüber Tag, so nass, wie ich es nur von der dem Wind abgewandten Seite vor Blencathra zur Lammungszeit kenne. Im Versammlungshaus in Gillfoot, das nur für unsere Monatstreffen geöffnet wird, herrschte eine Feuchtigkeit, die unsere Beine vom Boden an aufwärts taub werden ließ, die in unsere Kleidung kroch, während der Regen zwischen die zerbrochenen Dachpfannen fegte und an den Deckenbalken herabrann, sodass unsere schweigende Andacht von einem Chor aus stetigen Tropfen begleitet wurde. Am Ende unseres Schweigens, als wir zum geschäftlichen Teil übergingen, hustete mein Vater aus Leibeskräften, und an der Nasenspitze unseres Leiters bildete sich ein Tropfen, der herabzufallen und sich mit der Tinte zu vermischen drohte.

Wieder einmal wurde beschlossen, die Instandsetzung des Versammlungshauses in Gillfoot auf den nächsten Monat zu verschieben. Dann bat mich Joseph Priestman, mein Anliegen vorzutragen. Ich habe ihnen offen und ehrlich gesagt, worum es ging; sie hörten mit ernsten Mienen zu. Joseph Peat fühlte sich berufen vorzuschlagen, man solle die Angelegenheit bei unserer Vierteljahresversammlung in Carlisle vortragen, was eine nicht vertretbare Verzögerung bedeutet hätte, und mein größter Wunsch war es, noch im selben Frühjahr zu fahren, um den Sommer vor mir zu haben, wenn ich in der Wildnis angekommen wäre. John Nicholson vertrat meinen Standpunkt, dass es notwendig sei, sich nach den Jahreszeiten zu richten, und er sagte, da es sich um eine Familienangelegenheit handele, sei es doch gewiss eine private Sache, die man einfach auf der Monatsversammlung protokollieren könne, ohne sie den Regeln der Gesellschaft zu unterwerfen. Ich hatte beileibe nicht die Absicht, so wie Judith es mit Rachel vorhatte, mit geistlichem Auftrag zu reisen. Doch Joseph Peat beharrte auf seinem Standpunkt; schließlich sei Rachel als Begleiterin einer Seelsorgerin gereist, die von der Jahresversammlung in London bestimmt worden sei, deshalb betreffe die Angelegenheit die gesamte Gesellschaft der Freunde. Mehr noch, falls ich, Mark, ihr in die Wildnis ihrer Übertretung folgen wollte, würde auch ich in einer Weise handeln, die dem Leben und Wirken der Gesellschaft zuwiderlief. Es habe den Anschein, als verzeihe ich ihre Unbesonnenheit und folge ihr auf dem Pfad der Gottlosigkeit, vom rechten Wege abgekommen durch die Sündhaftigkeit meiner Schwester.

»Aber«, wandte mein Vater ein, »Rachel ist, so Leid es mir tut, nicht mehr in der Gesellschaft der Freunde. Sie wurde auf der Monatsversammlung in Yonge Street in Abwesenheit ausgeschlossen. Sie ist kein Mitglied mehr, und ihr Schicksal geht die Freunde in England oder in Upper Canada nichts mehr an. Marks Auftrag ist daher, wie unser Freund festgestellt hat, rein privater Natur, erwachsen aus der Liebe eines Bruders zu seiner Schwester.«

Ich glaube, Joseph Peat hätte auf seinem Standpunkt beharrt und mich von meiner Reise in Einheit mit den Freunden, so wie ich sie geplant hatte, abgehalten, wenn Joseph Priestman nicht von seiner leitenden Stellung Abstand genommen und das Wort zu meinen Gunsten ergriffen hätte. Er sagte: »Wenn Mark in geschäftlichen Angelegenheiten nach Upper Canada gerufen worden wäre, was in Bezug auf die maritimen Interessen seines Onkels Isaiah Bristo durchaus der Fall sein könnte, dann stünde es keinem Freund der Gesellschaft an, ja oder nein zu sagen. Was sollte an seiner Suche nach Rachel so anders sein? Wenn Mark es für seine Sache hält, in welchen Geschäften auch immer nach Upper Canada zu gehen, dann ist das seine private und ureigene Angelegenheit, solange es mit dem Leben und Wirken unserer Gesellschaft übereinstimmt. Würde er in geistlichem Auftrag reisen, wäre es sehr wohl unsere Sache, da wir ihn mit den nötigen Mitteln für die Reise ausstatten müssten. Doch er fährt auf eigene Kosten und bittet uns um nichts anderes als um unser Gebet und einen Freundschaftsbrief. Unser Freund Joseph will ihm doch sicher nicht die Kosten für Tinte und Papier missgönnen? Ich betrachte es als unsere Pflicht, ihn mit dem Segen dieser Zusammenkunft fortzuschicken und ihm zu diesem Behufe ein Protokoll für unsere Freunde in Yonge Street mitzugeben oder für jede andere Versammlung, die er aufsuchen mag. Ich für meinen Teil lobe seine Nächstenliebe zu unserer armen Schwester Rachel. Ich muss sagen, in Wahrheit fürchte ich das Schlimmste, doch wenn sie lebt, mögen unsere Gebete ihr helfen. Wir wissen, dass sie bisher im Widerspruch zu den Vorgaben unserer Gesellschaft gehandelt hat, insofern als sie heimlich jemanden geheiratet hat, der nicht der Gesellschaft der Freunde angehört.

Doch wenn sie noch lebt, dann mag es sein, dass sie es ernsthaft bereut, von der Bahn abgekommen zu sein, und sich bessert. Wenn dem so ist, dann bittet sie vielleicht darum, wieder in die Gesellschaft aufgenommen zu werden, gemeinsam mit ihrem Mann, falls die Freunde sie dessen für würdig erachten. Solange noch die Möglichkeit besteht, dass sie lebt und ihr Bruder Mark sie noch überzeugen kann, wieder in unsere Gesellschaft einzutreten, sie womöglich wieder nach Hause zurückzubringen, sollten wir sein Anliegen da nicht loben und unterstützen? *Also wird auch Freude im Himmel sein über einen Sünder, der Buße tut, vor neunundneunzig Gerechten, die der Buße nicht bedürfen.*«

So kam es, dass ich dank unseres Vorsitzenden Joseph Priestman das von mir gewünschte Protokoll im Rucksack trug, das mich den Freunden in Upper Canada empfahl und bestätigte, dass ich mit dem Segen meiner Versammlung fuhr. Ohne diese Vollmacht wäre ich mir nackt wie ein geschorenes Lamm vorgekommen, das sich in eine Wildnis voller Wölfe, Bären und anderer, in meinen heimatlichen Bergen unbekannter Raubtiere begibt.

Über die Verzögerungen, die der Monatsversammlung folgten, ärgerte ich mich, doch sie waren nötig. Ich blieb bis zum Sechsten Monat, wenn die Lämmer in die Berge gebracht werden, denn der Husten meines Vaters klang in jenem Jahr erst ab, als auch der letzte Schnee von den Bergen getaut war (überhaupt war er seit dem Verschwinden von Rachel im Winter nie wieder richtig gesund). Er war nicht auf dem Berg gewesen, seit wir den Widder hereingeholt hatten, und mein Vetter John Bristo aus Portinscale hat mir Ende des Jahres schließlich geholfen, die Mutterschafe auf Blencathra zusammenzutreiben. Nachdem mein Vater und ich im Dritten Monat auf dem Rückweg von der Versammlung in Gillfoot bis auf die Haut nass geworden waren, hatte mein Vater keine Stimme mehr und bekam kaum noch Luft; er keuchte, dass es wehtat, zuzuhören. Auf dem letzten Stück Straße von Mosedale musste ich ihn stützen. Meine Mutter machte ihm Senfumschläge und hielt ihn fünf Wochen oder noch länger drinnen am Feuer in der Küche, wo er nur die Junglämmer zu pflegen hatte, in jeder Hinsicht, sagte er, eine wertlose alte Oma. So kam es, dass ich bei der Lammung die ganze Zeit draußen war; meine Mutter half mir, wo sie konnte, und tagsüber auch der junge Thomas Carr aus Mosedale. Ich brachte Thomas alles bei, was ich konnte, eingedenk der Tatsache, dass sie im nächsten Winter ohne mich auskommen mussten. Er war auch damals schon ein stämmiger, zuverlässiger Kerl; dabei kann er nicht älter als vierzehn gewesen sein, als er bei uns anfing.[2]

Neben den trächtigen Schafen hatten wir ein Dutzend kalbende Kühe – es war in dem Jahr, als wir den Shorthorn-Bullen gekauft hatten –, und wir hatten Hafer zu säen. Hinzu kam die tägliche Melkarbeit. Ich hatte meinen Vettern in Portinscale außerdem noch Arbeitstage zurückzuzahlen, und so kam eins zum anderen, sodass ich mich erst um eine Überfahrt nach Upper Canada kümmern konnte, als der Sommer bereits begonnen hatte. In jenem Jahr habe ich keine Bergführungen gemacht. Ich hinterließ im Royal Oak eine Notiz, dass ich ein oder zwei Jahre fort sein würde, ging hinüber nach Greta Hall und erklärte Robert Southey, ich könne seine Freunde in den beiden nächsten Sommern nicht versorgen, doch so Gott mich behütete, würde ich danach wieder da sein. Er war freundlich, was ich auch erwartet hatte, und hat sich eingehend nach meiner Schwester erkundigt. Er bot mir zehn Guineen an, was ich umgehend abgelehnt hätte, wäre es aus Nächstenliebe zu mir geschehen, doch er bat mich, es anzunehmen, um ihr das Nötigste zu kau-

2 Thomas und ich haben das Haus für ihn gebaut, als er heiratete – vom ersten Stein bis zur letzten Dachpfanne brauchten wir sechs Monate –, genau an der Stelle, an der unser Weg in die Straße nach Caldbeck mündet; das muss an die zwanzig Jahre her sein, und jetzt hat er sechs Kinder, von denen drei schon bald erwachsen sind. Doch als ich fortging, war er noch ein Junge, und ich machte mir Sorgen, sie alle zu verlassen, aber meine Vettern und ein paar Freunde aus der Gesellschaft sagten, sie würden meine Familie während meiner Abwesenheit im Auge behalten, und das hat mich ein bisschen beruhigt.

fen, falls ich sie fände, und er sagte, wenn ich sie nicht lebend finden würde, dann sollte ich ihm die Summe unangetastet zurückbringen. Er rief mir ins Gedächtnis, wie er kurz nach seiner Ankunft in Greta Hall nach Highside gekommen war, als er im Nebel von Blencathra herunter über den Glendaramackin ging in der Annahme, er würde ihn nach Süden führen, was natürlich nicht der Fall war. Er kam durchnässt und verschmutzt bei uns an und hatte vollkommen die Orientierung verloren. Außer Rachel war niemand zu Hause. Mit ihren dreizehn Jahren war sie ein mageres kleines Mädchen mit einem dicken schwarzen Zopf, der ihr bis zur Hüfte reichte. Sie empfing Robert Southey mit großer Gelassenheit und ließ ihn ins Haus, damit er sich am Feuer trocknen konnte; sie gab ihm heiße Milch, Brot und Käse. Als mein Vater nach Hause kam, unterwies sie ihn in den Ratschlägen, denn er war stets neugierig auf unsere Gesellschaft und hielt seine Fragen nie zurück. Später, als mein Vater ihn um den Berg herum zurück zur richtigen Straße nach Greta Hall brachte, bedankte sich Robert Southey bei ihm für unsere Gastfreundschaft, die für Quäker typisch ist, und sagte meinem Vater, Rachel habe die schönsten schwarzen Augen, die er je außerhalb von Portugal gesehen habe. Mein Vater, der damit nichts anzufangen wusste, hat es in meinem Beisein meiner Mutter erzählt, doch sie hat nur den Kopf geschüttelt und ein spöttelndes Geräusch von sich gegeben.[3] Das nächste Mal, als Robert Southey bei uns war, hat meine Mutter ihn genau beobachtet, kam am Ende aber zu dem Schluss, dass sie ihn mochte und er keine unlauteren Absichten gegenüber einer zarten Maid hegte. Seither hat er immer auf Highside vorbeigeschaut, obwohl er in den letzten Jahren nicht mehr oft hinausgeht.

3 Ich entstamme väterlicherseits einer alten Cumberland-Familie, und der Vater meiner Mutter hatte einen soliden Quäkerstammbaum vorzuweisen. Aber von meiner Großmutter mütterlicherseits hieß es, sie sei halb Zigeunerin gewesen, wenn man darüber auch nur selten sprach. Tatsache ist, dass Rachel und ich die Augen unserer Mutter haben, obgleich meine Mutter mir andererseits immer sagte, ich sei ein Greenhow durch und durch, nicht aber meine Schwester.

Auf dem Rückweg vom Markt in Penrith habe ich oft unseren Freund Thomas Wilkinson in Yanwarth besucht. Ich erinnerte mich daran, dass Thomas uns in seinem Atlas eine Karte von Nordamerika gezeigt hatte, damals, als Rachel zum ersten Mal zu ihren Reisen aufbrach, und am Ende des Fünften Monats ging ich bei ihm vorbei und fragte, ob ich mir die Karte noch einmal ansehen könne.[4] Als ich die Karte von Nordamerika diesmal vor mir sah, war ich über die unermessliche Weite und die großen weißen Flecken unerforschten Landes jenseits der bekannten Grenzen entsetzt. Mein Herz verzagte, doch ich zeigte es nicht. Ich prägte mir die Karte so gut es ging ein, damit ich mich an die Einzelheiten während meiner Reise später erinnerte. Thomas und ich fanden Quebec, den großen St.-Lorenz-Strom und die fünf Seen, von denen Rachel gesprochen hatte, die alle so groß aussahen wie die Irische See, jedoch Süßwasserseen waren, umgeben von einer heulenden Wildnis, die der Atlas in undurchdringlichem Weiß darstellte.

Endlich ließ mein Onkel mich wissen, er habe auf der Brigg *Jane* eine Überfahrt nach Quebec für mich gebucht, und weil er Anteilseigner sei, habe der Kapitän mir bereitwillig für

4 Thomas Wilkinson war in meinen Augen ein alter Mann, als ich ihn kennen lernte, und die Freundschaft zu ihm habe ich von meinem Vater geerbt. Trotzdem hatten Thomas und ich vieles gemeinsam, ich habe viel von ihm gelernt, und er war immer nett zu mir. Im Gegensatz zu anderen Freunden hat Thomas nie behauptet, das Bergsteigen nur um des Kletterns willen sei als eitler Zeitvertreib anzusehen. Nein, er teilte meine Liebe zu den Bergen, und obwohl er viel älter war und vom weltlichen Ansehen her viel höher stand als ich, war er trotzdem auch ein praktisch veranlagter Bauer, und ich habe die Gespräche mit ihm immer sehr genossen. Thomas Wilkinson war der Erste, der mich ermutigte, zu lesen und mich mit den in Büchern vorgebrachten Argumenten auseinander zu setzen. Ich bin nie zur Schule gegangen – einmal ging es darum, mich auf die Schule der Gesellschaft der Freunde in Kendal zu schicken, aber als es so weit war, war ich auf der Farm nicht abkömmlich –, doch Thomas Wilkinson hat sein Bestes getan, um mir die fehlende Bildung angedeihen zu lassen. Mag sein, dass er für einen aktiven heranwachsenden Burschen ein seltsames Vorbild war, stets zurückhaltend, freundlich und geduldig, doch ich bewunderte seine Belesenheit und tat mein Bestes, ungeschliffen, wie ich war, es ihm gleichzutun. Thomas Wilkinson war betrübt, als er von Rachels Verschwinden erfuhr; er hatte ihre Reisen mit Interesse verfolgt – ich habe ihre Briefe gemeinsam mit ihm gelesen, wenn ich nach Yanwarth kam –, denn auch er war in jungen Jahren als Seelsorger in die schottische Wildnis gereist, wo er einen ihrer Berge, The Cobbler, erklomm und den Aufstiegsrekord um eine halbe Stunde übertraf, was den Schotten zeigte, aus welchem Holz wir Männer aus Cumberland geschnitzt waren. Aber das nur am Rande.

nur sieben Guineen eine Koje in einer Kabine zur Verfügung gestellt. Am vierten Tag des Siebten Monats sollte ich in Whitehaven sein. Ich traf die letzten Vorbereitungen. Meine Mutter drückte mir einen kleinen Leinenbeutel in die Hand, den ich ins Gepäck aufnehmen sollte. Er enthielt so notwendige Dinge wie Knöpfe, Nadel und Faden und eine kleine grüne Glasphiole mit Laudanum. Ich protestierte, denn ich konnte nicht nähen, und ich war noch nie krank gewesen. Die Folge davon war, dass ich auf der Stelle eine Lektion in Nähen erteilt bekam. Später jedoch hatte ich allen Grund, für ihre Weitsicht dankbar zu sein.

Die *Jane* nahm nur ein halbes Dutzend Passagiere mit; sie lief mit Manufakturwaren aus und rechnete damit, diese gegen Bauholz einzutauschen. Ich glaube, ich hatte mir eine Seereise romantisch vorgestellt; ich hatte mich allein im Kampf gegen die wilden Elemente gesehen. Wenn ich überhaupt Angst hatte, dann weniger vor Stürmen, Unwettern und rauer See, sondern eher davor, dass die Franzosen uns in Stücke schießen könnten. Tatsächlich mahnte mich Joseph Peat bei der Versammlung, es sei in der Gesellschaft der Freunde üblich, seine Sachen in Ordnung zu bringen, bevor man ging, und einen letzten Willen aufzusetzen. Doch ich beachtete seinen Rat nicht, denn ich hatte nichts als meinen Anteil am Hof, und der würde wieder an meinen Vater fallen, falls ich nicht mehr zurückkam.

3

Die Seeleute behaupten, wir hätten die ganze Zeit eine ruhige Überfahrt gehabt. Aber meiner Meinung nach hatten wir alles Ruhige hinter der Hafenmauer von Whitehaven zurückgelassen. Sie sagen dir nicht, dass auf See nichts still steht: Das Deck wirft sich hin und her und gerät häufig in geradezu absurde Schräglagen, sodass man nicht geradeaus gehen kann, sondern sich an Tauen und Schandecks (die es zuhauf gibt – so hart, dass sie blaue Flecken verursachen) festhalten und so gut es geht von einer Stelle zur anderen torkeln muss. Sie sagen dir nicht, wie sich die Wellen ansammeln und so hoch auftürmen, dass sie dich überragen, und wenn eine solche Welle auf das Schiff zukommt, glaubst du, es geht unweigerlich unter, bis die graue Wasserwand unter dem Rumpf verschwindet und du fällst, dass dir der Magen hochkommt, wobei das Schiff fast kopfüber in das garstige Wellental abtaucht. Ich war nicht krank, aber die ganze Zeit von einer unerquicklichen Übelkeit geplagt. Die trockenen Zwiebäcke konnte ich essen, das Fleisch hingegen bekam ich beim besten Willen nicht hinunter. Die Getreidekäfer und Kakerlaken widerten mich an, was bei ruhigem Magen nicht der Fall gewesen wäre. Nachts ging es besser. Wenn ich in meiner Koje ausgestreckt lag, die Augen im Dunkeln geschlossen, war es wie in einer schaukelnden Wiege, und ich fühlte mich in unserem kleinen Schiff auf dem großen Ozean tatsächlich hilflos wie ein Kind in den Armen der Mutter. Im Schlaf gab ich nach, und doch war es ein beunruhigendes Gefühl der Schwäche für einen jungen Mann in der Blüte seiner Jahre.

Tagsüber suchte ich mir eine geschützte Stelle auf dem Achterdeck, wickelte mich in meine Decke und klemmte mich dort fest. Es war besser als der widerliche Gestank unter Deck, und ich musste nur umziehen, wenn der Regen in einen Wolkenbruch ausartete, wenn Zeit fürs Abendessen war oder ich mich erleichtern musste. Gebetet habe ich, glaube ich, nicht. Lesen konnte ich nicht, weil mir der Kopf wehtat; im Übrigen regnete es zwar nicht durchgehend, gleichwohl war es grau und feucht, und oft stürzte ein großer salziger Gischtschwall über die Decks. Ich kann es nicht ertragen, wenn ein Buch schlecht behandelt wird.

Auf Highside hatte mein Vater das Tagebuch von John Woolman.[1] Woolmans Reise über den Atlantik war viel schlimmer als meine. Gemäß unserem Bekenntnis zur Schlichtheit bestand er darauf, im Zwischendeck zu reisen. Ich hatte mich schon gefragt, ob ich es ihm gleichtun sollte, doch ich konnte meinen Onkel nicht brüskieren, der mir meine Koje besorgt hatte. Und um ehrlich zu sein, als ich sah, wie gerammelt voll das Schiff war, freute ich mich über den kleinen Platz, den ich für mich hatte. Ich teilte meine Kabine mit einem Holzhändler, der diese Überfahrt schon mehrmals unternommen hatte. Er versorgte mich hinreichend mit Geschichten über Katastrophen auf hoher See, die mich endgültig hätten umkehren lassen, wäre ich nur in der Lage gewesen, ihm richtig zuzuhören. Jedenfalls gab er mir Pastillen gegen das Kopfweh und ließ dabei erneut die Bemerkung fallen – ich weiß nicht, wie oft ich sie gehört hatte, als wir schließlich von Bord gingen –, *dass jene, die aus reinem Vergnügen zur See fahren, zum Zeitvertreib zur Hölle fahren werden.*

1 Steht jetzt im Regal rechts vom Kamin in diesem Zimmer, nebst einer ansehnlichen Sammlung von Werken über die Gesellschaft der Freunde.

John Woolman, der gute Mann, fühlte mit der Not der Seeleute und bemühte sich redlich, sie zu der Erkenntnis zu bringen, dass das Licht jedem Menschen innewohnt, so tief er in dieser Welt auch angesiedelt ist. Ich fühlte mit niemandem, sondern schaute starr zu den weißen Wellenkämmen hinauf und jedes Mal, wenn wir oben waren, in den weiten grauen Raum, der weder Himmel noch Meer war. Einen Horizont gab es nicht, nur eine Leere, die uns auf allen Seiten umgab, sodass es den Anschein hatte, als würden wir uns nicht fortbewegen. Dabei waren die großen Segel über meinem Haupt aufgebläht und straff, als wären sie ausgesetzt in eine kleine, eigene Welt. In mir kämpften Gefühle gegen den Verstand und flüsterten mir zu, dass sich diese Meereswelt niemals bewegen oder verändern konnte. Mein Tagebuch weist nur leere Seiten auf, außer der Anzahl der Tage, die ich getreulich festhielt, mit einer doppelten Linie für die Ersten Tage, um die Wochen zu kennzeichnen. Bisher hatte es in meinem Leben noch keinen einzigen Tag gegeben, der keiner Notiz bedurft hätte. Das Leben ist schön, und mit dreiundzwanzig, krank infolge der endlosen Weite des Ozeans, begriff ich zum ersten Mal, dass es auch kurz und daher kostbar war. Diese Verschwendung erzeugte in mir eine Melancholie, die ich nicht abzuschütteln vermochte. Das also ist die Ewigkeit, dachte ich, während mein Kopf pochte und über mir ein Tau ohne Unterlass gegen den Mast schlug – klatsch, klatsch, klatsch –, wie ein matter Herzschlag. Und wenn es stimmte, dachte ich düster, dann war die Ewigkeit eine Art Hölle. Die über ihre Arbeit gebeugten Seeleute waren Kobolde, und die Worte, die sie sich über dem Lärm der tosenden See zuwarfen, waren gottloser als alles, was ich je aus menschlichem Munde vernommen hatte, gottloser sogar als in Whitehaven.

Doch was Woolman sagte, stimmte: Selbst in jenen Seeleuten wohnte Gott, auch wenn sie von der Erde Ausgestoßene waren, die Gott nicht kennen und seinen Namen mit jedem

Satz verunglimpfen, den sie von sich geben. Denn nach ein oder zwei Tagen blieben die Männer stehen und redeten mit mir. Sie boten mir Rum oder Tabak an, das würde meine Übelkeit vertreiben, sagten sie. Als ich ablehnte, schrie mich ein Bursche an: »Zur Hölle mit dem verdammten Sohn einer pockennarbigen Hure, du bist doch nur ein singender Methodist! Dafür werden sie dich fertig machen!« Sofort erkannte ich den Dialekt und fragte den Mann, ob er aus der Gegend von Cockermouth kam. Es stellte sich heraus, dass sein Bruder für einen meiner Vettern gearbeitet hatte, einem Freund drüben in Whelpoe, und danach unterließ es Joshua – denn so hieß er – in meiner Gegenwart zu fluchen, und ich unterließ es, die Grundsätze unserer Gesellschaft zu erwähnen, denn mir war klar, dass er sie nicht hören wollte.[2]

Drei Wochen lang sahen wir kein anderes Fahrzeug, doch dann wachte ich eines Morgens davon auf, dass unser Schiff anders stampfte, und ich war im Nu auf den Beinen und angezogen in der Hoffnung auf Landsicht. Mühsam kämpfte ich mich den Niedergang hinauf. Im Westen war ein dünner Streifen Land zu erkennen, und ganz in unserer Nähe erblickte ich mindestens ein halbes Dutzend offener Fischerboote, die wie

2 Ich muss gestehen – denn Freunde unserer Gesellschaft könnten mich sehr wohl danach fragen –, dass ich mich nie berufen fühlte, jemandem geistlich beizustehen, der nicht darum gebeten hätte. Wir sind aller Welt durch unsere schlichte Kleidung und einfache Sprache bekannt; so wollen wir gesehen werden. Als ich fünfzehn war und mein Vetter John mich zum ersten Mal mit zum Ringertreffen in Derwentwater nahm, hatte ich den Eindruck, dass die Burschen vom Lande dort aus lauter Höflichkeit nicht darauf achteten, wie ich gekleidet war oder wie ich redete, und keine Fragen stellten. Einem jungen Springinsfeld, der ich damals war, graut es davor, aufzufallen. Und ein Mann, der sich zum Ringkampf umgezogen hat, ist nur ein Mann; von Quäker war dann nicht die Rede (ich lernte ziemlich gut ringen – ich würde mich sogar noch daran erinnern, wie es geht, wenn es sein müsste –, aber ich ging tatsächlich der Frage aus dem Weg, ob das Training mit den Grundsätzen unserer Gesellschaft vereinbar war). In unserer Versammlung habe ich nie einen geistlichen Beitrag geleistet, obwohl ich die letzten zwanzig Jahre als Ältester gedient habe. Doch zuweilen habe ich mit der Frage gerungen, ob es schlimmer ist, sich mit den Mitmenschen zu arrangieren, oder unter allen Umständen Zeugnis über die Wahrheit abzulegen. Ich laviere mich eben so durch. Wenn ich aber an Woolman denke, der sich stets respektvoll und nachsichtig gegenüber allen Menschen ohne Ansehen der Person verhalten hat und trotzdem nicht still geschwiegen hat, wusste er doch, dass er die Wahrheit kundzutun hatte, dann fürchte ich, dass ich nur ein halber Mann bin, da ich nicht den Mut aufbringe, zu meiner Überzeugung zu stehen.

Korken auf dem Wasser hin und her geworfen wurden. Der Herr möge den Männern beistehen, die auf diese Art und Weise ihr täglich Brot verdienen müssen. Joshua, der Bursche aus Cockermouth, beugte sich mit zwei anderen Seeleuten über das Schandeck. Ich schwankte zu ihnen und klammerte mich an die Reling. Sie angelten mit einer langen Leine ohne Rute, ohne Köder – es war nur eine lange Schnur, an der helle Zinnstreifen und am Ende blanke Haken befestigt waren. Josh bot mir an, dass ich ihn ablöste, und in null Komma nichts fing ich sechs schöne Kabeljaue. Dabei kann ich nicht behaupten, dafür ein besonderes Talent zu haben.[3] An einem ganzen Tag am Fluss im Seengebiet hatte ich noch nie so viel gefangen, pfundweise, wie in der kurzen Zeit vor der Küste von Neufundland. Doch das hätte jeder gekonnt, der eine Leine und einen Haken bei sich hatte, denn in jenen Gewässern gibt es so viele Fische wie Erbsen in der Suppe.

Land.

Hätte ich nicht den Ozean überquert, würde ich anders über festes Land denken. Dennoch war der erste Anblick des neuen Kontinents ziemlich garstig: eine kalte, neblige Küste mit düsteren Klippen, auf denen die Möwen wie verlorene Seelen schrien. Josh sagte mir, Seeleute hätten Angst, auf See beigesetzt zu werden, weil die Seele dann nie zur Ruhe kommt. Da die Leiche hin und her geworfen und von den Fischen gefressen werde, müsse die Seele bis in alle Ewigkeit durch die tristen Wüsteneien dieser Erde wandern. Ich entgegnete, dem sei nicht so, jedem Menschen wohne ein Licht inne, das auf See und an Land gleichermaßen brenne, und weder Tod noch Salzwasser könnten es auslöschen. Er sagte mir, die Küste, die wir vor uns sähen, sei Neufundland, wo nur Wilde leben könnten, weil sie hart genug seien, was nicht schwer zu glauben war.

3 Mit Fliegen angele ich nicht schlecht. Ich habe mich zwar der Hoffnung hingegeben, dass die Versuchung des eitlen Zeitvertreibs mich im Alter nicht mehr heimgesucht hätte, aber ich bereue das Fischen nicht. Im Stillen glaube ich, dass es schlimmere Übel in der Welt gibt.

Etwa zwei Tage fuhren wir an einer unwirtlichen Küste entlang, die nur von den Mündungen zahlreicher Flüsse durchbrochen und immer von grauem Nieselregen verhangen war. Wir segelten hart am Wind und stampften in einer Schräglage von fünfundvierzig Grad durch graues Gewässer, sodass für die einfachsten Verrichtungen gymnastische Höchstleistungen erforderlich waren. Alles war nass. Wenn das Nordamerika war, dachte ich, dann konnte ich gut darauf verzichten.

Ich bibberte unter meiner feuchten Wolldecke, und dann flammte gleich einem plötzlichen Sonnenstrahl Wut in mir auf. Ich war stinksauer auf Rachel. Ich vergaß, dass ich fror. Ich vergaß meine Übelkeit. Ich wurde von Erinnerungen überflutet. Mir fiel die Wiege neben dem Ofen in unserer Küche ein, der kleine Dämon darin, der ohne Unterlass plärrte, während meine Mutter und sogar mein Vater ihn schaukelten, beruhigten und ihm etwas vorsangen. Jetzt zogen die Möwen über mir ihre Kreise, schrien genauso wie das kleine Balg und machten sich über mich lustig. Ich hätte das Geschrei der kleinen Schwester unterbunden; ich hätte sie umgebracht. Als ich das meinen Eltern sagte – denn ich war erst drei Jahre alt und wusste es nicht besser –, mussten wir uns gemeinsam um ihre Wiege stellen und schweigend beten. Aber ich wollte nicht beten. Ich wollte sie samt ihrer weißen Decke packen und auf die blanken Bodenfliesen werfen, ihr den roten Mund verschließen und sie mit Fäusten traktieren, bis sie aufhörte zu brüllen.

Ihr Leben lang hat sie mich um etwas gebeten. Ihr Leben lang hatte ich eingesteckt, was sie austeilte. Ihr Leben lang musste ich ihr gefällig sein, musste mit ihr leben, sie retten, ihr zuhören … Ich warf meine Wolldecke von mir und sprang mit einem Satz ans Schandeck. Mit tauben Fingern klammerte ich mich fest und starrte vorwurfsvoll auf jene wilde Küste, an die sie mich gezerrt hatte. Mir war schlecht und kalt, und – die Erkenntnis kam über mich, als wäre das Blut in meinen Adern auf einmal aufgetaut – ich hatte entsetzlichen Hunger. Während ich in das trübe Wasser schaute, wurde mir klar, dass keine Schaumkronen mehr zu sehen waren. Das Meer war nicht mehr grau, sondern beinahe grün. Ich schaute auf, und der Himmel war so blau, wie ich ihn zuletzt über Blencathra gesehen hatte.

So wütend ich auch war, ich kam nie umhin, Rachel auch zu bewundern. Kein anderes Mädchen hat sich weniger von seinen Unterröcken stören lassen als sie. In meinem jugendlichen Leichtsinn habe ich ihr auf dem leichteren Gelände von Raven Crags das Klettern beigebracht und sie sogar mit nach Bannerdale hinaufgenommen. Ich steckte ihr das Kleid in den Schlüpfer und zeigte ihr, dass sie sich nur mit jeweils einer Hand oder einem Fuß zugleich fortbewegen dürfe und ihr Gewicht an den Fels drücken müsse. Sie kam nicht so weit wie ich, und manchmal musste ich ihr ein wenig nachhelfen, aber sie bewegte sich schnell und sicher und hatte niemals Angst. Schade, dass sie kein Junge war, denn nur draußen am Berg empfand ich ihr gegenüber wahre Nächstenliebe. Da sie jedoch ein Mädchen war, mussten unsere wildesten Abenteuer geheim bleiben, und als ich älter wurde, erkannte ich, wie falsch es war, ihr solche Jungentricks beizubringen. Deshalb ging ich auf Abstand.

An jenem Nachmittag langte ich beim Essen am Kapitänstisch kräftig zu. Bei dieser Gelegenheit bat ich den Kapitän, einen Blick auf eine Landkarte werfen zu dürfen. »Seekarte«, verbesserte er mich mit ernster Miene, nahm mich jedoch mit in seine Kabine.

Die Karte war eine Offenbarung. Ich brütete so lange darüber, dass der Kapitän mich schließlich damit allein ließ und mich bat, nichts anzurühren. Ich war zu sehr gefangen genommen, um gekränkt zu sein. Der weite Ozean war für mich nicht von Interesse: Er hatte keine Form. Doch nun konnte ich unserer Reise eine Bedeutung beimessen. Ich sah, dass die garstige Küste das südliche Gestade des Landes der Kleinen Eskimos war, dass die Insel in unserer Nähe wie eine Wolke im Wind geformt war und einen Namen hatte: Anticosti.[4] Die Stunde, in der ich die Karte von Neufundland und dem St.-Lorenz-Strom betrachtete, war ein Wendepunkt auf meiner Reise. Zum ersten Mal bekam das unbekannte Land eine Gestalt und einen Namen. Ich fragte mich, ob Rachel eine solche Karte zu Gesicht bekommen hatte, als sie hier eintraf. Vielleicht hätte sie sich nicht dafür interessiert, außer für die tatsächliche Küstenlinie, die Realität des neuen Landes: Ich bin mir sicher, dass sie bei Wind und Wetter an Deck blieb und staunenden Blickes alles in sich aufsog mit dieser stillen Erregung, mit der sie Neues zu betrachten pflegte und die ich so gut kannte.

Schon war die Küste wieder außer Sichtweite, doch nun wusste ich, wohin ich zu schauen hatte. Cape Gaspé sichtete ich genau in dem Augenblick, als der Posten im Krähennest über unseren Köpfen in seinem Singsang den Namen verkündete. Ich sah einen großen Felsen, aus dem das Meer riesige Bögen herausgespült hatte, Regenbögen, die in der Gischt schimmerten. Danach erblickte ich kleine Farmen, deren gelbe Kornfelder reif für die Ernte waren. Mit Vergnügen stellte ich fest, dass nicht das ganze Land der Wildnis anheim gefallen war. Aus ganz England kommen Menschen hierher in unseren verwilderten Winkel von Cumberland, die ihn zu mögen meinen, weil sie ihn absolut nicht brauchen. Ich bebaue das Land; mir gehen solche romantischen Vorstellungen ab, und so kam es, dass die kleinen Farmen in Lower Canada mir das Gefühl gaben, zu Hause zu sein, wenngleich sie sich auch von einem Hof in den Bergen des Seengebiets unterscheiden wie Tag und Nacht.

Der St.-Lorenz-Strom ist so breit, dass wir das nördliche

4 In den vergangenen dreißig Jahren wurden sehr viele Karten von meinem Heimatland angefertigt. Ich habe sie gesammelt und besitze fast alle. An Winterabenden, wenn mir die Berge verwehrt sind, stöbere ich gern darin.

Ufer erst kurz vor Quebec wieder sahen, obwohl ich bei klarem Wetter Berge ausmachte wie jene in der Heimat, nördlich von uns, und fast nicht von Wolken zu unterscheiden. Die Beengtheit auf der *Jane* machte mir zu schaffen, ich war die ständige Dünung und die Feuchtigkeit leid. Man setze mich wieder an Land ab, und ich verpflichte mich, einen Kontinent zu durchqueren. Der letzte Tag zog sich endlos dahin. Inzwischen konnten wir beide Flussufer sehen. Wir gelangten an eine offene Wasserfläche, auf der mehr als zwanzig große Schiffe vor Anker lagen; dazwischen fuhren kleine Boote hin und her. Hoch oben auf einer Klippe sah ich eine Zitadelle. Seitdem wir in den St.-Lorenz-Strom eingelaufen waren, herrschte an Bord geschäftiges Treiben. Ständig wurden Segel gehisst und wieder eingeholt, und auch jetzt waren alle Männer in die Wanten gepfiffen worden; die großen Segel entrollten sich und schlugen laut knatternd über meinem Kopf. Ich achtete nicht darauf; meine Augen waren starr auf das Land vor uns gerichtet.

Die Festung saß wie eine Papierkrone auf dem Gipfel des Berges; darüber flatterte der Union Jack im Wind. Auf dem Rückgrat des Berges wucherte eine Stadt empor. Ein mit einem Kreuz versehener Glockenturm bohrte sich in den Himmel. Auf roten Dächern flimmerte das Sonnenlicht, und ich musste die Augen zusammenkneifen. Ich sah Lagerhäuser, eine Straße mit drei- bis vierstöckigen weißen Häusern direkt am Hafen. Langsam nahm die Entfernung zwischen Schiff und Land ab. Die Segel hingen schlaff herab und bewegten sich kaum. An Land gingen Menschen hin und her. Ich erblickte einen Strand und einen niedrigen Kai. Aus den Eingeweiden des Schiffes drang lautes Rasseln. Zum ersten Mal hörte ich, wie der Anker ausgeworfen wurde. Die furchtbare Reise hatte ein Ende.

Ein Kutter ruderte auf uns zu, und Zöllner kamen an Bord. Sobald der Kapitän ihnen versichert hatte, dass wir keine ansteckenden Krankheiten hatten, durften dic Passagiere in einem schnellen Boot, das bereits längsseits wartete, an Land fahren. Als ich festen Boden betrat, erschrak ich, denn er stampfte und schlingerte, sodass ich mich kaum auf den Beinen halten konnte. Ich hatte Angst, nie wieder geradeaus gehen zu können. Um mich herum drängelten die Menschen, frisch geschlagenes Holz türmte sich auf, und Ochsenkarren klapperten auf Eisenrädern über eine Pflasterstraße. Das nächste Geschäft war ein Krämerladen; der Teergeruch versetzte mich gleich zurück in das Lagerhaus meines Onkels in Maryport. Bei dem Gestank, der aus der Stadt drang, wurde mir schlecht. Es hätte auch Whitehaven sein können – schließlich war es nur ein anderer Hafen –, und dennoch war es ganz anders als Whitehaven. Zum ersten Mal in meinem Leben stand ich auf ausländischem Boden und hatte keinerlei Gewissheiten mehr. Das Land wenigstens war zum Glück warm; von den Pflastersteinen stieg eine Hitze auf, gleichsam um mich willkommen zu heißen. Ich hängte mir meinen Ranzen über die Schultern und ging wie benommen durch eine Straße, die von weiß getünchten Häusern gesäumt war.

Ich gelangte an einen Platz, auf dem gerade der Markt abgebaut wurde. Das Kopfsteinpflaster war übersät mit einer klebrigen Masse aus zerstampftem Gemüse und Kot, und die letzten Standbesitzer luden ihre restliche Habe auf Karren. An drei Seiten war der Platz von zweigeschossigen Häusern gesäumt, an der vierten stand ein Gebäude mit einem weißen Turm und breiten, geöffneten Türen. Es herrschte ein ständiges Kommen und Gehen. Ein schmuckes neues Haus auf der gegenüberliegenden Seite, gleichfalls mit offenen Türen und einer kunterbunten Mischung aus Stammgästen, wurde auf einem Schild als »Neptune Inn« ausgewiesen. An meiner Taille spürte ich kleine, tastende Hände; ich schob eine Schar Bettelkinder beiseite, doch sie klammerten sich an mich und jammerten. Ich schrie »Nein!«, um sie zu verscheuchen, geriet rücklings in den Marktstand eines Polsterers und stolperte über einen Schaukelstuhl. Der Mann fluchte Unverständliches – wobei an der Bedeutung seiner Worte kein Zweifel aufkam – und schüttelte die Faust vor meiner Nase. Die Hände der Kinder huschten wie Mäuse über mich hinweg und suchten nach den Taschen, die ein schlichter Mantel nicht besitzt. Das grelle Licht, der Geruch und die Hitze schlugen auf meinen schmerzenden Kopf ein, und der feste Boden schien sich mehr denn je zu heben und zu senken. Das »Neptune« war nicht die Art von Unterkunft, die ich gewohnt war, doch ein bescheidenes Asyl war besser als gar keins. Ich löste mich aus der Umklammerung der Kinder und betrat die Schänke.

Drinnen herrschte ein lärmendes Gedränge von Seeleuten und Kaufmännern, und zu meinem Entsetzen verstand ich kein Wort. Es war wie in einem schlechten Traum, der Turm zu Babel war Realität geworden, und schlimmer noch, meine einfache Anfrage ergab für den Kellner keinen Sinn. Auf eigenartige Erlebnisse war ich vorbereitet, auf so etwas jedoch nicht. Gott sei Dank sprach der Wirt englisch, wenn ich auch seinen Akzent noch nie zuvor gehört hatte. Kurzum, ich bekam ein sauberes Zimmer mit Dachfenster und Blick auf den Place Royale, sodass ich auf die abgedeckten Marktstände und die wogende Menschenmenge hinunterschauen konnte. Den lieben langen Tag hallte das Geschrei der Markthändler, das Rumpeln von Wagenrädern auf dem Kopfsteinpflaster wider, und der papistische Abendgesang vom Turmhaus wurde noch übertönt von den schmutzigen Liedern und der wilden Zecherei in der Schänke unter mir. Ich teilte das kleine Zimmer mit einem Silberschmied aus Bristol, der in Montreal Arbeit zu finden hoffte. Er war ein kleiner, stiller Kerl, der einem unterernährten Spatzen ähnelte, und da ich nun einmal einen Bettgenossen haben musste, so war er wenigstens sauber und nüchtern. Nachts war es schrecklich heiß, denn das Dach war aus Metall: Als Folge mehrerer Brände gab es eine Verordnung in der Stadt, wonach weder Wände noch Dächer aus Holz sein durften. Ich glaube, ich habe für meine Übernachtung viel zu viel bezahlen müssen[5], doch zum Verhandeln fehlten mir die Worte.

Mein Mitbewohner erklärte mir, ich könnte mich deshalb nicht verständlich machen, weil viele Menschen in Quebec französisch sprachen. Ich hätte es mir wohl denken können, doch meine Ausbildung hatte sich nur wenig mit den Kriegen der Menschen untereinander beschäftigt. Meine Kenntnisse über das, was gemeinhin als Weltpolitik bezeichnet wird, waren nur oberflächlich: Ich hatte gedacht, die Franzosen seien lange vor meiner Geburt besiegt und aus Nordamerika vertrieben worden. Es steht natürlich im Widerspruch zu den Grundsätzen unserer Gesellschaft, sich einer weltlichen Macht anzuschließen, aber trotzdem, ich bin geborener Engländer, was in meinen Augen der größte Segen ist, den Gott einem Sterblichen gewähren kann. Darüber hinaus habe ich mein ganzes Leben lang nichts Gutes über die Franzosen zu hören bekommen, und an den ein, zwei Tagen, an denen ich durch die steilen Straßen von Quebec lief, konnte ich den Blick tatsächlich nicht von diesen französischen Menschen abwenden, vor allem von den Frauen und Kindern – ich hatte gar nicht gedacht, dass sie Frauen und Kinder haben könnten –, als hätte es mich direkt in die Wildnis verschlagen und ich stünde vor Wölfen und Bären. Da hatte ich Loic natürlich noch nicht kennen gelernt; wie sollte ich wissen, dass auf seiner Insel … aber ich greife vor.

Auf dem Felsen von Quebec steht eine Festung; auf allen

5 Fünf Jahre nach meiner Abreise erwähnte Alan in seinem Brief die Gründung einer Bank in Montreal. Nicht unbedingt zu früh, antwortete ich in meinem nächsten Brief. Ich hatte nie Probleme mit dem Rechnen, doch die chaotische Mischung aus Währungen in Upper Canada hätte selbst Adam Smith in die Knie gezwungen. Der Wirt im Gasthaus in Quebec stellte mir die Rechnung in Dollars aus, und als ich sagte, ich hätte nur englische Guineen, meinte er, zwei Guineen seien ausreichend. Ich mag ja ein Grünschnabel gewesen sein, doch mich übers Ohr zu hauen war nie leicht, und so sagte ich, ich besäße keine zwei Guineen. Schließlich bekam ich ein paar Dollars von einer zwielichtigen Gestalt im London Coffee House zu einem Kurs, der zwar noch immer ziemlich hoch, aber immerhin nicht lachhaft war.

Seiten gibt es Batterien, die vor Kanonen strotzen, und selbst die staatlichen Straßen wimmeln von Rotröcken. Ich erfuhr, dass die Befestigungsanlagen, die dringend der Reparatur bedurften, ursprünglich von den Franzosen angelegt worden waren, um die wilden Indianer fern zu halten, und neuerdings die Engländer, und dass man sie vielleicht jetzt zur Abwehr der Amerikaner brauchen würde, denn die Grenze war nur ein paar Wegstunden weiter südlich. Doch es bekümmerte mich zu sehen, wie kriegerisch es selbst in der Wildnis zuging. Denn wo, wenn nicht hier, konnte das heilige Königreich des Friedens auf dieser vom Krieg heimgesuchten Erde noch errichtet werden?

Erstaunt stellte ich fest, dass ein Großteil der Stadt Quebec an die katholische Religion abgetreten war. Überall Turmhäuser und Glockengeläut; Männer in langen Roben und verhüllte Frauen stolzierten durch die Straßen, sodass man sich vorkam wie beim Straßenzirkus. Abgesehen davon, gefiel mir die Stadt recht gut.[6] Ich fragte mich immer wieder, was Rachel daraus gemacht hatte; ich glaube, die Farben und das geschäftige Treiben müssen ihr sehr gut gefallen haben. Die Stadt war auf zwei Ebenen errichtet, und am Morgen nach meiner Ankunft ging ich durch das Stadttor in die Oberstadt hinauf und stieg an der Festung vorbei auf den unbebauten Teil des Berges. Ich wanderte an der Klippe über dem Fluss entlang und beobachtete ein großes Floß aus Baumstämmen, das flussabwärts schwamm; die Männer darauf wirkten wie

6 Auch Whitehaven liegt auf einem Berg mit einem Steilhang im Hintergrund und hat gleichfalls eine Ober- und eine Unterstadt. Befestigungsanlagen gibt es dort natürlich nicht. Als ich mit Alan darüber sprach, spottete er über meinen Vergleich und sagte, Quebec City sei, wenn überhaupt, das Ebenbild von Edinburgh. Beide hätten eine Zitadelle auf einem Fels und eine prächtige Stadt, die am Rückgrat eines eiskalten Berges klebe. Beide, so sagte er, seien zivilisierte europäische Städte, wo man die Kunst zu leben bis zum höchsten Grade kultiviert habe, wohingegen es an der Westküste von England nichts gäbe, was der Beschreibung auch nur annähernd gleichkäme. Ich unterließ es, mit ihm zu streiten (obwohl ich versucht war). Er hat seinen Fuß nie auf englischen Boden gesetzt, und ich war nie in Schottland (bis zum heutigen Tage nicht); ich sah keinen Sinn darin, die Debatte fortzusetzen.

kleine Gestalten. Es zog an mir vorüber, und ich ging weiter. Im Gras zirpten Grillen, nicht vereinzelt wie unsere englischen Grashüpfer, vielmehr in einem riesigen Chor ringsum. Zunächst fragte ich mich, woher dieses ununterbrochene Geräusch wohl rühren könnte. Wenn ich heute einen Grashüpfer höre, sehne ich mich nach Nordamerika, wo die Grillen den ganzen Sommer lang von morgens bis abends zirpen. Es war gut, wieder Erde zu riechen; gut, festen Boden unter den Füßen zu haben. Ich ging auf einen runden Turm zu, und als ich näher kam, stellte ich fest, dass er noch im Bau war; Arbeiter mischten Mörtel und schoben Holzkarren über die Rampe hinauf. Mir wurde klar, was es war. Ich hatte über diese Martello-Türme im Männermagazin im Royal Oak gelesen. Über ihre grundsolide Konstruktion war viel diskutiert worden – in der Presse, meine ich, nicht innerhalb unserer Gesellschaft –, sie galten als Wunderwerk der modernen Technik, doch ich hatte nie daran gedacht, dass ich so weit weg von England einen zu sehen bekommen könnte. Ein alter Soldat in schäbigem rotem Jackett, der ein zusammengeschobenes Teleskop unter den Arm geklemmt hatte, beobachtete die Bauarbeiter. Wir kamen ins Gespräch, denn er war Engländer.

»Krieg?«, wiederholte er als Antwort auf meine Frage. »Selbstverständlich wird es Krieg geben.« Er zeigte nach Süden in die blaue Ferne jenseits des Flusses. »Sie wissen doch, was da unten liegt, junger Mann? Die Vereinigten Staaten von Amerika! Sie mögen uns nicht und wir mögen sie nicht. Sie machen gern Sterne auf ihre Flagge – Jonathan Yankee lässt sich nicht gern übertreffen, nicht mal von der Milchstraße –, und ich schätze, sie hoffen, dass der nächste Stern unseren Namen trägt. *Quebec*. Oh ja, Quebec würde ihnen gefallen. Wo zum Henker kommen Sie überhaupt her, wenn Sie davon nichts wissen?«

»Aus England.«

»Du meine Güte, Junge, England hat die letzten zwanzig Jahre Krieg geführt!«

»Ja, aber gegen Frankreich.« Ich versuchte, meiner Verwirrung zumindest teilweise Ausdruck zu verleihen. »Aber mir war nicht klar … jetzt, da ich hier bin … Kanada ist doch französisch. Nur … es sind Rotröcke da, wie zu Hause … und dieser Turm« – ich deutete auf die Bauarbeiter vor uns –, »das ist doch eine britische Festung, oder nicht?«

»Du liebe Zeit, Junge, wo sind Sie nur gewesen? Der Boden, auf dem Sie gerade stehen … das sind die Plains of Abraham!«

Ich sah ihn verständnislos an.

»Um Himmels willen, wo sind Sie denn bisher gewesen? Hier hat Wolfe Kanada erobert, als Ihr Herr Papa – der Sie beileibe besser hätte unterrichten können – noch kurze Hosen trug, ohne Zweifel. Sie stehen auf britischem Boden und sollten stolz darauf sein!« Er schaute über den Fluss und murmelte vor sich hin: »Lernen die denn heutzutage überhaupt nichts mehr?«

»Aber hier sind so viele Leute französisch!«[7]

»Ich bin kein Franzose, Sie sind kein Franzose.«

»Nein.« Das zumindest war sicher.

»Kanada ist nicht französisch«, stellte er abschließend fest, als wäre das eine logische Schlussfolgerung, und um seine Worte zu unterstreichen, tippte er mir mit seinem Teleskop auf die Brust.

»Nein«, sagte ich wenig überzeugt, während ich über den Fluss in den blauen Dunst im Süden schaute.

Der Alte erzählte mir, auf dem Fluss herrsche derzeit viel Betrieb, denn jetzt, da alle Häfen Europas für die Briten gesperrt seien – einschließlich der baltischen Häfen, seit Napoleon 1806 die Blockade errichtet habe –, erlebe der Handel

7 Ich erfuhr bald, dass die Franzosen von Kanada richtiger als Kanadier bezeichnet werden.

einen nie gekannten Aufschwung. Das Mutterland brauche dringend Holz, und wenn Kanada auch sonst nichts habe, so besaß es doch wenigstens Bäume, so weit das Auge reichte, bis tief hinein in Gegenden, die noch nie ein Mensch gesehen hat. Während er sprach, zog das nächste große Floß an uns vorüber. »Davon werden Sie noch jede Menge sehen, ehe Sie nach Montreal kommen.«

Ich war dem alten Mann dankbar, denn er hat mich gleich zu Anfang darauf gebracht, dass ich ein paar Sätze Französisch lernen musste, und er nahm es auf sich, mir meine erste Lektion zu erteilen, dort oben auf den Plains of Abraham, während wir den Booten zusahen, die unten auf dem Fluss vorbeizogen.

Als ich am nächsten Tag das Schiff fand, das mich nach Montreal bringen sollte, lachte ich vor lauter Erregung laut auf. Denn die *Accommodation* war ein neuartiges Dampfschiff. Kaum hatte ich gesehen, was für ein Boot es war, rannte ich förmlich los, um mir meine Fahrkarte zu kaufen. Ich musste hinter einer französischen Madame mit Kinderschar warten, die vor mir in der Schlange stand. Soweit ich es mitbekam, hieß es, das Schiff sei belegt. Dann kam ich an die Reihe: *»Un ticket, monsieur, s'il vous plaît.«* (Alan brachte mir später bei, dass es in der Umgangssprache *s'il te plaît* heißt, und fügte hinzu, er wolle aber für die Konsequenzen nicht gerade stehen. Zu der Zeit, von der ich rede, dachte ich ohnehin, es handle sich um ein einziges Wort: *sivuplä.*) Der Preis der Fahrkarte war mit neun Dollar angegeben und kostete mich drei Guineen. Sie nehmen nur zwanzig Passagiere an Bord, doch ich stand an jenem Tag in der Gunst des Herrn, und es gab noch einen Platz für mich.

Als wir ablegten, ertönte eine laute Sirene, und eine dicke Dampfwolke stieg aus dem Schornstein, als würden unten im Schiffsbauch alle Feuer der Hölle geschürt. Dann gab es plötzlich ein metallisches Geräusch, welches das Deck erschütterte, und als ich zurück an den Kai schaute, lag bereits ein Gürtel

Wasser zwischen uns, der rasch breiter wurde. Die Fahrt den St.-Lorenz-Strom aufwärts zwischen Quebec und Montreal kann ziemlich rau sein, doch die *Accommodation* hatte noch nichts von ihrer Neuheit verloren. Sie hatte weder Masten noch Segel, vielmehr mittschiffs zwei große Schaufelräder. Ich fragte den Maat, ob ich mir die Räder von innen ansehen könne, im Schiffsbauch, und für ein Trinkgeld führte er mich hinunter zum Maschinisten. Im Rumpf roch es nach verbranntem Holz, doch es war hell genug, um die große Maschine sehen zu können sowie die sich drehenden Pleuelstangen. All das machte einen Höllenlärm, so wie der Wind auf dem Atlantik in den Wanten der *Jane*, mit dem Unterschied allerdings, dass dieser Lärm hier einen Sinn hatte, einen Rhythmus, der sich dem Pulsschlag eines Mannes anpasst, statt ihn zu Tode zu ängstigen.[8]

Die Fahrt flussaufwärts dauert etwa sechzig Stunden, einschließlich der Nächte, in denen das Schiff vor Anker geht. Meinem neuen Freund, dem Maschinisten, sagte ich: »Das ist wie ein Wunder.« Er grinste mich an und sagte: »Das kann man wohl sagen. Weder Wind noch Gezeiten können sie aufhalten!«

Ich stand an Deck und sah am Ufer das Land vorbeiziehen; das andere Ufer war eine Linie, nur schwach zu sehen, wie die schottischen Berge jenseits des Solway. Die Luft schmeckte nicht nach Salz; während meines Aufenthalts in Quebec waren die schmerzhaften Risse rings um meine Fingernägel beileibe nicht verheilt. Am ersten Abend an Bord hatten wir ein Gewitter. Ich blieb an Deck und suchte auf der windabgewandten Seite der Kabine Schutz vor dem niederprasselnden Regen, während der Donner über den Himmel grollte und gegabelte

8 Ich habe die technischen Daten der *Accommodation* in meinem Notizbuch festgehalten; ich betrachte die groben Skizzen und sehe mich wie aus großer Entfernung: ein junger Mann ganz in Grau, frisch rasiert und frisiert von einem Barbier in Quebec, der jedoch noch immer seine Bauernstiefel und den mit Salz überkrusteten Mantel trägt.

Blitze, dem sichtbaren Zorne Gottes gleich, den Himmel aufrissen. Zwischen den Donnerschlägen hörte ich, wie sich die Pleuelstangen unten drehten und das Wasser durch die Schaufelräder rauschte, als befänden wir uns im Feuerwagen des Elia. Die grellen Blitze erleuchteten einen fernen Gebirgszug im Norden. Die Nacht war von einer Wildheit, die mein Blut in Wallung brachte. Rachel hätte ihre helle Freude daran gehabt.

Im Gegensatz dazu sah ich am darauf folgenden Tag ein angenehm gepflegtes Land, und die schmucken französischen Farmen reichten bis ans Wasser. Zwischen den Farmen gab es Wälder und Wasserfälle und einmal eine bewaldete Insel mit hoch aufragenden Klippen, doch inmitten der Farmen erschienen mir diese Manifestationen der Wildnis viel eher malerisch denn furchterregend. Einmal kam ein kleines Boot und brachte für den Kapitänstisch Obst und Gemüse, das es in der Erntezeit im Überfluss gab. Die Bewohner waren stämmige Burschen, wenn auch nicht so herzlich wie die Freisassen in Cumberland. Ich dachte, wenn Rachel in einer solchen Ansiedlung gelandet wäre, durfte ich hoffen, dass sie glücklich war. Ich saß im Sonnenschein an Deck und las den kleinen Packen Briefe noch einmal durch. Wir hatten zuletzt von Rachel gehört, als sie im Zweiten Monat des Jahres 1809 aus Yonge Street geschrieben hatte. Ein kleines Nachbeben der Wut, die mich auf See gepackt hatte, überkam mich; warum schrieb sie nicht? Warum hatte ich mir die Mühe gemacht, ihr zu folgen, wenn sie mir doch nichts zu sagen hatte? Die Welt, zu der dieser Brief gehörte, schien durch eine tiefe Kluft von mir getrennt. Ich kannte die dreimal durchgestrichenen Worte beinahe auswendig – es war mir sehr schwer gefallen, sie zu entziffern, besonders im letzten Teil – und sie sagten mir nichts.

Yonge Street, Upper Canada
3. Tag des Dritten Monats, 1809

An meinen lieben Vater und meine liebe Mutter, und an Mark, meinen Bruder.

Ich denke an euch und bete, dass alles in Ordnung ist. Anfangs habe ich nicht zurückgeschaut, da die neuen Erfahrungen einfach überwältigend waren und ich immer an unsere Angelegenheiten und die Betreuung unserer Freunde in Nordamerika dachte. Seit meiner Abreise ist fast ein Jahr vergangen. John Gill hat eure lieben Briefe von Philadelphia aus weitergeschickt, und ein reisender Freund hat sie uns hierher gebracht. Ich war so froh, von dir zu hören, meine liebe Mutter, und ich danke Vater und Mark für ihre Grüße. Jetzt schreibe ich, weil unser Freund David Willson morgen nach York geht und diesen Brief für mich mit zum Postamt nimmt.

Im letzten Brief habe ich dir geschrieben, dass Judith in der Versammlung in New York einen geistlichen Beitrag geleistet hat und dass uns die Eingebung zuteil wurde, die Versammlungen an der Westgrenze zu besuchen. Deshalb sind wir zur Versammlung von Baltimore zurückgekehrt, die ihre besondere Aufgabe bei den Indianerstämmen im Westen sieht, wo es noch nicht viele Siedler gibt und die Wildnis noch ungezähmt ist. Die vertrackte Sache hier in Amerika ist, dass die Indianer wie wilde Tiere behandelt werden, die zu quälen und zu töten sind, von jenen, die nicht wissen, dass das Licht jedem Menschen innewohnt, selbst dem nackten Wilden, der ohne eigenes Verschulden den Namen Gottes noch nie vernommen hat.

Am Ende suchten wir die Versammlung am Wabash River nicht auf. Die Freunde unserer Gesellschaft redeten es Judith aus mit dem Argument, unter den Indianern seien plötzlich Unruhen ausgebrochen. Gerüchte über einen neuen Propheten in ihren Reihen kamen uns zu Ohren, der sie gegen die Siedler aufbringe, selbst gegen unsere Freunde. Also sind wir stattdessen unter der Obhut der Versammlung von Philadelphia durch das Ohio-Tal in den Norden gereist und haben unterwegs andere Versammlungen besucht. Wir haben Berge überquert, die so genannten Alleghenies. Der Weg war beschwerlich, und die Reise dauerte länger als zwei Wochen. Es war noch während der Schneeschmelze, sodass die Flüsse an den Furten stark angeschwollen waren. Auf unserem Ritt – denn die Freunde aus Philadelphia gaben uns zwei stämmige kleine Reitpferde für den eigenen Gebrauch, und ein Mann namens Daniel sollte uns begleiten – kamen wir an Wagen vorbei, in denen ganze Familien samt ihrer Habe fuhren. Manchmal hingen Hühner in einem Käfig, Kessel und Äxte an den Holzrahmen. Wenn abends alle ihr Lager aufgeschlagen hatten, ergriffen wir zuweilen die Gelegenheit, ihnen von unserem Glauben zu berichten, und dann stellten wir fest, dass die meisten von ihnen einfache, fromme Leute waren. Die Straße ist rau; ich wäre ihr nicht gern zur Gänze ausgeliefert, so wie diese Menschen es sind. Viele Freunde haben diesen Weg genommen, denn im Westen gibt es reichlich gutes Land für alle, die zu Hause keins haben.

Ungefähr zu diesem Zeitpunkt haben wir zum ersten Mal echte Indianer kennen gelernt (Irokesen sind es in dieser Gegend), konnten aber nichts bei ihnen erreichen. In New York gibt es nicht mehr viele von ihnen, aber ich glaube, dass das gesamte Land einst ihnen gehörte, ehe die Siedler kamen. Die Pocken haben ihre Zahl dezimiert (buchstäblich, wie unsere Freunde uns sagten), und viele Überlebende sind in den fernen Westen gegangen. Diejenigen, die geblieben sind, hängen stark von geistigen Getränken ab, und das hat sie auf traurige Weise verkommen lassen. Schließlich kamen wir an einen großen See, den Eriesee, von wo aus wir flussabwärts zu einer neuen Versammlung an einem Ort namens Niagara gegangen sind. Wir blieben bei Asa Schooley in Upper Canada (denn wir haben den Fluss überquert, der die Grenze zum britischen Gebiet darstellt: In dieser wilden Gegend hat die Grenze zwischen zwei weltlichen Staaten nichts zu bedeuten). Der Fluss ist reißend; unsere Freunde haben uns an eine Stelle geführt, wo sich uns eine herrliche Aussicht bot. Das würde dir gut gefallen, Mark. Wenn du dir die Wasserfälle in Lodore hundertfach vergrößert vorstellen kannst, nein, fünfhundertfach, dann hast du einen ungefähren Begriff.

In Niagara erfuhren wir, dass es ein paar neue Versammlungen in der Wildnis von Upper Canada gibt. Die Winter sind sehr hart, und es hat viel Hunger und Entbehrungen unter den Freunden in diesen entlegenen Siedlungen gegeben. Als Judith davon hörte, ging ihr die Not der armen Freunde sehr zu Herzen, die so allein und dem Verhungern nah in der wei-

ten Wildnis lebten. Und so kam es, dass wir Versammlungen in Pelham und Black Creek besuchten und dann den Ontariosee von Niagara nach York überquerten, der Hauptstadt von Upper Canada. Die Überfahrt in einem Schoner war rau. Judith blieb die ganze Zeit unter Deck – ich habe dir ja erzählt, wie es auf dem Schiff von Whitehaven nach Baltimore mit ihr war –, ich aber war an Deck, solange man es mir erlaubte. Ich finde die Schaumkronen auf dem Wasser und den Wind in der Takelage sehr erfrischend. Wäre ich ein Junge, dann würde ich zur See gehen: vielleicht in unserem eigenen Schiff von Maryport aus. Wer weiß. Doch dann wäre ich nicht hier in Yonge Street, dem allerletzten Außenposten von Upper Canada, und ich denke, das Werk Gottes in der Wildnis zu tun ist Abenteuer genug.

Jetzt wollte ich dir noch die Siedlung hier beschreiben, und die Versammlung, und unsere guten Freunde, die uns in diesem Winter beherbergt haben, doch es ist schon fast neun Uhr, und gleich wird David Willson kommen, um meinen Brief abzuholen. Deshalb schreibe ich dir in Eile, dass wir Gelegenheit hatten, Indianern unsere Religion nahe zu bringen. Sie wohnen hier in den Wäldern in der Nähe, und sie haben Judith gebeten, den Huronsee zu überqueren und zu einer Insel zu kommen, die sie Island of Spirits nennen, wo die meisten von ihnen leben. Dort sollten wir unseren Gottesdienst für sie abhalten. Sobald das Eis schmilzt, werden wir von (das Wort sieht aus wie Pent Anguish – oder doch nicht?) … *aus ein Schiff nehmen … Doch es klopft an der Tür – das wird David Willson sein, und ich darf ihn nicht aufhalten.*

Geschrieben von eurer Freundin und liebenden Tochter
Rachel

4

Neunter Monat, 1811. In Montreal war unsere Fahrt zu Ende. Es ist eine Stadt mit Steinhäusern, ähnlich wie Quebec, allerdings liegt sie zwischen bewaldeten Inseln, hinter denen sich der Mount Royal erhebt. An Land schien niemand englisch zu sprechen, doch bei den Worten »North West« wies man mich sogleich auf ein Lagerhaus in der St. Gabriel Street hin, direkt gegenüber dem Kai auf der anderen Straßenseite. Von dort aus war es ein Leichtes, die Hauptbüros der Firma in einem hohen Giebelhaus zu finden, dessen Doppeltüren reich mit poliertem Messing verziert waren. Über dem Türsturz hing ein Schild in leuchtenden Farben. Ich kniff die Augen zusammen und erkannte die Abbildung eines Kanus mit zwei Kreuzen und einem Hirschkopf darunter; unter allem ein seltsames Boot, das ein Kanu mit Segel hätte sein können. Über dem Schild wuchs ein Baum mit einem kleinen Geschöpf darunter, in dem ich einen Biber zu erkennen glaubte. Der Text darüber lautete: *Ausdauer.* Ich setzte mir den Hut fest auf den Kopf, zog meinen Ranzen auf den Schultern gerade und ging tapfer hinein.

Noch nie war ich im Bürohaus einer großen Firma gewesen. Ich dachte an das kleine Empfangsbüro in Keswick oder auch an die Schiffsbüros von Maryport oder Whitehaven, in denen die schlichte Kleidung der Gesellschaft der Freunde ein Sinnbild für Wert und Ehrlichkeit im Geschäftsleben war. Im

Bürohaus der North West Company in Montreal brachten mir mein schlichter Mantel und der breitkrempige Hut neugierige Blicke ein; hier und da wurde gekichert. Als ich die Reihen von Angestellten hinter ihren hohen Pulten erblickte, verzagte ich innerlich. Die Männer gleich neben der Tür legten ihre Federkiele nieder, gafften mich grinsend an und sperrten die Ohren auf, als der Angestellte am ersten Schalter mich nach Namen und Begehr fragte. Doch was ich auch fühlte, ich zeigte es nicht, sondern trat beherzt auf ihn zu und schaute ihm unverwandt in die Augen, als ich meinen Auftrag vorbrachte.

Man bat mich zu warten, dann wurde ich vom ersten an den nächsten Mann weitergereicht, dem ich meine Angelegenheit noch einmal vortragen musste. Er nahm mich mit nach oben hinter die Reihe der hohen Schreibpulte und Hocker, wo die niedrigeren Angestellten saßen und ihre Zahlen addierten – ich sah die langen Zahlenreihen in den Büchern, als ich vorbeiging –, und brachte mich zu den höheren Angestellten, die jeweils einen eigenen großen Schreibtisch hatten, auf dem sich Papier und Hauptbücher stapelten. Diese Männer waren nicht in Wolle und Kord gekleidet wie die niedrigen Angestellten, sondern wie feine Herren, sodass ich zunächst dachte, sie müssten Teilhaber der Firma sein. Ich hatte die Großartigkeit eines Handelsagenten der North West noch nicht gesehen. Mein Begleiter führte mich in ein kleines Büro, das zur Straße ging. Darin stand ein großer Schreibtisch mit einem weißen Tintenlöscher, an dem ein kleiner kahlköpfiger Mann saß und einen Brief schrieb. »Mr. Mackenzie, Sir« – man kann sich vorstellen, dass mein Herz einen Sprung tat, als ich das hörte, aber ich war auch erschrocken. Rachel hatte sich doch wohl nicht in diesen kleinen grauen Glatzkopf mit Nickelbrille verliebt?[1] – »Dieser … Herr …« – die Pause, die er vor der An-

1 Meine Frau sagt, dass Brillen einem Mann den Anschein von Gelehrsamkeit und Würde verleihen, was nicht unattraktiv sei, doch mit dreiundzwanzig hatte ich davon keine Vorstellung.

rede einlegte, und die Art und Weise, wie er dabei auf mich herabsah, behagte mir nicht – »sucht einen gewissen Mr. Alan Mackenzie, von dem er annimmt, dass er bei unserer Firma beschäftigt ist. Er … sagt … er komme aus England, um ein … Wort … mit diesem Mr. Mackenzie zu reden.«

Sein Ton gefiel mir nicht, daher wandte ich mich direkt an Mr. Mackenzie. »Guten Tag. Ich bin Mark Greenhow. Ich komme aus Cumberland in England und bin auf der Suche nach meinem Schwager, Alan Mackenzie. Soviel ich weiß, ist er weit im Westen von Upper Canada bei der North West Company angestellt.«

Der höhere Angestellte musterte mich von Kopf bis Fuß und reichte mir dann die Hand. »Ich bin im Staate New York aufgewachsen«, sagte er. »Sie sind Quäker, nicht wahr? Der Erste, den ich kennen lerne, seit ich hier bin, und das sind fast dreißig Jahre.«

Der Herrgott muss wahrlich seine Hand im Spiel gehabt haben, dass mein verdrießlicher Führer mich in jenem großen Büro ausgerechnet zu William Mackenzie brachte. Denn er hat nicht nur in seinen Listen nachgesehen, in denen mehr Mackenzies standen, als ich je in Schottland vermutet hätte, sondern er fragte auch unter seinen Kollegen nach, bis er alles für mich herausgefunden hatte, was ihm möglich war. »Wohlgemerkt«, sagte er, »wenn Sie zwei Wochen warten, vielleicht drei, dann kommen die ersten Kanus zurück, und wir erhalten Nachrichten aus Fort William.« Ich muss ihn verständnislos angeschaut haben, denn er klopfte mir lachend auf die Schulter. »Sie müssen noch viel lernen, Mr. Greenhorn, nicht wahr? Ganz Montreal wartet darauf, dass die neuen Felle hereinkommen. Sie werden die Kanus in Lachine ankommen sehen; fünfzehnhundert Meilen haben die dann hinter sich – Sie wissen doch, dass unser gesamter Handel über Kanus abgewickelt wird?«

»Auf dem Fluss habe ich ein paar große Kanus gesehen.«

»Ja, sie werden in Trois Rivières gebaut. Aber von Lachine aus weiter flussabwärts werden Sie keine Brigaden sehen, genauso wenig wie Schiffe westlich von Montreal. Dazwischen liegen die Stromschnellen des St.-Lorenz, wie Sie sehen werden, wenn Sie in die Richtung fahren. Und das werden Sie, denn die Kanus werden jetzt täglich in Lachine erwartet. Dann erhalten wir vielleicht eine Nachricht von Ihrem Schwager. Unterdessen werden wir jedoch einen Blick in die Bücher werfen und sehen, was wir finden.«

Er erwies sich als sehr zuverlässig. Die North West Company stellte Alan Mackenzie in dem Monat fest ein, der als September 1803 verzeichnet war. Im darauf folgenden Jahr, in dem Monat, den sie Mai nennen, fuhr er mit den Kanubrigaden nach Westen bis Fort William. Von dort aus wurde mein Alan Mackenzie den Berichten zufolge zu einem Partner geschickt, der in der Gegend um den Athabascasee überwinterte. Dort hat er seine Lehrzeit verbracht, ist in jedem Winter mit den Fellen nach Fort William gekommen und vor dem Zufrieren der Flüsse mit Handelsgütern wieder zurückgereist.

Diese Namen sagten mir überhaupt nichts. William Mackenzie war der Erste, der die Tür einen Spalt breit öffnete und mir eine annähernde Vorstellung von der großen Wildnis hinter der Grenze im Westen verschaffte. Viel mehr interessierte es mich hingegen, etwas über Alan Mackenzie herauszufinden. Fünf Jahre lang hat er in Athabasca überwintert, und dann, im Jahre 1809, verschwand er aus den Berichten. »Er hätte mit nach Montreal fahren sollen … Zweifellos in der Hoffnung auf eine Beförderung … Unsere Beschäftigten leisten ihre Zeit drüben im Westen ab, und natürlich suchen sie nach Partnerschaften … und diejenigen, die überwintern, bleiben auf ihrem Posten, bis sie zu alt werden … Wenn Sie mich fragen, könnte man es auch einen Engpass nennen … Ein gescheiter junger Angestellter will nichts lieber, als Partner werden, doch es gibt nur eine beschränkte Anzahl von Posten zu besetzen.«

Ich versuchte mich auf den Namen Michilimackinac zu besinnen, der auf Alans Briefkopf gestanden hatte. Judith hatte uns berichtet, Alan sei in der North West Company tätig. Da mir der fremdartige Name nicht mehr einfiel, holte ich Judiths Brief aus der Tasche und schlug ihn auf.

»Michilimackinac! So ist das. Wenn er 1809 nach Südwesten gegangen ist … das war zu der Zeit, als wir uns mit den Leuten von Astor zusammenschlossen. Der Himmel weiß, was da jetzt los ist. Lassen Sie mich sehen …«

»Was ist Michil… Michil…«

»Haben Sie noch nie etwas von Michilimackinac gehört? Dabei ist in London … Michilimackinac ist die Pelzhandelsfirma mit Sitz in Mackinac.[2] Wir operieren jenseits der Grenze jetzt nicht unter eigenem Namen, doch wir haben noch immer Interesse an dem Gebiet.«

»Und Mackinac? Ist das schottisch? Sie müssen verstehen, William Mackenzie, dass mir alles neu ist, worüber Sie sprechen.«

»Ja nun, Sir, alles, was ich Ihnen über Mackinac mitteilen kann, weiß ich nur vom Hörensagen. Die Briten mussten die Insel 1896 verlassen. Ich aber war ein *hibernant* im Hochland – mit *hibernant* meine ich die Männer unserer Firma, die westlich von Fort William überwintern, dem Treffpunkt im Nordwesten. Haben Sie vom Oberen See gehört? Nein? Der wildeste und kälteste See von allen. Ich muss jünger gewesen sein als Sie, als ich zum ersten Mal aufbrach. 1891 trat ich in die Firma ein – damals wurden Schotten und Franzosen zu gleichen Teilen eingestellt –, im Mai brach ich mit den Kanubrigaden von Montreal auf – das sind die großen Kanus – *les canots du maître* –, welche die Handelsgüter bis Fort William transportieren. Dann fährt man hinter Fort William in einem kleineren Kanu – *un canot du nord* – weiter nach Westen, um den Winter

2 Er sagte Mackinaw, und ich habe es danach auch anders ausgesprochen.

über in der Wildnis zu bleiben. Sieben Jahre lang habe ich im *pays d'en haut* überwintert, junger Mann, sieben Jahre. Ja, ich habe meine Zeit abgeleistet. Dann wieder fünfzehnhundert Meilen zurück nach Montreal. Für die Tour von hier nach Fort William bleibt einem nur die Zeit zwischen der Schneeschmelze im Frühjahr und dem ersten Frost im Herbst. Ich sollte es wissen; ich habe sie oft genug unternommen.

Aber Sie haben nach Mackinac gefragt. In Mackinac war ich noch nie. Offiziell wurde es nach dem Krieg an die Yankees abgetreten, doch unsere Garnison – Sie werden feststellen, junger Mann, dass ich Loyalist bin – blieb bis '96 dort. Dann mussten die Briten abziehen. Ja, wir mussten unsere gesamten Garnisonen auf amerikanischem Boden aufgeben, und ein Großteil des Handels im Südwesten ging mit ihnen verloren. Jetzt haben wir diese neue South West Company ... Aber wer weiß ... Die Lage in Mackinac hat sich verändert ... Wie auch immer, die besten Felle gibt es oben im Norden. Im Norden, wo Ihr junger Mackenzie seine Zeit abgedient hat, so wie ich; nur hat es den Anschein, als sei er noch weiter nach Norden vorgedrungen, mitten ins Athabasca-Gebiet.«

Bevor ich ging, nahm er mich heimlich mit ins Ratszimmer der Handelsagenten. Der auf Hochglanz polierte Tisch mit den Stühlen – für jeden Handelsagenten der Firma einen – machte großen Eindruck auf mich. William Mackenzie wies auf eine Karte an der Wand mit viel freiem Raum, die das gesamte Gebiet hinter Upper Canada bis zum Pazifik mit allen Posten der North West Company zeigte. Die Entfernungen vermochte ich nicht abzuschätzen. Wenn zwischen Montreal, wo wir jetzt waren, und Fort Williams fünfzehnhundert Meilen lagen, dann war es bis Athabasca laut Karte noch einmal so weit. Die Strecke war beinahe doppelt so lang wie meine Fahrt über den Ozean. Mir wurde schwindelig. Hinzu kam, dass dies alles in Kanus bewerkstelligt wurde, und wo es keinen Fluss gab, mussten die Männer aussteigen und die Ladung mitsamt dem Boot tragen. William Mackenzie zeigte mir die Kanustrecken, welche die Pelzhändler fahren, um in den Westen zu gelangen. Er holte ein fünfzehn Zentimeter langes Lineal hervor, das er als Zeigestock benutzte, um mir den Lauf der Flüsse deutlich zu machen, des Outaouais und des Mattawa, des La Vase Portage und des French River, des Nippissingsees und des großen Oberen Sees. Ich sah die Seen vor mir, dann im fernen Westen die Flüsse und Portagen, sowie die weit verstreuten Außenposten der North West Company in der öden Wildnis. »Bestimmt«, sagte ich zu meinem Begleiter, »ist dies die größte Firma der Welt.« Er klopfte mir dafür auf die Schulter. »Gut gesagt, mein Herr! Gut gesagt! Daran besteht absolut kein Zweifel!«

Er ließ mich die Karte betrachten, solange ich wollte, und antwortete geduldig auf meine Fragen. Dann sah ich, wie er seine Uhr herauszog. Ich wollte mich verabschieden.

»Wo wohnen Sie eigentlich? Ihre Sekte ist hier in Montreal nicht vertreten, wenn ich mich nicht irre … Haben Sie eine Unterkunft? Nein? Wo ist Ihr Gepäck? Der Ranzen ist alles, was Sie haben? Damit kommen Sie nicht über den Winter. Wohin gehen Sie denn jetzt?«

So kam es, dass ich bei William Mackenzie blieb, der behauptete, die Mackenzies seien alle ein Clan, wenn er auch nicht wusste, ob er mit meinem Schwager verwandt war, und deshalb seien wir im weitesten Sinne miteinander verbändelt. Er habe noch nie zuvor einen Quäker zum Vetter gehabt.

Den Rest des Tages musste ich warten, bis er nach Hause gehen konnte. Ich verbrachte die Zeit mit der Besichtigung der Stadt. Nicht weit von dem Bürogebäude der Company kam ich an ein neues Denkmal, auf dessen Sockel Seegefechte dargestellt waren. Es war Horatio Nelson gewidmet, *dessen ruhmreiche Laufbahn zur See in der denkwürdigen Schlacht zu Trafalgar am 21. Oktober 1805 ein Ende fand, nachdem er durch Signal eine Maxime ausgegeben hatte, die in diesem Lande stets unvergessen sein wird – »England erwartet, dass ein jeder seine Pflicht tut.« Diese Säule wurde errichtet dank einer Spende der Einwohner von Montreal im Jahre 1808.*[3] Ich wusste nichts damit anzufangen: Die Gesellschaft der Freunde duldete unter keinen Umständen militärische Denkmäler, die damals so weit verbreitet waren. Und ich war verdutzt, denn bisher hatte ich den Eindruck gehabt, der einzige Engländer weit und breit zu sein. Müde und verwirrt schlenderte ich durch die geschäftigen Straßen, während unverständliches französisches Geschnatter meine armen Ohren beleidigte. Die Häuser von Montreal standen nah beieinander an schmalen Straßen, doch hier und da sah ich durch einen Torbogen in einen Innenhof, der mir Einblick in ein Stück Privatleben gewährte: zum Bleichen ausgelegte Wäsche, zwei kleine Mädchen, die mit ihren Puppen spielten, eine Katze, die sich an einem sonnigen Fleck zwischen Küchenkräutern in Töpfen putzte. Da ich keinen Platz hatte, an den ich mich hätte zurückziehen können, ging ich die St. Paul's Street ganz hinunter, bis ich mich auf einem überfüllten Marktplatz wiederfand, auf dem ich eine Fleischpastete und einen Apfel kaufte – denn Mittag war längst vorbei; kauend überquerte ich eine Brücke und folgte einem kleinen Fluss landeinwärts. Nach fünf Minuten hatte ich die Straßen hinter mir gelassen und kam an vereinzelten Katen und Feldern mit fast erntereifem Gemüse vorbei, einer Landstraße folgend, die auf den Berg zulief. Der Lärm der Stadt verstummte hinter mir, und ich konnte freier atmen.

Ich kam an zwei beeindruckenden Landhäusern in modern angelegtem Gelände vorbei, ehe die Straße in einen Bergpfad überging, der sich über Klippen und zwischen hängenden Eichen hindurchwand und mich schließlich auf den Gipfel des Mount Royal führte. Von dort aus sah ich, dass ich mich auf einer Insel befand – auf einer unter vielen –, an deren süd-

3 Neulich habe ich gelesen – ich glaube, es war im Manchester Guardian –, dass geplant ist, eine ähnliche (aber viel größere) Gedenksäule für Horatio Nelson auf dem neuen Trafalgar Square in London zu errichten. So wollen die Freunde unserer Gesellschaft ihre Steuern nicht gern verwendet wissen.

lichem Gestade sich der Fluss entlangschlängelte. Im Nordwesten schimmerte offenes Gewässer, und ich fragte mich, ob das wohl der Ontariosee sein konnte, den ich bei Thomas Wilkinson im Atlas gesehen hatte, doch dann fiel mir die enorme Entfernung wieder ein, die mir die Karte gezeigt hatte, und mir wurde klar, dass ich nicht einmal die Hälfte der erforderlichen Strecke zurückgelegt hatte. Weit unten im Süden lagen ferne Hügel, ein weites, unbekanntes Land. Unter mir sah ich die Stadt mit ihren roten Metalldächern und den Spitzen der Turmgebäude, scharf umrissen in der dunstigen Wildnis.

Zögernd kehrte ich in die emsigen Straßen zurück, doch es stellte sich heraus, dass William Mackenzie in einem freundlichen modernen Haus mit ummauertem Garten, etwa zehn Minuten zu Fuß von der Stadt entfernt am westlichen Ende der Jean-Baptiste Street wohnte. In seinem eleganten Esszimmer habe ich an jenem Abend beim ersten hausgemachten Abendessen seit sieben Wochen ordentlich zugelangt: Regenbogenforelle, anschließend Fleischklößchen und zu guter Letzt Pflaumenkompott.

Nachdem ich am Nachmittag gegangen war, hatte mein neuer Freund einen winzigen Bummel gemacht, wie er es ausdrückte, und ein Wörtchen mit dem einen oder anderen bei McTavish und McGillivray gewechselt. »Die North West operiert heutzutage nicht in Mackinac, aber wir verfolgen unsere Interessen dort noch immer, neben den Yankees. Aus der früheren Michilimackinac Company wurde vor – lassen Sie mich überlegen – etwa einem Jahr die South West Company. Die Angestellten bei Mackinac sollten automatisch übernommen werden.«

»Demnach arbeitet Alan Mackenzie jetzt bei dieser South West Company?«

»Ja, aber der Teufel will es, dass die Berichte vom letzten Jahr … nun ja … Tatsache ist, dass kaum etwas davon da ist. Im vergangenen Jahr verabschiedeten die Yankees ihr Gesetz, das den Geschäftsverkehr unterbindet. Waren sollen nicht über die Grenze kommen. Alle Handelsgüter aus Montreal wurden im letzten Jahr im Fort St. Joseph festgehalten, diesseits der Grenze zu Mackinac. Und natürlich blieben die Indianer im Südwesten auf den Fellen vom ganzen Jahr sitzen und waren mordlustig, weil sie sie nicht weiterverkaufen konnten. Alles kam zum Stillstand. Doch mein Informant geht davon aus, dass Alan Mackenzie noch immer in Mackinac ist.«

Ich trank einen ausgiebigen Schluck und dachte über seine Worte nach, während ich nach meinen Wochen auf hoher See das gute, saubere Wasser genoss. Angesichts meiner Abstinenz war mein Gastgeber so anständig gewesen, die Karaffe zu leeren, die nach seinen Worten guten Rheinwein enthalten hatte. Ich wollte nicht gern daran denken, wie er hierher gekommen war, wenn doch alle europäischen Häfen dicht waren. Als ich so etwas andeutete, sagte mein Gastgeber augenzwinkernd, die Anordnungen im Rat seien das eine, die Unternehmen der Yankees das andere, und das eine würde das andere einfach nicht beachten, obwohl die ganze Welt dafür in den Krieg ziehen sollte.

»In den Krieg?«, wiederholte ich. »Krieg gegen Frankreich, meinen Sie? Aber die Amerikaner – die Yankees – nehmen daran doch bestimmt nicht teil, oder?«

Ich muss mein Entsetzen ziemlich deutlich gezeigt haben. Da war ich aus meinem vom Krieg verarmten England nach so langer Reise hier in dieses wohlhabende Haus gekommen, das über die blühende kleine Kolonie und den geschäftigen Hafen blickte. William Mackenzie führte kein schlichtes Leben, und ich war noch nie mit derart offen zur Schau getragenem Prunk bewirtet worden. Seine Frau war nicht wie die Matronen aus Cumberland. Trotz der Kälte war ihr Kleid sehr tief ausgeschnitten und von einem leuchtenden Rot, noch dazu mit dem Schimmer einer reifen Pflaume, deren Haut aufplatzt, wenn sie nicht bald geerntet wird. Sie bot mir freundlich Lebensmittel an und bedauerte mich ob der spärlichen Verpflegung mit Schiffszwieback und Pökelfleisch, der ich in den vielen Wochen ausgesetzt war. Ihre Familienangehörigen waren aus dem Haus: die Töchter verheiratet, die Söhne arbeiteten für die Company im Westen. Es war ein friedliches, behagliches Haus, abgenutzt durch jahrelanges Familienleben, durchdrungen von der Anmut des Erreichten. Mein Gastgeber sprach einen Segen über unser Fleisch, den ich der Episkopalkirche zuordnete; dieser Segensspruch war oberflächlich, zeugte jedoch von einer Empfindsamkeit, gegen die ich nichts einzuwenden hatte. Mrs. Mackenzie – ihren Vornamen hat man mir nicht genannt – antwortete auf meine Frage lebhafter, als sie es den ganzen Abend über gewesen war. »Krieg!«, wiederholte sie. »Welcher Mann beschäftigt sich nicht mit Krieg! Sie reden von nichts anderem. Das werden Sie schon sehr bald feststellen, Mr. Greenhow, wenn Sie in dieser Stadt Augen und Ohren offen halten.«

William Mackenzie jedoch beugte sich vor und pochte mit der Faust auf den Tisch, um seine Worte zu unterstreichen. »Ah, mein Guter, ihr Engländer denkt nur an Napoleon. Aber ich sage Ihnen, ein anderer Krieg steht bevor. Die in England sehen nicht, was sie nicht sehen wollen. Schon gar nicht, wenn es weit weg in Übersee ist. Sie werden noch an meine Worte denken; es wird einen Krieg zwischen den Yankees und den Briten geben, noch ehe das Jahr um ist. Höchste Zeit, sage ich. Als der letzte Krieg zu Ende ging, war ich zwölf. Mein Vater ist bei Green Springs gefallen. Ich war der Älteste der Familie, und meine Mutter und ich haben uns sechs aus der neuen so genannten Republik hinausgebracht. Wir haben ein Schiff von New York zur Bay of Fundy genommen – das war eine schreckliche, kalte Fahrt; meine kleine Schwester wurde so krank, dass sie beinahe daran gestorben ist –, dann in einem offenen Flussboot den St.-John-River hinauf bis Frederick's Town. Wir hatten nichts, und solche wie uns gab es zu Tausenden. Wir mussten uns den Landbesitz erkämpfen, denn ich war noch ein Junge, doch wir bekamen unsere Farm, und wir haben es geschafft, gerade eben. Ich habe die Zeit als Heranwachsender in der Nähe von Frederick's Town verbracht. Dann hat mein Bruder die Farm übernommen, und ich ging nach Montreal und trat in die Company ein. Ich bin Loyalist und ein Mann der North West. Und ich sage Ihnen, dass wir in Kanada diesen Krieg wollen; wir sind dazu bereit.

Die Company hat ihn schon lange kommen sehen, als wir Michilimackinac und den Handel im Südwesten verloren. Ich sage Ihnen, wenn wir uns nicht umdrehen und kämpfen, dann wird unser ganzes Land am Ende den Yankees in die Hände fallen. Und nicht nur dieses Land hier. Die Company hat ihre Außenposten von hier bis zum Pazifik im Westen. Drüben in England weiß man nicht einmal, dass es da draußen eine Grenze gibt. Aber es gibt sie, Tausende von Meilen lang, und die American Fur Company sitzt auf der anderen Seite – das sind Astors Männer – und wartet nur darauf, einzumarschieren. Der Himmel weiß, was jetzt in Mackinac los ist. O ja, junger Mann, es wird einen Krieg geben. Es geht um mehr als nur Frachtrechte, obwohl in euren englischen Zeitungen, wenn überhaupt, nur die erwähnt werden. Es wird ein Krieg der Company. Die Regierung weiß es nicht – Simcoe war der beste Gouverneur, den wir je in Upper Canada hatten, doch es gibt ihn schon längst nicht mehr –, die Engländer zu Hause wissen das nicht, doch die Company weiß es. Und die Company wird den Krieg gewinnen, wenn es dazu kommt. Denken Sie an meine Worte, junger Mann, es wird bald sein.«

Ich schwieg, während ich meine Gedanken ordnete, und dann sagte ich: »Ihre Worte entsetzen mich, lieber Freund. Ich kann nicht glauben, dass Krieg etwas verbessern wird oder dass etwas anderes als Übel dabei herauskommt. Was ist mit den Siedlern diesseits und jenseits der Grenze? Was mit den Indianern, die, soviel ich weiß, viel gelitten haben und von einem christlichen Beispiel nur profitieren würden? Was mit den jungen Männern in Ihrer Company, Ihren eigenen Söhnen gar, die das Leben lieben und der Company bis an ihr Lebensende dienen würden und die dafür sterben müssten? Wir sind in einem neuen Land, in dem vielleicht alles neu gemacht werden muss. Wollen Sie denn wirklich, dass es zu Zerstörung und blutigem Krieg kommt?«

Mein Gastgeber stand abrupt auf. »Kommen Sie, junger Mann, das ist kein Thema für Damen.« (Meine Mutter und meine Schwester hätten dazu etwas zu sagen gehabt, doch Mrs. Mackenzie lächelte nur geziert und legte ihre Serviette auf den Tisch.) »Wir gehen ins Lesezimmer. Es gibt vieles, worüber Sie Bescheid wissen müssen, wenn Ihnen ernst damit ist, nach Westen zu gehen. Ich kann Sie nicht in diesen rohen Staat ziehen lassen; das wäre unmenschlich. Kommen Sie mit, und wenn Sie kein Glas Portwein haben wollen, dann können Sie mir beim Trinken zusehen.«

Obwohl ich also allem Anschein nach keine Gemeinsamkeiten mit diesem Mann hatte, dessen Lebensart und Empfindungen den meinen so fern lagen, fand ich eine solche Herzensgüte in ihm, dass ich ihm sogleich Rachels Geschichte erzählte. Ich brachte ihn dazu einzusehen, warum ich meinen Schwager in der fernen Wildnis dieses neuen Landes suchen musste, wo immer er stecken mochte.

William Mackenzie schnäuzte sich laut, als ich zu Ende erzählt hatte, und als ich ihn im Kerzenlicht betrachtete, stellte ich verblüfft fest, dass er ein paar Tränen vergossen hatte. »Das ist eine traurige Geschichte, junger Mann«, sagte er kleinlaut, »und ich wünschte, sie könnte gut ausgehen.« Er seufzte schwer und langte nach der Karaffe. »Ich wünschte, es wäre möglich. Die Wahrheit ist, dass er sie niemals dorthin hätte mitnehmen dürfen. Eigentlich hätte er sie gar nicht erst heiraten sollen. In der Company ist kein Platz für eine weiße Frau. Ein Mann braucht eine Einheimische – eine Indianerin, wie Sie es nennen würden –, das ist so üblich. Ihr Alan Mackenzie hätte das wissen müssen. Er wusste es auch. Jammerschade. Er ist fünf Jahre lang dort draußen gewesen. Nein, nein, ein Mann soll eine Frau in Montreal haben. Aber da draußen – undenkbar. Es gibt viele Männer, die beides haben, oder noch mehr, und das muss wohl so sein, wenn sie der Teufel reitet, schätze ich, doch das eine mit dem anderen zu vermischen, das geht gegen das System. Kann man nicht machen. Nein, nein, es widerspricht sämtlichen Gebräuchen des Landes. Er hätte sie niemals behalten dürfen, unter keinen Umständen.«

»Aber die Siedler«, stammelte ich, entsetzt über seine Worte, »die Siedler haben doch bestimmt Frauen? In Judiths Briefen war von Frauen und Männern in Yonge Street die Rede.«

»Ja, aber die North West ist himmelweit von Yonge Street entfernt. Ihre Schwester ist tief in indianischem Gebiet verschwunden, weit weg von jeglichen Siedlern. Tja, nun, es hat Fälle gegeben, in denen Frauen von Indianern gekidnappt wurden und zurückkehrten. Drüben in den Staaten habe ich davon gehört. Aber ich schätze, dass auf jede zurückgekehrte Frau zwei verschollene kommen. Und nicht nur verschollen … Soll heißen … Und jetzt steht ein Krieg kurz bevor … Dabei hat Michigan nicht … Ihr Schwager muss seine Verbindungen gehabt haben … Die Pelzhändler und die Indianer sind natürliche Verbündete, waren es schon immer … während die Siedler … Mein armer Junge, ich fühle mit Ihnen. Sind Sie sicher, dass Sie nicht ein kleines Glas von diesem ausgezeichneten Portwein wollen? Zu medizinischen Zwecken? Er kann bei Problemen sehr gute Hilfe leisten, glauben Sie mir.«

»Nein danke, mein Freund. Wie war das mit den Siedlern?«

Er lehnte sich im Ledersessel zurück und schaute nachdenklich ins Glas. Das Getränk war von kräftigem Purpurrot, das im Kerzenlicht glitzerte und blinkte. Das Licht vom Feuer im Kamin hob denselben Farbton im persischen Läufer hervor, auf dem ich die Beine ausstreckte, um mir die Füße in den geborgten marokkanischen Pantoffeln zu wärmen. Ich war schläfrig; mir wurde klar, dass ich in all den Wochen auf See auch nicht annähernd so aufgewärmt und im Trocknen gewesen war.

Mein Gastgeber schien kurz davor, einzuschlafen, fuhr jedoch bei einem kleinen Schnarcher zusammen und richtete sich abrupt auf. »Siedler, sagen Sie?« Er lockerte seine Krawatte und langte noch einmal nach der Karaffe. »Nein, nein, mein junger Freund. Ich spreche von Land weit draußen im Westen, wo es keine Siedler gibt. Wo es auch keine geben sollte, um es kurz zu machen. Wenn nun eine weiße Frau dabei ist, redet man von Siedlung. Eine weiße Frau könnte etwas anderes nicht aushalten. Aber die Company will keine Siedler.« Er schenkte sich noch ein Glas ein, wobei er nur ein wenig daneben schüttete, obwohl seine Redeweise bereits einen breiten Tonfall angenommen hatte, der in viel tiefere Schichten zurückreichte, weit jenseits von seinem behaglichen Lesezimmer und seinem Büro in der Company. »Nun, wir – das heißt die Company – sind hier, um Handel zu treiben, und der Indianer ist ebenfalls ein Händler, er ist es schon immer gewesen. Handelsgüter gegen Felle … Für jeden ein Gewinn. Die Siedler aber … roden den Wald … vernichten Jagdgründe … Das Land, so wie der Siedler es will, kann niemand mit ihm teilen. Hinzu kommt, dass sie alle verdammte Yankees sind, eure Siedler. Verfluchte Yankees da unten auf amerikanischem Boden, und verfluchte Yankees mitten in Upper Canada. Verdammte Yankees, die meinen, das ganze erstklassige Jagdgebiet sei ihnen von Gott gegeben. Simcoe hat sie reingelassen, der Teufel soll ihn holen – und trotzdem mochte ich ihn. Aber, der Herr möge ihm verzeihen, er hat den verdammten Yankees dasselbe Geschäft angeboten wie den Loyalisten in Upper Canada, ohne Fragen zu stellen. Auch ihr Quäker habt euch an unserer Grenze niedergelassen – Yankees, ein ganzer verdammter Haufen von euch. Nicht Sie, mein Junge, Sie nicht. Sie sind geborener Engländer, das weiß ich wohl, und was mich dort von Ihnen unterscheidet, nun, das ist Geschichte und soll uns hier jetzt nicht interessieren. Nicht in diesem Land. Nein, nein, mein Junge, ich mag Sie, und daran wollen wir hier nicht denken.

Jetzt zu Upper Canada … Unser letzter Gouverneur dort: Simcoe … Ein netter Mann, ein echter Loyalist … Er forderte die Quäker aus den Staaten auf, hierher zu kommen. Nicht, dass ich was gegen sie hätte, Kleiner. Im Gegenteil; ja, Sie wissen, dass ich Ihresgleichen mag. Quäker sind gute Siedler, das ist eine Tatsache. Die rühren keinen Alkohol an, und wenn es noch so dicke kommt. Sie brauchen das nicht, sie haben ihren Gott, an dem sie sich aufrecht halten. Da draußen an der Grenze braucht man entweder das eine oder den anderen. Glauben Sie mir, man braucht was, wenn man aus dem Nichts eine Farm aufbaut, wenn die Wildnis ringsum heult und die Indianer nach Ihrem Skalp lechzen. Aber ihr Quäker kommt gut mit den Indianern aus. Der Indianer ist ein Krieger, und doch respektiert er einen Mann, der nicht kämpfen will, weil sein Gott es ihm verbietet … Ich glaube, er sieht den Mut hinter dieser Einstellung. Trotz alledem sind Siedler, ob Quäker oder nicht, für die Indianer nichts Gutes … womöglich sind sie auch für die North Western nichts Gutes, und das ist eine Tatsache.«

»Es gibt aber mehr Siedler in den Vereinigten Staaten als hier?«

»Oh, ja. Das Tal des Ohio … Aber im Süden von Michigan gibt es nur Sumpf … die Siedler können nicht nach Michigan … Jede Menge indianischer Verbündeter haben wir da … Die Indianer mögen die Company viel mehr als die amerikanischen Siedler … Ganz zu schweigen von … Michigan liegt jenseits der Grenze, ist aber nicht besiedelt … praktisch nicht … Indianer freundlich … Aber Ihr Schwager, Alan Mackenzie, muss es wissen; er war doch in dem Land.

Es führt zu nichts, wenn wir nur Vermutungen anstellen; Sie müssen mit ihm reden.«

»Das ist mein größter Wunsch.«

»Dann müssen Sie ihn auftreiben, oder? Tja, ich habe darüber nachgedacht, Kleiner. Ja, ich habe Ihnen das Denken abgenommen. In diesem Winter können Sie nichts ausrichten. Das ist Ihnen doch klar? Die Kanus werden in etwa einer Woche zurückkehren, und dann geht vor dem nächsten Frühjahr nichts mehr nach Westen. Im Mai, wenn das Eis schmilzt, dann brechen Sie auf.«

»Im Mai? Das ist der Fünfte Monat des nächsten Jahres! Ich kann doch bis dahin nicht hier von einem Fuß auf den anderen treten!«

»Nun, Kleiner, ob Sie ungeduldig warten oder nicht, hängt von Ihnen ab. Aber ich sage Ihnen, da oben im Norden friert es bereits, und Sie kommen auf keinen Fall vor dem Frühjahr bis Mackinac. Niemand versucht Sie aufzuhalten; es ist göttliche Fügung. Der Winter kann jetzt täglich wie die Flut über uns hereinbrechen, die nicht vor Mai abebbt. Weder Sie noch andere können bis dahin etwas unternehmen.«

Ich schaute ihn finster an und dachte nach. »Aber im Fünften Monat – im Mai – könnten Sie es einrichten, dass ich mit den Händlern nach Westen gehe?«

»Das ist gar nicht so leicht, wie Sie vielleicht meinen. Aber ich werde an der rechten Stelle ein Wort einlegen, denn mir liegt daran, Sie auf den Weg zu bringen. Morgen …«

Doch der nächste Tag brachte andere Nachrichten: Mrs. Mackenzie (ich habe nie erfahren, wie sie heißt, daher muss ich bei der förmlichen Anrede bleiben) stand an der Tür, als ich von einem Spaziergang zurückkehrte. »Die erste Brigade ist wieder da! Mr. Mackenzie hat mir die Nachricht zukommen lassen, Sie sollten die graue Stute nehmen und nach Lachine reiten. Ich kann Ihnen den Weg beschreiben.«

»Ist er auch dorthin gegangen?«, fragte ich verwirrt.

»Um Himmels willen, nein! Er hat die Kanus schon hundert Mal zurückkehren sehen« – das konnte kaum der Fall sein, denn sie kommen nur einmal im Jahr, doch ich ließ es stehen –, »aber Sie sollten den Anblick nicht verpassen, ganz gewiss nicht. Die nächste Brigade ist jederzeit fällig, hieß es. Können Sie reiten, Mr. Greenhow?«

»Selbstverständlich!« Sie war eine unwissende alte Frau, doch ich war jung und sehr schnell gekränkt. Woher sollte sie wissen, dass ich so ziemlich alles ritt, worauf man sitzen konnte, ja, und dass ich der Junge war, der zwischen den Gezeiten über den Strand bei Moricombe von Skinburness nach Cardunnock geritten ist, nicht wegen einer Wette, was gegen die Grundsätze unserer Gesellschaft verstößt, sondern weil der Stellmacher in Silloth gesagt hatte, er würde jede Wette eingehen (denn er gehörte nicht unserer Gesellschaft an), dass das nicht möglich war. Das war auf meiner eigenen Stute Mollie, und die fehlte mir sehr, denn Williams Petal war die lahmste Schnecke, der ich je begegnet bin; sie wollte nicht einmal die leeren Ochsenkarren überholen, die bereits über die hoch gelegene Straße nach Lachine unterwegs waren und einen Staub aufwirbelten, der die Hecken überzog, sodass es aussah, als wäre vor der Zeit Schnee gefallen. Trotz alledem kam ich noch rechtzeitig in Lachine an, um die nächste Brigade einlaufen zu sehen.

Damals hatte ich noch keine der großen Industriestädte Englands besucht. Noch nie hatte ich so viele Lagerhäuser und so viele Produktionsstätten auf einmal gesehen. Auch eine so bunt zusammengewürfelte Menschenmenge, wie sie sich hier an der Uferstraße drängte, hatte ich noch nicht erlebt: nicht nur die Art Männer (und auch unmoralischer Frauen), die man in Whitehaven antrifft, sondern Männer, die wie jakobinische Revolutionäre bunte Mützen und gewebte Schärpen trugen[4],

4 Später entdeckte ich, dass dies eine ungerechtfertigte Annahme war, über die die *voyageurs* entsetzt gewesen wären.

und Indianer – die ersten, die ich sah –, die mir damals ausgesprochen fremdartig vorkamen in ihren hirschledernen Anzügen und Mokassins, über und über mit Klauen und Federn geschmückt.

Ich ließ die Stute in der Obhut des Stallknechts vom Henley Inn und schaute mich um. Lachine lag an einem großen natürlichen Hafenbecken, in dem die beiden Meeresarme einer beliebig großen Schiffsmenge perfekten Schutz boten. Es gab jedoch keine Schiffe, sondern große Kanus, die in Scharen zusammengezogen waren, gleich den Hundertschaften von Seehunden, die sich zu dieser Jahreszeit an den Gestaden des Solway aalen. Über uns kreischten hungrige Möwen, und im Westen sah ich kleine Inseln, welche die Hafeneinfahrt schützten.

Als ich zum ersten Mal die großen *canots du maître* vor mir sah, erfasste mich eine innere Unruhe – ich konnte ja noch nicht wissen, was die Zukunft bringen sollte. Die Kanus glitten wie schwerelos durchs Wasser und wurden rasch ans Ufer gepaddelt, wo die Männer in das niedrige Wasser sprangen, die Boote entluden und auf den Strand zogen. In dieser kurzen Zeit hätte man nicht einmal eine Ankerwinde bemannen können. Alle Schiffe, die ich bisher gesehen hatte, waren behäbig gewesen, ja selbst der Dampfer auf dem St.-Lorenz-Strom, den ich ins Herz geschlossen hatte. Die Paddel bewegten sich mit unwahrscheinlicher Geschwindigkeit, alle zugleich, und wenn sie ans Ufer gelangten, kamen alle zugleich zum Stillstand, und die *voyageurs* hoben die Paddel und sprangen ins niedrige Wasser. Die Männer selbst waren so bunt gekleidet wie Buchfinkenmännchen im Frühling. Es waren kleine, dunkle Kerle mit breiten, athletischen Schultern. Es war ein herrlicher Anblick, wie sie die großen Pelzballen ans Ufer brachten, jeweils zwei auf einmal – dabei wiegt einer allein neunzig Pfund, hat William mir gesagt –, und noch malerischer wurde es, wenn sie ihren *bourgeois* – den Handelsagenten der Company – mit seinem Biberhut von seinem Platz im Kanu emporhievten und trockenen Fußes am Ufer absetzten. An Land herrschte eine Fröhlichkeit wie auf dem Jahrmarkt in Penrith.[5]

Ich schlenderte umher und schaute zu, doch für mich gab es hier nichts zu tun. Ich war Menschenansammlungen nicht gewohnt, und auf einmal fühlte ich mich einsam. Der Lärm und das Gedränge erzeugten in mir eine Melancholie, wie sie Menschen aus der großen Welt zwischen unseren stillen grauen Hügeln überkommt. Bei mir ist es umgekehrt. Plötzlich konnte ich Lachine nicht mehr ertragen. Ich ging zum Henley Inn zurück, gab dem Stallknecht ein Trinkgeld und ritt schleunigst nach Montreal zurück. Williams Petal legte die Ohren an und versuchte mich durch Bocken abzuwerfen, doch das ließ ich nicht zu. Als sie sich damit abfand, war ihre Gangart gar nicht so schlecht. Die Ochsenkarren holperten noch immer nach Westen. Ich beachtete sie nicht. Mein kleiner Sieg über Williams faules, überfüttertes Pferd verlieh mir neue Zuversicht. Nachdem ich Petal in den Stall gebracht und abgerieben hatte (es gab einen Knecht, doch ich bin ein Bauernsohn und brauchte ihn nicht), ging es mir besser, mein Selbstvertrauen strömte wieder zurück wie die Flut über die Wattfläche des Solway. Ich war bereit, weiterzumachen.

5 Wenn ich mit meinem Vater zum Jahrmarkt ging, verkauften wir unser Vieh, erledigten unsere Geschäfte und gingen nüchtern bei Tageslicht wieder nach Hause. Ich war jedoch auch zweimal mit meinem Vetter John Bristo und den Burschen, die ich beim Ringen kennen gelernt hatte, auf dem Jahrmarkt, und das war eine ganz andere Sache. Einmal wurde ich von Joseph Priestman ernsthaft zur Rechenschaft gezogen, weil er gehört hatte, dass ich mit dem Sieger von Grasmere vor Publikum gerungen hatte. Er kam mit John Nicholson zu uns und hatte ein Schreiben von der Londoner Jahresversammlung 1795 bei sich. Feierlich las er mir vor: *Im Rückblick auf die Antworten zur Anfrage bezüglich Eitler Sportarten gehen wir überein mit dem Fall einer Vierteljahresversammlung, welche … festhält, dass einige Mitglieder zum Zeitvertreib jagen und schießen. Wir zählen diese Praktiken eindeutig zu den Eitlen Sportarten …* Meine Eltern waren sehr in Sorge, weil die Versammlung Grund hatte, mir Vorwürfe zu machen, doch ich wandte ein, ich sei noch nie im Leben auf der Jagd gewesen, obwohl sich die Jagdhunde von Caldbeck fast direkt vor unserer Haustür trafen, und John Peel höchstselbst habe mich freudig begrüßt, als ich sie alle im Winter auf Blencathra traf. Im Stillen stellte ich außerdem fest, dass Ringen überhaupt nicht erwähnt worden war, und ich war damals, was solche Scheingefechte betraf, nicht souverän.

5

William Mackenzie bot mir an, dass ich den ganzen Winter über bei ihm wohnen könne, was äußerst nett von ihm war, doch ich hatte keine Lust, acht Monate untätig in Montreal zu verbringen. Wenn ein Feld brach liegt, ist es an der Zeit, das nächste zu kultivieren. Es war noch nicht zu spät, bis Yonge Street zu kommen, und ich sehnte mich allmählich nach dem Trost meiner Gesellschaft. Bevor ich von zu Hause aufbrach, hatte ich noch nie einen Tag und eine Nacht zusammenhängend ohne unsere Gesellschaft der Freunde verbracht. Anfangs wandte William ein, die Entfernung sei größer, als ich annehme, der Winter in Upper Canada noch viel schlimmer, der See würde bald zufrieren und so weiter und so fort. Vielleicht um mich abzulenken, beharrte er darauf, dass ich mir die neuen Felle ansehen sollte, die in den Lagern an der St. Gabriel Street ausgepackt worden seien. »Denn nur darum geht es, Kleiner! Niemand von uns wäre hier, wenn nicht aus diesem Grunde.«

Auf unserem Weg durch die Büros der North West in der St. Gabriel Street fragte ich ihn nach dem Wappenzeichen über der Tür und dem Bild des merkwürdigen Kanus am unteren Rand des Schildes.

»Ach das«, sagte William. »Haben Sie noch nie etwas vom Fliegenden Kanu gehört, Kleiner? Sie müssen noch viel lernen. An einem Kanu ist mehr dran, als man mit bloßem Auge erkennt. Das Fliegende Kanu bringt einen an Orte, deren Existenz man nie für möglich gehalten hätte. O ja, mein Junge, Sie kommen als ein anderer Mensch wieder, wenn Sie mit dem Fliegenden Kanu fahren.«

Ich sagte nichts dazu; man hatte mir beigebracht, Schrullen jeglicher Art als unter meiner Würde zu betrachten. Hinzu kam, dass ich am Pelzhandel nichts Romantisches fand. Der Gestank, der uns aus den Lagerhäusern entgegenschlug, war Ekel erregend. Ich kannte die Gerberei in Keswick – dorthin bringen wir unsere Viehhäute –, und ich war an den Gerbereien in Penrith, Carlisle und Whitehaven vorbeigegangen; doch so etwas wie die Pelzlager der North West Company in Montreal hatte ich noch nie erlebt. Als wir eintraten, drehte sich mir der Magen um, und ich fürchtete im ersten Moment, ich könnte mich blamieren, doch wie üblich gewöhnte ich mich bald daran. Es gab vieles, was mich ablenkte. Beim Betreten des Lagers fiel unser Blick zunächst auf hohe Stapel zugenähter Leinenballen, die von den Ochsenkarren aus Lachine abgeladen worden waren. Für die schwankenden Karren mit ihrer hoch aufgeschichteten Ladung dauerte die Strecke, die mich weniger als eine Stunde gekostet hatte, anderthalb Tage. Ein halbes Dutzend Männer riss die Ballen auf, sobald sie hereingebracht wurden, und sortierte die Felle zu Stapeln. Das geschah mit einer Geschwindigkeit, der lange Übung vorausging. Währenddessen rief ein Mann die Summe aus, und der Angestellte trug die Zahlen in sein Buch ein. Dann holten andere Männer die Stapel mit Schwung ab, um sie (falls sie noch feucht waren) aufzuhängen und zum Gerben zu lagern. Alles geschah in Eile, und mir schien, als führe kein Einziger seine Arbeit zu Ende. Das alles erinnerte mich sehr an Ameisen, die wild im Ameisenhaufen umherlaufen, wenn man darin stochert.

»André! Bist du das? Sieh doch zu, dass einer dieser Männer ein paar Felle rüberbringt, ja?«

Sogleich humpelte ein gebeugter alter Mann in Trapperhemd und Schärpe herbei. »Sie wollen die Pelze sehen, M'sieu?«

»Ja, ja. Zeig meinem Freund hier, was wir bekommen haben.« William schob einen Stapel Notizbücher an das Ende einer abgenutzten Holztheke. »Das ist gut. Breite sie hier aus!«

Ich erkannte das glatte, braunweiße Fell von Dachsen mit den deutlichen Streifen und das gesprenkelte Hirschleder. Ich kannte die nass wirkenden Otterfelle, die wie polierte Kastanien glänzten, und die weichen, rötlichen Fuchsfelle. Opossums oder Stinktiere hatte ich noch nie gesehen. Ich betrachtete gerade die Felle Letzterer und versuchte mir vorzustellen, von welcher Art Tier sie wohl stammen mochten, als William sagte: »Das sind aber nur Bagatellen. Sehen Sie sich erst mal das hier an, mein Junge!«

Das Fell war rund und dunkelbraun, beinahe schwarz; es war dick und weich, doch es glänzte fast so wie ein Otterfell. Es stammte von einem untersetzten kleinen Tier, denn die Haut war viereckig wie die des Dachses, etwa achtzehn Zoll im Quadrat. Die Beine lagen quer zum Körper. Das Seltsamste aber war sein Schwanz, denn der war so breit wie lang, ein Viereck von sechs Zoll Kantenlänge, genauso wie der Kopf am anderen Ende. Der Glanz des Felles verriet, dass es ein Wassertier war. »Biber?«, fragte ich.

»Ja, Kleiner, ein Biber. Schauen Sie mal.« William holte das Fell heraus, das ich mir angesehen hatte und fuhr mit der Hand gegen den Strich. Das Fell war auf einmal viel dunkler. Darunter lag eine weißliche Schicht, ganz ähnlich wie die Daunen bei der Ente. »Sehen Sie das? Das ist mehr wert als Gold, Kleiner. In ebendiesem Fell steckt bares Geld, das durch dieses Lager geht und mehr wert ist als alle Guineen in der Bank of England, und das ist die Wahrheit, sage ich Ihnen. Geben Sie mir Ihren Hut!«

Überrascht setzte ich den Hut ab und reichte ihn ihm. Er rieb mit Zeigefinger und Daumen am breiten Rand entlang.

»Ja, Kleiner, ihr Quäker seid genau wie die anderen. Einer dieser kleinen Kerle wurde mit der Schlinge gefangen, vielleicht oben im Nordwesten, oder aus seinem Bau unter zehn Fuß hohem Schnee gegraben in einem Winter, wie Sie ihn noch nicht erlebt haben. Dort wurde er gefangen und zweitausend Meilen westlich von hier von einem Indianer gehäutet, dann mit dem Schlitten zu einem Posten der North West gebracht – ich vermute, es sind keine Hudsonbay-Waren, die ich hier in der Hand halte –, dann zu Ballen zusammengefügt und von Kanus über solche Unmengen von Wasser hinweg verschifft, dass Britannia für immer unter deren Wellen verschwinden würde, und schließlich von hier aus nach London transportiert, wo es in die Produktion kam. Und das alles, damit Sie einen schlichten Hut bekommen, Sie ehrlicher Quäker!«

Das schockierte mich ein wenig. Ich hatte gedacht, unsere Hüte seien aus englischer Wolle hergestellt, und ich nahm mir vor, der Angelegenheit nachzugehen, sobald ich nach Hause kam. Ich dachte noch darüber nach, während William mich durch den Rest der North West Company führte. Meine Leute fehlten mir immer mehr; ihnen hätte ich meine Sorgen vortragen können, so etwa diese hier. Ich beschloss, ohne weitere Umstände nach Yonge Street weiterzureisen.

Zwei Tage darauf verließ ich Lachine, nicht mit dem Kanu, sondern mit einem der Flussschiffe, die nicht annähernd so bequem waren wie die *Accommodation*, mit der ich hergekommen war. Tagelang fuhren wir flussaufwärts, kreuzten hin und her, je nach den Windungen des Flusses, während der Wind Schabernack mit uns trieb und dutzend Mal in der Stunde die Richtung wechselte – oder wir. Mir war schlecht. Jedes Mal, wenn wir an eine große Stromschnelle kamen, war ich erleichtert – aber da war ich der Einzige –, weil der Bootsmann dann das Boot durch die Stromschnellen staken musste, wobei Eisenstäbe laut klingend gegen Fels schlugen, und die Passagiere über holperige Pfade gingen, von denen wir beschmutzt bis an die Schenkel, doch was mich betraf sehr erfrischt, zurückkehrten. Auf dem St.-Lorenz-Strom gab es fünf große Stromschnellen, und wir kamen bis Prescott ziemlich langsam voran. Dort wurde ich energisch wie ein Stück Gepäck unter vielen umgeladen – und tatsächlich wurden die Postsendungen und allerlei andere Ballen hinter mir an Bord geworfen – auf ein Durham-Boot, das mich ohne weitere Hindernisse bis Kingston brachte. Der Morgennebel drang mir bis in die Knochen, und meine Nase begann zu laufen. Wir fuhren an Inseln und Flüssen vorbei, die im feuchten Nebel kaum zu erkennen waren; es war mir völlig gleichgültig. In Kingston ging ich nicht einmal an Land: Dort lag ein großer Schoner, die *Lord Nelson*, kurz davor, nach York auszulaufen; ich kletterte mit den Postsäcken an Bord, und wir legten noch in derselben Stunde ab.

Wir waren bereits weit draußen auf dem See, als der Nebel sich schließlich lichtete. Ein frischer Wind kam auf, über uns tauchte ein kleines blaues Loch auf, und nach einer Stunde war der Himmel klar und blankgefegt. Die kabbeligen Wellen glitzerten in der Sonne, und obwohl ich fror und gegen Übelkeit ankämpfte, kam mir unwillkürlich ein Seufzer des Entzückens über die Lippen. Das war das Meer, wenn auch ohne Salz. Es gab keinen Horizont, nur ein helles Band in der Ferne, wo Himmel und Wasser aufeinander trafen; nur zu unserer Rechten lag ein schmaler Streifen Land. Ich hatte gedacht, einen Kontinent zu finden, stattdessen war hier ein Ozean. Ich besann mich auf die Karte in Thomas Wilkinsons Arbeitszimmer und rief mir die Umrisse fünf großer Seen ins Gedächtnis. In der Nähe von Derwentwater aufgewachsen, hätte ich mir einen so unermesslich großen See wie diesen nie vorstellen können. Möwen kreischten über unserer Heckwelle, wie im Frühjahr, wenn sie dem Pflug folgen, doch dort, auf diesem frischen Ozean am Rande der Welt, gab es kein Land zu bestellen. Den Atlantik verabscheute ich. Dieser Binnensee indes stellte mir sauberes Wasser und ungeahnte Möglichkeiten in Aussicht; er schien so unberührt, als habe die Hand des Herrn ihn gerade an jenem Tag fertig gestellt, und in mir keimte neue Hoffnung auf.

Erst als ich in York eintraf, merkte ich, dass die Monatsversammlung Yonge Street mehr als fünfundzwanzig Meilen von York selbst entfernt ist. Die halbe Meile vom Fort in die Stadt legte ich zu Fuß zurück und erkundigte mich nach einer Übernachtungsmöglichkeit. Zuerst verwies man mich auf das Jordan's York Hotel. Es sah freundlich aus, nur fand offenbar eine vornehme Abendgesellschaft statt, denn ganze Kutschenladungen voller Damen und Herren in Abendgarderobe trafen ein. An der Tür standen ein paar Militäroffiziere herum. Hastig zog ich mich zurück und fragte einen Passanten, ob es in der Nähe wohl eine Unterkunft gebe, die etwas ruhiger sei. Er taxierte mich mit kurzem Blick. »Sie sind Quäker? Dann gefällt es Ihnen im Toronto Coffee House wahrscheinlich besser.« Er nahm mich am Arm und zeigte mir die Richtung. »Dort hinauf.«

Seine gleichgültig hingeworfenen Worte munterten mich über alle Maßen auf. Zum ersten Mal waren Freunde in der Nähe. Das Toronto Coffee House war in der nächsten Straße. Auch hier war es recht voll, doch die Menschen waren weniger vornehm gekleidet, und das winzige Zimmer, das man mir auf der Rückseite des Hauses gab, war sauber und schlicht. Allerdings wachte ich in der Nacht häufig vom Lärm im Coffee Room unter mir und dem ständigen Kommen und Gehen vor meinem Fenster auf.

Am nächsten Morgen wurde ich beizeiten wach und schlenderte mit dem Rucksack auf dem Rücken die Yonge Street entlang. Mr. Cooper im Coffee House sagte, ich hätte einen Tagesmarsch vor mir, doch könne ich den Weg nicht verfehlen. Er hatte Recht; der Weg durch den Wald war gut freigeschlagen worden, doch er war nicht befestigt. Ich stapfte durch Morast, denn es ging ungeachtet der vielen Sümpfe schnurgeradeaus. An manchen Stellen waren die schwarzen Schlammlöcher mit Holzbohlen abgedeckt, die in Upper Canada Cordsamt heißen, doch häufig waren diese Bohlen auch verrottet, oder sie schwammen auf dem Wasser und waren noch trügerischer als der Sumpf. Offenbar verläuft der alte Indianerpfad nach Westen über trockeneres Gelände und hält sich an durchaus vorhandene Höhenzüge. Man hatte mir gesagt, es gäbe Berge, doch ich fand keine, bloß eine Landschaft aus lang gestreckten Hügeln und einen schnurgeraden Weg, sodass man am Gipfelpunkt eines jeden Aufstiegs deutlich das Band des Pfades bis zum nächsten Anstieg verfolgen konnte. William hatte mir gesagt, York zeichne sich durch die große Entfernung von allen anderen Punkten als Hauptstadt aus.

Auf dem Weg nach Norden traf ich auf Farmer, Handwerksgesellen und Boten sowie zweimal auf umherstreifende Milizen, die nach York unterwegs waren. Jeder, der nach Süden ging, blieb stehen und fragte mich, ob ich Neues aus York zu berichten hätte. Es war dasselbe wie im Coffee House und auf dem Schoner: Man redete nur noch über Krieg und Kriegsgerüchte. Einmal wurde ich als verdammter, abtrünniger Quäker beschimpft und mit Schlamm beworfen, ein andermal hielt mir ein wilder Gesell die Spitze seines Bajonetts an den Hals und befahl mir zu schwören, ich sei Loyalist. Ich erwiderte, ich sei Engländer und würde keinen Eid leisten. Daraufhin meinte er, er habe mich für einen verdammten Yankee-Quäker gehalten, und wenn ich Engländer sei, dann wolle er mir gern die Hand reichen. Ich gab ihm die Hand, fand es aber ehrlicher, ihm deutlich zu machen, dass ich zwar kein Yankee, sehr wohl aber Quäker sei und dass weder Gewalt noch die Androhung von Gewalt mich bewegen könne: Ich würde für keine Seite zu den Waffen greifen und niemanden verletzen.

Sonst wurde ich nicht weiter belästigt. Allmählich wurde es dunkel. Auf offener Straße fühlte ich mich klein und verletzlich. Ich bin ein Land gewohnt, aus dem ich hinaus in die Ebene sehen kann. Der Wald in Upper Canada ist nicht vergleichbar mit englischem Wald, in dem es Pfade, Lichtungen und Dörfer gibt; er ist eine undurchdringliche, ungestörte Wildnis von unermesslicher Weite und unvorstellbarer Tiefe. Mit zunehmender Dunkelheit verwandelten sich die Bäume in eine Mauer aus flüsternden Schatten. Am Rande meines Gesichtsfeldes huschte Nachtgetier hin und her. Ich kam so langsam voran, dass ich schon dachte, von der Dunkelheit überrascht zu werden, doch ich zwang mich, im schwindenden Licht weiterzugehen, bis ich den Gipfel bei Oak Ridges erreicht hatte. Hier endlich begann der Wald zu weichen, und bald tauchte die erste Farm auf. Die Lichtung war der Wildnis erst vor kurzem abgerungen, sodass die Felder noch mit Baumstümpfen gespickt waren. Ich gelangte an eine Holzhütte, die direkt am Wegesrand stand. Aus einem Fenster drang Licht; von innen mussten die Felder bereits im Dunkeln liegen.

Ich kam an weiteren Lichtungen und Hütten vorbei; schließlich erreichte ich eine Stelle, an der die Felder nicht von dichtem Wald umgeben, sondern von den Nachbarn durch Zäune aus grob behauenen Holzstämmen getrennt waren. Die Ernte war eingebracht; die Stoppelfelder wirkten glatt wie eine ausgebreitete Decke. Ich erreichte ein kleines Waldstück und direkt dahinter, ein Stück von der Straße zurückgesetzt, ein Haus, dessen Fenster hell erleuchtet waren. Der Anblick kam so überraschend, dass ich mich sehr behutsam näherte, mich in den kleinen warmen Lichtkreis stellte und zum Fenster hineinschaute; ich spürte die nächtliche Kühle im Rücken und atmete die ungewohnten Düfte der Waldnacht ein.

In den ersten drei Bankreihen hatte sich etwa ein Dutzend Freunde versammelt. Im ersten Moment erschien mir das Versammlungshaus mit himmlischem Glanz umgeben, eine Zusammenkunft zur stillen Andacht im strahlenden Lichte der Gegenwart Gottes, doch ich verbannte diese unausgegorene

Vorstellung. Wir aus Mosedale sind sparsame Leute, und wir brauchen nicht vier große Laternen, um eine kleine Zusammenkunft zu beleuchten. Unser Versammlungshaus ist alt und feucht, erbaut aus heimischem Gestein; es hat kleine Fenster und Eichenbänke, die mit den Jahren nachgedunkelt sind. Das Holz hier war hell und neu, das Dach hoch und der Raum darunter luftig und hell. Es gab keine dunklen Schatten oder unbeleuchteten Ecken, keine feuchten Streifen oder schimmeligen Stellen an den Wänden. Tatsächlich hatte ich noch nie ein so modernes und geräumiges Versammlungshaus gesehen. Der Boden bestand aus Holzdielen, was an einem Wintermorgen für die Füße unglaublich behaglich sein musste. Die leeren Bänke um die Versammelten herum hätten mehr als fünfzig Menschen gefasst, und das, so merkte ich bald, war nur die Zusammenkunft der Männer. Denn als ich ins nächste erleuchtete Fenster blickte, sah ich, dass ich mich auf der anderen Seite einer hölzernen Trennwand befand, die das Versammlungshaus in zwei Hälften teilte, und auf dieser Seite hatten sich etwa zwanzig Frauen in Hauben und grauen Mänteln zur stillen Andacht versammelt.

Ich fand die Tür zur Zusammenkunft der Männer, öffnete sie leise, schlich zu einer Bank im hinteren Teil und nahm meinen Platz in der Versammlung ein.

Schließlich kam Bewegung in das Schweigen. Der Leiter richtete sein Pult ein und schlug das Protokollbuch auf. Ich hatte keine Ahnung, warum am Fünften Tag in der Abenddämmerung eine Zusammenkunft zur stillen Andacht und für Geschäfte stattfinden sollte, doch ich war in einem fremden Land, und vielleicht hatten die Freunde hier eine eigenartige Praxis entwickelt.

Natürlich waren die Freunde überrascht, so plötzlich einen Fremden in ihren Reihen zu haben. Ich erklärte, wer ich sei, und übergab dem Leiter, der sich als Joseph Doan vorstellte, mein Empfehlungsschreiben von der Monatsversammlung in

Caldbeck. Er schüttelte mir die Hand und hieß mich herzlich willkommen. Auch ein gewisser David Willson und Amos Armitage reichten mir die Hand, doch mir schien, dass andere Freunde sich etwas zurückhielten. Joseph Doan jedoch sagte offen: »Wir beten für deine arme Schwester. Ich fürchte, du wirst sie nicht wiederfinden, doch wir können den Geist des Mitgefühls, der dich hergeführt hat, nur anerkennen. Wir heißen dich in unserer Versammlung willkommen.« Amos fügte hinzu: »Wenn wir auch nicht über Mittel verfügen, um dein Anliegen weiterzubringen, so können wir dir zumindest Unterkunft bieten. Du kannst den Trost unseres Gottesdienstes so lange in Anspruch nehmen, wie du willst.«

Ich bedankte mich bei ihnen und erklärte, vor allem suchte ich meine Tante Judith Scott. David Willson schüttelte den Kopf. »Unsere Freundin Judith ist vor fast einem Jahr von hier weggegangen. Als der Brief kam, in dem stand, dass deine Schwester verschwunden sei, fiel Judith in einen Sumpf großer Sorge und war außerstande, die Handschrift des Herrn darin zu erkennen. Doch dann setzte unser Herr Jesus Christus ihr den Samen ins Herz, sie solle uns verlassen, um wieder zu unseren Freunden nach Pennsylvania zu gehen und von dort aus, wohin der Herr sie schicken mochte. Sie war getröstet und verließ Yonge Street im Zwölften Monat des vergangenen Jahres. Thomas Armitage nahm sie auf dem Schlitten mit nach York, sobald der Weg fest genug gefroren war.«

Das war ein Schlag. Ich hatte mich darauf verlassen, mit Judith reden zu können; ihr in ein fremdes, feindliches Land zu folgen wäre ein hoffnungsloses Unterfangen. Wie benommen hörte ich den Freunden zu, doch in diesem Augenblick sagte Amos Armitage, sie seien zu einer vorbereitenden Geschäftsversammlung zusammengekommen (denn so nennen sie ihre Zusammenkünfte). Ich könnte still bei ihnen sitzen bleiben, wenn ich wollte, und wenn die Zusammenkunft beendet sei, wolle er sich um meine Unterbringung kümmern.

Ich band mir die Gamaschen auf, zog die schmutzigen Stiefel aus, ließ sie an der Tür stehen und ging wieder in meine Ecke, in der die Zugluft an mir hochkroch und in meine nassen Sachen drang. Ich gab mir die größte Mühe, das Rumoren in meinem Bauch zu ignorieren – denn außer Käse und trockenem Haferbrot hatte ich seit dem Aufbruch in York nichts gegessen –, schloss die Augen und dankte Gott inbrünstig dafür, dass er mich an diesem Tag sicher durch die Wildnis bis zu diesem entlegenen Zufluchtsort meiner Leute geführt hatte.

Bald darauf lenkte ich meine Aufmerksamkeit auf die Versammlung. Viele Freunde fühlten sich berufen, das Wort zu ergreifen, noch dazu in vehementer Form. Wäre Joseph Priestman Leiter dieser Zusammenkunft gewesen, dann hätte er die Freunde gebeten, zwischen ihren Beiträgen Platz zu lassen für das Schweigen, in dem der Wille Gottes offenbar würde. Ich hatte den Eindruck, als wäre diese Versammlung eher von den Meinungen der Männer beherrscht, die häufig widersprüchlich waren, denn von den Eingebungen des Geistes, der über allen menschlichen Auseinandersetzungen steht. Das kann überall vorkommen, wenn sich Menschen mit erdrückenden Sorgen quälen, damals jedoch hatte ich noch wenig Verständnis dafür.

Joseph Doan war ein ernsthafter Mann mit leiser Stimme, dessen Worte umso kostbarer waren, als er wenig sprach. Er stand neben der Bank des Leiters, um sein Anliegen vorzutragen. »Als John Graves Simcoe uns Quäker aufforderte, sich in Upper Canada anzusiedeln, versprach er, dass wir nach unseren religiösen Grundsätzen leben könnten, das Friedenszeugnis eingeschlossen. Er wünschte sich Männer wie uns an der Grenze, denn er wusste, dass wir die Wildnis in gutes Farmland verwandeln konnten und in Frieden mit unseren indianischen Nachbarn leben würden. Das waren die Bedingungen, unter denen wir die Grenze nach Upper Canada überschritten und uns hier niederließen. Niemand hat das Recht, uns zu belästigen, unsere Habe zu konfiszieren oder uns gefangen zu nehmen. Von Beginn der Besiedlung an war klar, dass wir niemals zu Kriegssteuer oder Militärdienst herangezogen würden. Gott der Herr hat uns an diesen Ort geführt, um in der Wildnis unseren Frieden auf Erden zu erschaffen, und nach bürgerlichem Recht sowie nach göttlicher Weisung haben wir das Recht, den Grundsätzen unserer religiösen Gesellschaft treu zu bleiben.«

Als Nächstes meldete sich ein stämmiger Freund mit Fäusten, so groß wie Schinken, zu Wort: »Ja, Freund, aber willst du das Isaac Brock sagen? Ich bezweifle, dass er auf dich hören wird; er wird sein Augenmerk viel eher auf die amerikanische Armee am anderen Ufer des Sees richten als auf ein Versprechen, das gegeben wurde, als Yonge Street noch ein Weg für Farmer war.«

Ein kurzes Schweigen folgte, und die Freunde saßen mit gesenkten Häuptern da. Ich veränderte meine Haltung, setzte mich im Schneidersitz auf die Bank und rieb mir die tauben Füße durch die nassen Socken. Aber die Bank knarrte – ich bin kein Leichtgewicht –, und schon saß ich wieder ganz still.

»Freund Joseph hat Recht.« Das Gesicht des Freundes, der gerade sprach, konnte ich nicht sehen. »Als man uns den Vertrag gab, war kein Krieg in Sicht. Gerade im vergangenen Jahr haben wir an die dreihundert Pfund Strafe gezahlt, weil wir nicht ins Militär eintreten wollten. Unsere Farmen sind klein; wir können so viel Geld nicht zahlen. Acht Freunde haben bereits im Gefängnis gesessen, weil sie nicht gezahlt haben. Isaac Brock, unser neuer Gouverneur, ist Soldat, und Yonge Street ist eine Militärstraße, ob wir es wollen oder nicht. Sie ist nicht für Siedler gebaut worden; sie wurde von der Regierung angelegt, um einen sicheren Weg von York über die Grenze zum Huronsee zu schaffen. Für diejenigen unter uns, die direkt an der Strecke wohnen, vergeht fast kein Tag, an dem sie nicht von Milizen schikaniert werden, oder von Kerlen, die aus lauter Neugier nach York gehen. Die Soldaten nehmen sich, was sie haben wollen, und wenn sie bisher nicht bis zum Äußersten gehen, denkt an meine Worte, dann werden sie es noch, sobald die Regierung ihre Raubzüge bei uns ungestraft durchgehen lässt. Und für diejenigen, die außer Sichtweite der Straße wohnen, wird die Zeit auch noch kommen. Ich weiß nicht, warum der Herr uns diese Prüfung auferlegt hat, gerade jetzt, da die letzten Baumstümpfe von den Feldern verschwunden sind und wir bis zur Reifezeit des nächsten Jahres mit unserer Ernte auskommen. Es kann doch nicht Gottes Willen sein, dass wir in die Vereinigten Staaten zurückkehren und alles von neuem der Wildnis abtrotzen müssen. Einige von uns werden älter und können die Arbeit nicht mehr leisten.«

»Unser Freund mag es schwer finden, in der gegenwärtigen Prüfung Gottes Willen zu entdecken.« Der Sprecher saß auf der Bank der Ältesten mit dem Gesicht zu mir: Es war der dunkle, untersetzte Mann, der sich mir als David Willson vorgestellt hatte. Er sprach mit wesentlich mehr Beredsamkeit als die einfachen Farmer. Ich vergaß, dass ich fror, müde war und Hunger hatte, und ließ mich mitreißen. »Sind wir nicht dazu aufgerufen«, sagte er abschließend, »von neuem unser altes Friedenszeugnis vorzubringen und es als Standarte für die Nationen noch höher zu halten? Ist es nicht der Wille Gottes, dass Yonge Street mitten durch das Herz unserer Gemeinde verläuft? Wenn wir ein fruchtbares Paradies auf Erden errichten sollen, wenn wir Kinder des Friedens sind, wie es unser Herrgott von uns will, ist es dann nicht geziemend, dass unser Licht in die Welt hinaus scheint und wir Zeugnis ablegen gegen jene, die uns verfolgen? Ich sage, dass die Straße durch unsere Gemeinde führt, damit wir vor allen Nationen der Welt zu unserem Zeugnis stehen können. Ist diese Welt denn nicht von einem Ende zum anderen von Krieg zerrissen und somit dem Feind ausgeliefert? Wenn unser Herr Jesus Christus uns hierher gesandt hat, um sein Königreich des Friedens auf Erden zu errichten, hier an dieser Stelle, dann muss dies unser Leid sein um der Wahrheit willen und unser Zeugnis in diesen Zeiten der Gefahr.«

Das nachfolgende Schweigen wurde schließlich von einer zaghaften jungen Stimme gebrochen. »Freunde, wir reden, als befände sich das Land im Krieg. Doch der Krieg ist nichts als ein Gerücht, abgesehen von den Truppen, die über Yonge Street ziehen und uns belästigen. Es herrscht noch immer Frieden zwischen Upper Canada und den Vereinigten Staaten. Sollten wir nicht beten, es möge keinen Krieg geben, diese Bedrohung möge an uns vorüberziehen? Es kann doch wohl nicht der Wille des Herrgotts des Friedens sein, dass es Krieg in diesem Land gibt?«

Der Nächste, der das Wort ergriff, hob in meinen Augen die vorangegangenen Beiträge auf, doch das war zweifellos nicht beabsichtigt. »Es stimmt, Gouverneur Isaac Brock ist Soldat, aber Freunde, nach unserem Wissen und unserer Erfahrung ist er alles in allem ein gerechter Mann und steht unserer Gesellschaft nicht feindselig gegenüber. Wir können ihm helfen und beten, der Herr möge ihm den rechten Weg weisen. Ich bezweifle nicht, dass er zum Krieg fest entschlossen ist, und wenn es dazu kommt, können wir ihn nicht unterstützen.«

Vor den Fenstern war es nun ziemlich dunkel. Die Stille floss und ebbte ab. Eine neue Stimme erhob sich.

»Unser Freund hat Recht. Wir sollten mit Isaac Brock sprechen und ihn daran erinnern, dass die wahre Macht, die friedliche Vorherrschaft Gottes des Herrn mit uns und unter uns ist. Wenn einer die Milizen unter Kontrolle halten kann, dann ist es Isaac Brock. Wir werden bereits eingesperrt, weil wir die Kriegssteuer nicht bezahlen. Demnächst werden womöglich unsere jungen Männer eingezogen. Für Diskussionen ist es dann zu spät. Wir ignorieren die Straße auf eigene Gefahr. Bis in den Tod werden wir unserem Friedenszeugnis treu bleiben, wenn es sein muss, und wenn wir das tun, dann ist der Herr mit uns und beschützt uns. Das Gesetz unseres Landes sollte uns auch beschützen. Das müssen wir dem Gouverneur ins Gedächtnis rufen, noch ehe der Krieg erklärt ist und bevor Gewalttäter Hand an uns legen. Es wäre dumm von uns, wenn wir anders vorgingen.«

In der anschließenden langen Stille breitete sich Unsicherheit wie Wellen aus. Aber auch sie ebbten allmählich ab. Wieder meldete sich Amos Armitage von der Bank der Ältesten zu Wort: »Freunde, so lautet die erste Erklärung zum Frieden, angefertigt von denen, die sich als ›die harmlosen und unschuldigen Menschen Gottes, genannt Quäker‹ bezeichneten: *Unser Grundsatz, nach dem wir stets gelebt haben, ist, Frieden zu suchen und einzuhalten, der Rechtschaffenheit und dem Wissen um Gott Folge zu leisten, das Gute und das Wohlergehen zu suchen und zu tun, was dem Frieden aller dient. Wir wissen, dass Kriege und Kämpfe den Gelüsten der Menschen entspringen, Gelüsten, von denen Gott der Herr uns erlöst hat, und somit von der Möglichkeit, Krieg zu führen. Uns ist zu Eigen, dass wir alle Grundsätze und Handlungsweisen, die auf Blutvergießen hinauslaufen, zutiefst ablehnen, jeden offenen Krieg und Streit und Kampf mit militärischen Waffen, zu welchem Ziel oder unter welchem Vorwand auch immer. Und das ist unser Zeugnis vor aller Welt.*«

Das Schweigen verdichtete sich. Wie eine Decke legte sich der Friede des Herrn um uns und schützte uns vor der unerforschten Wildnis draußen. Ich lehnte mich zurück an die Wand und schloss die Augen. An jenem Tag war ich an die dreißig Meilen gegangen, was in meiner Heimat ein Klacks gewesen wäre. Der hiesige Wald hatte sich in mein Gedächtnis eingeprägt, sodass ich mit geschlossenen Augen eine Reihe von Bäumen, das Stück Himmel über der Straße und die glänzenden Pfützen im Schlamm vor mir sah. In Gedanken stapfte ich noch immer vor mich hin, und als ich endlich wieder zu mir kam, hatte mich Amos Armitage bei den Schultern gepackt und schüttelte mich. »Erlauben die Ältesten von Cumberland einem Mann, in der Versammlung einzuschlafen, Freund? Aber du hast einen weiten Weg hinter dir, so sei dir verziehen. Komm mit, und wir wollen sehen, was wir für dich tun können.«

6

Am nächsten Morgen saß ich vor Amos Armitages Hütte, kratzte den Schlamm von meinen Stiefeln und dachte darüber nach, was mir Amos beim Frühstück gesagt hatte. Er hatte keinen Hehl daraus gemacht, dass er mein Vorhaben für sinnlos hielt. Rachel sei ausgestoßen und stehe daher nicht mehr in der Obhut einer Versammlung. Er respektierte jedoch meine Sorge und gab mir zu den Mitteln und Wegen sogar Ratschläge. »Aber du musst nicht nach Montreal zurückkehren. Du hast schon die halbe Strecke nach Mackinac zurückgelegt. Wir kennen Händler, die diese Straße benutzen und dir auf deinem Weg helfen können.« Ich erklärte ihm, was es mit William Mackenzie auf sich hatte und wie wichtig es für mich war, meine Kontakte in der North West Company auszubauen. Er erwiderte, die North West Company verfolge ausschließlich weltliche Interessen, und es sei die Pflicht eines Freundes, sich von ihren militanten Handlungsweisen fern zu halten. Ich versuchte ihm klar zu machen, warum ich dem Weg folgen musste, den der Herr mir gewiesen hat, und am Ende setzte ich mich mehr oder weniger durch.

Gerade als ich mir die feuchten Schuhe zuschnürte, kam er in Begleitung einer jungen Frau zurück. Sie hatte die graue Haube nach hinten geschlagen. Dichte rote Locken traten darunter hervor, die ihrem Gesicht einen Heiligenschein verliehen. Ich merkte, dass ich sie angaffte, und senkte den Blick;

ihr schlichtes Kleid wies sie als eine bescheidene Quäkerin aus, doch mit der Anmut, die uns angeboren ist, müssen wir uns arrangieren, und niemand kann uns dafür zur Rechenschaft ziehen.

»Das ist meine Nichte Clemency Armitage«, sagte Amos. »Sie und mein Neffe Thomas wollen dich den Winter über beherbergen.«

Clemency Armitage schaute mich offen an, und ich sah, dass Wangen und Stirn übersät waren mit Pockennarben, ohne die sie hübsch gewesen wäre. »Willkommen in Yonge Street, Freund. Deine Tante Judith Scott hat einen Winter lang bei uns gewohnt. Du darfst es ihr gern gleichtun«, sagte sie zur Begrüßung.

»Das ist außerordentlich nett von dir«, erwiderte ich.

»Wir freuen uns über dich. Thomas arbeitet für zwei, und du siehst aus, als wärst du kräftig. Es wäre nützlich, wenn du jetzt mitkämst, denn ich muss den Bullen mitnehmen.«

Ihre offene Redeweise gefiel mir, und ich war froh, mich nützlich machen zu können. Seit dem Tag, an dem ich mich an Bord der *Jane* begeben hatte, war ich oft genug verunsichert gewesen, weil ich mich als nutzlose Belastung für die arbeitenden Männer ringsum empfunden hatte. Der Bulle war gefügig, aber schlecht zu führen. Clemency Armitage fehlte es an Gewicht, um ihn in Bewegung zu setzen, und so führte ich ihn an der Nase, während sie ihn mit Rutenschlägen in die Flanken antrieb, was er, um ehrlich zu sein, nicht einmal bemerkte. Sobald wir uns von der Farm entfernt hatten und über offene Felder zogen, ging der Bulle ruhig weiter. Mit verstohlenen Blicken versuchte ich mir über meine Begleiterin klar zu werden. Als wir uns kennen lernten, war mir aufgefallen, wie blass ihr Gesicht im Kontrast zu dem feuerroten Haar war, doch jetzt, nach unserem Kampf mit dem Bullen, waren ihre Wangen hochrot. Ich hielt den Blick von ihr abgewandt und betrachtete die Landschaft. Die Bäume jenseits der Stoppelfelder begannen sich gelb zu färben, und der Himmel über den Nebelschleiern am Boden war strahlend blau.

Dann öffnete Clemency ein Tor, das nur aus einem losen Pfosten im Gatter bestand. »Jetzt sind wir auf unserem Gelände«, sagte sie.

Hier konnten wir Seite an Seite über die Stoppeln gehen und uns unterhalten.

»Wie ich sehe, habt ihr hier auf dem Feld Weizen gehabt?«

»Ja. Wir bauen ihn jetzt schon jahrelang an – auf diesem Feld zum zweiten Mal.«

»Dann bist du noch nicht lange hier?«, fragte ich. (Auf Highside gibt es seit mehr als dreihundert Jahren Greenhows, heißt es.)

Sie zählte an ihren Fingern ab, was mir ein Lächeln entlockte. »Sieben Jahre. Im ersten Jahr hatten wir nicht genug Baumstümpfe entfernt, um Getreide auszubringen, und haben stattdessen Rüben und Kartoffeln angepflanzt.« Sie schaute mich unverwandt an, ganz unauffällig, doch ich war mir dessen durchaus bewusst. »Vor, na, sagen wir, vier, fünf Jahren haben wir unsere erste Kuh gekauft. Obadiah Rogers hat uns diesen Kerl hier ausgeliehen.« Sie klopfte dem Bullen auf die Schulter. »Jetzt haben wir sechs Kühe und in diesem Jahr eine schöne Färse. Bist du Farmer, Freund?«

»Ja.« Das klang kurz angebunden, daher fügte ich hinzu: »Kein Weizen. Wir sind eine Bergfarm: hauptsächlich Schafe. Eine kleine Viehherde. Wir bauen ein bisschen Hafer an, ausreichend Kartoffeln und Heu, neuerdings auch Rüben für Winterfutter. Mir sind die schönen Rüben hier aufgefallen.«

»Deine Farm ist also anders als die hier?«

»Ja.« Eine Menge wirrer Gedanken schwirrte mir durch den Kopf; hier war alles so fremd, so ganz anders als das, was ich kannte. Und doch war es genauso – das massige Tier, das zwischen uns lief, roch so, wie Vieh überall auf der Welt riecht, und der Geruch der abgeernteten Felder, die Farbe des

Herbsthimmels – all das kam mir schmerzhaft vertraut vor. Ich war selbst überrascht, als ich wider besseres Wissen versuchte, ihr zu erklären, was mit Worten nicht zu beschreiben war. »Das Land hier ist so flach. Wenn man einmal den Wald gefällt und die Marsch trocken gelegt hat, könnte man jeden Quadratmeter kultivieren. Der Himmel ist so weit, aber man hat dennoch kaum Sicht. Es gibt keine Erhebung, keinen Fels. Du kannst mit einem Blick dein ganzes Land erfassen, bis zum Waldrand da drüben, aber dann – nichts.«

»Du willst sagen ›aber dann – Indianerland‹, Freund. Das ist die Grenze. Du stehst auf der letzten Farm in Upper Canada, das solltest du wissen!«

»Sind Indianer in der Nähe?«

»Wir haben hier nur eine Familie. Du wirst sie zu sehen bekommen. Es sind Mississaugas; ihr Sommerlager ist ein paar Meilen weiter im Norden, am Simcoesee. Im Winter sind die Lager weit verstreut: Jeder Haushalt hat seine eigenen Jagdgründe. Wenn sie sich im Winter nicht über das ganze Land verteilen würden, dann müssten sie verhungern. Im Winter sind unsere Freunde bei den Mississaugas so enge Nachbarn auf der einen Seite, wie mein Onkel Amos auf der anderen für uns ein Nachbar ist.«

Der Gedanke, dass die Indianer so nah waren, verblüffte mich. Clemency sagte, es seien gute Nachbarn, weil sie sehr wohl wüssten, dass die Freunde in guter Absicht kamen. Sie habe vieles von ihnen gelernt über Wildpflanzen im Wald, wie man sie als Medizin benutzt, wie sie schmecken und so weiter. »Als wir hier eintrafen«, erzählte sie, »kamen sie aus den Wäldern und brachten uns Fleisch, als wir unsere erste Hütte bauten – das ist jetzt der Kuhstall –, und sie sahen zu, wie wir die ersten Bäume fällten, als wir unseren Garten anlegten.«

»Du bist also nicht in Upper Canada aufgewachsen?«

»Gewiss nicht. Ich bin Amerikanerin.«

»Aber du hast dich hier niedergelassen … bist du jetzt Britin?«

Sie zuckte mit den Schultern. »Wir sind Freunde.« Sie ließ mir Zeit zum Nachdenken und fügte dann hinzu: »Für uns gibt es keinen Streit mit einer Nation. Wir sind amerikanische Staatsbürger – das haben wir zumindest immer gedacht. Wir haben unsere Familie jenseits der Grenze zurückgelassen, und jetzt befürchten wir, dass wir sie nie wieder sehen werden. Das hier ist unsere Farm. Sie hat uns eine Stange Geld gekostet; Thomas würde jetzt niemals von hier weggehen.«

Ein Stück vor uns sah ich eine Holzhütte mit leicht schrägem Dach. Aus dem Schornstein stieg Rauch, und der süßliche Duft von Holzbrand stieg mir in die Nase. Es gab einen Kuhstall und zwei Schuppen. Der Hof dazwischen war zu einer dicken Schlammschicht zertrampelt. In den Furchen scharrten Hühner; als wir näher kamen, plusterte sich der schöne Hahn auf und verkündete unsere Ankunft mit lautem Kikeriki.

»Der Bulle kommt auf das Feld zu den Kühen. Ich öffne das Tor, dann kannst du ihn loslassen.«

Schnaubend trollte sich der Bulle von dannen; ich gesellte mich wieder zu ihr und wickelte dabei den Haltestrick auf. »Bearbeitest du mit deinem Mann das Land allein?«

»Ich habe keinen Mann, Freund.«

»Oh, Verzeihung.« Vor Verlegenheit wurde ich rot wie ein Mädchen, doch sie schaute mich nicht an. »Du und dein Onkel, ihr habt von ›Thomas‹ gesprochen, und ich dachte …«

»Thomas ist mein Bruder. Gleich wirst du meine Schwägerin Sarah kennen lernen. Komm rein!«

Die Hütte war drinnen geräumiger, als sie von außen gewirkt hatte. Ein Schwall Wärme und eine Duftmischung aus Holzrauch und frisch gebackenem Brot schlug mir entgegen. In einem großen Steinofen glomm ein Feuer; darin stand ein Backtopf, um den herum Glut aufgehäufelt war. Der Küchenboden war fest gestampfter, sauber ausgefegter Lehm, und vor dem Ofen lag ein Flickenteppich. Der Tisch stand rechts von der Tür an einem Fenster, sodass man durch das dicke Glas erspähen konnte, wer über den Weg kam, auch wenn man beim Essen saß. In der Ecke stand ein Spinnrad, auf das Licht aus dem anderen Fenster fiel, und an der Wand ein Geschirrschrank voller Steingut. An den roh behauenen Deckenbalken hingen über dem Ofen geräucherte Schinken, sowie über der Stube Bündel aus Kräutern und Zwiebeln. Eine weitere Tür stand halb offen. Ich sah einen Abschnitt Dielenboden; an der Trennwand stand eine Leiter, und über dem inneren Raum befand sich eine Bettstelle mit Vorhang.

»Sarah! Bist du da?«

»Hier bin ich«, ertönte eine Stimme aus dem Schlafzimmer. Als Sarah auftauchte, begrüßte sie mich freundlich. Sie war klein, pummelig, braun und hatte Sommersprossen; sie erinnerte mich an eine gesprenkelte Henne bei uns zu Hause, die immer ins Haus kam und sich an den Ofen setzte. Meine Mutter war der Meinung, dass das Tier mehr Phantasie zeigte als die meisten seiner Art und sich für eine Katze hielt. Als ich Thomas kennen lernte, verstand ich, warum er Sarah auserwählt hatte, denn er war ein unbeschwerter Kerl, der die Wärme des Ofens und ein gemütliches Bett mehr zu schätzen wusste als überragende Intelligenz oder Lebhaftigkeit oder Erörterungen. Ich kann seinen Standpunkt durchaus nachvollziehen, dennoch habe ich eine ganz andere Wahl getroffen.

Das Leben der drei war ganz gewiss primitiver als alles, was ich bisher kannte; dabei leben wir in Highside schon schlicht genug. Der Kuhstall in Yonge Street hatte zunächst als Hütte für eine sechsköpfige Familie gedient – Clemency sagte mir, es habe eine Woche gedauert, sie zu bauen, denn jeder aus Yonge Street half mit –, und nachts sei kaum genug Platz gewesen, damit sich alle hinlegen konnten. Die neue Hütte kam mir schon klein vor, obwohl wir nur zu viert waren. Ich bekam ein Notlager am Küchenherd, und im weiteren Verlauf des Winters war ich froh, der Wärme so nah zu sein, denn es zog über den Boden. Schließlich blieb ich bis Ende des Dritten Monats bei ihnen.

Das Haus lag in tiefer Trauer, wie ich bald feststellte. Zwei Jahre zuvor hatte der Typhus in der neuen Siedlung zugeschlagen, und vier Familienmitglieder waren daran gestorben. Thomas und Clemency hatten innerhalb eines Monats ihre Eltern und ihre beiden Schwestern verloren. Angesichts eines solchen Verlustes wusste ich nicht, was ich sagen sollte, außer dass ich sie in meine Gebete einschließen wolle, worüber sie sich freuten. Meine Hilfe kam ihnen sehr gelegen. Im Winter war ein zweiter Mann im Haus nützlich. Brennholz war zu schleppen und zu hacken, Eis musste aufgebrochen werden, um Wasser zu holen, und im Stall war das Vieh mit Futter und Wasser zu versorgen. In einem der Außenhäuser legten wir Boxen für Kühe an. Thomas und ich fuhren mit dem Schlitten durch den Wald und stellten Fallen auf, was uns manchmal Kaninchen für den Kochtopf einbrachte und allerlei Kleingetier, das mir unbekannt war. Die Armitages hatten langjährige Erfahrung im Zimmerhandwerk, doch sie hatten auch viele im Wald notwendige Fertigkeiten von ihren indianischen Nachbarn übernommen. In jenem Winter lernte ich vieles, was mir später gut zustatten kam.

Am Rande der Felder dehnte sich der Wald weiter aus und war nur durch ein Weidegatter aufzuhalten. Am ersten Abend, an dem Schnee fiel, gab Clemency mir ein Bärenfell, mit dem ich mich zudecken konnte. Ich staunte, wie groß und dick es war.

»Manche sind noch größer«, erklärte Clemency. »Den hat Thomas letztes Jahr auf unserem Haferfeld erlegt. Zur Erntezeit kamen zwei oder drei hierher und bedienten sich jeden Abend. Er hat den hier erschossen, und die beiden anderen sind nicht wieder gekommen.«

»Auf eurem *Feld*? Aber … ist das denn nicht gefährlich? Bist du denn im Wald sicher?«

»Nirgendwo auf der Erde ist man sicher, Freund. Aber was die Bären angeht – die greifen für gewöhnlich nicht an. Wenn man nur genug Lärm macht, kommen sie dir nicht in die Quere. Einmal, als ich Blaubeeren pflückte, habe ich mal einen getroffen. Wir waren beide so sehr damit beschäftigt, unsere Beeren zu sammeln, dass wir uns nicht bemerkt haben. Ich glaube, der Bär hat sich genauso erschrocken wie ich. Ich habe einfach nur aus vollem Hals geschrien, und da hat er sich getrollt.«

»Hattest du denn keine Angst?«

»Angst? Natürlich! Aber es stimmt, sie greifen fast nie einen Menschen an.«

»Und wenn doch?«

»Dann töten sie. Du kannst nicht schneller laufen oder klettern als ein Bär. Wenn du dich ruhig verhältst und Gott um Gnade bittest, dann kann es sein, dass der Bär dich nicht frisst. Vielleicht aber doch.«

Als es kälter wurde, genoss ich es, mich jeden Abend in mein Bärenfell einzurollen in der Gewissheit, dass alle im Wald lauernden Bären bis zum Frühjahr fest schliefen. Auch ich schlief gut. Das dunkelbraune Fell war dick und grob, schmiegte sich jedoch überraschend weich an mein Hemd. Auch tagsüber hätte ich ein solches Fell gut gebrauchen können. Eine derartige Kälte hatte ich noch nicht erlebt. Es gab Tage, an denen die Hitze des Feuers im Keim erstickt schien, obwohl die Scheite vor uns lichterloh brannten. Clemency nähte mir einen Kittel aus Hirschleder und eine Mütze aus Fuchsfell, die ich draußen tragen konnte, und die Wärme dieser Kleidung fehlte mir entsetzlich, wenn ich mich für die Versammlung anständig anziehen musste. Ich saß dann auf meiner Bank im Versammlungshaus, während die Kälte durch Türen und Fenster hereinkroch und sich einen Weg zu meiner bloßen Haut suchte, wo sie nur konnte. Der Schnee fiel früh und lag manchmal bis hoch an die Dachtraufe unserer Hütte. Ich konnte mich überhaupt nicht darin fortbewegen, doch Thomas half mir bei der Anfertigung von Schneeschuhen, wie alle sie hier hatten. Für die runden Rahmen behandelten wir Eschenholz mit Dampf, dann bezog ich den inneren Teil mit Rohleder, wie Clemency es mir gezeigt hatte, und befestigte die Lederriemen, damit ich sie mir unter die Füße schnallen konnte. Ich war mit meiner Handarbeit zufrieden, doch als ich zum ersten Mal damit hinausging, fiel ich sofort über die eigenen Füße und schlug der Länge nach hin. An dem Tag war feiner Pulverschnee gefallen, und die Sonne schickte lange, schräge gelbe Strahlen auf uns hernieder, während wir auf dem sauberen weißen Schnee herumtollten. Ich gab mir die größte Mühe, doch meine Possen brachten Clemency zum Lachen, sodass ihr Tränen auf den Schal fielen und dort festfroren. Schließlich hatte ich den Dreh raus, und Thomas rannte vor mir her und warf Schneebälle, die ich zurückwarf, bis ich wieder hinfiel und ihn erwischte, oder wir fielen zusammen und rollten uns im feinen Schnee, der an uns hängen blieb.

Zuzeiten waren wir auch recht ernsthaft und erledigten die Arbeit. Im Zwölften Monat sagte mir Clemency, was alle drei bereits seit mindestens einem Monat wussten, dass ihre Schwägerin nämlich in anderen Umständen sei, es ihr dabei aber nicht gut gehe. Danach fiel noch mehr Arbeit für Clemency ab, während Thomas und ich draußen schufteten. Eines Morgens lag eine dicke Eisschicht auf dem Schnee, sodass ich bei jedem Schritt einkrachte und ein rundes Loch entstand. An solchen Tagen war es so frostklar, dass man Axtschläge aus nahezu einer Meile Entfernung in Amos Hütte vernahm. Zuweilen hörte es sich an, als sei im Wald ein Schuss gefallen, doch sie sagten mir, es sei nur ein Ast abgebrochen oder ein ganzer Baum vor Kälte entzweigespalten.

Amos war nicht unser nächster Nachbar. Ich war erst ein paar Tage auf der Farm gewesen, als uns die Indianerfamilie aufsuchte, die im Wald knapp eine Meile von uns entfernt überwinterte. Wir saßen noch am Mittagstisch, als die Tür aufflog und ein großer, braunhäutiger Mann in gefranstem Hirschleder mit großen Schritten eintrat; hinter ihm standen eine alte und eine jüngere Frau. Die junge Frau trug ein Kind auf dem Rücken, und zwei weitere Kinder blieben im Türrahmen stehen und beobachteten uns aufmerksam, bis sie den Mut fanden und bis an den Tisch schlichen. Mit einem Ruck zog der große Mann das Ende meiner Bank vor, sodass ich beinahe hinunterflog, und setzte sich wortlos neben mich.

»Guten Tag, Freund«, begrüßte ihn Thomas, offenbar nicht im Geringsten verblüfft. »Haben wir noch Brühe, Sarah? Hol doch eine Schale für unseren Freund Mesquacosy. Und für seine Familie auch.«

Aber die beiden Frauen, Mesquacosys Frau und Schwiegermutter, wollten sich nicht zu uns setzen und nahmen ihre Portion Brühe stattdessen mit nach draußen in den kalten Hof. Nach einer Weile kamen sie mit den geleerten Schalen wieder herein und wanderten herum, nahmen hier und da allerlei Gegenstände in die Hand und riefen sich in ihrer Sprache etwas zu. Unterdessen nahmen die Kinder, die sich um Clemencys Stuhl geschart hatten, eifrig die Happen entgegen, die sie für die Kleinen herauspickte; sie schnappten geradezu nach den Stückchen Fleisch und Käse. Als ich mich direkt an sie wandte, schlugen sie scheu die Augen nieder und wollten oder konnten mir nicht antworten. Die Familie blieb etwa eine Stunde und ging dann ebenso plötzlich, wie sie gekommen war, ohne ein Wort zu verlieren. Sie ließen fünf frisch getrocknete Kaninchenfelle und ein großes Bündel Salbei zurück, das Clemency an einen Deckenbalken hängte. Als ich an jenem Abend zum Kuhstall ging, um den Tieren Wasser zu geben, sah ich die Abdrücke von Schneeschuhen unterschiedlicher Größe, die in die Dunkelheit der Bäume führten, und dachte über die Fremdartigkeit meines neuen Lebens nach.

Danach kamen die Indianer noch ein paarmal, und einige Wochen später, als ich auf meinen neuen Schneeschuhen einigermaßen geübt war, nahm mich Clemency mit zu dem Wigwam. Jeden Tag hob sie ein wenig Milch für den kleinen Jungen auf (denn Clemency war für die Milchwirtschaft verantwortlich). Die Indianer trinken keine Milch, doch als sie sahen, dass Kuhmilch nicht die unerwünschten Nebenwirkungen auf ihren Kleinen hatte wie andere Nahrungsmittel, waren sie dankbar dafür. Clemency sagte, das sei gut so, denn sie und Thomas schuldeten den Indianern viel für all die Hilfe in der Vergangenheit.

Zunächst wirkte der runde Indianerwigwam fremd auf mich, doch da ich Muße hatte, mich umzusehen, fiel mir auf, dass vieles genauso war wie in unserer Hütte: das getrocknete Fleisch und die Kräuter, die von der Decke hingen, Muskete, Axt und Schneeschuhe neben der Tür, der Eisentopf, in dem ein Eintopfgericht über dem Feuer garte. Wir saßen auf Fellen, die über frische Kiefernäste gelegt waren. Während Mesquacosy Clemency überhaupt nicht beachtete, reichte er mir sogleich seine lange Pfeife. Ich rauche keinen Tabak, doch diesem Fall maß ich besondere Bedeutung zu und paffte vorsichtig, wobei ich den aufsteigenden Hustenreiz so weit wie möglich unterdrückte. Damit schien er zufrieden. Schweigend saßen wir beisammen, während die Frauen auf der anderen Seite des Feuers ein paar Kräuter sortierten. Dabei verwendeten sie ein seltsames Sprachgemisch, dem ich gar nicht erst zu folgen versuchte. Dann redete mein Gastgeber. Ich schüttelte den Kopf zum Zeichen, dass ich ihn nicht verstand. Er zeigte auf die Tür und redete erneut. Dann, schon weniger geduldig, nannte er mir nur ein Wort: *peboon – peboon*.

»Er sagt ›Der Winter ist hart‹«, erklärte Clemency, ohne aufzublicken.

»Ja«, bestätigte ich. »Der Winter ist hart.«

Das war unsere gesamte Unterhaltung, doch als Clemency

schließlich die Kräuter in ein Tuch wickelte und aufstand, war ich zufrieden. Mit den meisten meiner Nachbarn in Mungrisdale hätte ich auch nicht viel mehr gesprochen. Später habe ich mich noch oft an diese friedfertige Indianerfamilie in den Wäldern erinnert. Sie besaßen wenig; in manchen Jahren verhungern sie beinahe, doch sie führen in ihrer Umgebung ein so sorgloses Leben, wie es uns in unserer zivilisierten Welt nicht mehr möglich ist.

Wir hatten uns angewöhnt, dass Thomas oder ich abends laut vorlasen, während die Frauen ihre Arbeit zur Hand nahmen. Wir hatten die Ratschläge und Fragen aus Philadelphia gelesen und darüber gesprochen (sie glichen im Wesentlichen den Ratschlägen und Fragen von unserer Jahresversammlung in London). Wir lasen auch Passagen aus den Schriften (vor allem, darin waren wir uns einig, aus dem Neuen Testament) und Fox' *Tagebuch*. Mehr Bücher hatten sie nicht. Von David Willson lieh ich Woolmans *Tagebuch* aus, denn es sprach mich in meiner derzeitigen Lage sehr an, und ich war froh, dass ich die Güte, die ich zuvor daraus empfangen hatte, nun mit anderen teilen konnte. Zweimal erreichte uns eine Ausgabe der *Upper Canada Gazette* auf ihrem Weg durch die Gemeinde. Zwischen den Ratschlägen für Farmer brachte sie auch eine Seite mit Nachrichten aus Europa, vor allem über den Fortgang des Krieges auf der Pyrenäenhalbinsel. Zu Hause hätte mir der Mut gefehlt, es zu lesen, doch in Upper Canada war es wie eine Verbindung zu meinem Heimatland, wenn auch eine sehr dürftige, obwohl mir auffiel, dass der Artikel aus einer amerikanischen Zeitung übernommen worden war.

Im Zweiten Monat ging Amos nach York und brachte einen Brief von meiner Tante Judith an Clemency mit. Clemency las ihn uns vor, während Thomas am Tisch saß und seinen Stiefel flickte und ich eine Suppenschale schnitzte, denn die eine, die sie hatten, war zu klein, um nützlich zu sein.

Philadelphia
15. Tag des Elften Monats, 1811

An Clemency, meine liebe Freundin und Schwester in Christo

Als ich deinen Brief erhielt, in dem du mir mitteilst, der Herrgott habe dich sicher nach Yonge Street geführt, war ich wirklich dankbar. Wir leben in unsicheren Zeiten und wissen nicht, was noch kommt. Viele Jahre lang haben wir in Großbritannien im Schatten eines unaufhörlichen Streits gelebt. Selbst die freie republikanische Regierung, an der deine Vereinigten Staaten auch ihren Gefallen haben, entstammte einem unheilvollen, blutigen Krieg, in dem Bruder gegen Bruder eine Waffe richtete, und Bürger gegen Bürger, Freund gegen Freund. Ich hatte jedoch gedacht, dass an der unbewohnten Grenze, wo die Welt noch neu ist, das Königreich des Friedens, wie es unser Freund William Penn zuerst vor Augen hatte, noch zu errichten sein müsste.

29. Tag des Elften Monats

Jetzt sind Nachrichten über eine entsetzliche Schlacht im North West Territory eingetroffen, ausgefochten am Siebten Tag dieses Monats am Tippecanoe, zwischen einem Propheten der Shawnee und dem Gouverneur des Indiana Territory, einem gewissen Henry Harrison. Ich hatte vorgehabt, unseren Freunden in der Ansiedlung im Nordwesten geistlichen Beistand zu leisten, wie du und ich es zuvor wollten, doch Freunde sagen mir, das komme überhaupt nicht in Frage. Noch schlimmer ist, dass Freunde behaupten, es sei auch unklug, sich angesichts der gegenwärtigen Unruhen der Grenze zwischen den Vereinigten Staaten und Upper Canada zu nähern. Dieselben Freunde sagten noch vor einem Jahr zu mir: ›Die einzige Grenze, die wir anerkennen, ist die durch feierlichen Vertrag mit den Indianern festgelegte zwischen den besiedelten Gebieten im Osten und den Jagdgründen der Indianer im fernen Westen.‹ Jetzt sieht es so aus, als habe die Regierung der Vereinigten Staaten verfügt, dass diese Grenze zwischen Siedlern und Indianern nicht mehr länger gelten soll, und dennoch soll an dieser Grenze, die zwischen Bruder und Bruder, Bürger und Bürger, Freund und Freund liegt und quer durch die Großen Seen führt, eine tiefe Kluft geschaffen wer-

den, als ob du und ich und Hunderte anderer, die durch ähnliche Bande der Freundschaft, der Gesellschaft und Verwandtschaft verbunden sind, allesamt durch Streit und blutigen Krieg getrennt werden müssen.

Bei dem Geschrei über solch unheilvolle Ereignisse verdunkelt sich meine Seele, selbst bei unserer Versammlung hier in Philadelphia. Ich denke daran, wieder nach Hause zurückzukehren, doch die Reise ist eine quälende Prüfung für mich (ich leide sehr auf See) ohne meine erste Begleiterin, die vor dir bei mir war, meine Nichte Rachel. Sie ist mit mir zusammen aufgebrochen – ist das wirklich erst drei Jahre her? Wir beide waren voller Eifer, dem Herrn zu dienen, und sahen immer unser Anliegen vor uns, den Trost durch den Beistand unseres Herrn unseren Freunden in der Neuen Welt zu bringen, und jetzt ist es so weit gekommen. Wenn ich zurückkehre, muss ich ihrer Mutter, meiner Schwester Susan, gegenübertreten. Das kann nicht mehr länger hinausgeschoben werden.

Lange habe ich an dem Glauben festgehalten, dass der Mensch in seinem Wesen gut ist und dass jeder das Innere Licht entdecken kann. Jetzt hingegen – wie kann das sein? – erscheint es mir möglich … dass sein Reich nicht kommen mag, auch in all den Jahren nicht, die unserer Art auf Erden noch vergönnt sind. Vielleicht geschieht sein Wille wie im Himmel, so nicht auf Erden. Es sind schreckliche Gedanken, liebe Freundin, und vielleicht sollte ich sie dir nicht anvertrauen. Doch das Papier ist wertvoll, und ich habe nichts davon, wenn ich dieses eine Blatt, das ich besitze, mutwillig zerstöre. Dann würdest du keinen Brief bekommen. Lass es also so stehen.

In Freundschaft und im Vertrauen auf die großzügige Gnade des Herrn für dich und die deinen,

Judith Scott

Wir verharrten eine Zeit lang in Schweigen, nachdem Clemency den Brief vorgelesen hatte. Schließlich sagte Sarah: »Ich glaube, dieses ganze Reisen ist keine gute Idee; es bringt die Menschen ins Wanken.«

»Mein Herz grämt sich um Judith«, sagte Clemency.

»Sieht so aus, als würdest du deine Tante hier nicht treffen«, sagte Thomas. »Wirft das deine Pläne über den Haufen?«

»Nein«, sagte ich und dachte laut nach. »Meine Mutter hat Judith geschrieben, um ihr mitzuteilen, dass ich unterwegs sei, doch sie hat den Brief anscheinend nicht bekommen. Ich werde im Frühling nach Montreal zurückgehen und sehen, was William Mackenzie für mich in die Wege geleitet hat.«

»Aber Amos hat Recht«, sagte Thomas. »Du könntest den Weg über Georgian Bay nehmen und früher dort sein.«

»Und aufs Neue die Spur von Alan Mackenzie verlieren? Nein, ich werde meine Verabredung einhalten.«

»Du wirst uns sehr fehlen«, sagte Sarah und legte beide Hände auf die Wölbung unter ihrem Kittel, wie sie es in dieser Zeit häufig tat. »Du wirst es bedauern, das Kleine nicht gesehen zu haben.«

Es wäre unhöflich gewesen, wenn ich gesagt hätte, dass ich keine Lust hatte, während ihrer Niederkunft in der kleinen Hütte zu sein oder die ganze Nacht vom Geschrei eines Kindes wach gehalten zu werden.[1] Ich schwieg also, ebenso wie Clemency, als Sarah und Thomas sagten, wie sehr ich ihnen fehlen würde, wenn der Winter vorbei und ich fortgegangen wäre.

1 Ich stellte mir die schlaflosen Nächte mit einem Neugeborenen nämlich genauso schlimm vor, wie sie wirklich sind.

7

Jeweils am Ersten und am Vierten Tag besuchten wir die Zusammenkunft. Ich fand das Versammlungshaus harmonisch und voller Licht. Das Grundstück war mit jungen Ahornbäumen bepflanzt worden, die den Hof vor dem Versammlungshaus vom Friedhof trennten. Clemency erzählte mir, Judith und Rachel seien da gewesen, als die Bäume gepflanzt wurden. Judith hatte in ihrem geistlichen Beitrag darauf hingewiesen, dass die Bäume das langsame Wachstum des Friedens darstellten, da sie doch in eine Welt voller Krieg gesetzt wurden. Einige Älteste hatten gegen den Begriff »darstellen« etwas einzuwenden, und es hatte einige Schwierigkeiten gegeben. Ich verursachte keine Unruhe, denn ich war bei der Zusammenkunft und größtenteils auch draußen schweigsam. Bei der Zusammenkunft setzte ich mich auf den hintersten Platz, den ich am ersten Abend eingenommen hatte. Manchmal schaute ich aus den Fenstern auf die Baumreihe hinter den Feldern, wo der unerforschte Wald begann. Schlösse ich die Augen, würde ich die Fenster noch immer wie grünes Feuer vor mir sehen. Es gab sechs schlichte Rahmenfenster (denn an den Ersten Tagen war die Teilung zwischen der Männer- und Frauenversammlung aufgestellt). Jedes Fenster teilte die Wildnis in fünfzehn Quadrate, neun im unteren Bereich, sechs im oberen, genauso geformt wie das Land, quadratisch und sauber aufgeteilt.

An jenem Ersten Tag nach meiner Ankunft hatte David

Willson mich zu sich eingeladen. Er wohnte etwa fünf Meilen östlich vom Versammlungshaus in einer Hütte wie die anderen Freunde, doch er und seine Frau hatten eine Art Empfangszimmer daraus gemacht, hinter dem eine Küche lag. In David Willsons Zimmer standen ein Regal mit theologischen Werken, ein Schreibtisch und ein Stuhl. Er fragte mich, was ich von der Predigt gehalten habe, die ich am ersten Abend gehört hatte, als ich bei ihnen war. Ich bin daran gewöhnt, nach meiner Einschätzung einer Zusammenkunft gefragt zu werden, doch ich fand die Frage noch nie einfach.

»Ich weiß nicht«, antwortete ich. »Ich war noch nie so lange ohne Kontakt zu Freunden wie an jenem Tag. Ich war froh, unsere Zeugnisse zu hören – es war wie eine Heimkehr.«

»Unser Friedenszeugnis. Das Königreich des Friedens.« Wir schwiegen eine Weile. »Was meinst du, Mark? Du hast auf deinen Reisen genug von der Welt gesehen. Hast du Frieden gefunden?«

Ich dachte ein wenig darüber nach. »Nein.«

»*Sie kennen den Weg des Friedens nicht und es ist kein Recht auf ihren Wegen.* Nein, es gibt keinen Frieden auf der großen weiten Welt. Wo sonst soll das Friedenskönigreich unseres Herrn denn eingerichtet werden? Mark, was meinst du?«

»Ich weiß es nicht.« Ich wollte schon sagen, dass ich in meiner eigenen Zusammenkunft Frieden fand, doch dann dachte ich an Joseph Peat und die Rechnung für die Dachreparatur am Gillfoot Versammlungshaus, in das es noch immer hineinregnete. Ich dachte an meine Eltern, doch dann schob sich Rachel ins Bild, und die Vorstellung von Frieden verschwand, so wie das Spiegelbild der Berge auf einem See verschwindet, wenn sich das Wasser kräuselt. »Nirgendwo auf dieser Erde, glaube ich.«

»*Wir hofften, es sollte Friede werden; so kommt nichts Gutes. Wir hofften, wir sollten heil werden; aber siehe so ist mehr Schaden da.*«

Allmählich reichte es mir. Bevor wir Platz nahmen, war

ich recht aufgeräumt gewesen. »Im Augenblick lebe ich in einem Haus, in dem es große Probleme und Sorgen gegeben hat«, sagte ich. »Trotzdem haben Clemency und Thomas Frieden und Heil gebracht. Ich glaube, viel mehr kann niemand tun.«

»Genau deshalb wollte ich mit dir reden! Denn jetzt sehe ich deutlich, dass die Predigt an jenem Abend, als du kamst, sich tatsächlich auf deinen Zustand bezogen hat. Wenn das Königreich des Friedens jemals auf die Erde kommen soll, wird es dann nicht wie ein zweiter Garten Eden in der Wildnis sein? Wird es nicht an einem Ort sein, der von den Kämpfen und Kriegen der Außenwelt weit entfernt ist? Sind wir denn nicht Menschen, die bereits ins Abseits gestellt sind, weil wir eine große Arbeit in der Welt vor uns haben?«

»Unsere Vorfahren haben Großes geleistet«, gab ich zurück. »Aber ich weiß heute nichts mehr davon.«

»Denn ihr sollt in Freuden ausziehen und im Frieden geleitet werden. Berge und Hügel sollen vor euch her frohlocken mit Ruhm und alle Bäume auf dem Felde mit den Händen klatschen.

Es sollen Tannen für Hecken wachsen und Myrten für Dornen; und dem Herrn soll ein Name und ewiges Zeichen sein, das nicht ausgerottet werde.«

Als er zu Ende gesprochen hatte, strömte Schweigen herein wie die Flut, und ich ließ mich davon tragen.

»Was denkst du, Freund?«, wollte David Willson schließlich wissen.

»Ich dachte gerade daran, wie Daniel Priestman, als er auf unserer Zusammenkunft das Wort ergriff, uns daran erinnerte, dass Judäa ein bergiges Land ist, so wie unser Seengebiet, und dass man das sehr oft in den Schriften lesen kann.« Mir wurde klar, dass es nicht das war, was David Willson hören wollte[1],

1 Auch war es nicht immer das, was die Ältesten in Mosedale jede Woche, fünfzehn Minuten nachdem die Zusammenkunft zur stillen Andacht begonnen hatte, hören wollten, aber das

auch wenn es die wahrheitsgemäße Antwort auf seine Frage war. In dem Versuch, ihm etwas zu bieten, womit er etwas anfangen konnte, sagte ich: »Ich sehe das Reich Gottes nicht als ein so flaches Land wie Upper Canada vor mir.« Doch das war wieder die falsche Antwort.

Zwei Tage darauf kamen die beiden Ältesten Joseph Doan und Amos Armitage zu mir, teilweise, um mich in die Yonge Street Versammlung aufzunehmen, solange ich zu bleiben beliebte, doch auch, um mich zu warnen: David Willson sei bereits mehr als einmal aufgrund seiner prophetischen Predigten diszipliniert worden, und ich sollte mich besser zu nichts hinreißen lassen. Später fragte ich Clemency nach ihrer Meinung. Sie lachte; darüber sollte ich mir keine Sorgen machen, ein Prophet gelte nur selten was im eigenen Lande.

»Glaubst du, David Willson ist ein Prophet?«

Falls Clemency sich in jenem Winter überhaupt setzte, dann war es, um zu spinnen. Saßen wir vier am Abend vor dem Kamin zusammen, dann wurden wir stets vom Schwirren und Brummen ihres Spinnrades begleitet. Sie stellten ihren eigenen Flachs her (wenn auch nicht ihre Wolle), was mir wie ein Wunder der Produktion erschien.[2] Clemency sah zu, wie der Faden unter ihrem Finger hindurchlief, während sie meine Frage beantwortete: »Ich weiß nicht. Deine Schwester Rachel hat mit David viele Gespräche geführt. Das Problem ist, er hat in der Zusammenkunft einen geistlichen Beitrag geleistet – mehr als einmal – und behauptet, äußere Religion, selbst die Bibel,

störte mich nicht. Ich glaube allerlei Bemerkungen meines Vaters gegenüber meiner Mutter entnehmen zu können, dass Daniel Priestman mehrmals für seine Wiederholungen gerügt wurde, doch ohne Erfolg. Einen freundlicheren Mann konnte es nicht geben. Er ist 1814 gestorben. Ich war rechtzeitig zu Hause, um an der Zusammenkunft zu seinem Begräbnis teilzunehmen.

2 Meine Mutter hat immer bereits fertiges Leinen aus Keswick gekauft, und meine Frau macht es jetzt genauso. Wir verkaufen fast unsere gesamte Wolle auf dem Markt – es wäre eine Mühe, die über das hinausginge, was sämtliche weisen Jungfrauen zusammengenommen vollbringen können, die Wolle zu Hause zu spinnen –, wobei meine Frau zurückbehält, was wir für uns brauchen. Sie will die beste behalten und ich nur die schlechteste, und sie ist es, die sich durchsetzt. Ich habe immer einen guten Wollmantel am Leib, und meine Söhne desgleichen.

spräche ihn nicht an. Du kannst dir vorstellen, was die Freunde davon halten.«

»Aber mir gegenüber hat er aus Jesaja zitiert!«

»O ja, er zitiert Jesaja. Er missachtet die Schrift ganz und gar nicht. Er sagt nur, es gebe keine wahre Erleuchtung, es sei denn, durch das Innere Licht. Und dieses Licht brauche keine Worte – es brauche keine Zuflucht bei einer äußeren Schrift –, denn wenn es wirklich brennt, dann entfacht es eine solche Feuersbrunst im Herzen, die jeden, der ihr nahe kommt, erleuchtet. Und das werde das Licht des Königreichs des Friedens sein, in dem die Tage unserer Unschuld wiederhergestellt werden.«

»Und auch um den Getreidepreis müssen wir uns keine Sorgen mehr machen?«

Sie lachte in sich hinein. »Du hörst dich an wie Onkel Amos. Aber ich frage mich wirklich – deine Schwester Rachel hat David Willson viel zugehört. Sie hat seine Worte wiederholt und gesagt, äußere Formen bedeuteten nichts, und wir achteten zu sehr auf die kleinlichen Regeln unserer Gesellschaft. Sie begann, mir Leviticus vorzulesen – die Gesetze für die Israeliten in der Wüste –, und ich musste mit ihr lachen. Ihrer Meinung nach hatten alle Richtlinien, die sich auf vorübergehende Dinge bezogen, ihre Zeit und ihren Platz, doch sobald sie einmal überholt waren – besser gesagt: sobald man aus ihnen herausgewachsen war –, dienten sie nur noch dazu, das wahre Licht zu verbergen, das jeden Menschen erhellt, der auf die Welt kommt; daher müssten wir keinen Maßregelungen folgen, die von außen an uns herangetragen werden, sondern nur den Eingebungen unseres Herzens.«

Sie schaute mich prüfend an, ob ich die Tragweite ihrer Worte verstanden hatte, und nickte. »Du weißt, was das heißt, nicht wahr?«

»Wenn ich kein Freund wäre, würde ich diesen Mann erwürgen! Mit wie vielen jungen Mädchen hat er so geredet?«

»Es stimmt, dass Frauen ihn gut leiden können. Manche Frauen, sollte ich lieber sagen. Auch unsere Frauenversammlung war gespalten. Ich für meinen Teil meine, es gibt genug, worüber man sich Gedanken machen kann. Manchmal denke ich, nun, wir haben Krieg, Hunger und Seuchen hinter uns. Sollen wir uns auch noch auf Scheingefechte einlassen?« Plötzlich schmunzelte sie, und ich lächelte zurück. »Das hätte ich nicht sagen dürfen! Leichtfertigkeit ist meine größte Sünde!« Ihre Gewissensbisse verblüfften mich; sie waren echt. Manchmal fand ich ihre blitzartigen Stimmungswechsel ungemütlich. »Ich meine es ernst, Mark. Ich bin oft genug dafür gemaßregelt worden – ach, mein Leben lang. Mutter wäre noch immer von mir enttäuscht. Ich hatte eine Kusine in Catawissa – sie und ich … oh, manchmal, als wir noch jünger waren, brauchten wir uns während einer Zusammenkunft nur anzusehen, und … Sie war es, die an Pocken gestorben ist. Leichtfertigkeit ist von Übel, Mark. Ich bete jeden Tag um Erlösung.«

»Die Welt wäre traurig, wenn du nichts zu lachen darin fändest.«

»Ich habe zu viel gelacht, Freund. Der Herrgott weiß, ich bin dafür bestraft worden, und noch immer gerate ich in Versuchung. Rachel aber …« Sie verstummte.

»Bitte«, sagte ich kurz darauf, »erzähl mir etwas von Rachel.«

»Sie war die beste Freundin, die ich je hatte.« Die Heftigkeit ihrer Worte überraschte mich. »Seit ich von Catawissa fortgegangen bin, hatte ich keine Freundin – keine richtige. Ich hatte auch keine Zeit gehabt, danach zu suchen, doch als Rachel darum bat, durften wir gelegentlich einen Tag lang zu zweit verbringen – allein hätte man es mir nie erlaubt. Der ganze Wald ist voller Indianerpfade – oh, an manchen Tagen liefen wir meilenweit. Es war Herbst, und wir kamen immer mit vollen Körben zurück. Deshalb hat uns wohl auch niemand des Müßiggangs bezichtigt. Mesquacosys Leute haben uns gute

Stellen und die Pflanzen und Beeren gezeigt, die wir nehmen konnten. Ich konnte mich mit ihnen verständigen, doch Rachel war entschlossen, ihre Sprache richtig zu lernen, denn sie hatte sich vorgenommen, den Indianern im Westen geistlichen Beistand zu leisten. Die Wörter flogen ihr nicht so zu wie mir, was sie wirklich entmutigte, doch wenn wir allein waren, übten wir. Und wir hatten immer sehr viel miteinander zu reden.« Sie hielt inne und sagte dann abrupt: »Rachel ist sehr ehrlich. Sie ist der ehrlichste Mensch, den ich kenne.«

»Hat sie ...« Ich zögerte. »Hat sie je über Heirat gesprochen ... Ich meine, über das Bekenntnis unserer Gesellschaft zur Ehe?«

»Du meinst, ob sie damals die Absicht hatte, jemanden zu heiraten, der nicht der Gesellschaft angehörte?« Plötzlich ließ Clemency ihre Ernsthaftigkeit fallen und schmunzelte mich in einer Weise an, die ich für durch und durch boshaft gehalten hätte, wenn ich Clemency nicht als bescheidenes Mädchen kennen gelernt hätte. »Vielleicht wärst du schockiert, Freund, wenn du wüsstest, wie Mädchen untereinander über solche Sachen reden. Von mir erfährst du es bestimmt nicht!«

Nun hatte ich viel Stoff zum Nachdenken. Clemency hatte Rachel gekannt, wie nur eine Frau eine Person gleichen Geschlechts kennen kann. Sie hatten diesen Herd und diesen Tisch geteilt. Nachts hatten sie in Clemencys Hochbett geschlafen. Rachel war in diesem Haus gewesen zu einer Zeit – knapp zwei Jahre zuvor –, als es von der ganzen Familie Armitage bewohnt wurde, die jetzt verstorben war. Clemencys Hochbett war nur durch eine dünne Trennwand und einen Vorhang als Türersatz abgetrennt. Manchmal weinte sie nachts bitterlich, und obwohl das Schluchzen stets unterdrückt wurde, hörte ich es doch unweigerlich. (Ebenso war es mit Thomas und Sarah, nur hörte ich von ihnen kein Weinen.) Stundenlang lag ich nachts auf meinem Lager an dem mit Asche belegten Feuer und dachte daran, wie Clemency sich fühlen mochte: Wie es wohl wäre, wenn ich allein auf Highside wäre und meine ganze Familie auf dem Friedhof in Mosedale läge.[3]

Thomas und Sarah gingen kurz nach Einbruch der Dunkelheit ins Bett – schließlich waren sie frisch vermählt – und Clemency und ich redeten noch, nachdem die Talgkerze niedergebrannt war und Clemency ihre Arbeit beiseite legen musste. Wir saßen am Ofen, und das Feuer warf sein rotes Licht auf Clemencys Haare, sodass sie leuchteten. Morgens kam sie sauber angezogen ihre Leiter herunter, die Locken unter die Haube gesteckt, doch es gab keinen Spiegel im Haus, und gegen Abend saß die Haube schief, und das wilde Haar stand ihr um den Kopf wie eine Flammenwolke. An einem Abend gegen Ende des Zwölften Monats sprachen wir über meine Tante Judith.

»Ich erinnere mich, als ich noch klein war, kam Judith von ihren ersten Reisen zurück«, erzählte ich ihr. »Sie war in Yorkshire und Lincolnshire und Norfolk und Cambridgeshire gewesen. Ich weiß noch, dass ich im Geiste die Namen vor mich hin sang. Jahre später sah ich einen Atlas bei Thomas Wilkinson, und er zeigte mir die Karte mit den Grafschaften Englands. Zu Hause hatten wir keine Karten. Es machte mir zu schaffen, dass ich nicht genau wusste, wo was war, doch ich

3 Natürlich liegen meine Eltern nicht dort, und wenn es damals auch ein großes Leid war, so starben sie nach einem erfüllten Leben, hatten beide die Sechzig erreicht und noch mehr als zehn Jahre zusätzlich, denn wir Greenhows – und auch die Bristos – sind unverwüstlich. Meine Urgroßtante Agnes Bristo war einhundertzwei, als sie in Mosedale starb, ohne auch nur im Geringsten dahingesiecht zu sein; da war ich drei Jahre alt. Sie hat nicht eine Zusammenkunft zur stillen Andacht ausgelassen: Sie wohnte nicht ganz eine Viertelmeile vom Versammlungshaus entfernt, und anscheinend hat sie den Kindern oft erzählt, wie es gebaut wurde, als sie ein Mädchen von vierzehn Jahren war. Es heißt, sie habe mich gern auf den Knien geschaukelt, und tatsächlich erinnere ich mich vage an eine uralte, ausgetrocknete Frau, die endlos auf ihrem Stuhl neben dem Ofen schaukelte, und an einen Flickenteppich zu ihren Füßen. In meinem kindlichen Gemüt hatte sie etwas mit dem Alten Testament zu tun, doch das kann ich heute nicht mehr erklären. Mein Gedächtnis gibt vielleicht nicht die ganze Wahrheit wieder. Zuweilen erinnern wir uns an Dinge, die andere bestimmen – meine Mutter wünschte sich sehr, dass ich mich an Tante Agnes erinnerte, deshalb tat ich es –, doch das Gedächtnis selbst ist ein launisches, unzuverlässiges Irrlicht (dabei habe ich für die Gespenster des sinnlosen Aberglaubens nichts übrig). Als Werkzeug für Verstand oder Wahrhaftigkeit kann man sich darauf keinesfalls verlassen.

hatte noch nie eine Landkarte gesehen. Ich wusste nicht, was ich die ganze Zeit wissen wollte, bis Thomas Wilkinson mir seinen Atlas zeigte.

Ich weiß noch, dass Judith die ganze Strecke bis London zurücklegte, um ein Reiseprotokoll von der Morgenversammlung zu bekommen, damit sie Freunde in Schottland aufsuchen konnte. Wir hörten, dass die Leute dort sehr angetan waren von ihrem Zeugnis. Ich glaube jedoch nicht, dass sie einen nachhaltigen Eindruck bei Rachel hinterließ, bis sie im Jahre 1804 aus Irland zurückkam. Damals hat Tante Judith einen geistlichen Vortrag über die Notlage der armen Bauern in Irland gehalten, die – wie sagte sie doch gleich? Es wurde alles im Protokoll festgehalten – jetzt fällt es mir wieder ein – »schlimmer lebten als unsere englischen Schweine, und statt einer auf Gleichheit beruhenden Gesellschaft und wahrer Religion werden sie der stinkenden Leiche einer tyrannischen Religion unterworfen«. Jedenfalls waren Rachel diese Worte zu Herzen gegangen, und sie weinte laut in der Zusammenkunft zur stillen Andacht. Ich hörte sie quer durch den Raum schniefen. Ich war erstaunt; meine Schwester gehörte nicht zu den Heulsusen.«

»Vielleicht fällt es mir leichter als dir zu vermuten, was mit ihr geschah. Oh, damit will ich nicht sagen, dass ich empfindsamer bin; ich meine, du bist in keiner Weise wie ein Mädchen.«

»Das will ich doch hoffen!«

»Dessen bin ich mir sicher. Hast du danach mit Rachel darüber gesprochen?«

Ich suchte nach Worten für Clemency; sie war eine gute Zuhörerin. Ihre Fragen verhalfen mir dazu, mich sehr genau zu erinnern.

»Tatsache ist«, hatte Rachel mir nach jener denkwürdigen Zusammenkunft gesagt, »Judith weiß, das Innere Licht ist in jedem Menschen. Man muss die Bibel nicht kennen. Man muss nichts über Jesus Christus gehört haben. Das macht es ehrlich, verstehst du? Es ist nicht ehrlich, wenn man die Wahrheit nur in den Schriften finden kann. Wenn man nun ein armer Bauer in Irland ist, der nie lesen gelernt und nur die Chance hat zu glauben, was ein käuflicher Priester ihm vorsetzt? Oder ein Indianer auf der anderen Seite der Welt? Es ist nicht gut, wenn man sagt, einem armen Heiden sei nichts Besseres beschieden, als nie ins Königreich Christi zu kommen. Das Königreich gibt es wirklich, auch wenn du noch nie etwas davon gehört hast.«

»Ich habe gar nicht gesagt, dass jemand in irgendetwas nicht reinkommt.« Ich ärgerte mich. Wir saßen auf der Türschwelle zum Heuboden und ließen uns die Sonne ins Gesicht scheinen. Ich versuchte, vier ineinander greifende Holzringe zu schnitzen, damit sie wie eine Kette zusammenhingen. Ich hatte ein paar mit zwei Gliedern angefertigt, doch vier waren viel schwerer, und es klappte nicht so recht. Ich wünschte, Rachel würde aufhören, so zu reden. Als Raunen im Hintergrund beim eigentlichen Geschäft des Lebens war es in Ordnung, so wie man den Bach hinter dem Haus vorbeifließen hört, der mir alles über den Zustand des Bodens und des Wetters sagte, ohne dass ich wirklich hinhören musste. Aber ich wollte nicht in die Strömung geworfen werden und schwimmen müssen. Hinzu kam, dass Rachel meiner Meinung nach einen typisch weiblichen Mangel an Logik zeigte. »Aber wenn das Wahre Licht ohnehin jeden erleuchtet, der auf die Welt kommt, wozu macht man sich dann die Mühe, herumzureisen? Du kannst Gottes Licht in dir finden, ohne dass man es dir sagt, ob du ein wilder Indianer oder ein Landsmann in Mungrisdale bist. Wieso kannst du dann nicht einfach in Ruhe gelassen werden, wo immer du bist, ohne dass Tante Judith kommt und Phrasen drischt?«

Sie wollte mit mir rechten, doch ich sprang vom Heuboden herab, wohl wissend, dass sie mir nicht folgen würde, denn es war zu hoch für sie. Um ehrlich zu sein, der Sprung ging mir durch Mark und Bein, doch er gab mir die drei Jahre wieder zurück, die ich ihr voraus war, was ein Schlagabtausch nicht vermochte. Auf dem Rückweg trat ich wütend gegen Steine. Ich hatte Rachel nie viel Beachtung geschenkt, doch ich war an sie gewöhnt. Dann war sie plötzlich zwei Jahre zuvor in die Höhe geschossen und beinahe so groß wie ich geworden, und sobald sie mit mir auf einer Augenhöhe war, wollte sie alles erörtern, was ich von mir gab. Versuchte ich zu argumentieren, verdrehte sie die Augen, als hielte sie mich für dumm, und das machte mich wahnsinnig. Trotzdem wollte sie mich nicht in Ruhe lassen. An dem Tag, an dem sie unserer Mutter sagen wollte, mein Vetter John Bristo habe mich zu einem Ringkampf mitgenommen, habe ich ihr ins Gesicht geschlagen, und sie hat mit den Zähnen geknirscht. Mein Vater hat ein ernstes Wort mit mir geredet und gesagt, ich sei nun fast ein Mann und es gezieme sich nicht für mich, gegen jemanden die Hand zu erheben, am wenigsten gegen ein junges Mädchen, noch dazu meine eigene Schwester. Ich konnte ihm nicht erklären, dass mich ihre Worte schier rasend machten, da sie wie Mücken zur Melkzeit in meinem Kopf herumschwirrten. Danach beruhigte sich die Lage. Ich wurde wieder größer als Rachel und maß noch vor meinem achtzehnten Geburtstag fast sechs Fuß. Ich war ihr gegenüber auch weniger ruppig, bis Tante Judith das nächste Mal kam.

Mir fehlten die Worte, um das alles Clemency zu erzählen, aber ich sagte ihr, dass ich Rachel noch viel aufreizender fand, nachdem sie Judiths Begeisterung übernommen hatte. »Andererseits«, sagte ich, »habe ich nie das geringste Bedürfnis empfunden, einen geistlichen Beitrag zu leisten. Nie habe ich mich in einer Zusammenkunft erhoben, und ich rechne auch nicht mehr damit. Rachel ist da anders: Schon am nächsten Ersten Tag, nachdem Judith im Jahre 1804 abgereist war, begann meine Schwester mit geistlichen Beiträgen. Sie sagte dasselbe, was sie mir an jenem Tag auf dem Heuboden auch gesagt hatte: Das innere Licht sei die Gabe aller, wo und wer immer sie seien, ob sie unseren Herrn Jesus Christus kannten oder nicht. Damit werde jeder Mensch ein Bruder in Christo, sei es ein nackter Wilder im Busch oder der Hörige einer käuflichen Priesterschaft in einem rückständigen Nachbarland. Sie sprach nicht lange, doch die Freunde waren von ihrem Zeugnis zutiefst angerührt, selbst in Mosedale.«[4]

»Und sie, war sie bewegt?«

»Nein.« Das stimmte, was das betraf. In meinen Augen war Rachel bei Zusammenkünften nie eine unter den Freunden. Sie war nur meine Schwester. Sie hatte das Anliegen, zu reisen, noch ehe Judith zum zweiten Mal aus Irland zurückkam – das muss im Winter 1807 gewesen sein – und Rachel, jung, wie sie war, fragte, ob sie nicht mit ihr nach Amerika kommen wolle. Aber – ich sagte zu Clemency »du denkst vielleicht, dass ich mich irre« – ich wusste zu viel über Rachel, um überzeugt zu sein. Ich wusste, sie würde ihr Leben lang nicht zufrieden sein. Sie musste immer etwas tun, wollte stets etwas anderes, was sie zu Hause nicht fand und wir ihr nicht geben konnten.

4 Heutzutage haben die Menschen in einer Zusammenkunft offenbar viel zu sagen. Als ich noch ein Junge war, gab es weniger geistliche Beiträge; unsere Andachten verliefen mehr oder weniger schweigend. Im Sommer fand ich den Morgen des Ersten Tages sehr schwer, dann, wenn Blencathra wolkenfrei war und man unter tiefblauem Himmel einen weiten Blick in die Ferne hatte. Dann saß ich in der Versammlung, und die Sonne schien zu meiner Rechten zum Fenster herein; ich beobachtete den Sonnenstrahl, wie er auf dem gefliesten Boden zu meinen Füßen – ach, so langsam – von der Fuge zwischen zwei Fliesen über den grauen Stein zur nächsten zog. (Die ganzen Jahre über saß ich damals auf der Bank der Ältesten, doch gelegentlich, auch heute noch, wird mir bewusst, wie weit die Sonne auf ihrer Morgenreise über die Fugen auf dem Boden gekommen ist. Fünfzig Jahre lang habe ich es beobachtet; ich kann bis auf die Minute genau sagen, wie spät es ist.) Noch ehe ich jedoch die Zeit bestimmen konnte, weiß ich, dass ich die goldene Linie betrachtet habe, die den Boden unter meinen baumelnden Stiefeln überquerte, als meine Beine noch zu kurz waren. Unsere Bänke haben keine Rückenlehne, und es war sehr hart, nicht von seinem Thron am Ende der Reihe herabzufallen, wenn man kurz davor war, einzuschlafen. Eine Stunde, anderthalb … Ich beobachtete unter halb geschlossenen Lidern, ob die Ältesten schon so weit waren, die Hände darzureichen, und dann saßen sie da, unbeweglich wie die Formation aus grauem Fels oberhalb des Carrick Fell über uns. Als Tante Judith über uns hereinkam, freute ich mich eigentlich über die Ablenkung. Selbst als Kind fiel mir ein gewisser Widerstand in der schweigenden Haltung auf, die ihren Worten entgegengebracht wurde. Ich hatte den Eindruck, dass die Samen nicht auf fruchtbarem Boden landeten, ja nicht einmal auf Fels oder zwischen würgendes Unkraut fielen, sondern dass sie gewissermaßen in einen tiefen, dunklen Brunnen fielen, ohne auf etwas zu treffen.

Natürlich wollte sie fort. Mit der Gesellschaft bot sich ihr eine Gelegenheit, denn als Seelsorgerin sind Reisen und Abenteuer möglich, selbst für ein junges Mädchen vom Lande.

Clemency las meine Gedanken klüger als vermutet. »Dich beeindrucken Frauen nicht, die als Geistliche reisen, nicht wahr, Mark?«, fragte sie.

»Ich bin sicher, dass sich viele berufen fühlen, im Ausland Großes zu leisten, Männer wie Frauen.« Das klang steifer als beabsichtigt, und dafür mochte ich mich nicht leiden.

»Aber du hast vielleicht Schwierigkeiten, das von deiner eigenen Schwester anzunehmen? Darf ich dir sagen, wie es mir erging, als ich Judith Scotts Gefährtin war?«

»Ja, gern.«

Das hatte wohl freundlicher geklungen, denn Clemency lächelte mir zu. Sie legte ihre Arbeit nieder – denn die Talgkerze begann gerade zu blaken – und setzte sich mir gegenüber, die Hände lose auf dem Tisch gefaltet.

»Ich wusste, ich konnte in Judiths Herz deine Schwester nicht ersetzen …«

Ich unterbrach sie. »Hast du mit Rachel gesprochen? Hast du gewusst, was sie im Sinn hatte, bevor sie mit Judith nach Westen zog?«

»Ich werde dir alles sagen, so gut es geht, von dem Zeitpunkt an, als sie zum ersten Mal zu uns kamen.« Clemency hielt inne, um ihre Gedanken zu sortieren. »Sie kamen von unseren Freunden der Philadelphia Versammlung nach Upper Canada. Ich bin in der Obhut jener Versammlung aufgewachsen – ich bin in Catawissa am Susquehanna River geboren. Rachel hatte also meine Verwandten und Freunde aus unserer früheren Versammlung kennen gelernt. Judith und Rachel trafen an einem Spätnachmittag gegen Ende des Zehnten Monats hier ein – das muss 1808 gewesen sein. Zuerst gingen sie zu Onkel Amos' Werkstatt. Er entwarf die Pläne für das neue Versammlungshaus. Judith war ganz aufgeregt, als sie das sah.

Bis zum Frühjahr wohnte sie mit Rachel bei uns – wir hatten dieses Haus gerade fertig gestellt. Sie waren dabei, als wir den ersten Graben für das Versammlungshaus aushoben. Fast alle kamen an jenem Tag zur Versammlung. Dann brachen Judith und Rachel über Yonge Street nach Norden auf, und als Judith zurückkehrte, war das neue Versammlungshaus errichtet.

Sobald sie hier waren, wollte ich alles über meine Familie drüben in Catawissa erfahren. Ich wünschte – aber sag das nicht Thomas oder jemand anderem – ich wünschte, Onkel Amos hätte uns nie überredet, fortzugehen. Den Wald hier zu roden hat meinem Vater schier das Herz gebrochen. Es musste alles so schnell gehen. Ein Farmer erhält erst dann Eigentumsrecht, wenn er innerhalb eines Jahres zwei Hektar Land urbar gemacht, wenn er eine Hütte von mindestens sechzehn mal zwanzig Fuß gebaut – die Hütte von damals ist heute der Kuhstall – und an der gesamten Länge des Anwesens entlang eine dreiunddreißig Fuß breite Straße angelegt hat. Freunden gelingt dies besser als den meisten anderen, weil die ganze Versammlung hilft, aber trotzdem …

Das Problem war: In Pennsylvania gab es kein Land für uns. Es war die Farm meines Großvaters, und es gab fünf Brüder … Außerdem war meine Mutter inhaftiert worden, weil sie auf dem Marktplatz eine Rede gegen Sklaverei gehalten hatte. Uns ist Schlimmes widerfahren. Eines Nachts hat jemand unserem Zugpferd die Augen ausgestoßen. Thomas fand es am nächsten Morgen, blind und blutend. Onkel Amos erhielt einen Brief von Timothy Rogers, der diese Versammlung hier gegründet hat. Timothy sagte, wir sollten in der Wildnis im Norden neues Land anlegen, auf dem Milch und Honig fließe. Uns erschien es, als spräche der Herrgott direkt aus diesem Brief und führte uns in ein neues Land, an einen Ort, an dem wir Frieden finden würden.

Ich war sechzehn Jahre alt. Mein Leben lang hatte ich am Ufer des Susquehanna gewohnt. Wenn ich zu Hause im Bett lag, hörte ich den Fluss. Thomas und ich kannten sämtliche Boote. Wir hatten unsere Vettern, mit denen wir spielten, und die anderen Kinder aus der Versammlung. In Upper Canada sind wir ein so kleiner Teil der Welt, so ein kleines, absonderliches Volk. Drüben in Pennsylvania war es nicht merkwürdig und ausgefallen, ein Freund zu sein. Tatsächlich waren in unseren Augen alle, die keine Freunde waren, wie Menschen, die nicht zu dieser Welt gehörten – zu unserer Welt. Erst seitdem ich hier bin, frage ich mich, ob das hier alles ist oder sein wird.

Wir kamen mit dem Wagen nach Niagara. Dann erlitten wir auf dem See beinahe Schiffbruch, und nachdem wir in York eingetroffen waren, mussten wir auf die Sommertrockenheit warten, damit wir auf einem anderen Wagen mit unserer Habe über die Yonge Street fahren konnten. Während unseres Aufenthalts in York erschien noch immer alles wie ein Abenteuer, und auch als wir unsere erste Hütte hier in Yonge Street bauten, konnten es die Jüngeren noch als Spiel ansehen. Doch ich war das älteste Mädchen; ich musste meiner Mutter helfen, und ich hatte das Gefühl, dass wir alle verfügbaren Stunden brauchten, um Essen auf den Tisch und Kleider an unseren Leib zu bekommen, ganz zu schweigen vom Aushöhlen der gefällten Bäume und dem Anlegen von Zäunen, ehe wir anpflanzen konnten. In dem ersten Jahr damals haben wir nur Rüben rund um die Baumstümpfe gesetzt. Dem Herrn sei Dank, dass wir Freunde hatten, die uns über diese Zeit hinweggeholfen haben. Jetzt, da unsere Felder so schmuck sind, würdest du es nicht für möglich halten: Du kannst dir nicht im Entferntesten vorstellen, welche Mühe darin steckt. Und alles vergebens. Ich weiß, Thomas hat dir erzählt, was passiert ist: dass mein Vater vor zwei Jahren an Typhus gestorben ist. Da war Rachel schon wieder fort. Es erwischte uns alle, auch meine beiden Schwestern starben, und danach erkrankte meine Mutter. Ich glaube, sie starb eigentlich an Kummer. Als Judith zurückkam, war sie nicht die Einzige, deren Herz gebrochen schien.«

Clemency schwieg und barg ihr Gesicht in den verschränkten Armen. Ich wusste nicht, was ich machen sollte. Als meine Schwester in einem gewissen Alter war, brach sie häufig in laute Weinkrämpfe aus, was mir ein für alle Mal einen Abscheu gegen solche Art von Anfällen eingeimpft hat. Clemency weinte nicht laut, doch ihre Schultern bebten, und ich vernahm ersticktes Schluchzen. Unwillkürlich stand ich auf und legte ihr die Hand sanft auf die Schulter. Ihre Haare hatten sich wie gewöhnlich aus den Bändern gelöst; eine dicke rote Locke lag direkt neben meiner Hand auf ihrer Schulter. Mir schoss der belanglose Gedanke durch den Kopf, dass ich ihre Pockennarben nicht mehr bemerkte. Ich wusste nicht, ob sie meine Berührung spürte, doch sie richtete sich auf und rieb sich heftig die Augen.

»Tut mir Leid, Freund. Es ist noch nicht so lange her, weißt du.«

»Ich weiß. Vielleicht willst du nicht mehr weiterreden?«

Entschlossen schüttelte sie den Kopf. »Es verschafft mir Erleichterung, wenn ich rede. Aber ich glaube, es ist schwer für dich. Du musst es dir nicht anhören.«

»Nein, es ist nicht schwer. Erzähl nur weiter, wenn du willst.«

»Ja, gut.« Sie suchte nach einem Taschentuch und wischte sich dann die Nase mit dem Handrücken ab. »Nun ja, Mark, ich war drauf und dran, meinen Onkel Amos dafür zu hassen – was böse ist, ich weiß, denn was nutzt es schon, gegen den Stachel zu löcken –, dass er uns überhaupt aus unserem Land in die heulende Wildnis von Upper Canada geholt hatte. Auch Judith war beunruhigt, dass sie deine Schwester Rachel aus dem schönen England, wo sie hingehörte, in eine Versuchung geführt hatte, die Judith ihrer Meinung nach hätte vorhersehen müssen – obwohl mir nicht klar ist, wie sie das hätte anstellen sollen. So kam es, dass Judith und ich uns den ganzen kummervollen Winter lang gegenseitig getröstet haben – hier in diesem Haus.

Im Frühjahr letzten Jahres fragte sie mich, ob ich mit ihr in die Vereinigten Staaten gehen wollte. Hier existierte nur das Grauen. Ich wollte nur noch fort. Ich hatte das Gefühl, dass ich nach Hause gehen würde. Thomas war im Begriff, Sarah zu heiraten. Niemand war übrig, dem ich fehlen würde. Du sagst, du ahnst die Beweggründe von Frauen, die als Geistliche auf Reisen gehen. Ich frage dich, tun wir irgendetwas auf dieser Erde aus wirklich reinem Herzen? Gott führt uns manchmal an sein Ziel, ob wir wollen oder nicht.«

»Und als Judith dich gefragt hat, ob du sie begleiten willst, konntest du in deine Heimat Philadelphia zurückkehren?«

»Ach ja, aber als ich dort eintraf, stellte ich fest, dass es nicht mehr mein Zuhause war. Im Übrigen blieben wir nicht lange in Catawissa. Wir waren ständig unterwegs und trugen unsere geistlichen Beiträge von Versammlung zu Versammlung. Doch drüben in den Vereinigten Staaten wurde ich wütend, weil die Freunde offenbar nicht verstanden, wie es für uns hier in Upper Canada war. Sie sagten, es werde Krieg geben und dass ich als Amerikanerin lieber nicht zurückkehren sollte. Ich sagte zu ihnen: ›Was haben Kriege mit uns zu tun?‹, doch die Frage, die mich wirklich beschäftigte, war: Wo gehörte ich hin? Ich hätte nie gedacht, dass ich eines Tages in Yonge Street leben wollte, doch meine Eltern und meine Schwestern sind hier auf dem Friedhof beigesetzt. Ich war noch ein Kind, als ich hierher kam, obwohl ich schon sechzehn war. Es war die Eingewöhnung unserer Leute hier (das Einrichten unserer Parzelle), an der ich erwachsen wurde; das und die Todesfälle in unserem Haus. Dieser Ort und ich kennen uns inzwischen ziemlich gut.

Aber ich wollte dir ja etwas über Judith erzählen. Wir sind zusammen durch Pennsylvania gereist, bis hinunter nach Virginia und Carolina. Du hast Vorurteile gegen reisende Frauen, und natürlich trauerst du um deine Schwester. Aber wenn du eine Frau wärst und etwas zu sagen hättest, wolltest du dann nicht, dass deine Gesellschaft dir zuhört? Wärst du nicht froh, aussprechen zu können, was dir am Herzen liegt? Deine Schwester Rachel hat vielen Kraft gegeben. Das Schlimmste, was einer Frau auf dieser Welt passieren kann, ist wohl, wenn sie nicht in die Gesellschaft der Freunde hineingeboren wird.

Trotzdem mache ich mir Sorgen um Judith. Amos hat dir erzählt, dass sie eine andere reisende Freundin in Carolina kennen gelernt hat und einer Eingebung folgend nun mit ihr bei den Indianern arbeitet. Mir aber machte die Hitze sehr zu schaffen; daher trennten sich unsere Wege. Ich kam nach Hause und wohnte unterwegs bei Freunden. Ich war erst zwei Wochen wieder hier, als du eintrafst. Während meiner Reise sagten Freunde, der Krieg stehe kurz bevor, und versuchten, mich vom Überqueren der Grenze abzuhalten. Das aber verstärkte nur meinen Wunsch, nach Hause zu kommen, solange es noch möglich war. Was Judith tun wird, weiß ich nicht.«

»Vermutlich bleibt sie in den Vereinigten Staaten, bis der Krieg vorüber ist.« Im Grunde kümmerte es mich nicht besonders, wo Judith war. Clemencys Worte hatten mir einen kalten Schauer über den Rücken gejagt, denn war Rachel nicht auf amerikanischem Gebiet verschwunden? Diese Grenzen bedeuteten mir nichts, und die Kriege, die ihretwegen geführt wurden, noch weniger, doch eine Grenze im Krieg mochte wohl ein bedeutendes Hindernis sein. Es musste Wege geben, sie zu umgehen. Läge Cumberland mit Westmorland im Krieg, würde ich fünfzig Wege hinüber finden, und wäre die Armee noch so groß. Wie viel mehr Möglichkeiten mochten da in der großen Wildnis von Nordamerika existieren, wenn ich mir erst einmal einen Überblick über das Gebiet verschafft hatte?

8

Nach Yonge Street erschien mir Montreal wie das Zentrum der zivilisierten Welt. William Mackenzie war zu einem alten Freund geworden, sein Haus ein Zufluchtsort, wenn auch ein gefährlich luxuriöser. Der Schnee war geschmolzen, und die Obstbäume begannen Knospen zu treiben. Die großen *canots du maître* bereiteten sich in Lachine auf ihre lange Reise vor. An einem hellen Vormittag Anfang des Fünften Monats war ich in O'Sullivan's Kaffeehaus an der La Place du Marche, fünf Minuten zu Fuß von den Büros der Firma entfernt. Das Lokal war überfüllt; ich fand einen leeren Platz direkt neben der zugigen Tür und bestellte eine Tasse Schokolade. Was die Ältesten von Mosedale gesagt hätten, wenn sie mich gesehen hätten, will ich gar nicht wissen. Ich nahm die einzige Zeitung, die noch am Bord hing; es war eine amerikanische, ein paar Wochen alt und dort, wo sie gefalzt war, so abgenutzt, dass die Artikel unleserlich waren. Zu Hause hatten wir keine Zeitungen, doch zuweilen las ich im Royal Oak in Keswick die *Morning Post*, nicht gerade heimlich, doch durchaus

1 Seit ich ein junger Mann war, habe ich zwanzig Jahre in Frieden gelebt. Die Welt hat sich sehr verändert, und Freunde haben sich mit der Welt verändert, insofern als Männer wie ich der Meinung sind, dass die Dinge, über die in den Zeitungen berichtet wird, uns durchaus etwas angehen. Die Ältesten machten mir einen Vorwurf, als ich ein paar Jahre nach Waterloo den *Manchester Observer* abonnierte, doch ich glaube, ich tat recht daran. Der *Manchester Guardian* – denn so heißt er jetzt – kümmert sich heute weniger um gerechte Reform als in den zwanziger Jahren, doch ich fahre immer noch zweimal die Woche nach Keswick, um die Zeitung zu holen,

in dem Bewusstsein, dass gewisse Freunde mein Interesse an militärischen Angelegenheiten missbilligen würden.[1] Ich las einen Bericht aus Washington City über das Bündnis zwischen den britischen Truppen in Kanada und den wilden Indianern im Westen; mir war nicht klar gewesen, dass die Kämpfe bereits begonnen hatten. Ich habe den Ausschnitt noch bei mir:

… ungeachtet dessen leugnet die britische ›Regierung‹, dass sie die Wilden zu Feindseligkeiten uns gegenüber aufhetzt; dennoch gibt es vielleicht gewisse ›Personen‹ auf der Gehaltsliste dieser Regierung, an deren Händen durchaus das Blut unserer Bürger klebt. Tatsache ist, Sir, dass Col. Grant von der britischen Armee, der neulich in Amherstberg das Kommando führte, eingestand (als Governeur Hull ihn 1807 der unmenschlichen Taktik bezichtigte, Wilde eingezogen zu haben, damit sie sich in die Auseinandersetzungen zivilisierter Nationen einmischen), er und die britischen Agenten hätten den Auftrag, die Wilden in ihren Dienst zu stellen und im Kriegsfall zu verpflichten …

Plötzlich packte jemand meinen Hut an der breiten Krempe und riss ihn mir vom Kopf. Ich sprang auf und stieß den Kerl zurück.[2] Er fiel gegen den Kellner. Aus einem Topf kippte Kaffee über den ganzen Tisch am Fenster, befleckte das weiße Tischtuch und die beiden Herren, die auf den besten Plätzen einander gegenübersaßen.

Ein Tumult brach los, der mich verzagen ließ, doch ich wollte nicht an Boden verlieren. Ich klopfte den Knick aus dem Rand meines Hutes, setzte ihn wieder auf und stellte mich mit

oder ich schicke den Jungen. Es sind jetzt sechs Jahre vergangen, seit das Gesetz verabschiedet wurde, das einem Mann erlaubt, an öffentlichen Angelegenheiten teilzuhaben, ohne einen Eid zu leisten, was im Widerspruch zu den Grundsätzen unserer Gesellschaft steht. Ich frohlockte, als ich Joseph Pease seinen Sitz im Parlament einnehmen sah, und es ist mir gleichgültig, wer das weiß.

2 Eine solche Handlungsweise war unter keinen Umständen mit unserem Friedenszeugnis vereinbar. Ich bin mir meiner Ausrutscher durchaus bewusst, doch ich habe mich zur Wahrheit verpflichtet und lasse nichts aus, was von Belang ist.

verschränkten Armen allen entgegen. Schließlich konnte ich meine Zeche bezahlen wie alle anderen und hatte das gleiche Recht, in einem öffentlichen Lokal zu sitzen wie jeder Mann.

Einer der mit Kaffee bespritzten Herren erhob sich. Er war so groß wie ich, doch alt genug, um mein Vater zu sein, ein Mann mit dunklem Teint, wobei ich nicht sagen konnte, ob dieser vom langen Aufenthalt im Freien oder vom guten Leben herrührte. Er brachte den Tumult durch ein Heben der Hand zum Schweigen und erklärte mir: »Dieser Herr hat etwas dagegen, dass Sie in geschlossenen Räumen eine Kopfbedeckung tragen. Er hat wahrhaftig übereilt gehandelt, doch wir sind eine zivilisierte Nation, und man sieht vielleicht seine Beweggründe.«

Ich war zu wütend, um mich zurückzuhalten. »Bei uns ist es nicht üblich, den Hut vor jemandem zu ziehen, es sei denn vor Gott dem Allmächtigen, dem allein wir uns beugen.«

Sofort begannen einige zu disputieren, doch er hob erneut die Hand. »Nun, ja. Ich glaube, Sie müssen Mr. Greenhow aus Cumberland sein. Stimmt das?«

So kam es, dass ich William McGillivray kennen lernte, den Direktor der North West Company, den ich beim Frühstück in der geschäftigsten Zeit des Jahres gestört hatte, wenn die Brigaden sich auf die Abfahrt von Lachine vorbereiten. Wäre es anders gekommen, dann hätten alle Bemühungen meines Freundes William Mackenzie, die er mir zuliebe unternahm, wohl zu nichts geführt, denn das Beladen der Kanus geschieht nach strengen Regeln, und müßigen Passagieren wird kein Platz eingeräumt. Gewiss hatte William mir den Weg geebnet, denn so hatte sich meine Geschichte herumgesprochen, doch in den nachfolgenden Tagen dachte ich, dass vielleicht auch Gott seine Hand im Spiel gehabt hatte, als er mich auf derart unerwartete Weise in die Gesellschaft von William McGillivray stieß.

William McGillivray hatte das gewandte Auftreten, das großer Wohlstand und eine hohe Stellung verleihen. Der Direktor der North West Company hatte mehr Macht in Händen als der russische Zar, denn er führte die Aufsicht über den eigenen Wohlstand, und seine Untergebenen gediehen gut bei ihm.[3] Angeblich war die North West gänzlich von enteigneten schottischen Clanmitgliedern geführt und somit von verwandtschaftlichen Bindungen zusammengehalten, sowie von einer Treuepflicht, die uns Engländern abgeht.

Ich war klug genug, zu erkennen, dass mein Auftrag mit dieser Begegnung stehen oder fallen konnte. Ich hatte nie Schwierigkeiten, mit Menschen in engeren Kontakt zu kommen, wenn ich mich erst einmal mit ihnen unterhielt. McGillivray zeigte deutliches Interesse an mir, um nicht zu sagen an der Eigenartigkeit meiner religiösen Grundsätze. Er musterte mich mit durchdringenden blauen Augen und befragte mich eingehend unter dem Deckmantel eines normalen, belanglosen Gesprächs. Er bat mich zu sich an den Tisch und stellte seinen Begleiter als Mr. McTavish vor.

Zum Kellner sagte er: »Noch eine Kanne Kaffee, und bringen Sie eine Tasse für diesen Herrn mit.« Er wandte sich an mich. »Mr. William Mackenzie hat mir etwas über Ihre Angelegenheiten erzählt, Mr. Greenhow. Sie kommen aus Cumberland, soviel ich weiß?«

Ich saß nur knapp eine Stunde bei ihm, ohne etwas über ihn zu erfahren, doch er schien mir vor allem ein unglücklicher Mann zu sein. Später erfuhr ich, dass er oft beraubt worden war, was mir Leid tat, denn trotz aller Geschichten über Selbstherrlichkeit, Streitsucht und die Ausschweifungen des Beaver Club stand ich in seiner Schuld; er ebnete mir den Weg.

William McGillivray erhob sich und schüttelte mir die

3 Allerdings weiß ich nicht, wie es jetzt wohl sein mag, denn die alte North West hat in den letzten fünfzehn Jahren abgewirtschaftet, und die Hudson's Bay Company, welche die alten Partner ausgezahlt hat, ist insgesamt autokratischer angelegt.

Hand. »Kommen Sie morgen nach dem Dinner zu mir, Mr. Greenhow. Sagen wir, sechs Uhr. Ich habe dann etwas für Sie. Jeder kann Ihnen sagen, wo ich wohne.«

Das stimmte: St. Antoine House war offenkundig eins der Wahrzeichen des Ortes. Wie man mir beschrieben hatte, nahm ich die obere Lachine Road zur Stadt hinaus, bog nach rechts ab zwischen eindrucksvollen Torpfosten hindurch und folgte einer langen Auffahrt über den westlichen Abhang des Mount Royal. Der Weg führte mich durch einen frisch mit jungen Baumgruppen angelegten Park, vorbei an einem ummauerten Kräutergarten und einem angelegten Garten, den ein Zierteich abrundete und der vom Anwesen durch einen Begrenzungszaun abgetrennt war, bis hinauf zu einem hübschen zweistöckigen Herrenhaus in modernem Stil aus schwarzem Stein mit einer imposanten Fassade, einem Gewächshaus und Nebengebäuden an einer Seite. Es war größer als Greta Hall oder Thomas Wilkinsons nettes Haus in Yanwath (und Freund Thomas hätte sich nach einem solchen Garten förmlich verzehrt), doch nicht von der gleichen Pracht wie Dalemain, an dem ich auf meinem Weg nach Yanwath so oft vorbeikomme. Ein Butler in Uniform führte mich in eine gut bestückte Bibliothek, in der ich William McGillivray an seinem Schreibtisch antraf, umgeben von derart vielen Lederbänden, wie ich es jenseits des Atlantiks nicht vermutet hätte.[4] William McGillivray erhob sich, schüttelte mir die Hand und rückte eigenhändig einen Stuhl für mich heran.

»Nun, Mr. Greenhow, zum Geschäft. Mein Partner William Mackenzie hat beim Vorstand ein Gesuch eingereicht, man möge Ihnen eine Passage nach Sainte Marie du Sault einräumen. Um ehrlich zu sein, ich kann mir nicht vorstellen, dass Sie Ihre Schwester finden. Frauen und Kinder werden gelegentlich

4 Später erfuhr ich, dass in den amerikanischen Ländern ebenso viele Bücher herausgegeben werden wie in Europa. Eigentlich lassen sie alles, was man zu einem zivilisierten Leben braucht, in ihrem eigenen Land herstellen. Das hatte ich irgendwie nicht erwartet.

entführt. Das Volk des Roten Mannes ist heutzutage stark durch Krankheiten dezimiert, das ist vielleicht der Grund. Sie sind ein tapferes Volk, doch sie sterben leicht. Es ist schwer, sich dieser Erkenntnis zu stellen, doch falls Ihre Schwester nicht tot ist, dann ist sie für die Welt, aus der sie kam, so gut wie tot.«

»Wenn sie lebt, Freund, dann ist das von Gott in ihr, was nicht sterben kann. Ich werde sie finden, wenn ich kann.«

»Ach so.« Er schritt ein- oder zweimal durch den Raum, während ich wartete; dann setzte er sich und schaute mich offen an. »Nun gut. Ihr Schwager, Alan Mackenzie, war bei der North West Company angestellt, doch offiziell sind wir Ihnen nicht verpflichtet, denn das, was Sie mit ihm zu tun haben, ist gänzlich privater Art. Dennoch ist die Company nicht kleinlich. Wir nehmen in unseren Kanus keine Passagiere mit. Ein Partner kann jedoch seinen Diener mitnehmen. Wir haben einen Partner, Hugh Chisholm, der nach Fort William zurückgeht. Er sagt, Sie können mit ihm reisen, wenn Sie bereit sind, bis Sault die Arbeit eines Dieners zu verrichten.«

»Ich werde tun, was notwendig ist.«

»Gut. Wir können es uns nicht leisten, einen überflüssigen Mann unterzubringen. Ich sollte Ihnen daher sagen, dass Alan Mackenzie bei Hugh Chisholm in der Region Athabasca angestellt war, ehe er nach Michilimackinac umsiedelte. Ja« – er beobachtete mich scharf –, »ich dachte, das würde Sie interessieren. Ich werde Ihnen den Weg zu Hugh beschreiben, bevor Sie gehen. Er wird Ihnen sagen, was Sie mitnehmen sollen und so weiter.«

»Freund, ich bin höchst dankbar …«

»Moment noch. Es gibt da eine kleine Sache, die Sie als Gegenleistung für uns tun können.« Er nahm ein versiegeltes Papier von seinem Schreibtisch. »Das hier. Es ist ein Brief – ein kleines Papier –, und ich möchte gern, dass Sie es Alan Mackenzie aushändigen, wenn Sie ihn finden.«

»Ich bin gern bereit, das für Sie zu tun.«

»Warten Sie. Das mit dem Brief ... Kurzum, niemand außer Alan Mackenzie darf ihn in die Hände bekommen. Wenn Sie ihn nicht finden, dann verbrennen Sie die Papiere. Und lassen Sie niemanden einen Blick darauf werfen. Ist das klar?«

Ich schaute auf den Brief, dann sprach ich William McGillivray direkt an. »Ich muss Sie fragen, Freund, ob dieses Papier etwas bezüglich des bevorstehenden Krieges enthält. Stachelt der Brief Alan oder einen anderen zu Krieg oder Streit oder Kampf mit kriegerischen Waffen an, zu welchem Zweck auch immer?«

Er begegnete meinem Blick. »Nein, darum geht es nicht. Wollen Sie, dass ich meinen Eid darauf leiste?«

»Nein. Ihr Wort genügt.«

McGillivray verschob einen Briefbeschwerer auf seinem Schreibtisch. »Ich bedaure, Ihnen den Inhalt des Briefes nicht mitteilen zu können. Es muss genügen, wenn ich Ihnen sage, dass es für die Company wichtig ist und Ihrem Schwager gute Dienste leisten wird. Sie sind ein Gentleman, Sir, und ich vertraue Ihnen, dass Sie nicht weiter nachforschen.«

»Freund, ich bin kein Gentleman; ich bin Farmer. Doch wenn Sie beunruhigt sind, weil ich den Brief lesen könnte, dann gebe ich Ihnen mein Wort, dass ich es nicht tun werde, so, wie Sie mir Ihr Wort gegeben haben, dass der Brief nichts enthält, was im Widerspruch zum Zeugnis meiner Gesellschaft gegen jede Art von Krieg steht.«

Darauf ging er nicht weiter ein, sondern fragte mich abrupt: »Wie viele Mitglieder Ihrer ... Gesellschaft ... haben wir in Kanada?«

»Das weiß ich nicht«, sagte ich überrascht. »Die Freunde in Yonge Street sind vielleicht einhundert Seelen oder noch mehr, und es gibt noch andere Siedlungen, denn ich habe sie darüber reden hören. Ein halbes Dutzend Versammlungen? Ich glaube, Sie würden an die tausend Quäker finden, wenn Sie das Land von einem Ende zum anderen absuchen.«

»Ach so.« McGillivray erhob sich. »War mir ein Vergnügen, Sie kennen zu lernen, Mr. Greenhow. Ich hoffe, Sie in Montreal zu sehen, wenn Sie wieder hierher kommen. Sie werden mir erzählen, ob Sie im Westen Erfolg hatten.«

Es war keine Frage, daher gab ich keine Antwort, doch ich reichte ihm die Hand und bedankte mich für seine Hilfe. Ich steckte den Brief in die Hosentasche zu meinem Geldbeutel – ein schlichter Mantel hat keine Innentaschen – und verabschiedete mich von William McGillivray.

Mein Freund William Mackenzie war nicht so hocherfreut über mein Glück, wie ich es erwartet hatte, dabei hatte ich es ihm zu verdanken. An jenem Abend nahm er mich später noch mit in sein Bücherzimmer und wandte sich feierlich an mich. »Sehen Sie, mein Junge, ich habe mein Möglichstes für Sie getan, aber es steckt mehr dahinter, als Ihnen klar ist. Ich will Sie nicht auf dem Gewissen haben. Es täte mir Leid, Sie zu verlieren, denn Sie sind mir ans Herz gewachsen. Es besteht auch kein Grund, warum ein Quäker sich nicht der großen North West anschließen sollte ... Es wäre ein guter Anfang, solange es sich nicht als vorzeitiges Ende herausstellt ...«

»Ich danke Ihnen, Freund, doch wenn ich meine Schwester gefunden habe, will ich nichts lieber als nach Hause fahren.«

»Ja, nun, es ist noch früh. Ein nüchterner Mann – und Sie sind immer nüchtern – ist immer ein Vorteil im Geschäft. Und zum Geschäft müssen wir jetzt kommen. Mr. McGillivray hat Ihnen einen Brief für den jungen Alan Mackenzie mitgegeben? Nein, Sie brauchen mir nicht zu antworten; ich weiß es.«

»Freund, ich weiß sehr wohl, dass William McGillivray seine Beweggründe hat. Doch wenn Sie mir etwas sagen können, das mir helfen wird – denn ich gebe zu, sowohl Ihre Company als auch die Natur des Landes sind mir vollkommen fremd –, dann wäre ich dankbar. Um es vorab zu sagen, ich habe William McGillivray gefragt, und ich frage Sie dasselbe: Enthält der

Brief Kriegshetze? Denn wenn es etwas gibt, das dem Zeugnis meiner Gesellschaft gegen jede Art von Krieg widerspricht, dann kann ich den Brief nicht befördern.«

William sah mich von der Seite her an. »Selbst wenn Sie alle Hoffnung aufgeben müssten, Ihren Schwager dadurch zu finden?«

»Selbst dann. Aber ich würde nicht alle Hoffnung aufgeben. Ich würde einen anderen Weg finden.«

»Gut. Ich habe den Brief nicht gelesen, aber ich habe mit McGillivray gesprochen. Ich habe heimlich versucht, Ihnen einen Platz in den Kanus zu verschaffen, doch es kam dem Vorstand zu Ohren, und die wollten nichts davon wissen. Leider sind Sie groß gewachsen, und wir hätten Sie auf keinen Fall heimlich unterbringen können, ohne wenigstens drei Viertel Ihres Gewichts in Waren zurückzulassen, und selbst wenn Sie mit einem Paddel umgehen könnten, würde Ihnen niemand den *voyageur* abnehmen. Ich hatte ein schlechtes Gewissen, denn ich hatte Ihnen gesagt, Sie sollten von Yonge Street die ganze Strecke nach Montreal zurückkommen, und es sah ganz so aus, als wäre es vergebens. Doch dann, als die Brigaden zurückkamen, änderte McGillivray plötzlich seine Meinung – oder war es, weil er Sie kennen gelernt hat? – so oder so, sehr wahrscheinlich war es eine Mischung aus beidem – und heute hat er mich kommen lassen. Ich kann Ihnen nun nicht alles sagen, was er denkt – schließlich weiß ich es selber nicht –, doch ich kann Sie vielleicht ein wenig vorbereiten auf das, was Sie in Mackinac erwartet.

Jetzt hören Sie mir gut zu. Früher hat die Company den gesamten Pelzhandel im Westen unter sich gehabt, von Athabasca bis an den Mississippi, von Mackinac bis zu den Bergen. So einfach war es jedenfalls nie … Die Hudson's Bay Company war auch schon immer da … die besten Männer können sich als übel erweisen, wenn man mit ihnen zusammenarbeitet … Das müssen wir nicht vertiefen … In der guten alten Zeit hatten die Yankees an der Gegend nördlich oder westlich von St. Louis kein echtes Interesse. Wenn Sie da draußen sind, mein Junge, dann werden Sie womöglich manche Geschichte zu hören bekommen … Doch Sie sollen wissen, Heute ist die North West Company ein unteilbares Ganzes. Hudson's Bay wiederum … damit werden Sie dort, wohin Sie gehen, nichts zu tun haben. Das Einzige, was Sie wissen müssen, ist: Die North West Company ist der Pelzhandel in Kanada schlechthin. Will sagen, die Company *ist* Kanada, und die Interessen der Company entsprechen den britischen Interessen, und mehr gibt es dazu nicht zu sagen.«

»In Yonge Street würde man das nicht so sehen …«

»Ja, aber wir sind nicht in Yonge Street. Verstehen Sie mich recht. Unsere Schwierigkeiten im Südwesten fingen an, als die Yankees kamen. Wussten Sie, dass die Vereinigten Staaten das ganze Land westlich des Mississippi bis ans Meer gekauft haben? Ja, Sie werden sagen, das kann nicht sein, und damit hätten Sie Recht, wäre da nicht die Tatsache, dass es nun mal geschehen ist. Dann erreichte – wann wird das gewesen sein? – vor sechs, sieben Jahren eine Expedition der Yankees den Pazifik. Nun haben Mr. Mackenzie und Mr. Fraser … aber das alles muss Sie nicht kümmern. Das Problem ist, dass die North West Company nicht in Mackinac bleiben konnte, weil Mackinac Yankee-Gebiet war. Was haben wir also gemacht? Die North West konnte nicht bleiben, aber es bestand kein Grund, warum nicht eine andere kanadische Firma sich dort niederlassen sollte. So kam es, dass die Michilimackinac Company ins Leben gerufen wurde, um im Nordwesten Amerikas bis nach Mississippi Handel zu treiben. Die Yankees mögen uns zwar feindlich gegenüberstehen, doch wie sollten sie uns aufhalten?«

»Wenn Sie von ›uns‹ sprechen, meinen Sie die Michili… Michili…«

»Michilimackinac.«

»Die Michilimackinac Company ist also die North West Company, nur unter anderem Namen?«

»Sie ist – beziehungsweise war – eine andere Firma.«

»Aber kann es sein, dass alle Anteilseigner Männer der North West Company sind?«

»Nun denn, mein Junge, Sie haben mehr auf dem Kasten, als ich dachte. Vielleicht ist das auch ganz gut so. Jedenfalls wurde Ihr Schwager Alan, als er im Sommer 1809 pflichtgemäß zum Abschied in Montreal eintraf, zur Michilimackinac Company abgeordert. Es ist schwer, vom Angestellten auf einen *hivernant* umzusteigen, weshalb ihm die Company bei Michilimackinac stattdessen eine bessere Stellung in Aussicht gestellt hat.«

»Er bekleidet also einen höheren Posten in seiner Company?«

»Nun ja, er hat seine Beförderung erhalten. Anscheinend stieß er damals, also 1806 oder 1807, oben in Athabasca auf einen Vertreter der Hudson's Bay. Die beiden überwinterten nur eine halbe Meile voneinander entfernt. Die Lage war zunehmend angespannt, doch sie gingen kampflos daraus hervor, und der junge Mackenzie wurde von seinem *hivernant* – nämlich Hugh Chisholm – für sein diplomatisches Geschick in dieser Situation gelobt. Da Chisholm dem jungen Mann einen Gefallen tun wollte, empfahl er ihn, als sie wieder nach Fort William kamen, und Mackenzie wurde als leitender Angestellter zur Michilimackinac geschickt. Man hätte ihn ebenso gut in ein Hornissennest werfen und die Sache auf sich beruhen lassen können. Dann ist der dumme Junge diese lächerliche Ehe eingegangen … Wenn er noch bei der North West gewesen wäre, hätte er sie natürlich niemals weiter als Sault mitnehmen dürfen. Doch drüben in Mackinac dachte er wohl, er könne tun und lassen, was er wollte, ohne Schaden zu nehmen … Tut mir Leid, mein Junge, ich wollte Ihnen nicht zu nahe treten.«

»Dazu ist schon mehr nötig. Sie reden darüber ganz ähnlich wie die Freunde von Yonge Street.«

»Die Heirat war in deren Augen also auch anstößig?«

»Ein Freund darf nicht von einem Priester getraut werden. Meine Schwester wurde ausgeschlossen, weil sie jemanden geheiratet hat, der nicht der Gesellschaft angehörte.«

William stieß einen langen, tiefen Pfeifton aus. »Da ist ja mehr dran, als ich ahnte.« Er schaute mich wieder scharf von der Seite an, was allmählich auffiel. »Aber Sie haben sie nicht verstoßen?«

»Sie ist meine Schwester.«

»Ja, stimmt, aber danach habe ich nicht gefragt.«

»Sie sind dabei stehen geblieben, dass die Michilimackinac Company ein Hornissennest ist.«

»Ich sagte, Mackinac war ein Nest voller Hornissen. Na schön, die Michilimackinac sah sich von Anfang an mit den Händlern der Yankees konfrontiert – tja, genau deswegen haben wir die Company ja auch gegründet, um mit ihnen aneinander zu geraten, sodass wir wussten, woran wir waren. Eine neue amerikanische Firma stieg auf – heute ist es die American Fur Company. Folgenden Namen werden Sie in Mackinac überall zu hören bekommen, mein Junge – merken Sie ihn sich gut: Astor. Astor, wie gesagt. Behalten Sie diesen Namen gut in Erinnerung.«

»Astor.«

»Ja. Er kommt jedes Jahr hierher nach Montreal und wohnt bei dem alten Mr. Henry. Er ist Ehrengast des Beaver Club; vor zwei Jahren brachte er auch seine Tochter mit. Man sollte es nicht für möglich halten ... Der Mann ist ein Fuchs im Hühnerstall, wenn Sie mich fragen.

Jedenfalls, um es kurz zu machen, wurde schließlich eine neue Company ins Leben gerufen – die South West. Das geschah kurz nachdem Ihre Schwester verschwand. Daher kam unser Alan Mackenzie ohne sie über den Michigansee zurück, zweifellos mit Kummer beladen, und stellte fest, dass der Handel in seiner Abwesenheit schlechter denn je gelaufen war und die Amerikaner alles versuchten, um jeden, der mit der North West zu tun hatte, aus der South West und aus Mackinac zu verdrängen.«

»Aber trotzdem blieb er auf amerikanischem Gebiet?«

»Er ist noch immer dort. Wir befinden uns noch nicht im Krieg. Jetzt ist vereinbart, dass die North West nicht südlich der amerikanischen Grenze Handel treibt, und dass die South West nicht nördlich davon tätig wird. Und aus irgendeinem Grund, den ich, um ehrlich zu sein, nicht ganz begriffen habe, passt es McGillivray gut in den Kram, dass Sie hingehen und Alan finden, um ihm diesen Brief zu geben.«

Ich dachte eine Weile über alles nach, während das Holzfeuer loderte und knackte, und William Mackenzie schenkte sich noch ein Glas Portwein ein. »Soweit ich weiß, hat William McGillivray Interesse am Handel, nicht an Krieg?«

»Mr. McGillivray ist Händler, kein Soldat. Ich sage es Ihnen noch einmal, mein Junge, eigentlich geht es um die Grenze im fernen Westen. Dafür lohnt es sich, einen Krieg zu führen. Tatsache ist, die Company kann nur auf kanadischem Gebiet ungehindert operieren. So wird es immer sein. Deshalb müssen wir unsere kanadische Grenze von Fort William bis zur Pazifikküste ein für alle Mal festlegen. Darum geht es. Mackinac wird sich totlaufen, kein Hahn wird mehr danach krähen. Die besten Felle gibt es jetzt ohnehin oben im Norden.«

»Das ist Ihre Meinung. William McGillivray denkt aber anders, nicht wahr?«

Wieder warf er mir einen Seitenblick zu. »Ja, mein Junge, so wird es sein. Aber er lässt sich nicht in die Karten gucken, unser Mr. McGillivray. Das darf er auch nicht. Er würde Sie nicht nach Mackinac schicken, wenn er unsere Interessen dort aufgegeben hätte. Er würde Ihnen keinen persönlichen Brief an einen jungen Angestellten mitgeben – noch dazu an jemanden, der zur Zeit gar nicht bei uns beschäftigt ist –, wenn er keinen Grund dafür hätte. Ich möchte nur, dass Sie eine Ahnung bekommen, worauf Sie sich einlassen, zumal ich es war, der Sie auf diesen Weg geführt hat.«

»Ich danke Ihnen, Freund. Doch ich habe mich auf meinen eigenen Weg gemacht. Ich nehme jede Straße, die nichts Böses an sich hat, um an mein Ziel zu kommen.«

9

Ich komme nun zu der Zeit, in der ich Monsieur Greenhorn war[1], der mit dem Handelsvertreter Hugh Chisholm und einem Dutzend *voyageurs* durch die Wildnis reiste, die einen halben Kontinent füllte. Am Abend vor unserem Aufbruch aß Hugh mit uns zu Abend. Er war ein aschblonder, wettergegerbter Mann mit derart trockenem Humor, dass ich Tage brauchte, bis ich lernte, seine Worte schräg aufzufassen, wollte ich überhaupt einen Sinn darin erkennen. Er und William leerten zu zweit mehrere Flaschen, doch Wein wirkte sich auf Hugh nur insofern aus, als er noch humoriger als sonst wurde. Ich kann mir niemanden vorstellen, für den ich die Rolle des Dieners leichter hätte spielen können als für ihn. Er gab seine Anweisungen, als wäre alles nur ein Scherz, und obwohl er sehr entschlossen handeln konnte, habe ich nie erlebt, dass er aus der Fassung geriet oder übel gelaunt war, nicht einmal, wenn wir zu lange im Bett lagen und die *voyageurs* unsere Zeltstangen aus dem Boden zogen, um sie unter die Ladung ins Kanu zu legen, sodass wir uns in einem Haufen feuchter Leinwand wälzen mussten und Mühe hatten, auf die Beine zu kommen.

1 Hugh hat mir diese Anrede verpasst. Die *voyageurs* haben sie übernommen, doch in etwa so ausgesprochen, wie ich es zu umschreiben versuche: *grin-norm*. Sie sagten, in ihrer Sprache heiße es *un bleu*.

Was die *voyageurs* betrifft: Jean-Pierre war unser *avant*, das heißt, unser Bugmann, der für alle *voyageurs* verantwortlich war, und Marc war unser *gouvernail*. (Aus unserem gemeinsamen Namen wurde viel gemacht. Marc glaubte wohl, dass er ihm eine gewisse Verantwortung auferlegte, was zu meinem Vorteil gereichte, denn im Kanu stand er mit seinem Steuerpaddel direkt hinter Hugh und mir. Von dort aus ergötzte er mich mit Geschichten oder warnte mich einfach davor, was als Nächstes kam, wofür ich ihm zeitweise sehr dankbar war.)[2] Jacques war unser Koch. Die anderen *milieux* waren abgehärtete *voyageurs*, außer Alban, für den es die erste Reise war. Er war vierzehn Jahre alt, doch alle Späße, die mit Neulingen getrieben werden, trafen mich und ihn gleichermaßen, und so kam es, dass wir trotz der zehn Jahre, die zwischen uns lagen, Kameraden wurden.

An jenem ersten Tag kamen sie mir vor wie ein betrunkener, unflätiger Haufen – denn es war leicht zu erraten, worüber sie redeten. Wir brachen oberhalb der Stromschnellen bei Lachine auf und paddelten mehr als zehn Meilen am Ufer von Montreal Island entlang, bis wir den Lake of Two Mountains erreichten – Hugh übersetzte es für mich aus dem Französischen –, eine offene, kabbelige Wasserstrecke, die länger als Windermere war. Als wir von Lachine ablegten, sangen die *voyageurs*. Ich konnte damals nicht ahnen, wie tief sich mir dieses Lied – und viele andere –ins Gedächtnis einprägen würde. Tatsächlich fällt mir die Melodie selbst jetzt, da ich hier am Schreibtisch in meinem ruhigen Arbeitszimmer sitze – Grasmoor ist heute ganz in weinende Nebel gehüllt –, wieder ein:

2 Marc war entsetzt, dass ich meinen ›Namenstag‹ nicht kannte, wie er das nannte. Bis auf den heutigen Tag kann ich den achten Tag des Fünften Monats nicht verstreichen lassen, ohne ihn besonders ins Licht zu rücken. Ich weiß, dass es ein eitler Aberglaube von mir ist, doch mir gefällt der Gedanke, dass meine Erinnerungen Marc ein wenig aufwärmen, falls er noch lebt.

En roulant ma boule roulant
En roulant ma boule.
En roulant ma boule roulant
En roulant ma boule.

Die Verse handeln von unsinnigen Geschichten über Schnapsideen, doch sie sind mir bis zum heutigen Tage nicht aus dem Kopf gegangen, obwohl so viele gewichtige Themen in den Nebeln der Erinnerung verloren gegangen sind.[3]

Bevor wir Montreal Island endgültig verließen, gingen die *voyageurs* beim Kloster St. Anne noch einmal an Land, wo meines Erachtens ein katholisches oder heidnisches Ritual stattfand, um ihnen einen Segen mit auf den Weg zu geben. Sie hätten es sehr gern gesehen, wenn ich mich ihnen dabei angeschlossen hätte, ich aber blieb hart, obwohl Hugh mitging und sagte, es wäre diplomatisch klug, wenn ich seinem Beispiel folgte. Ich wartete bei den Kanus (was mich bei Jacques in Ungnade fallen ließ, und wahrscheinlich auch bei anderen; es dauerte Tage, die Scharte auszuwetzen). Ich hatte ein wenig Angst, nicht so sehr vor der Wildnis, die vor mir lag, sondern vor der sonderbaren Gesellschaft, in die ich mich begeben hatte. Die Männer mochten eine wilde Nacht hinter sich haben, und an jenem Tag waren sie in ihren hellen gewebten Schärpen und bunten Mützen wie Pfauen gekleidet. Ich in meinem

3 Tatsächlich hatte ich in dieser Hinsicht immer eine Neigung zur Leichtfertigkeit. Als Kind hörte ich selten eine Melodie oder ein Lied, doch wenn, dann hatte diese Kombination von Worten und Rhythmus etwas an sich, das sich mir einprägte, sosehr ich mich auch wehrte. Bei uns in Cumberland gibt es viele Geschichten – auch wenn sie natürlich nicht in unserem Haus erzählt wurden – über die Feen, die Leute durch ihre Musik vom rechten Weg locken, und ich sehe in diesen Legenden durchaus einen wahren Kern. Die Geschichte handelt für gewöhnlich von einem jungen Mann, der die Musik hört und sich zu einer wundersamen Reise ins Feenreich verleiten lässt, und wenn er zurückkommt, sind viele Jahre vergangen, und alles, was er einst kannte, hat sich vollkommen verändert. Ich habe meinen Kindern nie müßige Geschichten erzählt, und dennoch – ist die Last meiner eigenen Geschichte, die ich ihnen immer wieder erzählt habe (denn ist es nicht auch die Geschichte ihrer Herkunft?), nicht eine sehr ähnliche Geschichte? Natürlich ist meine eigene Geschichte wahr und vernünftig und in jeder Hinsicht so wahrhaftig, wie sie die Erinnerung wiederzugeben vermag.

nüchternen grauen Mantel und dem breitkrempigen Hut war der Auffällige unter ihnen.

Um die Versuchung durch die Lieder noch zu steigern, hatte Hugh eine Fiedel bei sich, und in hellen Nächten spielte er uns darauf vor; die *voyageurs* waren auch nach fünfzehn Stunden flussaufwärts paddeln auf den Beinen und tanzten, bis das Feuer erloschen war. Dann zogen sie sich im Handumdrehen unter ihre umgedrehten Kanus zurück, rollten sich in ihre Decken und schliefen auf der Stelle ein. Ich konnte an ihrem Tanz nichts Schlechtes finden; sie sind schlichte Gemüter und bringen ihre Fröhlichkeit einfach zum Ausdruck.[4] Sie sind auch zäh, mutig und ungeheuer stark. Ich überragte sie alle und war von Hause aus an schwere Arbeit gewöhnt, konnte jedoch nur die Hälfte der Last tragen, die sie unterwegs über jede Portage schleppten.

Am ersten Tag nach unserem Aufbruch in Lachine war ich dermaßen verkrampft, dass ich mich fragte, wie ich die kommenden Wochen überstehen sollte. Unser Kanu war bis zum Rand mit Leinenballen bepackt. Sie enthielten Handelsgüter, die William mir im Lagerhaus gezeigt hatte – Decken, Perlen, Tuch, Eisenwaren, Tabak und so weiter. Darüber hinaus hatten wir noch Fässer mit Alkohol und Schießpulver und lange Kisten mit Musketen geladen. Die *voyageurs* fanden irgendwie noch einen Platz zwischen all den Sachen. Es gab keine Bänke, auch keinen Platz für die Beine, was mich betraf. War das Wasser ruhig, lehnte ich mich in meinem kleinen Loch nach hinten und legte die Beine auf die Ballen vor mir; so fuhr ich manche Meile, beobachtete die Wolken über mir und das vor-

4 Ich weiß nicht; das mit der Musik, dem Gesang oder dem Tanz dazu habe ich nie in meinem Sinne gelöst. Bei den *voyageurs* und später bei den Indianern schien mir, dass diese Dinge Freude in ein Leben brachten, das viel härter war als alles, was Freunde sich nur vorstellen können, und dass sie die Männer davon abhielten, miteinander zu kämpfen, weil sie so auf harmonische Weise Dampf ablassen konnten. Vielleicht waren solche Zeitvertreibe in den unschuldigen Tagen der Welt, als die Zivilisation noch jung war, nicht abartig. Manchmal habe ich mit Freunden darüber gesprochen und unterschiedliche Reaktionen erhalten. Wie gesagt, ich weiß es nicht.

übergleitende, bewaldete Ufer. Auf der Strecke zwischen den ersten langen Stromschnellen und *la Chaudière* waren die *voyageurs* damit einverstanden – ich hatte mit Marc darüber gesprochen –, dass ich mich an dem zusätzlichen Paddel versuchte. Hätte ich fünf Wochen lang still sitzen müssen, wäre ich – nein, in Wahrheit wäre ich nicht verrückt geworden – aber ich hätte es nur schwer ertragen. Als Marc – denn er war derjenige, der meine Bemühungen zu würdigen wusste – schulterzuckend berichtete, ich sei *pas mal*, schichteten sie sogar die Ladung um, damit ich meine Füße beim Paddeln auf dem Boden absetzen konnte, wobei sie mich strikt davor warnten, mein Gewicht auf die zerbrechliche Birkenrinde zu verlagern, dem Einzigen, was uns vom Fluss trennte. Marc war streng mit mir, bis ich die Kunst erlernte, den Riemen flach zu drehen; bevor ich damit anfing, sagte er, es sei, als habe man eine aufgeschreckte Stockente vor sich, die versuchte, aufzusteigen. Ich war ein gelehriger Schüler. Als wir schließlich in Sainte Marie du Sault auseinander gingen, waren die *voyageurs* immerhin so freundlich, mir zu versichern, sie würden ihren zusätzlichen *voyageur* vermissen, und selbst Jacques, ein eher düsterer Zeitgenosse, meinte, es würde hart, den See zu überqueren *sans l'aide de cette pousse extra de derrière.*

Hugh hielt das alles für einen guten Witz. Er verbrachte die ruhigen Stunden mit Lesen, doch ich konnte mir seine Bücher nicht ausleihen, weil sie ausnahmslos in lateinischer Sprache verfasst waren. Sein Lieblingsbuch waren Gedichte von einem gewissen Horatius. Zuweilen lächelte er dann vor sich hin und übersetzte eine Passage für mich, und hin und wieder, wenn er dazu aufgelegt war, versuchte er, mir die Ironie zu erläutern.

Ich hatte gedacht, wir müssten bloß tagsüber mit dem Kanu flussaufwärts paddeln und nachts unser Lager aufschlagen. Bald wurde ich eines Besseren belehrt. Der Fluss Outaouais begann, wie es sich gehört, mit einer langen Strecke weiß schäumenden

Wassers – und das, noch ehe wir richtig aufgebrochen waren. Kaum waren wir in den Kanus, mussten wir auch schon mit unserer schweren Last über einen unwegsamen Pfad klettern, während die halb beladenen Kanus an Seilen über die Stromschnellen gezogen wurden. So etwas hatte ich noch nicht erlebt; ich rechnete damit, dass alle unsere Männer ertrinken würden, während ich vom Ufer aus zuschaute, und dort finden sich tatsächlich hier und da kleine Kreuze, die eine Stelle markieren, an der ein *voyageur* den Tod fand. Meine Aufgabe an den Portagen war, Hughs Zelt und persönliche Habe (sowie meinen kleinen Ranzen und die Decke) zu tragen.[5] Meine Last war nichts im Vergleich zu dem, was die *voyageurs* trugen, die zwei neunzig Pfund schwere Ballen gleichzeitig auf dem Rücken haben. Hugh erzählte mir, viele von ihnen stürben in jungen Jahren, und sie litten viel unter Brüchen und gebrochenen Wirbeln. Jene ersten Stromschnellen waren zwölf gefährliche, beschwerliche Meilen des Zerrens und Umtragens. Am Ende jenes Tages bedauerte ich allmählich, dass ich mir vorgenommen hatte, direkt über den Outaouais zu reisen, denn ich wäre froh gewesen, ihn nie wiederzusehen.

Im Gespräch mit Hugh dämmerte mir zum ersten Mal, dass unsere Flüsse zu Hause sehr klein sind, weil wir weder das Hinterland noch die hohen Berge haben. Die Flüsse von Upper Canada stehen auf einem anderen Blatt. Unsere Flüsse sind laut und schnell und führen eisfarbenes Wasser frisch aus den Bergen. Das klare Wasser läuft über ein graues Steinbett; manchmal sieht man Moos auf den Steinen im Wasser, als wüchse es an der Luft. Kreuzt eine Straße einen Fluss, dann führt sie über eine solide Packeselbrücke aus grauem Schiefer,

5 Im Stillen dankte ich Gott dafür, dass ich mich als Fremdenführer betätigt hatte. Ich war es gewohnt, Touristen mit nach Skiddaw hinaufzunehmen, und zuweilen hatten sie verschiedene Picknicks oder Staffeleien oder anderen Kram, den sie unbedingt mit auf den Berg schleppen wollten, und deshalb war das Lastentragen keine vollkommen neue Wissenschaft für mich. Denn andernfalls wehe mir!

die breit genug für einen Karren ist. Die Flüsse in Nordamerika dagegen sind so groß, dass man manchmal, wenn man mit dem Kanu an einem Ufer entlangfährt, das andere nicht sieht. Keine Straßen, keine Brücken – welche zu bauen wäre unmöglich. Was wir allerdings sahen, war eine Gebirgskette. Sobald ich meine Augen zu den Bergen hebe – und das ist mein erstes Gebet an jedem Tag meines Lebens –, kann ich nicht anders, als Gott in all seinen Werken zu preisen, ganz besonders dafür, dass er die Berge und Hügel erschaffen hat. Meine heimatlichen Berge sind – das kann ich vorurteilsfrei behaupten – die vollkommensten Berge der Welt, die in sich eine große Vielfalt an Wildheit bergen, ohne unermesslich zu sein. Auf dem nordamerikanischen Kontinent sind die Berge insgesamt nicht deutlich konturiert und zu dicht bewaldet. Alan erzählte mir, es gebe Berge im fernen Westen, die ich mir nicht vorstellen könnte, doch darüber habe ich nichts zu berichten; wenn, dann nur vom Hörensagen.

Nicht Berge, sondern Flüsse haben meine Gebete auf diesem fernen Kontinent geprägt. Der Fluss war alles. Ich hörte ihn des Nachts im Traum; ehe ich morgens aus unserem Zelt schaute, lauschte ich, was er mir über den vor mir liegenden Tag zu sagen hatte; seine Strömung begleitete mich an allen Tagen; sogar meine Gedanken formten sich nach seinem Geräusch.

Die *voyageurs* paddeln den ganzen Tag, weil sie es müssen. Ihre Schläge sind sehr schnell – stundenlang fünfzig Schläge in der Minute –, manchmal geradezu wütend. Die Gewinne der North West Company beruhen gänzlich auf ihrer Geschwindigkeit, daher zahlt die Company jedem Mann vierhundert *livres*, damit er in der besten Jahreszeit von Lachine nach Fort William und wieder zurückpaddelt. Für mich war es anders: Ich paddelte, wenn mir danach war, und es gab Stunden, an denen ich meinen Blasen an den Händen Ruhe gönnte. Die Hände des armen Alban waren eine einzige blutende Wunde, bis sie hart und schwielig wurden. Und trotzdem sangen die Männer auf der langen Strecke bis *la Chaudière* bei der Arbeit, und ich muss zugeben, dass die Melodie mir eine große Hilfe dabei war, in den Rhythmus einzufallen. Ich hielt den Blick fest auf Jean-Pierres Rücken geheftet – denn alle müssen dem *avant* folgen –, sah zu, wie er den Arm hob und schnell nach hinten durchzog, und passte die Bewegung dem Lied an, während ich versuchte, mit ihm mitzuhalten:

A la Claire fontaine
M'en allant promener,
J'ai trouvé l'eau si belle
Que je m'y suis baigné.
Il y a longtemps que je l'aime
Jamais je ne l'oublierai.

Anfangs schmerzten meine Armmuskeln, dann wurden sie hart. Ich wiegte mich in dem falschen Glauben, mir falle das Paddeln immer leichter, bis wir in *La Chaudière* ankamen. Kurz bevor wir diesen Kessel aus fallendem Wasser erreichten, schlugen wir unser Lager an einer hohen Klippe auf; von dort sahen wir den ganzen Abend über die flackernden Feuer eines Holzfällercamps am südlichen Ufer, eine halbe Meile entfernt. Ich hatte die gewaltigen Wassermassen noch nicht gesehen, doch die ganze Nacht über hörte ich sie einem rachsüchtigen wilden Tier gleich durch meine Träume dröhnen, und der Wald ringsum war feucht und grün von der aufspritzenden Gischt.

Am nächsten Morgen fingen wir an der Portage an. Als Marc mir den Weg zeigte, hielt ich es für einen Scherz (denn die *voyageurs* hatten oft einen mir ziemlich unbegreiflichen Sinn für Humor). Wir mussten mit unserer Last Felsen hinaufklettern, die so steil wie Raven Crags in Mungrisdale waren. Der schmale Pfad führte über blanken Fels. Das erste

Mal, als ich Marc zur Klippe über den Wasserfällen folgte, wäre ich beinahe über eine jäh abfallende Kante gestürzt, weil der Pfad dort ausgewaschen war. Niemand sah es. Meine Magengrube hob und senkte sich vor Angst, doch ich ließ es mir nicht anmerken; ich schämte mich meiner Unvorsichtigkeit, denn war ich nicht immerhin der einzige Bergbewohner unter ihnen?

Wir schafften alle Ballen über diesen trügerischen Pfad, während die hungrigen Wasser tief unter uns schäumten. Die Männer trugen ihre Lasten im Laufschritt über glatt abgewetzte Kiefernwurzeln, über moosbedeckte, glitschige Felsen, als fiele das Gelände nicht ein paar Handbreit neben ihren vorbeieilenden Füßen jäh ab. Dann kamen die Kanus. Vier Männer trugen jeweils eins, doch der Pfad war viel zu schmal. Ich war an der unteren Seite mittschiffs, da ich größer war. Das Kanu lag mit dem vollen Gewicht auf meiner Schulter und grub sich dort ein, und als die anderen drei sich in Bewegung setzten, schob es mich immer wieder an den Rand. Der große Bug krachte gegen eine narbige Kiefer – das musste zuvor schon viele Male passiert sein – und das gesamte Boot machte einen Satz auf mich zu. Ich stemmte mich dagegen – es kippte über – wir konnten es nicht halten – und versuchte, das Gewicht auf meinen Rücken zu verlagern. Plötzlich gab der Boden unter meinem linken Stiefel nach. Während ich rutschte, hörte ich die Nägel unter meinen Stiefeln über den Fels kratzen. Ich ließ das Kanu los und warf mich platt zu Boden.

Dann ging alles sehr langsam. Das Wasser unter mir dröhnte, und ich hing ewig dort in der Schwebe. Meine Füße baumelten über leerem Raum. Unter meinen Fingern war nichts als nasser Fels. Er neigte sich so, dass er mich abzuwerfen schien. Das Einzige, was verhinderte, dass ich abrutschte, war die raue Wolle und die Knöpfe meines Mantels. Die Äste der Kiefern knackten und brachen, und ich vernahm stampfende Schritte – das waren die Männer, die das Kanu mit dem Heck voran von der Kante fortzogen. Dann war Marcs Stimme über mir. *»Sacré, Mon Dieu! Arrêtez Mark! Ne bougez pas! Quoique vous fassiez, surtout ne bougez pas!«*

Ich hätte mich gar nicht bewegen können. Allein wenn ich atmete, war es bereits, als rutschte ich ein Stück.

»Tendez la main! Oui! Oui! Un peu plus! Encore! Bon!«

Ganz vorsichtig hob ich einen Arm. Zwei Hände packten mich am Handgelenk. *»Et maintenant l'autre!«* Ich reichte die andere Hand, die auch gepackt wurde. *»Bon! Bon! Mon Dieu, c'est aussi dur que de pousser un tauteau!«*

Marc und Jacques zogen mich langsam von der Kante weg, bis ich festen Boden unter den Füßen spürte. Zitternd stand ich auf. Wir schauten auf die Stelle, an der ein ganzer Meter aus dem Pfad gebrochen und in den Abgrund gerutscht war. Der freigelegte Fels war weiß. Kleine Stückchen Erde und Kieselsteine tröpfelten noch immer nach unten. Ich war wie versteinert. Ausgerechnet ich hätte wissen sollen, dass man sein Gewicht nicht so nah an den Rand eines überhängenden Felsens bringt, Pfad hin oder her. Es war das verdammte Kanu, das sich in meine Schulter bohrte, weshalb ich aufgehört hatte zu denken – ich fluchte im Stillen, wie ich noch nie geflucht hatte. Das kam, weil ich dauernd zu hören bekam, wie andere fluchten, und weil ich mich meiner Schande schämte.

Nach dem Umtragen in *La Chaudière* zogen sich die erschöpften Männer zeitig zurück, sobald wir unseren Erbsbrei gegessen hatten, der zur Belohnung für unsere Mühen mit einer Sonderration Pökelfleisch gewürzt war. Noch immer hörten wir das Donnern der Fälle hinter uns, zu nah für mich, um in jener Nacht leicht einzuschlafen, und deshalb verweilte ich noch im Freien. Nur Jacques, Hugh und ich saßen noch am Feuer. (Ich habe nie wieder Männer erlebt, die so fachmännisch mit einem Feuerstein und Resten von Birkenrinde ein Feuer angefacht haben. In den Kanus konnte kein Feuer mitgenommen werden, sodass wir jeden Abend ein neues anzünden mussten.) Jacques schaute in das Erbspüree für den nächsten Tag, das im Topf siedete, und rührte es gelegentlich mit einem entrindeten Stock um. Unzählige Lichter blinkten auf dem großen Fluss, der seicht an uns vorüberzog. Das Dröhnen der mächtigen Fälle in fünf Meilen Entfernung war wie endloser Regen, der auf ein Schieferdach trommelt. Unsere Stelle jedoch war in ruhiges, goldenes Abendlicht getaucht, wie ein kleines Königreich des Friedens mitten im Wüten der Welt.

Hugh rauchte gedankenverloren seine Pfeife. Fischadler gingen im Fluss auf Beutefang, genau wie das Paar, das wir auf Derwentwater haben. Zum ersten Mal – aber keineswegs zum letzten – wurde ich von Kriebelmücken und Moskitos belästigt, und von Wolken aus kleinen, beißenden Fliegen, größer als unsere Mücken, aber genauso unerquicklich.

»Bärenfett.«

»Wie bitte, Freund?«

»Schweinefett ist besser als nichts, aber Bärenfett und Stinktieröl halten sie besser ab als alles andere. Es wird noch schlimmer.«

»Ich muss also nur einen Bären erlegen?«, fragte ich und schlug nach der surrenden Wolke, die mich umschwirrte.

»Ich bin sicher, wenn ich Ihnen den Auftrag gäbe, würden Sie den Vogel abschießen.«

»Ich habe keine Waffe, Freund.«

Hugh schenkte mir ein schiefes Lächeln. »Ich glaube, Sie wurden mir zu einem bestimmten Zweck geschickt, Monsieur Greenhorn. Hüten Sie sich vor den Tücken der Metapher! Sagen Sie, haben Sie aus Prinzip keine Waffe?«

»Nein, Freund. Ich würde einen Bären schießen, so wie ich ein Tier für den Tisch schlachten würde, und das kann ich gut. Aber ich würde keine Feuerwaffen gegen einen Mitmenschen richten und überhaupt grundsätzlich keine kriegerische Waffe anrühren.«

»Was wäre, wenn der Mann darauf aus ist, Sie umzubringen?«, fragte Hugh leichthin.

»Dann soll es so sein, doch ich würde noch vernünftig mit ihm reden, wenn ich könnte.«

»Auf fünfzig Meter Entfernung?« Hugh klopfte die Asche aus seinem Pfeifenkopf und holte neuen Tabak aus seiner Tasche. »Und was, wenn es Ihre Schwester wäre, die er töten, wenn nicht gar Schlimmeres mit ihr anstellen wollte?«

Ich hatte keinen Bedarf an einem solchen Gespräch; im Übrigen hatte ich auf einen Aufhänger gewartet. »Haben Sie meine Schwester Rachel gekannt, Freund?«

»Wenn Sie nicht ›Sir‹ sagen können, dann schlage ich vor, nennen Sie mich Hugh. ›Freund‹ gibt mir das Gefühl, als hätte ich Verpflichtungen, und das ist mir unangenehm. Nein, ich habe Ihre Schwester nie kennen gelernt, die Pest soll sie holen!« Er stopfte die Prise Tabak in den Pfeifenkopf. »Mit Verlaub, aber Alan Mackenzie … er warf alles über Bord, als er mit einer Weißen durchbrannte. Ich muss es schließlich wissen; ich habe ihn ausgebildet. Er war noch ein Junge, als er zu mir kam. Er hat ein falsches Alter angegeben, um die Stelle zu bekommen; weder seine Brüder noch ich hielten es für notwendig, dem Vorstand reinen Wein einzuschenken – und er lernte schnell. Wir kamen blendend miteinander aus. Als ich erfuhr, was er getan hat, dachte ich, das war's, er wird nie wieder ins *pays d'en haut* zurückfinden. Dann hörte ich, dass sie verschwunden war.« Er hielt einen Birkenspan ins Feuer und holte sich eine kleine Flamme. »Was werden Sie tun, wenn Sie sie finden? Sie nach Hause bringen?«

»Das weiß ich nicht. Wenn ich sie finde, werde ich wohl mit ihr reden. Es hängt davon ab, was sie will.«

»Sie werden sie nicht finden.« Es entstand eine Pause, während Hugh seine ungeteilte Aufmerksamkeit der Pfeife schenkte. »Aber wenn, dann tun Sie dem jungen Alan einen Gefallen und nehmen Sie sie dorthin mit, wohin sie gehört. Nach York,

Montreal, England … wohin auch immer. Viele Frauen haben ihre Männer jahrelang nicht gesehen. Das schadet nicht. Doch halten Sie sie von seiner Arbeit fern, wenn's recht ist. Ergibt das einen Sinn für Sie?«

Ich zerbrach mir den Kopf, um ihm eine vernünftige Antwort zu geben. »Ich weiß nicht. Es ist nicht unsere Art. Dort, wo ich herkomme, arbeiten Mann und Frau zusammen. Einer wollte nicht ohne den anderen auskommen.«

»Na ja, ›den anderen‹, das kann man so oder so sehen«, sagte Hugh, und damit war unsere Unterhaltung vorerst beendet.

Während wir nur langsam über den Outaouais flussaufwärts zogen, gewöhnte ich mich an das neue Leben und nahm ohne weiteres seinen Rhythmus an. Es hatte den Anschein, als wären wir von der Welt losgelöst und befänden uns an einem Ort, an dem die Zeit gänzlich nach unserem täglichen Kampf gegen die Strömung des Flusses bemessen wurde. Allmählich kamen wir voran und gewannen an Höhe. Nachts kampierten wir an Stellen, an denen wir die Kanus entladen und an Land ziehen konnten, wenn möglich auf weichen Sand. Die Lagerstellen waren geglättet, die hervortretenden Wurzeln von den Füßen der vielen *voyageurs* blank poliert. Das Lager war rasch aufgeschlagen, wie wir überhaupt alles rasch erledigten: Die Kanus waren entladen, das Feuer entzündet, das Erbspüree siedete im Topf, noch ehe ein trägeres Gemüt »Jack Robinson« hätte aussprechen können. Die Männer schliefen unter den Kanus am Strand. Meine Aufgabe bestand darin, das Zelt für Hugh etwas weiter oberhalb aufzubauen und seine Habe darin aufzustellen: sein Feldbett, seine Holztruhe, sein Zinngeschirr (alle anderen hatten Holzgefäße), seine Lampe und seinen Schreibtisch.[6] Nachts schlief

6 Letzterer hat mich schwer beeindruckt, und jetzt habe ich einen ähnlichen mit einer von einem Fries gekrönten ausziehbaren Schreibplatte und ordentlichen Fächern für Tinte, Federmesser, Siegel, Federkiele und Papier.

ich bei Hugh im Zelt. Jeden Tag im Morgengrauen weckte uns Jean-Pierres Ruf: *»Levez-vous, levez-vous, levez-vous!«* Dann mussten wir uns sputen, *hivernant* und *voyageurs* gleichermaßen, denn sie bauten das Lager in null Komma nichts ab (Hugh würde sagen »den Letzten beißen die Hunde«), und bei Sonnenaufgang waren wir unterwegs. Die einzigen Aufenthalte waren für ein Frühstück mit Alkohol (den ich ablehnte) und kaltem Erbsbrei, sowie für »ein Pfeifchen« zwischendurch. Jean-Pierre rief dann *»Allumez«*, und alle außer mir holten ihren Tabak hervor und rauchten zehn Minuten lang, ehe Jean-Pierre *»Allez, allez, allez«* rief und wir mit unverminderter Geschwindigkeit weiterzogen.

Unsere Ankunft in *Les Chats* war ganz anders als auf Bartletts Bild an meiner Wand. Der Tag war stürmisch: Windböen fuhren uns immer wieder in die Seite und gestalteten die letzten Meilen sehr tückisch. Schließlich tauchten vor uns zwei Inseln auf. Weißes Wasser schäumte an ihren Rändern, doch die *voyageurs* fuhren geradewegs zwischen den Fällen hindurch in seichtes Wasser. Kurz vor dem Ufer packte uns ein plötzlicher Windstoß und wirbelte uns an den Rand der Stromschnelle. Im Nu war alles Gischt und Durcheinander. Ich vernahm ein entsetzliches Knirschen unter meinem Fuß wie reißendes Tuch. Das Kanu bekam Schlagseite: Auf einmal waren wir wieder in seichtem Wasser und paddelten wie wild. Meine Knöchel wurden von Wasser umspült. Mühsam rutschte das Kanu über steinigen Strand. Wir sprangen an Land, entluden es, so schnell wir konnten, und trugen es auf die Insel, wo sich uns der Rest der Brigade anschloss, der keine Panne erlitten hatte. Als wir unser Kanu umdrehten, entdeckten wir einen langen Riss in der Birkenrinde. Ich erwischte mich bei dem albernen Gedanken an die Bootsbauer in Maryport, die alles zur Verfügung hatten, was man für einen solchen Notfall braucht. Einen größeren Unterschied zu *Les Chats* hätte es nicht geben können. Die Tragestelle zieht sich zwischen den beiden Wasserfällen quer über die Insel, und außer den Lagerstellen für die *voyageurs* und ein paar Bäumen gibt es überhaupt nichts.

Anscheinend war niemand besorgt oder sonderlich verärgert. Wir schlugen unser Lager auf, und sobald das Feuer brannte, bekam Alban die Aufgabe, in einem Eisentopf einen Klumpen Harz zum Schmelzen zu bringen. Das umgedrehte Kanu wurde auf einen gegabelten Stock gebockt, und Marc und Jean-Pierre beugten sich über den Rumpf, um den Riss zu begutachten, gerade so wie zwei Farmer, die sich über ein Gatter beugen, um ein durchweichtes Heufeld zu betrachten. Jean-Pierre entrollte ein Stück Birkenrinde und legte ein Garn aus Tannenwurzeln aus. Er schnitt die zerstörte Birkenrinde bis zu der Stelle aus, an der der Riss war, sodass ein langes, rechteckiges Loch mit festen Rändern entstand. Er entrollte die Birkenrinde und bat mich, sie fest zu halten, während er mit einer Ahle Löcher bohrte und den Flicken an der entsprechenden Stelle festzurrte. Es sah so einfach aus, nun da ich einmal wusste, wie es ging; ich vergaß jeden Gedanken an die Bootsbauer in Maryport und bewunderte Jean-Pierres Geschick. Während er arbeitete, redeten wir über Kanus, und als wir dann warteten, bis das Harz abgekühlt war, schauten wir uns die auf den Bug gemalten Muster an, und er zeigte mir, dass der Kreis durch gewundene Linien in die Zyklen des menschlichen Lebens eingeteilt war, *»Alors, pour vous, Mark, le printemps commence juste à devenir l'été. Est-ce que vous avez une demoiselle en Angleterre? Est-ce que vous l'avez beaucoup manquée?«*

Ich gab vor, seine letzten Worte nicht verstanden zu haben. »Was bedeuten die beiden Gesichter?«

Er erklärte mir, das Gesicht am Heck sei stets in Sorgenfalten gelegt, doch der Mann am Bug müsse immer lächeln. Es gab dazu auch eine Geschichte, der ich nicht folgen konnte. Doch ich überraschte mich zuweilen selbst dabei, dass ich bereits auf

Französisch zu denken begann. *Est-ce que vous avez une demoiselle? Est-ce que vous l'avez beaucoup manquée? Quand vous regardez le feu le soir, rappellez-vous la couleur de ses cheveux?*[7]

7 Jetzt bin ich gerade vom Schreibtisch aufgestanden und ein wenig auf und ab gegangen, bin zwischendurch an meinem neuen Holzschnitt von *Les Chats* stehen geblieben, den Alan mir geschickt hat. Gerade gestern hat der junge Caleb mich danach gefragt, und wir haben die Karte hervorgeholt. Caleb hat sich immer mehr als Alan für Nordamerika interessiert. Als ich mein Kanu auf John Bristos Farm in Portinscale baute (denn ich halte es auf Derwentwater, wo es ebenso zu einer Verschrobenheit des Ortes geworden ist wie die Schwimmende Insel oder die Singenden Steine), wollte Caleb unbedingt mitkommen und mir helfen, obwohl er noch klein war – etwa acht, glaube ich. Ich habe meinen Onkel dafür gewinnen können, in Whitehaven amerikanisches Zedernholz für mich zu kaufen. Und dann mogelte ich sozusagen, denn ich ließ mein Holz in der Sägemühle in Keswick sägen – ich musste ihnen auf die Finger sehen, damit alle Teile die richtigen Maße erhielten – und in vorbereiteter Länge anliefern. In einer Ecke der Koppel hoben wir die Form aus, wie Loic es mir beigebracht hatte, und bauten die Holzform hinein. John und ich dampften das Zedernholz und banden den Rahmen zusammen, so wie sie es in Upper Canada machen, nur bestand unser Garn nicht aus Kiefernwurzeln, sondern war beim Krämer gekauft. Es bedurfte unserer ganzen Geduld, denn wir hatten keinerlei Anleitung außer den groben Skizzen in meinem Notizbuch, der Grundlage für meinen Entwurf. Wir benutzten geölte Leinwand statt Birkenrinde, denn obwohl wir Birken in Hülle und Fülle haben, sind sie bei weitem nicht so groß wie die Bäume in Kanada – ich müsste den halben Baumbestand in Borrowdale entrinden, und statt Harz verwendeten wir Teer. Mein Kanu ist schwerer, als es sein sollte, und ein wenig zu breit, sodass es weniger gut auf das Paddel reagiert als Loics Kanu. Ich wollte es immer verbessern und ein anderes bauen, doch die Jahre sind zu schnell vergangen. Die Paddel wurden nach meinen Plänen von einem Bootsbauer in Maryport angefertigt. Ihnen fehlt das *je ne sais quoi* der indianischen Version, doch ich kann nicht sagen, wie man sie noch verbessern soll. Verschiedene Herren aus der Gegend sind mit mir Kanu gefahren. William Wordsworth hat ein Gedicht geschrieben über die Zeit, als wir mit dem Kanu nach Lodore gepaddelt sind. Robert Southeys Kinder kamen immer zu einem Picknick mit uns nach Derwent Isle, und der junge Hartley Coleridge hat es sich ohne meine Erlaubnis ausgeliehen, ein großes Loch hineingerissen und dann vollgelaufen im seichten Wasser am Ufer liegen lassen. Ich kann von Glück sagen, dass ich es überhaupt gefunden habe.

10

Auf dem Outaouais gibt es achtzehn Portagen. Es gibt keine Worte, mit denen ich einem englischen Leser die Unermesslichkeit dieses Flusses beschreiben könnte. Bei Nebel oder im Winter werden unsere heimatlichen Berge gefährlich und riesig; steht man aber im klaren Licht eines Sommertages an einem hohen Punkt, kann man alles überblicken. Man ist sicher: Wenn sich auch die Stimmung des Landes verändern kann, so kennt man doch seine Gesichtszüge, und man kann Karten anlegen. Auf dem Outaouais begriff ich zum ersten Mal, dass die Wege des Herrn unergründlich sind, denn *wer misst die Wasser mit der hohlen Hand und fasst den Himmel mit der Spanne*? Unsere Kanus waren so klein und der Fluss so groß, dass mir schien, die Engel selbst müssten sich über unsere Verwegenheit lustig machen. Dennoch wurden wir beschützt. Langsam folgten wir der endlosen Wassermasse und erzwangen uns Schlag um Schlag den Weg gegen den Strom. Manchmal waren die Ufer niedrig und lagen weit auseinander, sodass wir auf einem großen See zu treiben schienen; dann wieder kam das Land nah heran und schloss uns ein, und unter uns spürten wir, wie das tiefe Wasser uns widerstand. Bei stürmischem Wetter verwandelten sich die leuchtenden Seen in grimmige Meere. Wenn der Nebel sich senkte, waren wir einer trügerischen Welt sich verändernder Gewässer ausgesetzt. An rauen Stellen wurde der seichte Fluss zu einem wütenden weißen Fremden, der sich uns über die Felsen mit Getöse entgegenwarf, als wollte er uns herausfordern.

Unerschrocken luden wir an jeder Portage aus, ob es drückend heiß war oder in Strömen regnete, und trugen die gesamte Ladung um. Jean-Pierre und Marc schulterten unser Kanu, wobei ihnen zwei *milieux* halfen, wenn es zu beschwerlich wurde. Wieder gab es viele Stellen, an denen wir die Kanus nur teilweise entladen mussten und an Seilen über die Stromschnellen zogen. Wo das Wasser schäumte, begann ich nach Holzkreuzen am Ufer Ausschau zu halten. So überwanden wir die Inseln der Chenaux, die weißen Felsen der langen Calumet-Portage, die Morrison-Stromschnellen und den Allumettessee. Dann wandte sich das Wetter gegen uns, und wir waren *dérangé* – das heißt, wir mussten auf einer kleinen Insel, der die Männer den Namen Gibraltar gaben, einen Sturm aussitzen. An dieser Stelle ist der Outaouais breit wie ein See. Wir schienen so weit ab von aller Welt, dass alles wie ein Traum war. Im Windschatten des Kanus sitzend aßen wir unseren Erbsbrei, während das Feuer unter dem Topf im Regen blakte und schwelte. Die Männer machten sich einen Spaß daraus, mir französische Sätze beizubringen, wobei sie herzhaft lachten. Hugh und ich zogen uns früh zurück, denn im Zelt war es wenigstens trocken. Ich hatte es auf einem Felsen oberhalb des Strandes aufgeschlagen, und als der Wind durch die Kiefern fegte, ergoss sich zum stetigen Trommeln des Regens auch noch ein Wasserschwall auf unser Leinwanddach.

»Tja, Mark, vorläufig ist es mit unseren friedlichen Tagen vorbei. Trauern Sie den Fleischtöpfen des guten alten England nach?«

»Ich bin es gewohnt, bei Wind und Wetter auf dem Berg zu sein.« Da er offenbar geneigt war, sich zu unterhalten, wollte ich das Beste daraus machen. Ich konnte sein Gesicht nicht sehen; ich lag auf dem Rücken und schaute in die Dunkelheit über mir. »William Mackenzie hat mir gesagt, dass Alan sich in der North West gut gemacht hat. Er sagte, er habe Probleme mit der Hudson's Bay Company beigelegt.«

»Erzählen Sie mir bitte nichts von der Bay! Aber es stimmt, ja. Ich habe Alan zum Überwintern an unseren nördlichen Außenposten geschickt. Es stellte sich heraus, dass ein Handelsagent der Bay knapp eine Meile von ihm entfernt stationiert war. Morde wurden schon aus geringerem Anlass begangen – aber das ist lange her. Trotzdem war es eine unangenehme Situation.«

»Wie hat er sie gelöst?«

»Oh, als der Winter zu Ende ging, waren sie die besten Freunde – auf vorsichtige Art und Weise. Alan hatte ein Kartenspiel bei sich; er sagte, sie besuchten sich hin und wieder und spielten Pikett miteinander. Der andere war Engländer, kein Schweinskopf aus Orkney, Gott sei Dank. Doch anfangs sah es so aus, als könnte es Ärger geben. Alan war so vernünftig und hat Delkalé die Sache regeln lassen – das war seine Frau. Zum Glück hatte der Kerl von der Bay auch eine Chipewyan zur Frau – was gegen die Vorschriften der Hudson's Bay Company ist, doch welcher vitale Mann kann sich geschlagene zwanzig Jahre danach richten? –, und ihre und Delkalés Mütter waren Kusinen. Kurzum, die Männer besaßen so viel gesunden Menschenverstand, es den Frauen zu überlassen. Diese sprachen mit ihren Ältesten, die den Handel ohne großes Federlesen einfach durch zwei teilten. Es ist eine ausgezeichnete Taktik, zu wissen, wann man sich nicht einzumischen hat. Als Alan mir davon erzählte, war ich stolz auf ihn. Er war nicht einmal achtzehn, und kluge Köpfe sucht man nicht unbedingt auf jungen Schultern.«

Ich lag stocksteif da und starrte ins Dunkle. Als ich meine Gedanken geordnet hatte, fragte ich: »Wollen Sie damit sagen, dass Alan Mackenzie eine Indianerin zur Frau hatte, ehe er Rachel heiratete?«

»Oh, eh, ja, natürlich. Ein Mann kann im *pays d'en haut* nicht ohne Frau auskommen. Wie sonst sollte er die Arbeit verrichten? Er braucht eine Frau, die Fallen aufstellt, angelt und kocht, die seine Mokassins näht und seine Kleidung herstellt. Man braucht eine Frau, die sich um das Zelt kümmert, nach dem Feuer schaut. Und auch im Bett natürlich.«

»Und diese Frau – ist sie eine Ehefrau?«

»Oh, ja. *À la façon du pays*, verstehen Sie. Eine Einheimische. Heirat ist bei den Indianern einfach, ebenso Scheidung. Man ist verheiratet, wenn man sein Mädchen mit dem Segen der Familie nimmt, und ebenso leicht wieder getrennt, wenn man sich darüber einig ist. Keine Eheschließung vor einem Priester oder so. Das ist hier nicht Brauch.«

Der vertraute Ausdruck ging mir in dem Zusammenhang durch Mark und Bein. »Als Alan Rachel geheiratet hat, hatte er also schon eine Frau … *à la façon du pays*?«

»Gehabt. Sie trennten sich, als er von Athabasca fortging. Delkalé ging zu ihrem Stamm zurück. Doch wenn sie in den Laden kommt, fragt sie noch immer nach ihm, obwohl sie inzwischen mindestens zwei Kinder hat und einen Mann aus dem eigenen Volk.« Nach einer Pause erkundigte sich Hugh in verändertem Tonfall: »Das macht Ihnen doch keinen Kummer, oder? Es hat nichts zu bedeuten. So ist es im Nordwesten. Als Alan mit Delkalé zusammen war, hatte er von Ihrer Schwester noch nichts gehört. Er und Delkalé haben nie vor einem Priester geheiratet. Eine solche Gemeinschaft hat wirklich keine Bedeutung.«

Eine Weile hielt mich mein Gedankenaufruhr noch wach, doch dann schlief ich schnell ein. Als ich wach wurde, hatte sich ein Sonnenstrahl einen Weg durch die Zeltklappe gebahnt, und außer Vogelgezwitscher war draußen kein Laut zu hören. Ich kroch hinaus, ohne Hugh zu wecken. Ausnahmsweise war ich einmal als Erster wach geworden. Die Insel war in Tau frisch gewaschen, die Farben vom Regen der vergangenen Nacht weich geworden. Die Feuerstelle am Strand war ein Kreis aus schwarzer Asche. Der See schimmerte.

Mein Hemd war schweißdurchtränkt, und ich fühlte mich klebrig. Schon lange war ich nicht mehr richtig sauber gewesen. Die Insel war kaum zwanzig Meter breit. Die Kanus lagen auf einem weißen Strandstück gegenüber einer weiteren, mit Kiefern bewachsenen Insel in fünfzig Metern Entfernung. Direkt unterhalb unseres Zeltes gab es noch einen kleinen, verborgenen Strand. Ich sprang die Felsen hinab, zog mich aus und watete ins Wasser. Unter den Füßen spürte ich scharfe Muschelschalen; ich warf mich ins eiskalte Nass.

Nach dem ersten Schock fühlte das Wasser sich weich und milchig an. Beim Schwimmen schickte ich kleine Lichtwellen aus, die sich auf dem stillen Wasser kreisförmig ausbreiteten. Ich schwamm um die Landspitze herum und vernahm Rufe und durchdringende Pfiffe von den Felsen. Meine *voyageurs* hatten doch weniger fest geschlafen, als ich dachte. Sie kletterten über die Felsen und sahen mir beim Schwimmen zu. Ich kann wirklich einiges aushalten, doch die Kälte setzte mir zu, und ich musste notgedrungen splitterfasernackt durch ihre Mitte schreiten, denn sie standen im Kreis um meine Kleider. Prompt ließen sie zotige Bemerkungen fallen, die ich besser verstand, als mir lieb war. Zitternd mühte ich mich noch ab, in meinen Mantel zu kommen, wobei ich mir vorkam wie ein Tanzbär auf dem Marktplatz in Penrith,[1] als Hugh wütend von oben herab rief: »Was ist denn hier los? Das Morgengrauen ist längst vorbei, und wir haben schon einen Tag verloren! *Allez-y, les gars!*«

Marc prophezeite mir, dass *je m'enrhumerais*, und sagte, wenn der Mensch zum Schwimmen gemacht worden wäre, dann würde er mit Schwimmhäuten auf die Welt kommen – *les pattes palmés* –, doch mir wurde entgegen seiner Prophezeiung bald

1 Ich habe einmal einen solchen Tanzbären gesehen, als ich noch klein war, und danach hatte ich tagelang Albträume. Vor vier Jahren wurde das Quälen von Bären endlich verboten, und meiner Meinung nach war das Gesetz längst überfällig. Uns ist diese Erde gegeben worden, damit wir die wilden Tiere in Wald und Feld behüten und keinesfalls unnötig foltern.

vom Paddeln warm. Helle Freude kam in mir hoch, und wenn ich nur gewusst hätte wie, dann hätte ich gesungen wie ein *voyageur*. Es war, als hätte der Herrgott eine Decke vor uns ausgebreitet und blendete unsere Augen mit der ganzen Schönheit der Schöpfung. Beim ersten *pip* lehnte ich mich an einen Ballen zurück und beobachtete vier Adler, die über uns am blauen Firmament ihre Kreise zogen, und ich sagte mir im Stillen den Vers auf: *Drei sind mir zu wunderbar, und das vierte verstehe ich nicht: des Adlers Weg am Himmel, der Schlange Weg auf einem Felsen, des Schiffes Weg mitten im Meer und eines Mannes Weg an einer Jungfrau.*

Jean-Piere rief *»Allez, allez, allez«.* Ich fuhr aus meinen Gedanken hoch, griff nach meinem Paddel und fiel in den Takt ein, doch der Vers hatte sich in meinem Kopf festgesetzt, passte sich dem Rhythmus meiner Schläge an und machte sich über mich lustig: *verstehe ich NICHT, verstehe ich NICHT, verstehe ich NICHT.*

Das steil abfallende Nordufer, an dessen Klippen sich kleine Kiefern klammerten, rückte näher an uns heran. An einer langen, sandigen Landzunge am südlichen Ufer hielten wir zum Frühstück an. Ich hatte geahnt, dass etwas im Busche war, und kaum waren Alban und ich an Land, wurden wir gepackt; jeder bekam einen Holzkrug voll eiskaltem Wasser über den Kopf geschüttet. »Das ist eure Taufe«, sagte Jean-Pierre, *»et maintenant vous devenez voyageur*! Aber zuerst muss Mark schwören – denn im *pays d'en haut* wird er nicht dazu kommen –, dass er niemals die Frau eines *voyageurs* ohne ihre Einwilligung küssen wird.«

»Ich werde keinen Eid leisten«, sagte ich und wischte mir das Wasser aus den Augen. »Aber ich gebe dir mein Wort darauf.«

»Est-ce qu'on le croît, les gars?« Sie hatten sich mittlerweile an mich gewöhnt, und ihre Neckerei zeigte mir, dass ich sie nicht vor den Kopf gestoßen hatte. Ich war dankbar, denn ich mochte sie inzwischen gut leiden. Hugh bot ein *régal* mir zu Ehren

an, denn das sei ein Brauch, den man auf keinen Fall übergehen dürfe. Ich erstattete ihm einen Schilling; es war das erste und letzte Mal in meinem Leben, dass ich Geld für Alkohol ausgegeben habe. Lange hatte ich deswegen ein schlechtes Gewissen; heute glaube ich, dass der, der alle erschaffen hat, auch allen vergibt, wenn sie nur ernsthaft Reue zeigen.

Die Tage vergingen. Ich erinnere mich an so vieles … die dunklen Silhouetten unserer *voyageurs* vor dem Lagerfeuer am Abend. Der Harzgeruch im Rauch. Die Kiefernzweige, die sich wie ein Muster vor dem nächtlichen Sternenhimmel abzeichneten. Nächte voller Sterne, fremdartige Laute, die über das stille Wasser herüberschallten. Ich weiß noch gut, als ich zum ersten Mal den Ruf des Seetauchers vernahm, der in meinen Ohren wie eine verlorene Seele in der Wildnis klang.[2] Ich höre noch das Heulen der Wölfe im nächtlichen Wald – gesehen habe ich sie aber erst, als der Winter begann – und das unterschiedliche Rascheln im Unterholz. Ich weiß noch, wie die gestreiften Eichhörnchen plündernd über unser Zelt herfielen, ja sogar in meinen Taschen stöberten, und einer dieser kleinen Plagegeister fraß das letzte meiner Ingwerplätzchen, die mir William Mackenzies Frau zum Abschied geschenkt hatte. Ich sehe feurige Sonnenuntergänge vor mir, wenn wir in die Leere der Wildnis vor uns blickten. Ich erinnere mich an bleiche Morgendämmerungen und an *pips*, an endloses Paddeln während der langen Hitze eines Sommertages. An die effiziente Hast der *voyageurs*, wenn sie mit ihrer enormen Last auf dem Rücken über Stock und Stein im Laufschritt einen Berg erklommen. Ich weiß noch, wie Hugh und ich am Nordufer auf eine Klippe stiegen und eine Bergkette weit im Süden betrachteten und wie glücklich ich darüber war, denn der Fluss

2 Als ich diesen großen, schwarzweißen Vogel zum ersten Mal auf dem Nippissingsee sah, war er nicht unähnlich unserem Alk, und soweit ich es beurteilen konnte, war sein Verhalten fast gleich.

windet sich und steigt an, bietet aber über seine Ufer hinaus keinen Ausblick. Ich bin es gewohnt, auf einen hohen Punkt im Gelände zu steigen, damit ich sehen kann, wo ich bin, auch wenn mich nichts als unendliche Wildnis umgibt.

Wir kamen an die Mündung des Mattawa – *la petite rivière* – und wenn ich die Stromschnellen im Outaouais schon für schwierig gehalten hatte, wurde ich bald eines Besseren belehrt. Auf vierzig Meilen haben wir elf Portagen überwunden, denn der Mattawa fließt geradewegs von einer Wasserscheide herab. Alles in allem ist er heimtückischer als der Outaouais, fließt schnell und unberechenbar. Die Landschaft, durch die wir kamen, erinnerte mich an meine Heimat; sie war viel zerklüfteter und offener als die gesichtslosen Wälder. Eines Abends kamen wir zur nächsten Tragestelle, wo der Fluss zwischen hohen Klippen hindurchströmte. Für gewöhnlich bringen die Männer die Portage gern hinter sich, um am nächsten Tag reibungslos weiterzukommen, doch wir waren fünfzehn Stunden unterwegs gewesen, und Jean-Pierre ließ uns Halt machen. *Le Talon,* so erfuhr ich von Marc, sei die schlimmste Portage überhaupt. Der nächste Tag wäre dafür immer noch zeitig genug. Wir gingen an einem tiefen braunen Teich an Land, an dem wir die Fälle über uns hörten. Während ich meinen Erbsbrei zu mir nahm, beobachtete ich die Lichtreflexe der kleinen Wellen, die wie Flammen über den blanken Fels uns gegenüber huschten. Fichten und Ahornbäume klammerten sich an die Klippen. Mein Blick wurde von Bewegungen über uns angezogen. Dann nahm ich einen braunen Körper wahr, der auf dem Wasser aufplatschte und untertauchte. Ich sprang auf. Die anderen rührten sich nicht. Ein glänzender schwarzer Kopf tauchte auf und bewegte sich aufs gegenüberliegende Ufer zu. Ein Junge kletterte an Land und eilte in den Wald. Wieder spritzte das Wasser hoch auf, als der nächste Junge sprang. *»Ah, les garçons!«* Marc hielt seine Schüssel für einen Nachschlag hin.

»Wer ist das?«

»Indianer. Nippissing. *Ils sont fous.*«

»Fous?«

»Die spinnen«, übersetzte Hugh mit vollem Mund.

»Ach, aber das haben wir auch immer gemacht«, sagte ich leichthin. »Unser Teich in Bannerdale hat eine Klippe. Nicht annähernd so hoch wie die hier. Unsere misst zwanzig Fuß.« Ich blinzelte zu dem Felsen hinüber. Ein kleinerer Junge stand am Rand. Ich vernahm spöttelnde Rufe von den hinter den Bäumen verborgenen Jungen. »Ich schätze, die hier ist etwa vierzig Fuß hoch.«

Um mich herum erhob sich ein Stimmengewirr, dem ich weiter keine Beachtung schenkte; ich dachte an den großen Bergrücken von Blencathra hinter Highside und daran, dass man beim Überqueren des Bergzuges in Richtung Bannerdale, etwa eine halbe Meile von unserem Haus entfernt, an eine Felsschlucht mit Ebereschen kommt. In der Tiefe der Schlucht ist unterhalb eines Wasserfalls ein Teich. Man kann oben den Bach überqueren, auch wenn er Hochwasser führt – er ist nicht sehr breit –, trotzdem hat der Wasserfall am Südufer eine Stromschnelle ausgewaschen, und an deren oberem Ende ist ein flacher Felsen, von dem man hinabspringen kann. Ich habe oft genug dort gestanden und den Mut aufgebracht, zu springen. Das Wasser ist auch im Hochsommer eiskalt. Ich habe dort gestanden und auf den Schwung des überhängenden Felsens geschaut, den der Bach ausgewaschen hatte, und auf die Steilufer, die über und über mit Farn bewachsen waren. Nicht ein einziges Mal habe ich versagt. Der Sprung durch die Luft, das Eintauchen ins eiskalte Wasser – es ist tief; man kommt nicht auf den Grund –, und dann packt einen die Strömung, noch ehe man an die Oberfläche kommt, und spült einen hinab bis ans Geröll, der einzigen Stelle, an der man an Land gehen kann. Am seichten Ende des Teiches habe ich schwimmen gelernt. Da muss ich etwa fünf Jahre alt gewesen sein.

Meine Schwester durfte nicht in die Nähe des Glendaramackin-Teiches gehen. Für gewöhnlich machte sie zwar, was sie wollte, doch sie wagte nicht, sich meiner Mutter so weit zu widersetzen, dass sie mit den Jungen ging, wenn die sich auszogen, und deshalb konnte sie nicht schwimmen lernen. Der Teich gehörte allein mir. Ganz selten gingen wir vier – mein Vater, meine Mutter, Rachel und ich – im Hochsommer über den Berg zur Versammlung, über den Rücken von Blencathra nach Bannerdale hinunter bis Mungrisdale, wo wir wieder auf unsere Straße trafen, über die wir sonst auch gingen. Es war merkwürdig, derart herausgeputzt für den Ersten Tag auf dem Berg zu sein. Wir kamen am Teich vorbei, und es war, als begegnete man einem Freund auf der Straße und ginge an ihm vorüber, ohne mit ihm zu reden.

So kam es also, dass ich an den Wasserfällen von *Le Talon* lag, den Jungen zusah und an meine Kindheit dachte. Einer unter ihnen brachte sogar einen Salto zustande, ehe er im Wasser auftraf. Ich konnte sie bald voneinander unterscheiden. Der Kleine war nun schon zweimal gesprungen, doch er hatte Angst. In meiner Brust begann es zu prickeln. Jacques pfiff so durchdringend, dass ich aufschreckte. Die *voyageurs* riefen und winkten. Die Indianerjungen hielten inne. Einer von ihnen sprang, verschwand, dann tauchte sein dunkler Kopf nicht weit von uns auf. Wasser tretend grinste er uns an. Pantomimische Gesten wurden ausgetauscht, und zu meinem Entsetzen begriff ich ihren Sinn just in dem Augenblick, als mich ein halbes Dutzend Hände packte, mir Schüssel und Löffel abnahm und mich auf die Beine stellte. Der Junge im Wasser rief seinen Freunden etwas zu, die daraufhin schrille Rufe ausstießen. Hugh meinte trocken: »Ich glaube, Ihnen bleibt nichts anderes übrig, Mark.«

Auch wenn ich gekonnt hätte, wäre ich nicht umgekehrt. Seit ich klein war und zum ersten Mal erkannte, dass ich einer sonderbaren Bevölkerungsgruppe angehöre, hat es mir zuweilen zugesetzt, Außenseiter zu sein. Hin und wieder hatte ich den Eindruck, dass die anderen mich nicht als ganzen Mann betrachteten, nur weil ich versuchte, nach dem Willen Gottes zu handeln und an den uralten Grundsätzen unserer Gesellschaft festzuhalten. Ich liebe die Gesellschaft der Freunde; ich finde sie gerecht und gut, ein strahlendes Licht in einer bösen Welt, und ich bin dem Herrn ewig zu Dank verpflichtet, dass dies mein Geburtsrecht ist. Nie habe ich es anders haben wollen. Doch gerade weil ich weder kämpfen, trinken, fluchen noch respektlose Reden über Frauen führen wollte, bin ich hin und wieder herablassend behandelt worden; zumindest bildete ich mir das häufig ein. Doch wenn mir das widerfuhr, dann erhob sich der alte Adam in mir, so wie in diesem Augenblick.

Ich zog mich bis auf die Unterhose aus – in Wirklichkeit schreckte mich das Ausziehen vor aller Augen mehr als der Sprung selbst – und tauchte ins tiefe Wasser. Der Indianerjunge kletterte bereits auf die Felsen am anderen Ufer. Ich folgte ihm unter den Schutz der Bäume. Zwischen den Kiefern gab es einen schmalen Pfad. Der Junge wartete auf mich; er gab mir ein Zeichen, ihm zu folgen. Hier war es viel wärmer. Helle Schmetterlinge tanzten in den Strahlen der Abendsonne. Ich war mir meiner Nacktheit bewusst, meiner auffallend weißen Hautfarbe, und die Kiefernnadeln pikten. Diese Seite des Flusses war so ganz anders. Hierher kamen keine *voyageurs*. Mein Führer wartete auf einem Felsen auf mich. Er war geschmeidig und dunkel, ein Teil seines Landes, und ziemlich entspannt, kurzum, das genaue Gegenteil von mir. Vorsichtig kletterte ich ihm nach und schürfte mir dabei das Knie auf. Noch nie hatte ich mich so verwundbar gefühlt.

Fünf von ihnen standen oben, alle im jugendlichen Alter, schätzte ich. Sie grienten mich an. Scheu lächelte ich zurück. Sie traten zur Seite und bedeuteten mir durch Gesten, den Anfang zu machen.

Es war mindestens doppelt so hoch wie der Sprung in Bannerdale. Die Klippe fiel jäh nach unten ab, was immerhin hilfreich war; rechts und links aber ragten hässliche Vorsprünge heraus. Aus den Augenwinkeln sah ich die Kanus und die leuchtenden Farben der *voyageurs* wie kleine Spielzeuge. Ich trat vor an den Rand, sprang und flog durch die Luft. Das Eintauchen klang in meinem ganzen Körper nach. Ich atmete in eisiges Dunkel aus und strampelte so lange nach oben, bis ich, begleitet von einem Lichtertanz, die Wasseroberfläche durchbrach.

Nach diesem ersten Sprung hätte ich wiederholen können – eine unbeschreibliche Heiterkeit hatte von mir Besitz ergriffen –, doch ich ließ es sein, aus Furcht vor Prahlerei. Die *voyageurs* geizten nicht mit Lob und Preis, und falls noch etwas an meinem eigenartigen Verhalten verziehen werden musste – jetzt waren wir quitt. Die Indianerjungen riefen uns über den Fluss Abschiedsworte zu und gingen. Ich schlief in dieser Nacht gut.

Hinter *Le Talon* wurde der Fluss schmaler; die Stromschnellen wurden seichter und lagen dichter beieinander. Der Wald verwandelte sich in weite Sumpfgebiete voll abgestorbener Bäume. Am Ende wateten wir meist hüfttief durch strömendes Wasser und schoben die Kanus vor uns her. Ein Ausrutscher, und man wurde abgetrieben. Wir kamen an den Troutsee, dem Quellgebiet des Mattawa. Dann kamen die unglückseligen, moskitoverseuchten Schlamm-Portagen (was, wie ich feststellte, die Bedeutung von *La Vase* war). Portagen ist noch gelinde ausgedrückt: Ich würde die Gegend als einen mindestens fünf Meilen langen, stinkenden, schleimigen Sumpf beschreiben, in dem man die Kanus zwischen Binsen und Liliengewächsen hindurchlavieren oder unter herabhängenden Weiden hindurchschieben muss, die einem ins Gesicht schlagen, während ringsum die Frösche in den Marschen Spott und Hohn quaken. Das offene Wasser, wenn man es denn so nennen kann, ist durch alte Biberdämme entstanden, doch die Biber sind fort, und jetzt müssen die *voyageurs* die Dämme instand halten, als wäre ihr Leben nicht schon beschwerlich genug. *La Vase* bescherte mir ein von Insektenstichen wie Fruchtpudding aufgequollenes Gesicht und Waden voller Blutegelnarben. Meine Stiefel waren ständig durchnässt – ich war nicht so privilegiert wie Hugh, der auf den Schultern der *voyageurs* getragen wurde. Ich hatte es aufgegeben, Strümpfe anzuziehen, doch das war noch bevor ich das mit den Blutegeln merkte. Die Schönheit von *La Vase* entdeckte ich erst, nachdem wir die letzte Portage hinter uns gebracht hatten und auf den Nippissingsee hinabschauten: die Wasserscheide. Von hier aus ging es nur noch flussabwärts.

Wir überquerten den Nippissingsee unter heimtückischen Windböen und auf tanzenden Wellen, dann flogen wir förmlich den French River hinab – insgesamt siebzig Meilen – und legten an einem Tag eine längere Strecke zurück als auf dem gesamten Transport über den Mattawa. Umtragen mussten wir nur zweimal; ansonsten fuhren wir über die Stromschnellen. Beim ersten Mal kniff ich die Augen zu und klammerte mich an den Bootsrand, während das Kanu unter mir wie ein ungezähmtes Fohlen bockte und die Gischt mir ins Gesicht spritzte. Die *Five Mile Rapids* waren wie eine endlose, holprige Rutschpartie. Von allen Seiten krachten weiße Wasserwände hernieder, selbst von vorn, obwohl wir doch eigentlich flussabwärts fuhren. Dann und wann hatte ich das Gefühl, dass wir wie ein Vogel abhoben. Ich schloss die Augen, mein Magen hob und senkte sich, und jedes Mal, wenn wir fielen, traf unsere Unterseite mit dumpfem Aufprall auf dem Wasser auf. Ich gewöhnte mich an die Turbulenzen, in denen unser vierzig Fuß langes Kanu wie ein Federball hin und her geworfen wurde und die Felsen wie hinterhältige Zähne an uns vorbeisausten, die nur darauf warteten, uns zu verschlingen. Hier verlor ich meinen breitkrempigen Hut, denn ich hatte keine Hand frei, mit der ich ihn hätte retten können. An den Ufern standen zahlreiche

Kreuze, die mich daran erinnerten, dass auch *voyageurs* nicht unfehlbar waren.

Der Fluss endete in einem See mit vielen Inseln. Als wir ins offene Wasser kamen, hielt ich die Luft an: Im ersten Moment vergaß ich alle Landkarten, die ich je gesehen hatte, und dachte, wir hätten den großen Kontinent Nordamerika durchquert und stünden am Ufer auf der anderen Seite. Denn das Wasser, das ich da vor mir sah und dessen Wellen bis weit in den Westen endlose Lichtmuster bildeten, war unzweifelhaft ein Ozean, dessen Oberfläche hell und grenzenlos war wie der blaue Himmel über uns. Noch ehe ich mich bremsen konnte, sagte ich zu Hugh: »Was ist das? Wo haben Sie mich hingebracht? Ist das Cooks Pazifischer Ozean?«

Hugh lachte nicht. »Das ist der Huronsee«, sagte er und lächelte milde. »Genauer gesagt, ein kleiner Teil des Huronsees, dem die Menschen den Namen Georgian Bay gegeben haben.«

Verwundert schüttelte ich den Kopf. Das Kanu begann bereits auf den Wellen zu tanzen, die mit hungrigem Schmatzen gegen die Seiten schlugen. Ein frischer Wind fegte mir durch die Haare, doch er schmeckte nicht nach Salz. Hugh schien meine Gedanken zu lesen.

»Riechen Sie mal – kein Salz. Das hier sind Seen, keine Ozeane. Süßwasserseen.« Er beugte sich über Bord, tauchte die hohle Hand in die nächste funkelnde Welle und hielt sie mir hin. »Trinken Sie das! Sehen Sie? Willkommen auf unseren Süßwasserseen, Master Greenhorn!«

Just als das Licht schwand, trafen wir auf eine andere Brigade, die durch die Georgian Bay kam. Wir schlugen ein gemeinsames Lager auf einer natürlichen Wiese auf. An jenem Abend wurde ordentlich gefeiert. Um ehrlich zu sein, ich konnte mich nicht ausschließen; an so vielen Abenden hatte ich dem Tanz zugesehen, dass er mir längst schon gut gefiel. Marc und Alban packten mich und zerrten mich in den Kreis. Ich konnte zwar nicht tanzen, doch einen betäubenden Augenblick lang fühlte ich mich hineingezogen. Es ist ein außergewöhnlicher Gedanke – nein, ein blasphemischer –, doch einen wilden Moment lang war es, als träte ich in die Versammlung und würde empfangen.[3] An dieser Stelle begegnete ich auch meiner ersten Klapperschlange. Ich entfernte mich durch hohes Gras vom Lager, als ich zu meinen Füßen ein Geräusch wie von durchgerüttelten Knöcheln vernahm. Eine große, braun gesprenkelte Schlange glitt an meinen Stiefeln vorbei, noch ehe ich genug Geistesgegenwart aufbrachte, mich zu rühren. Ich sah die gelblichen Ringe an ihrem Schwanz – genau wie Marc es beschrieben hatte – und schrie in nacktem Entsetzen auf. Zum Glück hörte mich niemand außer Hugh, der herüberkam, die Pfeife in einem Mundwinkel, und fragte, was los sei. Als ich es ihm sagte, lachte er und riet mir, ich solle aufpassen, wo ich mich hinhockte, denn das wäre fast, gelinde gesagt, ein würdeloser Abgang geworden.

So flossen die letzten Tage dahin, an denen wir uns dicht am Ufer des Huronsees hielten. Schon seit vielen Meilen redeten die *voyageurs* über *La Cloche*, und ich erwartete eine Art Uhr, so unwahrscheinlich das auch schien, doch *La Cloche* ist schließlich eine Glocke. Das Wunder war am Ende aber ein Geröllblock, sehr ähnlich dem Bowder Stone in Borrowdale, nur dass dieser einen tiefen Ton von sich gab, wenn man darauf schlug.[4] Während wir den See überquerten, kamen im Süden immer neue Inseln in Sichtweite und verschwanden wieder. Hugh sagte mir, es seien die *Islands of the Spirits*, und mein Herz tat einen Satz, als mir klar wurde, dass ich auf das Land blickte, in das unser Herrgott Judith und Rachel berufen hatte, als sie in Yonge Street waren. Hugh sagte, es sei richtig, viele verschleppte

3 Das werde ich löschen, aus Furcht, dass ein Kind – meine ungeborenen Enkel vielleicht – eines Tages mein Manuskript lesen könnte.

4 Als ich nach Hause zurückkehrte, versuchte ich das gleiche Experiment am Bowder Stone, doch er hatte nicht dieselbe Eigenschaft.

Indianer hätten sich dort niedergelassen, und es sei mehr als wahrscheinlich, dass sie im Winter dem Hungertod nahe seien. Als wir uns *Sault* näherten, wurde das Wetter schlechter. Zur Enttäuschung aller waren wir zwei Tage lang an einem kleinen Fluss *dérangé*. Ich war nicht so ungeduldig wie die anderen; in meinem Herzen machte sich eine Verwirrung breit, die ziemlich unerwartet kam. Kurzum, ich war nicht willens, die *voyageurs* zu verlassen. Ich fragte mich plötzlich, wie wohl der See hinter diesem aussehen mochte, der große Treffpunkt in Fort William, und wie überhaupt alle Flüsse und Seen des *pays d'en haut* aussehen mochten.

Der Regen setzte ein, just als wir den ersten Kanal des St. Mary's River erreichten. Die *voyageurs* fluchten, denn sie gehen vor dem Treffpunkt gern an Land, um sich zu waschen und herauszuputzen, doch das Aufschlagen des letzten Lagers war bei diesem Wetter eine trübe, hastige Angelegenheit. Was mich betraf, so passte das Wetter zu meiner Stimmung. Es betrübte mich nicht, bis auf die Haut durchnässt zu werden, während der Regen unaufhörlich Pockennarben in das Wasser trommelte und wir weiter in den Dunst paddelten.

11

Die Fabrik der Northwest Company liegt am Fuße der Stromschnellen von Ste Marie, genannt *Sault*, am Nordufer des St. Mary's River. Hugh war nicht einmal eine halbe Stunde im Büro der Company, dann war unsere Brigade so weit, durch den Kanal zu fahren. Denn die Company hat bei Ste Marie einen über eine Meile langen Kanal gebaut, und wir mussten auch nicht über Land gehen. Stattdessen wurden die Kanus hintereinander an zwei stämmige Ochsen geschirrt, und unsere *voyageurs* mussten nur dafür sorgen, dass die Kanus nicht gegen die Seiten schlugen – der Kanal ist neun Fuß breit, groß genug für die Schiffe, die ebenso wie die Kanus durch die Seen pflügen – und konnten die Fahrt genießen, was unsere Mannschaft auch tat; sie rauchten Pfeife und riefen mir letzte Abschiedsgrüße zu: »*Vous comportez en homme d'honneur parmi les belles femmes de l'Ojibwa!*« Am oberen Ende des Kanals ist tatsächlich eine Schleuse. Nur wer sämtliche Portagen am Outaouais und Mattawa mit eigenen Augen gesehen hat, kann die Verbesserung würdigen, die diese kleine Schleuse – denn sie ist nur achtunddreißig Fuß lang und hat einen Hub von nur neun Fuß – für die Männer darstellt, welche die Kanus betreiben. Nachdem unsere Brigade hineingefahren war, wurde hinter ihr ein Tor herabgelassen. Dann lief das Wasser vom oberen Ende hinein, und als der Wasserspiegel mit dem höheren auf einer Ebene war, öffnete sich oben an der Schleuse eine Falttür, und die Kanus konnten ihren Weg fortsetzen. Diese Prozedur hat mich über alle Maßen interessiert.[1]

Ich lief neben meinem Kanu her, als es durch den Kanal fuhr, und suchte mir über die Bretter des Leinpfades, die glitschig waren vom Ochsendung, meinen Weg. Dann nahm ich die Uferstraße parallel zur Kanustrecke, als meine Freunde wieder eigenhändig paddelten. Während sie sich entfernten, wirkte die Brigade sehr klein, obwohl sie doch einen so nachhaltigen Eindruck auf mich gemacht hatte. Der Obere See war glatt wie ein Biberpelz; selbst Katzenpfoten hätten höhere Wellen geschlagen. Mir war nicht klar gewesen, wie schnell wir in den Kanus von der Stelle gekommen waren, bis ich selbst an Land war und laufen musste, um mitzuhalten. Schon bald hatten sie mich hinter sich gelassen, und ich blieb an einer Landspitze stehen, während sie in der Wildnis des großen Oberen Sees verschwanden. Ich glaube, ich habe etwas Weißes aufblitzen sehen, als Hugh mir mit seinem Taschentuch zuwinkte, denn er war der Einzige in unserem Kanu, der eine Hand frei hatte. Er musste sich nun bis Fort William mit Albans Diensten begnügen.

Schwer atmend blieb ich mitten auf der Straße stehen und wurde mir mit einem Mal der Wildnis in meinem Rücken bewusst.

Vier Wochen lang war ich nicht allein gewesen. Ich fühlte

1 Heute kenne ich mich in unseren englischen Kanälen besser aus als damals. Ein paar Jahre später investierte ich eine kleine Summe in den neuen Carlisle Canal, und ich war einer der Anteilseigner, die auf dem ersten Boot hindurchfuhren. Außerdem begab ich mich mit meinem Sohn Alan auf eine Vergnügungsreise durch Kanäle – er wird damals zehn gewesen sein. Wir übernachteten bei Freunden in Kendal, nahmen dann das Paketboot von Kendal nach Preston über Lancaster, eine Entfernung von siebenundfünfzig Meilen. Bei Tewitfield durchliefen wir acht Schleusen, und dann ging es zweiundvierzig Meilen geradeaus (die längste, nicht unterbrochene Kanalstrecke im Königreich) bis Preston. Bei Hincaster gab es einen Tunnel von etwa einer Viertelmeile Länge, an sich schon ein großes Wunder, doch wir zogen die Schleusen vor, die Pferde mit ihrem uniformierten Postillion und die langsame Entfaltung einer unbekannten Landschaft. Im Neunten Monat dieses Jahres wird Alan dreiundzwanzig, und ich war mehrfach mit dem Zug in Preston, ja und auch bei der Jahresversammlung in London. So ändern sich die Zeiten.

mich wie nach einem Verlust, denn ich hatte meine *voyageurs* ins Herz geschlossen. Zugleich packte mich jedoch eine gewisse Erregung. Da stand ich nun an einem Sommernachmittag an einem der entlegensten Außenposten des nordamerikanischen Kontinents, wieder auf mich allein gestellt, auf festem Land und mit einem Abenteuer vor mir, das mich wer weiß wohin führen würde. Ich war, wie gesagt, ganz allein und flitzte in plötzlichem Überschwang los, rannte wie ein zügelloses Fohlen über diese leere Straße, trat gegen Steine und lachte aus purer Lebenslust.

Als ich in Sichtweite der Häuser kam, zwang ich mich zu einem gemesseneren Schritt. Ich holte meinen Ranzen im Büro der Company ab und fragte nach dem Weg. Thomas Nolan, der Mann, den Judith in ihrem Brief erwähnt hatte, wohnte offenbar auf der Südseite der Stromschnellen. Der Angestellte brachte mich ans Fabriktor und zeigte über den Fluss. Am gegenüberliegenden Ufer, eine gute Meile weit entfernt, konnte ich Häuser als kleine Flecken ausmachen. Der Angestellte fand jemanden, der mich übersetzte. Wir fuhren oberhalb der Stromschnellen hinüber, aber so nah, dass ich in dem zerbrechlichen zehn Fuß langen Kanu ziemlich nervös wurde. Der gesamte Obere See schien ringsum in einen mächtigen Strom auszulaufen, so breit wie die Solway-Bucht. Im weißen Wasser weiter unten hüpften Kanus auf und ab. Doch wir gelangten ohne Missgeschick auf die andere Seite, und so kam es, dass ich zum ersten Mal einen Fuß in die Vereinigten Staaten von Amerika setzte. Doch wenn man es mir nicht gesagt hätte, wäre mir kein Unterschied aufgefallen.

Man wies mir den Weg zu einem soliden, zweistöckigen Blockhaus, das von einem hohen Zedernzaun umgeben war. Kühe und Hühner waren auf der Weide, dahinter ein umzäunter Garten. Ein Diener vom Stamme der Ojibwa führte mich ins Haus zu Mr. Nolan. Zu meiner Überraschung betrat ich eine schön möblierte Bibliothek, in der Mr. Nolan an einem Schreibtisch aus Mahagoniholz saß und schrieb. Er erhob sich sofort und schüttelte mir die Hand. Mit seinem bestickten Wams und der kunstvoll gebundenen Krawatte wirkte er etwas stutzerhaft. Ich muss ebenso verblüfft geschaut haben wie er bei meinem Anblick. Ich erklärte ihm, wer ich war, und dachte dabei die ganze Zeit, dass dieser feine Herr wohl kaum ein passender Freund für Rachel und Judith war. Als hätte er meine Gedanken gelesen, sagte er: »Herzlich willkommen, Sir. Es war alles in allem eine traurige Geschichte. Es war meine Frau, die … kurzum, ich habe mich von ihrem religiösen Eifer nicht überzeugen lassen, doch meine Frau war sehr angerührt und hat darauf bestanden, dass sie bei uns wohnten. Tatsächlich haben Ihre Tante und Ihre Schwester uns keine Probleme bereitet … abgesehen natürlich von der unglücklichen Episode, als die junge Dame durchbrannte.«

»Haben Sie Alan Mackenzie gekannt?«, fragte ich.

»Ich habe ihn kennen gelernt. Ein sehr ruheloser Herr. Doch die Damen mochten ihn. Genau gesagt, meine Tochter Maddie … Es war alles in allem eine böse Sache. Doch wenn ich Ihnen helfen kann, Sir, dann müssen Sie es nur sagen. Sie werden natürlich bei uns wohnen. Lassen Sie mich nach meiner Frau schauen.«

Zu meiner Verwunderung – denn Nolan war ohne Frage ein Gentleman – war seine Frau eine Ojibwa. Er stellte sie mir ohne eine Spur von Verlegenheit vor. Mir war, als hätte der Boden unter meinen Füßen plötzlich seine Festigkeit verloren, es war wie das ständige Heben und Senken, als ich damals in Quebec wieder auf festem Boden stand. Kaum zu glauben, dass so etwas möglich war.

Obwohl Mary Nolans Kleid mehr oder weniger europäisch aussah, war es über und über mit Perlen bestickt. In England hätte sie damit neugierige Blicke auf sich gezogen, und selbst in der Wildnis war es nicht gänzlich unattraktiv. Sie gab mir ein Zimmer für mich allein, ein ausgesprochener Luxus in jener abgelegenen Gegend. Es stellte sich heraus, dass Thomas Nolan Pelzhändler aus Montreal war, der schon über zwanzig Jahre am *Sault* war. An jenem Abend – eigentlich an jedem Abend in der Woche, die ich dort verbrachte – redete er viel über die Vergangenheit in Montreal, über die Bücher, die er sich von dort schicken ließ und die Freunde, mit denen er schriftlich verkehrte. Seit dem amerikanischen Embargo vom Jahr zuvor sei es um den Handel schlecht bestellt. Er verbringe die meiste Zeit in seinem Arbeitszimmer.

Seine Tochter Maddie hatte ein Internat in Montreal besucht und ließ es sich nicht nehmen, mir darüber zu berichten. Sie trug ein weißes Gewand aus Musselin, das mir höchst unpassend in der ländlichen Umgebung erschien – auch zu ihrem Teint passte es nicht gut – und über dem Busen so tief ausgeschnitten war, dass ich mir die größte Mühe geben musste, woandershin zu schauen. An den Abenden lauschten wir ihrem Cembalospiel (was wir bei uns zu Hause für gottlos gehalten hätten, doch ich erkannte ein paar Melodien der *voyageurs*, und die gefielen mir). Ihre Gesangskünste waren ganz ordentlich – sie hatte das Singen im Internat gelernt, doch jedes Mal, wenn sie tief Luft holte, hatte ich Angst, ihr Kleid könne aus den Nähten platzen, und das lenkte mich etwas von der Musik ab. Wenn sie nicht musizierte, las Thomas Nolan uns etwas vor. Nur Mary – seine Frau – war bereit, mit mir über Rachel und Judith zu reden.

»Es tut mir sehr Leid für Sie«, sagte sie. »Ich habe versucht, Ihrer Tante zu schildern, wie es war. Der junge Mann kam hierher. Er sagte nicht viel, schaute aber die ganze Zeit Ihre Schwester an. Ich habe genau gesehen, dass die beiden sich liebten. Nicht so Ihre Tante. Ich wollte sie warnen, doch sie war verärgert. Niemand wollte etwas von dieser Liebe wissen. Ich sah, dass Rachel seelisch aufgewühlt war, obwohl sie sich sehr bemühte, es zu verbergen. Ich glaube, sie war innerlich zerrissen. Denn Rachel … sie gehört zu den Menschen, die mit großer Leidenschaft fühlen. Kaltherzigkeit war ihr fremd. Die Ärmste. Ich glaube, sie hat es sehr schwer gehabt. Aber ich war nicht ihre Mutter … Ich war nicht mit ihr verwandt. Was hätte ich für sie tun können? Ich wünschte, ich könnte Ihnen sagen, wohin sie gegangen ist. Aber ich weiß es nicht. Ich habe nie wieder etwas von ihr gehört.«

Mary Nolan stellte mir viele Fragen über die religiöse Gesellschaft der Freunde. Sie sagte mir, Rachel und Judith hätten eine Versammlung mit ihr abgehalten, und sie wünschte, dass wir es ebenso machten. Es war die erste Versammlung, an der ich seit Yonge Street teilnahm, und obwohl wir nur zu zweit waren und ich das einzige Mitglied, fand ich Trost darin. Mary kümmerte sich um die kleine Farm. Sie hielt Kühe, Schweine, Hühner und hatte einen üppigen Gemüsegarten. Es tat gut, die Hände in redliche Erde zu graben – ich habe in der Woche, als ich dort war, im ganzen Garten Unkraut gejätet, was er in der Tat gebrauchen konnte. Mary Nolan gefiel mir besser als ihre Tochter, und so hatte ich meine liebe Not, als sie mich fragte, ob ich es nicht über mich bringen könnte, ihre Tochter zu lieben? Denn Maddie sei nicht leicht zufrieden zu stellen und wünschte sich nichts sehnlicher, als nach Osten zurückzugehen. Ein gewöhnlicher Pelzhändler sei ihr nicht gut genug, und ein Ojibwa erst recht nicht, ein Engländer eventuell … Dann würde Maddie vielleicht die Sitten und Gebräuche meiner Gesellschaft lernen und sich mit weniger weltlichen Dingen beschäftigen.

Ich erklärte ihr, dass ich niemanden heiraten konnte, der nicht der Gesellschaft angehört, und als sie darüber nachzudenken begann, dass man Maddie ja zum Eintritt in die Gesellschaft bewegen könnte, sagte ich ihr unumwunden, ich könne ihre Tochter nicht lieben.

»Lieben Sie denn eine andere?«

Eine Lüge kann einfacher sein als die Wahrheit. Dennoch gestand ich ihr offen: »Nein.« Ich wusste, sie war nicht zufrieden, und ich war verlegen. Offenbar gab es über Rachel nicht mehr in Erfahrung zu bringen, sodass ich mich am nächsten Tag verabschiedete. Zwei Diener der Nolans fuhren mich über den *Sault*. Ein paar Ojibwa angelten in den Stromschnellen. Sie standen aufrecht in ihren schwankenden Kanus und spießten die Fische mit Speeren auf – in meinen Augen eine unglaubliche Leistung. Ich hatte zwar als Kind gelernt, wie man eine Forelle mit Händen fängt (was ich heute allerdings zu mühsam finde), aber ich stehe beim Fischen gern auf festem Grund.

Als ich nach der South West Company fragte, stellte sich heraus, dass sie im selben Gebäude untergebracht war wie die Fabrik der North West. Dort erfuhr ich von meinem Freund, dem Sekretär, dass der Handelsagent der South West, Monsieur Pothier, gerade mit einem schnellen Kanu aus Montreal eingetroffen war – genau genommen war er am Vortag aus St. Joseph gekommen. Der Sekretär begleitete mich zu einem großen Büro, dessen Fenster auf den Kanal blickten. Ein junger Offizier in rotem Rock stand an der Tür und verabschiedete sich von jemandem. Ich vernahm eine Stimme, die englisch mit starkem französischem Akzent sprach: »Und Sie werden Captain Roberts ausrichten, dass die Company am Sault jetzt ihre Reserven sammelt. Wir halten uns in Bereitschaft. Der Captain muss nur die richtigen Worte sagen. *Les voyageurs sont prêts. Il faut frotter ces gens là-bas, joliment. Dis-lui qu'on vient aussitôt qu'il nous appelle.*«

Der Junge – er wirkte entschieden jünger als ich – salutierte schnittig, trat zurück und mir auf den Fuß. Ich ging rasch auf Abstand. Er murmelte etwas vor sich hin, was eine Entschuldigung gewesen sein mag, und entfernte sich.

Toussaint Pothier umgab die Aura eines aktiven jugendlichen Mannes, doch die unterschiedlichen Mienen, die er nacheinander aufsetzte, wiesen tiefe Furchen auf, die meiner Schätzung nach von mindestens vier Jahrzehnten eingraviert worden waren. Auf seinem Schreibtisch stapelte sich Papier, und seine Begeisterung, als er mich begrüßte, war beträchtlich geringer als die für den jungen Soldaten. Bis ich Alans Namen erwähnte. Da hatte ich im Nu seine Aufmerksamkeit. Ich sagte: »Ich habe eine dringende Nachricht für Alan Mackenzie aus Montreal. Es ist wichtig, dass ich ihn so schnell wie möglich finde.«

»Ah, das trifft sich ja gut! Monsieur McGillivray hat Sie bereits angekündigt. *Vous avez de la chance, monsieur.* Monsieur Mackenzie ist jetzt gerade am Sault! Heute Morgen haben wir uns noch hier getroffen. *Mais il faut vous dépêcher* – Sie müssen sich sputen. Vor zwei Stunden ist er zu Monsieur Ermatinger zurückgekehrt, und während wir hier miteinander reden, bricht er womöglich schon auf. Sein Kanu liegt am Damm. Kommen Sie, die Zeit drängt! *Georges, revenez!*« – Das rief er durch den Flur, und sogleich tauchte ein junger Mann auf. »*Prenez ce monsieur chez Monsieur Ermatinger aussi vite que possible!* Georges wird Sie zu Monsieur Ermatinger bringen, und dort werden Sie hoffentlich noch Monsieur Mackenzie antreffen. Wenn er schon fort ist, kommen Sie wieder hierher. Dann werde ich dafür sorgen, dass Sie ihm direkt nach Mackinac folgen können. *Eh bien, Monsieur, au revoir.* Ja, ja, *je vous en prie,* aber jetzt müssen Sie mit Georges gehen!«

Georges und ich rannten förmlich eine halbe Meile über einen steinigen Weg, bis wir an ein Blockhaus kamen, an dem wir keuchend stehen blieben. Eine Indianerin in kurzem blauem Kleid war im Garten und hackte zwischen hohem grünem Mais. Im losen Erdreich vor der Tür scharrten Hühner. In der Luft lag der Geruch nach Holzfeuer, und ich vernahm die schrillen Stimmen spielender Kinder.

Georges sprach mit der Frau in einer Sprache, die ich zunächst für Französisch hielt. Ohne Eile legte sie die Hacke nieder und antwortete ihm. Georges drehte sich zu mir um. »M'sieu Ermatinger ist drinnen, und Alan Mackenzie auch, sagt sie.«

»Würdest du mich zu ihm bringen?« Meine Stimme war

fest, doch in meiner Magengrube kribbelte es bei dem Gedanken, dass meine Beute nach der langen Reise nun so nah war.

Georges nickte. Ich wandte mich um, weil ich ihm folgen wollte, doch zu meiner Überraschung sprach die Frau mich plötzlich direkt auf Englisch an. »Sie sind der Bruder von Alan Mackenzies Frau, glaube ich. Stimmt das?«

Ich starrte sie an. »Sie kennen Rachel? Wissen Sie auch, wo sie ist? Und was mit ihr passiert ist?«

Die Frau war nicht mehr jung. Ich hatte keine Ahnung, wer sie war; vermutlich eine Dienerin der Familie. Sie sagte, und ihr Akzent war so weich, dass ich genau hinhören musste: »Rachel Mackenzie hat hier bei uns gewohnt. Nachdem das Kind gestorben war, hatte ich Angst um sie. Sie hatte zu viele Träume. Sie sind über das Meer hierher gekommen, um nach ihr zu suchen, nicht wahr?«

Sie faszinierte mich. »Woher wussten Sie, dass ich ihr Bruder bin?«

»Sie sind einer von den Menschen in Grau, so wie sie. Als ich das gemerkt habe, habe ich Sie genau angeschaut. Ich sehe Rachels Augen in Ihren, und um den Mund herum viel Ähnlichkeit. Sie hat mir erzählt, dass sie einen Bruder hat, das ist mir wieder eingefallen. Dann haben Sie etwas gesagt, da war ich mir sicher.«

»Sie müssen Rachel gut gekannt haben.« Ich konnte es kaum begreifen, aus einer solchen Quelle ein wenig über meine Schwester zu erfahren. Es war, als hätte einer der Obstbäume im Garten mit mir geredet, oder der große Felsbrocken neben dem Tor.

»Nein, ich habe sie nicht gut gekannt.« Sie nahm die Hacke wieder zur Hand. »Gehen Sie zu Alan Mackenzie. Ich habe ihm gesagt, er soll nicht aufgeben, nach ihr zu suchen. Das wird ihm sonst niemand sagen.«

»Und wer sind Sie …?« Mir kam der Gedanke, dass ich diese Frau vielleicht noch einmal aufsuchen wollte.

Die Antwort verblüffte mich. »Charlotte Ermatinger.«

Ich folgte Georges und versuchte, meiner wirren Gedanken Herr zu werden. Am Tisch in der Küche hackte ein Mädchen Kräuter. Sie sagte, ihr Vater sei mit Mr. Mackenzie zum Grundstück für das neue Haus gegangen, damit er es sich anschaue. Also führte Georges mich an einem Obstgarten und einem Maisfeld vorbei zurück ans Flussufer, wo wir die gesamten Stromschnellen überblicken konnten. Nun bestand kein Grund zur Eile; Charles Ermatinger und sein Freund wurden zum Abendessen zurückerwartet.

»Wer ist dieser Charles Ermatinger, Georges?«

»M'sieur Ermatinger? Er ist …« Georges gestikulierte wild, um zu zeigen, dass eine Erklärung unmöglich war. »Er arbeitet nicht mehr bei der Company. Er ist *un marchand indépendent*, das heißt, er hat sein eigenes Unternehmen. Und das ist gar nicht so schlecht. Er hat sehr viele Bäume gefällt und hier die größte Farm am Sault errichtet. Jetzt hat er so viel Geld, dass er ein großes Haus baut. Aus Stein.«

»Hier? Ich habe noch kein Steinhaus gesehen.«

»Noch nicht, M'sieu, noch nicht. Zurzeit wird es noch mit Papier und viel Gerede gebaut. Und jetzt sorgt M'sieu Ermatinger dafür, dass wir gegen die Amerikaner kämpfen. Ich, Georges, werde auch kämpfen.«

Ich schaute ihn traurig an. Selbst für einen Franzosen war er dunkelhäutig. Seine Augen leuchteten mit einer Begeisterung, die ich nie teilen würde. Mir schoss der verrückte Gedanke durch den Kopf, dass ich ihm an diesem Punkt die Hand schütteln und Bruder nennen könnte, wäre ich gekommen, um an seiner Seite zu den Waffen zu greifen, doch wie die Dinge lagen, würde immer die große Kluft eines Missverständnisses zwischen uns liegen. »Warum musst du kämpfen, Georges? Krieg erzeugt wieder Krieg. Kennst du denn nicht Gottes Gebot: Du sollst nicht töten?«

»Und weißt *du* denn nicht« – er warf mir das Wort spöttisch ins Gesicht, »dass die Amerikaner hierher kommen, wenn wir nicht kämpfen, und dass sie unsere Häuser niederbrennen, unsere Frauen vergewaltigen und sogar die kleinen Kinder umbringen? Sie werden unsere Company erobern und das gesamte freie Land im Westen. Weißt *du* nicht, dass die Amerikaner kommen und uns die Jagdgründe nehmen? Sie vertreiben uns von dem Land, in dem unsere Vorväter begraben sind. Sie zwingen uns aus unseren Häusern weg auf ein Land, das nicht gut ist. Weißt *du* denn nicht, dass im Süden bereits ein großer Krieg tobt und dass es in diesem Krieg hier um Leben und Tod unseres Volkes geht? Weißt *du* denn gar nichts darüber? Und wenn *du* es nicht weißt, dann frage ich *dich*, wer gibt *dir* das Recht, so mit mir zu reden?«

Ich schaute ihn verdutzt an. »Du hast Recht, Freund, ich bin gerade erst hier eingetroffen und weiß sehr wenig. Ich weiß nur, dass Krieg an keinem Ort dieser Welt jemals gut ausgehen kann. Aber – bist du denn kein Franzose, Georges?«

»Doch, ich bin Franzose. Ich heiße Georges Beauclerc, Sekretär des M'sieu Pothier bei der South West Company. Und nein, ich bin kein Franzose. Ich bin Abeetung von Sisibakwatominiss vom Stamm der Ojibwa.«

»Und die Ojibwa bereiten sich darauf vor, gegen die Amerikaner zu kämpfen?«

»Nicht nur die Ojibwa. *Du* hast doch von Tecumseh gehört.«

»Nein, was ist das?«

»*Er*, nicht *es*! Selbst *du* müsstest das wissen. Tecumseh ist der große Anführer der Shawnee. Er kämpft in Ohio bereits gegen die Amerikaner. Die Indianer werden gemeinsam kämpfen, verstehst *du*; sonst nehmen uns die Amerikaner unser Land und vernichten unser Volk endgültig. Und *ihr* – *ihr* Briten – *ihr* habt versprochen, euch mit uns zu verbünden. Begreifst *du* jetzt allmählich, warum es Krieg geben muss?«

»Ich verstehe dich. Aber auch ich habe meine Leute, und

unser Bestreben ist es, immer den Weg zu suchen, der zum Frieden aller führt …« Da mir die eigenen Worte fehlten, zitierte ich: »*Alle Grundsätze, die auf Blutvergießen hinauslaufen, leugnen wir zutiefst, mit allen Kriegen und Streitigkeiten und Kämpfen mit kriegerischen Waffen zu welchem Zweck auch immer.* Es muss andere Wege geben, zu überleben, als mit Gewalt, Georges. Denn Gott ist gnädig.«

»Wenn *du* darauf schwören kannst, dann hast *du* nicht gesehen, was ich gesehen habe. Und jetzt habe ich genug geredet. Wir nähern uns dem neuen Haus von M'sieu Ermatinger.«

Vielleicht sahen die Augen von Georges ein Haus, das nur aus »Papier und viel Gerede« bestand, ich aber sah nichts als einen flachen Uferstreifen und einen schmalen Kiesstrand, an dem die Wellen sich in rascher Abfolge gegenseitig auslöschten. Dann erblickte ich zwei Männer, die nebeneinander auf dem Strand standen. Sie hielten ein Stück Papier zwischen sich, und dazu wurden alle Hände gebraucht, denn hier unten am Wasser wehte eine steife Brise. Einer von ihnen musste Alan sein. Wieder spürte ich das Kribbeln unter den Rippen. So lange hatte ich daran gedacht, ihn zu finden. Komisch, jetzt, da ich am Ziel war, hatte ich Angst.

Sie schauten fragend auf, als wir näher kamen. Der Kleinere mit grau meliertem Haar war offensichtlich Charles Ermatinger. Der andere war ein dünner junger Mann, tief gebräunt, mit vielen Sommersprossen. Er trug den Wollmantel und die Kordhose, die alle Beschäftigten der Company anziehen, selbst im Hochsommer. Doch die Krawatte hatte er wie ein Gentleman gebunden, und statt einer Kappe hatte er eine Biberfellmütze auf. Er schien eine Mischung zwischen einem Angestellten und einem Teilhaber der Company zu sein. Ganz offenkundig trat er mit der Selbstsicherheit eines Herrn auf, und wenn sein Gesicht wettergegerbt und seine Kleidung abgetragen war, nun, das war bei allen Männern der Company der Fall, die im Westen überwintern. Ich hatte ihn mir rothaarig und grobschlächtig vorgestellt, denn ich wusste, dass er Schotte war – aber nichts dergleichen. Er war schlank und dunkelhaarig, und selbst bei jener ersten Begegnung war ich mir der geballten Energie in ihm bewusst, als könnte er nicht lange still stehen, sondern müsste stets etwas tun.[2]

»Dieser Herr will zu M'sieu Mackenzie«, sagte Georges.

Alan schaute mich an. Ich hatte zwar meinen breitkrempigen Hut auf dem French River verloren und trug nun die rote, mit einer Quaste am Zipfel versehene Strickmütze eines *voyageurs* (es war das erste farbige Kleidungsstück in meinem Leben, doch da ich es nicht sah, vergaß ich, dass ich die Mütze auf dem Kopf hatte. Nur wenn die Sonne mir in die Augen schien, fehlte mir die breite Hutkrempe.) Aber ich war an der übrigen Kleidung deutlich als Quäker zu erkennen. Ich weiß nicht, ob Alan meine Ähnlichkeit mit Rachel so auffiel wie Charlotte Ermatinger. Ebenso wie sie wusste er bereits, dass es mich gab. Ich sah, wie es ihm allmählich dämmerte, und dann sprach ich ihn direkt an: »Alan, ich bin dein Schwager, Rachels Bruder. Ich komme aus Mungrisdale in Cumberland, um dich zu suchen und um sie zu finden, wenn sie noch lebt.«

Staunen malte sich auf seinem Gesicht, dann ein gewisses Entsetzen, als sähe er einen Geist vor sich, doch auch das ging vorüber. Seine Augen waren weder grün noch braun, vielmehr hatten sie jene veränderliche Farbe, die man haselnussbraun nennt.[3] Er reichte mir eine Hand und sagte mit nur leicht

2 Oder weiß ich das alles erst im Nachhinein? Wie schwierig es doch ist, den Augenblick vor einer bedeutsamen Veränderung noch einmal einzufangen! Ich wünschte, ich hätte den Stromschnellen, den Inseln im St. Mary's River, ja selbst den Zeichnungen der Winde und des Tauwerks am Schleusentor weniger Platz in meinem Notizbuch eingeräumt und lieber daran gedacht, meinen ersten Eindruck von meinem Schwager festzuhalten. Eins indes habe ich notiert, und daran erinnere ich mich noch gut, dass ich nämlich in dem Augenblick, als ich ihn zum ersten Mal zu Gesicht bekam, sicher war, ihn schon einmal gesehen zu haben. Ich habe es eine Zeit lang vergessen, denn er wurde mir ohnehin bald vertraut. Doch ab und an kam dieses Gefühl wieder in mir hoch, und des Nachts habe ich mich zuweilen gefragt, woher es wohl rührte.

3 Jetzt fällt mir ein, dass Haselnussbraun tatsächlich von Grün nach Braun changiert und umgekehrt, so wie die Jahreszeiten; das ist keine Unbeständigkeit, sondern von Natur aus so. Das

schwankender Stimme: »Ich habe natürlich schon von Ihnen gehört. Sie sind Mark Greenhow. Wie geht's?«

Die Frage erschien mir belanglos, deshalb überging ich sie, doch ich schüttelte ihm herzlich die Hand. Teilweise rührte meine Angst daher, dass ich ihn auf Anhieb verabscheuen sollte, in ihm einen Schurken und Wüstling erkennen und üble Gedanken über ihn hegen sollte. Man könnte unbeschwerter durchs Leben gehen, wenn man sicher wäre, jenen Teil von Gott in jedem Menschen zu erkennen; ich war ungeheuer erleichtert, dass es mir bei Alan nicht schwer fiel. Von jenem Abend an konnte ich ihn in der Tat neben meiner Familie in meine Gebete einschließen, und daran hat sich bis heute nichts geändert. Ich konnte ganz aufrichtig zu ihm sagen: »Es ist mir ein Vergnügen, dich kennen zu lernen, Bruder.«

»Dafür haben Sie einen weiten Weg hinter sich gebracht.«

»Ja.«

Das Schweigen zwischen uns wurde von Charles Ermatinger gebrochen, der damit beschäftigt gewesen war, seinen Plan einzurollen. Trotzdem war ich mir bewusst, dass er uns im Auge hatte. »Ich habe Ihre Schwester gekannt, Mr. Greenhow. Ihre Familie muss schwer gelitten haben. Das tut mir Leid.« Er wandte sich an Alan. »Mackenzie, das wird Ihre Pläne etwas verändern. Wenn Sie beide bei uns übernachten wollen, sind Sie herzlich eingeladen.«

Alan starrte mich noch immer an, als könnte er den Blick nicht abwenden. »Heute Abend?« Er klang wie betäubt. »Das ist sehr freundlich. Es sei denn … Mr. Greenhow … Mark … was haben Sie vor? Ich muss zurück nach Mackinac. Das Mindeste, was ich tun kann, ist, Ihnen meine bescheidene Gast-

konnte als Parabel auf meinen Schwager Alan gelesen werden, über den ich zu jenem frühen Zeitpunkt nichts wusste, bis auf die Tatsache, dass er denkbar tief in jener Angelegenheit steckte, die mich hergeführt hatte, und dass ich nicht nur alles zu erfahren verlangte, was er mir zu sagen hatte, sondern auch, ob ich ihm trauen konnte oder nicht, in Wort oder Tat oder auf andere Art.

freundschaft anzubieten. Sie wollen bestimmt … ich weiß nicht. Wollen Sie mit mir nach Mackinac kommen, Sir?«

»Ja.«

»Das ist vermutlich am besten …« Er schaute mich zweifelnd an. »Was ich hier zu tun habe, ist etwas heikel. Wenn ich Sie jetzt mitnehme, kann ich mich dann auf Ihre Diskretion verlassen? Können Sie schwören, dass Sie jede Einzelheit unserer Reise vergessen, bis wir in Mackinac an Land gehen? Wenn nicht, kann ich Sie nicht mitnehmen.«

»Nein, Freund, ich werde keinen Eid leisten. Und was das Vergessen betrifft, das ist kein Willensakt, deshalb kann ich mich dafür nicht verbürgen.«

Alan lächelte. »Ich hätte es fast vergessen. Um es schlicht auszudrücken, Bruder Mark, würdest du bitte über alles, was auf unserer Reise zwischen dem Sault und Mackinac geschieht, Stillschweigen bewahren?«

»Sonst würdest du mich nicht mitnehmen?«

»Genau.«

Ich dachte darüber nach, während sie auf mich warteten. »Ich werde schweigen, Freund, solange ich nicht Zeuge eines Streits oder eines Konflikts mit kriegerischen Waffen werde, oder einer Körperverletzung.«

»Das geht in Ordnung.«

»Es kann sein, dass ich lange lebe. Verlangst du von mir, dass ich bis zuletzt schweige?«

»Das ist eine harte Nuss.« Nun war es an Alan, nachzudenken. »Wie wäre es mit zwanzig Jahren, und auch das nur, wenn du in England bist?«

»Sehr gut, Freund. So lange und unter dieser Bedingung werde ich Stillschweigen wahren.«

Er lachte kläglich. »Und ich glaube dir, mehr als ich dem Eid so mancher Männer glauben würde, Bruder Mark. Das ist die Stärke eines wahrheitsliebenden Volkes!«

Zu dritt aßen wir bei Charles Ermatinger zu Abend; es gab

Weißfisch mit Maisbrot. Ich hätte mich gern noch mit seiner Frau Charlotte unterhalten, doch sie setzte sich nicht zu uns, obwohl sie das Essen hereintrug und uns bediente. Sie schwieg, und meine beiden Gefährten redeten nicht mit ihr. Gegen die Regeln, die offensichtlich in diesem Hause galten, konnte ich nicht verstoßen.

Wir saßen lange beim Essen. Ich fragte Alan: »Wir reisen im Dunkeln nach Mackinac, nicht wahr?«

»Wir haben Vollmond, und die Nacht ist klar.«

Nie werde ich die Fahrt über den Fluss vergessen; das Geräusch der Wasserfälle folgte uns, eine leuchtende Linie, die langsam verschwand, während uns die Strömung vom *Sault* hinaus in die unbekannte Nacht trieb. Der Mond war derselbe, der zur Mittsommerzeit auch auf Highside scheinen würde. Wahrscheinlich waren sie jetzt gerade beim Heuen. Ich dachte an die langen, heißen Tage auf dem Feld, an das Schwirren der Sense und das Fallen von trockenem Gras – ich bin nicht schlecht mit der Sense, denn mein Vater hat mir gezeigt, wie es geht, sobald ich groß genug war – und das Geschnatter der Frauen, wenn sie die Heuhaufen hinter uns aufrichteten. Wir aßen immer auf dem Feld; im Schatten einer Hecke schauten wir dann hinüber zu den Bergen, die in der Mittagssonne nackt und ohne Schatten waren. Dann ging es wieder an die Arbeit, bis man kaum noch etwas sehen konnte und wir aufhören mussten, weil der Tau fiel. Natürlich gab es auch schlechte Jahre, in denen das Wetter nie passend war und wir am Ende überstürzt die Ernte einholen mussten; dann war das Heu grün und zum Teil gänzlich verdorben. Als ich noch klein war, schienen die Ernten ausnahmslos schlecht auszufallen; später, als ich größer wurde, war uns die Sonne geneigter. Ich fragte mich, ob dieses Jahr wohl ein gutes war und wie es meinen Eltern ergehen mochte, und was Thomas Carr mit meinem Anteil an der Arbeit wohl anfing.

Die Sterne um den Mond glitzerten schwach. Ich fand den

Großen Wagen: Also fuhren wir in etwa Richtung Süden. In einiger Entfernung von den Wasserfällen leuchtete der See glasklar, während sich Stille ausbreitete, durchbrochen nur vom leisen Geräusch meisterhaft geführter Paddel. Die Rücken der *voyageurs* zeichneten sich dunkel ab, die Paddel hoben und senkten sich in einem Rhythmus, der inzwischen auch in meine Träume verwoben war. Dieses Kanu, ein so genanntes *canot du nord*, war kleiner als das, das ich bisher mit Hugh geteilt hatte. Doch wir führten so wenig Ladung mit, dass ich genügend Platz hatte, um die Beine auszustrecken, ein Luxus, den ich auf der Strecke über den Outaouais nicht gekannt hatte. Anfangs erhob sich zu beiden Seiten eine schwarze Landmasse, doch dann fiel das rechte Ufer zurück, und nichts blieb außer dem Schimmer des offenen Wassers, soweit das Auge reichte. Zu unserer Linken zog sich das niedrige Land ohne Unterbrechung weiter hin. Niemand redete oder sang. Ich muss eingeschlafen sein, denn als ich aufwachte, war der Himmel blass und färbte sich im Osten leicht gelb, und zum ersten Mal, seitdem ich Montreal verlassen hatte, war mir kalt.

Ich weiß nicht, ob Alan überhaupt geschlafen hat, doch als ich wach wurde, schaute er über den See und knabberte an einem Kanten Maisbrot. Er bot mir Gerstenmehlkuchen und ein Stück kalten Weißfisch an. »Immer noch besser als Erbsbrei, was, Bruder Mark?«

»Ja.« Ich setzte mich neben ihn und schaute mich um. Zu unserer Linken war das Land so nah, dass ich einen weißen Kieselstrand ausmachen konnte, dahinter Kiefernwälder, die das gesamte Land bedeckten. »Was für ein Land ist das?«

»Pekwadinashing.« Ich muss ihn verständnislos angeschaut haben, denn er grinste. »St. Joseph Island für dich. Wir haben hier eine kleine Botschaft zu überbringen, und vielleicht können wir etwas essen und schlafen, wenn wir Glück haben.«

Beim Betrachten des gestaltlosen bewaldeten Ufers entfuhr mir unwillkürlich: »Ich wünschte, ich hätte eine Landkarte!«

Er musterte mich interessiert. »Du magst Landkarten? Es gibt vieles, was sie dir nicht sagen. Aber zufällig kann ich diesen Wunsch erfüllen. In Mackinac habe ich eine Karte, die du dir ansehen kannst. Aber wir kommen näher. Hör mal!«

Ich vernahm das leise Plätschern der Paddel und ein Seufzen in den Kiefern am Ufer. Dann einen Rhythmus wie Herzschlag aus dem Innern der Insel, noch weit entfernt. »Was ist das?«

»Trommeln.«

Wir paddelten weiter. Über der Insel färbte sich der Himmel erst rot, dann orange. Die Sonne schob sich über die Bäume, und plötzlich wurde der See in Licht getaucht. Das Trommeln wurde lauter. Die Sonne erreichte unser Boot, ich spürte ihre Wärme. Im Wald war eine Lücke. Wir kamen an eine Lichtung, aus der Rauch aufstieg. Neben der Anlegestelle waren mindestens zwanzig große Kanus auf den Strand gezogen. Es gab auch kleine Kanus, manche lagen noch halb im Wasser. Der Rauch stammte von Dutzenden Lagerfeuern, um die sich Gestalten bewegten. Überall wurden Trommeln geschlagen. Oben auf dem Berg lag eine Festung. Unterhalb ihrer Mauern zeichnete sich ein großer roter Fleck ab. Wir legten an. Einige Männer auf dem Anleger waren *voyageurs*. Ich sah Wachen in roten Röcken. Alle anderen waren Indianer. Mir schlug das Herz bis zum Hals. Sie waren nur mit Lendenschurz und Gamaschen bekleidet. Die nackte Haut war schwarz und rostbraun bemalt, vor allem das Gesicht. Sie hatten langes, mit Perlen und Federn geschmücktes Haar. Am schlimmsten jedoch war, dass sie Waffen bei sich trugen. Jeder hatte mindestens ein Messer, bei einigen hing eine Axt am Gürtel, und der eine oder andere hatte eine Muskete über der Schulter. Den roten Fleck oben an der Festung erkannte ich jetzt als eine Gruppe Soldaten, die entspannt am Bollwerk lehnten.

»Wo sind wir hier?«

Alan war die Schärfe in meinem Tonfall nicht entgangen,

denn er antwortete: »Wir kommen in friedlicher Absicht, Bruder Mark. Der Krieg hat noch nicht begonnen. Das hier ist Fort St. Joseph. Es ist ein Ort, an dem Händler Halt machen; es ist einer unserer wichtigsten Treffpunkte. Und einige leben hier ständig. Ich werde dich jetzt mit zu einem von ihnen nehmen. Es ist ein guter Freund von mir.«

»Aber das ist doch eine Festung! Es ist eine Armee!«

»Ja, es ist eine Festung.« Er wurde ungehalten. »Und die Indianische Verwaltung hat Büros hier, sodass sich die Indianer hier auch versammeln. Das ist alles. Willst du an Land gehen, Bruder Mark?«

Unsere *voyageurs* waren bereits am Ufer, luden mit gewohnter Eile Verpflegung und einen Topf aus und legten bereits eine neue Feuerstelle zwischen den Steinen am Strand an. Ich zögerte. Die Trommeln waren jetzt so laut, dass die Schläge in meiner Brust nachhallten, als gehörte mein Herz nicht mehr mir. Über dem Trommelschlag vernahm ich ein wildes Geheul, mal laut, mal leise, als riefen sich Männer über die Berge hinweg etwas zu.

»Jungs, ihr könnt euch den Tag über hier niederlassen. Schlaft ein wenig. Wir haben noch eine arbeitsreiche Nacht vor uns.« Alan wandte sich an den Bugmann, dessen Gesicht ich bisher noch nicht gesehen hatte. Allerdings hatte ich seinen Rücken und das rhythmische Ziehen und Drehen seiner Schultern beim Paddeln beobachtet, seit es hell war: ein Bild von einem *voyageur*, das sich mir ins Gedächtnis eingeprägt hat – die Strickmütze, lange schwarze Haare, die lose über den halben Rücken hängen und ein einfaches Hemd, dessen aufgekrempelte Ärmel kräftige Unterarme entblößten. »Loic, würdest du Mr. Greenhow hier zu Mr. Askin bringen? Askin hat nichts dagegen. Sag ihm – oder wenn er nicht da ist, sag irgendjemandem – er soll sich heute um Mark kümmern: ihm etwas zu essen geben, ihn schlafen lassen. Wir treffen uns dort spätestens in zwei Stunden, Bruder Mark. An deiner Stelle würde ich mich ein wenig ausruhen. Es dauert nicht lange, das verspreche ich dir.«

Er hängte sich eine Proviantasche aus Leinen um und bahnte sich durch das Gewühl einen Weg den Berg hinauf Richtung Bollwerk. Stirnrunzelnd sah ich ihm nach.

»Kommen Sie, M'sieu! Ihre Tasche ist hier sicher. Ich bringe Sie zu Mr. Askin.«

Ich schaute Loic an. Bis auf die langen Haare schien er ein typischer *voyageur* zu sein, dunkel, zäh und robust. Ich wusste inzwischen genug, um zu erkennen, dass er halb Indianer, halb Franzose war. »Kannst du mir sagen, Freund, was wir hier machen? Ich dachte, wir fahren direkt nach Mackinac?«

»Mr. Mackenzie muss mit Captain Roberts reden. Es dauert nicht lange.«

»Captain Roberts … ist er hier ein Offizier?«

»Er ist der Kommandant von Fort St. Joseph.« Loic suchte sich einen Weg durch die Menge, wobei er die Männer, an denen wir vorbeikamen, in einer fremden Sprache anredete. Um jede Trommel hockte ein halbes Dutzend Trommler; sie sangen beim Trommeln. Die einzelnen Wörter konnte ich nicht unterscheiden, ich vernahm nur einen wilden Rhythmus, ein stetiges Auf und Ab, bei dem ich Gänsehaut bekam und mir ein kalter Schauer über den Rücken lief. An jedem Lagerfeuer waren Musketen mit dem Lauf nach oben aneinander gestellt. Einige Milizen grillten auf Zweige gespießten Fisch über dem Feuer, so wie wir es in Derwentwater machen. Dann hatten wir das Gewühl hinter uns, und ich konnte neben Loic gehen. Wir folgten einer Spur am Strand entlang. Die Sonne stand inzwischen hoch; ich spürte ihre Hitze im Rücken. Kleine Wellen schlugen an den Strand. Große, kupferfarbene Schmetterlinge flogen hin und her. Das stetige Trommeln hinter uns war wie das Herz der Insel, das im Schlaf unter der Sonne schlug. Ich zog mir den Mantel aus und hängte ihn über den Arm.

»Was hat das Fort St. Joseph mit der South West Company in Mackinac zu tun?«

»Die britischen Soldaten haben diesen Ort errichtet, als sie Mackinac verlassen mussten. Mackinac wurde 1796 an die Amerikaner zurückgegeben. Die Briten haben diese Inseln den Indianern abgekauft und hier ein neues Fort errichtet. St. Joseph Island ist britisch. Da drüben« – er zeigte auf das niedrige Land im Westen –, »das ist Amerika. Ich war noch ein Kind, aber damals wurde viel darüber geredet.«

»Woher kommst du, Loic?«

»Bei Ihnen heißt es Bois Blanc.« (Ich verstand »Boblo«, doch Alan hat mir den Ort ein paar Tage darauf buchstabiert, als ich mein Notizbuch auf den neuesten Stand brachte.) »Sie werden es zu sehen bekommen. Es ist die Insel, die Mackinac am nächsten liegt.«

»Auf amerikanischem Gebiet?«

»Ja, aber das war egal, als ich aufwuchs. Heute ist es nicht mehr egal.«

»Wohnst du immer noch dort?«

»Nur im Winter.« Wir kamen an ein Pförtchen, hinter dem ein Garten mit Mais und Gemüse lag. Loic hielt mir das Tor auf. »Und Sie, M'sieu, Sie sind den ganzen Weg von England hierher gekommen?«

»Ja.«

Er hielt mich an, als ich gerade durch das Tor gehen wollte. »Ich habe Rachel gekannt, M'sieu. Ich bin die ganze Zeit mit ihnen unterwegs gewesen.«

Ich starrte ihn an. »Du warst dabei, als sie verschwand?«

»Ja, ich war da.« Ringsum zirpten die Grillen. Himbeerranken überwucherten das Tor. Eine nahm ich zwischen den Dornen in die Finger und hob sie aus dem Weg. Ich brachte es nicht fertig, ihm in die Augen zu schauen. »Mehr hätte Alan nicht tun können, M'sieu«, sagte Loic. »Wir haben von Neumond bis Vollmond nach ihr gesucht, und von Vollmond bis

Neumond. Der erste Frost setzte ein. Wenn wir nicht aufgebrochen wären, hätte uns der Winter erwischt. Wären wir auf South Manitou Island geblieben, wären wir verhungert. Wir hatten keine Vorräte für den Winter.«

»Loic.«

»Ja, M'sieu?«

»Ich muss nach South Manitou Island. Verstehst du das? Ich bin gekommen, um sie zu finden, wenn es geht.«

»Ich verstehe, warum Sie nach South Manitou wollen. Ich glaube aber, Sie werden sie nicht finden.«

Ich fuhr mir mit der Hand über das Gesicht und begegnete seinem Blick. Seine Augen erschienen mir ausdruckslos. »Du glaubst, sie ist sicher tot?«

»M'sieu, ich weiß es nicht. Entweder wurde sie mitgenommen, oder sie ist tot. Wenn sie allein geblieben ist, dann kann sie nicht mehr am Leben sein.«

»Mitgenommen?«

»Manchmal werden Frauen geraubt. Nicht nur Weiße. Das passiert hin und wieder bei den Indianern.«

Ich fragte ihn unumwunden: »Bist du Indianer, Loic?«

»Mein Vater ist Martin Kerners. Der Vater meines Vaters war Loic Kerners aus Morbihan. Meine Mutter war eine Ottawa. Sie kam aus dem Süden, aus Michigan.«

»Und du glaubst, dass Rachel womöglich entführt wurde?«

»Ich sag es Ihnen ja, M'sieu, ich weiß es nicht.« Er bedeutete mir mit einer Handbewegung, durch das Tor zu gehen. »Jetzt bringe ich Sie zu Monsieur John Askin. Aber wir können uns später wieder unterhalten.«

Er führte mich am Garten vorbei auf einen Weg, an dem ein paar Blockhäuser standen, die nach Osten über den See schauten. Wir hatten das kleine Vorgebirge umrundet, auf dem das Fort errichtet worden war. Am Strand hatten die Indianer ein großes Lager eingerichtet. Meine Gedanken überschlugen sich. Loic schwieg.

Schließlich blieb er vor einem großen, zweistöckigen Holzhaus stehen, klopfte an die Tür und trat ein. Ich hörte ihn in einer Sprache rufen, die ich nicht kannte, und dann wartete er offenbar, während ihm jemand antwortete. Mit ihm kam eine Indianerin aus dem Haus.

»Monsieur und Madame Askin sind nicht da«, erklärte Loic. »Diese Frau hier richtet Ihnen das Frühstück, und Sie können schlafen, wenn Sie wollen. Alan wird bald hier sein.«

Im ersten Augenblick war das Haus drinnen dunkel. Dann sah ich, dass wir uns in einem schlichten Büro mit Schreibtisch, Stuhl und einem Regal mit Aktenordnern befanden. Der Dielenboden war gefegt und gebohnert. Durch eine geöffnete Tür erhaschte ich einen kurzen Blick auf das Wohnzimmer: Ich sah einen Stuhl und an der Wand über dem Kamin ein gerahmtes Bild, in der Tat einfach eingerichtet, doch ein außergewöhnlich zivilisierter Anblick inmitten der Wildnis. Wir traten nicht ein. Stattdessen führte mich die Frau in die Küche im hinteren Teil. Auf dem Tisch stand eine Emailleschüssel mit halb abgewaschenem Geschirr, sowie ausgespülte Gläser, die auf einem Tuch abtrockneten. Das Feuer war bis auf die Glut heruntergebrannt, wofür ich dankbar war, denn es war ohnehin unerträglich stickig, und ich war erleichtert, aus der Sonne herauszukommen. Den halb angenehmen, halb beißenden Geruch erkannte ich sogleich als eine Mischung aus frisch geröstetem Mais und brennendem Salbei. Neben der Tür stand ein Eimer mit frischem Wasser, wonach ich mich mehr als nach allem anderen sehnte.

Bevor sich Loic zum Gehen wandte, drehte er sich noch einmal zu mir um. »Ich glaube, Sie haben es richtig gemacht«, sagte er. »Es ist gut, wenn ein Bruder nach seiner Schwester sieht, und wenn sie noch so weit weg zieht. Wir *voyageurs* mochten sie sehr. Wenn ich könnte, würde ich Ihnen helfen.«

12

»Ho, Mark? Wach auf, Mann! Ich muss mit dir reden!«

»Ich habe nicht geschlafen.« Es hatte keinen Sinn, meinem neuen Bruder mitzuteilen, dass ich in mich gegangen war, denn mir war das Herz schwer, ich hatte weit und breit keine Freunde, und auch Gott war in weiter Ferne, um ganz ehrlich zu sein. Ich schlug die Augen auf.

Alan zog gerade den Mantel aus. »Es ist heiß draußen. Wir haben kurz nach zwölf, weißt du. Ich nehme an, du bist ausgeruht.«

»Ja.«

»Wir haben jetzt ein wenig Zeit. Tut mir Leid, dass ich so in Hast und Eile mit dir vom Sault aufgebrochen bin, aber die Sache hier war dringend. Jetzt habe ich meine Botschaft überbracht. Bei Anbruch der Dunkelheit fahren wir weiter.«

»Warum fährst du nachts?«

»Ah ... Diese Gewässer sind nicht so sicher, wie du denkst, Bruder Mark. Vor etwa fünf Jahren haben Soldaten der Yankees auf eine Brigade der North West geschossen, als sie die Mackinac Straits durchfuhren. Und das zu Friedenszeiten in einem Land, in dem der Handel angeblich frei ist.«

»In englischen Zeitungen habe ich gelesen, dass wir dasselbe mit amerikanischen Schiffen auf hoher See gemacht haben.«

»Bist du ein verdammter Jakobiner oder was?«

»Ich bin ein friedfertiger Mann, Freund. Ich habe nur etwas

festgestellt. Ist es in diesem Teil Kanadas normal, dass Händler nur nachts reisen?«

»Ja, nun, es gibt Gründe … wolltest du mit mir darüber reden, Bruder Mark?«

Ich seufzte. »Ich wünschte, du und ich könnten in Freundschaft miteinander sprechen, Alan.«

»Dann sollten wir die Politik vielleicht außen vor lassen.«

»Ich will nicht über Politik reden. Und wenn ich auf dieser Reise nichts weiter bin als ein Gepäckstück, dann doch eins mit Augen und Ohren.«

»*Touché*, Bruder Mark. Jetzt bin ich an der Reihe, dich zu fragen. Du kommst den weiten Weg aus Cumberland hierher? Wie hast du mich gefunden?«

Er hörte mir interessiert zu und sagte dann: »Rachel hat mir erzählt, sie habe einen großen Bruder, der sie immer aus dem Schlamassel gezogen hat. Doch ich glaube, weder du noch sonst wer wird jetzt noch eine Rettung vollbringen.« Er hielt inne. »Es ist nicht so, als hätten wir es nicht versucht, weißt du.«

»Ich glaube dir.«

»Soll ich dir von ihr erzählen? Was passiert ist?« Während er mit mir redete, fiel mir sein rhythmischer Tonfall auf, als wären seine Worte Poesie. Hugh Chisholm klang ähnlich, aber nicht so markant. Alans Englisch war gut; er hörte sich wirklich nicht so an wie die Schotten, die in den Süden kommen, um ihr Vieh auf unseren Märkten zu verkaufen. Doch jene Männer sind nicht aus dem Hochland, und deshalb hörte sich Alan in meinen Ohren so anders an.

»Ja. Und vielleicht eine Entschädigung leisten.«

»Eine Entschädigung?« Er schaute mich spöttisch an, doch ich sah, dass er auf der Hut war. »Welche Strafe hast du denn für mich vorgesehen, Bruder Mark?«

»Es steht mir nicht zu, darüber zu rechten. Ich wollte nur sagen, falls sie noch auf dieser Erde lebt, habe ich die Absicht, sie zu finden, und das kann ich nicht ohne dich. Ich kenne das Land nicht. Willst du mit mir kommen, Alan? Willst du mir den Weg zeigen?«

Er ließ sich mir gegenüber auf den Stuhl fallen. Ich hatte die saubere Stille des leeren Wohnzimmers genossen und mich gefragt, wer diese Askins wohl sein mochten, die in diesem unbedarften Ort wie christliche Engländer lebten. »Bist du verrückt?«, fragte Alan. »Glaubst du denn, ich habe nicht gesucht? Dass ich nicht die ganze Welt nach ihr absuchen würde, wenn das ginge? Ich hätte ihr kein Haar gekrümmt! Ich sage dir, da war nichts. Gar nichts. Nicht eine Spur. Meinst du denn, ich hätte nicht immer und immer wieder die Gegend durchkämmt? Wären wir denn je fortgegangen, wenn wir ein Zeichen gefunden hätten? Ich sage dir, da war nichts. Gar nichts!«

»Na schön«, gab ich zurück und wünschte, er würde sich beruhigen. »Vielleicht gibt es keine Spur. Aber das muss ich selbst feststellen. Vielleicht sieht ein frisches Auge mehr. Das kann sein.«

»Du bist verrückt. Du kennst das Land nicht. Im Übrigen stehen wir kurz vor Ausbruch eines Krieges. Es liegt ein ganzes Stück weit drüben auf Yankee-Gebiet. Mann, du weißt ja überhaupt nichts. Was zum Teufel erwartest du denn von mir?«

»Ich erwarte, dass du mich zu der Stelle bringst, wo sie verschwunden ist.« Meine Worte führten zu nichts, und so versuchte ich, ihn zu überreden. »Wir haben doch beide dieselbe Hoffnung, Freund. Können wir uns denn nicht zusammenschließen, so wie es unter Brüdern üblich ist, und gemeinsam suchen?«

»Brüder!« Er starrte auf das Fenster. Die Sonne, die durch das dicke, grünliche Glas hereinschien, warf Streifen aus Licht zwischen uns. »Ich dachte, du würdest mir nach dem Leben trachten. Ich würde zwar nicht zulassen, dass du mich umbringst, doch fairerweise – denn ich gebe zu, es sind Entschädigungen fällig – hörst du? – ich dachte, fairerweise sollte ich dir gestatten, es zu versuchen.«

»Ich trachte niemandem nach dem Leben. Was würde es mir nützen, wenn ich dir etwas zufügte? Ich bitte dich nur, mir bei der Suche nach Rachel zu helfen.«

»Du könntest mir ohnehin nichts zuleide tun.«

Diesmal schwieg ich, denn ich kämpfte mit mir selbst. Ich könnte ihn in einer halben Minute zu Boden strecken, wenn ich es vorhätte. Männer, die Waffen tragen, sind sehr überheblich, und manchmal muss ich der Versuchung widerstehen, die diese Haltung auslöst.

»Es steht außer Frage«, sagte Alan plötzlich, als hätte ich laut gedacht, »dass dieser Krieg ausbricht; du kannst nicht einfach so nach Michigan gehen. Die Indianer sind gefährlich – und das meine ich ernst. Zwei Sommer hintereinander hat Dürre geherrscht. Im vergangenen Jahr hat es beim Mais eine Missernte gegeben, die sich in diesem Jahr womöglich wiederholt. Dort unten verhungern die Menschen. Das hast du nicht gewusst, nicht wahr? Und das Gesetz der Yankees sagt, die Indianer dürfen keinen Handel mehr mit uns treiben. Wenn sie dich nicht skalpieren, weil du ein Weißer bist und somit der Grund für all ihre Schwierigkeiten, dann wirst du sehr wahrscheinlich von den Yankees aufgegriffen und erschossen, weil sie dich für einen Spion halten. Du kannst die Reise nicht wagen.«

»Ich dachte, die Indianer sind deine Verbündeten?«

»Ja und nein. Der Indianer ist ein unabhängiger Mensch. Er führt einen Krieg, der mit unserem nicht zu vergleichen ist. In gewisser Weise haben wir dieselben Interessen. Tatsache ist, dass du nicht nach Michigan gehen kannst. Aber ich kann dich mit nach Mackinac nehmen. Dann wirst du es schon selbst sehen.«

»Ich habe einen Brief für dich«, sagte ich, ohne ihn aus den Augen zu lassen. »Von William McGillivray von der North West Company.«

»Von McGillivray! Wieso zum Teufel hast du das nicht gleich gesagt? Wo ist das Schreiben?«

Ich holte es aus der Tasche. »Du hast mir erst jetzt Gelegenheit gegeben, unter vier Augen mit dir zu reden.« Er streckte die Hand danach aus, doch ich sagte: »William McGillivray hat mir sein Wort gegeben, dass dieser Brief nichts mit Krieg oder Streit oder Kämpfen mit kriegerischen Waffen zu tun hat, zu welchem Zweck auch immer. Sonst hätte ich ihn nicht mitgebracht.«

»Verstehe. Das geht in Ordnung. Kann ich meinen Brief jetzt haben?«

Ehe er das Siegel brach, warf er einen Blick darauf. Er entfaltete das einzige Blatt und las. Sein Gesicht verriet nichts, was mir unnatürlich schien, und mir war aufgefallen, dass er ein sehr ausdrucksstarkes Mienenspiel hatte. Er las lange; er muss das Papier mindestens zweimal gelesen haben oder ein selten schlechter Schüler gewesen sein, was ich mir nicht vorstellen konnte. Schließlich faltete er das Blatt wieder zusammen und ließ es in seine Proviantasche gleiten, die neben ihm auf der Bank lag.

»So!«, sagte er wie jemand, der sich einem neuen Thema zuwendet. »Bruder Mark! Was willst du denn jetzt anfangen?« Seine Feindseligkeit war verflogen; plötzlich war er die Lebhaftigkeit in Person. »Du bist verrückt, aber ich sehe, du meinst, was du sagst. Vielleicht habe ich deinen Plan auch zu rasch verworfen, und wenn, dann tut es mir Leid. Bedenke, dass es über zwei Jahre her ist, seit ich mit euch Quäkern zu tun hatte.« Er zögerte kurz. »Es sind zwei Jahre vergangen, seit ich sie verloren habe.«

Er starrte wieder auf den kleinen hellen Fleck des Fensters. Ich wartete darauf, dass er fortfuhr. »Ich erachte es als meine Pflicht, dir etwas darüber zu erzählen. Das willst du doch? Dass ich dir etwas erzähle?«

»Ja.«

Eine Zeit lang saßen wir schweigend beieinander. Ich hoffte, die Stille möge zu ihm sprechen, und tatsächlich begann er nun mit seiner Geschichte.

»Wo soll ich anfangen? Ich fühle mich nicht verpflichtet, dir zu sagen, wie ich sie für mich gewonnen, sondern nur, wie ich sie verloren habe. Allem Anschein nach bist du ein Ehrenmann. Ich wünschte, ich könnte das über alle deine Leute sagen. Ihre Schuld ist es, nicht meine, dass sie ausgeschlossen wurde. Wie nennt ihr das? Verstoßen. Für mich ist das eine schreckliche, kaltherzige Vorstellung. Ich würde meine Schwester niemals verstoßen, weder wenn sie mit einem Kesselflicker durchbrennen würde, noch wenn sie ein Kind nach Hause brächte, für das sie keinen Vater angeben kann. Versteh mich richtig, damit will ich nicht sagen, dass so etwas einer meiner Schwestern je passieren könnte. Ich meine damit nur, dass ich zu meiner Verwandtschaft stehe, komme, was da wolle, und dieses Verstoßen ist in meinen Augen eine brutale Sitte. Ich habe Rachel angeboten, sie zu heiraten, und als sie die Meine war, habe ich sie anständig behandelt. Wenn du oder ihr Vater oder ein anderer vernünftiger Mann da gewesen wäre, hätte ich in aller Form um ihre Hand angehalten. Aber es gab keinen Mann, bei dem ich das hätte tun können. Ich habe sie nicht entehrt. Sie war unschuldig, als sie sich einverstanden erklärte, mit mir zu kommen, und das blieb sie auch, wenn man bedenkt, was ich hätte sein oder tun können. Wenn ihr Frauen ohne Schutz in die Welt hinausschickt und sie auf Gedeih und Verderb ihrer Unkenntnis überlasst, dann müsst ihr euch mit den Folgen abfinden.

Als ich Rachel kennen lernte, war ich gerade erst am Sault eingetroffen. Davor war ich im Nordwesten gewesen. Als ich im Jahre 1809 nach Fort William zurückkehrte, riefen mich die Geschäftspartner ins Ratszimmer. Ich hoffte, sie würden mir einen eigenständigen Posten anbieten und davor einen Urlaub in Montreal – dann könnte ich einen Winter lang in einem ordentlich bezogenen Bett schlafen und an einem Wintermorgen in einem Kaffeehaus am Kamin Zeitung lesen. Ich bin kein Korinther; ich stelle keine hohen Ansprüche. Von einem Dinner im Beaver Club hatte ich nicht einmal zu träumen gewagt, aber … nun, ich bin ja noch jung. Dennoch hatte ich teilweise richtig geraten: Sie boten mir tatsächlich eine Beförderung an, doch ich bekam nicht die Stelle, die ich mir erhofft hatte. Sie schickten mich zur Mackinac Company – von Montreal war nicht die Rede –, und ich sollte meine neue Stelle umgehend antreten. Wir mussten unsere Präsenz in Mackinac stärken – alles nur Politik. Aber du willst das alles eigentlich gar nicht wissen. Ich sollte mich um Schwierigkeiten kümmern, die es da oben im Norden mit der Bay gab – vermutlich habe ich gelernt, mich aus etwas herauszureden, oder in etwas hinein, wenn nötig. Ich fühlte mich geschmeichelt, dass sie mich für eine Stellung ausgewählt hatten, die etwas heikel sein konnte.

Ein paar Wochen nachdem ich in Mackinac angefangen hatte, bekam ich deine Schwester zu Gesicht. Ich komme etwa alle zwei Monate von Mackinac zum Sault: Ich befördere die Nachrichten zwischen den Außenposten der Firma, weißt du. Sind dir meine geflügelten Fersen nicht aufgefallen? Manchmal komme ich sogar im Winter hin, wenn das Eis bruchfest ist.

Ich schlenderte mit Mr. Ermatinger über den Leinpfad neben dem Kanal. Ein Jahr bevor ich bei Mackinac anfing, kam er an den Sault. Ich mochte ihn auf Anhieb. Er ist nicht mehr bei der Company, aber es ist gut, ihn zu kennen. Er und seine Frau haben immer ein offenes Haus für Menschen wie mich. Ermatinger erzählte mir gerade von einem Plan, eine weitere Schaluppe auf dem Lake Superior einzusetzen – nur so groß, dass ein leichtes Flussboot sie durch den Kanal bekommt; es gibt immer noch elend viele Portagen – doch das spielt nur insofern eine Rolle, als wir uns, da wir schon einmal beim Thema waren, die Schaluppe anschauten, die gerade unterhalb der

Stromschnellen angelegt hatte. Es war die *Francis* – sie ist häufig hier in der Gegend – und es war ein Heidenaufruhr um sie herum entstanden: eine Menschenansammlung und Geschrei und Gekreische. Ich rieche einen Kampf schon von weitem. Meine *voyageurs* waren dort unten am Kanu. Ich nahm also die Beine in die Hand und lief los. Ermatinger keuchte hinter mir her.

Ich zwängte mich durch die Menge. Männer versuchten sich Raum zu schaffen, damit sie ihre Fäuste einsetzen konnten, und Frauen schrien, um aus dem Gedränge hinauszukommen. Ein Mann prallte auf mich, und ich fiel gegen Ermatinger. Als der Mann sich befreite, sah ich, dass es ein Schwarzer war, ohne Kopfbedeckung und barfuß. Das sieht man in dieser Gegend selten. Er stieß mich weg, als ich mit Mühe mein Gleichgewicht wiederzuerlangen suchte, und schoss dann davon wie ein abgerissener Dämon aus der Hölle. Ein Kind wurde umgestoßen und begann zu schreien. Der Schwarze lief den Leinpfad entlang. Ein Seemann machte sich daran, ihn zu verfolgen, doch ich sah, wie ein alter Indianer den Fuß ausstreckte und der Seemann der Länge nach hinschlug. Der Schwarze floh an der Sägemühle vorbei, sprang dann vom Leinpfad und verschwand hinter dem Zaun.

Brüllend versuchte Ermatinger die Ordnung wiederherzustellen. Ich zerrte zwei Männer auseinander und räumte den Anleger. Der Maat fluchte auf jemanden – ich vernahm die Worte »Und Sie – Sie lästiges Weibsbild! Scheren Sie sich zum Teufel!« Ich schob die Seeleute beiseite, um nachzusehen, wer den Ärger verursachte.

Du kennst deine Schwester gut, nehme ich an. Als ich sie zum ersten Mal sah, hatte sie gerade gekämpft. Man kann sagen, sie hat zwar die Fäuste nicht eingesetzt, aber ihre Knöchel waren trotzdem blau. Ihre Kappe war vom Kopf gerissen, und die Haare fielen ihr über beide Schultern. Dunkles, leicht gelocktes Haar. Der Kragen ihres grauen Gewandes war aufgerissen. Auf ihrer Wange prangte ein großes rotes Mal. Sie rang nach Luft. Die Hände zu Fäusten geballt, biss sie sich auf die Lippe und starrte auf den Fleck, von wo der Schwarze verschwunden war.

Von diesem Augenblick an war ich verloren, Bruder Mark. Ermatinger hat die Sache dann in die Hand genommen. ›Was ist hier los?‹, fragte er. ›Wer ist der Schwarze? Hat er die Dame überfallen? Was ist geschehen?‹

Ein Stimmengewirr aus Französisch, Ojibwa und Englisch antwortete ihm. Er rief einem *voyageur* zu: ›Pierre – du – warst du hier? Sag mir, was los war! Alle anderen: Ruhe!‹

›Nein‹, erzählte uns Pierre. ›So war es ganz und gar nicht, M'sieu Ermatinger. Der Schwarze war auf der Schaluppe, er hatte sich versteckt gehalten, müssen Sie verstehen, auf der Schaluppe. War heimlich an Bord gekommen, vielleicht bei Fort Detroit, auf jeden Fall kam er aus dem Süden. Aus den Vereinigten Staaten. War an Bord gekommen, verstehen Sie, ohne Erlaubnis, ohne Wissen des Kapitäns. Gerade eben, vielleicht vor einer halben Stunde, wurde der Schwarze aufgegriffen. Man hatte ihn an Land kommen sehen, als er von der Landgangplanke sprang, weil er dachte, es sei keine Wache da. Und die Seeleute kamen sofort angerannt, doch die junge Dame … Leute aus dem Ort hatten der jungen Dame zugehört, verstehen Sie. Sie sprach englisch. Manche haben es verstanden, andere waren nur aus Neugier gekommen. Sie redete mit den Stammesältesten, und das gefiel denen. Eine kleine Menschenmenge war zusammengekommen, und mal wurde geredet, mal geschwiegen. Gerade als es wieder einmal sehr still war, sprang der Schwarze von der Landgangplanke und rannte los. Die Seeleute setzten ihm nach. Die junge Dame sprang auf und warf sich in den Kampf. Sie ließ nicht locker, und während der eine noch versuchte, sie abzuschütteln, kämpfte der Schwarze gegen einen anderen, um freizukommen. Alle mischten sich ein, um entweder der einen oder

der anderen Seite zu helfen – ich weiß nicht, wem –, und den Rest haben Sie gesehen.‹

Ich beobachtete Rachel, während Pierre sprach. Sie kam wieder zu Atem, steckte sich den zerrissenen Kragen hinten in den Halsausschnitt ihres Gewandes und strich sich die Haare aus den Augen. Als Pierre fertig war, schaute sie Ermatinger offen an und sagte: ›Freund, es ist so, wie er sagt, nur habe ich nicht gekämpft. Ich habe den Seemann nur festgehalten, damit der Mann fortlaufen konnte.‹

Das hat sie gesagt. Sie ist deine Schwester, aber nach dieser Auseinandersetzung hatte sie nicht nur ein blaues Auge. Sie hatte auch die Knöchel aufgescheuert. Ich denke darum nicht schlechter über sie, weil sie etwas getan oder gesagt hat. Ich fragte mich nur, warum es ihr so wichtig war, zu lügen. Ich sah, wie sie sich das Haar aus dem Gesicht strich; die Mütze war verschwunden, und sie hatte nichts, womit sie es zusammenbinden konnte. Ich war froh, als Ermatinger sie bat, mit zu ihm zu kommen. Ich wollte sie nicht aus den Augen lassen.

›Ich werde mit dir gehen‹, sagte sie. ›Ich muss meine Tante finden. Wir wohnen bei Thomas Nolan auf der anderen Seite‹, und sie zeigte zum anderen Ufer hinüber. ›Du scheinst hier etwas zu sagen zu haben. Wenn der blinde Passagier gefunden wird, was geschieht dann mit ihm?‹

›Wir befinden uns auf britischem Gebiet‹, erwiderte Ermatinger. ›Und ich bin hier in der Verwaltung tätig. Wenn der Mann Zivilist ist, was ich vermute, hat niemand einen Grund, ihn aufzuhalten, es sei denn, der Kapitän der *Francis* will sich von ihm die Überfahrt bezahlen lassen.‹[1]

1 Dieser Vorfall und Ermatingers großzügige Reaktion hat damals viel Wirbel verursacht; manche vertraten die Ansicht, der Schwarze hätte ohne großes Federlesen an seinen Besitzer zurückgeschickt werden müssen. Andere wiederum sagten, er hätte besser daran getan, direkt zu den Indianern zu gehen, so wie es andere Flüchtige bereits gemacht hatten. Heutzutage, so erzählt mir Alan, gibt es einen regelrechten Exodus früherer Sklaven aus den Vereinigten Staaten nach Upper Canada. Ich antwortete auf seinen Brief, das Thema sei auf der Jahresversammlung in London erörtert worden und die Freunde seien sich einig darin, die liberale Politik von Upper

›Wenn man ihn findet, wirst du ihn dann beschützen? Und wenn der Kapitän Geld haben will, wirst du es ihm erstatten, aus reiner Herzensgüte?‹

Ermatinger riss die Augen auf. ›Ich dachte, Sie wollten sich anerbieten, sein Fahrgeld zu bezahlen, da er durch Ihre Vermittlung ungeschoren davongekommen ist?‹

›Vielleicht ist es die Gelegenheit für dich, ihn willkommen zu heißen. Wenn er hört, dass du sein Fahrgeld bezahlt hast, dann wagt er sich vielleicht wieder in die Öffentlichkeit. Dann kannst du ihm Arbeit und Unterkunft bei deiner Firma geben.‹

Ihre Kühnheit war atemberaubend. Ich sah sie an und wünschte, ich hätte ihr die widerspenstigen Haare nach hinten binden können. Ermatinger wohnte eine knappe halbe Meile vom Anleger entfernt. Als wir dort eintrafen, hatte ich bereits die schlimmste – und ganz gewiss die dümmste – Entscheidung meines Lebens getroffen.«

Ich reagierte nicht sofort, sondern gab dem Schweigen zwischen uns ein wenig Raum. Dann fragte ich ihn: »Was ist aus dem Schwarzen geworden, weißt du das?«

Er war verwundert. »Wieso fragst du ausgerechnet danach? Zufällig weiß ich es. Er hat eine Ojibwa geheiratet und lebt bei ihrem Stamm in Mishipikwadina. Im Sommer kommt er wieder zur Arbeit an der Portage am Sault. Ermatinger interessiert sich für ihn.«

Wir schwiegen eine Zeit lang.

»Die Zeit vergeht, Bruder Mark. Soll ich fortfahren?«

»Ja, wenn es dir gefällt.«

»Ich erzähle es, um *dir* einen Gefallen zu tun. Na schön. Als sie den Sault überquerten, folgte ich ihr. Ich begleitete sie

Canada mit vollem Herzen zu unterstützen, auch wenn wir den Eindruck hatten, dass selbst jetzt nicht allen Bürgern, ganz gleich welcher Bevölkerungsgruppe sie angehörten oder vor welchen Verfolgungen sie flüchteten, ein sicheres Aufenthaltsrecht gewährt werde. Auch jetzt, da ich dies hier schreibe, beten wir täglich, der Tag unparteiischer Gerichtsbarkeit möge noch kommen.

zurück zu Nolans und quartierte mich bei meinen Freunden, den Johnstons, ein. Ich habe sie wiedergesehen. Ich sollte für sie herausfinden, was aus dem Schwarzen geworden war, und ich habe mich erkundigt und auch ein gutes Wort für ihn eingelegt. Das hat ihr gefallen. Sie sagte, wir könnten uns danach nicht wieder treffen – es gebe nichts mehr, worüber wir reden könnten. Doch dann … aber ich habe ja gesagt, ich würde dir nicht erzählen, wie ich sie für mich gewann. Das hat nur etwas mit ihr und mir zu tun. Es reicht, wenn ich sage, dass wir uns wieder getroffen haben … mehrere Male. Inzwischen war der halbe September vergangen. Wenn ich noch länger von Mackinac ferngeblieben wäre, hätte es mich meine Stellung gekostet. Am Sault lag ein Schoner, und Mr. Scott hatte ihre Rückfahrt nach Penetanguishine gebucht, denn es war schon spät im Jahr.

O ja, ich gebe zu, ich habe alles drangesetzt, sie zu überreden. Bis zum letzten Augenblick hat sie sich geweigert, eine Entscheidung zu treffen. Sie hatte alles reisefertig gepackt, sagte aber noch immer nicht, ob sie mitgehen wollte. An dem Abend, bevor sie mit Mrs. Scott über die Straits fahren sollte, gab sie mir endlich ihr Wort. Meine *voyageurs* lagerten am Strand. Der Mond war verdunkelt, sodass wir auf das erste Licht des Tages warten mussten. Dann brachen wir auf – zurück nach Mackinac.

Und dann … was soll ich dir sagen? Es war im September 1809. Das Kind kam Anfang April zur Welt. Die Hebamme sagte, er habe nicht überleben können; ich schickte einen Jungen nach Dr. Mitchell, doch als er kam, war alles vorbei. Die Hebamme rief unsere Nachbarin herbei – eine streng gläubige Katholikin –, und sie hat ihn getauft. Ich wollte meinen Sohn taufen lassen – ein papistisches Ritual war besser als gar keins –, und Rachel ließ es zu; ich dachte, sie sei so krank, dass es ihr nichts ausmachte. Als Madame das Wasser segnete, dachten wir, Rachel sei nicht bei Bewusstsein, doch sie regte sich matt und sagte: ›Ich möchte, dass du ihn Mark nennst.‹ So wurde er auf den Namen Mark Alan getauft, und kurz darauf starb er.«

»Es tut mir Leid um deinen Verlust, Freund.« Wir schwiegen wieder ein wenig. Dann sagte ich: »Du hast mir nicht erzählt, wie ihr euch von einem Priester habt trauen lassen.«

»Ah. Das gab Schwierigkeiten. In Mackinac ist kein Priester. Es war einmal einer da, doch nachdem die Briten die Macht übernommen hatten, wurde die Kirche geschändet, und aus dem Haus des früheren Priesters ist ein Bordell geworden. Aber ich habe alle Hebel in Bewegung gesetzt, Bruder Mark, alle. Ich ging zu Madame La Framboise – einer Frau, die in Mackinac für ihre Frömmigkeit berühmt ist – obwohl, wohlgemerkt ... aber das ist eine andere Geschichte. La Framboise fand Gefallen an Rachel, und sie hatte von den Indianern erfahren, dass Pater Richard über Winter wieder in L'Arbre Croche war – das ist ein Dorf der Ottawa auf der anderen Seite der Straits of Mackinac. Der gute Pater zieht von Stamm zu Stamm; manchmal müssen die Menschen jahrelang warten, bis er wieder aufkreuzt, doch wir hatten Glück. Ich bin nicht katholisch, verstehst du, doch hier draußen nimmt man, was man kriegen kann. Als die Straits zufroren, ging ein Teil der Indianer zurück, und wir gingen mit ihnen. Selbstverständlich haben wir Pater Richard im Dorf angetroffen, und er hat uns noch am selben Tag vermählt.«

»Ach so.« Rachel war im September durchgebrannt. Mir, der ich ohnehin keine priesterliche Autorität anerkannte, sollte es eigentlich gleichgültig sein, doch ich konnte mir die Frage nicht verkneifen: »In welchem Monat frieren die Straits zu?«

»Oh«, sagte Alan betont sorglos, »etwa im Dezember. Aber du willst den Rest der Geschichte hören.

Im Mai musste ich nach Michigan, bevor die *hivernants* ihre Posten verließen und nach Mackinac gingen. Körperlich ging es Rachel da schon wieder besser, doch in ihrem Kopf gab es Dinge, die nicht in Ordnung waren. Ich hatte Angst. Sie sagte, sie könne nicht in Mackinac bleiben. Sie sagte …« Zum ersten Mal hielt Alan in seiner Erzählung inne, um zu sehen, wie ich reagierte. Bis dahin war es, als spräche er mit sich selbst, während ich schwieg. »Sie sagte, wenn ich sie verließe, würde sie sich umbringen.«

»Das war falsch von ihr.«

»Falsch nach den Regeln eurer Gesellschaft? Das kann ich mir gut vorstellen. Ich fand es nicht falsch, sondern ich machte mir große Sorgen. Sie war nicht mehr sie selbst. Manchmal vergaß ich all die Freude, die da war, als wir geheiratet hatten, und manchmal erinnerte ich mich daran und fragte mich, ob ich auf der Welt irgendetwas tun könnte, damit es wieder so war. Vielleicht habe ich die falsche Entscheidung getroffen. Auf jeden Fall ist die Sache dadurch nur schlimmer geworden. Es ist bestimmt tröstlich, ein Quäker zu sein und sicher zu wissen, was richtig und was falsch ist.«

»Du tust mir Unrecht, Freund. Ich bin mir oft nicht sicher.«

»Gerade eben warst du aber ziemlich sicher, wie mir schien. Jedenfalls ist es üblich, seine Frau mitzunehmen, wenn man reist. Nur nie eine Weiße. Das ist unerhört. Ich wusste nicht, was ich machen sollte, doch ich wusste, dass Rachel Abenteuer mehr lagen als zu Hause zu sitzen und zu nähen und sonst nichts zu tun zu haben, außer zu warten. Wäre sie ein solches Mädchen gewesen, hätte sie mich nie geheiratet. Um es kurz zu machen, ich bekam die richtige Kleidung für sie und nahm sie mit. Ich wusste, dass sie anfangs nicht von Nutzen sein würde. Die Indianerinnen wissen, was notwendig ist, und sie wusste gar nichts. Doch ich dachte, wenn sie etwas lernte, käme sie wieder zu sich.

Es war ein Risiko, doch manchmal hatte ich den Eindruck, es funktionierte. Die *voyageurs* mochten sie; und andernfalls wären wir von Anfang an zum Scheitern verurteilt gewesen. Sie bewunderten ihren Schneid, und ihnen gefiel ihre direkte Sprache. Alles war ihr neu, doch sie beobachtete, was die Männer machten, und lernte rasch. Es machte ihr nichts aus, wenn sie über sie lachten. Sie hätte bei jeder Arbeit mit angepackt, die sie ihr gaben – wenn es ihr gut ging. Zum Glück war sie die Tochter eines Farmers und nicht wohlerzogen – nichts für ungut, Mark, aber es stimmt. Eine Frau ist hier draußen nichts wert, wenn sie keinen Fisch fangen und kein Kaninchen häuten kann. Natürlich konnte Rachel keine Nahrung sammeln wie die Indianerinnen, und sie neigte ein wenig zur Streitsucht. Nicht, dass mir das etwas ausmachte. Doch es hat Zeiten gegeben, in denen sie sich zurückzog – dann saß sie da und starrte ins Leere. Auf dem Wasser gab es für sie nichts zu tun. Wenn wir zu den Außenposten kamen, hatte ich zu arbeiten, sodass ich nicht allzu viel an Rachel denken konnte, doch als der Sommer ins Land zog, musste ich endlich zugeben, wie schweigsam sie war, und wie unglücklich. Das Kind hat sie nie erwähnt, aber ich wusste … hatte allen Grund zu der Annahme … sie war keineswegs darüber hinweggekommen.

Auf dem Rückweg waren wir *dérangé* – an Land festgehalten durch einen Sturm. Wir hatten Glück: Es erwischte uns auf offenem Wasser, doch wir schafften es noch bis auf die Manitou Islands. So gelangten wir nach South Manitou.«

Schweigen breitete sich zwischen uns aus. Ich spürte den Frieden darin und ließ es daher zu.

Alan räusperte sich. »Jetzt kommt der Teil, über den du Einzelheiten erfahren willst, nicht wahr? Glaubst du denn, ich hätte nicht gesucht? Ich war in fast jedem Indianerdorf an der Küste des Michigansees, bis runter an den Black River. Ich habe gefragt, habe gesucht, dann habe ich die Nachricht verbreitet, und es kam nichts. Nichts, nirgendwo. Es gibt Dinge, die ich nicht wissen kann; weil sie es uns nicht sagen. Ich habe die letzten sieben Jahre bei ihnen gearbeitet. Ich weiß, wie wenig ich weiß. Manchmal glaubt man etwas zu wissen, und dann steht man wieder vor … ja, es ist wie eine unbeschriebene Wand. Was du da vorschlägst – was weißt du darüber? Es ist hoffnungslos, das sage ich dir, hoffnungslos.«

Ich wartete darauf, dass er fortfuhr.

»Jetzt kommt der Teil, über den du etwas erfahren willst. Wir haben unser Lager auf South Manitou Island aufgeschlagen. Wir hatten drei Kanus, etwa zwanzig Männer und alle unsere Pelze, die wir nach Mackinac zu bringen hatten. Letzten Endes hatten wir Glück, dass der Handel so schlecht gelaufen war: Wenn die Kanus voll beladen gewesen wären … Was Rachel betrifft – ich machte mir immer größere Sorgen um sie … Männer können in zwei Welten zugleich leben und leicht von einer in die andere überwechseln. Sie haben dann sogar zwei Familien in zwei verschiedenen Welten und haben damit keine Probleme. Aber Rachel dachte da anders. Sie versuchte stets, Verbindungen herzustellen, alles nach denselben Maßstäben zu beurteilen. Vielleicht war es das, was ihr am Ende das Herz gebrochen hat.

Komischerweise mochte ich zunächst ihre Fähigkeit, zu schweigen. Hin und wieder war sie sehr lebhaft, und ich hatte es gern, wenn sie mit mir redete. Aber ich hätte bis dahin nie gedacht, dass eine Weiße … es war erholsam, dass sie da war und dass stundenlang kein Wort fiel oder notwendig war. Nach meiner Erfahrung reden weiße Frauen andauernd. Ich hätte nie gedacht, dass ihr Schweigen mich eines Tages in Angst versetzen würde. Damals bemühte sie sich nach Kräften, noch Ojibwa zu lernen, und auch das half. Sie hört gut zu, dachte ich mir.

Ich hatte jedoch viel zu tun. Ich hatte keine Zeit gehabt … Ich dachte, es wäre die Hitze, die sie krank machte. Es war ein Sommer, wie du ihn in England noch nie erlebt hast: heiß und feucht, Tag für Tag, die Luft war schwer, und nie kam ein Sturm in unsere Nähe. Der Mais vertrocknete in der Hülse; die Quellen waren verdreckt; der Boden im Lager knochenhart: Man verbrannte sich die Füße, wenn man barfuß darüber ging. Bei dieser Hitze hockte sie sich einfach in den Schatten der welken Bäume und starrte ins Leere. Als es an der Zeit war einzupacken, schien sie zerstreut, ja teilweise verwirrt. Auf der Fahrt flussabwärts sagte sie kaum ein Wort. Glücklicher war sie, als wir auf dem offenen See waren. Sie sagte, das Atmen falle ihr dort leichter. Natürlich wusste sie nicht … dass *voyageurs* das offene Wasser nicht mögen.

Es ist eine ungeschützte Küste, und im Sommer weht für gewöhnlich eine Brise landwärts, die dich auf die Sandbänke treibt, wenn du nicht aufpasst. Eines Abends schlugen wir unser Lager an einer Lagune auf und brachen wie gewöhnlich kurz vor dem Morgengrauen auf. Der See war beinahe spiegelglatt – er ist nie ganz glatt, wenn man mitten drauf ist. Ich schwöre dir, er atmet – das Auf und Ab siehst du immer, du musst nur darauf achten – wie ein schlafendes Tier. Wir hielten uns so nahe wie möglich am Ufer. Es war heiß.

Das Wetter schlug um – solche Stürme kommen wie aus dem Nichts. Es dauerte keine zwanzig Minuten, und schon waren die Wellen vier, fünf Fuß hoch. Du bist wahrscheinlich ans Meer gewöhnt? Das war ich auch einmal. Du würdest den See nicht verstehen. Da hat man nicht die lange Dünung wie auf dem Meer. Nur kurze Wellen, hoch und kabbelig. Ein großes Kanu kann auf dem Kamm von zwei Wellen landen und mitten entzweibrechen. Einfach so. Ich habe das schon gesehen. Der Wind kam von Land – das ist ungewöhnlich. Hinter uns donnerte es, und dann schüttete es wie aus Eimern. Der Blitz war direkt über uns. Ein Kanu ist mit der Breitseite gegen Wind und Wellen nicht zu halten. Ob wir wollten oder nicht, wir wurden auf den See hinausgetrieben – und selbst wenn wir es ans Ufer des Festlandes geschafft hätten, wären die Kanus zerfetzt worden. Doch es gab ja noch die Manitou Islands … Wir gaben den anderen Zeichen – es war bereits zu laut, um sich durch Rufe zu verständigen – und änderten den Kurs. Die Sache wurde natürlich sogleich leichter, doch es hätte dir den Atem verschlagen, wenn du auf die nachfolgenden Wellen geschaut hättest. Und Rachel war die Einzige, die nach hinten blicken konnte. Wir anderen – ich auch – paddelten um unser Leben.

Es war ein Wunder, dass wir South Manitou sichteten. Man konnte nicht weiter als eine halbe Meile sehen, wenn überhaupt. Aber es war so – wir steuerten die Bucht an. Ein *canot du maître* ist für offenes Wasser gebaut. Wir mussten die Landzunge umfahren, um in die Bucht zu gelangen. Das hat uns beinahe Kopf und Kragen gekostet. Doch dann wurden wir mehr oder weniger an Land geweht. Es hat den Kanus nicht gut getan. Trotzdem hatten wir uns tapfer geschlagen, denn niemand war gesunken, und wir waren noch zusammen und auf trockenem Land.«

Alan seufzte tief. »Du möchtest wohl, dass ich dir von der Insel erzähle? Der Lagerplatz ist ein langer Strand, der nach Osten schaut. Stell ihn dir wie eine Mondsichel vor – wir gingen oben an Land, wo wir vor dem Wind geschützt waren. Manchmal wird der Platz von Händlern angefahren. Allzu groß ist die Insel nicht – eine Quadratmeile vielleicht –, und sie besteht nur aus Wald, Buchen, Birken und Schierlingstannen, und am südlichen Ende ist ein Zedernsumpf. Pfade gibt es nicht, nur totes Holz liegt überall herum, und dort, wo die Sonne bis an den Waldrand kommt, gibt es den schlimmsten Giftsumach, denn du dir vorstellen kannst. Er ist stellenweise hüfthoch – Blätter, so groß wie deine Hand. Du kannst nicht hindurchgehen. Die einzigen Pfade sind im Süden, wo die Indianer ein Sommerdorf haben. Die *voyageurs* benutzen nur den Strand; sie gehen nicht ins Innere der Insel. Wir waren dort die einzigen Händler.

Es gibt überall Sandstrände, an denen ein Kanu anlanden kann, selbst im Westen, doch auf der Seite kann man nirgendwo ein Lager aufschlagen – es ist zu ungeschützt, nur hohe Dünen, auf die man steigen muss, um Holz oder Unterschlupf zu finden. Niemand würde dort lagern, doch bei gutem Wetter könnte man dort landen. Die einzigen Erhebungen sind die Dünen. Von keinem anderen Punkt hat man einen Ausblick – und ich muss es wirklich wissen! Alles und jeder könnte sich im Wald verstecken, wenn es ihm nur gelingt, am Giftsumach und an den Fliegen vorbeizukommen. Wenn jemand angeln und Fallen stellen kann, käme er im Sommer zurecht. Im Winter würde er verhungern, daran gibt es nichts zu rütteln.

Wir schlugen unser Lager auf und warteten, dass der Wind nachließ. Wir mussten die Kanus ausbessern – es war eine unsanfte Landung gewesen. In einem kleinen See fand unsere Mannschaft ein paar Hechte, und es gab eine Auseinandersetzung um die Aufteilung – nichts Wichtiges. Rachel erhob sich und ging über den Strand davon. Als sie nicht zurückkam, lief ich hinter ihr her. Ich packte sie am Arm und fragte sie – ja, um ehrlich zu sein, sagte ich tatsächlich, wo zum Teufel sie hin wolle? Sie gab zurück, sie wolle nur spazieren gehen; sie müsse ein wenig allein sein. Ich entgegnete, es werde aber dunkel, und wir kannten uns dort nicht aus. Sie entzog mir den Arm und sagte: ›Wir sind auf einer Insel. Ich bin nicht in Gefahr.‹ Sie musste mir versprechen – ich meine, ihr Wort geben, dass sie schnell zurückkehren würde. Das wollte sie auch, doch sie bestand darauf, weiter zu gehen, nur ein Stück. Ich ließ sie gehen mit den Worten: ›Komm bald wieder.‹ Das war das Letzte, was ich von ihr gesehen habe. Im Zwielicht hatte ihr Kleid dieselbe Farbe wie der Wald; wenn sie den Strand verlassen hätte, dann hätte ich sie ohnehin nicht mehr sehen können.«

Er verstummte. Er hatte das Gesicht von mir abgewandt und schaute immer noch auf das Fenster. Ich hörte, wie er den Atem anhielt, und mir wurde klar, dass er mehr Kummer in sich barg, als ich angenommen hatte. Ich schwieg. Er wischte sich mit dem Handrücken die Nase ab und räusperte sich.

»Sie kam nicht wieder. Ich ging am Strand auf und ab. Der Wald war wie ein dunkler Vorhang. Ich hielt das Feuer in Gang. Während die Männer schliefen, legte ich die ganze Nacht nach. Wir alle waren abgekämpft, wie du weißt. Es hatte keinen Sinn, im Dunkeln hinter ihr herzulaufen.« Er atmete tief durch. »Jede Nacht geht einmal zu Ende.

Fast eine Woche lang haben wir die Insel durchsucht. Ich habe die Indianer ausgefragt. Loic war sicher, dass sie nichts verheimlichten. Wir sind mit einem Kanu um die Insel herumgefahren. Wir hatten keine Vorräte mehr. Ich musste die Felle nach Mackinac bringen. Die Männer wollten nach Hause. Wir fuhren ab.

In Mackinac habe ich getan, was zu tun war, und mir Urlaub genommen, um zurückzugehen. Loic und ich haben sein Indianerkanu genommen, und wir sind an der Küste des Michigansees zurückgefahren. Nur wir zwei. Hast du eine Ahnung, wie groß dieses Land ist, Bruder Mark? Wir wollten zu den Dörfern an der Küste – in Buchten und Flüsse –, aber nicht auf den offenen See hinaus. Es war wie die Suche nach der Stecknadel im Heuhaufen. Um ehrlich zu sein, wusste ich, noch ehe wir aufbrachen, wie es ausgehen würde, und ich hatte Recht: nichts. Wir fanden nichts. Keine Spur von ihr, nicht das kleinste Lebenszeichen.«

Diesmal brach ich das Schweigen. »Was meinst du, was passiert ist, Alan?«

Er zuckte mit den Schultern wie jemand, der verzweifelt ist. »Woher soll ich das wissen? Vielleicht ist sie in den See gegangen. Vielleicht absichtlich, vielleicht nicht. Das Wasser vor den Inseln ist tief. Es gibt starke Strömungen. Kann sein, dass sie auf der Insel blieb. Das glaube ich aber nicht. Sie hatte ein Messer; das war alles. Wohin kann sie gegangen sein? Wenn ein Kanu dort war, konnte es nur von Indianern oder *voyageurs* gewesen sein. *Voyageurs* wären an den üblichen Strand gekommen. Im Übrigen würden sie nie eine Frau rauben. Sie würden sie in ihrem Kanu nicht haben wollen, und wohin sollten sie sie mitnehmen? Nein, *voyageurs* waren es also nicht. Und Yankees auch nicht; wenn ein amerikanisches Boot in der Nähe gewesen wäre, hätten wir davon gehört. Nein, wenn sie geraubt wurde, dann von Indianern. Doch die Nachrichten verbreiten sich schnell von Dorf zu Dorf, und ich hatte Loic bei mir, der alles mitbekam.«

Am Ende schaute Alan mir direkt ins Gesicht. »Verstehst du, was ich dir erzähle, Mark Greenhow? Verstehst du, warum alle Hoffnung begraben schien? Mir ist klar, dass du der Meinung bist, ich schulde es dir … aber du hättest dir kaum einen unpassenderen Zeitpunkt aussuchen können. Was sollen wir deiner Meinung nach tun?«

13

Der Mond hinter den dahinjagenden Wolken war unbeständig. Tiefschwarze Wellen schlugen an das Kanu. Ein Uhr morgens war ein ausgefallener Zeitpunkt zum Einsteigen, doch Alans Vorkehrungen überraschten mich nicht mehr. Die Brise war seltsam mild; unsere Windstöße zu Hause dagegen sind selbst im Hochsommer frisch. Als wir vom Ufer wegpaddelten, bockte das Kanu wie ein wütendes Pony; Gischt spritzte auf wie weißer Schaum. Eine riskante Nacht für Kanufahrten, doch ich hielt den Mund und ging, wohin man mich schickte. Da unser Boot bis an den Rand beladen war, musste ich mehr oder weniger im Schneidersitz Platz nehmen. Die Kanubrigade, die an jenem Morgen an der Mole gelegen hatte, brach ebenfalls auf. Hier und da blitzte das Licht einer Blendlaterne auf, doch sobald wir alle auf dem Wasser waren, wurden bis auf den Mond alle Lichter gelöscht.

Mir war leichter ums Herz als am Abend zuvor. Was Alan auch gewesen sein mochte, er hatte Rachel geliebt, und er war kein Schurke, dessen war ich mir sicher. Wenn ich auch bisher in Abgeschiedenheit gelebt hatte, so muss ein Freund deshalb kein schlechter Menschenkenner sein, nur weil er anders lebt. In Bezug auf familiäre Bindungen würde ich meinem Schwager trauen. Was seine anderen Unternehmungen betraf, würde ich mich für nichts verbürgen, nicht einmal für das, was er einen Meter außerhalb meines Gesichtsfeldes tat. Oder auch innerhalb, davon einmal ganz abgesehen, denn was hatten wir hier im Kanu auf den weiten Gewässern verloren, noch dazu zu einer Zeit, da jede ehrliche Haut im Bett lag? Ich ließ die Frage ruhen. Außerdem ging es mir auch deshalb besser, weil Loic damit einverstanden war, dass ich ein Paddel bekam. Wieder saß ich hinten, wo ich am wenigsten Unheil anrichten konnte, unter Aufsicht des *gouvernail*, doch ich stellte schon bald unter Beweis, dass ich mithalten konnte. Ich wusste nicht, was wir vorhatten; Alan hatte nur gesagt, diese wilde Fahrt durch die Nacht sei »günstiger«. Ich baute auf den Herrn und steckte alle Kraft in mein Paddel; die Erleuchtung würde schon noch kommen.

Wie jemand bei dem unsicheren Licht und dem unruhigen Wasser einen Kurs halten konnte, entzog sich meinem Verständnis, doch unsere Brigade blieb beisammen und drängte weiter. Nach der Vielzahl der Paddelschläge zu urteilen, müssen wir ziemlich schnell gefahren sein, doch ich sah keine Landmarke, an der ich das hätte ablesen können. Anfangs schien der Wind von rechts zu kommen, und die Gischt stob auf unserer Kanuseite herein. Dann schien er zu drehen, oder wir. Einmal war der Wellengang so stark, dass ich unruhig wurde. Mit jedem Wellenkamm stiegen wir so hoch, dass ich das Gefühl hatte, wir kippten nach hinten um, dann war es, als hingen wir in der Luft, ehe wir vornüberschossen – und in dem Augenblick hatte ich wirklich Angst: Es war, als würden wir nie wieder hochkommen und als würde uns die nächste Welle verschlingen. Nach einer Weile jedoch legte sich das, und als ich wieder aufblicken konnte, war der Mond gewandert, sodass er nicht mehr zu meiner Rechten, sondern direkt vor uns war. Wir paddelten wie auf einem Lichtpfad auf ihn zu. Der Wind ließ nach, und der Himmel nahm eine bleiche Farbe an. Am Horizont konnte ich eine höckerige Silhouette ausmachen, von der ich annahm, dass es Land war.

Nun war es so ruhig, dass man sich verständigen konnte.

Vom Bug her hörte ich die gedämpfte Stimme meines Schwagers: »Bruder Mark?«

»Ja.«

»Willkommen in den Vereinigten Staaten von Amerika!« Er lachte leise in sich hinein. Ich konnte in ihm lesen wie in einem aufgeschlagenen Buch bei helllichtem Tag. Dieses wilde Abenteuer – was es damit auch auf sich haben mochte – war für ihn wie die Luft zum Atmen. Er war glücklich, so wie ich, wenn ich auf dem Gipfel von Helvellyn im tiefen Schnee stand und alle verschneiten Berge wie einen Hermelinmantel um mich herum ausgebreitet sah.[1]

Ich sah die Insel erst, als wir schon nahe herangekommen waren. Sie war lang gestreckt und flach, mehr konnte ich nicht erkennen. Wir landeten zwischen kleinen, spritzenden Wellen auf einem Sandstrand, und die vier *canots du maître* legten geräuschlos neben uns an. Als wir ins niedrige Wasser sprangen und auszuladen begannen, leuchtete der Strahl einer Blendlaterne aus einem der Kanus auf.

»Mach das Licht aus!«, sagte Alan barsch.

Die Ladung war im Nu an Land gebracht und die Kanus auf den Sand gezogen. Die *voyageurs* nahmen ihre Last auf und verschwanden oberhalb des Strandes in der Dunkelheit.

»Bist du da, Bruder Mark?«

»Ja.«

»Dann komm mit!«

Über einen Waldpfad stolperte ich hinter ihm drein. Wir entfernten uns nicht weit vom See; ich hörte noch die Wellen ans Ufer schlagen. Der Geruch von feuchter Erde und Kiefern

1 Im Schnee des Ersten Monats ging ich den Helvellyn-Kamm von einem Ende bis zum anderen entlang und biwakierte auf Fair Field, nur weil das noch nie jemand getan hatte, soweit mir bekannt war, und alle sagten, es sei unmöglich. Monate später, als ich Alan von diesem langen Weg erzählte, zeigte er sich interessiert und stellte Fragen, doch ich merkte, dass er es nicht verstand. Ich war in keine große Intrige hineingezogen, keine Machenschaften von Krieg oder Kommerz; ich hatte keine Kameraden, und es war kein Preis ausgesetzt. Manchmal war ich ihm fremder als er mir.

lag in der Luft. Vor uns tauchte ein helles Rechteck auf, das sich beim Näherkommen als eine offene Tür herausstellte. Das Gebäude war lang und niedrig, an den Ecken abgerundet, und bestand aus einem Rahmen aus zusammengebundenen Schößlingsstämmen, die mit Birkenrinde bezogen waren. In der kalten Feuerstelle lag Asche, doch sonst gab es keine Hinweise auf Bewohner. Das Gebäude wurde vielmehr als Lager benutzt. In Leinen eingeschlagene Ballen waren hoch aufgeschichtet, Fässer sorgfältig aufeinander gestapelt, Kisten und Tonnen sauber verstaut. Zwei Laternen warfen riesige, gekreuzte Schatten.

»Wo sind wir?«

»Die Insel heißt Bois Blanc. Wir bleiben hier nicht lange. Dann führe ich dich herum.«

Nachdem alles untergebracht war, führte Alan mich über einen anderen Pfad. Es wurde hell. Wir schreckten einen kleinen Sprung Rehe auf, der mit hüpfenden weißen Schwänzen in den Wald verschwand. In den Bäumen ringsum begannen die Vögel zu zwitschern; manche Rufe waren mir inzwischen vertraut, doch ich kannte nur wenige Namen. Ein Dutzend Fragen lag mir auf der Zunge, doch ich brachte keine einzige hervor. Alan würde bestimmt reden, wenn ihm danach war. Als wir zurück ans Ufer kamen, glitzerte die aufgehende Sonne auf dem See, wir aber waren im Schatten und schauten nach Nordwesten. Wir tauchten wieder unter den Bäumen ab und gelangten an eine Lichtung, die durch ein knapp zwanzig Meter breites Waldstück vom Ufer geschützt war. Vor mir lag eine Wiese, reif für die Heumahd, überreif. Dahinter stand eine Blockhütte mit vielen Anbauten und einem eingezäunten Garten auf der Rückseite. Aus dem Schornstein stiegen Rauchkringel. Ein paar struppige Hühner und ein Schwein suchten im Schlamm zwischen der Hütte und dem Ufer nach Futter. Auf dem Strand unterhalb lag ein Kanu halb im Wasser. Es sah dem sehr ähnlich, das uns vom Sault hierher gebracht hatte. Gegenüber, nur von einem schmalen Arm des Sees getrennt, lag noch eine Insel, ganz ähnlich der, auf der wir uns befanden, flach und dicht bewaldet. Der Ort war wie ein kleiner bewohnter Zufluchtsort, umgeben von Wasser und Wildnis.

»Das ist das Haus von Martin Kerners.«

Ich folgte Alan zur Tür, ohne etwas zu erwidern. Er hob einen Riegel, trat ein und hielt mir die Tür auf.

Die Hütte war warm und voll gestopft. An drei Wänden hingen Werkzeuge und Körbe. Von den Deckenbalken baumelten die obligatorischen Fleischstücke, Fische und Kräuter. Auf niedrigen, mit Fellen und Decken belegten Kisten konnte man sitzen, und der Herdstelle gegenüber stand ein Tisch aus Kiefernholz mit einer Bank auf jeder Seite. Dort am Tisch saß Loic mit den vier *voyageurs*, die unser Kanu vom Sault hierher gepaddelt hatten, und aß den unvermeidlichen Weißfisch. Zwei junge Indianerinnen hockten an der Herdstelle und waren eifrig damit beschäftigt, auf einem Blech Maisbrot zu backen.

Loic erhob sich. »*Bienvenus! Biindigen!* Willkommen in meinem Haus, M'sieu. Setzen Sie sich doch! Du auch, Alan. Sie müssen Hunger haben.« Er drehte sich zu den beiden Frauen um. »Pakané, *biidaw gondag niniwag waa-kizhebaa 'miijiwaad!*«

Die *voyageurs* rückten zusammen, um uns Platz zu machen. Eine der jungen Frauen setzte uns tiefe Teller mit dampfendem Fisch vor. »Weißfisch«, sagte Loic. »*C'est bon.* Wollen Sie etwas trinken? Wasser? Ist das alles? Waase'aaban, *nibi biidaw*!«

Das jüngere Mädchen brachte einen Krug Wasser. Sie sagte kein Wort, doch sie war mir gleich aufgefallen. Trotz ihrer dunklen Haut war sie für mich das schönste Mädchen, das ich je gesehen hatte. Sie konnte nicht älter als fünfzehn sein. Sie war sehr schmächtig, ihre Bewegungen ruhig und anmutig, und sie trug ein Baumwollhemd, das an der Taille mit einer Voyageursschärpe gebunden war. Der kurze Wollrock und die bunten Gamaschen waren jedoch deutlich indianischen Ursprungs und reichlich mit Borten und bunten Bändern verziert, die zu dem Band im geflochtenen Haar passten. Sie war mit Perlenschnüren und Ohrringen behängt. Mir schwanden die Sinne – das ist die reine Wahrheit; ich hatte nie gewusst, was der Ausdruck eigentlich bedeutete – bis zu diesem Augenblick.

Nach außen hin ungerührt, versuchte ich, mich zu sammeln und nahm am Tisch Platz. Ich rief mir ins Gedächtnis, dass diese Menschen nichts mit mir zu tun hatten. Ich dachte an Sarah und Clemency in ihren grauen Kleidern, den gebleichten Hauben und Schürzen. Mit dieser Erinnerung kam mir plötzlich die Vorstellung von rotem Haar, heller noch als alle Perlen oder Bänder, und ohne ersichtlichen Grund erfüllte mich eine Verwirrung, die ich nicht begreifen konnte, als wäre mir das Blut ins Gehirn geschossen und hätte es so stark erhitzt, dass kein vernünftiger Gedanke mehr möglich war.

»Danke, Freundin«, sagte ich zu dem Mädchen, als sie einen Krug Wasser auf den Tisch stellte. Sie warf mir einen Blick zu, lächelte und schaute zu Loic hinüber.

»M'sieu, das ist die Schwester meiner Frau, Waase'aaban. Die andere ist meine Frau. Pakané, *maa bi-izhaan*! M'sieu Mark, möchten Sie auch meinen Sohn kennen lernen? Er schläft, aber er ist hier! Sehen Sie!«

Am Sault hatte ich die flachen Kindertragen bereits auf dem Rücken von Frauen gesehen, doch nie aus der Nähe, so wie hier, wo die Trage am Herd lehnte. Im Vergleich zu einer Wiege sah sie grauenhaft hart aus, doch das kleine braune Gesicht darin machte einen ganz friedlichen Eindruck. An der Kindertrage hingen ein Rosenkranz, Perlenschnüre und Federn. Das Kind hatte bereits einen schwarzen Haarschopf. Ich wusste nicht, was ich sagen sollte – ich war nicht gewohnt, dass ein Mann mir sein kleines Kind vorstellte, damit ich es bewunderte – doch es spielte keine Rolle. Loic sagte: »Er heißt Martin; sein Rufname ist *Biinoojii*. Ist er nicht hübsch?«

»Ja«, bestätigte ich, doch das war nicht die reine Wahrheit.

Ich fand Loics Frau unendlich viel hübscher als ihren kleinen Schmutzfleck von einem Kind. Sie wirkte sehr jung – sie war höchstens ein oder zwei Jahre älter als ihre Schwester, ebenso farbenprächtig gekleidet und genauso geschmeidig. Ich hätte nicht erwartet, hier in diesem entlegenen Winkel, in Loics Familie gar, etwas derart Exotisches anzutreffen. Ich wusste nichts damit oder mit mir anzufangen. Zum Glück nahm niemand Notiz von mir. Ich erholte mich wieder und griff beim Essen herzhaft zu. Als ich schließlich fertig war, hatten die *voyageurs* sich bereits schlafen gelegt. Auch mir fielen die Augen zu, als die Tür noch einmal aufging und ein alter Mann eintrat, ein Weißer, der mich stark an Loic erinnerte. Er hatte graue Haare und tiefe Falten um Augen und Mund.

Alan erhob sich. »*Monsieur Kerners, je suis content de vous voir. Je vous présente Mark Greenhow; c'est le frère de ma femme Rachel.* Bruder Mark, das ist Martin Kerners.«

Martin Kerners gab mir höflich die Hand, doch hatten er, Alan und Loic offensichtlich andere Dinge zu besprechen. Teller und Becher wurden zur Seite geschoben, und Alan zog ein paar Papiere aus seiner Provianttasche. Loic wischte den Tisch mit seinem Hemdsaum ab, und Alan breitete seine Dokumente aus. Mich hatten sie vorerst vergessen, sodass ich aus dem Haus ging, um dem Ruf der Natur zu gehorchen. Es gab keinen Abtritt, nur den Wald ringsum. Vor mir waren schon andere dort gewesen, und ich ging weiter in die Wiese hinein. So kam es, dass eine ganze Weile verstrich, ehe ich wieder zurückkam.

Im Zimmer war niemand mehr außer Loics Schwägerin. Sie hockte im Fersensitz vor dem Feuer und nähte Leder mit einem Stück Lederfaser, während über den Scheiten vor ihr ein großer Eisenkessel vor sich hin brodelte. Sie lächelte mir zu, als ich eintrat. Ich wusste nicht, wohin ich mich setzen sollte, entschied mich aber mutig für eine mit Rehfell überzogene Kiste auf der anderen Seite des Feuers. Da offenbar noch Zeit war, zog ich mir die nassen Stiefel und Strümpfe aus und legte sie zum Trocknen aus, nicht zu nah ans Feuer. Nachdem sie so lange durchnässt waren, sahen meine bloßen Füße verschrumpelt und aufgeweicht aus. Ich begann, ein wenig Leben in meine armen Zehen zu reiben. Das Mädchen fühlte sich ebenso wohl wie ich, wenn Schweigen herrschte; und tatsächlich hatten wir, soweit ich wusste, keine gemeinsame Sprache. Doch da irrte ich mich, denn nachdem ein paar Minuten verstrichen waren, hielt sie ihre Arbeit in die Höhe und fragte: *»Ne serait-il pas mieux de porter des mocassins, m'sieu?«*

»Ja, – *oui – mais je n'ai pas des mocassins, malheureusement.*«

Ich überlegte einen Moment. *»Mes pieds sont trop grands, mademoiselle.«* Und ich streckte die Füße vor, damit sie sah, was ich meinte.

Sie schien das lustig zu finden, denn sie lachte leise und nahm ihre Näharbeit wieder auf. Sie beugte den dunklen Kopf über das Leder, sodass ich sie ungehindert beobachten konnte. Dann hatte ich Durst und ging an den Tisch, um mir Wasser zu holen. Alan hatte ein Papier dort liegen lassen. Es sah nicht aus wie ein Brief oder eine Privatangelegenheit. Bis auf den heutigen Tag frage ich mich manchmal, ob meine Tat falsch war oder nicht, und ich bin mir noch immer nicht sicher. Ich war einfach neugierig, und natürlich gingen mir gewisse Fragen, ja, und womöglich auch Antworten, durch den Kopf. Doch da lag das Ding, kein persönlicher Brief, sondern eine Art Liste, offen auf dem Tisch, sodass jeder es einsehen konnte. Ich hatte Alan nicht mein Wort gegeben, dass ich mich nicht umschauen würde. Ich warf dem Mädchen einen kurzen Blick zu; sie saß mit dem Rücken zu mir. Daher las ich:

Amtliche Erklärung über die Ladung von vier Kanus im Besitz des Unterzeichneten mit Ziel Missouri River und geführt von sechs Männern – nämlich:

Nr. 1, 2, 3, 4, 5, 6, 7, 8	
9, 10, 11, 12, 13, 14	*14 Ballen trockene Waren*
15, 16	*2 Fässer Zucker*
17	*1 Kiste Gewehre*
18	*1 Dutzend Eisenwaren*
19	*1 Dutzend Pfeifen*
20, 21	*2 Dutzend Seifenstücke*
22, 23	*2 Fässer Salz*
24, 25, 26, 27, 28, 29	*6 Ballen Tabak*
30	*1 Fässchen Spirituosen*
31, 32	*2 Fässer dito*
33	*1 Satz Zinntöpfe*
34, 35	*2 Fässchen Nägel*
36, 37	*2 Dutzend Fl. Schnaps*
38, 39, 40, 41, 42, 43	*6 Dutzend Fl. hochprozentiger Wein*
44, 45	*2 Körbe Fallen*
46, 47, 48, 49, 50	*5 Beutel Munition*
51, 52	*2 Kisten dito*
53	*1 Fass Butter*
54	*1 Fass Schweinefleisch*
55, 56, 57, 58	*4 Fässer Schießpulver*
59	*1 Truhe*

Neunundfünfzig eingetragene Artikel und der erforderliche Proviant, Schiffsvorräte und Agrès für die Reise.
Bois Blanc. 9. Juli 1812.
Martin Kerners

9. Juli – das war der neunte Tag des Siebten Monats: in drei Tagen. Ich hatte Martin Kerners nicht für so reich gehalten, dass ihm die vier Kanus gehörten. Ich ging wieder an meinen Platz an der Herdstelle und starrte lange nachdenklich in die Flammen. Waase'aaban war die denkbar anspruchsloseste Gefährtin, dennoch war ich mir auf übernatürliche Weise ihrer

Gegenwart bewusst. Das Schweigen zwischen uns wurde zu einer zufriedenen Stille, so, wie sie sich ein Mann am eigenen Herd wünschen würde. Als Pakané sich zu uns gesellte und Loics Kind zu stillen begann, tat sie nichts, was unseren Frieden gestört hätte. Die beiden Schwestern redeten ein wenig miteinander, dann legte Waase'aaban ihre Arbeit nieder und ging hinaus, um Holz zu holen. Als sie wieder hereinkam, war Martin Kerners bei ihr.

»*Vous ne dormez pas?* – schlafen Sie nicht? Alan, Loic – alle schlafen. Sie nicht?«

»Nein.«

Martin setzte sich. »Gefällt Ihnen Waase'aaban? *C'est la sœur de ma belle-fille. Elle est toujours ville non mariée, vous savez.*« Er zeigte auf Waase'aaban. »Kein Mann. Sie hat noch keinen Mann.«

Waase'aaban sah mich an und lächelte. Pakané sagte etwas in ihrer Sprache, woraufhin eine heftige Diskussion begann, an der sich alle drei beteiligten. Ich sagte mit fester Stimme: »Wo ist Alan Mackenzie? Auch ich würde jetzt gern schlafen.«

»Schlafen?« Martin richtete ein paar scharfe Worte an Waase'aaban, die sich daraufhin erhob.

»*Venez, m'sieu.*«

Ich folgte ihr vorsichtig. Sie führte mich in einen anderen Raum – die verschiedenen Anbauten an die Blockhütte machten sie innen zu einem Labyrinth –, in dem es ein Podest mit einem Berg aus Fellen und Decken gab. Mein Schwager hatte sich in eine Decke gewickelt, sein Kopf ruhte auf einem zusammengerollten Biberfell. Im Schlaf sah er erstaunlich unschuldig aus, sein Hemd stand am Hals offen, und das dunkle Haar war zerwühlt. Unter dem anderen Deckenhaufen vermutete ich Loic. Waase'aaban zeigte auf das Bett, lächelte wieder und ließ mich allein. Ich schaffte mir ein wenig Raum zwischen Alan und Loic, zog eine überzählige Decke unter Loic hervor, rollte mich zusammen und schloss die Augen.

Alans Stimme weckte mich. »Bruder Mark. *Mark!* Mein Gott, der Kerl schläft wie ein Toter! Mark!«

Ich richtete mich auf. »Ja?«

»Zeit zum Aufbruch!«

Ich rieb mir die Augen. Ein kleines Quadrat war als Fenster aus der Wand ausgesägt und mit Ölpapier ausgekleidet. Soweit ich es beurteilen konnte, war draußen noch immer helllichter Tag.

»Wir fahren bei Tageslicht, ja? Wie anständige Männer?«

Es dauerte einen Augenblick, ehe er antwortete. »*Touché*, Bruder Mark.« Er hatte es ohne die gewohnte Sorglosigkeit gesagt. Ich hatte ihn an einem wunden Punkt getroffen. Wir redeten nicht mehr miteinander, verabschiedeten uns aber von Familie Kerners und begaben uns zurück an den Strand. Unsere *voyageurs* hatten das Kanu bereits zu Wasser gelassen. Von Loics Schwägerin, seiner Frau und seinem Sohn war nichts zu sehen. Es stand mir kaum an, sie zu erwähnen, doch als wir ablegten, spürte ich leichtes Bedauern. Ich fragte mich, ob ich wohl noch einmal nach Bois Blanc kommen würde.

Diesmal hatte ich alle Beinfreiheit, die ich mir wünschen konnte, und statt undeutlicher Umrisse im Dunkeln konnte ich ringsum Land erkennen: Bois Blanc hinter uns, die bewaldete Insel auf der anderen Seite des Seearms, und die deutlich hügelige Insel direkt vor uns, die ich im Mondlicht der Nacht zuvor kurz gesehen hatte. Sie war gar nicht weit entfernt. Neben mir saß Alan und sagte, er wolle meine Paddelkünste mit eigenen Augen sehen. Ich wollte auf das Thema nicht näher eingehen, daher begann er mir zu erläutern, was wir sahen. Ich war nicht überrascht, als er auf die Erhebung vor uns deutete und »Mackinac« sagte.

»Ist das ein schottischer Name?«

Er lachte. »Nein, das ist Ojibwa. Michilimackinac: die Insel der Großen Schildkröte. Wenn ich es richtig verstanden habe, dann wurde die Große Schildkröte von Gitchi Manitou aus den Tiefen des Sees geholt, um eine kleine Insel zu werden.[2] Eine gesegnete kleine Insel, an der sich die großen Handelsrouten von Nordamerika kreuzen. Hast du von Gitchi Manitou gehört? Du schüttelst den Kopf, aber ich glaube, du weißt Bescheid. Und zwar besser als ich, Bruder. Euer George Fox hätte ihn sofort erkannt, glaube ich. Du siehst, ich habe etwas von eurer Sekte gelernt. Aber das nur nebenbei. – Du hast mich nach Mackinac gefragt, und als nüchterner langjähriger Angestellter der South West Trading Company sollte ich über die Große Schildkröte den Mund halten und dir sagen, dass Mackinac ein Handelsposten und ein Militärfort ist. Im Moment steckt es gerade in ziemlichen Schwierigkeiten. Seit dem amerikanischen Embargo vom letzten Jahr ist der Handel zum Stillstand gekommen. Die Waren gingen immer über Montreal ein. Jetzt, da die Grenze geschlossen ist, müssen sie von den Vereinigten Staaten heraufkommen, aber das ist eine umständliche Strecke, und man bekommt die Waren einfach nicht.«

»Eine amerikanische Militärfestung?«

»Ja, in der Tat, jetzt haben die Yankees sie in ihrer Gewalt. Wohlgemerkt, sie haben sie nie erobert. Sie wurde von den Briten gebaut und gehalten, bis Jays Vertrag – mit dem wir alle hereingelegt wurden – sie den Yankees auf dem Silbertablett servierte, zusammen mit allen anderen Festungen, die wir auf amerikanischem Gebiet hatten. Das war 1796 – noch ehe du oder ich überhaupt einen Fuß in dieses unbedarfte Land gesetzt haben. Was also uns betrifft, so ist es eine amerikanische Festung.« Alan lachte leise vor sich hin. »Bis zum Krieg, Bruder, bis zum Krieg. Dann – na ja, dann kann alles passieren.«

»Ist das die Festung?«, fragte ich, denn am südlichen Ende

2 Im Winter hat Loic mir die richtige Geschichte erzählt. Die Bisamratte hat Erde aus den Tiefen des Sees geholt, als alle Tiere in Gefahr waren, in der Großen Flut zu ertrinken. Nanubushu hat die Erde auf dem Rücken der Großen Schildkröte verteilt, damit durch sie alles gerettet werde.

der Insel war jetzt ein Stück graue Mauer über dem Berg zu sehen.

»Genau. Wenn du die amerikanische Flagge darüber wehen siehst, weißt du, dass es nicht mehr ganz eine Stunde bis zur Essenszeit ist.«

Wir landeten an einem überfüllten Strand, gingen um das Indianerdorf herum, das sich am Ufer entlangzog, und stiegen zur Festung auf, die auf einem Fels einhundertfünfzig Fuß über dem Dorf stand. Das Zollamt, das wir sogleich ansteuerten, lag unterhalb der Klippe. Der Zoll war keine reine Formsache. Als wir eintrafen, holte der Beamte einen Vorgesetzten, den Alan mir als Mr. Abbott vorstellte, und ich wurde bis ins Kleinste über meinen Personenstand, meine Reise und den Grund für meine Reise in die Mangel genommen. Ich hatte nichts zu befürchten, denn ich sagte ihm schlicht und einfach die Wahrheit. Offensichtlich kannte er die Geschichte meiner Schwester; ich glaube, er wusste schon nach fünf Minuten, dass ich der war, der ich zu sein angab, doch er hatte die Weltverdrossenheit eines Mannes, der an alle möglichen Abweichungen von Schlichtheit und Wahrheit gewöhnt ist.

Als Samuel Abbott mit mir fertig war, schob er Alan ein beschriebenes Blatt Papier über den Schreibtisch zu; Alan kannte das Formular, denn er setzte sich sogleich daran, auf einem leeren Blatt eine handschriftliche Kopie anzufertigen. Da sah ich Alans gestochen scharfe Handschrift zum dritten Mal; er ist eine Art Kalligraph und ist stolz auf die Ästhetik seiner sowohl persönlichen als auch geschäftlichen Berichte. Bei dieser Gelegenheit, da ich neben ihm saß, traf mich der Inhalt weitaus mehr.

Ich versichere an Eides statt, dass der Bericht und die Liste, die jetzt von mir an den Zoll des Distrikts Michilimackinac übergeben werden, eine vollständige und der Wahrheit entsprechende Aufstellung der gesamten Ladung enthält, die zum Zeitpunkt der Ankunft im Hafen besagten Distrikts an Bord eines Kanus war, und dass ich von Schmuggel oder wie auch immer geartetem Schwindel in Bezug auf besagte Ladung seit der Abfahrt von Sainte Marie du Sault nichts weiß. Des Weiteren kann ich beschwören, dass meines Wissens und Glaubens an Bord besagten Kanus keine Waren oder Handelsgüter sind, deren Einfuhr in die Vereinigten Staaten oder deren Staatsgebiet per Gesetz verboten ist. Und ich kann des Weiteren beschwören, falls ich hiernach solche Waren oder Handelsgüter entdecken oder Notiz darüber erhalten sollte, werde ich sofort und ohne Verzögerung dem Zoll dieses Distrikts Meldung machen. So wahr mir Gott helfe.

Alan Mackenzie
Beeidigt in meinem Beisein am 7. Juli 1812

Alan schob das Schreiben wieder über den Schreibtisch, und der Zollbeamte fügte seine Unterschrift hinzu: *Samuel Abbott, Zöllner*

Alan nahm den Brief wieder an sich, zog eine geschwungene Linie mit einem Schnörkel an beiden Enden und schrieb auf die zweite Hälfte des Blattes:

Öffentliche Erklärung über ein Kanu im Besitz der South West Company, gefahren von sechs Männern, Ziel Mackinac, Ausgangsort Sainte Marie du Sault, mit folgender Ladung an Bord –

Reste des erforderlichen Proviants, der Schiffsvorräte und Agrès für die Rückreise an den Sault. Privatbriefe, die an die Vertreter der South West Company zu liefern sind.

Mackinac, 7. Juli 1812
Alan Mackenzie

»Schön, schön, Mr. Mackenzie. Ich finde Sie wie üblich bei McGulpins, wenn ich Sie brauche?«

»Ja, falls ich nicht in der Fabrik bin.«

Dann hatten wir das Geschäftliche erledigt und traten ins

Freie. »Du musst halb verhungert sein, Bruder Mark. Wir gehen zur Fabrik der Company – du musst ein paar Dollar kaufen – und heute Abend essen wir im Wirtshaus. Oder hast du etwas dagegen?«

Unterwegs versuchte ich mir darüber klar zu werden, dass wir in einem anderen Land waren. Neben der amerikanischen Flagge über der Festung untermauerte die große Anzahl amerikanischer Soldaten diese Tatsache. (In den Augen des Herrn, der uns alle erschaffen hat, ist eine Flagge zweifellos wie die andere, doch ich, der noch nie unter einer fremden Flagge hergegangen war, wurde mir des Unterschieds auf einmal deutlich bewusst.) Soldaten hatte ich mir immer in Rot vorgestellt, doch diese Männer hatten blaue Röcke mit rotem Kragen und gelb abgesetzten Aufschlägen. Wie unsere Soldaten trugen sie Tschakos mit polierten Abzeichen. Einige hatten ein Gewehr über der Schulter hängen. Außer den Soldaten begegneten wir *voyageurs* in roten Mützen und Schärpen, Pelzhändlern in weiten Capes und großen Biberhüten, Indianern in bunter Tracht – die Männer trugen alles von Hirschhäuten bis hin zu abgelegter Uniform und breitrandigen Biberhüten, die Frauen gingen in leuchtend bunten, kurzen Kleidern und bestickten Leggins, was mich an Pakané und Waase'aaban auf Bois Blanc erinnerte. Ich erblickte die ersten weißen Frauen seit Montreal – zwei junge Damen in tief ausgeschnittenen Kleidern und bebänderten Hauben. Sie trugen Sonnenschirme bei sich.

Ich hatte einen Bärenhunger. McGulpins Haus lag nördlich der Festung, direkt unterhalb der Klippe hinter ein paar gepflegten Gemüsegärten. McGulpins Hof war verwildert und überwuchert; Fingerhut und Nesseln verdeckten die Fenster beinahe vollständig. In der Regel wurde das Haus an Händler vermietet und war sonst im Sommer voll belegt. In diesem Jahr, sagte Alan, habe er es ganz für sich allein, ein Zeichen für die seltsame Zeit, in der wir lebten. Ich hatte keine hohen Erwartungen an gute Haushaltsführung, doch die Küche, die wir betraten, war sauber, die Feuerstelle bestückt, und die Anrichte war beladen mit einem Fass Ale, einem Brotfass und einer stattlichen Reihe Zinngeschirr, genug, um ein Dutzend Gäste zugleich zu bewirten, und der lange Tisch und die Bänke hätten tatsächlich einer solchen Menge Platz geboten. Gleich neben der Küche lagen zwei Schlafzimmer, und eine Treppe führte in einen lang gestreckten Schlafraum hinauf. Da wir nur zu zweit waren, hatte jeder ein Schlafzimmer für sich im Parterre. In Ermangelung eines Lakens machte ich mir mein Bett mit zwei Baumwolldecken, die einigermaßen sauber aussahen.

Das Wirtshaus war so überfüllt wie George Inn in Penrith an einem Markttag. Wenn Händler in diesem Jahr knapp waren, so gab es reichlich Soldaten, die ihren Platz einnahmen. Den besten Tisch hatte eine Gruppe blau berockter Offiziere aus dem Fort eingenommen. Sogar die Männer in Zivilkleidung hatten beim Essen ein Gewehr neben sich stehen. Von Alan erfuhr ich, dass es sich um Milizen handelte, die den ganzen Tag im Wald mit ihrer Ausbildung zugebracht hatten, was keineswegs tröstlich für mich war. Sie hatten weiße Frauen bei sich, die mir in Sprache und Verhalten recht kühn erschienen; andererseits hatte ich noch nie eine Frau kennen gelernt, die Wirtshäuser und ähnlich verruchte Örtlichkeiten aufsucht, und es mögen ja sogar tugendhafte amerikanische Frauen, wenn nicht gar Mütter gewesen sein. Ein paar Leute grüßten Alan, als wir eintraten, und zwei Milizen rückten zusammen, um ihm Platz zu machen. Das überraschte mich; ich hatte Alan so verstanden, dass er Amerikaner zu seinen Feinden zählte, doch nun sah die Sache ganz anders aus. Ich hörte ihren Gesprächen zu: Es ging um einen gemeinsamen Bekannten, der den Bären erlegt hatte, welcher ihn getötet hatte – das heißt, man hatte die beiden tot nebeneinander gefunden, erschossen der eine, zu Tode gerissen der andere. Dazu konnte ich nichts beitragen und aß daher schweigend meine Fischpastete. Eine rüpelhafte

Gruppe neben der Küchentür stimmte immer wieder grölende Gesänge an. Andere fielen ein. Außer meinen Nachbarn, die noch mit ihrer Bärengeschichte beschäftigt waren, hörten alle zu:

Stimmt kühn die Hymnen an, es geifern des Krieges Hunde,
Gierig wittern sie ihre Beute;
Über dem Wald des Krieges Wolke, rot wie eine Wunde,
Die Schwingen gespreizt, flieht der seichte Friede noch heute …

Ich schaute in die hochroten Gesichter ringsum. Am Ende einer jeden Strophe hoben fast alle die Krüge und stimmten in die letzte Zeile ein. In Penrith wäre es »Hearts of Oak« gewesen, und wenn mein Vater dort gewesen wäre, dann hätte er eine solch kriegerische Szene auf der Stelle verlassen und mich mitgenommen. Doch ich war allein und hörte bis zum Ende zu:

Um der Freiheit Altar, Kameraden, schließt euch zusammen,
Und vereint bei der Tapferen Seel' lasst uns schwören den Eid.
Nicht einer soll je seinen Entschluss verdammen,
Unabhängig zu leben oder ins Grab auf alle Zeit.
Dann, Freie, reiht euch ein! Lasst Blutbanner flattern im Wind:
Der Freiheit hehrer Vogel schreit hoch droben am Firmament,
Darunter Unterdrückung und Freiheit gestorben sind –
Erfolg sei dem leuchtenden amerikanischen Stern vergönnt!

Ein Stimmengewirr erhob sich. Ich stieß Alan in die Seite. »Ich möchte nach Hause gehen. Du brauchst nicht mitzukommen.«

»Bist du sicher, Bruder Mark? Findest du den Weg?«

»Ja.«

Die Luft draußen war kühl und rein. Hinter den vereinzelten Häusern lag der See im Mondschein wie ein Teich aus flüssigem Silber. Aus der Ferne vernahm ich indianische Trommeln und wilde Gesänge, die mir unter die Haut gingen, ganz anders als die Lieder im Wirtshaus. Vor meinem geistigen Auge entstand das Bild von Blencathra, über dessen Kämme ein kühler Wind streicht, und von einer Gebirgskette, die sich in herrlichen Rundungen von Gipfel zu Gipfel schwingt. Zuweilen, wenn man auf einer Bergspitze steht, ist es, als säße man im Sattel und schaute über den geschwungenen Hals des Pferdes auf den fernen Boden hinab, über den man hinweggaloppiert. Ich dachte an andere Sommerabende in weiter Ferne, doch hier war ich in Mackinac. In Friedenszeiten mochte es ein Ort für ganz normale Menschen und ihren Handel sein, doch jetzt waren die Menschen offenbar nur hier, um Waffen zu tragen, um gegen alle, die Krieg gegen sie führten, mit kriegerischen Waffen zu kämpfen.

14

Neun Tage verbrachte ich im amerikanischen Mackinac. Es war kein schöner Ort. Die großen Lagerhäuser der South West Company, wie im Übrigen alle Läden der unabhängigen Händler, standen leer. Seit mehr als einem Jahr war die Einfuhr von Waren aus Upper Canada in die Vereinigten Staaten verboten. »Martin Kerners füllt seine Kanus demnach woanders?«, fragte ich Alan.

»Sch, Mark, du bist viel zu scharfsinnig. Vielleicht hat Martin Kerners einen Agenten, der andere Quellen kennt. In den Wäldern gibt es reichlich Handel, wenn man weiß, wo man danach zu suchen hat.«

»Warum schickt Martin Kerners seinen … Agenten … dann gerade jetzt nach Mackinac, wenn sich dort kein Handel abspielt?«

»Vielleicht kann es sich Monsieur Kerners Agent – derjenige, der weiß, wo man in den tiefen Wäldern nach Handel zu suchen hat – nicht leisten, gerade jetzt von Mackinac fortzugehen.«

»Demnach rechnet dieser Agent damit, dass hier bald etwas geschieht?«

»Sch, Bruder. Daran darfst du nicht einmal denken. Heute Abend bin ich ein freier Mann – keine Waren, keine Arbeit. Was kann ich tun, um dich zu unterhalten?«

»Wenn dein Geschäft hier erledigt ist, dann kannst du mir sagen, wann wir wieder aufbrechen.«

»Ah, meine Geschäfte hier sind noch nicht ganz erledigt. Aber ich verspreche dir, sobald ich noch ein paar Dinge hier geregelt habe, können wir an unsere Expedition denken.«

Damit musste ich mich zufrieden geben. Ich traf meine eigenen Vorbereitungen und kaufte ein paar notwendige Sachen im Laden der South West Company: ein gutes Jagdmesser, Angelhaken, einen Zinnbecher, einen Feldkessel und eine Provianttasche aus Leinen, wie Alan eine hatte. An den meisten Abenden war ich bei McGulpins allein. Am ersten Abend fiel mir Alans Abwesenheit kaum auf, denn er hatte Wort gehalten und mir eine Landkarte besorgt, die erste, die ich zu sehen bekam, seit ich in Montreal im Ratszimmer der North West Company gewesen war. Ohne Karte war es, als hätte man durch ein dunkles Glas geschaut, und jetzt war alles klar. Alan sagte, die Karte sei alt und es habe in den letzten paar Jahren eine Menge Vermessungen gegeben, doch ich war zufrieden.

Die Karte stammte von einem Engländer, einem gewissen John Cary, doch sie zeigte den westlichen Teil der Vereinigten Staaten, einschließlich eines weiten, grün überschatteten Gebiets, des Western Territory, das sich in ost-westlicher Richtung von Mackinac bis an den Mississippi und in nord-südlicher Richtung vom Lake Superior bis nach Kentucky ausdehnte. Lake Michigan ragte weit in dieses Gebiet hinein; in diesem Gewässer fand ich den Eintrag »Moneton Is«, was ich als North und South Manitou Islands identifizierte. Lange betrachtete ich Lake Michigan, ehe ich mich meiner Reiseroute widmete. Dort war ganz Upper Canada, und da war Kanadas nördliche Grenze, der Outaouais. Entzückt stellte ich fest, dass jede Portage vermerkt war, auch die am Mattawa; die elf Portagen am Mattawa lagen so eng beieinander, dass kaum Platz für die Beschriftung blieb. Ich prüfte die Zugänge zum Lake Superior: neben den St. Mary's Fällen fand ich eine Notiz: *Hier große Fischvorkommen – besonders Hecht, Forelle und große Weißfische.* Kurz kam mir Thomas Nolans überladener Tisch ins Gedächtnis. Als Nächstes suchte ich nach Yonge Street in Upper Canada. Es war nicht markiert, Gwilimbury hingegen, wo David Willson wohnte, war deutlich ausgeschrieben. Von dort aus verfolgte ich Rachels Reisen durch Pennsylvania. Catawissa konnte ich nicht finden, doch da war der Susquehanna, und da war Genesee. Fort Detroit fand ich, ebenso Fort George bei Niagara; verschiedene Gesprächsfetzen, die ich mitbekommen hatte, ergaben allmählich einen Sinn. Auch Fort Wayne entdeckte ich nördlich der Indianergrenze von 1795. Freunde hatten Tante Judith davon abgehalten, sich bis dorthin vorzuwagen. Als Nächstes betrachtete ich die Gebiete der Indianerstämme, doch die Ojibwa waren nirgends zu sehen. Später fragte ich Alan danach, und er zeigte auf die Stelle, an der quer über dem nördlichen Teil des amerikanischen Western Territory sowie über Upper Canada *Chippeway Territory* stand. Die Grenzen der Indianer, sagte er, seien nicht dieselben wie unsere. Tatsächlich wurde die Grenze zwischen Upper Canada und den Vereinigten Staaten mehr als alles andere auf der Karte hervorgehoben: Eine dicke rote Linie war durch die Mitte aller Seen und der sie verbindenden Flüsse gezogen, bis auf Lake Michigan, der ohne jegliche Grenze oder Ansiedlung dargestellt war.

Außer einer Reihe von Flüssen, die wohl irgendwann einmal vermessen worden waren, wurden alle Ufer und Inseln als unberührte Wildnis gezeigt.

Der Mann, dessen Raum ich bewohnte, hatte ein paar Bücher liegen lassen. Bevor ich nach Mackinac kam, hatte ich überhaupt noch keine weltliche Literatur gelesen. So kam es, dass ich im ungünstigen Zustand geistiger Apathie ein lebenslanges Abenteuer begann, als ich ein überaus zerlesenes Exemplar des Buches »Humoristische Geschichte von New York« von einem gewissen Diedrich Knickerbocker zur Hand nahm. Als Alan an jenem Abend nach Hause kam, hatte ich die Schöpfung der Welt halb durchgelesen, war vollkommen durcheinander und nicht wenig schockiert. Alan erklärte mir, dass die Erzählung witzig sein sollte, und machte sich die Mühe, mir eine Textstelle vorzulesen und mir den Humor darin zu erläutern. Am Ende hatte ich es begriffen, und plötzlich fing ich über die Kühnheit einer solchen Schreibweise lauthals an zu lachen. Alan fühlte sich ermutigt und las weiter. Ob er sich nun über meine neu erworbene Fähigkeit freute, mich zu amüsieren, oder über den Text, kann ich nicht sagen, doch wir schlossen den Abend sehr fröhlich ab, und ich fühlte mich ihm näher als je zuvor.[1]

Alan sage mir, dass der Agent der Company, der sonst in meinem Zimmer wohne, ein alter Bekannter des Autors Knickerbocker sei. »Brevoort fehlt mir«, sagte Alan. »Vergangenen Sommer war er der Agent der American Fur Company –

1 Was das Verfassen weltlicher Texte betrifft, so habe ich eine Menge darüber nachgedacht, und die Ältesten haben es verschiedentlich für nötig befunden, mir in dieser Angelegenheit mahnend zur Vorsicht zu raten. Nach meinem Auslandsaufenthalt wurde mir klar, dass ich schon lange Männer kannte, die in der Welt als große Dichter galten, doch noch nie eine Zeile dessen gelesen hatte, was sie geschrieben hatten. Kurz nach meiner Rückkehr ging ich in die Buchhandlung in Keswick und kaufte einen in Leder gebundenen Band mit Werken von William Wordsworth. (Aus Loyalität hätte ich mit Robert Southey angefangen, doch es war Feriensaison und er war ausverkauft.) Im Gegensatz zu der Überzeugung der Freunde ist Dichtung häufig deutlicher und direkter als Umgangssprache: Tatsächlich scheint in ihrer Hochform Einfachheit durch. Ich schlug den Band in der Buchhandlung auf und las:

Unsre Geburt nichts ist als Schlafen und Vergessen:
Die Seel', die sich mit uns erhebt, unsres Lebens Stern,
Hat woanders schon gesessen,
Und kommt aus weiter Fern':
Nicht in Vergesslichkeit,
Nicht ganz ohne Kleid,
Nein, auf den Spuren himmlischer Pracht
Kommen wir von Gott, der uns ein Zuhause gemacht:
Der Himmel umgibt uns in unserer Kindheit!

Ich war sehr gerührt. Am nächsten Ersten Tag erhob ich mich und leistete diese Zeilen als meinen geistlichen Beitrag. Es war der einzige Beitrag in meinem ganzen Leben, und da die Ältesten die Quelle nicht kannten, waren sie hocherfreut darüber. Mein Leben lang habe ich mich geschämt, dass ich mich meiner Schuld nicht gestellt habe; es erschien mir opportun, zu schweigen. Ein schlechter Dichter ist in der Tat der Feind des offenen Wortes, da er sich unverständlich und umständlich ausdrückt und die einfache Wahrheit zu verhüllen versucht, nur um den Leichtgläubigen mit seinen Tricks zu beeindrucken, doch ich zähle William Wordsworth zu den guten Dichtern. Er kennt sein Land. Meine Mutter war sehr unglücklich, als ich die ersten weltlichen Bücher mit nach Hause brachte, war aber schließlich damit einverstanden, solange ich keine Romane mitbrachte, Erzählungen, die mit Unwahrheiten und unnützen Erfindungen durchsetzt seien, worin ich ihr zustimmte; und ich habe Wort gehalten.

Mr. Astors Repräsentant. Er ist nach New York zurückgegangen; er passte nicht in die Hinterwälder. Aber er war ein denkbar guter Gesellschafter. Apropos, ich sollte ihm einen Brief schreiben, solange es noch geht. Ich werde ihm sagen, dass dir Irvings Buch gefällt.«

»Ich dachte, die Amerikaner seien *nicht* deine Freunde?«

»Oh, nein, das wäre höchst unzivilisiert. Im Südwesten arbeiten wir die ganze Zeit mit den Amerikanern zusammen. Astor – ihm gehört die American Fur Company – war ebenso erpicht auf die Aufhebung des Embargos wie wir. Wir dachten auch, er würde es schaffen. Er ist der reichste Mann von Amerika – manche sagen, von der ganzen Welt –, nur, wer weiß schon, was der Kaiser von China … doch das nur nebenbei. Jedenfalls kennt Astor den Präsidenten persönlich. Doch er konnte das Embargo ebenso wenig rückgängig machen wie wir. Geschäftlich würde ich ihm nicht die Bohne trauen – so wenig wie er uns –, deshalb sind wir im Südwesten alle aufeinander angewiesen. Eine Vernunftehe, die auf absolutem Misstrauen beruht. Doch die Amerikaner gehören zu den Menschen, mit denen man am besten arbeiten kann. Besonders Brevoort. Er fehlt mir.«

Im Laufe meines Aufenthalts auf Mackinac verwirrte mich diese weltliche Vorstellung von *Verbündeten* und *Feinden* immer mehr. Auf meinen Spaziergängen über die Insel traf ich überall auf Menschen, die in jeder Hinsicht, soweit ich es beurteilen konnte, denen ähnlich waren, die ich am *Sault* verlassen hatte. Ich wanderte ungehindert außen um die Mauern des Forts herum, dabei hätte ich in ihren Augen jede Art von Spion gewesen sein können. Trotz seiner beeindruckenden Lage hoch oben auf dem Kliff stellte ich, als ich hinten um das Fort herumging, fest, dass es ziemlich ungeschützt war, da das Gelände zu einem kleinen Berg hin anstieg. Als ich dies Alan gegenüber erwähnte, meinte er grinsend: »Gut beobachtet, Bruder Mark! Ich wusste gar nicht, dass ihr in eurer religiösen Gesellschaft Militärstrategien lernt.«

»Das lag für mich auf der Hand. Wenn ich hinein wollte, würde ich hintenherum kommen.«

Alan antwortete mit einem obszönen Scherz, den ich nicht niederschreiben werde. Bevor ich Alan kennen lernte, hatte ich noch nie jemanden, selbst meinen Vetter John nicht, auf derartige Weise reden hören – jedenfalls nicht auf Englisch, denn an die *voyageurs* hatte ich mich einigermaßen gewöhnt. Ich habe darauf nie reagiert, und ich glaube, im Großen und Ganzen enthielt Alan sich respektloser Reden über Frauen, wenn ich dabei war, doch zuweilen vergaß er es.

Das Gerücht über meine Anwesenheit hatte sich so schnell verbreitet, wie es in Mungrisdale der Fall gewesen wäre, wenn ein Indianerhäuptling in voller Kriegsbemalung und vollem Ornat in unserer Mitte aufgetaucht wäre. Man empfing mich offen und freundlich (ich fürchte, einem Indianerhäuptling bei uns wäre es nicht so ergangen) und mit unverhohlener Neugier. Denn meine Tage waren nicht müßig. Alan mochte mich zwar verlassen haben, doch ich hatte die Anweisung, die Tante Judith mir in ihrem Brief gegeben hatte. Als Alan am ersten Morgen bei McGulpin den Hut zur Hand nahm und gehen wollte, sagte ich: »Warte, Freund, ich muss dich etwas fragen.«

»Hat das nicht Zeit?«

»Nein.« Beinahe hätte ich ihm gesagt, ich sei nicht neunhundert Meilen aus Montreal gekommen, um zu warten, doch ein Gefühlsausbruch würde mir kaum weiterhelfen. »Judith Scott schreibt in ihrem Brief, Rachels Ziel hier sei das Haus von Madame La Framboise gewesen. Rachel und du habt demnach nicht hier in diesem Haus gewohnt?«

»Nein, hierher hätte ich sie nicht mitnehmen können. Das Haus war voller Händler – das war zu einer Zeit, als wir noch etwas hatten, womit wir handeln konnten. Du siehst Mackinac nicht so, wie es normalerweise ist, Bruder Mark.«

»Also wo hast du mit ihr gewohnt?«

»Wie du schon sagtest. Wir haben die kleine Hütte neben

diesem Haus gemietet. Sie gehört unserer Nachbarin, Madame La Framboise.«

»Du meinst, das Haus mit den Stockrosen? Die Frau, die Rachel als Hebamme gedient hat? Ist sie eine Freundin von dir?«

»Ich habe es dir erzählt – sie hat meinen Sohn getauft.« Plötzlich strahlte er über das ganze Gesicht. »Eher eine Rivalin. Eine ernsthafte Bedrohung für die South West Company – und ausgerechnet eine Frau, noch dazu eine Indianerin! Schau mich nicht so verblüfft an. Madeleine La Framboise ist eine unabhängige Händlerin – hat das Geschäft ihres Mannes übernommen, nachdem er vor ein paar Jahren unten am Grand River vor ihren Augen erschossen wurde. Sie hat auch einen Haufen Kohle verdient – ich weiß nicht, wie schwer das Embargo sie getroffen hat. Ich glaube, sie hat genug zur Seite gelegt. Wenn du sagst Freundin – ja, Rachel hat eine Freundin in ihr gefunden. Nachdem … als mein Sohn starb, war sie eine echte Freundin. In der letzten Zeit habe ich sie nicht gesehen. Um ehrlich zu sein, sie ist auf mich nicht gut zu sprechen.«

»Warum nicht?«

»Aus demselben Grund wie du, Bruder.« Er kehrte wieder seine schnoddrige Art hervor, und ich wusste nichts mehr mit ihm anzufangen. »Doch ein Mann kann um die Geliebte nur eine Zeit lang trauern. Eine Schande vielleicht, aber so ist es nun mal. *À bientôt!*« Damit war er verschwunden.

Der Garten neben McGulpin war mir jedes Mal aufgefallen, wenn wir daran vorbeigingen. Wie unser Garten war er von einem Zaun aus Zedernholz eingefasst, um streunende Tiere fern zu halten, doch damit waren die Ähnlichkeiten auch erschöpft. Der Garten von Madame La Framboise sah auf den ersten Blick sehr englisch aus, Stockrosen und Reseda, Ringelblumen und Stiefmütterchen. Nun öffnete ich das Tor und ging hinein. Die Pflanzen waren in der gleichen Weise angeordnet wie bei meiner Mutter und jetzt bei meiner Frau, mit Kräutern und Salat zwischen den Blumen. Die Kräuter waren mir zum größten Teil unbekannt, doch zwei oder drei Pflanzen erkannte ich, die ich als Wildpflanze in Upper Canada gesehen hatte. Im Lavendel summten die Bienen. Das alles brachte mir meine Heimat so nah, dass mir die Augen brannten, doch ich war nicht hergekommen, um Tränen zu vergießen. Die Hütte war nicht größer als McGulpins, und auch sie hatte quadratische Glasfenster mit angestrichenen Rahmen sowie einen richtigen Schornstein. Hinter den Fenstern waren Gardinen mit ordentlichen Falten zu sehen. Forsch klopfte ich an.

Zu meiner Überraschung machte ein schwarzes Dienstmädchen in bedrucktem Kleid die Tür auf. Ich nannte ihr meinen Namen und fragte, ob Madeleine La Framboise zu Hause sei. Sie führte mich in ein Empfangszimmer. Tisch und Stühle und das Sofa an der Wand waren europäisch, die gewebten Decken und Wandbehänge sowie das Bärenfell vor dem Kamin indianisch. Der Boden war nicht aus gestampfter Erde, sondern mit Dielen ausgelegt, und neben dem Sofa lag ein Teppich. Einen solchen Luxus hatte ich kaum erwartet. Hier gab es nicht nur Geld, vielmehr hatte man aus zwei Kulturen eine undefinierbare Qualität herausdestilliert; ich hätte nie gedacht, dass sie sich derart harmonisch verbinden ließen. Über dem Kamin hing ein Druck von Montreal Island. Ich betrachtete ihn gerade, als eine Stimme hinter mir sagte: »Mr. Green?«

Eine hoch gewachsene, dunkelhäutige Frau war hereingekommen. Ich hatte es nicht gehört. Sie war wie eine Indianerin gekleidet, trug ein mit Federn verziertes Kleid aus Hirschleder, Leggins und Mokassins, ohne jegliche Konzession an europäische Mode. Ihr schwarzes Haar hing in zwei langen Zöpfen herab. Verwundert stellte ich graue Strähnen darin fest; sie hatte nämlich die aufrechte Haltung einer jungen Frau. Tatsächlich überraschte mich hier alles. Das Dienstmädchen, das behagliche Zimmer … ich hätte nie vermutet, jemanden anzutreffen, der so entschieden indianisch auftrat.

»Madeleine La Framboise?« Sie neigte den Kopf. »Ich bin Mark Greenhow. Sie haben meine Schwester Rachel gekannt, als sie mit Alan Mackenzie verheiratet war.«

Sie musterte mich leidenschaftslos. »Ja, ich habe Rachel gekannt. Nehmen Sie doch Platz, Mr. Greenhow.« Sie sprach fließend englisch, wenn auch mit einem französischen oder indianischen Akzent; das vermochte ich nicht zu sagen. »Ich habe Sie schon erwartet. Wenn ich auch überrascht war, als man mir sagte, Sie seien in Mackinac. Rachel sagte mir, ihre Familie habe sie fallen gelassen?«

»Vielleicht haben Sie sie missverstanden. Sie ist von der Religiösen Gesellschaft, der wir angehören, ausgeschlossen worden, und das muss eine schwere Last für sie gewesen sein. Ich aber – ich bin ihr Bruder – daran lässt sich nicht rütteln, sosehr ich ihre Entscheidung auch anzweifle.«

»Sie haben den langen Weg aus England auf sich genommen?«

»Ja.« Ich beugte mich vor. »Sie hat Ihren Namen als Adresse angegeben. Ich bin hier, um sie zu suchen. Wenn Sie mir irgendetwas sagen können, dann bitte ich Sie, es zu tun. Ich habe so wenig, wonach ich mich richten kann, und ich kenne das Land nicht.«

»Das Land werden Sie nie kennen lernen.« Sie betrachtete mich eingehend. Ich begegnete ihrem Blick. »Mackenzie hat Sie also mitgebracht. Er hat Ihnen seine Geschichte erzählt, *n'est-ce pas*?«

»Ja.«

»Sie wissen, dass sie weit im Süden von hier verschwunden ist? Auf einer Insel im Michigansee. Ich vermute, es gibt für Sie keine Möglichkeit, dorthin zu gelangen.«

»Das alles ist mir bekannt. Alan hat es mir gesagt.«

»Er hat Ihnen gesagt, dass er die Suche aufgegeben hat, fortgegangen ist und nie wieder dort war?«

»Ja.« Eine kurze Pause trat ein. »Er sagte, sie hätte den Winter niemals überlebt, falls sie noch auf South Manitou war. Er war sich sicher, dass sie nicht mehr dort war. Er hat die Insel durchsucht, dann die Ufer des Sees ringsum.«

»Ich kenne die Gegend viel besser, als Mackenzie sie je kennen wird.«

»Tatsächlich? Und Sie meinen, sie ist noch dort? Wie kann das sein?«

»Alles ist möglich, Mr. Greenhow.« Sie machte eine fahrige Handbewegung. »Ich bin am Grand River geboren. Mein Großvater war Kewinaquot – Zurückkehrende Wolke –, Häuptling des Ottawa-Stammes. Ich überwintere jedes Jahr an den Stromschnellen des Grand River bei meinem Stamm. Wäre Rachel bei den Ottawa im Süden, dann wüsste ich es.«

»Sie wollen damit sagen, sie ist tot?«

Madeleine La Framboise bekreuzigte sich wie eine Papistin. »Der Herr gebe ihrer Seele Frieden, wenn es so ist. Ich habe Ihnen aber etwas anderes gesagt. Ich sagte, ich hätte davon erfahren, wenn sie bei den Ottawa im Süden gewesen wäre. Das ist mein Stamm. Und vielleicht hat mir das, was mit ihr geschehen ist, mehr ausgemacht als ihrem Mann. Wer weiß?«

»Wollen Sie damit sagen, dass er ausgiebiger hätte suchen können?«

»Davon war nicht die Rede, Mr. Greenhow. Mackenzie hat von Juli an gesucht, bis das Eis kam, aber in jenem Winter kehrte er nach Mackinac zurück. Seit zwei Jahren ist er nun vollkommen mit Spionage gegen mein Volk in Anspruch genommen, glaube ich.«

»Gegen die Ottawa?«

»Ich bin amerikanische Staatsangehörige, Mr. Greenhow.«

»Trotzdem haben Sie Alan eine Hütte vermietet?«

»Ich hatte eine Hütte zu vermieten, und ich habe sie vermietet. Wir sind im selben Handel tätig. Ich bin unabhängig, und Mackenzie ist der kanadischen North West Company treu – die South West ist nichts weiter als ein vorübergehendes Bündnis zwischen Mr. Astor und den Kanadiern.«

»Vorübergehend? Sie meinen also, es hält nicht?«

»Haben Sie vom Columbia River gehört?«

»Nein.«

»Aha.« Sie zuckte auf typisch französische Art mit den Schultern. »Der Krieg zwischen den Pelzfirmen wird nicht hier ausgetragen, Mr. Greenhow. Er findet bereits an der Pazifikküste statt. Dort wird er auch auf Gedeih und Verderb entschieden. Doch das muss uns kein Kopfzerbrechen bereiten. Ich habe am Michigansee zu tun, so wie Sie offenbar auch.« Plötzlich änderte sich ihr Tonfall. »Ich bin Ihrer Schwester nur einmal begegnet, ehe ich an den Grand River ging. Mackenzie hat sie mitgebracht, als sie die Hütte anmieteten. Im Frühling kam ich zurück. Da war sie schwanger. Als ich sie wiedersah, hatte sie dieses Strahlen an sich, das manchmal mit einer Schwangerschaft einhergeht, wenn eine Frau sehr glücklich ist. Als die Wehen einsetzten, war es noch zu früh. Ich ging hinüber, um nachzusehen, ob noch etwas zu machen war. Zu spät. Es war ein Junge: Ich habe ihn nur kurz angesehen, und mir war klar, er konnte nicht überleben. Ich habe das Kind getauft: Etwas anderes konnte ich nicht für ihn tun, und es war der Wunsch seines Vaters. Rachel war nur halb bei Bewusstsein. Auch sie wäre gestorben, doch ich habe eine *medi* geholt – eine erfahrene Frau. Dr. Mitchell kam – Alan hatte ihn kommen lassen –, doch ich hätte ihm gleich sagen können, dass Mitchell nichts ausrichten konnte – das Kind war bereits tot, und die Medizin der Weißen hätte die Mutter rasch hinterhergeschickt. Rachel war mir ans Herz gewachsen, Mr. Greenhow, sowenig ich sie auch kannte. Ich überredete die *medi*, in die Hütte eines weißen Mannes zu gehen. Rachel sieht meiner Tochter ähnlich, die mir sehr fehlt.«

»Ihrer Tochter … sie ist doch nicht ebenfalls …?«

»Josette lebt und ist wohlauf.« Madeleine La Framboise bekreuzigte sich erneut. »Sie geht in Montreal zur Schule. Mein Sohn auch. Ich habe mich nicht aus Einsamkeit mit Rachel angefreundet. Sie gleichen ihr in gewisser Weise, wissen Sie. Und doch auch wiederum nicht.«

»Das hat man mir bereits gesagt. Wenn Sie sagen, Rachel ist nicht bei den Ottawa – könnte sie sonst irgendwo sein?«

»Die Welt ist groß, Mr. Greenhow. Ich bin keine Prophetin; wie sollte ich wissen, wo sie sein könnte? Am Ufer des Michigansees haben Sie die Ojibwa, die Menominee, die Potawatomi … dann gibt es da die Pelzhändler, amerikanische, britische und einheimische, die bis zum Mississippi reisen und über diese Strecke wahrscheinlich auch bis in die Gebiete am Pazifik. Und schließlich haben wir die amerikanischen Soldaten, von denen bekannt war, dass sie auf den Seen zu Wasser patrouillieren. Wie schon gesagt, Mr. Greenhow, die Welt ist sehr groß.«

»Ja, es hört sich so an.«

»Geben Sie auf?«

»Nein.« Ich versuchte es ihr zu erklären. »Die Welt ist groß, und wenn es so wäre, als wolle man eine Nadel im Heuhaufen suchen, ohne Fingerzeig oder Führer, dann würde ich zustimmen, dass es unmöglich ist. Doch ich habe auf meinem gesamten Weg immer wieder Hinweise bekommen. Einer davon hat mich zu Ihnen geführt. Und ich habe einen Führer, den Herrgott, unseren Vater im Himmel. Er hat gesagt, dass kein Spatz auf die Erde fallen würde, sondern dass er auf ihn Acht geben würde. Sogar die Haare auf Ihrem Kopf sind gezählt. Wenn Rachel auf dieser Welt ist, dann ist Gott mit ihr und weiß, wo sie ist. Derselbe Gott kennt mein Vorhaben, und wenn er will, dass ich sie finde, dann wird er mich führen.«

»Gemäß Ihrem Glauben, Mr. Greenhow, sei es Ihnen überlassen. Aber was ist, wenn es nicht Gottes Wille ist, dass Sie sie finden?«

»Dann werde ich sagen, ›sei's drum‹. Ich bin noch nicht am Ende meines Weges angelangt.«

Über eine Stunde blieb ich bei Madeleine La Framboise. Sie sagte, wenn sie im Winter zu ihrem Handelsposten zurückkehrte, wollte sie noch einmal Erkundigungen nach Rachel anstellen. So könnte ich mich auf das Land weiter im Norden konzentrieren, um South Manitou herum, und im darauf folgenden Frühjahr könnten wir uns erneut treffen und uns darüber austauschen, was wir herausgefunden hatten. Ich glaubte ihr. Ich nahm ihr ab, dass sie sich um Rachel sorgte, und fand sie in ihrem Umgang direkter als alle, die ich bisher befragt hatte.

Ich hatte nicht gerade damit gerechnet, dass Alan es gutheißen würde, doch er reagierte heftiger, als ich erwartet hatte. »Die doppelzüngige Hexe! O ja, sie half wohl, als das Kind starb. Ja, sie war gut zu Rachel, das kann ich dir versichern, doch nur, weil Rachel sie an Josette erinnerte. Wenn Rachel ... wenn sie zum Beispiel ...« – er suchte nach einem Vergleich – »rote Haare und Sommersprossen gehabt hätte, meinst du, sie hätte dann auch nur einen Finger krumm gemacht? Sie nicht! Die Frau handelt nicht aus Nächstenliebe, Mark. Sie ist eine Gaunerin und kämpft mit harten Bandagen. O ja, sie steckt Geld in ihre Kirche. Sie hat St. Anne mehr Geld gespendet, als deine Gesellschaft es sich je würde träumen lassen« – da irrte er sich gewaltig –, »sie spricht über nichts anderes als den Bau einer neuen Kirche und die Rückführung der verdammten Jesuiten – selbst du müsstest wissen, was das heißt –, und alle halten sie für eine Art Heilige. Aber jetzt will ich dir mal was sagen, mein abstinenter Bruder Mark: Sie umwirbt ihre kostbaren Ottawa mit allen möglichen Sorten von verwässertem Alkohol. Es macht ihr nichts aus, wenn sie sich zu Tode trinken, und es macht ihr auch nichts aus, wenn es gegen das Gesetz verstößt! Dafür ist sie bekannt. Wie, glaubst du denn, gelingt es einer solchen Frau, uns den gesamten Handel von Michigan vor der Nase wegzuschnappen? O nein, sie hält sich nicht an die Regeln, jedenfalls nicht lange.«

»Ich kenne deine Regeln nicht. Sie hatte Mitgefühl mit Rachel, und das spielt für mich eine Rolle.«

»Ach, mach doch, was du willst. Aber sie hat mich auf dem Kieker, seit Rachel fort ist. Vielleicht bist du so freundlich und so nett und vergisst das nicht, in Anbetracht der Tatsache, dass wir miteinander verwandt sind, Bruder.«

»Ja«, sagte ich, denn es stimmte wohl, dass ich all das neben vielen anderen Dingen im Gedächtnis behielt.

Es war klar, dass Alan keinen weiteren Gedanken an unsere Reise verschwenden würde, bis er das dringliche Geschäft erledigt hatte, das ihn bis spät in die Nacht außer Haus führte. Während meiner Wartezeit erforschte ich Tag für Tag die Insel und sprach mit jedem, der geneigt war, guten Tag zu sagen – was bei den meisten der Fall war, denn der Handel war zum Stillstand gekommen, und ich erregte die Neugier der Leute. Viele sprachen mit mir über Rachel, worauf ich wiederum neugierig war, doch niemand konnte mir etwas sagen, das mich weitergebracht hätte. Auf diesen Ausflügen maß ich die Insel der Länge und Breite nach aus: Meiner Schätzung nach war sie nicht größer als zwei Quadratmeilen. Das Dorf und das Fort besetzten nur die Südspitze, wie ich an meinem ersten Tag feststellte, als ich auf den höchsten Berg gleich hinter dem Fort stieg. Im Inland gab es Farmen und Kiefern-, Ahorn- und Lindenhaine. Das Steilufer, auf dem das Fort saß, lief beinahe um die gesamte Insel, und es gab viele seltsame Felsformationen und Bögen in den Kalksteinkliffs. Ich erfuhr, dass einige dieser Orte den einheimischen Manitou heilig seien, und tatsächlich schloss ich aus verschiedenen Zeichen – Kränzen, Knochen und Ähnlichem –, dass die heidnischen Religionen in diesen Gebieten nicht vollständig aufgegeben waren.

Eines Tages wanderte ich in den entlegenen Norden der Insel, wo ich auf eine ansehnliche Farm stieß. Inmitten von Mais-

und Weizenfeldern stand ein Blockhaus, das Ganze war von Weidezäunen umgeben. Obwohl der Boden karg und sandig war, hatte man ihn gut gedüngt. Hätte ich hinter den Bäumen in der Ferne nicht den See gesehen, hätte ich mich nach Yonge Street zurückversetzt gefühlt. Der Farmer machte gerade seine Runde; er sah mich und kam herüber.

»Michael Dousman.« Er reichte mir die Hand. »Sie müssen der Quäker sein – Mackenzies Schwager.«

Etwa zwei Stunden verbrachte ich in seiner behaglichen Küche und stellte fest, dass wir viele Gemeinsamkeiten hatten. Wie die Freunde in Yonge Street stammte auch er aus Pennsylvania. Er war nach Mackinac gekommen, als die Amerikaner im Jahre 1796 das Fort bekamen – was im Jahre 1783 vereinbart worden war, sagte er, aber nichts für ungut, die Engländer seien die Erzverzögerer der zivilisierten Welt. Er hatte umgehend in Land investiert. Das mit dem Boden sei zwar richtig, stimmte er mir zu, doch auf einer Insel zu leben habe viele Vorteile in Anbetracht von »Räubern aller Art, Zweibeinern und Vierbeinern gleichermaßen«.

»Und jetzt?«, fragte ich ihn kühn. »Wird es in Mackinac Krieg geben?«

Er runzelte die Stirn. »Ja, ich glaube schon. Ich will keinen Krieg. Für Blutvergießen habe ich nichts übrig. Ich bin Captain in unserer Bürgerwehr; ich werde meine Heimat verteidigen, wenn es sein muss. Aber wenn es einen anderen Weg gäbe, würde ich sagen, nehmt den. Die Leute hier wollen so weiterleben wie bisher. Wir haben hier alles – Amerikaner, Indianer, Briten –, alle möglichen Sorten von Menschen – und alle kommen her, um Handel zu treiben. Gebt uns unseren Handel wieder, sage ich, und zieht uns nicht in den Krieg hinein. Doch dazu ist es zu spät.«

»Aber geht es denn in diesem Krieg nicht genau um den Handel – um die Grenze?«

»Nein, Greenhow. Dieser Krieg hat in London angefangen. Dieser Krieg begann, als Ihre britische Marine amerikanische Schiffe und Besatzungen requirierte. Er begann, als Ihre Regierung sagte, unser Land könne mit Europa keinen Handel treiben, es sei denn über einen britischen Hafen. Um ehrlich zu sein, begann dieser Krieg eigentlich 1776 und hat noch kein Ende gefunden. Das ist erst dann der Fall, vermute ich, wenn England die Vereinigten Staaten als freies und unabhängiges Land anerkennt. Erst an diesem Tag wird er zu Ende sein.«

Ich dachte an William Mackenzie, und beinahe wäre mir ein Einwand über die Lippen gerutscht. Ich schluckte ihn hinunter, sah ich doch ein, dass es sich um weltliche Zwietracht handelte, mit der ich nichts zu tun hatte, um die Art von Worten, die zu Taten mit kriegerischen Waffen führten, wie ich sie zutiefst ablehnte. Dennoch fiel es mir schwer, mein Vaterland verunglimpfen zu lassen, umso mehr, da ich so weit davon entfernt war. Michael Dousman ließ das Schweigen eine Weile zu und sagte dann: »Was für eine Art Vieh züchten Sie denn, wenn Ihre Farm so hoch oben in den Bergen liegt?«

Und so kam es, dass wir in Freundschaft voneinander schieden. Danach schlenderte ich zurück in den Ort. Mein Weg führte mich durch ein Waldstück mit hohen Linden, und das Laub warf einen gesprenkelten Teppich aus Sonne und Schatten vor meine Füße. Hellrote Vögel sangen in den Bäumen. Im Schatten war die Mittagshitze erträglich. Ich war in Gedanken woanders gewesen, doch plötzlich wurde mir bewusst, dass ich eine Melodie im Kopf hatte, mehr noch, dass ich sie laut vor mich hin summte:

En roulant ma boule roulant
En roulant ma boule.
En roulant ma boule roulant
En roulant ma boule.

Noch nie hatte ich mich dabei erwischt. Ich blieb wie angewurzelt stehen und dachte darüber nach. Ich fühlte mich keineswegs entartet, sondern im Gegenteil, erfüllt von dem Frieden Gottes, wie er sich in der Schönheit seiner Schöpfung offenbart. Sorgfältig prüfte ich meine Seele und befragte mich, als wäre ich ein Ältester aus meiner Versammlung. Nichts war falsch. Langsam machte ich mich wieder auf den Weg, und die Worte schwappten im scheckigen Sonnenlicht hin und her wie eine Segnung: *Nichts ist falsch; nichts ist falsch.*

An jenem Abend schrieb ich meinen Eltern einen langen Brief und vertraute auf Gott, dass er auf irgendeinem Wege zu ihnen gelangen möge. Falls er mit den *voyageurs* im August nach Montreal zurückginge, könnte er noch vor mir in Cumberland eintreffen, vorausgesetzt, er würde je die Grenze zum Sault überqueren. Nachdem ich ihn versiegelt hatte, lehnte ich mich zurück und seufzte. Ich hatte noch ein Blatt Papier übrig, denn ich hatte an jenem Morgen im Laden der American Fur Company zwei Stück gekauft. Ich zog es zu mir heran und schrieb:

McGulpin's House
Mackinac
15. Tag des Siebten Monats, 1812

An meine Freundin in Christo, Clemency,

Lange Zeit saß ich, ohne mehr als diese Wörter zu schreiben, und starrte aus dem Fenster. Marschtritte stapften über die festgestampfte Lehmstraße. Zwei Soldaten gingen am Fenster vorbei; ich hatte mich inzwischen an die Patrouillen in den Straßen gewöhnt. Ich tauchte die Feder ein.

Ich schreibe dir aus Mackinac in den Vereinigten Staaten, deinem Heimatland. Seit meiner Abreise aus Yonge Street habe ich keine Freunde getroffen.

Tatsächlich ist mir zuweilen, als sei ich sehr weit entfernt von allem, was mir …

Wieder hörte ich auf zu schreiben. Ich war versucht, den letzten Satz durchzustreichen, denn es war nicht meine Absicht, ihr etwas vorzujammern.

… vertraut ist. Seit ich von dir weggegangen bin, habe ich gelernt, ein Kanu zu paddeln, …

(Da irrte ich mich: Als Reserve-*milieu* weiß man nicht, wie man ein Kanu paddelt.)

… und das gefällt mir. Ihr müsst jetzt kurz vor der Ernte stehen; ich bete dafür, dass der Herr die Mühsal mit Überfluss segnen möge. Auch hoffe ich, dass Coltsfoot eine leichte Niederkunft hatte und dass das Kalb eine Färse war.

Als ich aus Montreal aufbrach, fuhren wir auf dem Outaouais River Richtung Nordwesten …

Das Schreiben ging mir immer leichter von der Hand. (Wie ich auf die Idee kam, dass Clemency sich für Portagen, Stromschnellen und Kanalschleusen interessieren könnte, weiß ich nicht, aber ich war noch jung und tappte im Dunkeln, denn dieses Terrain war mir noch neu.) Ich schrieb die Seite voll und hatte dann nichts zu sagen, wofür es wert gewesen wäre, meine spontan gefundenen Formulierungen durchzustreichen. Also beendete ich den Brief mit:

Für immer dein Freund in Frieden,
Mark Greenhow

Nachdem ich ihn versiegelt hatte, fiel mir ein, dass ich Thomas und Sarah und eigentlich auch die Versammlung der Yonge

Street in meine guten Wünsche hätte einschließen sollen, doch da es nur ein Stück Siegellack im Hause gab, das obendrein nicht einmal mir gehörte, hielt ich es für besser, alles unverändert zu lassen.

15

Zwei Tage darauf traf ich Michael Dousman noch einmal. Ich hatte einen weiteren einsamen Abend verbracht (denn Alan war seit dem Abend zuvor nicht zurückgekommen); diesmal hatte ich den zweiten Band von Gibbons *Aufstieg und Fall des Römischen Reiches* gelesen (es war der einzige Band im Haus). Die Häresien der frühen christlichen Kirchen waren mir neu; ich hatte noch nie von all diesen Kaisern, Märtyrern und Bischöfen gehört; auch hatte ich mir nicht vorgestellt, dass es so viele nicht verifizierbare Glaubensbekenntnisse gab, über die man sich streiten konnte. Mein Kopf war ein einziger Gedankenwirbel, was jedoch nicht unangenehm war. Ich las, bis die Kerzen blakten. Da von Alan weit und breit nichts zu sehen war, ging ich zu Bett. Plötzlich wachte ich auf und wusste, dass jemand in meinem Zimmer stand.

»Ist da jemand?«

Ich erkannte Dousmans Stimme und war sofort hellwach. »Ja«, sagte ich.

»Greenhow! Natürlich.« Schemenhaft konnte ich ihn neben der Tür ausmachen.

»Hören Sie zu, Mann. Die Briten sind hier! Sagen Sie nichts – kennen Sie meine Schnapsbrennerei am Südufer?«

»Ja.«

»Gehen Sie sofort dort hin! Alle anderen sind schon weg. Sonst – die britische Armee besteht hauptsächlich aus Indianern. Man sollte Sie hier nicht finden, falls sie die Insel einnehmen. Wissen Sie, was skalpieren ist? Dann nichts wie weg!«

Umständlich zog ich mir die Hose an. »Ja. Aber die amerikanische Garnison … das Fort …«

»Die dürfen es nicht wissen. Gehen Sie leise. Niemand wird Ihnen etwas zuleide tun.«

»Aber … Dousman, ich … Sie sind Amerikaner?« Aus irgendeinem Grund sank mir der Mut bei dem Gedanken, dass dieser Mann ein Verräter war. Und trotzdem, was ging es mich an?

»Ja.« Er kam ein wenig näher. »Für Erklärungen ist keine Zeit … dennoch würde ich nicht wollen … Greenhow!«

»Ja.«

»Dann hören Sie zu, schnell! Gestern war ich drüben in St. Joseph. Hanks – der Kommandeur des Forts – hat mich geschickt. ›Finden Sie heraus, was da vor sich geht‹, sagte er. Er hatte keine Befehle aus Detroit erhalten – wir haben nichts gehört. Ich bin Händler; ich musste mich um eine Warensendung vom Lake Superior kümmern – das ist die Wahrheit. Jedenfalls kann ich über die Grenze. Ich nahm also mein Kanu und fuhr gestern Abend los. Wir – mein Mann und ich – wir waren erst bis Goose Island gekommen – ungefähr fünfzehn Meilen von hier – es war inzwischen dunkel geworden –, als wir direkt in die britische Flotte fuhren. Man brachte mich an Bord der *Caledonia* zu Kapitän Roberts. Ich kenne diese Männer seit Jahren, Greenhow: Pothier, Askin, Johnson, Roberts, Ermatinger. Sie sagten mir, wir befänden uns im Krieg. Allem Anschein nach seit dem neunzehnten Juni. Pothier brachte die Nachricht vor zwei Wochen aus Montreal mit. Es sind die indianischen Verbündeten. Verstehen Sie mich? Wenn die Briten das Fort einnehmen, gibt es ein Massaker. Ich habe versprochen, die Garnison nicht zu alarmieren – sie haben mir gesagt, ich solle zurückgehen und nur den Ort warnen – alle Zivilisten in Sicherheit bringen. Sie sind der Letzte, Greenhow – ich habe nicht gerade mit dem Haus des britischen Handelsvertreters angefangen! Also gehen Sie! Und zwar schnell!«

Ich schnürte mir die Stiefel zu. »Wo ist Alan?«

»Mackenzie? Was glauben Sie? Deshalb hat Hanks mich gestern fortgeschickt – Mackenzies Kanu war weg. Die haben den Mann ziemlich genau im Auge. Und jetzt gehen Sie!«

Ich war an der Tür, Dousman direkt hinter mir. »Wo ist die britische Armee jetzt?«

»Gehen Sie, sage ich! Na schön … sie ist auf meiner Farm. Wir sind oben im Norden gelandet, an meinem Strand. Vor zwei Stunden – dies ist das letzte Haus, das ich wachgerüttelt habe. Inzwischen werden sie die Kanone heraufgeholt haben. Laufen Sie, Greenhow! Zur Schnapsbrennerei, wohlgemerkt. Wenn Ihnen Ihr Leben lieb ist – und das meine dazu – dann gehen Sie!«

Er schlüpfte an mir vorbei, lief die Straße entlang und verschwand. Draußen kündigte sich mit einem schwachen Lichtschein die Morgendämmerung an. Alles war sehr still. Selbst die Vögel waren noch nicht wach. Ich ging auf der windabgewandten Seite unterhalb des Forts entlang und bog in die Market Street ein. Hinter mir vernahm ich Schritte und zog mich geschwind unter den Dachvorsprung der Fabrik zurück. Eine Familie eilte an mir vorbei – die Frau hatte ich schon einmal gesehen. Ein Hund, der das Ganze offenbar für ein Spiel hielt, folgte ihnen hüpfend dicht auf den Fersen. Sie sahen mich nicht; sie strebten hastig der Schnapsbrennerei zu. Ich dachte darüber nach, wie es dort wohl aussehen mochte, wartete noch ab, unfähig, zu hören oder zu sehen, und fürchtete mich davor, da draußen Kriegsgeschrei zu hören und nicht zu wissen, was vor sich ging. Ich hörte ein Kind weinen, dann tapsende Schritte. Zwei Frauen kamen an mir vorbei und hielten ein halbes Dutzend laufender, halb angezogener Kinder an den Händen. Das kleinste Kind weinte. In der Schnapsbrennerei wäre ich sehr wahrscheinlich der einzige allein stehende Mann im Raum. Ich sah noch mehr Menschen, die durch die Dämmerung huschten, manche mit Bündeln. Es wurde rasch hell.

Die Armee aus britischen Soldaten, Händlern, *voyageurs* und ihren indianischen Verbündeten würde genau den Weg entlangkommen, den ich von Michael Dousmans Farm zwei Tage zuvor gegangen war. Der Pfad lief auf die Rückseite des Forts zu, ehe er sich zum Ufer hinabwand. Mir fiel ein müßiges Gespräch ein, das ich mit Alan geführt hatte. Ich zog mir die Mütze über die Ohren und begann zu laufen, fort von der Schnapsbrennerei auf die Wälder zu.

Beim Erforschen der Insel hatte ich einen kleinen Pfad hinter unserem Haus entdeckt, der sich zwischen den Bäumen den Berg hinaufwand und an der Klippe unterhalb des Forts vorbeiführte. Im Wald war es ziemlich dunkel, doch ich war es gewohnt, über Fels zu klettern. Ich war innerlich aufgewühlt, steuerte ich doch auf einen blutigen Konflikt zwischen zwei Armeen zu, ich, der ich jeglichen Kampf mit kriegerischen Waffen ablehnte. Auf beiden Seiten gab es Männer, in denen ich, wenn auch nur kurz, das von Gott erkannt hatte, angefangen bei dem besorgten jungen Leutnant Hanks, der mit einem noch jüngeren Offizier die Fort Street entlanggeschritten war, bis hin zu Charles Ermatinger, der sich nett über Rachel geäußert hatte. Bis heute weiß ich nicht, was ich damals zu tun gedachte. Eines jedoch ist sicher: Ich hätte mich nicht heraushalten können.

Ich musste eine lange Strecke laufen, denn um das Fort herum sind im Umkreis von fünfzig Schritten alle Bäume gefällt worden. Schließlich stand ich, heftig, aber leise atmend, am Rande des Waldes, von wo ich das flache grüne Feld hinter dem Fort überblicken konnte. Das Gras war mit Tau bedeckt, der in den langen Strahlen der aufgehenden Sonne glitzerte. Über mir krächzte ein Eichelhäher. Die Rückseite des Forts wirkte noch weniger einschüchternd, als ich es in Erinnerung hatte. Eine Kanone könnte ebenso leicht darüber hinwegfeuern, wie ich einen Apfel über meine Gartenmauer warf.

Langsam ging die Sonne auf. Dunstschwaden stiegen auf, als der Tau sich aufzulösen begann. Ich veränderte meine Position, sodass ich rechter Hand den Berg hinaufschauen konnte. Etwas blitzte hell auf, als wäre ein Sonnenstrahl auf Metall getroffen. Ich starrte angestrengt in die Richtung und sah – oder bildete es mir zumindest ein –, wie sich unter den Bäumen etwas bewegte. Kurz darauf war ich mir sicher. Oben auf dem Berg standen keine Bäume, und dort konnte ich Menschen erkennen. Wieder blitzte Metall auf, dann noch einmal. Ich hatte mich noch nie mit Militärstrategie beschäftigt, aber es war leicht zu erraten, dass sie dort eine Kanone aufbauten, die auf das Fort zeigte.

Jemand berührte mich an der Schulter. Ich war zu Tode erschrocken und sog hörbar die Luft ein. Es war ein indianischer Krieger in Lendenschurz und Leggins, das Gesicht mit teuflischem Rot und Schwarz angemalt, über und über mit Perlen, Knochen und Schlimmerem behängt; über seiner Schulter hing eine Muskete, und in der Hand hielt er ein langes Messer. Ich hatte nur zwei Sekunden für das inbrünstigste Gebet meines Lebens, ehe er sagte: »Du kommst jetzt mit. Das ist ein schlechter Platz für dich.«

Was blieb mir anderes übrig, als ihm zu folgen? Der Wald, durch den ich kurz zuvor gegangen war, wimmelte plötzlich von Kriegern, die alle möglichen gefährlichen Waffen bei sich trugen und reglos unter den Bäumen hockten oder standen. Wie ich sie hatte überhören können, war mir ein Rätsel. (Später machte ich mir weniger Vorwürfe, nachdem ich mehr über die Fähigkeit der Indianer erfahren hatte, sich geräuschlos im Wald zu bewegen.) Ich geriet gefährlich nah an die Sünde, weil ich den Eichelhäher verfluchte, den ich für meinen Verräter hielt. Der Mann, der mich gefangen genommen hatte – falls es sich um eine Gefangennahme handelte –, führte mich zurück auf eine kleine Lichtung, auf der Bienenkörbe aufgestellt waren, was mit der Szene stiller Grausamkeit unvereinbar schien. Ein Mann in europäischer Kleidung stand mit dem Rücken zu mir. Er hatte sein Gewehr an einen Baum gelehnt und plauderte angeregt mit einem federgeschmückten Krieger. Ich kannte diesen Rücken. Plötzlich flammte Wut in mir auf. Nie war ich so kurz davor, einen Mann zu schlagen, und doch unterließ ich es. Das alles hatte er über mich gebracht! Ja, und auch über Rachel. Am liebsten hätte ich ihn umgebracht und mich dafür skalpieren lassen, ohne Zweifel, doch hielt ich mich zurück, während mein Führer ihm etwas zuflüsterte und auf Zustimmung wartete.

»Mark!« Alan wirbelte herum und packte mich an beiden Armen. Zu meiner Verwunderung schien er gerührt, mich zu sehen. »Mann, merkst du denn nicht … Teufel auch! Um ein Haar wärst du erstochen worden – skalpiert – du könntest tot sein … Wenn sie nicht eine Meldung nach hinten gegeben hätten … Meistens sagen sie es dir erst hinterher … du solltest doch in die Schnapsbrennerei gehen! War Dousman nicht bei dir? Ich bat ihn … ich habe ihm gesagt …« Das alles brachte er in aufgeregtem Flüsterton vor, während die Wilden zuschauten.

»Ja, er war da«, bestätigte ich mürrisch. Ich konnte meiner Wut nicht Ausdruck verleihen. Es hatte keinen Sinn, sich zu beklagen, dass er mir nichts gesagt, mich ohne ein Wort der Warnung oder des Abschieds verlassen hatte, dass er in seinem Verhalten mir gegenüber so gerissen wie ein Basilisk gewesen war und mich von Anfang an behandelt hatte, als wäre ich überhaupt kein Mann.

»Warum bist du denn hierher gekommen?« Er schaute mich zweifelnd an. »Wirst du am Ende doch mit uns kämpfen?«

»Nein, das werde ich nicht!«

»Sch!«, machte Alan, und die Wilden ringsum gestikulierten missbilligend. »Du hast keinen Grund, wütend auf mich zu sein, Bruder Mark. In diesen Krieg hast du dich verlaufen. Daran kann ich nichts ändern.«

»Ja, aber du hast mir nichts davon gesagt! Dabei wusstest du an dem Tag, an dem ich dich kennen lernte, dass der Krieg erklärt war, und du hast mir nichts davon gesagt.«

»Ich stand unter Eid, nichts zu sagen, Mark.«

»Du leistest doch jeden Eid!«

Er schlug mir ins Gesicht.

Im ersten Moment herrschte Schweigen. Die Wilden hatten einen Kreis um uns geschlossen, geräuschlos wie immer, und beobachteten uns. Ich achtete nicht auf sie. Ich ging auf Alan zu – welch eine Schande, dies zu schreiben! So tief war ich damals gefallen! –, brachte ihn mit einer Drehbewegung aus dem Gleichgewicht und warf ihn über meine Hüfte. Noch ehe er überhaupt merkte, dass ich mich bewegt hatte, lag er zu meinen Füßen, alle viere von sich gestreckt.

Auf dem Berg hinter uns krachte ein Kanonenschuss. Einen Moment lang herrschte vollkommene Reglosigkeit. Das Echo rumpelte über den Berg. Ein kleiner Windstoß fegte über uns hinweg; ein paar Blätter fielen herab. Plötzlich brach ringsum im Wald ein furchtbares Geschrei aus. Alans Indianer stimmten mit einem lang gezogenen Geheul ein, dass mir das Blut in den Adern erstarrte.

Alan kam mühsam auf die Beine. »Mein Gott, es hat angefangen!«

Die Wilden waren wahllos mit Gewehren, Keulen oder Tomahawks bewaffnet und rannten auf die Lichtung zu. Ich sah es genau, weil ich ihnen gefolgt war. Alan war weit vor mir und huschte zwischen den Bäumen hindurch.

Jemand berührte mich an der Schulter. Diesmal erschrak ich nicht, als ich das geschminkte Gesicht sah – die eine Hälfte schwarz, die andere rot, und die glitzernden Augen, die direkt in meine schauten. »Das hier – willst du?«

Er hielt mir eine Muskete hin, der Kolben zeigte auf mich.

Ich warf einen Blick darauf. »Nein, Freund, ich will nicht!« Ich unterbrach mich und dachte an die Sünde, die nun auf mir lastete. »Ich werde keine kriegerische Waffe in die Hand nehmen.«

»Willst du?«

»Nein, Freund. Ich will nicht.«

Er zuckte mit den Schultern und ließ mich stehen. Ich lief hinter ihm her ins Sonnenlicht. Die Szenerie hatte sich drastisch verändert. Auf der grünen Lichtung drängten sich Männer: eine wilde, bunte Armee, die fast ausschließlich aus angemalten Wilden bestand. Doch ich sah auch *voyageurs* in loser Aufstellung – zweihundertsechzig Milizen, wie ich später erfuhr – und einen kleinen Verbund regulärer Soldaten in einer Linie am Fuß des Berges. Wir befanden uns am äußersten linken Ende der Linie. Der Rauch aus der Kanone hing noch in der Morgenluft. Ich schaute auf das Fort; die graue Mauer war nackt und kahl. An den britischen Linien entlang erklangen Befehle. Das Geheul ließ nach und verstummte schließlich. Ein Raunen lief durch die Menge der Wilden, dann herrschte Schweigen. Nichts regte sich.

Sechs Männer lösten sich aus der Mitte der Linie. Drei waren kanadische Milizen, drei waren Zivilisten. Der Hauptmann der Milizen hielt eine weiße Fahne hoch. Sie gingen ziemlich nah an mir vorbei. Ich hatte den Hauptmann schon einmal in der Fabrik der South West Company am *Sault* gesehen. Es war Toussaint Pothier. Sie gingen bis an die Tore des Forts. Diese öffneten sich einen Spalt breit, und die Männer traten ein.

Die lang anhaltende Stille war angespannt wie ein ausgedehnter Schrei. Die Sonne stieg höher, als sie bei uns jemals steht. Schmerzhaft wurde mir bewusst, dass mir mein breitkrempiger Hut fehlte, und tatsächlich wünschte ich in jenem Augenblick, äußerlich dem zu gleichen, der ich tatsächlich war. Ich beobachtete Alan, der nur wenige Schritte von mir entfernt stand. Nach außen hin schien er ungerührt, doch mir fiel auf, dass seine Finger auf dem Lauf seines Gewehrs leise im Rhythmus trommelten – denn wer ein Gewehr besaß, hatte es geladen und schussbereit. Die Wilden in meiner Nähe standen reglos wie Freunde in der Versammlung, doch, ach, wie anders war doch die Art ihres Schweigens! Es war wie der eingezwängte Moment zwischen Blitz und Donner, wenn das Gewitter direkt über dir ist. Und da stand ich nun, ungeschützt in der ersten Reihe, als wäre ich auf dem Gipfel von Skiddaw und wartete auf den Blitz, der mich niederwerfen würde. Ich dachte daran, fortzugehen – es stand niemandem an, mich aufzuhalten –, doch ich brachte es nicht über mich, vor den Augen aller den Rückzug anzutreten. So feige war ich; jetzt schäme ich mich, es zu berichten. Ich betete inbrünstig zu Gott, der alles sieht und allen vergibt, die ernsthaft Reue zeigen, er möge mich führen und leiten. Und der Herr gab mir Worte ein: *Was ist's, das geschehen ist? Eben das hernach geschehen wird. Was ist's, das man getan hat? Eben das man hernach wieder tun wird; und geschieht nichts Neues unter der Sonne.* Mir kam in den Sinn, dass ich in einer Lage steckte, die schon viele durchlitten und aus der sie trotzdem einen Ausweg gefunden hatten. Ich beschloss, seitlich in den Wald zu huschen, sobald der Angriff losging, und von dort aus zuzusehen. Denn der Herr gab mir auch ein, dass alles unter der Sonne eine Bedeutung hat, dass ich noch immer eine Möglichkeit finden konnte, seinen Zwecken zu dienen, noch ehe der Tag zu Ende war.

Die Sonne stieg noch höher. Schließlich ging das Tor auf. Toussaint Pothier kam als Erster heraus und hielt die Parlamentärflagge noch immer hoch. Mit ihm kamen zwei Männer in blauen Uniformen – ich erkannte Lieutenant Hanks an seinem weit ausholenden Schritt – und es muss wohl ein langer Weg bis auf die Spitze des Berges gewesen sein. Die Krieger teilten sich wie das Rote Meer, um der Gruppe der Parlamentäre Durchgang zu gewähren. Sie stiegen den gewundenen Pfad zum Plateau hinauf, auf dem die britische Kanone stand. Sie waren etwa zwanzig Minuten verschwunden, als die kleine Gruppe wieder auftauchte. Die amerikanischen Offiziere wurden unter der weißen Fahne zurück bis ans Fort eskortiert. Ich hatte gedacht, die Armee würde unruhig werden. Die regulären Soldaten standen jetzt bequem. Es war komisch anzusehen, wie die bunt bemalten Wilden, die ihre Messer und Tomahawks noch nicht weggesteckt hatten, mit einer Teilnahmslosigkeit abwarteten, die ihre zivilisierteren Verbündeten nicht aufzubringen vermochten. Wir vernahmen das Stimmengewirr der Soldaten und *voyageurs*, doch Alans Indianer rührten sich nicht und waren still.

Innerhalb der Mauern des Forts erklangen schwach Pfeifen und Trommeln. Die blau gekleideten Soldaten kamen heraus. Die Musketen über der Schulter, marschierten sie in strenger Formation mit dem jungen Leutnant Hanks an der Spitze. Es waren erbärmlich wenige – siebenundfünfzig, wie ich später erfuhr – gegen zweihundert britische Soldaten und doppelt so viele Indianer. Die kleine Truppe blauer Uniformen machte scharf nach links kehrt und marschierte, noch immer begleitet von ihrer einzigen Querflöte und einer Trommel, hinunter ans Ufer.

Durch die Linien lief es wie Wellen. Ich schaute zum Fort hinauf. Die Flagge mit den roten und weißen Streifen und ihren fünfzehn weißen Sternen auf blauem Hintergrund wurde mit kleinen, ruckartigen Bewegungen eingeholt. Unsere bunt zusammengewürfelte Armee seufzte wie aus einem Mund. Weiß und starr blieb der Fahnenmast stehen. Eine andere Flagge wurde langsam gehisst. Sie hing schlaff herab, bis der Wind sie erfasste. Der Union Jack begann zu flattern, als die Tore darunter sich weit öffneten.

Der Jubel, das Freudengeschrei und Geheul, das dann ausbrach, schien wie aus einem riesengroßen Tollhaus. Die Indianer stießen wildes Kriegsgeheul aus, und die weißen Männer warfen die Hüte in die Luft, klopften einander auf die Schulter und schrien hurra!, als hätten sie eine großartige Leistung vollbracht. Dabei waren sie doch nur durch einen Wald gekrochen und hatten einen Vormittag lang in der Sonne gestanden. Auch ich freute mich, denn kein Tropfen Blut war vergossen worden. Die Indianer wären nach vorn gestürmt, als sich die Tore öffneten, doch ihre Häuptlinge hielten sie zurück. Die *voyageurs* gerieten völlig aus dem Häuschen, jubelten und sangen, trugen ihre Offiziere auf den Schultern, als trügen sie sie über eine Portage zu den Kanus. Nur die rote Linie aus Soldaten, angeführt von Hauptmann Roberts, blieb in Reih und Glied. Ein Hornsignal wurde geblasen. Die etwas über vierzig regulären Soldaten schritten vor, bildeten eine Dreiersäule und gingen hintereinander ins Fort Mackinac.

So ging die einzige Schlacht, an der ich je teilgenommen habe, zu Ende. Ich entfernte mich von dem tumultartigen Freudentaumel und ging an die Westküste der Insel, wo es so ruhig war, wie es von Anbeginn der Welt gewesen sein musste. Ich setzte mich mit dem Rücken zu Mackinac ans Ufer und schaute hinüber auf die leeren Wälder auf dem Festland. Ich hatte allen Grund, mich bei unserem Herrn und Retter zu bedanken, und ich tat es mit den Worten des Psalms:

Ich aber will zu Gott rufen, und der Herr wird mir helfen.
Des Abends, Morgens und Mittags will ich klagen und heulen, so wird er meine Stimme hören.
Er erlöst meine Seele von denen, die an mich wollen, und schafft ihr Ruhe; denn ihrer viele sind gegen mich.

16

Am nächsten Morgen saß ich gerade beim Frühstück – es gab gebratenen Hecht, Brötchen und Kaffee, und die Mestizin, die jeden Tag kam, war eine gute Köchin –, als Alan zu meiner Überraschung aus dem anderen Zimmer auftauchte. »Ich rieche Kaffee«, sagte er. »Oh, gut! Anne, du kannst mir auch Fisch braten. Ich habe einen Bärenhunger. Guten Morgen, Bruder Mark. Ich nehme an, du hast gut geschlafen?«

Ich beäugte ihn aufmerksam. »Ja.« Das war gelogen, denn ich war erst nach drei ins Bett gegangen, und selbst dann schwirrten mir die Gedanken wirr durch den Kopf, sodass ich nicht schlafen konnte.

»Na dann.« Alan nahm mir gegenüber Platz. »Ein ziemlich aufregender Tag gestern, findest du nicht?«

»Ja.« Ich strich reichlich Butter auf ein Brötchen. »Schön, Alan. Jetzt hast du deine Schlacht gehabt. Kümmerst du dich denn auch um unser Vorhaben, wie vereinbart?«

Er lächelte. »Dein Stil gefällt mir, Bruder. Ja, das mache ich. Doch zunächst können wir unser Frühstück wie anständige Herren gemeinsam einnehmen, wie es unter Brüdern üblich ist. Anne! Gibt es von den Brötchen noch welche, oder hat er alles aufgegessen?«

Ich schaute ihm direkt in die Augen. »Tut mir Leid, dass ich dich zu Boden geworfen habe, Freund. Das war nicht gut; ich wollte dir nichts zuleide tun.«

»Im Gegenteil, es war erstaunlich gut«, sagte Alan gereizt. »So viel zu deiner Behauptung, du würdest nie kämpfen. Denn wenn du diesen Trick nicht irgendwo gelernt hast, fress ich einen Besen.«

»Kannst du mir verzeihen?«

»Natürlich verzeihe ich dir. Hand drauf.« Er reichte mir über den Tisch hinweg die Hand, die ich pflichtbewusst schüttelte. »Können wir das Ganze jetzt vergessen?«

Ich sagte nichts mehr, bis der Fisch vor ihm stand. Anne brachte noch ein Kanne mit frisch aufgebrühtem Kaffee und füllte unsere Tassen. »Ich war gestern Abend draußen«, sagte ich. »Ich habe die Indianer tanzen sehen.«

»Und wie findest du ihren Tanz?«

»Wild«, sagte ich kurz angebunden. Tief im Herzen jedoch war ich betrübt darüber, wie sehr die indianischen Trommeln und der Tanz mich in Wallung gebracht hatten. Tanz hatte ich zuvor bereits auf Jahrmärkten und bei ähnlichen Gelegenheiten gesehen, ich hatte die Klänge von Fiedeln und Flöten gehört. Noch nie aber war ich Zeuge eines Tanzes gewesen, der den Kriegsgeist selbst zu verkörpern schien – und zwar nicht den Krieg, wie er von Armeen und Generälen ausgeführt wird, über den wir in den Zeitungen lesen, sondern den kriegerischen Geist, der in allen Menschen schlummert, der die Unvorsichtigen vom Pfad des Friedens abweichen lässt, damit sie kriechenden Dämonen gleich kämpfen und morden. Noch lange nachdem ich den Schauplatz verlassen hatte, schlugen die Trommeln weiter, und als ich schlaflos in meinem Bett lag, war mir, als gäben sie den Rhythmus meines Herzschlags wieder, der einen nie gekannten Teufel in meiner Brust weckte. Laut sagte ich: »Hältst du es für richtig, diese Wilden in einem Krieg einzusetzen zwischen Mächten, die weit weg sind und nichts mit ihnen zu tun haben?«

»Nichts mit ihnen zu tun? Wie kommst du denn darauf? Und ob dieser Krieg etwas mit ihnen zu tun hat! Dieser Krieg wird um ihren Handel, um ihr Land, ja sogar um ihre Existenz geführt! Und natürlich auch um unsere Interessen. Im Übrigen sind die Indianer keine Kinder. Sie haben ihre eigenen Kriege gehabt, immer schon. Allerdings ist das hier mit den früheren Kriegen zwischen Ojibwa und Sioux überhaupt nicht zu vergleichen. Und ich sag dir noch was: Nimm unsere Gewehre, unsere Artillerie, unsere Schiffe fort … nimm all unsere moderne Bewaffnung, und ich wette mit dir, um was du willst, wer der bessere Krieger ist. Ich weiß, was du denkst – du hast dir die Vorstellung zurechtgelegt, Nordamerika sei eine Art Garten Eden, voll edler Wilder, die in ursprünglicher Unschuld leben. Du glaubst, unsere Welt sei entartet, und wir wären alle miteinander glücklicher, wenn wir uns unserer Kleider entledigten, den Apfel wieder ausspuckten und es unseren rothäutigen Verbündeten gleichtäten. Ich wette, du hast Rousseau oder ähnlichen Unsinn gelesen, stimmt's?«

»Nein, Freund, ich habe von dem Mann noch nie etwas gehört. Aber ich glaube, wir leben in einer gefallenen Welt, das ist wahr, und vielleicht sind die Indianer von jenem Garten, in dem unser Herrgott in der Kühle des Abends wandelte, weniger weit entfernt, als manche Europäer zugeben wollen.«

Alan starrte mich an, die Gabel auf halbem Wege zum Mund in der Hand. »Mark«, sagte er schließlich, und zum ersten Mal, seitdem er mir von Rachel erzählt hatte, als wir bei John Askin auf St. Joseph Island zu Abend aßen, redete er ernsthaft mit mir. »Weißt du, warum unsere Soldaten gestern den ganzen Abend in den Straßen von Mackinac Patrouille gegangen sind? Verstehst du, warum Roberts alles riskierte, als er Dousman zurückschickte, um sämtliche Bewohner des Ortes in der Schnapsbrennerei in Sicherheit zu bringen? Weißt du, warum wir nicht eher Ruhe geben konnten, bis unsere indianischen Verbündeten versprengt und sicher nach Hause gegangen waren? Hast du überhaupt eine Ahnung, was passiert wäre, wenn wir den gestrigen Kampf ausgetragen und gewonnen hätten?«

Ich hielt die Luft an, doch ich wollte es wissen. »Was wäre denn passiert?«

»Zunächst einmal wäre jeder amerikanische Soldat umgebracht und skalpiert worden. Nicht anders wäre es den Bewohnern des Ortes ergangen. Heute wäre keine Menschenseele mehr am Leben, Frauen und Kinder wären geraubt worden, denn die Indianer brauchen mehr Arbeitskräfte und Mitglieder für ihre Gemeinschaft, weil sie so viele verloren haben. Alle Häuser wären geplündert und niedergebrannt worden. Weißt du, wozu Charles Roberts die Indianer verpflichtet hat? Das waren die Kapitulationsbedingungen: Das Fort war ohne Blutvergießen den Briten zu übergeben, und die Garnison sollte ehrenhaft abmarschieren. Hanks und seine Leute werden nach Fort Detroit verschifft und mussten ihr Ehrenwort geben, nicht wieder zu dienen, es sei denn, sie würden ausgetauscht. Privateigentum auf der Insel war heilig; im Hafen durften keine Schiffe beschlagnahmt werden. Amerikanische Staatsbürger sollten nicht belästigt werden, solange sie den Treueid auf den König leisteten. Wenn nicht – dann haben sie einen Monat Zeit, Mackinac zu verlassen und ihren Besitz mitzunehmen. Das ist deine degenerierte Zivilisation! So viel zu deinem militärischen Despotismus! Ich sage dir – dieses Land hat bis heute noch nie solche Bedingungen gesehen. Einem Wilden ist eine so verzärtelte Gnade vollkommen unverständlich! Auch ich habe den Tanz in der vergangenen Nacht gesehen. Beeindruckend, nicht wahr?«

»In gewisser Weise, ja«, gab ich zu.

»Ein Siegestanz. Du weißt, wie die Indianer ihre Siege zu feiern pflegten? Durch Marter. Das Verfahren bestand darin, die Kriegsgefangenen zu Tode zu martern, wobei der Phantasie keine Grenzen gesetzt waren. Man konnte zunächst nur kleine Stücke von ihnen abhacken – Finger, Zehen, Genitalien – Frauen und Kinder hatten an diesem Teil ihren besonderen Spaß, glaube ich – und langsam fortfahren, bis nur noch ein Torso übrig blieb – ein lebender Torso, verstehst du. Oder man konnte damit beginnen, den Opfern Holzsplitter unter die Fingernägel zu treiben, bis diese sich allmählich ablösten. Oder mit den Augen ... Das alles entbehrte nicht der Logik, verstehst du, denn es ist äußerst erniedrigend, sich zu ergeben und in Gefangenschaft zu geraten. Man verdient, was man bekommt. So lauten die Regeln. Du ziehst in die Schlacht und weißt, was ausgemacht ist, und du stirbst, wie es vorgegeben ist, oder du gewinnst.«

»Als ich dich gestern im Wald traf, warst du drauf und dran, an der Seite ebendieser Krieger zu kämpfen.«

»Ja, und weil wir dort waren, gab es keine Ausschreitungen. Doch die Gefahr war gegenwärtig – die ganze Zeit. Und du ... wenn sie nicht zurückgekommen wären, um zu melden, dass du dort im Wald standest, und wenn die Botschaft mir nicht weitergegeben worden wäre ... du hast einen schönen Skalp, Bruder – schönes, dichtes, braunes Haar: die Haare eines weißen Mannes. Ich sage dir – ein Bündnis mit den Indianern ist wie ein Spiel mit dem Feuer. Es hätte alles passieren können. Hätte Hanks sich nicht ergeben ... und hätte Roberts die Stämme nicht in Schach gehalten ... Es war sehr gut geplant, weißt du. Wie gut, davon machst du dir keinen Begriff, glaube ich.« Er trank seinen Kaffee aus und langte nach der Kanne. »Was denkst du gerade, Bruder Mark?«

»Ich habe über Loic nachgedacht, über sein Kind und darüber, wie Pakané und Waase'aaban Weißfisch für uns gekocht haben, wie Waase'aaban sagte, ich sollte Mokassins tragen, und wie sie ein Bett für mich fand, in dem ich schlafen konnte. Sind denn diese Menschen nicht deine Freunde?«

»Natürlich sind es meine Freunde! Du missverstehst mich, Mark. Du musst eigentlich noch alles von Grund auf lernen, doch das ist kaum verwunderlich. Ich vergesse immer wieder, dass du ja gerade erst angekommen bist.«

»Nein, ich bin jetzt fast vierzehn Tage mit dir zusammen, Freund. Wann brechen wir nach South Manitou auf?«

Er grinste. »Mein Gott, bist du hartnäckig! Und frech noch dazu! Ist dir eigentlich klar, wo South Manitou liegt?«

»Ja. Du hast mir deine Karte geliehen, erinnerst du dich?«

»Das habe ich. Es ist dir wohl egal, dass uns unsere Route über hundert Meilen ins Gebiet der Vereinigten Staaten hineinführt?«

»Nein. Ich würde gern jedem Kampf aus dem Weg gehen, wenn möglich. Aber davon abgesehen ist das Gebiet unerheblich. Wir müssen überall dorthin gehen, wo Rachel sein könnte.«

Alan sagte, er müsse mit Hauptmann Roberts sprechen, dem jetzigen Befehlshaber von Fort Mackinac, ehe wir irgendetwas in die Wege leiten könnten. Ich hatte das Gefühl, dass es höchste Zeit war, die Sache selbst in die Hand zu nehmen. Ich fragte Anne, und sie sagte, ihr Bruder könne mich für einen Dollar hinüber nach Bois Blanc paddeln. Dort gingen sie jedes Frühjahr hin, erzählte sie, wegen des Ahornsirups. Es stellte sich heraus, dass sie die Familie Kerners gut kannte und eine Art Kusine von Loic war. Ihr Bruder Stéphan war sehr schweigsam, oder vielleicht war er auch des Englischen nicht so mächtig. Sobald wir aufgebrochen waren, konnte ich sein Gesicht ohnehin nicht mehr sehen. Er war überrascht, als ich ihm vorschlug, ich könne das andere Paddel nehmen; tatsächlich war es in einem kleinen Indianerkanu ein anderes Gefühl, wenn man nicht dem Schlag des Bugmannes zu folgen hatte. Es gefiel mir: Ich sah die Leere der weiten Gewässer, wenn auch nicht lange, da Bois Blanc nur ein paar Meilen von der Ortschaft Mackinac entfernt ist.

Stéphan und ich trugen das Kanu an den Strand und gingen zu Martin Kerners. Im Hof lag zerteilter Weißfisch auf Binsenmatten in der Sonne zum Trocknen aus. Pakané und Waase'aaban kochten draußen etwas über dem Feuer im Hof. Biinoojii war in seiner Kindertrage, die an einem Baum hing; das erinnerte mich an ein Wiegenlied, das meine Mutter zu singen pflegte – es war das einzige Lied, das sie kannte, glaube ich, und jedenfalls bestimmt das einzige, das sie uns je vorsang: Eiapopeia, wer sitzt dort im Baum … Sobald die Frauen uns sahen, liefen sie auf uns zu und riefen »Stéphan, Mark, *Boozhoo, boozhoo! Biindigen!*«

Waase'aaban war noch schöner als in meiner Erinnerung. Sie ließ uns alsbald stehen, allerdings nur, um die Männer zu holen, wie sich herausstellte. Sie war so geschmeidig und schnell, dass ihre langen schwarzen Zöpfe dabei um ihre Schultern schwangen. Während sie unterwegs war, setzten wir uns in die Sonne und warteten. Die Moskitos waren hier viel aufdringlicher als auf Mackinac. Pakané bemerkte mein Unbehagen und gab mir etwas Fett, das ich mir auf die entblößte Haut schmieren konnte. Es roch viel unangenehmer als das Bärenfett der *voyageurs*, doch zum Glück schienen die Moskitos der gleichen Meinung zu sein.

Als Loic auftauchte, war er in Schweiß gebadet und voller Sägemehl. Er trug nur einen Lendenschurz und Leggins; um die Stirn hatte er sich ein Taschentuch geschlungen. »Stéphan! *Boozhoo! Que ça fait longtemps qu'on ne c'est pas vu!* M'sieu Mark! Freut mich, Sie zu sehen. Ist alles in Ordnung?«

»Ja, Freund. Ich habe nur ein paar Fragen an dich, das ist alles.«

Waase'aaban trat ans Feuer, um nachzulegen. Sie kochten Streifen aus Lindenrinde auf, erklärte Loic. Er ließ sich von Waase'aaban etwas Zwirn holen, damit er mir zeigen konnte, wie die Rindenfasern der Linde miteinander verbunden wurden. Wie ein Kind sprang sie auf, um seinen Wunsch zu erfüllen, obgleich ihr Körper deutlich der einer Frau war. Als sie zurückkam, nahm Stéphan ihr den Zwirn aus der Hand und zeigte, dass selbst ein Mann, der so stark war wie er, ihn nicht zerreißen konnte. Stéphan hatte die Haltung des Dieners abgelegt, sobald wir Mackinac verlassen hatten. Hier war er ein enger Verwandter der Familie – »der Enkel des Bruders von Pakanés Großvater«, erklärte Loic mir –, wohingegen ich nur ein Bekannter war. Man hieß mich ebenso freundlich willkommen, aber nach den ersten Begrüßungsfloskeln wurde die Unterhaltung ausschließlich in Ojibwa fortgesetzt. Ich hätte gern gewusst, worüber sie sprachen, doch ich gab mich damit zufrieden, ihre Gesichter zu beobachten, besonders das von Waase'aaban, denn es war bei weitem das ausdrucksstärkste.

Dann sagte Loic: »Sie wollen mit mir unter vier Augen reden? Dann kommen Sie!«

Drinnen war es dunkel und stickig. Das Feuer war mit Asche belegt, die an den Rändern noch glomm. Loic schob einen Stapel schmutziger Holzplatten beiseite und wischte den Tisch mit dem Taschentuch ab. »Setzen Sie sich, M'sieu! Hier ist Wasser. Wollen Sie etwas trinken? Und nun fragen Sie. Ich höre.«

»Loic, ich war zwei Wochen lang in Mackinac. Heute ist der neunzehnte Tag des Siebten … im Juli.«

»*Aabita-niibino-giizis*. Ja?«

»Die Zeit vergeht. Ich muss nach South Manitou und mir ansehen, wo Rachel verschwunden ist. Ich muss die Ufer des Lake Michigan absuchen und noch einmal mit den Indianern reden, die dort leben, solange sie noch in ihrem Sommerlager sind. Mir bleiben noch knapp drei Sommermonate. Ich bin bereits seit einem Jahr in Upper Canada. Alan hat in Mackinac alle Hände voll zu tun. Ich bin bereit, für ein Kanu zu zahlen, und für einen Mann, der mich mitnimmt, falls ich allein fahren muss. Willst du mitkommen? Du kennst die Gegend. Du warst dort. Du hast Rachel gekannt. Etwas Besseres könnte mir nicht passieren.«

Zu meiner Verwunderung lächelte er. »Mit Alan haben Sie nicht darüber gesprochen?«

»Nein. Ich habe nur so lange gewartet, bis es nicht mehr ging.«

»Hat Alan nicht mit Ihnen geredet?«

»Worüber?«

»M'sieu!« Loic legte mir lachend eine Hand auf den Arm. »Ich bin schon vorbestellt! Deshalb treffen Sie mich hier wartend zu Hause an. In diesem Jahr findet kein Handel statt. Ein Mann hat mich bereits angeheuert, damit ich mein Kanu nach South Manitou fahre! Dann soll ich für den Rest des Sommers am Ufer des Lake Michigan entlangfahren. Ich bin bereits seit zwei Wochen angeheuert!«

»Du meinst – Alan?«

»Aber ja, M'sieu! Hat er Ihnen das denn nicht gesagt? Er hat mir erzählt, sehr bald schon würde ein Krieg ausbrechen. Dazu habe ich nichts zu sagen; was bedeutet es schon für mich? Die Soldaten werden nicht nach Bois Blanc kommen. Niemand kommt nach Bois Blanc. Aber ich habe Alan zugehört, und es ist klar, dass es schon bald Krieg auf Mackinac geben wird. Mir macht das nichts aus. Solange der Handel läuft – und auf Bois Blanc wird so oder so immer ein wenig gehandelt –, ist mir gleichgültig, unter welcher Flagge sie reisen. Alan ist sehr beschäftigt. Doch bald, sagt er, ist das Geschäft in Mackinac erledigt, und dann brechen wir auf. Ich weiß, was er zu tun hat. Jetzt weht eine neue Flagge über dem Fort. Mir ist das egal. Aber ich glaube, damit ist Alans Geschäft abgeschlossen und wir können uns auf den Weg machen. Er, Sie und ich. Ich habe deshalb das Kanu mit neuer Rinde bezogen und Verpflegung verpackt, und ich warte schon auf Sie.«

Wäre Alan da gewesen, dann hätte ich nicht übel Lust gehabt, ihn noch einmal zu Boden zu werfen, nur diesmal noch härter. Zum Glück war er nicht dabei. Warum hatte er nichts gesagt? Wollte er mich ärgern, oder traute er mir nicht über den Weg? Ich war mir ziemlich sicher, dass Ersteres der Fall war. Noch nie hatte ich gegen eine solche Wut ankämpfen müssen, wie Alan sie in mir erweckte – aber das war vielleicht nicht die ganze Wahrheit. Ich kannte diese heiße Wut in mir schon lange; nur hatte ich sie bisher immer mit Rachel verbunden, und zwar nicht erst in den letzten Jahren.

»M'sieu, es hat keinen Sinn, wütend zu sein. *Il est comme il est.* Hat er Ihnen denn nicht gesagt, dass er damit einverstanden ist, diese Reise zu unternehmen?«

»In St. Joseph hat er mich gefragt, was wir meiner Meinung nach tun sollen, und ich habe es ihm gesagt. Daraufhin sagte er – genau wie du –, in diesem Jahr finde kein Handel statt, deshalb sei es ›einerlei, ob wir fahren oder nicht‹. Seither« – ich brachte es nicht fertig, mir meinen Verdruss nicht anmerken zu lassen – »vertröstet er mich immer wieder und sagt mir nichts.«

»Vielleicht kann er manche Geheimnisse wirklich nicht jedem erzählen.«

Mir war bereits schlagartig bewusst geworden, dass es mir nicht zukam, mich bei Loic über Alan zu beklagen. »Einerlei. Ich hätte nicht so reden dürfen, Freund. Du hast gute Neuigkeiten für mich – die besten überhaupt –, und ich sollte dir dankbar sein.«

»Sie müssen sich nicht bedanken. Alan bezahlt mich. Außerdem möchte ich auch fahren. Wie schon gesagt, ich glaube, dass Sie als ihr Bruder das Richtige tun. Das habe ich auch Alan gegenüber erwähnt. Wenn Sie ihm sagen, dass wir miteinander gesprochen haben, dann wird er wohl einverstanden sein, sehr bald aufzubrechen. Das Fort ist jetzt in britischer Hand, sodass er sich darüber keine Gedanken mehr machen muss. Werden Sie denn jetzt, da Sie schon einmal bei uns sind, mit uns essen?«

Statt Fisch gab es gedörrtes, gekochtes Bärenfleisch, das ich noch nie zuvor probiert hatte. Es war dunkles, zart gemasertes Fleisch, ein wenig zäh beim Kauen. Die Männer setzten sich an den Tisch, während die Frauen uns bedienten. Bei all meinen Besuchen habe ich weder Pakané noch Waase'aaban jemals essen sehen. Doch nachdem die Mahlzeit beendet war, vernahm ich allerlei Gekicher an der Herdstelle, und die Männer grinsten breit. Das Gespräch war ausschließlich auf

Ojibwa geführt worden, doch plötzlich sagte Loic auf Englisch zu mir: »Meine Frau hat ein kleines Geschenk für Sie, M'sieu.«

Pakané stand neben meinem Stuhl. Waase'aaban stand aufrecht neben der Herdstelle, die Hände auf den Mund gelegt. Pakané reichte mir das Geschenk. Auf ihren ausgestreckten Händen lag ein Paar Mokassins, in der Länge passend zu meinen Stiefeln, schön mit Rohleder vernäht und an den Nähten mit Federschmuck verziert. Auf die Stulpen an den Knöcheln waren Schlingenmuster aus Rohleder genäht, dunkel auf hellem Grund.

»Die sind im Kanu besser zu tragen als Ihre Stiefel«, sagte Loic.

Ich wusste nicht, was ich sagen sollte. Ich hatte noch nie im Leben verzierte Kleidung getragen – die Quaste an meiner Voyageursmütze zählte nicht, denn nachdem ich sie einmal aufgesetzt hatte, war sie mir aus den Augen und aus dem Sinn – und noch nie hatte ich eine solche Arbeit auch nur angerührt. Mit ihrer schlichten Kleidung traten die Quäker sichtbar gegen den traurigen Luxus der so genannten Großen auf, gegen die korrupten Höfe und dekadenten Gesellschaften des alten Europa. Mir schoss der Gedanke durch den Kopf, dass trotz ihrer Verzierung nichts schlichter sein konnte als diese Mokassins. Nicht ein Penny war für ihre Herstellung ausgegeben worden, doch jeder Stich war in Freundschaft ausgeführt, in einem einfachen Akt der Nächstenliebe, wenn es denn so etwas je gegeben hat.[1] Loic hatte Recht: Mokassins wären im Kanu viel praktischer. Marc hat jedes Mal gezuckt, wenn ich

1 Heute glaube ich, dass es so etwas wie einen einfachen Akt der Nächstenliebe nicht gibt. *Die Liebe stellet sich nicht ungebärdig, sie suchet nicht das Ihre, sie lässt sich nicht erbittern, sie rechnet das Böse nicht zu.* Ein Mensch mag voll der Nächstenliebe sein, doch wir sind gemischte Geschöpfe, und in jedem Akt der Nächstenliebe sehe ich noch etwas anderes. Zurückblickend habe ich jetzt vielleicht etwas mehr Ahnung von Waase'aabans Gedanken als damals, doch ich bringe es nicht übers Herz, auch nur einen von ihnen als böse zu verurteilen. Und wenn sie nicht ganz geziemend, selbstlos, uneigennützig oder gut sind, dann muss ich mich fragen, nach welchen Maßstäben ich urteile.

mich in meinen *sales bottes énormes*, wie er sie nannte, an meinen Platz begab.

Ich wandte mich an Pakané. »Ich danke dir, Freundin. Es ist außerordentlich nett von dir. Ich werde sie gern tragen.« Dann drehte ich mich zu Loic um. »Würdest du bitte übersetzen?«

»Pakané versteht Englisch, nur will sie nicht reden. Aber Sie können ihr selbst sagen: *G'miigwechiwìgìn, nwiijikiwenh.*«

Ich wiederholte, so gut es eben ging: *»G'miigwechiwìgìn, nwiijikiwenh.«*

»Mokassins müssen Sie oft flicken und nähen«, bemerkte Loic. »Die halten nicht ewig.«

Martin Kerners trug sein Scherflein in einer Sprache bei, die ich nicht verstand. »Dafür brauchen Sie eine Frau. *Vous avez besoin d'une femme qui prend bien soin de vos mocassins.* Das ist es, was Sie brauchen.«

Nachdem alle Anwesenden mich dazu aufgefordert hatten, zog ich mir die Stiefel aus und meine Mokassins an – sie kamen mir eigenartig leicht vor, es war beinahe, als liefe ich barfuß –, während Loic sich, als ich meine Stiefel aufschnürte, zu mir herüberbeugte und mir ins Ohr flüsterte: »Es war nicht meine Frau, *en effet*, die diese Arbeit gemacht hat.«

Verblüfft schaute ich auf. Waase'aaban stand nicht mehr neben der Herdstelle. Sie war offenbar hinausgehuscht.

Nach dem Essen ging ich mit Loic und Stéphan am Ufer spazieren. Die Bucht unterhalb des Hauses war bis weit hinaus

Falls es nach einer Norm geschieht, die ihr nichts bedeutet, dann lohnt es sich vielleicht auch gar nicht, darüber nachzudenken. Damals kamen mir diese Gedanken nicht, sondern ich war zutiefst verunsichert, nicht nur wegen meiner prekären Lage, sondern auch wegen der ungestümen Stimme meines Herzens. Im Fünften Buch Mose gibt es eine Stelle, in der steht, was zu tun ist, *wenn du unter den Gefangenen ein schönes Weib siehst und hast Lust zu ihr, dass du sie zum Weibe nehmest …* Das betrachte ich heute als Ausdruck eines primitiveren Verständnisses, ausgehend von einem wilden Volk, das sich abmüht, das Wort ›Gott‹ mit Bedeutung zu füllen. Es wäre bestimmt eine unchristliche Tat, sich eine Frau aus einem untergeordneten Volk mit minderwertiger Religion zu nehmen, nur weil das Auge Gefallen an ihr findet, selbst wenn du genau weißt, dass du in ihren Augen keine Sünde begangen hast und sie nicht unter der Verletzung von Prinzipien zu leiden hatte.

flach – auf dem Hinweg waren wir beinahe auf Grund gelaufen –, und das Wasser über dem Sand leuchtete in der Sonne hellgrün. Mackinac Island und die Küste des Festlandes dahinter konnten wir deutlich erkennen. Es war eine ausgezeichnete Stelle, von der aus man alles im Auge behalten konnte. Als ich das Loic gegenüber erwähnte, zuckte er mit den Schultern und lächelte. Auf dem Pfad durch die Dünen gingen wir zwischen Wacholderbüschen über einen Teppich aus Gänsefingerkraut. Plötzlich tauchte der Pfad unter den Bäumen ab. Die Laubschicht unter den Ahornbäumen und riesigen Linden, die der Insel ihren Namen gaben, war weich. Eine mittägliche Trägheit hing in der Luft. Zu beiden Seiten schwirrten ganze Wolken aus Moskitos über dem sumpfigen Boden. Kurz darauf stieg mir Rauchgeruch in die Nase, Zeichen für eine menschliche Ansiedlung. Dann traten wir unter den Bäumen hervor ins Freie und mussten in der Sonne blinzeln.

Auf der Lichtung vor uns standen über ein Dutzend Wigwams dicht an dicht. In der Mitte befand sich eine Feuerstelle mit einem Schutzdach, unter dem Frauen Schatten gesucht hatten. Kleine Kinder liefen herum; ihr schrilles Geschrei klang geradeso wie das der Kinder, die auf den Weiden in Mungrisdale herumtollten; vermutlich hören sich Kinder auf der ganzen Welt gleich an.

Loic stellte mir den Häuptling vor, der auf einem Baumstamm vor seinem Wigwam saß, umringt von Männern seines Stammes. Niemand schien zu arbeiten, allerdings war der Nachmittag zugegebenermaßen sehr heiß. Loic nahm eine Prise Tabak aus der Tasche und reichte sie dem Häuptling, der eine lange Pfeife herauszog. Er nahm sich mit dem Stopfen und Anzünden Zeit, und nachdem er eine Weile geraucht hatte, reichte er die Pfeife an Loic, der ein wenig daran zog und sie dann an mich weitergab. In Mesquacosys Wigwam in Yonge Street hatte ich gelernt, den beißenden Tabakrauch in den Mund zu ziehen und kurz darauf wieder auszustoßen, als hätte ich auf Lunge geraucht, und als die Sonne schließlich die Baumwipfel im Westen berührte, hatte ich reichlich Grund, für diese meine Fähigkeit dankbar zu sein. Jedes Mal, wenn die Pfeife die Runde machte, reichte ich sie so schnell weiter, wie ich es mir erlauben konnte, ohne unangenehm aufzufallen. Ich konnte den Gesprächen nicht folgen, gab mich aber damit zufrieden, die Gesichter der Männer, die Kinder beim Spiel und das Hin und Her der Frauen zu beobachten. Einmal merkte ich, dass Stéphan eine Geschichte erzählte, die er mit pantomimischen Gesten und unterschiedlichen Stimmlagen anschaulich machte. Leise fragte ich Loic: »Erzählt er gerade, was auf Mackinac geschehen ist?«

»Sie lernen die Sprache der Ojibwa schnell, M'sieu! Ja, er berichtet davon. Er ist natürlich nicht der Erste, doch alle Standpunkte sind unterschiedlich, und gerade das macht eine Geschichte ja erst interessant, nicht wahr?«

Stéphans Vortrag löste eine angeregte Diskussion aus. Der alte Häuptling blieb teilnahmslos, doch mir fiel auf, dass er jeden Mann, der das Wort ergriff, genau beobachtete, und ich hatte den Eindruck, dass ihm nichts entging. Zuweilen, wenn ich ihm einen kurzen Blick zuwarf, stellte ich fest, dass seine schwarzen Augen auf mich gerichtet waren. Doch wenn unsere Blicke sich begegneten, schaute er immer zur Seite.[2]

Als wir wieder ans Ufer kamen, schlugen kleine Wellen an den Strand. Mackinac entschwand rasch in dunkelblauem Dunst. »Wollen Sie bei uns übernachten, M'sieu?«

»Ja.« Alan hatte mich oft genug allein gelassen, ohne vorher ein Wort zu sagen. Jetzt war ich an der Reihe. »Loic!«

»M'sieu?«

»Ich heiße Mark. Ich gehöre einer Gesellschaft an, in der

2 Ich gewann damals und auch später den Eindruck, dass anhaltender Blickkontakt bei Indianern nicht üblich ist. Anfangs hielt ich sie infolgedessen für unredlich in ihrem Verhalten. Doch als ich wieder heimkehrte, fand ich den direkten Blick der Freunde ziemlich hartnäckig, und es fiel mir schwer, ihrem Blick zu begegnen, was früher nie der Fall war.

wir kein äußeres Zeichen von Rang oder Titel akzeptieren. Wir haben eine lange Reise vor uns. Willst du mich beim Vornamen nennen?«

»*Oui*, Mark.« Kurz darauf sagte er: »Auch ich habe einen anderen Namen, vom Stamm meiner Mutter. Er lautet E-ntaa-jiimid. Sie haben mich so genannt, weil ich ganz gut mit einem Kanu umgehen kann. Ich glaube, für dich ist es leichter, mich ›Loic‹ zu nennen. Aber nun habe ich es dir wenigstens gesagt.«

Nach dem Essen stand ich vor der Hütte der Kerners und wartete, dass sich meine Augen an die Dunkelheit gewöhnten. Über mir funkelten die Sterne. In den Kiefern seufzte eine kleine Brise, und ich hörte die Wellen ans tidenlose Ufer schwappen, immer an der gleichen Stelle. Sobald ich alles deutlich erkennen konnte, ging ich hinüber auf die Dünen und legte mich auf den Rücken. Die Milchstraße war ein klarer, breiter Weg quer über den Himmelsbogen. Ich suchte die Sternbilder und dachte daran, dass dieselben Sterne auch auf Highside in Mungrisdale leuchteten. Ich roch Harz; die Luft war noch immer so warm wie an einem Mittag in England. Es raschelte im Wacholder. Rasch stand ich auf.

Jemand schrie leise auf. *»Awenen yaawid aw?«*

»Ich bin's, Mark. Waase'aaban?«

»Oh!«

Ich sah gerade noch eine kleine dunkle Gestalt, die sich entfernte. Ohne zu überlegen, rief ich: »Geh nicht! *Reviens!*«

Die dunkle Gestalt blieb zögernd stehen.

Diesmal hatte ich Zeit nachzudenken, aber ich tat es nicht. »Bleib und rede ein wenig mit mir. *Reste et parle un peu.*«

»Nin bwanawi! Je ne peux pas!«

»Je t'en prie.«

Sie zauderte, dann setzte sie sich mehr als eine Armeslänge von mir entfernt hin. Ich sagte nichts, war jedoch erfüllt von einer unerklärlichen Freude, die ich kaum zu verbergen wusste. Ich beglückwünschte mich dazu. Wenn damals etwas über mir gewacht und laut »Vorsicht« geschrien hätte, ich hätte es nicht beachtet.[3] Ich hatte Waase'aaban gebeten, mit mir zu reden, doch eine Zeit lang sprachen wir kein Wort. Als wir dann anhoben, war es notgedrungen auf Französisch. Wenn uns ein Wort fehlte, suchte sie eine Ergänzung in ihrer Sprache und ich in der meinen, und so fanden wir eine Möglichkeit, uns zu verständigen. Wenn ich heute über unser Gespräch nachdenke, habe ich nicht den Eindruck, es in einer Fremdsprache geführt zu haben; deshalb schreibe ich in Englisch, wie es mir die Erinnerung diktiert, obwohl mich mein Gedächtnis hierin narrt.

Ich fragte sie zunächst, ob sie schon immer auf Bois Blanc gelebt habe.

»Nein. Wir sind immer im Frühling gekommen, wegen des Ahornsirups. Meine Mutter stammt hier aus diesem Ort, doch mein Vater ist aus Pawating – was bei Ihnen Sainte Marie du Sault heißt, aber vom südlichen Ufer des Flusses. Mein Vater kennt meine Mutter schon seit vielen Jahren, denn er kam jedes Jahr auf diese Insel, die Sie Bois Blanc nennen, um Ahornsirup zu ernten. Den Sommer verbringen wir für gewöhnlich in Pawating, dem Heimatort meines Vaters. Dort kann man sehr gut Fische fangen. Meine Familie verkauft auch Trockenfisch an die North West Company. In Pawating leben viele Menschen.«

»Bist du dort geboren?«

»Nein, ich bin im Herbst geboren, als wir bereits in unseren Jagdgründen waren. Daher habe ich auch meinen Namen, von der Jahreszeit, in der ich geboren bin.«

3 Und ich glaube in der Tat, dass da nichts war; der Herrgott, der sich der kleinsten Dinge unter den geringsten seiner Kinder annimmt, kümmert sich nicht um die Gefahren der Welt oder um die Klassen, die Menschen untereinander eingerichtet haben. Er gab uns die Instinkte, die wir haben; in seinen Augen sind wir alle Nachbarn, glaube ich, dazu geschaffen, dass wir einander lieben.

»Wieso, was bedeutet er?«

»Waase'aaban? Es heißt – *Waase'aaban* – das ist das erste Tageslicht, ehe die Sonne aufgeht. Es ist so etwas wie ›Licht überall‹.«

»Das gefällt mir. Wo sind eure Jagdgründe?«

»Nicht weit vom Nordufer des Lake Michigan. Dort gibt es einen See mit einer großen Quelle. Da verbringen wir den Winter. Vor zwei Jahren hat Pakané Loic geheiratet, und seither ist sie hier geblieben. Jetzt ist auch mein Bruder verheiratet. Ich mag seine Frau nicht besonders, deshalb habe ich im vergangenen Jahr beschlossen, hier bei Pakané zu leben. Ich bin jetzt seit einem Jahr hier.«

»Und du wirst auch weiter bei Loic und deiner Schwester bleiben?«

»Ich weiß nicht. Nach der Ahornsaison ist es still. Aber das macht mir nichts. Vielleicht gehe ich im nächsten Jahr nach Pawating. Wer weiß?«

Sie erkundigte sich nach meinem Zuhause und meiner Familie. Es war nicht leicht, es so zu beschreiben, dass sie es sich vorstellen konnte. Noch während ich redete, sah ich, dass Bilder in ihrem Kopf entstanden, die nicht der Wirklichkeit entsprachen, doch ich wusste nicht, wie ich ihr mein Zuhause hätte näher bringen können.

Mir war nicht klar gewesen, dass Waase'aaban meine Schwester kennen gelernt hatte, bis sie sagte: »Ich habe deine Schwester gekannt. Sie war eine gute Frau. Ich hoffe, Nanubushu wird dir gute Träume schicken, damit du sie findest.«

Ich bat sie, mir zu erklären, was sie damit meinte.

»Du hast noch nichts von Nanubushu gehört? Wirklich nicht? Das ist sehr merkwürdig. Es fällt mir schwer, dir das zu erklären. Es ist die falsche Sprache und die falsche Jahreszeit. Aber ich will es versuchen: Nanubushu ist ein sehr mächtiger Manitou. Er ist der Sohn einer Ojibwa und Epingishmook, ›aus dem Westen‹. Nanubushus Mutter starb, und seine Großmutter hat ihn zu sich genommen und ihm alles beigebracht. Dann kam die Zeit für Nanubushu, sein – wie nennt ihr das – er muss allein fortgehen und etwas suchen – wie ein Traum, verstehst du – er musste seinen Traum – jedenfalls ging er nach Westen ins Land der hohen Berge. Dort – diesen Teil erzähle ich nicht vollständig – schloss er Frieden mit seinem Vater. Nanubushu zog durch die Welt und begrüßte alle Wesen, die geschaffen wurden, und sagte einem jeden seinen Namen, und so kamen sie ins Leben. Aber Nanubushu verlor ein Mitglied seiner Familie, das er sehr liebte, und so kam es, dass er durch die Welt wanderte, immer auf der Suche. Er fragte jedes Tier, und sie halfen ihm. Und Nanubushu wanderte, bis er dorthin gelangte, wo der Große Bär war. An der Stelle war ein böser Manitou, der zu dem Großen Bären sagte: ›Geh und – mir fehlt das Wort – geh und … und – so‹« – Ihre dünnen Finger krümmten sich zu Krallen, und sie ahmte die grausamen Schläge des Großen Bären nach. »Und der Bär hat es gemacht. Er kam aus dem Wasser und hat es getan. Doch Nanubushu ist ein sehr mächtiger Manitou. Als der Große Bär kam, um ihn zu töten, hat er … hat er … sich verändert, und der Große Bär sagte: ›Wie kann Nanubushu so werden?‹ Und so hat Nanubushu seinen Weg fortgesetzt.«

»Hat er denn gefunden, was er gesucht hat?«, fragte ich.

Waase'aaban zögerte. »Die Geschichte ist zu lang, glaube ich. Wenn du im Winter kommst, wirst du sie hören. Doch eigentlich will ich dir damit sagen, dass Nanubushu der Mächtigste ist, er hat die Welt erschaffen, und er spricht mit allen Tieren dieser Welt. Deshalb sagen wir, wenn wir uns untereinander begrüßen – oder ein anderes Geschöpf – *Boozhoo.* Das ist ein Teil seines Namens, denn er war der Erste, der zu Anbeginn der Welt alle begrüßt hat. Er ist Nanubushu, und er ist immer auf der Suche. Und was deine Schwester betrifft – ich glaube, er ist derjenige, der dir helfen wird.« Sie hielt kurz inne. »Verstehst du meine Geschichte? Sie ist wahr, verstehst du?«

»Ja.« Das war gelogen, denn ich hatte sie nicht im Mindesten verstanden.

In meinem Kopf brannte ein Feuer, so hell wie die Sterne über uns. Wie Zunder verzehrte es jeden vernünftigen Gedanken. Vielleicht ist es so, wenn man betrunken ist, ehe die Flamme erlischt und es nur noch schäbig wird. Ich weiß es nicht. Was ich allerdings weiß, ist, dass ich ihre Hand nahm und Waase'aaban an mich zog. Sie wehrte sich nicht. Und das war noch nicht alles, was ich tat, ehe wir auseinander gingen.

17

Als ich zurückkehrte, herrschte ein derartiger Tumult, dass ich am liebsten auf dem Absatz kehrtgemacht hätte, um nach Bois Blanc zurückzukehren. Sobald ich McGulpins Haus betrat, ließ Anne ihren Löffel fallen, umarmte mich mit Tränen in den Augen und packte mich mit mehligen Händen an beiden Armen. »*Ah, m'sieu, m'sieu! Ah mon Dieu! On veut vous voir immédiatement au fort! Tout le monde vous a cherché! J'ai dit au lieutenant que vous éttiez allé à Bois Blanc avec Stéphan, et maintenant tout est devenu encore pire! Que dieu vous aide, m'sieu!*«

»Nur ruhig, Freundin, ganz ruhig! Es ist alles in Ordnung. Hier bin ich. Und jetzt bitte, *parlez-moi lentement! Répétez, s'il vous plaît!*«

Nach und nach kam es heraus. Man brauchte mich im Fort, weil ein jeder auf der Insel der britischen Krone den Treueid zu schwören hatte. Fast alle Inselbewohner hatten es bereits hinter sich, doch während der Eid abgenommen wurde, hatte jemand Captain Roberts gegenüber erwähnt, ich habe Stéphan angeheuert, damit er mich hinüberbrachte nach Bois. Man hatte mich noch am selben Abend zurückerwartet, seither allerdings nicht mehr gesehen. Die Tatsache, dass ich Quäker war, hatte bei der einmarschierenden Armee den Verdacht aufkommen lassen, ich müsse Amerikaner sein – nein, nicht nur Amerikaner, sondern ein subversiver obendrein.

Ich beruhigte Anne, so gut ich konnte. »*Je resolverai l'affaire maintenant, tout de suite! Je vais au fort.* Keine Bange! Ich habe nichts verbrochen – *pas de crime – je suis un sujet du roi d'Angleterre.* Wir haben die Habeas-Corpus-Akte. *Je vais.*«

Sie war nicht überzeugt, doch ich hatte keine Zeit zu verlieren. Zum ersten Mal stieg ich die Rampe auf der Vorderseite der Klippe zum Fort Mackinac hinauf und gelangte am Tor in der Mauer in einen Wachraum.

»Freund, ich bin Mark Greenhow. Mir wurde gesagt, Charles Roberts wünscht mich umgehend zu sprechen.«

»Für Sie immer noch *Captain* Roberts.« Doch sie sprangen auf und riefen einer Wache innerhalb der Mauern etwas zu. Auf der Stelle wurde ich von zwei Soldaten ins Fort eskortiert, die einen Schritt hinter mir gingen, als wäre ich ihr Gefangener, was keineswegs der Fall war, wie ich ihnen höflich zu verstehen gab.

Man führte mich nicht vor den Kommandanten, sondern in ein lang gestrecktes, niedriges Gebäude. Drinnen befand sich eine Holzwand mit einem dunklen Durchgang dahinter. Es sah überhaupt nicht aus wie das Quartier eines Kommandanten, doch ich hatte keine Gelegenheit, Einwände zu erheben, denn schon wurde ich von hinten an den Armen gepackt und in vollständige Dunkelheit gestoßen. Hinter mir fiel eine stabile Holztür ins Schloss, und ich hörte, wie die Riegel vorgeschoben wurden.

Es hatte keinen Sinn, zu protestieren oder gegen die Tür zu hämmern. Stillschweigen zu bewahren war die bessere Lösung. Das konnten sie vermutlich nicht begreifen; kurz darauf hörte ich, wie sich Schritte entfernten und die Außentür zuschlug. Danach war es stockdunkel. Es kostete mich geraume Zeit, bis ich meine neue Umgebung ertastet hatte. Ich befand mich in einer kleinen Zelle, knapp sechs mal vier Fuß, mit stabilen Holzwänden und einer Tür. Der Boden war festgestampfte Erde. Ich setzte mich und überdachte meine Lage.

Mein Vorfahr und Namensvetter war einer der ersten Freunde (er wurde überzeugt, so heißt es, als George Fox im Jahre 1653 nach Mungrisdale kam). Dieser Mark Greenhow lag sieben Jahre lang im Kerker in Carlisle und war danach nie wieder ein gesunder Mann, doch er legte während seiner gesamten Leidenszeit mutig das Zeugnis der Wahrheit ab. Das Licht in ihm brannte immer, obwohl er die ganze Zeit kein Tageslicht zu sehen bekam. In den Stunden, in denen ich in der Zelle in Fort Mackinac eingesperrt war, habe ich mich lange an seinem Beispiel aufgerichtet. Ich dachte an all die verstorbenen Freunde, die für ihr Zeugnis gelitten hatten. Ich dachte an die Versammlung in Mosedale, deren Mitglied ich war, und wenn sie dort von meiner gegenwärtigen Qual erführen, dann würden sie mich in jenem Licht halten, das keine weltliche Macht je auszulöschen vermag.

Von dort kam ich auf meine eigenen Unzulänglichkeiten, und auf meinem Gewissen lag in der Tat eine erdrückende Last. Stéphan und ich hatten Bois Blanc in dichtem Nebel verlassen. Sobald wir vom Strand ablegten, war die Verzauberung von der Insel von mir abgefallen, und im kalten Morgen wurde mir allmählich bewusst, was ich getan hatte.

An einem Punkt unserer Unterhaltung war herausgekommen, dass es Pakanés siebzehnter Sommer war. (Loic war seit zwei Jahren verheiratet, das wusste ich.) Waase'aaban war ihre jüngere Schwester. Ich erwischte mich dabei, wie ich Zahlen im Kopf wälzte, während mir unter dem Hemd kalter Schweiß über den Rücken lief, obwohl ich schwer paddelte. Ihr siebzehnter Sommer … und das hieß, Pakané war sechzehn Jahre alt. Waase'aaban konnte nicht älter als fünfzehn sein, denn vorausgesetzt, dass ein Kind für gewöhnlich ein Jahr lang gestillt wurde (ich nahm an, dass Menschen in dieser Hinsicht wie Kühe waren), war es unwahrscheinlich, dass Waase'aaban gezeugt wurde, ehe Pakané ein Jahr alt war. (Alan hatte mir gesagt, indianische Familien setzten nicht so verschwenderisch

Kinder in die Welt wie die Armen in England.) Demnach wäre Waase'aaban vierzehn. Das würde passen – sie war geschmeidig und leichtfüßig wie ein Kind. Sie hatte zwar den Körper einer Frau, aber auf jeden Fall den einer sehr jungen. Frostige Leere breitete sich in meiner Magengrube aus. Ich dachte an die jungen Mädchen in unserer Monatsversammlung; mit vierzehn waren sie noch Kinder. Eher hätte ich mir die rechte Hand abgehackt, als eine von ihnen auch nur zu berühren, dachte ich, und mit Recht.

Dennoch konnte ich auch unter diesen Umständen nicht ohne höchstes Entzücken an jene Nächte am Ufer von Bois Blanc zurückdenken. Doch sowie ich mich dabei erwischte, dass ich in vergangenem Vergnügen schwelgte, verzweifelte ich auch schon wieder ob des Bösen, das ich angerichtet hatte. Es war der Höhepunkt eines Verlangens, das meine Vorstellung – wie lange? – zwölf Jahre und länger beschäftigt hatte. Schon vor langer Zeit hatte ich mich damit abgefunden, dass es nichts gab, womit ich lüsterne Gedanken verbannen konnte: Wenn ich mich weigerte, sie im Wachzustand zuzulassen, suchten sie mich umso emsiger in meinen Träumen heim, und dagegen kann kein Mensch etwas tun. Ich war immer davon überzeugt, dass ich heiraten würde. Mehr noch, ich konnte nicht leugnen, dass ich in den vergangenen Jahren stets eine andere Versammlung oder Freunde besucht hatte in der Hoffnung, das Mädchen kennen zu lernen, von dem ich träumte. In meiner Phantasie war sie schön, intelligent, tugendhaft und zugleich erpicht darauf, ins Bett zu kommen – nicht ohne Trauschein, versteht sich. Ich muss ehrlich sagen, dass ich durchaus auch Frauen angesehen habe, die nicht Mitglied unserer religiösen Gesellschaft waren, und dass ich von einer sogar geträumt habe, ob schlafend oder wachend. Damit war mehr als nur ein Hauch Sehnsucht verbunden gewesen: Nur konnte ich mir derartige Vorstellungen in meinen vernunftregierten Augenblicken nie eingestehen.

Es gibt so manches hübsche Mädchen in Cumberland, doch nicht für solche wie mich.

Lieber verheiratet als verbrannt; ja, aber suche mir eine Frau, bevor du mich dafür geißelst, dass ich meiner Natur treu bin. Der Herrgott hat uns erschaffen, Mann und Frau, und zwar so, dass ein Mann keine andere Wahl hat als zu verbrennen. Während ich in meiner Gefängniszelle saß, konnte ich nicht gegen den Herrgott fluchen, der mich nach seinem Bild erschaffen hatte und der in meiner gegenwärtigen Not mein einziger Verteidiger war. Doch ich war nie ein großer Apostel Paulus, und wenn er in meiner Zelle aufgetaucht wäre (die ihm vermutlich recht vertraut war), wäre ich arg versucht gewesen, ihm meine Meinung zu sagen. Doch worüber ich nicht hinwegkam und was mir keine Ruhe ließ, war der Gedanke, wie schnell man doch eine Sünde begangen hatte. Ich hatte die Sünde für eine große Sache gehalten – der Akt des Sündigens selbst lag jenseits von allem, was in meinem Leben möglich war – und trotzdem, als es dazu kam, war es die leichteste und natürlichste Sache der Welt. Nachdem Waase'aaban zunächst gezaudert hatte, hatte sie dasselbe Verlangen gezeigt wie ich. Es wäre mir vollkommen unmöglich gewesen, mich zurückzuhalten, das wurde mir jetzt deutlich. Zu meiner größten Schande hatte ich es nicht einmal versucht.

Nun, in der Dunkelheit des Gefängnisses, hatte ich reichlich Gelegenheit, mir Vorwürfe zu machen. Furchtbar indes war, dass ich es nicht vermochte. In meinem Herzen blieb eine unheilige Freude, die ich nicht unterdrücken konnte. *Drei sind mir zu wunderbar, und das vierte verstehe ich nicht: des Adlers Weg am Himmel, der Schlange Weg auf einem Felsen, des Schiffes Weg mitten im Meer und eines Mannes Weg an einer Jungfrau.* Drei Nächte war ich auf Bois Blanc gewesen, und in den letzten beiden hatte ich so viele Erinnerungen an irdische Seligkeit angesammelt, dass sie mich ein Leben lang begleiten würden – ich trage sie jetzt noch immer in mir. Eine große innere Freude lenkte mich von meiner gegenwärtigen Gefangenschaft ab – und in meinen optimistischen Momenten zweifelte ich nicht daran, dass Alan, wenn er von meiner Not erfuhr, den Anstand besitzen würde, für meine Freilassung Sorge zu tragen.

Doch niemand kam, und wieder einmal war ich in innere Trübsal gestoßen, die zu meinem äußeren Zustand passte. Ich versuchte zu beten, aber es ging nicht. Ich begann an meinen Vater zu denken, und was er in einer solchen Lage sagen würde, und das führte dazu, dass ich mich an gewisse Textstellen in Fox' *Tagebuch* und in der Bibel erinnerte, die allen Notleidenden Trost spenden. So kam es, dass ich mich der Brüder Josephs besann, die im fernen Ägypten im Gefängnis saßen, obwohl sie doch nur gekommen waren, um ihre Familien vor dem Hungertod zu retten, und wie Joseph sich an sie wandte und sagte: *Sendet einen unter euch hin, der euren Bruder hole; ihr aber sollt gefangen sein. Also will ich prüfen eure Rede, ob ihr mit Wahrheit umgeht oder nicht. Denn wo nicht, so seid ihr, bei dem Leben Pharaos! Kundschafter.* Als die Soldaten kamen, war ich auf sie vorbereitet und sagte sogleich: »Freunde, ich bitte euch nur um eins, und zwar, meinen Bruder Alan Mackenzie zu holen und ihn mit eurem Kommandeur reden zu lassen.«

Sie reagierten nicht darauf, sondern führten mich im Marschschritt nach draußen. Ich war unterdessen sehr durstig und hätte mich gern erleichtert, doch ich bekam keine Gelegenheit, darum zu bitten. Die Sonne blendete mich, doch zumindest verriet sie mir die Zeit. Früh am Morgen war ich gekommen; jetzt neigte sich der Nachmittag dem Ende entgegen. Man brachte mich über einen weiten, zertrampelten Platz ins nächste Holzgebäude, das große Fenster und offene Türen hatte. Ich wurde in einen Raum geführt, in dem ein blässlicher, älterer uniformierter Herr an einem mit Papieren überhäuften Schreibtisch saß, einen Leutnant an seiner Seite. Ein weiterer Uniformierter war an einem Pult in der Ecke mit Schreibarbeit beschäftigt. Zwei Wachposten waren anwesend. Der einzige Mann in Zivil stand mit dem Rücken zu mir vor dem Schreibtisch. Meine Wächter schoben mich in eine Ecke, wo ich warten sollte. Ich lehnte mich an die Wand, da mich eine ungewohnte Schwäche überkam, und beobachtete, was sich vor meinen Augen abspielte.

»Ambrose Davenport, weigern Sie sich noch immer, diesen Eid zu unterzeichnen?« Captain Roberts Stimme verblüffte mich. Es waren keinerlei Anzeichen von Macht oder Triumph darin zu vernehmen. Der Mann klang ausgesprochen erschöpft. Im Gegensatz dazu ertönte die Stimme des Zivilisten klar und deutlich: »Ja, Sir, ich werde nicht unterzeichnen. Ich bin in Amerika geboren, und ich bin entschlossen, unter allen Umständen als amerikanischer Staatsbürger zu leben und zu sterben. Ich unterschreibe nicht.«

»In diesem Fall, Mr. Davenport, bleibt mir nichts anderes übrig, als Sie unter Arrest zu nehmen, weil Sie eine Gefahr für den öffentlichen Frieden darstellen. Sie werden die Insel mit der Armee der Vereinigten Staaten verlassen, um im Fort Detroit zurück auf amerikanisches Gebiet gebracht zu werden.«

Alan erzählte mir später, dass Davenport eine Farm, eine Frau und sechs Kinder hinterlassen habe, doch davon war jetzt nicht die Rede. Er wurde von Wachen hinausgeführt, und ich musste mich vor Charles Roberts stellen. Aus der Nähe betrachtet, wirkte er wie ein Todkranker, mit seiner gelblichen Gesichtsfarbe und den tiefen Rändern unter den Augen. Der Leutnant raunte ihm unterwürfig etwas zu.

»O ja. Ihr Name, Sir?«

»Mark Greenhow.«

»Staatsangehörigkeit?«

»Britisch.«

»Britisch, wie?« Er sah seinen Leutnant an. »Habe ich recht verstanden, dass dieser Mann Amerikaner ist?«

Erneutes Raunen. Ich wartete.

»Wozu haben wir ihn dann in Haft genommen? … Bois

Blanc … Was ist damit? … Ist er denn nicht aus freien Stücken zurückgekehrt? … Mr. Greenhow, wie lange haben Sie auf Mackinac gelebt?«

»Ich lebe nicht auf Mackinac. Ich bin vor knapp drei Wochen aus Sainte Marie du Sault hierher gekommen.«

»Sie waren auf Bois Blanc?«

»Ja, ich habe jemanden getroffen, um mit ihm über die Anmietung eines Kanus zu sprechen.«

»Ach du große Güte!« Der Mann verzog schmerzhaft das Gesicht. »Was soll denn dieser Sturm im Wasserglas? Na schön, Mr. Greenhow, wir können die Sache schnell hinter uns bringen, wenn Sie jetzt hier vor mir den Eid leisten, und sie freilassen, damit Sie Ihrer Wege ziehen können.«

»Ich kann nicht schwören.«

»Wie?«

»Ich kann keinen Eid leisten. Unser Herr Jesus Christus hat uns das Gebot erteilt: *dass ihr überhaupt nicht schwören sollt. Eure Rede aber sei: Ja, ja; nein, nein. Was darüber ist, das ist vom Übel.* Deshalb kann ich nicht schwören.«

»Und wenn ich Ihnen befehle, dass Sie mir Ihre Treue zu Seiner Majestät König Georg bestätigen?«

»Wenn Sie darum bitten, dann kann ich Ihnen erwidern, dass ich ein loyaler Untertan des Königs bin.« Ich fühlte mich berufen hinzuzufügen: »Es wurde dem König selbst gesagt – nicht diesem König, zugegeben –, *dass wir von jenen, die uns in Versuchung führten, für ehrlicher in unseren Versprechungen befunden wurden als andere, die einen Eid leisteten. Das, was wir mit der Wahrheit unseres Herzens aussprechen, ist mehr als alles, was wir beschwören können.*«

»Das mag ja sein. Aber was ist, wenn ich als der Oberbefehlshaber dieses Kriegsgebiets Ihnen nun befehle, einen Eid zu leisten?«

»Ich kann nicht schwören. Und wenn dieses Gebiet nun Upper Canada ist, dann weiß ich, dass vom Gouverneur John Graves Simcoe zu seiner Zeit ein Gesetz verabschiedet wurde, dass Mitglieder meiner Religiösen Gesellschaft keinen Treueid leisten müssen. Und dieses Gesetz gilt auch in England.«

»Und was ist, wenn ich Sie mit den anderen drei Zivilisten, die keinen Eid geleistet haben, nach Detroit verfrachte?« Der Mann sah aus, als stünde er kurz vor einer Ohnmacht; er schien sehr krank zu sein.

»Dann werde ich in Gottes Hand sein. Doch als Untertan des Königs sähe ich mich nicht gern gezwungen, in ein feindliches Land zu gehen.« Mir fielen meine Überlegungen im Gefängnis ein. »Wenn Sie wollen, dass ein Mann für mich bürgt, dann fragen Sie meinen Schwager, Alan Mackenzie.«

»Oh, schafft ihn um Himmels willen von hier fort! Dieser Tonfall ist nicht aufgesetzt; hört ihr das nicht? Warum haben Sie nicht gleich gesagt, wer Sie sind, Mr. Greenhow? Ich weiß über Sie Bescheid. Mackenzie war vor zwei Tagen hier. Ich hätte es mir denken können … Nein, nein, um Gottes willen, schafft ihn fort. Und lasst ihn in Ruhe, verstanden? Mr. Greenhow, Sie haben keine Zeit zu verlieren. Mackenzie wartet seit mindestens zwei Tagen auf Sie. Ich weiß nicht, warum Sie ihn haben warten lassen. Auf Wiedersehen, Sir! So bringt ihn um Himmels willen fort!«

Es tat mir nicht Leid, das Fort zu verlassen. Zum Glück habe ich es nie wieder betreten. Ich rannte förmlich die Rampe hinab zurück zu McGulpins Haus, wo ich zu meiner Verwunderung Alan antraf, der am Tisch saß und schrieb. Er war nicht weniger überrascht, mich zu sehen. Er hatte überall nach mir gesucht, bis er schließlich auf die Idee kam, Anne zu fragen, die ihm die Auskunft erteilte, ich sei mit Stéphan unterwegs. »Du hättest es mir vielleicht sagen können. Ich dachte, du wolltest sofort aufbrechen.«

»Ich hatte das ›sofort‹ schon aufgegeben, Freund. Jetzt bin ich jedenfalls da. Verstehe ich recht, dass du bereit bist, aufzubrechen?«

»Schon seit zwei Tagen! Dann morgen, Bruder Mark? Gut. Würdest du den Topf wieder aufsetzen? Ich habe noch nicht zu Abend gegessen – Anne hat ein Huhn für uns gekocht für den Fall, dass du zurückkehrst. Ich will das hier nur eben fertig machen.«

Ich stellte den Topf wieder auf das Feuer und die Zinnteller auf den Tisch. Im Tontopf war Weißbrot, und in einem Wasserpfännchen war noch frische Butter übrig.

»En roulant ma boule roulant. En roulant ma boule«, sang Alan, als er seinen Brief versiegelte, und ich merkte, dass er in mein Summen einstimmte. Ich muss mir das abgewöhnen, bevor ich nach Hause fahre, dachte ich, und im Nu traf mich die Erinnerung an meine noch viel größere Sünde wie ein Schlag in den Magen. Es war wie an einem jener Tage in den Bergen, an denen man an einem einzigen Nachmittag von Graupelschauern bis hin zu großer Hitze alles erlebt, mit dem Unterschied, dass das Wetter in meinem Herzen umschlug, was unendlich viel unangenehmer war. Ich war erfüllt von unerklärlicher Freude, und im nächsten Moment überkam mich die Einsicht in meine Missetat. Außerdem hatte ich einen Bärenhunger.

Alan und ich reduzierten das Huhn auf einen Knochenstapel, und als ich meinen Teller schließlich mit dem letzten Stück Brot abwischte, ging es mir besser. Es war der bisher angenehmste Abend, den wir miteinander verbracht hatten. Alan lenkte meine Gedanken in eine andere Richtung, als er mir das Neueste berichtete – ich erkannte in ihm kaum meinen ausweichenden und schweigsamen Begleiter aus den Tagen vor dem Krieg wieder. Zum Glück stellte er mir keine Fragen darüber, was ich unternommen hatte, denn ich wäre nicht imstande gewesen, sie zu beantworten.

Mackinac wimmele noch immer von indianischen Kriegern, berichtete Alan, die rund um den Ort ihre Lager aufgeschlagen hatten und offensichtlich entschlossen waren, sich nicht zu rühren, bis angemessene Geschenke an sie alle verteilt worden seien. Captain Roberts hatte es John Askin zu verdanken, dass kein Tropfen Blut, weder von Mensch noch von Tier, vergeblich vergossen wurde. Das war für einen Kampf unter Indianern beispiellos. Askin hatte den Insulanern eine kleine Herde junger Rinder abgekauft, um die indianischen Krieger vorläufig zu versorgen. Natürlich hatten die Inselbewohner Angst; ich gestattete mir die Bemerkung, dass ich auch in Sorge gewesen war, als ich eine solche Armee vor mir sah – oder überhaupt eine Armee, um genau zu sein –, die auf den Bergen biwakierte. Unterdessen gab es erneut Krach, weil Captain Roberts ein paar amerikanische Soldaten in Haft behalten hatte, die entweder als britische Staatsbürger oder als Deserteure von der britischen Armee identifiziert worden waren – ich bin mir nicht sicher, was von beiden –, und er füllte auch jetzt noch seine allzu dürftigen Truppen mit ihnen auf. Roberts stehe keine leichte Aufgabe bevor, sagte Alan, und er, Alan, sei froh, nicht in seiner Haut zu stecken.

Das brachte uns auf unsere eigenen Pläne. Mit Belustigung nahm Alan zur Kenntnis, dass ich ihm zuvorgekommen war und Loic aufgesucht hatte. »Willst du denn nun morgen mit Stéphan und mir hinüberfahren, oder soll ich gehen und mit Loic reden, und dann holen wir dich hier ab?«

Diese Frage löste bei mir eine quälende Unentschlossenheit aus, durch die ich mich beinahe verraten hätte.

Am nächsten Morgen bat Alan mich, seine Briefe zum Büro der South West Company zu bringen, während er Stéphan Bescheid geben wollte, dass wir bereit seien aufzubrechen. Kurz bevor wir uns auf den Weg machten, tauchte ein britischer Infanterist auf und fragte uns nach dem Weg zu Dr. Day. »Den kenne ich«, sagte Alan. »Ich hoffe, Sie sind nicht krank!« Er nahm den jungen Burschen am Arm und deutete in die Richtung. »Da hinauf.«

Als er sich umdrehte, starrte ich ihn mit offenem Mund an. »Mark? Stimmt etwas nicht?«

»Ich habe dich schon einmal gesehen!«

»Was?«

»Alan, warst du letztes Jahr in York? Anfang des Neunten Monats?«

»Wann?«

»Im … September. Du warst im September in York, stimmt's?«

»Wie kommst du denn auf die Idee?«, fragte Alan vorsichtig.

»Weil ich dich getroffen habe! Vor dem Hotel! Du hast mir den Weg zum Toronto Coffee House gezeigt!« Ich packte ihn an den Mantelaufschlägen und schüttelte ihn regelrecht. »Keinen von deinen Tricks, Alan. Du kannst es nicht leugnen. Ich *weiß* es!«

Nun war es an ihm, mich anzugaffen. »Ich kann mich nicht erinnern … Nein, nein, ich leugne es ja nicht! Ich sage nur, dass *ich* mich nicht an *dich* erinnere.« Er legte mir die Hand auf den Arm. »Es stimmt Mark, ich war dort. Tut mir Leid. Ich habe dich damals nicht gekannt.«

»Ich dich doch auch nicht.« Die Ungeheuerlichkeit dieses Umstands war kaum zu fassen … fast ein ganzes Jahr … und eine so lange Reise … und die ganze Zeit … ich schüttelte den Kopf. Es war weder seine Schuld noch meine; es gab eigentlich nichts dazu zu sagen.

»Später werde ich dir davon erzählen. Versprochen.« Alan grinste. »Wir werden ohnehin nicht gerade wenig Zeit miteinander verbringen.« Plötzlich ergriff er meine Hand. »Die Welt ist merkwürdig, Bruder. Wir treffen uns am Ufer.«

Langsam ging ich mit seinen Briefen weiter und war zutiefst verwundert. Viele Freunde glauben, dass der Herr in allem, was uns widerfährt, seine eigenen Ziele verfolgt. Ich bin mir dessen nicht so sicher; wenn wir einen freien Willen haben, dann sind wir für die Folgen selbst verantwortlich. Daher rührt eigentlich das Böse auf dieser Welt … Nur hatte ich in diesem

Fall keine bewusste Entscheidung getroffen, sondern war einfach unwissend. Wenn ich Alan im vergangenen September in York getroffen und ihn damals schon gekannt hätte … Ich konnte keinen klaren Gedanken fassen … Ich warf einen Blick auf die beiden Briefe in meiner Hand. Vielleicht hätte ich die Anschriften nicht lesen sollen, doch ich habe keinen Zweifel, dass der Herr – und auch Alan – es mir verzeihen werden. Ein Brief war an Simon MacKenzie, Verbindungsmann, Fort William, Indian Territory adressiert. Der andere ging an Mrs. James Mackenzie, Ardelve, Ross-shire, Scotland, Nordengland. Das würde die Empfängerin eine Stange Geld kosten, ohne Zweifel. Jedenfalls wurde mein Staunen über Alan nur noch größer, und ich erkannte, wie wenig ich über ihn wusste.

Als wir nach Bois Blanc hinüberpaddelten, begann ich über Waase'aaban nachzudenken. Ich war sehr ängstlich und wünschte, ich wäre nicht mitgefahren. Kaum waren wir an Land gegangen, spürte ich ein Flattern im Bauch, das sich nicht unterdrücken ließ. Am liebsten wäre ich eilends auf das Haus zugelaufen, zugleich jedoch wollte ich nichts lieber als kehrtmachen und die Flucht ergreifen. Mag sein, dass Stéphan etwas ahnte. Ich bin mir aber ziemlich sicher, dass Alan keinen blassen Schimmer hatte. Dann stand Loic oben am Strand und rief uns zu: *Boozhoo! Biindigen!* Geht es heute los?«

Er zeigte uns das Kanu mit neuer Birkenrinde und starken Nähten. Es war ein indianisches Kanu, größer als Stéphans, ich schätzte es auf etwa sechzehn Fuß Länge. Wir nahmen vier Paddel mit. Die Vorräte waren sicher unter einer Abdeckung aus Birkenrinde beim Holzstapel verstaut. Neben einem Fässchen Schießpulver, einem Horn Zündpulver und Beuteln voll Blei und Schrot lagen zwei Musketen. Wir nahmen drei Decken mit, ein großes, quadratisches Stück Segeltuch – kein Zelt, wir würden unter dem Kanu schlafen –, Säcke mit Mehl und Erbsen, die in Öltuch geschlagen waren, um sie vor Wasser zu schützen, einen Eisentopf, eine kleine Axt, allerlei Werkzeug und andere Gegenstände in Behältern aus Birkenrinde. Loic packte sowohl sein eigenes Werkzeug als auch aufgerollte Birkenrinde und Ersatzlederschnüre ein für die Reparatur des Kanus. Hinzu kamen noch ein Ballen Tabak, Perlen, Fallen, Eisen für Äxte sowie andere Handelsgüter; Alan sagte, wir brauchten bestimmt Geschenke. Er nahm seine kostbare Karte nicht mit, weil er sie auswendig kannte, doch er hatte einen Kompass und eine kleine handliche Sonnenuhr in einer kleinen Holzschachtel.[1] Wir breiteten alles auf dem festgestampften Boden vor dem Haus aus und unterzogen es einer letzten Prüfung. Es erschien sehr viel für ein Kanu, in dem zusätzlich drei Männer sitzen würden, doch ich wusste inzwischen genug über *voyageurs* und war nicht überrascht, als das Kanu kurz darauf trotz der kompletten, gleichmäßig verteilten Ladung nicht allzu tief im Wasser lag. Wir schoben den Bug wieder auf den Strand und gingen noch einmal ans Ufer.

Die ganze Zeit über hatten sich weder Waase'aaban noch Pakané blicken lassen. Loic sagte, sie seien Beeren sammeln gegangen; es war Blaubeerzeit. Er wusste, wo sie waren, und sagte, er müsse sich von seiner Frau verabschieden, ehe er aufbrach. »Es dauert nicht länger als eine Stunde.« Er drehte sich zu mir um. »Kommst du mit, Mark?«

»Ja.«

Ich folgte ihm, ohne ein weiteres Wort zu verlieren, und

1 Dieses Gerät, das ich auf der Reise häufig in Gebrauch hatte, hat mir mächtig imponiert. Auf meinem Rückweg habe ich mir in Montreal eine solche Uhr und einen Kompass gekauft, und ich nehme sie immer mit, wenn ich auf den hohen Bergen wandere. Heute kann ich mir kaum noch vorstellen, wie mir das jemals ohne Hilfsmittel gelungen ist. Dennoch glaube ich, der Besitz eines mechanischen Geräts lässt die angeborenen Fähigkeiten des Menschen allzu oft einschlummern. Als Junge habe ich nicht einmal im Traum an einen Chronometer oder einen Kompass gedacht, und ich habe mich in den Bergen weder verlaufen, noch wurde ich von Dunkelheit überrascht. Auch Loic hatte weder mit Zeit noch Richtung Schwierigkeiten, und er verschmähte den Gebrauch des Kompasses mit dem Hinweis, er könne nicht lesen. Ich wusste, das war eine faule Ausrede. Ich verstand seine Abneigung, doch in meinem Fall war es anders, denn ich war in einem Land, in dem mir viele natürliche Gegebenheiten fremd waren. Im Übrigen habe ich ein Faible für raffinierte Gerätschaften, und deshalb habe ich vor dieser kapituliert. Der Kompass war gut und gern eine Guinee wert und hat mir gute Dienste geleistet.

überließ es Alan und Stéphan, sich ihre eigenen Gedanken zu machen.

Loic führte mich auf kleinen Pfaden durch die Marschen tief hinein ins Herz der Insel. Wir kamen an braunen Teichen vorbei, die dicht mit Binsen bewachsen waren, umgeben von offenen Lichtungen voll abgestorbener, grauer Baumstümpfe. Ich hatte die Portagen von *La Vase* überquert, erkannte also alte Biberteiche; die Wasserweiden verwandelten sich allmählich in Wald. Ein weißer Reiher erhob sich in die Luft, sobald wir näher kamen, nur um ein Stück weiter vorn wieder zu landen und sich erneut aufschrecken zu lassen. Dann wurde der Boden sandiger und trockener. Wir suchten uns unseren Weg zwischen Fieberklee und Blaubeersträuchern. Da saß auf einmal Pakané auf einem Erdwall zwischen den Beeren und stillte Biinooji. Mir blieb das Herz stehen, als ich sie sah; eine Frage drängte sich auf, die ich mir schon längst hätte stellen sollen. Doch dann sah ich Waase'aaban ein Stück weiter, Mund und Hände von Blaubeeren verschmiert, wie sie einen Behälter aus Birkenrinde mit Blaubeeren füllte. Als sie uns sah, sprang sie auf und lächelte mir zu. Es war ein so unschuldiges Lächeln des Entzückens, nur weil ich gekommen war, dass mir das Herz schneller schlug. Vergessen war meine plötzliche Furcht; vergessen die quälenden Schuldgefühle und die Reue; vergessen auch, dass es in der Gesellschaft der Freunde ein Mädchen wie sie niemals geben würde; vergessen, dass sie erst vierzehn Jahre alt war und ich vierundzwanzig. Ich erinnerte mich nur an die beiden sternenklaren Nächte, als wir in den Dünen gelegen hatten, als gäbe es außer uns niemanden auf der Welt.

Loic sprach mit Pakané, und ich verstand die Wörter nicht, Waase'aaban aber reagierte sofort darauf. »Du gehst jetzt fort, Mark?«

»Ja, aber ich komme wieder.«

»Vor dem Winter?«

»Das hoffe ich.«

»Gaa ngoji gdaa-baa-izhaasii«[2], sagte sie sehr leise.

Ich beugte mich zu ihr, um sie zu verstehen. *»Gaa ngoji gdaa-baa-izhaasii«*, wiederholte sie.

»Bitte, auf Französisch?«

Sie wollte es nicht übersetzen, sondern stand vor mir, den Blick gesenkt, und faltete die Hände.

Ich umschloss ihre Hände mit den meinen. »Ich komme wieder.«

»Gaa ngoji gdaa-baa-izhaasii.«

Ich gab den Versuch auf, mit ihr zu reden, hielt ihre Hände umschlungen, drückte sie und ließ los.

Loic beugte sich über seinen Sohn in der Kindertrage und gab ihm einen Kuss. *»Ka-waabimin nwiidigemaagen, ngwiss!«* Er erhob sich. »Mark, es ist Zeit, zu gehen. *Ka-waabimin nwiidigemaagen*, Pakané.«

Eine Stunde später wateten wir mit unserem beladenen Kanu in die Bucht hinaus. Alan war unser Bugmann, und ich stieg nach ihm in die Mitte. Loic schob uns noch ein Stück weiter und sprang mit Schwung ins Heck. *»Allez-y, les gars!«*

»Allez-y.«

2 Viel später erst erfuhr ich, was es bedeutet: »Du solltest nirgendwohin gehen.«

18

Hier wurde Rachel zum letzten Mal gesehen. Im Morgengrauen stand ich am Strand von South Manitou und schaute mich um. Die Bucht war genau so, wie Alan sie beschrieben hatte: ein meilenweiter Halbmond aus weißem Sand. Der See lag perlweiß und sehr still da. Zwei Stockenten schwammen parallel zum Strand und kräuselten das Wasser, das in kleinen dunklen Wellen ans Ufer schwappte und meine Füße umspülte. Ich ging langsam weiter, durch knöcheltiefes Wasser watend, wo der Sand fester war. Der Strand fiel sanft ab, sodass das Wasser hier warm blieb, obwohl die Sonne sich noch in fernem Dunst verlor. Mir war unverständlich, wie jemand in den See gehen und dort ertrinken konnte: nicht hier. Dazu hätte Rachel sich vom Strand entfernen und an das ungeschützte Ufer auf der anderen Seite gehen müssen.

An dieser Stelle ließ sich gut spazieren gehen. Ich konnte dabei nachdenken, abgelenkt nur vom glatten Sand und vom Wasser. Zuerst musste ich das Indianerdorf aufsuchen. Am Abend zuvor waren wir nach Einbruch der Dämmerung eingetroffen, doch jetzt sah ich, dass Alan was den Wald betraf Recht hatte. Der dichte Baumbestand reichte bis nahe ans Ufer. An der Nordseite gab es oberhalb des Strandes eine schattige Lichtung, die von reisenden *voyageurs* angelegt worden war, damit eine kleine Brigade hinter den Birken am Ufer einen Sturm abwarten konnte. Zu dieser Jahreszeit war die

Lichtung eine richtige Wiese. Das Gras war durchsetzt mit Glockenblumen und hellgelben Blumen, die ich nicht kannte; darüber tanzten orange-schwarze Schmetterlinge. Mückenschwärme gab es auch; bei diesem ruhigen Wetter waren wir gut beraten gewesen, am offenen Ufer zu kampieren. Ich war allerdings zur Lichtung hinaufgegangen, sobald es hell wurde, und umrundete sie langsam. Vom Rand aus spähte ich in den Wald. An lichtdurchfluteten Stellen wuchsen riesige Sträucher Giftsumach. Weiter drinnen, wo es düster war, erhoben sich große, graue Buchenstämme und breiteten ihr Laubdach hoch über meinem Kopf aus, sodass ich mir, wenn ich hinaufschaute, wie ein krabbelndes Insekt auf dem Waldboden vorkam. Ein riesiger Baum war umgestürzt, und die Blätter wirkten im einfallenden Licht wie ein grün-goldener Schauer. Aus dem modernden Baumstumpf sprossen Schößlinge. In den Tiefen des Waldes pochte ein Buntspecht. Ja, Alan hatte Recht. Rachel hätte überhaupt nicht in den pfadlosen Wald gehen können. Sie hätte sich einen Weg suchen müssen. Die einzigen Pfade gingen laut Alan vom Indianerdorf aus, das wir an diesem Tag aufsuchen wollten.

Ich schlenderte weiter durch das seichte Wasser und fragte mich, was ich wohl erwartet hatte. Ich bin in einem Land geboren, das kahl und offen ist: wild, gewiss, aber wenn man klettern und sich dem Wetter aussetzen kann, dann kann man gehen, wohin man will, und an guten Tagen sieht man, wohin man geht. Dieses flache, sandige Land hingegen war undurchdringlich. Und doch hatte Gott das alles am dritten Tage erschaffen, so wie er die Berge des Lake District erschaffen hatte, und er sah, dass es gut war. Ich sagte den Vers vor mich hin, doch er brachte mir diese unbekannte Welt nicht näher; vielmehr wurde mir der Gott, den ich mein Leben lang angebetet hatte, plötzlich fremd. Die Wege Gottes sind für uns unergründlich, das wusste ich wohl, doch am Strand von South Manitou wurde mir erst richtig bewusst, dass Gott unendlich viel mehr im Sinn hat, als ich ahnen konnte. Joseph Priestman hat einmal in Mosedale einen geistlichen Beitrag darüber gehalten, wie wichtig es sei, sich stets vor Augen zu halten, dass Gott uns nach seinem Bild erschaffen hat, und nicht umgekehrt. Der Mensch, sagte Joseph, neige zur Sünde des Stolzes, und wie stolz könnten wir sein, wenn wir uns in unserer kleinen Vorstellung nicht einen kleinen Gott erschaffen, sondern wenn wir uns den Allmächtigen Gott, unseren Schöpfer, der Himmel und Erde und alles, was darin ist, gemacht hat, vorstellen würden als jemanden wie uns, um auch nur ansatzweise zu begreifen?

Als ich über das Innere von South Manitou nachdachte – und das Herz der Insel selbst lag nur eine halbe Meile weiter westlich von der Stelle, an der ich stand –, wurde mir auf jeden Fall klar, dass Entfernung nicht das Einzige ist, was uns von Wissen trennt. Zwei Herzen können so nah beieinander liegen, dass sie wie ein Herz schlagen, und doch können die Gedanken dieses anderen Herzens so fern sein wie die Sterne. Der Gedanke an jenen anderen Strand auf Bois Blanc schoss mir durch den Kopf, und mir traten Tränen in die Augen, doch ich unterdrückte sie. Ich hatte keine Antwort auf die Fragen in meinem Herzen, und so ließ ich sie vorläufig ruhen.

Alan hat mich einmal gefragt, ob ich auch nur die leiseste Ahnung hätte, wie groß dieses Land sei. Ich dachte, ich wüsste es, denn hatte ich nicht einen halben Kontinent durchquert, um an diesen Ort zu gelangen? Die letzten beiden Wochen jedoch hatten mir gezeigt, dass er Recht hatte. Dem Flug der Krähe – vielmehr der Möwe – folgend, so sagte mir meine Erinnerung an Alans Karte, waren wir knapp hundert Meilen von Mackinac entfernt. Im *canot du maître* hatten wir auf dem French River an einem Tag siebzig Meilen wie im Fluge hinter uns gebracht. Allerdings hatten wir da auch eine rasche Strömung, die uns flussabwärts trug, und die Kraft von vierzehn Männern. In Loics Indianerkanu mit nur drei Paddlern war die ganze Welt auf dem offenen See um ein Vielfaches größer. Loic war unser *gouvernail*, und obwohl ich noch nie ein Kanu gesteuert hatte, war ich mir seines Geschicks bewusst. Oft hatte ich einfach Angst; ich glaube, er ist Risiken eingegangen, doch die waren zu vertreten gewesen, sonst würde ich jetzt nicht hier auf Highside an meinem Schreibtisch am Fenster sitzen und schreiben.

In der ersten Nacht hatten wir unser Lager am nördlichsten Punkt der Halbinsel aufgeschlagen, die das Michigan Territory ausmacht, ganz in der Nähe der verbrannten Ruinen einer beachtlichen Festung, die Loic zufolge Michilimackinac war. Am Abend ergötzte Alan mich mit Erzählungen über französische Kriege und indianische Massaker an jener Stelle, und als Folge davon fand ich über eine Stunde keinen Schlaf. Um ehrlich zu sein, ich schlief während der ganzen Zeit, die wir in Michigan verbrachten, nicht fest, gewöhnte mich aber daran, wie ein Hund mit offenen Ohren zu schlafen, denn ich wurde nie das Gefühl los, eine unwirtliche Wildnis im Rücken zu haben, in der Feinde lauerten, Vierbeiner und Zweibeiner, die ich weder kannte noch kennen lernen wollte.

Noch vor Morgengrauen verließen wir die trostlose Ruine, schlugen jedoch an jenem Nachmittag früh unser Lager auf und blieben volle drei Tage. Das fiel mir schwer, denn es war bereits so viel Zeit vergeudet worden. Doch Loic war unnachgiebig, und als wir uns wieder auf den Weg machten, verstand ich, warum. Wir mussten mehrere Meilen weit über offenes Gewässer nach Westen paddeln, um an einer lang gestreckten Landzunge vorbeizukommen, die ringsum von Felsklippen umgeben war. Selbst bei gutem Wetter war es eine unwirtliche, beängstigende Gegend, denn weder vom See noch vom Land wäre Gnade zu erhoffen gewesen, sollten wir sie denn gebraucht haben. Es war eine Erleichterung, als wir den Schutz eines großen Dorfes der Ottawa erreichten, das auf einem hohen Kliff lag und vom See aus durch eine riesige, nach vorn geneigte Kiefer auf der Spitze der Klippe gekennzeichnet war. Der Ort befand sich auf natürlich wirkendem Weideland, auf dem vereinzelt wilde Kirschbäume, Brombeer- und Himbeersträucher wuchsen. In den Gärten wurden Mais, Bohnen und Kürbis angebaut, und wie auf Mackinac standen auch hier lange Gestelle, auf denen Weißfisch zum Trocknen ausgebreitet war. Loic gegenüber erwähnte ich, den Menschen hier sei gutes Land beschieden, doch er entgegnete, das sei nicht richtig, das Weideland sei nicht natürlich, vielmehr seien hier an der Küste entlang auf fünfzehn Meilen einmal Siedlungen gewesen. Lange bevor die Briten kamen, hatten die Franzosen ihre Jesuitenmission hierher verlagert. Mit den Briten war nicht gut Kirschen essen, deshalb hatten die Ottawa die Franzosen unterstützt und Fort Michilimackinac angegriffen. Kurz darauf verkaufte ein britischer Händler im Tausch gegen Felle eine Zinndose an die Ottawa. Er sagte, die Dose enthalte etwas, das ihnen sehr gut tun würde, doch sie sollten sie erst öffnen, wenn sie zu Hause wären. Sie befolgten seinen Rat; in der ersten Dose fanden sie eine zweite, und darin noch eine weitere. Sie stießen schließlich auf die kleinste Dose von allen, die kaum zwei Finger breit war, und machten sie auf. Darin befand sich nur eine kleine Gussform, die sie verwundert herumreichten. Bald darauf brachen die Pocken bei ihnen aus, und innerhalb weniger Wochen waren fast alle Menschen daran gestorben. »Darum ist das Land vor deinen Augen so leer«, sagte Loic. »Vor vierzig Jahren hättest du nichts als unbestattete Leichen vorgefunden, die Gärten verwildert, der Rest der Bewohner geflohen.«

Ich zögerte. »Ob sie jetzt noch Briten sehen wollen, nachdem ihnen das alles angetan wurde?«

Loic hob die Schultern. »Dasselbe wurde auch meinem Stamm zugefügt, und doch bin ich hier. Die Welt – und der Handel – gehen weiter.«

Dennoch war mir nicht wohl in meiner Haut, während wir

in der Nähe des Dorfes blieben, das auf Französisch, wie Loic sagte, *L'Arbre Croche* hieß, der krumme Baum. Wir wurden mit Gleichgültigkeit empfangen – das Dorf lebt vom Handel mit denen, die auf den Wasserwegen von Mackinac verkehren –, doch ich war froh, als wir wieder aufbrachen. Zum ersten Mal in meinem Leben schien es nicht ganz so ideal, als Engländer geboren zu sein; das machte mich hilflos.

Nachdem wir die Ortschaft verlassen hatten, gerieten wir in schlechtes Wetter. Der See wurde kabbelig, Nebel senkte sich herab. Um die Aussicht wäre es nicht schade gewesen, denn eine unwirtlichere Küste werde ich hoffentlich nie wieder zu Gesicht bekommen. Sobald die hohe Klippe von L'Arbre Croche außer Sichtweite war, konnte Loic sich nur noch nach den Wellen und dem Wind auf seinen Wangen orientieren. Innerhalb kürzester Zeit war die Welt auf einen Radius von sechs Metern zusammengeschrumpft; das Einzige, was mich beschäftigte, war die Welle, auf der ich ritt, und die nächste, die anrollte. Es wurde Abend, ehe sich der Nebel auflöste, und wir stellten fest, dass wir eine Meile vom Ufer entfernt waren. Das Land war durchbrochen und hügelig, das Ufer fiel noch immer steil ab. Das Wasser indes wurde ruhiger, und wir hatten keinen Schaden genommen.

Alans Karte hatte keinen Aufschluss darüber gegeben, wie rau die Reise sein würde. An einer Stelle, an der die hohe Küstenlinie unterbrochen war, gingen wir in einem natürlichen Hafen im Schutz einer kleinen Halbinsel an Land, wo aus dem weichen Sand einer kleinen Bucht Quellwasser sprudelte. Das war aber nicht die unermessliche Wildnis, auf die man mich vorbereitet hatte. Fischer besserten ihre Netze aus, so wie sie es am Ufer des Solway tun, und Kinder spielten in den kleinen Wellen, die sich auf dem Sand brachen. Die Kleinsten hatten einen glatten, braunen Körper und runde Bäuche: kein Anzeichen von Hunger oder Krankheit, obwohl ich doch so viel über Missernten und hungrige Winter gehört hatte. Die größeren Jungen trugen Lendenschurze, die Mädchen kurze Kleider aus weichem Hirschleder oder Baumwollstoff. So viele Gestelle mit Trockenfisch wie an jenem Strand habe ich nie wieder gesehen, fleißig gewendet und versorgt von Jung und Alt. Wir brachten unser Kanu neben mindestens einem Dutzend anderer an Land, und Loic sprach mit zwei Burschen, die an einem großen Kanu die Birkenrinde ausbesserten. Sie schickten uns ins Dorf, in dem gut ausgetretene Pfade kreuz und quer zwischen den um die Feuerstellen herum aufgestellten Wigwams verliefen. Hinter den Wigwams lagen gepflegte Gärten, auf die jeder englische Bauer stolz gewesen wäre. Die Menschen sahen uns nach, als wir an ihnen vorbeigingen. Ich folgte Alan und Loic zu einem Wigwam, der ein wenig abseits stand. Als ich ihn sah, zögerte ich einen Moment, denn ein geschnitztes Kruzifix nach Art der papistischen Götzenanbeter stand davor.

»Was ist das hier?«

»Es ist für Gäste«, erklärte Loic. »Und das sind wir, du und ich und Alan.«

»Warum steht da ein Kreuz?«

»Weil es das Haus des Priesters ist, wenn er kommt.«

Widerspruchslos ließ ich mich hineinführen und stellte zu meiner Erleichterung fest, dass der Wigwam innen ausschließlich nach Art der Ottawa eingerichtet war: über Kiefernäste ausgebreitete Felle als Betten und ein leerer Wasserbehälter aus Birkenrinde neben der Tür. Das entsprach einem vertrauten Muster. In jedem Dorf an der Bucht – die insgesamt fünfzehn Meilen lang war – wurden wir höflich, aber ohne Neugier empfangen. Wir verschenkten Tabak, Baumwollstoff und Metallwaren, und als Gegenleistung bekamen wir reichlich Fisch und Mais zu essen und erhielten auch oft einen Schlafplatz. Die Älteren sprachen französisch mit uns, obwohl Alan und Loic sich auch in der Sprache der Ottawa verständigen konnten. Ich war nie sicher, inwiefern die Indianer aus purer Höflichkeit mir gegenüber französisch redeten, oder ob die Sprache des weißen Mannes ihnen automatisch über die Lippen kam, wenn sie mit Fremden zu tun hatten. Soweit ich es mitbekam, waren diese Menschen daran gewöhnt, mit Fisch und anderen Naturerzeugnissen zu handeln und dafür bis nach Mackinac zu fahren, was für sie dasselbe war wie für uns in Mungrisdale die Entfernung nach Penrith oder Carlisle. Über Rachel erfuhr ich nichts Neues, doch ich hatte über vieles nachzudenken, denn meine vorgefertigte Meinung wurde gänzlich auf den Kopf gestellt, und ich wusste nicht, wie ich weitermachen sollte. Ich hatte mir das Land jenseits der Grenze so vorgestellt, wie es die Karte zeigte: das heißt, als leere Wildnis. Ich hatte erwartet, unberührte Wälder vorzufinden, bewohnt von wilden Raubtieren und nackten Wilden. Stattdessen fand ich saubere Dörfer inmitten von Gärten vor, gesunde Kinder und ein Volk, das in meinen Augen voll und ganz mit dem sommerlichen Fischfang und der Pflege von Bohnen, Mais und Kürbis beschäftigt war. Gewiss hörte ich die Menschen über den Krieg reden – doch das war in England nicht anders –, und sehr oft vernahmen wir abends in der Ferne Trommeln. Hier und da erlebten wir auch noch wilde Tänze, und zweimal trafen wir auf Banden junger, bewaffneter Männer in Kriegsbemalung – was in England nicht geschieht; mag sein, dass uns die Erscheinungsformen unserer Kriege und Konflikte nur deshalb weniger beunruhigend vorkommen, weil sie uns vertraut sind.

Wir paddelten die Bucht in voller Länge entlang, machten an verschiedenen Dörfern Halt und schlugen dann den Weg nach Süden ein. Wir kamen an vielen Flüssen vorbei; später folgten wir diesen ins Landesinnere oder trugen unser Kanu über eine Sandbank an einzelne Seen im Inland, die alle größer waren als Windermere. Überall gab es Sommerdörfer, und wo die Flüsse in den Wald führten, trafen wir stets auf Männer, die in klarem Wasser auf Fischfang waren. Niemand konnte ungesehen oder unbemerkt über diese Wasserwege fahren.

Auf dieser ersten Etappe hielten wir uns in Ufernähe des Lake Michigan, bis wir in eine weitläufige Bucht kamen, in der das Wasser zwischen den Untiefen teilweise so seicht war, dass wir aussteigen und unser Boot über längere Entfernungen schieben mussten, selbst wenn wir vom Ufer weit entfernt waren.

Noch immer befanden wir uns in bewohntem Gebiet. Ich glaubte schon, dass ich mich in der Natur des Michigan Territory gänzlich getäuscht hatte, doch als wir schließlich die Landzunge umrundeten, in deren Schutz die doppelte Bucht liegt, erblickte ich ein ganz anderes Land. Im Süden sah ich eine große Landzunge, und draußen auf dem See zwei lang gestreckte, flache Inseln. Die Küstenlinie war eine Wüstenei aus steilen Dünen und fliegendem Sand. Die Inseln schienen weit entfernt zu sein. Als Loic auf die Inseln zeigte und lakonisch meinte *»Les îles des Manitou«*, tat mein Herz einen Sprung. Die nördliche Insel sah größer aus, doch von unserem Punkt aus waren beide bloß Schatten, auf den Pfad der untergehenden Sonne geworfen. In jener Nacht kampierten wir in einer kleinen Bucht auf grauem Kieselstrand direkt im Süden der Landspitze. In der Abendsonne ging ich zu Fuß zurück zur Landspitze, nahm Alans Kompass mit und peilte South Manitou an. In mein Notizbuch habe ich eingetragen: Es war halb neun, und die Insel lag von meinem Standort aus genau im Südwesten. Ich klappte den Kompass zu und schaute weiterhin unverwandt über den See, bis die beiden dünnen Silhouetten der Inseln im Dunkel verschwanden.

Danach waren die Manitou Islands immer in Sichtweite. Sie lagen immer querab, während wir an einer zerklüfteten Küste entlangpaddelten, an der sandige Klippen auf ein zugiges Ufer hin abfielen. Dort gab es keine Dörfer, ja nicht einmal einen Unterschlupf, von abgestorbenen Baumstümpfen abgesehen, die von oben herabgefallen und von der Brandung unterhöhlt worden waren. Ich brachte meine Verstimmung zum Ausdruck, woraufhin Loic rasch mit Lobgesängen über dieses elende Ödland bei der Hand war und mir versicherte, hinter den trostlosen Dünen liege ein veritables Paradies, in dem Wälder aus Eichen, Ulmen, Kiefern und Ahorn jede Art von Wild beherbergten, die kleinen Seen von Fischen wimmelten und die Menschen mit allen Geschenken gesegnet seien, die ihnen das Land nur bieten konnte. Im schwankenden Kanu auf dem See unterhalb der kahlen Dünen konnte ich ihn nur schwerlich beim Wort nehmen. Vor meinem geistigen Auge tauchten Bilder meiner heimatlichen Seen auf: die bewaldeten Inseln und die lieblichen Rundungen von Thirlmere, der Blick nach Süden von Derwentwater in den Schlund von Borrowdale, die grimmigen, klaren Linien des Helvellyn-Höhenzugs, der seinen Schatten über Ullswater wirft. Zum ersten Mal sah ich mein Vaterland als den Garten Eden, der es im Grunde ist. Noch nie hatte ich es für klein gehalten, doch nun erschien es mir als jenes Paradies auf Erden, von dem alle Menschen sehnsüchtig träumen. Ich hatte vermutet, dieser Garten sei in einer gefallenen Welt unerreichbar, doch nun sah ich mit neuen Augen und wusste, das neue Jerusalem war bereits vorhanden – war schon immer da gewesen, wenn ich es auch nicht gesehen hatte –, und zwar in jenem Land, in das es meine Leute zuerst verschlagen hatte. Große Sehnsucht überkam mich und blieb mir danach erhalten, wie eine Stimme aus der Stille, die nie aufhörte, mich zu rufen. Ich war noch immer fest entschlossen, nach Rachel zu suchen, in meinem Herzen herrschte nach wie vor ein großer Tumult, wenn ich an Waase'aaban dachte, und ich war noch immer willens, alles für die tägliche Fahrt mit Alan und Loic zu geben. Doch vor allem sehnte ich mich nach meinem Land, nach Mungrisdale: Ich wollte nach Hause.

Schließlich ließen wir diese trostlose Küste hinter uns und überquerten eine Bucht, in der wir aus einem Dorf Rauch aufsteigen sahen. Unser Lager schlugen wir in der nächsten Bucht auf, in der ein großer Ahornhain, vor dem Westwind durch hoch aufragende Dünen geschützt, zu einem kleinen Binnensee führte. An der Stelle gab es viele Pfade, und im Hain fanden wir eine lange, mit Birkenrinde verkleidete, verlassene Hütte. Im Frühjahr, sagte Loic, träfen sich hier viele Menschen aus ihren winterlichen Jagdgründen, um Ahornsirup zu ernten. Ich stand am Rande der Lichtung und spähte unter das Laubdach, während die Eichhörnchen keckerten und die Vögel Warnschreie ausstießen. Es war Spätnachmittag und sehr warm. Selbst die Moskitos schienen im Halbschlaf vor sich hin zu dösen. Solche Bäume hatte ich noch nie gesehen: Die größten Wurzeln befanden sich in Kopfhöhe. Ich stellte mir vor, wie sich dieser riesige Wald lückenlos von hier bis an die Ufer des Lake Huron erstreckte, und dachte an all die unbekannten Vögel, Raubtiere und Menschen, denen er Schutz gewährte. Dieses Land wird immer verborgen sein, dachte ich; unser Herrgott hat es erschaffen, doch was sich darin verbirgt, kann nie aufgedeckt werden, und so sollte es bis ans Ende aller Tage sein.

Der Gedanke war ernüchternd, doch als ich ihn Alan gegenüber aussprach, als wir auf dem Strand am Lagerfeuer saßen, sagte er: »Wenn es nur stimmte. Wahrscheinlich hat man das über den Ohio auch gesagt.«

»Die Siedler werden nie ins Michigan Territory vordringen«, sagte Loic und legte den nächsten Ast ins Feuer. »Die weißen Männer sagen, hier gebe es zu viel Sumpf. Das stimmt natürlich nicht, und übrigens: Die weißen Männer errichten ihre Handelsposten immer in einem Sumpf – offenbar wählen sie absichtlich Stellen aus, wo Moskitos sind –, und dann klagen sie, wie schlecht das Land ist. Sie irren sich, *ça va sans dire*, aber das ist vielleicht auch gut so.«

Von unserem Platz aus konnte ich South Manitou Island deutlicher denn je auf dem Wasser erkennen, das zu unseren Füßen über dem Sand grün und im offenen Wasser dahinter blau schimmerte. Am südlichen Ende der Insel waren Sanddünen und eine lange, niedrige Grünfläche. Als ich an jenem

Abend im See schwamm, war das Wasser warm und seidig, und die Insel wirkte so nah, als könnte man hinüberschwimmen. In der Morgendämmerung weckte mich ein noch klareres Licht. Die Insel war nicht mehr verlockend, sondern wirkte kalt und blau und in weite Ferne gerückt. Doch der Wind war nicht der Rede wert, und der Weg war frei. Im Nu waren wir auf dem Wasser, und langsam wurde das Festland hinter uns zu einer schwachen blauen Linie, je weiter wir paddelten, doch die Insel war nicht mehr als blauer Dunst am Horizont. Ganz allmählich erst nahm sie Gestalt an, und nach drei Stunden angestrengten Paddelns gelangten wir in die geschützte Bucht auf der Ostseite der Insel South Manitou. Hier begann nun endlich unsere eigentliche Suche – und doch war bereits der Achte Monat angebrochen.

Ich war noch ganz in Gedanken versunken, als ich an verschiedene, in den Sand eingegrabene Kanäle und Inseln kam. Beim Anblick der zahlreichen kleinen Fußstapfen musste ich lächeln, denn sie erinnerten mich an die vielen Stunden, die ich als kleiner Junge mit dem Eindämmen des Baches auf Highside verbracht hatte, an meine kleinen Bristo-Vettern, die in Portinscale wohnten, und an Robert Southeys Kinder, die am Strand von Derwentwater spielten.

Ich folgte den Abdrücken ein Stück, doch der trockene Sand war völlig verweht, und die Spuren verloren sich im Nichts. Als ich zu unserem Lager in einer halben Meile Entfernung zurückschaute, sah ich eine Rauchfahne, die sich senkrecht in die Höhe kringelte. Alan und Loic waren anscheinend auf den Beinen. Die saubere Sandkurve zwischen uns war wie eine plötzliche Einladung. Ich rannte los, platschte über festen Sand, bis ich, außer Atem und von oben bis unten feucht, ans Lager kam.

»Was ist los?« Loic, der gerade in den Erbsen rührte, schaute zu mir auf. »Hast du etwas gesehen?«

»Nein.« Keuchend setzte ich mich hin. »Ich habe zu lange in einem Kanu gesessen, das ist alles. Gibt's heute warmes Frühstück?«

»Warum nicht? Ich glaube, heute fahren wir nicht. Da ist Alan. Willst du was essen?«

Als wir fertig waren, häufelte Loic feuchtes Holz und vermodertes Laub vom letzten Jahr auf das Feuer.

»So«, sagte Alan. »Wir haben ihnen deutlich genug gesagt, dass wir hier sind und was wir wollen. Sollen wir gehen?«

Das Dorf der Ottawa lag noch weiter hinter der Stelle, bis zu der ich am Morgen gegangen war. Wir fanden Spuren im Sand, die darauf hinwiesen, dass mehrere Kanus in einer Senke an Land gebracht worden waren. Dahinter führte ein Pfad in den Wald. Er wand sich zwischen Birken und Ahornbäumen hindurch, bis er an eine große Lichtung kam, die womöglich von Bibern stammte. Auf der anderen Seite stand eine Gruppe Wigwams. »Das ist ein Sommerlager«, erklärte Loic. »Die Leute kommen hierher, wenn die Zeit zum Fischen und Beerenpflücken angebrochen ist. Sie waren auch hier, als Rachel fortging. Vom Herbst bis zum frühen Sommer sind sie nicht da. Im Winter ist hier niemand, denn auf einer Insel gibt es keine großen Tiere zu jagen.«

Die Hunde bellten schon, als wir uns dem Lagerkreis näherten. »Niemand wird überrascht sein«, sagte Loic. »Wir haben das Feuer da angezündet, wo wir es immer tun.« Die Hunde liefen uns mit hoch erhobenem Schwanz entgegen. Hinter ihnen kam eine lärmende Kinderschar gerannt. Loic rief ihnen entgegen: »*Boozhoo! Boozhoo! Gii bi-izhaayaang o'ikkidoyaang gi-ogimaa* – wir sind gekommen, um mit eurem Häuptling zu reden.« In diesem Dorf war man an Besucher offenbar weniger gewöhnt als im Norden. Die Kinder bildeten eine Traube um uns herum und stellten Fragen. Ich weiß nicht, was Loic ihnen antwortete, doch er brachte sie zum Lachen; nur ein oder zwei Mädchen hielten sich scheu im Hintergrund. Die anderen drängten sich um uns und schnatterten wie Gänse.

Sie begleiteten uns zu ein paar umzäunten Gärten. An den Hügeln, auf denen der Mais wuchs, jäteten Frauen Unkraut. An den Maisstängeln wanden sich Bohnen in die Höhe, und der Boden war mit Kürbisranken bedeckt.[1] Als die Frauen uns sahen, ließen sie die Arbeit liegen und kamen an den Zaun. Loic sprach sie an, und sie zeigten auf die Wigwams. Sie redeten eine Weile miteinander, aber in der Sprache der Ottawa. Als wir weitergingen, kam die ältere Frau mit uns. Sie war barfuß wie die Kinder, und auch sie trug ein Kleid aus Hirschleder, nur dass ihres mit Perlen verziert war. Eine Kette aus polierten Knochen hing ihr um den Hals. Unterwegs löcherte sie Loic mit Fragen. Sobald er eine beantwortet hatte, stellte sie die nächste. Ich betrachtete ihr Gesicht; es war das einer alten Frau, obwohl ihre Haare noch immer rabenschwarz waren und sie leichten Fußes einherging. Sie erinnerte mich ein wenig an Madeleine La Framboise.

Sie führte uns zum Wigwam in der Mitte, vor dem ein großer Eisentopf an einem Haken über dem offenen Feuer hing. Eine sehr alte Frau saß auf einem Baumstamm und hielt das Gesicht in die Morgensonne, während eine Jüngere – ihre Tochter vielleicht? – nach dem siedenden Topf schaute. Ein kleines Kind krabbelte zu einer Holzbank, zog sich daran hoch und gaffte uns mit großen Augen an. Ich lächelte, und das Kind lächelte zurück. Nach einer kurzen Unterhaltung übersetzte Loic: »Die Männer sind schon früh zum Fischfang aufgebrochen. Sie sagt, wir können hier auf sie warten.«

In der Morgensonne war es friedlich. Zu unseren Füßen knackte das Feuer. Alan saß auf dem Boden und hatte sich an den Baumstamm gelehnt, die Füße ans Feuer gestreckt und war

1 Meiner Mutter hätten die indianischen Gärten gefallen. Sie konnte die neue Mode nicht ausstehen, nach der zwischen den Pflanzen nackte Erde sein musste. Als meine Frau unser Gemüse nach Art der Indianer auf Hügeln anzubauen begann, war meine Mutter durchaus experimentierfreudig. Über den Garten schlossen meine Mutter und meine Frau Freundschaft. Gott ist mir sehr gnädig gewesen.

sofort eingeschlafen. Das kleine Kind begann zu quengeln; seine Großmutter nahm es auf und fütterte es mit Maisporridge. Die anderen Kinder zogen sich zurück. Ich sah den Mädchen bei einem Spiel zu, bei dem sie wie eine Möwenschar kreischten, wenn sie sich einen Ball aus geflochtenem Gras zuwarfen, den sie mit einem Strick an zwei langen Stöcken auffingen. Die Jungen waren im Wald verschwunden. Die Mutter des Kleinkindes förderte einen Rindenbeutel mit Mehl zutage. Sie drückte eine Kuhle hinein, so wie die *voyageurs*, gab ein wenig Wasser hinzu und knetete kleine, faustgroße Laibe aus dem Teig. Jacques hätte sie in den Eintopf geworfen, sie hingegen spießte sie auf je einen Stock, die sie um das Feuer herum aufstellte, um die Laibe zu garen. Sobald sie halb fertig waren, gab sie noch ein Maß Reis[2] und ein Bündel Kräuter in den siedenden Topf.

Die Sonne war bereits auf halbem Wege zu ihrem Höchststand, als die Männer mit Netzen voller Fische zurückkamen. Ich rüttelte Alan wach, und er sprang auf. Die Männer blieben wie angewurzelt stehen, als sie uns sahen. Ich konnte den Häuptling nicht unterscheiden, denn sie waren alle für den Fischfang gekleidet. Alan deutete auf einen großen jungen Mann und sagte leise: »Das ist Nodin. Wir haben schon einmal mit ihm geredet.« Loic sagte etwas, und der junge Mann antwortete mit scharfen Worten. Ich beobachtete den raschen Wortwechsel, begleitet von Gesten in unsere Richtung. Loic übersetzte: »Das ist Nodin. Er weiß noch, dass Alan und ich vor zwei Jahren hier waren. Er ist der Meinung, dass es nichts mehr zu sagen gibt, will aber mit Mark sprechen, denn ich habe ihm erklärt, du seist Rachels Bruder, der den weiten Weg aus seinem Land hierher zurückgelegt hat, um nach ihr zu suchen.«

2 Die Indianer sammeln im Neunten Monat ihren wilden Reis an den nördlichen Seen. Er ist anders als der Reis der East India Company, wie wir ihn heute kennen, dunkelbraun in der Hülse und viel nussiger im Geschmack.

»G'miigwechiwigin, nwiijikiwenh«, sagte ich.

Es trat einen Moment Schweigen ein, und alle sahen mich an. Dann brach Nodin in lautes Gelächter aus, trat vor, reichte mir auf britische Art die Hand und sprach mich dabei direkt an. Ich schüttelte den Kopf, und Loic sagte ihm dann offenbar, mein sprachliches Können sei damit erschöpft, doch wir nahmen in viel freundlicherer Atmosphäre Platz. Alan holte Tabak aus seinem Lederbeutel; Nodin nahm ihn entgegen und reichte ihn dem jungen Mann zu seiner Rechten weiter, damit er ihn einsteckte.

Die Frauen nahmen den Fisch rasch aus, zerteilten ihn und warfen die Stücke in den Topf. Zwei Mädchen wurden von ihrem Spiel gerufen; sie sollten die gebackenen Laibe auf saubere Binsenmatten verteilen. Nodin forderte Loic auf, noch ein paar Fragen zu übersetzen. Ich antwortete, so gut ich konnte, und versuchte zu erklären, woher ich kam und welchen Weg ich auf meiner langen Reise zurückgelegt hatte. Der Fischeintopf begann zu duften, obwohl ich inzwischen fand, ich hätte für mein Leben genug Weißfisch gegessen. Ich war froh, als sich herausstellte, dass wir zum Essen bleiben sollten, sowohl wegen meines Hungers als auch aus diplomatischen Gründen. Die junge Frau – ich glaube, es war Nodins Frau – verteilte den Fischeintopf in Holzschalen, und das kleinste Mädchen gab vorsichtig Holzlöffel dazu aus. Ihre Schwester folgte ihr mit dem Brot, und dann zogen sich die Frauen auf die andere Seite des Feuers zurück.

Beim Essen redete niemand. Erst als die Pfeife mit einer Prise Tabak von Alan gestopft worden war und herumgereicht wurde, kam ein Gespräch in Gang. Ich bekam gewisse Wörter mit, besonders »Tecumseh« und »Detroit«. Hin und wieder, wenn Alan auch nichts verstand, stieß er Loic an, der dann übersetzte, und auf diese Weise bekam ich ein paar Brocken mit. Offenbar war der amerikanische General Hull nach Upper Canada einmarschiert, aber – so zumindest verstand ich

Alans Worte (seiner Aussprache konnte ich am besten folgen) – es bestand hinreichend Grund zu der Annahme, dass General Brock ihn jetzt, da der Krieg offiziell erklärt war, zurück nach Detroit vertreiben würde, vor allem, seitdem die Briten Mackinac eingenommen hatten. Nodin konnte Alan berichten, dass Tecumseh, der Häuptling der Shawnee, eine zweite amerikanische Armee in Ohio besiegt hatte, der klägliche Rest sei schon zurück nach Detroit geflohen. »Bleibt nur noch, Detroit einzunehmen«, sagte Alan mit glühenden Augen.

Dazu hatten alle viel zu sagen, und vielleicht hatte Alan sich mittlerweile eingehört, denn es wurde lange Zeit nicht übersetzt. Die Art und Weise, wie die Männer aus dem Dorf redeten, rief mir eine Geschäftsversammlung ins Gedächtnis. Jeder Mann leistete seinen Beitrag, und man schenkte ihm die gebührende Aufmerksamkeit, und manchmal traten zwischen den Wortmeldungen Pausen ein. Alan unterbrach nie, doch seine hellen Augen waren wachsam wie die eines Hundes, der auf den Bergen die Schafe hütet.

Nur an einem Punkt schien es eine Auseinandersetzung zu geben, und als die Stimmen lauter wurden, berührte ich Loic an der Schulter. »Worum geht es?«

Loic übersetzte rasch für mich, während die anderen redeten. »Es geht um einen Vertrag, der vor fünf Jahren abgeschlossen wurde, der so genannte Vertrag von Detroit. Die Häuptlinge der Ottawa nordwestlich von Fort Detroit erklärten sich damit einverstanden, der Regierung der Vereinigten Staaten ihr Land zu verkaufen. Lewis Cass ist Gouverneur des Michigan Territory – das wurde vor acht Jahren vereinbart. Cass hat diesen Vertrag mit den Ottawa unterzeichnet. Nidon sagt, was hat das schon zu bedeuten; was ist Michigan Territory? Hier gibt es keine Amerikaner, außer in den Forts von Detroit und in Fort Wayne weit unten im Süden, und in Mackinac selbst im Norden, und jetzt sei Mackinac wieder britisch. Sonst gebe es in diesem Land nur die Anishinaabe (Ojibwa) – uns, die ihr Indianer nennt. Im Vertrag haben die Amerikaner gesagt, die Ottawa könnten auch weiterhin im Land ihrer Väter jagen und fischen. Die Häuptlinge wollten nicht verkaufen, doch man versprach ihnen Geld und anderes. Doch diejenigen, die den Vertrag für die Regierung der Vereinigten Staaten unterzeichnet haben, hielten diese Versprechen nicht. Unser Volk hungert, und zwar deshalb, weil zu viel gejagt worden ist. Die Händler brauchen immer mehr Felle, und jetzt sind zu viele Tiere tot. Deshalb müssen die Häuptlinge verkaufen.

Jetzt gibt es Ärger. Rund um Fort Detroit haben sich Siedler niedergelassen, und die Versprechen an die Ottawa werden nicht gehalten. Manche dieser Männer hier sagen, die Ottawa in Detroit seien Dummköpfe, und das alles sei weit weg. Wenn es Krieg gibt, dann ist es nicht unser Krieg. Andere hier wiederum sagen, wir haben mit den Ojibwa in Saginaw gesprochen, und die behaupten, die Siedler kommen weiter nach Norden, auch in die Jagdgründe der Ojibwa. Wenn wir jetzt nicht gegen die Amerikaner kämpfen, werden uns unsere Nachkommen verfluchen. Auch wenn wir weit weg sind, mag der Tag kommen, an dem sie nach unseren Jagdgründen trachten. Und was der weiße Mann begehrt, das nimmt er sich. Deshalb sagen diese Männer zu Alan, ja, wir werden uns mit den Briten verbünden. Euer Krieg ist unser Krieg, und wir sagen ja, wir kämpfen mit euch.«

»*Alan* ist …?« Die Worte blieben mir im Halse stecken. Hatte ich nicht von Anfang an gewusst, was er war, und mich geweigert, das Offensichtliche einzugestehen, auch als es mir klar und deutlich vor Augen geführt wurde? Doch hätte ich mir selbst gegenüber zugegeben, was ich wusste, hätte ich keinen Kompromiss schließen können. Alan und ich wären nicht zusammen hier, und auch die geringe Hoffnung, die ich noch hatte, Rachel zu finden, wäre ein für alle Mal verloren gewesen. Ich hatte keinen Grund zu protestieren; meine Unwissenheit war meine einzige Chance gewesen.

Ich wandte meine Aufmerksamkeit Alan zu und beobachtete ihn genau. Das Gespräch hatte eine neue Wendung bekommen; Nidon und der Mann zu seiner Rechten stellten Alan scharfe Fragen, so schien es mir zumindest, und Alan sprach hitzig, obwohl ihm zuweilen die Worte fehlten. Wenn das passierte, murmelte er leise etwas auf Französisch, damit Loic es übersetzte. Na schön, dann war ich derjenige, der nichts verstehen sollte. Ich hätte mich einschalten und ihn zur Rede stellen können. Aber ich beschloss abzuwarten.

Es war beinahe Mittag und sehr heiß, als Loic mich wieder anstieß. »Jetzt reden wir über Rachel.« Nodin machte nach jeder Feststellung eine Pause, damit Loic es mir übersetzen konnte: »Im Winter sind diese Menschen auf dem Festland. Alle Familien sind weit verstreut, eine jede in ihrem eigenen Jagdrevier. Nachdem deine Schwester verschwunden war, brach der Winter ein – alle hier verließen die Insel. In der kalten Jahreszeit gibt es keine Nachrichten. Wenn sie ihre Winterjagdgebiete verlassen, gehen sie an eine Stelle – dorthin, wo wir vor zwei Tagen am Strand kampiert haben –, um Ahornsirup zu ernten. Das ist der Zeitpunkt, an dem man Neuigkeiten aus der Ferne erfährt. Seitdem Rachel verschwunden ist, ist dreimal Ahornsirup geerntet worden. Wenn Rachel bei ihnen gewesen wäre, dann wäre sie dorthin gekommen. Zur Ernte des Ahornsirups kommen alle ohne Ausnahme. In jedem Jahr wurde die Geschichte erzählt. Drei Jahre lang haben alle, die an der Ahornsirupernte teilnahmen, sie gehört. Jede Familie kennt die Geschichte. Wenn es Neuigkeiten gibt, erfahren wir sie.«

»Gibt es viele von diesen Ahornsirupdörfern?«, fragte ich.

»*Mais oui.* In all unseren Gebieten gibt es sie.«

Als schließlich das Gespräch beendet und die Pfeife geraucht war, verabschiedeten wir uns. Loic ging zu unserem Lagerplatz zurück, Alan und ich machten uns über den Indianerpfad auf den Weg in den Wald. »Ich habe dir ja gesagt, ich würde dir zeigen, wo wir gesucht haben«, sagte er.

Ich folgte ihm über einen schmalen Pfad. Der Boden unter meinen Füßen war mit einer weichen, modrigen Laubschicht bedeckt. Wieder vernahm ich einen Specht und allerlei Vogelstimmen. Zunächst gingen wir unter Ahornbäumen, Birken und Linden, doch dann gab es immer mehr große weiße Zedern, bis zuletzt nur noch Zedern da waren. Als ich aufschaute, sah ich ein Dach aus riesigen, gebogenen Ästen, die oft abgebrochen oder abgestorben waren, und sich abschälende Rinde, die wie ein Vorhang herabhing. Der Baldachin schien bis hinauf in den Himmel zu reichen. Ich legte die Hände an einen Stamm und blickte hinauf, bis mir schwindelig wurde. Die Rinde war trocken und blätterig. Hoch oben hatten sich Teile gelöst und hingen in langen Fasern herab. Das nackte Holz war hellgelb.

Nach etwa einer Meile traten wir an einem sandigen Hügel in blendendes Sonnenlicht. Wir stiegen hinauf und befanden uns mit einem Mal in offenem Gelände. Im dünnen Gestrüpp aus Weiden und Wacholder zirpten Grillen, und zwischen den Blumen schwebten ganze Wolken aus Schmetterlingen. Durch meine dünnen Mokassins spürte ich den heißen Sand. Auf dem Weg nach oben knirschten unsere Schritte auf vertrocknetem Gras. Ausgebleichte weiße Baumwurzeln bohrten sich wie Knochen durch den Sand. Die Dünen waren die einzige Erhebung auf der ganzen Insel. Ich sah die Baumwipfel von oben, und es war, als schaute ich in ein fremdes Land. Von dort aus sah ich North Manitou und im Osten die hohen Dünen auf dem Festland, die flache Küstenlinie von Michigan und eine Landzunge, die sich weit im Süden in den See schob.

»Wir haben die ganze Insel mit dem Kanu umrundet«, sagte Alan. »Siehst du, dass hier überall nur Sand ist? Hier, wir werden zum Steilufer gehen, dann kannst du den Strand unterhalb der Dünen sehen. Ich habe dir schon gesagt, dass ein Kanu überall an Land gehen kann, und niemand ist klüger als zuvor. An den Stränden suchten wir nach Zeichen – Fußabdrücken, Kanuspuren –, doch wer etwas zu verheimlichen hatte, konnte das alles verschwinden lassen. Dann gingen wir nach North Manitou. Auch dort fuhren wir einmal ringsherum. Da lebt niemand. Es ist heiliges Land – dort gibt es Gräber – Loic würde sagen, starke Medizin – und viele Manitous. Deshalb konnten wir nicht weiter als bis auf den Strand gehen.«

»Willst du damit sagen, dass es dort keine Pfade gibt?«

»Ich will sagen, ich würde das Land nicht zu betreten wagen.«

Dass ausgerechnet Alan so etwas zugab, verblüffte mich. Seinen Mut hatte ich nie in Zweifel gezogen. Eine andere Frage lag mir auf der Zunge, doch ich stellte sie nicht. Stattdessen schaute ich nach Osten zum Festland hinüber. Hier lebten nur Indianer, hatte Loic gesagt, Ojibwa und Ottawa. Dort waren Sommerdörfer, wie das hier auf South Manitou, und Winterjagdgründe sowie Ahornhaine, in denen Sirup geerntet wurde. Darüber hinaus gab es nur den Wald, von Menschen unberührt seit dem Tag seiner Schöpfung. Gott allein wusste, was in seinen Tiefen lag. Bisher hatte ich gedacht, dass Rachel in einer Wildnis jenseits des Horizonts verschwunden war. Jetzt war mir klar, dass es nicht so sein konnte. Zumindest einer weißen Frau war es unmöglich, überhaupt irgendwohin zu gehen. Entweder war sie bei den Indianern, oder sie war tot. Es sei denn, jemand hätte sie aus Michigan entführt … doch es war niemand da gewesen. Allmählich machte ich mir bewusst, wie sehr Fremde auffallen würden, denn erst seit wir Mackinac verlassen hatten, war mir aufgegangen, dass die Gegend sehr wohl bewohnt war. Es gab Augen, die sahen. Eine amerikanische Schaluppe oder eine Brigade von *canots du maître* hätten nicht im Sommer auf South Manitou landen können, ohne von Nidons Leuten bemerkt zu werden. Vorausgesetzt, Nidon sagte die Wahrheit – und ich hatte keinen Grund, etwas anderes anzunehmen –, dann war sie nicht bei seinem speziellen Stamm, sonst hätte er davon gehört. Wenn die Dinge so lagen, mussten wir die Indianerstämme aufsuchen, die regelmäßig in diesen Gewässern unterwegs waren. Die Logik meiner Überlegungen war mir ein Trost, und ich stieß einen tiefen Seufzer aus.

Doch noch ehe ich mit Alan etwas planen konnte, war diese andere Sache noch zu klären.

»Alan!«

»Ja?«

»Würdest du mir jetzt bitte sagen, welche Befehle William McGillivray dir in dem Brief erteilt hat, den ich mitgebracht habe?«

Er hatte den Anstand, eine schuldbewusste Miene aufzusetzen, obwohl der Inhalt des Briefes nicht seine Sünde war, wenn man fair sein will. »Der Brief?«

»Ja. Stand in dem Brief, dass du mich dazu benutzen sollst, um wieder zu den Indianern nach Michigan zu gehen, und allen sagen sollst, dass wir nach deiner Frau suchen? Stand das in dem Brief?«

Alan begegnete meinem Blick. Im hellen Sonnenlicht waren seine Augen grün. »Wenn du mich so fragst, Bruder Mark, ja.«

»Und unter diesem Vorwand hast du den Auftrag, die Indianer in Michigan aufzuhetzen, sich mit den Briten in Upper Canada im bewaffneten Kampf gegen die Amerikaner zu verbünden, und es so darzustellen, als würde dieser Krieg ihren Interessen nützen?«

»Ich habe nie etwas anderes behauptet«, erwiderte Alan. »Doch ich sollte so ehrlich sein und dir sagen, dass McGillivray mir nicht diesen Auftrag erteilt hat.« Er seufzte. »Am besten mache ich reinen Tisch. Am Ende denkst du noch, es sei schlimmer, als es ist. McGillivrays Brief ist ein Versprechen an die Indianer. Meine Aufgabe ist es, ihn den Häuptlingen zu zeigen und vorzulesen. Er stellt klar, dass das Handelsembargo von den Amerikanern auferlegt wurde. Weiter heißt es darin, wenn die Briten – mit Unterstützung der Indianer – die Amerikaner aus dem North West Territory der Vereinigten Staaten vertreiben, wird die North West Company den Händlern im Michigan Territory und auf den Routen zum Mississippi dieselben guten Bedingungen einräumen wie zuvor.« Alan warf mir einen Blick zu. »Du hast gesagt, McGillivray habe einen Eid darauf geschworen, dass es in dem Brief nicht um Krieg geht. Genau genommen stimmt das auch. Du siehst aus wie der Racheengel, Bruder Mark. Ich hoffe, du stößt mich jetzt nicht von der Klippe?«

»Loic hat mir gesagt, du habest Nidon und seine Krieger aufgefordert, mitzukommen und in diesem Krieg auf der Seite der Briten zu kämpfen.«

»Mark, du hast mich nach McGillivrays Brief gefragt. Ich habe dir über diesen verdammten Brief Auskunft gegeben! Ich weiß, du hältst mich in deinem armseligen, grau bemantelten Seelenheil für heimtückisch, aber ich lüge nicht! Hier!« Er zog das vertraute Papier mit dem erbrochenen Siegel aus seiner Provianttasche. »Lies den verfluchten Brief, wenn es sein muss! Aber bezichtige mich nicht der Lüge. Sonst fliegst *du* über den Klippenrand. Ach nein – du bist ja viel zu tugendhaft, um zu kämpfen, kennst aber den einen oder anderen sauberen Trick, wie man einen Mann zu Boden wirft, nicht wahr? Dann werde also vermutlich ich da unten landen. Prima! Aber ich bin kein Lügner!«

»Ich lese ihn später«, sagte ich nachsichtig, denn in gewisser Weise hatte ich durch diesen Wutausbruch die Oberhand gewonnen. »Ich möchte jetzt von dir wissen, wenn es nicht William McGillivray war, der dir befohlen hat, diese Menschen aufzuhetzen, in den Krieg zu ziehen und mit kriegerischen Waffen zu kämpfen, wer war es dann, Alan?«

»Was hat das mit dir zu tun?«

»Du weißt genau, dass es alles mit mir zu tun hat.«

»Nein! Und wenn, würdest du mich zu einem Meineid zwingen? Wahrscheinlich würdest du dich darüber freuen, du, der du ja über alle Eide erhaben bist!«

»Ich glaube, du hast deine Befehle im vergangenen Neunten Monat in York erhalten«, sagte ich, ohne ihn aus den Augen zu lassen. »Vielleicht hast du sie von General Isaac Brock erhalten. Das kann ich mir gut vorstellen.« Seine starre Miene verriet alles; ich kannte Alans Mienenspiel inzwischen recht gut. »Ja, du warst in York, um den Gouverneur zu treffen, zu Kriegszwecken. Mehr brauchst du nicht zu sagen. Aber ich kann in dieser Angelegenheit nicht mehr weiter mit dir gehen. Ich möchte, dass du und Loic mich zum Festland hinüberfahrt, und von dort aus werde ich meiner eigenen Wege gehen.«

»Sei doch nicht so ein verdammter Narr!« Alan trat vom Klippenrand zurück und schritt vor mir auf und ab, so gut es in dem weichen Sand ging. »Du wärst ein Schaf unter Wölfen! Das wäre der reinste Selbstmord. Nein, ich kann dich nicht allein lassen, verdammt!« Er schaute eine Weile über den See, und als er sich wieder umdrehte, war seine Wut verraucht. Er grinste mich schuldbewusst an. »Ich glaube, wir sind auf Gedeih und Verderb aufeinander angewiesen, Bruder Mark, deshalb sollten wir es möglichst gut hinter uns bringen. Tut mir Leid, wenn ich dich getäuscht habe, doch ich habe dich nicht belogen. Darauf habe ich den größten Wert gelegt.«

»Das freut mich. Aber ich kann trotzdem nicht mit dir reisen, während du diese Menschen zum Krieg aufhetzt.«

»Das ist schwierig«, gab Alan zu bedenken. »Ich bin anderen gegenüber in der Pflicht, weißt du.«

»Du hast auch mir dein Wort gegeben.«

»Du bist unerbittlich, was? Auch dir gegenüber habe ich mein Wort gehalten, soweit mir bewusst ist.« Er seufzte. »Ich sage dir was, Bruder Mark. Lass uns ins Lager zurückgehen und die Sache mit Loic besprechen. Wenn wir uns zu dritt damit befassen, werden wir uns sicher einig.«

Ich dachte darüber nach und fand den Vorschlag gut. »Ich kann meine Ansicht darüber nicht ändern. Aber ich vertraue Loic. Deshalb bin ich damit einverstanden, dass wir mit ihm reden.«

19

Loic fragte: »Alan, was macht dein Volk, wenn zwei Männer Streit haben?«

Alan zuckte mit den Schultern. »Heutzutage? Nicht viel. Vielleicht fordert der eine den anderen heraus, und sie kämpfen. Aber Mark will nicht kämpfen. Mein Vater hat sich im zweiundsiebzigsten Lebensjahr noch duelliert. Der andere hat ihn gestochen; als Beweis dafür hatte er die Narbe an der Schulter. Ich habe selbst Besseres zu tun, als Duelle auszufechten. In dieser schönen neuen Welt zieht man wohl eher das Gesetz zu Rate und verliert sein gesamtes Geld vor Gericht und ist auch nicht besser dran.«

Loic fragte: »Mark, was machen deine Leute, wenn zwei Männer Streit haben?«

Ich dachte darüber nach. »Die Ältesten würden mit ihnen reden. Sie würden zusammen beten, und die Ältesten würden sie dazu bewegen, ihre Differenzen beizulegen. Wenn das nicht geht, wäre es eine Sache für die gesamte Versammlung. Es könnte auch eine Versammlung außer der Reihe deswegen stattfinden. Das Schlimmste, was passieren könnte, wäre, dass einer – oder sogar beide – ausgeschlossen werden.«

Loic sagte: »Bei den Indianern ist es ähnlich. Schlimmstenfalls würde das Volk meiner Mutter entweder kämpfen und töten, oder sie würden bösen Zauber gegen den Feind anwenden. Aber auch wir haben Älteste. Sie nehmen sehr oft die

Sache in die Hand und sorgen dafür, dass die Männer eine Lösung finden. Das halte ich für besser, doch wir haben keine Ältesten bei uns. Ihr könntet mich bitten, Richter zu sein. Ich bin kein Ältester, aber ein anderer ist nicht da. Sonst werdet ihr wohl kämpfen müssen, und das will Mark nicht; oder euch trennen, und das will Alan nicht.«

»Dann sollen wir dich entscheiden lassen?« Alan hob die Schultern. »Klingt verdächtig nach Aesop, aber was bleibt uns anderes übrig? Schieß los, Loic, wie lautet die Antwort?«

»Moment noch«, sagte Loic. »Mark?«

»Ja.« Ich merkte, dass sie es nicht als Zustimmung verstanden, und fügte deshalb hinzu: »Ich bin damit einverstanden.«

»Ich muss nachdenken«, sagte Loic.

Loics Schweigen erschien mir durchaus vernünftig. Ich legte mich im weichen Sand auf den Rücken und schaute in die blauen Tiefen des Himmels: *Der Himmel allenthalben ist des Herrn; aber die Erde hat er den Menschenkindern gegeben.* Ich dachte an die unberührten Wälder und die großen Zedernsümpfe, die noch keines Menschen Auge gesehen hat, und mir schien, dass es nicht nur zum Guten war, den Menschenkindern die Erde gegeben zu haben. *Wer aber zu seinem Bruder sagt: Du Narr! Der ist des höllischen Feuers schuldig.* Das konnte ich nicht akzeptieren. Mit Vergnügen hätte ich Alan noch einmal zu Boden geworfen – obwohl ich jetzt, da ich es nicht getan hatte, sehr froh war –, über die Klippenkante jedoch – nein, eine solche Wut, die mich dazu brächte, war mir unbekannt. Und was das höllische Feuer betraf, dafür war ich nicht zuständig, und wenn ich an den gnädigen Gott dachte, dem ich von Kindesbeinen an zu vertrauen gelernt hatte, dann wurde mir klar, dass ich an diese Art Hölle gar nicht glaubte. Im Übrigen mochte ich Alan gut leiden; ich kam ganz gut mit ihm aus und musste keine Vergeltung auf sein Haupt herabbeschwören, selbst wenn ich es gekonnt hätte. Der Gedanke überraschte mich, und in dem Augenblick wusste ich, dass ich mich mit meinem Bruder ungeachtet unserer Differenzen versöhnen würde, wie Loic auch entscheiden mochte.

»Ich habe eine Entscheidung getroffen«, sagte Loic.

Alan richtete sich auf und rieb sich die Augen. Ich bürstete mir mit den Fingern Sand aus den Haaren und wartete, dass Loic fortfuhr.

»Wir machen gemeinsam weiter«, sagte Loic. »Mark ist so weit gereist, um Rachel zu suchen, und wir haben ihm versprochen, ihm dabei zu helfen. Und das werden wir auch. Unsere dringlichste Aufgabe ist, Rachel zu finden, alles andere ist zweitrangig.

Doch Alan hat auch der North West Company sein Wort gegeben, den Indianern in Michigan Handelsversprechen zu machen, sobald das Embargo aufgehoben ist. Er hat auch General Brock in York sein Wort gegeben, dass er mit den Indianern über Krieg reden und ihre Krieger überzeugen würde, nach – nun, das Ziel hat sich ein wenig geändert – nach Mackinac zu gehen, um an der Seite der Briten gegen die Amerikaner zu kämpfen. Alan kämpft für sein Volk, und für ihn ist diese Arbeit vollkommen ehrenhaft.

Mark hingegen hat seinen Leuten versprochen, dass er nicht an Krieg, Streitigkeiten oder Kämpfen mit kriegerischen Waffen Teil haben wird – so lauten die Worte, mit denen er sich verpflichtet hat, glaube ich –, und deshalb wäre es schmachvoll für ihn, wenn er Alan bei dieser Aufgabe unterstützen würde. Selbst still zu halten und sich nicht einzumischen wäre eine Schande für ihn.

Jeder Mensch auf Erden hat die Freiheit, zu reden, wie ihm der Schnabel gewachsen ist, zu gehen, wohin er will, zu tun und zu lassen, was er will, falls das in dem Land, in dem er sich befindet, nicht ungesetzlich ist. Wir sind im Land der Ottawa. Hier gibt es keine böse Macht, die dem Menschen die Freiheit nimmt, all das zu tun, obwohl es bestimmt Menschen gibt, die ihm Einhalt gebieten, wenn es ihnen nicht gefällt.

Das ist dann seine Sache. Ich sage also Folgendes: Wenn wir in die Dörfer gehen, dann lasst ihr einander die Freiheit zu reden, wie ihr wollt und mit wem ihr wollt. Niemand hat das Recht, dies einem anderen streitig zu machen. Das heißt, Alan kann sagen, was er will, doch das Gesagte muss übersetzt werden, damit Mark es versteht. Das kann ich übernehmen. Und wenn Mark dem widersprechen will, was Alan sagt, hat er das Recht dazu, und ich werde so viel übersetzen, wie notwendig, damit alle es hören. Das ist auch meinen Leuten gegenüber rücksichtsvoller: Ihr lasst sie an euren Unstimmigkeiten teilhaben, und sie können sich ihre eigene Meinung bilden, und wenn ihr zu viel streitet, werden sie keinem von euch beiden zuhören, und ihr bekommt, was ihr verdient.«

Alan und ich schauten uns an und sahen jeweils in den Augen des anderen dasselbe Entsetzen. Lange starrten wir uns so an, und dann flüsterte Alan: »Oh, Aesop Kerners, was willst du machen!«, und brach in Gelächter aus. Unwillkürlich musste ich lächeln, und ohne es zu wollen, lachte ich schließlich auch. Trotz meiner inneren Bestürzung konnte ich nicht anders. Denn ich wusste, dass ich jetzt mein lebenslanges Schweigen brechen und meine Meinung äußern musste, noch dazu in einer Auseinandersetzung, was ich bisher stets vermieden hatte – oder vielleicht nur seit Rachels Geburt, denn meine Mutter sagte immer, ich sei ein Bursche mit einem großen Mundwerk gewesen, ehe ich gelernt hatte zu schweigen.

»Und jetzt«, sagte Loic, »habe ich eine Nachricht für Mark. Der *mide* des Dorfes hat nach ihm geschickt.«

»Wer?«

»Er ist – ich weiß nicht, wie ich es beschreiben soll – er ist Mitglied der *Midewiwin*. Ein Mann mit Gesichten und Träumen, der sich mit vielen Dingen auskennt. Außerdem versteht er viel von Pflanzen und Kräutern.«

»So etwas wie ein Priester«, half Alan aus.

»Mit Priestern habe ich nichts zu tun.«

»*Nicht* wie ein Priester«, widersprach Loic. »Das verspreche ich dir. Das weiß ich viel besser als Alan, weil Pater Richard mein Priester ist und ich manchmal zur Messe gehe, im Unterschied zu Alan.«

»Ich bin nicht katholisch. Westlich von York gibt es keinen Priester der Episkopalkirche, soweit ich weiß. Und im Übrigen …«

»Alan, dein Protest trifft auf taube Ohren. Warum hat dieser – dieser *mide* – nach mir geschickt?«

»Das will er dir selbst sagen. Ich glaube, es geht um Rachel. Ich kann dich zu ihm bringen.«

»Jetzt?«, fragte ich und stand auf.

Der *mide* lebte nicht im Dorf, sondern an einem verschlungenen Pfad, der zum Binnensee führte. Wir streiften durch Binsen; bunte Enten flatterten aus ihren Verstecken und erhoben sich unter lautem Protestgeschnatter in die Luft. Die Hütte des *mide* lag weit genug vom See entfernt, um der schlimmsten Moskitoplage zu entgehen, auf einer kleinen Lichtung. Vor den mächtigen Linden wirkte der Wigwam klein wie ein Ameisenhügel, ein winziger Auswuchs auf dem Waldboden. Das einzige Lebenszeichen war der Rauch, der aus dem Wigwam stieg. Loic hob den Hirschledervorhang beiseite und redete mit jemandem im Innern. Dann wandte er sich an mich. »Er sagt, ich kann mitkommen, um zu übersetzen.«

Der Wigwam roch nach Tabak. Der *mide* saß im Schneidersitz auf der anderen Seite des Feuers. Anfangs hielt ich ihn für sehr alt, doch seine Stimme war jung, und ich hatte keinen blassen Schimmer, wie alt er sein könnte. Seine Haare waren noch schwarz. Er war über und über mit Ketten aus polierten Knochen, Bärenkrallen, Haaren und Federn behängt, und tatsächlich passte das zu seiner Umgebung, denn der Wigwam war voll gestopft mit seltsamen Gegenständen, von denen jeder zweite für mich ohne Bedeutung war. Die Kräuterbündel, die von oben herabhingen, konnte ich mir erklären, nicht hingegen die Klauen und Hufe, die Schnitzereien und die Webstücke, die Stapel nicht zu identifizierender Undinge, die sich in der Dunkelheit verloren wie die Gespinste eines Angsttraumes.

Doch das lange Kalumet – die Pfeife – erkannte ich inzwischen. Ich holte das Stück Tabak hervor, das ich auf Loics Anweisung mitgebracht hatte, und reichte es dem Mann, der es herumdrehte, daran roch, ein Stück abbrach und zwischen Zeigefinger und Daumen rollte, um dann billigend zu nicken. Eine Weile war er mit der Pfeife beschäftigt. Loic zündete ein Stück Birkenrinde an und reichte es ihm. Dann rauchten wir eine geraume Zeit. Als die Pfeife zum zweiten Mal zu mir kam, merkte ich, dass ich den Rauch direkt eingeatmet hatte. Meine Lunge brannte, doch ich musste nicht einmal würgen. Mir wurde ein wenig schwindelig, als wäre ich in einen Bereich vorgedrungen, der mir bislang unbekannt war. Wenn man im Schnee über die Berge geht, muss man vorsichtig sein, um nicht auf die Wechten zu treten, die aussehen wie fester Boden, tatsächlich aber über die Klippen in leeren Raum ragen. Ich hatte das Gefühl, über einen Boden zu gehen, der nicht da war, doch empfand ich es in diesem Fall weniger beängstigend, es war vielmehr wie ein Traum.

Als der alte Mann zu sprechen anhob, wartete ich eigentlich schon gar nicht mehr darauf – es war nicht notwendig – und ich war zufrieden, ruhig dazusitzen, während er sich mit Loic unterhielt. Dann wandte Loic sich an mich. »Er sagt, er hat schon lange auf dich gewartet. Ich habe ihm erklärt, dass es eine sehr lange Reise war, dass du über ein Jahr gebraucht hast, um aus deinem fernen Land hierher zu kommen. Er sagt, wenn du noch länger gebummelt hättest, wäre es zu spät gewesen. Vielleicht ist es schon zu spät. Du musst dich sputen.«

»Auf mich gewartet? Wie kann das denn sein? Weiß er über Rachel Bescheid? Bestimmt hat er von meiner Existenz doch gar nichts gewusst!«

»Aber ja, er hat mehrmals von dir geträumt – oh, seit zwei Jahren oder noch länger, sagt er.«

»Von mir *geträumt*? Wie kann er … Aber weiß er denn etwas?«

»Sch, Mark! Ich sage dir nur, was er weiß. Vielleicht begreifst du nicht, dass wahre Weisheit und wahres Wissen im Traum zu einem weisen Mann kommen. Deshalb sind Weiße nicht sehr weise, sie hören nicht auf ihre Träume. Selbst mein Vater gibt das zu. Die Indianer hingegen … wir lernen schon in frühester Kindheit zu träumen. Ein Kind kann nicht erwachsen werden, ehe es seinen eigenen Traum geträumt hat. Manche Menschen können träumen, was längst vorbei ist oder was noch kommen wird. Deine Träume sagen dir, wer du bist und wer deine Wächter sind, wenn du auf eine Suche gehst, so wie du jetzt. Hättest du den weiten Weg auf dich genommen, wenn du nicht hiervon geträumt hättest?«

»Doch.« Ich dachte kurz nach. »Ja, ich wäre gekommen – ich bin gekommen, weil mir innerlich klar war, dass ich es tun sollte. Ich dachte daran, wenn ich wach war, nicht im Schlaf. Ich sagte meinen Eltern, ich wolle meine Schwester suchen.« Gereizt fügte ich hinzu: »Es wäre eine Lüge zu sagen, es sei aufgrund eines Traumes geschehen. Dem war nicht so.«

Der alte Mann schaltete sich ein und fragte offenbar, was ich gesagt hatte. Noch immer verärgert, beobachtete ich, wie sie miteinander redeten. Dann sagte Loic: »Er sagt, du seist in Gefahr, weil du nicht auf deinen Traum hörst. Er sagt, wenn du deinen Traum vergisst, dann vergisst du, wie du deine Schwester finden wirst, und er kann dir nicht helfen.«

»Vergessen? Aber ich habe es doch nie gewusst!«

»Doch, Mark. Du hast gesagt, es sei nicht wie die Suche nach der Stecknadel im Heuhaufen, weil du auf deinen Gott vertraust, und der weiß, wo Rachel ist. Du hast mir gesagt, du hättest einen Führer, und das habe ich dem *mide* gesagt. Er sagt, das sei sehr gut: Du hast deinen Manitou, und durch unsere Träume wird dein Manitou dich leiten. Ich weiß wohl, dass es stimmt, denn Pater Richard – er hat mich in St. Anne auf Mackinac getauft – hat uns Geschichten erzählt, und der christliche Gott – welcher der deine ist, hast du gesagt – hat immer in Träumen zu den Menschen gesprochen, oder?«

Er hatte Recht: Beispiele aus dem Alten und Neuen Testament überfluteten mein Gedächtnis. *Und eure Jünglinge sollen Gesichte sehen, und eure Ältesten sollen Träume haben;* … Wenn sich überhaupt jemand von seinen Gesichten leiten ließ, dann war es George Fox. Loic hatte wahrscheinlich nie von ihm gehört. Und doch … und doch … Vielleicht war ich in ein Zeitalter hinein geboren, das weltlicher war, als ich je vermutet hätte, selbst in meiner Gesellschaft der Freunde. Ich stützte mich mit den Ellenbogen auf die Knie und presste mir die Finger an die Schläfen, als würde mir das beim Nachdenken helfen. Es fiel mir schwer, vernünftig zu überlegen, denn in meinem Herzen spürte ich schieres Entsetzen. Ich redete mir ein, das sei die verständliche Furcht vor eitlem Aberglauben, doch es war mehr als das: Ich hatte Angst vor den Mächten der Finsternis, vor Hexenwerk und bösem Zauber, vor schrecklichen Erscheinungen, an die ich nicht einmal glaubte. Als kleiner Junge hatte ich einen Albtraum von dem Ungeheuer, das hoch oben in den Bergseen lebt. Es nimmt betörende Gestalten an, dann zieht es Männer unter Wasser, bis sie tot sind. Ich weiß nicht, wer mir von diesem Ungeheuer erzählt hat. Meine Eltern machten uns nie etwas vor mit müßigen Märchen über Schreckgespenster, doch ich wusste davon, mehr noch, ich wusste, dass ich die Legenden meines eigenen Landes nicht kennen durfte, und wie sehr sie mich einschüchterten, ahnten die Freunde nicht im Entferntesten.

Der alte Mann ergriff erneut das Wort. »Jetzt hast du dich an den Traum erinnert«, übersetzte Loic.

»Wie bitte?«

»Er sagt, jetzt, da du dich an den Traum erinnerst, musst du nach dem zweiten Teil suchen. Sie ist nicht ertrunken.«

»Was?«

»Er sagt, du hörst mich: Sie ist nicht ertrunken. Wenn du das nicht gewusst hättest, wärst du nicht von so weit her gekommen. Du bist auf diese Insel gekommen, weil du wusstest, dass dies der Ort ist. Hier wirst du dich an den zweiten Teil des Traums erinnern, den Teil, der dir sagt, wie es kam, dass sie nicht gestorben ist.«

Ich schüttelte den Kopf. Seltsam, aber ich fühlte mich den Tränen nahe. Doch weder Loic noch der alte Mann würden mich je weinen sehen. »Da gibt es nichts zu erinnern.«

Sie gingen über meine Bemerkung hinweg. Der Alte redete, und Loic übersetzte hastig: »Er sagt, es sei zwei Jahre her, seit er dich zum ersten Mal gesehen hat. In seinem Traum hast du die Augen verbunden, immer. Du jagst. Du folgst der Spur eines Bären: Nur kannst du ihr nicht folgen, wenn du die Binde nicht von den Augen nimmst. Er sagt auch, da sei Blut im Schnee. Dass du töten wirst. So wirst du sie finden, wenn es nicht zu spät ist. Du wirst töten, oder sterben. Wenn du tötest, musst du die Beweise mitnehmen und dir um den Hals hängen, denn der, den du getötet hast, wird dein Manitou sein. Er wird sein Leben für dich hergeben. Du musst ihm deinen Dank erweisen und ihn belohnen, sonst wirst du sterben. Er hat gesprochen.«

In den darauffolgenden Tagen versuchte ich mit aller Macht, mir die Begegnung mit dem *mide* aus dem Kopf zu schlagen. Es gelang mir nicht. Wenn ich meine Gedanken nicht wachsam beobachtete, dann wanderten sie wieder zu jenem eigenartigen Gespräch im Wigwam zurück und drehten und wendeten es hin und her. Ich konnte ihnen nicht Einhalt gebieten, besonders, wenn ich einschlief. Der Teil mit dem Bären muss in meine Träume eingedrungen sein, denn die Erinnerung daran verfolgte mich bruchstückhaft auf unerklärliche Weise auch bei Tage. Da ich somit beschäftigt war, hatten die darauf folgenden Tage etwas Unwirkliches. Ich wurde das Gefühl nicht los, als wäre ich dort schon einmal gewesen, als wäre alles schon einmal geschehen. Das bereitete mir große Sorge, und ich sprach Alan darauf an, der genau wusste, was ich meinte. Das tröstete mich; Alan war vollkommen bei Trost, wenn auch moralisch nicht ganz gefestigt; wenn er es also auch spürte, konnte es nicht daran liegen, dass ich verrückt war.

»Glaubst du an diese Gesichte?«, fragte ich ihn.

»Ja«, gab Alan zurück.

»Ist das alles, was du dazu zu sagen hast?«

»Das habe ich von dir gelernt«, antwortete Alan. »Drei Monate mit dir zusammen, Bruder, haben mich dauerhaft von harmlosem Geschwätz geheilt, vorausgesetzt, ich hätte vorher eine Neigung dazu gehabt.«

Alan war immer dann besonders scherzhaft, wenn ihn eine ernste Sache in Verlegenheit brachte und er es nicht zugeben wollte. Doch es war mir zu wichtig, und so einfach wollte ich ihn nicht davonkommen lassen. »Du glaubst, dass die Wahrheit in Träumen und Gesichten des Weges kommt, sogar die Wahrheit über das, was noch bevorsteht?«

»Ja«, sagte Alan noch einmal. »Ich bin nicht einer deiner Engländer mit gesundem Menschenverstand, genauso wenig wie Loic. Ist dir das nicht aufgefallen? Jedenfalls überraschst du mich. Rachel hat mir erzählt, die Gesellschaft der Freunde sei in einem Wirrwarr prophetischer Visionen gegründet worden. Euer George Fox nun – wie war noch der Satz, den sie benutzt hat? *Es wurde mir eröffnet* … Für solche Dinge hatte deine Schwester etwas übrig. Du gleichst ihr nicht so sehr, nicht wahr, Bruder Mark?«

Jetzt begannen wir das Ufer des Festlandes abzusuchen, fuhren die Flüsse hinauf und über die Binnenseen und besuchten so viele Dörfer wie möglich. Bei unserer nächsten Begegnung mit Indianern richteten Alan und ich uns nach dem, was Loic gesagt hatte, mit dem Ergebnis, dass schon bald niemand mehr auf uns achtete. Stattdessen stürzten sie sich kopfüber in eine anscheinend seit langem schwelende Diskussion zwischen den Ältesten und ihren Kriegern darüber, ob eine Kriegsgruppe sich nach Mackinac begeben solle oder nicht, bevor alle zur Reisernte aufbrachen. »Ich glaube, sie sind an dem, was wir zu sagen haben, nicht interessiert«, sagte ich leise zu Alan. Er zwinkerte mir zu und murmelte: »Wie heilsam!«

Wenn ich an die nachfolgenden Wochen denke, dann wird mir klar, dass ich viele bedeutende Dinge gelernt habe:

Erstens, dass das Land der Indianer keine weglose Wildnis war; im Gegenteil, wir konnten einem Muster folgen, gewoben von vielen Generationen des Volkes, dem dieses Land gehörte. Der erste Indianerpfad, auf dem ich je gegangen bin, war auf der anderen Seite des Mattawa bei den Wasserfällen *Le Talon*. Es kam mir sehr fremdartig vor; ich fragte mich, warum mir nicht klar gewesen war, dass es überall Pfade geben würde, genau wie bei uns. Die wichtigsten Straßen sind Seen und Flüsse. Die Indianer haben weder Karren noch Pferde, und alle langen Fahrten mit Ladung werden mit dem Kanu bewältigt. Es gibt einen Handel mit Mais, Fisch und Zucker, der nichts mit dem weißen Mann zu tun hat. Die Dörfer sind miteinander verbunden, so wie bei uns. Hätte Loic zum Beispiel eine Schwester in Borrowdale verloren, wäre er dumm, wenn er meilenweit jeden Quadratmeter auf den hohen Bergzügen absuchen würde. Ich würde ihm raten, in Grange, Rosthwaite, Seathwaite, Stonethwaite und Seatoller nachzufragen und dort etwas über die umliegenden Farmen herauszufinden. Er würde schon bald das Muster erkennen und ihm folgen können. Es würde natürlich kein Ende nehmen – von Seatoller würde man ihn weiter nach Buttermere schicken; von Seathwaite über Styhead nach Wasdale; von Stonethwaite hinauf an Langstrath vorbei ins Langsdale; von Grange am Seeufer entlang nach Portinscale und Bassenthwaite … Es wäre endlos, doch ein Muster wäre erkennbar, um einen Mann vor der absoluten Hoffnungslosigkeit zu bewahren. Es fuchst mich, wenn die Menschen aus dem Lake District mein Land eine Wildnis nennen. Auf unserer Reise lernte ich, dass ich dieselbe falsche Vorstellung vom Land der Indianer im Nordwesten hatte.

Zweitens hätten Alan und ich uns unsere Gereiztheit vielleicht sparen können, denn unsere Ansichten waren allen anderen eher gleichgültig. Fast alle, mit denen wir sprachen, stimmten mit mir überein, dass Frieden dem Krieg entschieden vorzuziehen sei. Doch als ich in dem Dorf an der großen Bucht, in die eine lange Halbinsel hineinragt, über eine Welt redete, in der es weder Kriege noch bewaffnete Auseinandersetzungen gab, wurde die übliche Reaktion von einer Frau zusammengefasst. Sie fragte: »Aber wozu werden denn Männer in die Welt gesetzt? Was sollen sie denn deiner Meinung nach tun?« Sprachen wir mit jungen Männern, hörten sie auf Alan. Doch die Frage für sie war nicht, worum es in dem Krieg auf Mackinac gegangen war. Das brennende Thema hier war der Vertrag von Detroit und die nicht eingehaltenen Versprechen nach dem Verkauf von Ottawa-Land. Wir machten in einem Ottawadorf Halt, wo man uns sagte, Detroit sei schon an die Briten gefallen. Ihre Krieger hatten sich bereits Tecumseh in Ohio angeschlossen. Ein Ältester am Manistee River sagte zu Alan: »Ihr versteht das nicht. Früher gab es keinen Pelzhandel nach Montreal. Eines Tages wird es wieder keinen Pelzhandel nach Montreal geben. Na und? Doch wenn unser Land verloren geht, dann ist alles, was wir haben, für immer verloren.«

Drittens erlernte ich die Sprache der Ottawa wenigstens so weit, dass ich mich an den Gesprächen beteiligen konnte, statt wie eine Schneiderpuppe hin und her gezerrt zu werden. Wenn wir abends am Lagerfeuer saßen, brachte Loic mir geduldig Wörter und Sätze bei. Er lachte mich nicht aus, wie es meine *voyageurs* getan hatten, als sie mich Französisch lehrten, doch die Aufgabe muss unterhaltsam gewesen sein, denn kurz darauf schloss sich Alan an. Das war großzügig von ihm, denn er schärfte meine Debattierkünste ausschließlich zum Gebrauch gegen ihn. Er sagte, er fände die Ironie amüsant.

Viertens lernte ich richtig Kanu fahren. Ich stellte fest, dass ich in den Wochen als Gelegenheits-*milieu* in einem *canot du maître* Kraft und die Fähigkeit erlangt hatte, einen ganzen Tag lang zu paddeln, jedoch nichts über die Schwierigkeiten erfahren hatte, mit einem indianischen Kanu in offenem Gewässer umzugehen. Bei gutem Wetter ließ Loic mich einen Turnus als Bugmann übernehmen, dann ein- oder zweimal seinen Platz als Steuermann. Ganz allmählich stellte sich bei mir ein Gefühl für Wind und Wasser ein. Ich lernte, meinen Schlag zu verändern, ehe wir vom Kurs abkamen, statt den Kurs nachträglich zu korrigieren. Ich lernte, den See und den Himmel zu lesen, so, wie ich Land und Wetter in meiner Heimat gelesen hatte. So, wie bei jeder anderen Fertigkeit auch, musste ich mit der Zeit nicht mehr andauernd ans Paddeln denken, sondern konnte die Zügel schleifen lassen, wenn keine unmittelbare Gefahr drohte. Und wenn es doch gefährlich wurde, dann wusste ich nach einiger Zeit auch, was zu tun war, und passte meinen Schlag und mein Gewicht an, ohne dazu aufgefordert zu werden.

Fünftens – und das ist am schwierigsten zu erklären – lernte ich, was es heißt, die ganze Zeit auf einer Wechte zu gehen; keinen festen Boden unter den Füßen zu haben, ständig in einer Gefahr zu schweben, die ich nicht sehen konnte. Da wir wie Händler aussahen, nur zu dritt waren und uns den Dörfern in aller Offenheit näherten, trafen wir nicht auf offene Gewalt. Doch es *gab* Gewalt, sogar in der Luft, die wir einatmeten, hatte ich das Gefühl. Ich trug wie immer keine Waffe bei mir, bis auf ein- oder zweimal, als ich eine der Musketen mit Schrot lud und auf die Jagd nach Kleinwild ging. Anfangs wollte mir Alan erst gar kein Gewehr in die Hand geben – ob ich denn sicher sei, dass ich es überhaupt laden könne und mich am Ende dabei nicht selbst umbringen würde. Ich sagte, der Unterschied zwischen der Muskete eines Händlers und der Vogelflinte, die ich zu Hause hatte, könne so groß nicht sein, und als ich mir das Gewehr anschaute, stellte ich fest, dass ich Recht hatte. Allerdings war die Muskete schwerer, wenn auch vom Lauf her kurz im Vergleich zu den Militärgewehren, die ich in Mackinac gesehen hatte. Alan reichte mir zögernd sein Pulverhorn und sah mit kritischem Blick zu, während ich Pulver abmaß, einen Stoffstreifen abriss und den Schrot hineinstopfte. Ich bat um Zündpulver, und Alan gab mir wortlos seine Schlinge und den Beutel. Als ich eine Stunde darauf wieder ins Lager kam und eine dicke Ente von meinem Gürtel baumelte, versuchte ich, nicht allzu prahlerisch aufzutreten. Offenbar hatten sie einen Mann, der sich weigerte, seine Mitmenschen umzubringen, nicht für fähig gehalten, geradeaus zu schießen. Ich dachte an die Pasteten aus Kaninchen- und Taubenfleisch, die meine Mutter zubereitet – und Tauben sind meiner Ansicht nach die schwierigsten Ziele –, und ich fragte sie, ob sie etwa glaubten, ein Quäker verschmähe frisches Fleisch. Dann wären wir ein trauriges, nicht ausgewachsenes Völkchen.[1] Woraufhin sie sich auf meine Kosten lustig machten, doch sie hatten verstanden.

Hin und wieder trafen wir auf Indianer, die in Kriegsausrüstung herumlungerten. Alan sagte mir, die Haarbüschel, die am Gürtel eines Kriegers hingen, seien die Skalps seiner Feinde, woraufhin es mir kalt über den Rücken lief. Einmal nur trafen wir eine ganze Schar bewaffneter Krieger, als wir in der Nähe eines Lagers mit vier Kanus landeten. Die Krieger trugen Tomahawks, Keulen, Pfeil und Bogen und ein paar Vorderlader

1 Heutzutage schieße ich den Tieren ins Hirn, ehe wir sie schlachten. Die meisten Farmer, die ich kenne, schlitzen ihnen noch immer wie früher den Hals auf, so wie wir, als ich noch klein war. Angeblich verdirbt es den Geschmack, wenn man sie totschießt, weil dann das Blut nicht ungehindert abfließt, doch ich glaube, meine Art ist die gnädigere. Nennt mich ruhig sentimental, wenn ihr wollt. Der Tod ist immer da, in allen Erscheinungsformen, und niemand kann ihm entkommen, doch ich glaube nicht, dass uns Gott die Herrschaft über die Vögel in der Luft und die Tiere auf dem Felde gegeben hat, damit wir Schmerz über unsere Mitgeschöpfe bringen, der leicht zu vermeiden ist.

bei sich. Alan sagte, das Beste sei, kühn in ihre Mitte zu treten und nicht herumzudrucksen. Wir befolgten seinen Rat. Wie sich herausstellte, waren sie unterwegs nach Süden, um sich Tecumseh anzuschließen, und als Alan verkündete, wir seien Briten, begrüßten sie uns als Verbündete und ließen sich Tabak und – was sie noch mehr begehrten und wir ihnen nicht zu verweigern wagten – einen großen Teil unseres kostbaren Schießpulvers, Blei und Schrot schenken.

Es lag nicht nur daran, dass ich mich unter kriegerischen Menschen befand.[2] Überall spürte ich Gefahr, denn ich wusste, ich konnte sie auch mit offenen Augen nicht erkennen. Diese Menschen waren mir hoffnungslos fremd. Zuweilen dachte ich an Waase'aaban, und mir schwante noch immer, dass ich Böses getan hatte. Die Indianer waren in ihrer Religion, ihrem Glauben, ihren ethischen Grundsätzen, selbst in ihren grundlegenden Bräuchen anders als ich. Was Alan über Folter gesagt hatte, ging mir nicht aus dem Sinn, doch als ich es Loic gegenüber erwähnte, war er empört und sagte, seit mehr als einer Generation habe es solche Gräueltaten nicht mehr gegeben, und es sei nicht sein Stamm, sondern die Irokesen im Süden, die sich derartiger Teufeleien schuldig gemacht hätten. Ich wusste nicht, was ich davon halten sollte. Und sobald ich dachte, wie weit dieses Volk doch von der Zivilisation entfernt war, aus der ich kam, war ich auch schon wieder verblüfft, wenn ich etwas wieder erkannte: die Art und Weise, wie sie

2 Fast mein ganzes Leben lang hatte ich in einer Nation gelebt, die Krieg führte. Von frühester Kindheit an war ich den Anblick von Rotröcken auf der Straße und von Schiffen der Royal Navy auf Patrouille entlang unserer Küste gewohnt. Der Unterschied war, glaube ich, dass ich wusste, ein Rotrock auf den Straßen in Carlisle würde mich wohl kaum überfallen und mich skalpieren, oder mir überhaupt etwas zuleide tun. Andererseits, wenn ich an die Presspatrouille in Whitehaven denke, dann war ich in meinem eigenen Land in ebenso großer Gefahr (nur mal angenommen, Napoleon wäre im Jahre 1803 einmarschiert) wie jenseits der Siedlungsgrenzen im Michigan Territory. Selbst wenn kein Krieg erklärt wird, werden wir durch Waffengewalt unterdrückt, denn war Peterloo nicht ein Massaker, das unsere Zivilbeamten in so genannten Friedenszeiten verübt haben? Vielleicht ist es nur die Vertrautheit, die uns die Illusion von Frieden gibt, obwohl kein Friede herrscht.

Fisch brieten, wie ein Mann mit seinem Hund sprach, wie Kinder Verstecken spielten, wie jemand einen Witz machte und die ganze Gesellschaft laut auflachte – das alles und noch vieles mehr schloss plötzlich für einen kurzen Moment die große Kluft zwischen uns.

Darüber hinaus nehmen diese Wilden das Schweigen ebenso auf, wie es in der Gesellschaft der Freunde üblich ist. Auch sie sitzen zuweilen lange beisammen, ohne ein Wort zu reden, und sammeln sich durch das Schweigen. Das ist nicht anders als bei uns, denn sind wir nicht alle vom selben Gott erschaffen? Das habe ich eines Abends auch Loic gesagt, und er erzählte mir, dass die Geschichten, die der Priester von St. Anne ihm beigebracht habe, zu den Geschichten passten, die er im Winter am Feuer von den Stammesangehörigen seiner Mutter vernommen hatte. »Manchmal kann ich sie nicht auseinander halten.«

»Erzähl mir eine.«

Loic starrte in die glimmenden Holzscheite unseres Lagerfeuers – es war schon spät – und begann dann so förmlich, als leiste er einen geistlichen Beitrag bei einer Versammlung. »Am Anfang hatte Gitchi Manitou einen Traum. Er träumte, und aus dem Nichts schuf er Fels, Feuer, Wasser und Wind. Ein jedes hauchte er an, und sein Odem war der Atem des Lebens, der jedem eine Seele schenkte. Und Gitchi Manitou sah, dass es gut war. Am nächsten Tag träumte Gitchi Manitou den Himmel, und darin träumte er die Sonne, den Mond und die Sterne, und unter dem Himmel die Erde. Am dritten Tag träumte er die Erde mit Bergen und Tälern, Flüssen und Seen, Wäldern und Inseln. Am vierten Tag träumte er Bäume, Gräser, Kräuter und Blumen. Er träumte Fische im Wasser, die Vögel und Insekten in der Luft und die vierbeinigen und zweibeinigen Tiere, die über die Erde gehen. All das sah Gitchi Manitou, und er sah, dass es gut war. Er träumte Donner und Blitz, Wind und Regen. Er träumte Freude und Schmerz,

Liebe und Hass, Angst und Mut. Als er das alles geträumt hatte, ruhte er sich aus, denn er sah, dass es sehr gut war.«

Loic stocherte mit einem Stock in der Glut herum und erweckte sie noch ein letztes Mal zum Leben. »Siehst du? Die Geschichte ist eigentlich dieselbe.«

»Ja.« Ich war auf seltsame Art erleichtert und doch verblüfft. Ich dachte an Rachels und Judiths Anliegen, den Indianern das Wort zu bringen, und dass ich vor langer Zeit im Heuschober – in einer anderen Welt, wie es jetzt schien – zu Rachel gesagt hatte, wenn das Licht wirklich allen Menschen innewohnte, dann sei es überflüssig, die weniger Erleuchteten geistlich zu betreuen. Es war mir nicht in den Sinn gekommen, dass das Innere Licht bei den Heiden ähnlich zum Ausdruck kommen könnte. Ich kannte zwar das erste Kapitel der Genesis auswendig, aber ich wusste nichts, aber auch gar nichts über den Götzendienst und die Losungen des katholischen Glaubens. Ich konnte es drehen und wenden, wie ich wollte, ich wusste mit Loics Geschichte nichts anzufangen. »Es gibt Unterschiede«, sagte ich vorsichtig.

»Natürlich. Ein und dieselbe Geschichte wird nie zweimal erzählt, nicht haargenau gleich.«

»Es sei denn, sie wird niedergeschrieben«, sagte Alan müßig.

Loic zuckte mit den Schultern. Ein Scheit verrutschte, und die kleine Flamme erlosch. Die Dunkelheit rückte näher, und unser Gespräch war für den Abend erschöpft, als hätten wir reinen Tisch gemacht.

Wir hatten die Wasserwege so weit wie möglich abgesucht, an der Küste entlang und im Binnenland, und waren bis an den Muskegon River nach Süden vorgedrungen. Ich ging davon aus, dass Madeleine La Framboise ihr Wort gehalten hatte und die Dörfer weiter im Süden benachrichtigt hatte; Alan stand meinem Vertrauen in sie kritisch gegenüber, doch die Zeit lief uns auf jeden Fall davon. Die Sommerlager leerten sich. Wir trafen Kanus mit ganzen Familien an Bord auf ihrem Weg nach Norden zu den Reisfeldern. Gänseschwärme zogen über den Himmel Richtung Süden. Langsam verloren die Bäume ihre grüne Farbe. Loic sagte, nach der Reisernte würden sich die Familien auf ihre winterlichen Jagdgründe verteilen. Es hatte nie eine echte Hoffnung gegeben, und jetzt musste ich der Niederlage ins Auge sehen. Wenigstens konnte ich mich mit dem Gedanken trösten, dass ich es versucht hatte.

Auf unserem Weg nach Norden hielten wir an einem Dorf an der Mündung eines breiten braunen Flusses an. Die Bewohner waren zum größten Teil über den Lake Michigan zu den Reisfeldern gefahren und hatten nur die Rahmen ihrer Wigwams zurückgelassen. Etwa sechs Alte waren dort geblieben und warteten darauf, dass die Familien mit den Wintervorräten an Reis zurückkehrten. Sie konnten uns nicht helfen, doch sie hatten ein paar Felle, die wir einhandelten, sodass wir nicht mit leeren Händen nach Hause zurückkehren mussten. Wir tauschten die Reste unserer Perlen und Stoffe ein, weigerten uns jedoch, uns von unserer letzten Falle oder dem Rest Schießpulver oder Schrot zu trennen. Am Abend rauchten wir gemeinsam den Tabak, den wir ihnen geschenkt hatten. Die Männer redeten miteinander; Loic machte sich nicht die Mühe, zu übersetzen. Uns allen fielen die Augen zu. Zu dem Kreis gehörte eine alte Frau. Sie hatte mir gegenüber mit gebeugtem Rücken am Feuer gesessen. Wenn ich aufschaute, sah ich ein uraltes, verhutzeltes Gesicht mit eingefallenen Wangen über zahnlosen Kiefern. Ihre Augen jedoch waren schwarz und glänzend, und jedes Mal, wenn mein Blick in ihre Richtung wanderte, sah ich, dass sie mich beobachtete. Ich glaube nicht, dass sie an dem Abend auch nur ein Wort gesagt hat.

In jener Nacht träumte ich von meiner Großtante Agnes Bristo, die im Alter von einhundertzwei Jahren starb, als ich gerade drei war. Im Wachzustand hatte ich vergessen, dass ich sie kannte. Agnes Bristo war eine gewichtige Freundin der Versammlung von Mosedale und hatte sich in ihrem ganzen Leben nie weiter als bis Keswick von Mungrisdale entfernt. In meinem Traum aber ging sie neben einem großen Bären her – ihre Hand ruhte auf seinem Nacken –, so wie ein kleines Kind neben einem großen Hund hergehen würde. Dann war ich das Kind, noch nass vom Wasser, und meine Tante Agnes führte uns, und wir gingen im Mondlicht über die hohen Dünen von South Manitou Island. Ganz deutlich vernahm ich Alans Stimme in meinem Ohr: »Ich würde es nicht zu betreten wagen«, und noch während er sprach, sah ich die Gräber auf ihren hohen Pfosten; die Stofffetzen, mit denen sie gebunden waren, wehten im Wind. Und ich wusste, dass wir keine Wahl hatten, was immer Alan auch einwenden mochte. Das versuchte ich ihm zu erklären. Alan sagte gerade: »Mark? Mark! Was zum Teufel geht hier vor? Was machst du, um Gottes willen?« Das war die Wirklichkeit. Ich war wach und stellte fest, dass ich mich zu ihm herumgerollt und ihn unter dem Kanu hinaus ins Freie geschoben hatte.

Ich war im Halbschlaf und ganz durcheinander, doch ich weiß noch, dass ich vollkommen klar von mir gab – weil sie es mir am nächsten Morgen sagten: »Nicht das Wasser. Die Insel. Sie sagt, geht zurück nach South Manitou Island.«

20

An dem Morgen, nachdem wir unser früheres Lager auf South Manitou erreicht hatten, war alles mit glitzerndem Raureif überzogen. An den bloßen Füßen spürte ich beißende Kälte, als ich zum See hinunterging. Der Sommer, in dem ich im wärmsten Wasser seit je geschwommen war, hatte wohl ein Ende. Ich tauchte den Kessel ein und schaute den sich kräuselnden Wellen nach.

Als ich zurückkam, kroch Alan mit zerzausten Haaren unter dem Kanu hervor. Loic kniete mit einem Feuerstein an unserer alten Feuerstelle, in deren Asche er eine kleine Pyramide aus Birkenrinde errichtet hatte. Er hatte einen Klumpen Fichtenharz auf einer Matte ausgelegt. Daneben stand der Topf, in dem er es schmelzen wollte. »Willst du das Kanu reparieren?«

»Heute Morgen. Wenn wir denn unbedingt fahren müssen … Die Jahreszeit ist schon sehr weit fortgeschritten. Wir müssen so bald wie möglich aufbrechen.«

»Du hast darauf bestanden, dass wir hierher fahren.«

»Ich habe nicht so lange gebraucht, um zuzuhören.« Loic hielt inne, denn über uns ertönte plötzlich ein wilder Schrei. Wir sahen eine lange Reihe Gänse in weit auseinander gezogenem V aus dem Norden kommen. Direkt über uns lösten sie ihre Formation auf und kreisten dicht über uns. Mit viel Geschrei verschwanden sie zwischen den Bäumen in der Nähe von Nidons Dorf. »Die fliegen bestimmt zum winzigen See«, sagte Alan.

»Du meinst den See des *mide*?«, fragte ich.

»Ja«, sagte Alan. »Hättet ihr beiden Lust auf eine gebratene Gans zum Abendessen?«

»*Oui*, nur habe ich am Kanu zu tun.«

»Bruder Mark? Wie wär's denn heute mit ein bisschen Morden mit kriegerischen Waffen?«

Als Alan und ich am Strand entlanggingen, unsere Vorderlader, Hörner und Pulverbeutel über der Schulter, fanden wir Abdrücke von Kanus und Mokassins; doch das Dorf selbst war verlassen. Nur die Rahmen der Wigwams und die leeren Gestelle, auf denen der Fisch getrocknet worden war, standen noch dort. Über die kalten Feuerstellen war Laub geweht. Ein Schauer lief mir über den Rücken; der Ort machte einen gottverlassenen Eindruck. Alan schaute unentwegt in den Raum zwischen einem der leeren Rahmen. »Mark«, sagte er ruhig, »schau her.«

Auf dem Boden des Wigwams lagen keine Blätter, und die Asche zwischen den Steinen war weich und weiß. Alan trat durch den Rahmen der Tür, hockte sich nieder und stocherte vorsichtig mit dem Finger darin herum. »Warm.«

»Die Kanus sind fort.«

»Stimmt.« Alan stand auf und wischte sich die Hand an der Hose ab.

»Komm, wir gehen zuerst zu den Dünen«, sagte ich. »Wenn sie heute Morgen abgefahren sind, können wir sie vielleicht noch sehen.«

»Und wenn wir sie nicht sehen, dann sind sie entweder gestern Abend aufgebrochen oder gar nicht, oder die Sonne hat uns geblendet«, sagte Alan. »Eine fette Gans wäre da viel handfester.«

»Mir wäre wohler, wenn wir wüssten, dass wir allein sind, ehe wir einen Schuss abgeben.« Ich weiß nicht, warum ich glaubte, so vorsichtig sein zu müssen; vielleicht hatte sich der seit Wochen schwelende, allgegenwärtige Kampf in meiner Vorstellung zugespitzt.

»Wir haben schon ein Feuer gemacht«, bemerkte Alan. »Aber das ist mir gleichgültig. Es geht um die Dünen, und wir wollen hoffen, dass die Gänse nach dem Essen eine Siesta halten.«

Im Wald war es wärmer, gleichwohl roch die Luft nach Herbst. Wir fanden nicht dieselben Pilze, die wir von hier gewohnt sind, doch es gab Nelkenpfefferbäume, Zwergkornellen, wilde Johannisbeeren und viele andere Beerensorten, die ich nicht kannte.[1] Am Fuß der Dünen wuchsen Brombeeren, deren Anblick mir vertraut war; Alan und ich sammelten sie. Bevor wir den sandigen Pfad hinaufgingen, hielt er mich zurück. »Lass mich erst mal sehen.«

Der Sand war weich und ganz offensichtlich zerwühlt. Alan runzelte die Stirn. »Nichts zu erkennen. Komm, wir gehen weiter.«

Oben auf der Düne begrüßte uns eine steife Brise. Ich hatte vergessen, wie viele kleine Hügel es dort gab, überwuchert von hartem Gras und Wacholder. Die Sicht war nicht klar, weder nah noch fern. Der See blendete. »Ich kann nichts sehen, verdammt«, beschwerte sich Alan. Auch er wurde gereizt – vielleicht hatte ich ihn angesteckt.

»Komm, wir gehen raus an die Klippe. Von dort aus sehen wir das Ufer.«

»Hundert Meter vielleicht«, grummelte Alan. »Im Übrigen würde niemand, der einigermaßen bei Verstand ist, hier auf dieser Seite landen.«

1 In Cumberland haben wir Schaf-Egerlinge, Bofiste und Tintlinge, alle essbar. Ich kenne auch die Stellen im Wald, wo man Pfifferlinge findet. Meine Mutter zeigte sie uns, als wir noch Kinder waren, doch dieses Wissen wird strikt in der Familie gehalten: Ich habe es dementsprechend nur an meine Söhne weitergegeben. Ich war überrascht zu sehen, dass die Indianer sich nichts aus den vielen Pilzsorten machen und nicht imstande waren, mir Auskunft darüber zu geben. Meine Frau wusste Pilze gleich welcher Art weder zu sammeln noch zu kochen und war zurückhaltend beim Verzehr. Es dauerte viele Jahre, bis sie das überwunden hatte, und wenn ich ein Festmahl aus Pilzen nach Hause bringe, muss ich notgedrungen auch heute noch obendrein zum Koch werden. Ich habe nichts dagegen, aber es gibt Freunde, die beunruhigt wären, wenn sie sähen, wie geschickt ich mit Bratpfanne und Kasserolle umgehe. In der Wildnis muss ein Mann in jeder Hinsicht für sich selbst sorgen, und die kulinarischen Fähigkeiten, die ich mir dabei erwarb, habe ich nie ganz vergessen.

Ich ging ihm voran durch das Gras. Als ich mich umdrehte, war Alan stehen geblieben und hatte seinen Vorderlader von der Schulter genommen. Ich ging zu ihm zurück. »Hast du etwas gehört?«

»Nein.« Alan gab ein Maß Pulver hinein, stopfte die Kugel an ihren Platz und machte die Zündpfanne scharf. Dann begegnete er meinem Blick. »Tut mir Leid, Bruder Mark. Vielleicht habe ich Manschetten gekriegt. Nenn mich ruhig einen Feigling. Gib mir deine Flinte.«

Ich zog sie von der Schulter, und Alan nahm sie mir aus der Hand. »Nimm die hier.«

Ich hielt seine Waffe und sah zu, wie er meine lud. »Alan, du weißt, dass ich nicht …«

»Ja, ja, nicht schon wieder. Du trägst sie nur, ja?« Plötzlich grinste er breit. »Kann sein, dass wir auf eine brütende Gans treffen. Man kann nie wissen.«

Ich nahm die geladene Waffe an mich. Alan trug die seine quer vor der Brust und folgte mir zur Klippe. Wir standen etwa drei Fuß vom Rand entfernt – der Sand war zu bröckelig, um näher heranzugehen – und schauten hinab. Weder auf dem glitzernden See noch auf dem dünnen Sandstreifen unter uns war etwas zu sehen. Wir drehten uns um und wollten gehen.

Sechs Krieger standen auf unserem Pfad, mit Messern und Tomahawks bewaffnet. Schauderhafte menschliche Haarbüschel hingen an ihren Gürteln. Zwei von ihnen trugen Adlerfedern, und sie hatten ihre Musketen auf uns gerichtet.

Alan hob seine Flinte. Ein Schuss krachte. Alan schrie auf. Ich machte einen Satz, um ihn zu retten, doch zu spät. Ich sah ihn fallen. Der Boden unter meinen Füßen gab nach. Ich taumelte rückwärts, und eine Sandwolke stob auf, als der Überhang nachgab und hinter ihm nach unten rutschte.

Mir blieb nichts anderes übrig, als mich meinen Feinden zu stellen. Der Anführer ließ seine rauchende Flinte sinken. Ich hatte eine geladene Waffe in der Hand und unsicheren Boden unter den Füßen. Ich trat zwei Schritte auf sie zu, fort von der Kliffkante.

Der Anführer – er trug ein ganzes Büschel Adlerfedern – redete mich an. Es klang wie ein Befehl. »Was machst du?«, fragte ich empört, und da merkte ich, dass ich zitterte, nicht vor Angst, glaube ich – denn ich war sehr wütend und ließ sie das auch hören –, sondern vor Schreck über Alans Sturz. Ich hielt mich kerzengerade, damit er mich nicht zittern sah. »Wir sind in friedlicher Absicht hier.«

Derselbe Befehl, nur lauter diesmal.

»Ich bin in friedlicher Absicht hier«, sagte ich noch einmal. »Du hast keinen Grund, mich zu verletzen.«

Sie redeten nicht miteinander, traten jedoch gleichzeitig ein paar Schritte vor. Ich saß in der Falle; anscheinend hatten sie vor, mich unversehrt mitzunehmen. Ich hatte eine geladene Waffe in der Hand, mit der ich sehr wohl umzugehen wusste, doch sie beachteten es nicht.

Die nächsten Augenblicke vergingen sehr langsam: Ich hatte Zeit, mir alle Gedanken der Welt durch den Kopf gehen zu lassen, über mein bisheriges Leben und das Leben im Jenseits, an das ich von ganzem Herzen glaube. Doch das alles wurde grob beiseite geschoben. In meinem Kopf tobte ein Kampf, ganz gemütlich sozusagen, obwohl er in Wirklichkeit weniger als zwei Minuten dauerte – denn sie nahmen sich Zeit, als hätten sie ihren Spaß daran. Sie quälen ihre Kriegsgefangenen zu Tode – wir dagegen lehnen jegliche auf Blutvergießen gerichteten Grundsätze und Praktiken entschieden ab –, hacken ihnen kleine Stücke ab – in offen ausgetragenen Kriegen und Auseinandersetzungen – Arme, Beine und Geschlechtsteile – und Kämpfe mit tödlichen Waffen – bis nur noch ein Torso übrig bleibt – zu welchem Zweck auch immer – treiben Holzspäne unter die Fingernägel – unter jedem beliebigen Vorwand – oder mit den Augen – und das ist unser Zeugnis … unser Zeugnis … unser Zeugnis …

Ich entsicherte die Waffe und legte sie vor meine Füße.

Sie standen still, ebenso wie ich. Noch nie im Leben hatte ich so viel Angst, aber ich zeigte es nicht. Ich schaute dem Mann, der Alan angeschossen hatte, fest in die Augen und hielt seinem Blick stand.

Dann zeigte er auf mich und sagte etwas zu seinen Kriegern. Meine sprachlichen Fähigkeiten hatten mich vollkommen verlassen, doch ein Wort, das er an mich richtete, wiederholte er ein paar Mal: *»Nigigwetagad. Nigigwetagad. Nigigwetagad.«*

Plötzlich drehten sie sich um. Noch ehe ich Zeit hatte, einen klaren Gedanken zu fassen, waren sie spurlos in den Dünen verschwunden.

Zitternd wie Espenlaub sank ich auf das piksende Gras nieder. Ich konnte mir nicht einmal annähernd einen Reim auf die Sache machen; ich wusste nur, dass ich Angst hatte. Doch ich musste Alan finden. Ich schlang mir den Riemen der Waffe über die Schulter und ging auf der Suche nach einem sicheren Abstieg am Rande der Dünen entlang. Ich konnte den Strand direkt unterhalb der Dünen nicht sehen; der Überhang war zu groß. Kurz darauf fand ich eine Stelle, wo der Sand zwar steil nach unten abfiel, doch nicht senkrecht, sodass ich hinunterrutschen konnte. Ich versuchte es und verlor sofort den Halt, doch der Sand war weich, und ich glitt wie über eine Geröllhalde, bis ich unten ankam. Ich stand auf einem gut zehn Fuß breiten Strand mit festem Sand. Der Anblick der bröckelnden Abhänge über mir gefiel mir nicht, aber daran war nichts zu ändern. Ich ging den Weg, den ich gekommen war, zurück und suchte den Boden vor mir ab.

Auf den ersten Blick sah er aus wie ein Haufen Kleidungsstücke, den jemand fallen gelassen hatte. Ich lief, so schnell ich konnte, doch es kam mir langsam vor, wie im Traum. Ich stolperte beinahe über seinen Vorderlader, der neben ihm lag, halb im Sand vergraben. Direkt vor ihm meinte ich, er bewegte sich, doch es war nur mein Schatten, der quer über ihn fiel.

Er lag gekrümmt auf der Seite. Ich nahm ihn an der Schulter und zog ihn sanft zurück. Meine Hand wurde feucht. Ich sah hin – es war Blut.

Alans Hemd stand am Hals offen. Ich fuhr mit der Hand hinein; seine Haut war glitschig und nass. Als ich seinen regelmäßigen Herzschlag spürte, seufzte ich laut und rollte ihn sacht herum. Dann riss ich sein blutdurchtränktes Hemd vom Hals bis zum Saum auf und zog es ihm aus. Er war oben an der Schulter getroffen worden; es war ein hässliches Loch, das ungehindert blutete. Ich zerknüllte das Hemd und drückte es fest gegen die Wunde. Minuten verstrichen. Ich hielt den Druck aufrecht und beobachtete sein Gesicht. Er war aschfahl, doch endlich flatterten die Augenlider.

»Alan?«

Er stöhnte ein wenig, was er nicht getan hätte, dachte ich, wenn er voll bei Bewusstsein gewesen wäre.

»Alan!«

Die Blutung ließ langsam nach. Ein Teil des Hemdes war noch weiß, und die Blutflecken breiteten sich nicht weiter aus. »Alan!«

Wieder flatterten seine Augenlider, und er sprach ziemlich deutlich. »Wo zum *Teufel* willst du nur hingehen?«

»Ich gehe nirgendwohin«, sagte ich. Vorsichtig nahm ich den Druck weg. Er versuchte, sich von meiner Hand zu entfernen. »Halt still!«

»Es ist nicht da oben. Es ist mein Bein.« Er klang wie ein quengelndes, noch verschlafenes Kind.

Ich legte seine Hand über die blutdurchtränkte Kleidung. »Alan! Halt das da fest, wenn du kannst.«

Als ich sein linkes Bein berührte, schrie er auf und biss sich auf die Lippe. Mit meinem Messer schnitt ich sein Hosenbein auf. Von Verletzung war nichts zu sehen, doch das Bein lag etwas abgewinkelt. Als ich ihn fragte, ob er es bewegen könne, musste er beim Versuch schon keuchen und biss sich auf die Lippe, bis es blutete. Ich hatte schon einmal einen Hund geschient, doch noch nie einen Menschen. Allerdings hatte ich dem Barbier von Ambleside einmal dabei zugesehen, als wir den Burschen mitnahmen, der im Nebel über das Striding Edge gefallen war, damals, als ich nach Grasmere ging, um einen Widder zu kaufen und auf einmal in einer Rettungsmannschaft landete. Nie hätte ich gedacht, dass ich einmal froh um diesen unglückseligen Tag sein würde. Ich spürte, wie Alan sich wappnete. Als ich sein Bein streckte, wurde er wieder ohnmächtig, was mir die Sache erleichterte. Suchend schaute ich mich nach einer Schiene um. An dem leeren Strand lag nichts, was ich hätte verwenden können. Vorsichtig holte ich mit dem Messer die Kugel aus der Flinte. Den Ladestock legte ich neben Alans Bein und band ihn mit unseren Gürteln fest. Dann packte ich den Sand möglichst fest um mein Werk. Er kam wieder zu sich und begann zu frösteln. Außer meinem Hemd und meiner Hose hatte ich nichts, womit ich ihn zudecken konnte. Ich zog beides aus und packte ihn damit ein, so gut es ging.

»Alan! Verstehst du mich?«

Seine Hände waren eiskalt. Der Strand ging nach Westen. Ich schaute hoch. Die Sonne würde erst nach Stunden herumkommen. »Alan. Ich muss dich hier lassen. Ich hole Loic und das Kanu. Du darfst dich nicht rühren. Hörst du?«

»Mmm.« Er bewegte sich ein wenig und sagte mit belegter Stimme: »Bruder Mark.«

Ich rieb ihm die kalten Hände und ließ wieder los. »Ich mache so schnell ich kann.«

Trotz meiner Hast und Eile war es Spätnachmittag, bis wir zurückkamen. Als ich keuchend ins Lager stürmte, halb nackt und völlig außer Atem, sodass ich kein Wort herausbekam, sah ich als Erstes, wie Loic sich über das Kanu beugte, die Hände rot gefärbt vom Harzkitt, und dort, wo er die zerstörte Birkenrinde abgelöst hatte, klaffte ein Loch von fast einem Fuß im Quadrat. Schneller wurde wohl noch nie ein Flicken aufgesetzt, doch das Harz hatte keine Zeit auszuhärten. »Es kann sein, dass es sich ablöst«, sagte Loic, »aber wir werden in Ufernähe sein. Wir müssen es riskieren.«

Ich band alle drei Decken zusammen um das Ersatzpaddel. Wir nahmen noch die beiden Pfosten mit und legten sie unter die Ladung. Ich band mir mein zweites Hemd mit einer Schnur um die Taille; ich hatte nämlich nur die eine Hose und also keine andere Lösung. Wir brachen auf, paddelten rasch um die Nordküste herum und dann langsam – ach, so langsam – unterhalb der bedrohlichen Dünen nach Süden. Mir kam es allmählich so vor, als hätten wir ihn übersehen. Die Strecke um die Insel herum war entschieden länger als der Weg quer über Land. Wenigstens läge er inzwischen in der Sonne. Schließlich sah ich das Kliff mit seinem kleinen, knorrigen Pinienschopf. Wir fuhren näher heran. Hätte ich das Kliff nicht wiedererkannt, dann hätten wir ihn niemals gefunden; ich hatte ihn derart in Sand verpackt, dass er kaum zu erkennen war. Er lag noch immer flach auf dem Rücken, so wie ich ihn zurückgelassen hatte, die Arme über der blutgetränkten Brust verschränkt. Es sah aus wie aufgebahrt. Loic holte tief Luft. Wir hockten uns neben ihn, Loic auf die eine Seite, ich auf die andere. Loic machte ein paar Zeichen über ihm, die sowohl heidnischen als auch papistischen Ursprungs hätten sein können; ich weiß es nicht. Ich nahm Alans kalte Hand zwischen meine warmen Handflächen. »Alan? Alan?«

»Scher dich zum Teufel«, flüsterte Alan schwach.

Loic sah sich meine provisorische Schiene an und schlug vor, Alans Beine zusammenzubinden, um ihn zu transportieren. Mit zwei Paar Händen war es wesentlich einfacher. Wir bauten ihm eine Trage, rollten ihn in Decken ein, zogen das Kanu halb an Land und hoben ihn in die Mitte auf die beiden Pfosten und das Ersatzpaddel. Die Rückfahrt war schrecklich, doch der Flicken aus Birkenrinde war nur wenig leck, als wir zum Lager zurückkamen, und die Decken nahmen das Wasser auf. An Alans tiefen Furchen auf der Stirn und dem strengen Zug um den Mund sah ich, dass er bei Bewusstsein war. Die Schulter blutete nicht mehr. Es war wohl besser, das Hemd zu lassen, wo es war, als die Wunde wieder aufzureißen.

»Loic.«

»Oui.«

»Hast du das schon einmal gemacht?«

»Non.«

Ich hatte die Phiole mit dem Laudanum noch, die mir meine Mutter mitgegeben und die ich neben meinem Rasiermesser und der Zahnbürste in Flanell eingeschlagen hatte. Ein Viertel davon reichte ich Alan auf einem Löffel und wartete, dass er schläfrig wurde. Loic sagte: »Wir sollten ihm Brandy geben.«

»Wir haben keinen.«

»Ich habe das hier.« Er langte zwischen seine Sachen und holte ein Fässchen heraus, das ich noch nicht gesehen hatte.

»Woher hast du das?«

»Ich habe es mitgebracht, *bien sûr*. Es ist dumm, ohne zu reisen.«

»Alan hat gesagt, wir nehmen keinen Alkohol mit!«

»Und ich habe nichts gesagt. Er wird ihn jetzt brauchen.«

Das konnte ich nicht leugnen. »Nicht mit dem Laudanum zusammen, aber später, ja.« Alans Atmung veränderte sich; das Laudanum tat seine Wirkung. »Du musst ihn ordentlich festhalten.«

»Weißt du, was zu tun ist?«, fragte Loic.

»Bei Tieren, ja«, sagte ich, »und was ist ein Mensch schon anderes als ein Tier?«

Das war gelogen. Es war ganz und gar nicht dasselbe. »Halt ihn fest. Fertig?«

Ich zog das Bein so fest und gleichmäßig gerade, wie es eben ging. Alan verlor sofort das Bewusstsein. Ich wusste nicht, ob der Knochen nun richtig saß. Ich konnte nur beten. Wir schnitten Holzschienen zurecht und banden sie mit dem Rest unseres Baumwollstoffs an seinem Bein fest. Sogleich fiel Alan in einen unruhigen Schlaf und begann zu schnarchen. Das hatte ich bei ihm noch nicht gehört – entweder lag es an der Arznei oder daran, dass er so flach auf dem Rücken lag.

Loic nahm selbst auch einen Schluck Brandy. »Hier, Mark!«

»Nein danke.«

Schulterzuckend ging Loic zurück zum Kanu. Als wir später unseren Erbsbrei aßen – und dabei der Gans nachtrauerten –, sprachen wir darüber, was zu tun war. »Wir können ihn nicht transportieren«, sagte ich. »Er muss sich ruhig verhalten. Außerdem können wir ihn auf dem Wasser nicht warm halten. Und wenn er auskühlt, stirbt er.«

»Wir können aber hier nicht bleiben«, sagte Loic. »Da zieht schlechtes Wetter auf. Wir müssen von der Insel runter.«

»Wir können ihn nicht transportieren.«

»Dann kommt der Winter, und wir werden sterben. Wir müssen nach Hause zurückkehren. Aber ich mache mir Sorgen, da, schau mal!« Er zeigte nach Nordwesten.

Die graue Wolkenschicht, die sich im schwindenden Tageslicht auf uns zubewegte, hatte ich bereits gesehen. »Das Wetter schlägt um, nicht wahr?«

»Es wird einen schlimmen Sturm geben.«

Er behielt Recht. In der Abenddämmerung kam Wind auf, und es goss in Strömen. Bis dahin hatten wir unseren Unterschlupf wieder aufgebaut, einen Graben darum gezogen, um das Regenwasser abzuleiten, und die Plane mit zusätzlichen Steinen beschwert. Drei Nächte verbrachten wir zusammengekauert unter unserem Schutzdach aus Kanu und Plane. Alan nahm den meisten Raum in Anspruch, und während der Regen auf das Kanu trommelte, war er zuerst sehr kalt, dann fiebrig, und das machte mir Angst. Eine offene Wunde bei einem Tier bedeutet für gewöhnlich, dass man es erschießen muss; doch ein Mensch muss den Tod hinnehmen, wenn er zu ihm kommt, ohne Hilfe zu bekommen. Alan war nicht genug bei Bewusstsein, um ruhig zu bleiben – er hatte Mut, das war nicht zu bestreiten –, und nach kurzer Zeit begann er unzusammenhängend in einer fremden Sprache zu reden. Ich fragte Loic, was er sagte.

»Weiß ich nicht«, gab Loic zurück. »Die Sprache kenne ich nicht.«

Ich gab Alan Wasser, stapelte die Decken über ihm und verabreichte ihm den Rest des Laudanums, damit er einschlief. Als die Wirkung der Arznei nachließ, wurde er unruhig, warf die Decken von sich und murmelte Unverständliches vor sich hin. Wegen des Fiebers war ich dagegen, dass Loic ihm Brandy gab. Wir zündeten eine Talgkerze in der Laterne an – wir hatten es geschafft, den ganzen Sommer lang ohne sie auszukommen –, sodass ich über Alan wachen konnte. Als die Kerze niedergebrannt war, blieb mir nur noch, nach der Decke zu fühlen und dafür zu sorgen, dass sie auf ihm liegen blieb. Wegen des Regens konnte ich ihn nicht hören.

Loic ging fort, bevor es hell wurde. Während ich Wasser kochte – es gelang mir, in unserem Unterschlupf ein kleines Feuer zu machen – kam er zurück mit einem Bündel langer brauner Wurzeln, Sarsaparillen, wie er sagte. Er machte sich daran, einen Umschlag anzulegen; die Pflanze habe dieselbe Wirkung wie Schwarzwurz. Als ich an der Wunde roch, war kein Anzeichen von Fäulnis wahrzunehmen. Vielleicht hätte ich versuchen sollen, die Kugel herauszuschneiden, doch allein der Gedanke daran jagte mir einen Schauer über den Rücken, und so beschloss ich – Dr. Day auf Mackinac sagte mir später, dass die Entscheidung richtig war –, es sei sicherer, die Finger davon zu lassen.[2] Ich reinigte die Wunde und verwendete Alans Ersatzhemd für einen sauberen Verband.

2 Die Kugel steckt noch immer in seiner Schulter. Vor ein oder zwei Jahren fragte ich in einem Brief, ob sie ihm Schwierigkeiten bereite. Er antwortete, wenn er es sich recht überlege, so sei seine Schulter im Winter ein wenig rheumatisch, doch nicht halb so schlimm wie das Bein; ansonsten sei er ziemlich gesund und schätze einfach, dass er eben alte Knochen habe.

Loic und ich waren bald nass bis auf die Knochen, da der Regen von beiden Seiten in unseren Unterschlupf drang. Es ließ sich nicht vermeiden, dass wir die Plane berührten, woraufhin sie undicht wurde. Loic saß meistens mit dem Rücken zu uns, hielt die Knie umschlungen – Alan hatte alle Decken bekommen – und starrte hinaus in den Regen, der in Schwaden über uns hinwegfegte. Ich hatte noch nie einen Kranken gepflegt, und ich stellte fest, dass es mir leichter fiel, das Notwendige zu tun, wenn ich ihn mir als zweibeiniges Tier vorstellte. Ich hoffte, er würde die Verletzung vergessen; vorläufig jedenfalls war er jenseits von gut und böse.

»Wir hätten in die Lichtung umziehen sollen«, sagte ich zu Loic, nachdem wir zum x-ten Mal die Plane befestigt hatten.

»Wann denn?«, fragte Loic.

So verdrießlich hatte ich Loic noch nicht erlebt. Am Ende fragte ich ihn geradeheraus, was ihn denn so aufrege.

»Weil du Recht hast. Es ist unmöglich, Alan zurück nach Mackinac zu schaffen. Wir hätten nicht noch einmal nach South Manitou gehen sollen. Wenn wir nicht ein Weilchen schönes Wetter haben, kommen wir vor dem Winter nicht nach Hause. Und selbst wenn, dann wird der See sehr kalt sein. Schon jetzt ist es vielleicht zu spät.«

»Dann müssen wir den Winter über hier bleiben.«

»Nein, das geht nicht. Wenn wir bei Wintereinbruch noch hier sind, müssen wir sterben. Die Indianer bleiben nicht hier. Sie gehen dort hin, wo man jagen kann. Im Winter braucht man Fleisch.«

»Hier gibt es Wild.«

»Wie viel denn? Hier wird nicht gejagt. Du weißt überhaupt nicht, wie es ist! Das ist das eine. Dann ist da noch meine Familie! Was soll Pakané denken? Und mein Vater? Ich habe Pakané gesagt – ich habe es ihr versprochen –, dass ich zum Winter zurückkomme, und jetzt geht das nicht. Sie wird glauben, ich bin ertrunken. Deshalb bin ich wütend, da du mich schon fragst.«

Ein plötzlicher Wolkenbruch prasselte auf die Plane nieder. Ich konnte kaum mein eigenes Wort verstehen. »Wenn du uns in einem der Dörfer hier am Festland zurücklassen würdest, kämst du dann nach Hause?«

»Das Kanu ist für mich allein zu schwer. Und jetzt wird es nicht mehr viele Tage geben, an denen der See ruhig genug ist. Außerdem sage ich es dir noch einmal, zu dieser Jahreszeit gibt es dort keine Dörfer. Jedenfalls habe ich versprochen, ich gehe mit Alan. Ich werde ihn nicht verlassen. Keinen von euch. Wenn ich euch jetzt allein lasse, werdet ihr beide sterben. Wie soll ich denn *la messe de Noël* besuchen, wenn das auf meinem Gewissen lastet? Ich kann nicht.«

In jener Nacht lag ich wach, eingemummt in meinen nassen Mantel, und wälzte verzweifelte Pläne in meinem Kopf. Alan war nicht transportfähig. Wenn der Sturm sich gelegt hatte, brauchte das Wasser womöglich noch Tage, um sich zu beruhigen. Der Zehnte Monat war fast zu Ende, und wir steckten auf South Manitou fest, ob mit oder ohne die Gesellschaft von sechs bewaffneten, feindlichen Kriegern. Vermutlich konnten sie jederzeit über uns herfallen und ihre Sammlung mühelos um drei weitere Skalps ergänzen. Ich selbst würde mir diese Nacht zwar nicht gerade für ein solches oder irgendein anderes Unterfangen aussuchen, aber der Gedanke war trotzdem unangenehm.

Und das alles – so sah es wenigstens in den dunklen Stunden vor Tagesanbruch aus – war meine Schuld. Ich hatte Alan zu einer neuerlichen, vergeblichen Suche nach Rachel verleitet, die wahrscheinlich schon seit zwei Jahren tot war, und deshalb war Alan nun selbst dem Tode nahe. Wir waren gescheitert. In drei Monaten hatten wir nichts gefunden. Rachel war verschwunden. Das hätte ich gleich zu Anfang als gegeben hinnehmen sollen, als Judiths Brief kam. Sie war verschwunden, und ich war ein Narr gewesen, dass ich es nicht geglaubt hatte.

Die Gefahren des Sees im Herbst waren mir immer wieder eingeschärft worden. Das Wasser war bereits so kalt, dass man einen Unfall nicht überleben würde, und für einen Verletzten zu kalt, als dass er in einem Kanu liegen könnte. Es gab noch ein weiteres Problem: Falls Alan flach liegen musste – oder wenn er auch nur aufgerichtet säße und das geschiente Bein ausstreckte –, wie sollten wir dann die Ladung verstauen? Es wäre Wahnsinn, etwas liegen zu lassen, Wahnsinn aber auch, alles mitzunehmen … Ich dachte mir verschiedene Möglichkeiten aus, die Ladung zu verteilen, verwarf aber jede einzelne. Im Übrigen wären wir nur noch zu zweit beim Paddeln; mit einem schlecht getrimmten Boot wäre die Sache noch einmal so schwer. Und man konnte von einem Tag auf den nächsten – nein, von einer Stunde zur anderen – nicht voraussagen, welches Wetter die Winde bringen mochten. Die zehn Meilen bis zum Festland schienen in unerreichbare Ferne gerückt. Es war die längste Strecke über offenes Gewässer, die wir zu überwinden hatten, doch wenn ich an die beschwerlichen Meilen nördlich von Mackinac dachte, verlor ich sämtlichen Mut. Im Übrigen konnten wir Alan nicht transportieren. Aber was, wenn wir blieben? Wir hatten – ich legte sie in Gedanken vor mir aus – weniger als zehn Pfund Erbsen, noch weniger Mehl, einen Behälter aus Birkenrinde mit Trockenfisch, ein Pfund Salz, wenn überhaupt. Das Dörrfleisch war verbraucht. In den Wäldern gab es Beeren, doch wie sollten wir sie konservieren? Wir konnten angeln, wenn das Wetter besser wurde, so lange, bis das Eis kam. Die Gänse würden weiterziehen. Wir hatten keine Winterkleidung – Alan hatte nicht einmal ein Hemd auf dem Rücken. Immerhin hatten wir Felle, wenn uns auch die Mittel fehlten, um sie aneinanderzunähen. Wir konnten uns einen Unterschlupf bauen. Wir hatten Waffen – ich musste Alans Flinte noch vom Sand reinigen –, aber zu wenig Schießpulver und Blei. Die Axt war groß genug, um Brennholz zu hacken, nicht aber, um Baumstämme zu zerkleinern. Keine Säge, keine

Schneeschuhe, kein Schlitten, keine Birkenrinde … Sollte uns der Winter einholen, wären wir erledigt. Wenn wir jedoch aufbrachen … und da draußen tobte ein Krieg. Es konnte sein, dass die Amerikaner schon jetzt zwischen uns und Mackinac waren, oder auf Mackinac selbst. Wir hatten keine Zeit, wachsam zu sein … Unruhig warf ich mich hin und her.

Dann – und das war ein fataler Fehler – begann ich, an Pakané und Waase'aaban zu denken, daran, was Loic Pakané versprochen hatte; er war nicht der Einzige: Ich hatte Waase'aaban ebenfalls gesagt, ich würde zurückkommen. Es wäre schrecklich, wenn sie auf mich wartete, und ich kam nicht. Schrecklich wäre auch, wenn sie nicht auf mich wartete, und ich käme. Vielleicht wäre das Allerschlimmste, wenn sie auf mich wartete, und ich käme … Doch gerade als ich über das Böse nachdachte, das eine Folge meiner Sünde war, begann der geringwertigere Teil meines Selbst diese Sünde noch einmal zu durchleben. Und diese Erinnerung war es – nicht Gebet, Reue oder eine wohl überlegte Lösung für unser Problem –, die meine Gedanken schließlich zur Ruhe brachte und mich in einen traumlosen Schlaf sinken ließ.

21

Nichts ist so schlimm, wie es in den stillen Stunden vor dem Morgengrauen aussieht. Der Sturm zog vorüber. Wir verlegten unser Lager auf die Lichtung, wo es keine Moskitos mehr gab, bauten einen Unterschlupf, schützten unsere quadratische Plane mit grünen Zedernsprösslingen, auf die wir Moos mit Erde schichteten, und bedeckten den Boden mit einer dicken Matte aus Zedernzweigen. Wir wurden nie wieder dermaßen nass, obwohl weitere Regenschauer durchzogen. Alans Wunde eiterte nicht, wie ich befürchtet hatte, sondern begann langsam abzuheilen. Ich glaube, er hatte auch das Schlüsselbein gebrochen, doch ich wagte nicht, mehr an ihm herumzudoktern als unbedingt notwendig, also ließ ich die Finger davon. Ich ging allein los und schoss eine Gans, die gerade über den kleinen See flog. Ich musste schwimmen, um sie herauszuholen. Das Wasser war sehr seicht, doch ich versank so tief im Schlamm, dass ich nicht waten konnte. Die Nächte waren kalt; Lake Michigan war Tag für Tag grau und aufgewühlt, und auf dem offenen Wasser waren Schaumkronen zu sehen. Der Wald hatte sich goldgelb verfärbt bis auf die düsteren Zedernhaine, die noch dunkler und frostiger wirkten, je tiefer die Sonne sank.

Unsere Tage waren gezählt. Das Fieber hatte Alan sehr geschwächt, ihm jedoch weder den Verstand noch den Mut geraubt. Ich mochte ihn schon lange; aber erst jetzt lernte ich ihn achten. An seinem Schweigen erkannte ich, wenn er

Schmerzen hatte. Es gab kein Laudanum mehr, daher ließ ich zu, dass Loic ihm Brandy verabreichte; wir stellten Heiltränke aus Teebeeren her, was immer noch besser als nichts war. Während die Wunde heilte, machte ich mir immer größere Sorgen um das gebrochene Bein. Ich hatte eine Stütze angefertigt, die ich am Ende mit einem Gewicht versah. Als Alan klar wurde, dass ich, wie er es ausdrückte, »seine gesamte Kleidung ruiniert hatte«, lieh er sich von mir Nadel und Faden, lehnte sich an eine Stützvorrichtung, die ich ihm gebaut hatte, und nähte mit riesigen Stichen, wie man sie am Rand von Decken sieht, gewissenhaft seine zerrissene Hose zusammen. Er war zu erschöpft, um länger als ein paar Minuten an dieser Arbeit zu sitzen. Ich gab ihm mein Ersatzhemd und verdrängte die Sorge um unseren Mangel an Winterkleidung.

Es kam der Tag, an dem wir nach dem Aufwachen eine schmuddelige Schneedecke vorfanden, und als ich den Wasserkessel füllen wollte, lag der See in klarem Grau und platt wie ein Teich vor mir. Es war ein heller, frostiger Tag, kein Wölkchen am Himmel. Ich durchbrach die dünne Eisschicht und wusch mir das Gesicht in eiskaltem Wasser. Als ich mich umdrehte und mit dem gefüllten Topf zurückgehen wollte, stand Loic oben am Strand und suchte den Horizont ab.

»Woran denkst du?«

»Ich denke, jetzt oder nie, sonst sterben wir«, sagte Loic.

Es war schon hell. Loic hatte das Kanu ausgebessert; die Birkenrinde war so seetauglich wie irgend möglich. Wir hatten inzwischen so wenig Nahrungsmittel, dass alles hineinpasste. Wir hoben Alan in die Mitte des Bootes, damit er sich an den Ballen lehnen konnte, legten eine Decke unter ihn, und mit den beiden anderen deckten wir ihn zu. Aus einer Schnur und einem Taschentuch hatte ich eine Schlinge für seinen Arm gemacht. Ich bin sicher, er benutzte sie nur, wenn ich in der Nähe war; inzwischen konnte er seine linke Hand fast so gebrauchen wie vorher.

Wir steuerten die großen Sanddünen an, die bei den Indianern »Schlafender Bär« heißen. Allmählich verblassten die Manitou Islands hinter uns zu fernen Erhebungen am Horizont, und das Land vor uns nahm Gestalt an. Ich saß im Bug und hatte nichts als Wasser vor mir. Es war sehr kalt und sehr still. Ich stellte mir vor, den See ringsum atmen zu hören, ein stetiges Auf und Ab. Sonst war nur die schnelle Abfolge von Eintauchen und Durchziehen der beiden Paddel zu vernehmen. Einmal hielten wir an. Alan zitterte unkontrolliert. Dagegen konnte ich nichts tun. Er nahm einen Schluck Brandy von Loic an; ich bezweifelte, dass die Wirkung lange anhalten würde. Mit dem Ärmel wischte ich mir den Schweiß aus dem Gesicht, tauchte meinen Zinnbecher ein und trank das Wasser in langen Zügen.

»Allez, allez«, rief Loic hinter mir, und wir nahmen unseren schnellen Paddelschlag wieder auf. Die Schultern taten mir weh; wir waren zu lange an Land gewesen. Ich dachte an Marc und Jean-Pierre, an Jacques und Alban, die unterdessen zweifellos alle zu Hause in Montreal waren. Mit zwölf *voyageurs* wären die paar Meilen bis zum Festland an einem Tag wie diesem ein Klacks.

Wir paddelten um die Nordspitze der Dünen in die weite Bucht, in der wir schon einmal unser Lager aufgeschlagen hatten. Da kaum noch Tageslicht vorhanden war, errichteten wir an unserem früheren Platz am Rande der Kiefern ein *voyageurs*-Lager. Alan war durchgefroren, also machten wir ein großes Feuer. Der Abend war ruhig und klar; ich dachte, unsere Glückssträhne könnte anhalten. Irrtum. Als ich am nächsten Morgen ins Freie schaute, schneite es.

Unser Feuer hatte jedoch gute Arbeit geleistet. Kurz vor Mittag vernahmen wir Stimmen. Alan warf die Schlinge beiseite und griff nach seiner Flinte. Loic nahm die andere Waffe zur Hand – wir hatten sie stets schussbereit –, doch am Ende kroch ich als Erster aus dem Unterschlupf. Im wirbelnden

Schnee sah ich drei Menschen, von Kopf bis Fuß in Felle und Wildleder gekleidet. Sie trugen keine Waffen bei sich, und zu meiner Erleichterung war die Person in der Mitte eine Frau.

»Boozhoo«, sagte ich. *»Bündigen.«*

Loic kroch nach mir heraus, und ich überließ ihm das Reden. »Das hier sind ihre Jagdgründe – ich habe ihnen gesagt, uns sei nichts anderes übrig geblieben, als herzukommen – dass wir nicht von South Manitou wegkonnten, weil wir einen Verwundeten bei uns haben – sie sagen, wir können hier nicht bleiben – wenn wir wollten, könnten wir unser Lager auf der anderen Seite des kleinen Sees aufschlagen – ich habe sie gefragt, ob sie mit uns handeln wollen – sie haben Felle und Birkenrinde – aber keine Nahrung – ich sagte, wir haben Felle, wir brauchen etwas zu essen – sie wollen meine Waffe, die Hälfte von unserem Schießpulver und Schrot gegen etwas Reis und Birkenrinde einhandeln. Ich glaube, Mark, sie haben noch viele Handelsfelle von der Jagd im vergangenen Jahr übrig, die sie wegen des Krieges nicht verkaufen konnten. Deshalb wollen sie unbedingt mit uns handeln.«

»Deine Waffe? Aber wir müssen doch jagen!«

»Zuerst müssen wir Kleidung und einen Unterschlupf haben. Ich glaube, uns bleibt nichts anderes übrig.«

Wir schauten uns durch die wirbelnden Schneeflocken hindurch an. »Dann machen wir es am besten gleich«, sagte ich.

Angestrengt lauschte ich dem Rest des Gesprächs und bekam das Wesentliche mit. Als Loic mir sagte, er gehe jetzt zu ihrem Wigwam und nehme die Handelsgüter mit, sagte ich: »Ja, das habe ich verstanden. Werden sie dir helfen, die Sachen zurückzutragen?«

Dem anschließenden schnellen Wortwechsel vermochte ich nicht zu folgen. »Für den Rest unseres Tabaks wollen sie alles an den Platz am kleinen See bringen. Dort stand schon einmal ein Wigwam. Es ist eine gute Stelle, sagen sie. Dann kommen sie wieder hierher und holen euch beide ab.«

»Loic.«

»Oui?«

»Du willst doch nicht erwähnen, dass wir noch eine … davon haben?«

»Je ne suis pas fou!«

Während Loics Abwesenheit sammelte ich Holz. Die Schneeschauer kamen und gingen. Es war dicker, nasser Schnee, der schmolz, sobald er auf den Boden traf. Ich machte mir nicht die Mühe, die Axt zu nehmen, sondern setzte mein Gewicht und meine Kraft ein, tote Äste zu brechen. Bis Loic zurückkam, hatte ich unter schützenden Zweigen einen großen Holzvorrat angelegt. Ich stellte unsere Falle auf, und gleich in der ersten Nacht fing ich ein Stachelschwein. Anfängerglück, sagte Alan. Ich gestand ein, dass mein Erfolg eher der Vorsehung denn meinem besonderen Geschick zu verdanken war. Die Stacheln hob ich sorgfältig auf, das Fleisch briet ich an einem Holzspieß. Zu meiner Überraschung nahm sich Alan meine Bemerkung über das Glück zu Herzen, denn er sprach nach Art der Episkopalkirche ein Tischgebet über dem Fleisch und bedankte sich angemessen.

Loic war drei Tage unterwegs. Ich wollte mir schon Sorgen machen, doch als er auftauchte, zog er einen leeren Schlitten hinter sich her, trug eine Pelzmütze, einen Umhang aus Hirschleder mit dem Fell nach innen, Leggins aus Wildleder, Fausthandschuhe und dicke Wintermokassins. »Sie wollen für dich und Alan dasselbe aus unseren Fellen anfertigen, wenn du deine Gürtel mit den Metallschnallen dagegen eintauschst.« Loic zögerte, und ich dachte gerade, der Handel sei eigentlich zu günstig, um wahr zu sein, als er hinzufügte: »Und den Rest meines Brandys.«

»Wir waren uns einig, dass wir nicht mit Alkohol handeln! Alan hat es mir versprochen!«

Loic sah mich leidenschaftslos an. »Willst du lieber sterben?«

Ich schwieg.

»Ich habe gesagt, du würdest zustimmen«, sagte Loic ruhig, »doch dass wir uns nicht von unseren Messern trennen würden.« Der Wigwam, sagte er, stehe an einer guten trockenen Stelle an einem Fluss, etwa drei Meilen landeinwärts. Der Wigwam der Indianer stünde etwa gleich weit entfernt in der entgegengesetzten Richtung. Er hatte versprochen, dass wir nicht auf ihrer Seite des Sees jagen würden. In Anbetracht der Tatsache, dass wir in dieser Angelegenheit ohnehin keine andere Wahl hatten, sagte Loic, seien sie mit Reis und Rinde sehr großzügig gewesen. »Ich habe versprochen, dass wir den Schlitten in zwei Tagen zurückgeben und die Felle für eure Kleidung mitbringen, die bald fertig sein wird, wie die Frau sagt.«

Vergib uns unsere Schuld, so wie wir vergeben unseren Schuldigern. Unter meinem Mantel spürte ich, wie es mir eiskalt und feucht über den Rücken lief, wo nasser Schnee durch den Wollstoff gedrungen war. Vor uns lag eine viel schlimmere Kälte als diese und ein viel größerer Hunger als das leere Gefühl unter meinem Gürtel. Ich brachte es nicht fertig, Loic in die Augen zu schauen. »Ja«, sagte ich. »Sehr schön.«

Noch ehe der erste Schnee schmolz, brachten wir Alan auf dem Schlitten in unser neues Lager, und das muss wahrlich eine schmerzhafte Fahrt für ihn gewesen sein. Wir gingen an den Ahornhainen entlang, in denen die Indianer im Frühjahr ihr Siruplager aufschlagen, und dann weiter Richtung Süden. Zu unserer Rechten erhoben sich die von Gestrüpp überwucherten, steilen Dünen, die uns Schutz vor dem Lake Michigan boten, sodass zwischen den Sandbergen und dem Binnensee nur ein schmaler Streifen Wald lag. Der alte Wigwam hatte auf ansteigendem Boden neben einem kleinen Bach gestanden, der im See mündete. Wir reparierten den alten Rahmen und banden die Schößlinge wieder zusammen. Loic zeigte mir, wie ich die zerbrechliche Birkenrinde ausrollen musste, die er in sich überlappenden Schichten auf dem Rahmen befestigte. Innen dichteten wir sie mit Moos ab und legten unsere Matte aus Kiefernzweigen aus, auf denen wir die Decken ausbreiteten. Sobald wir ein Dach über dem Kopf und ein Feuer angezündet hatten, rückte alles wieder in den Bereich des Möglichen. Der kleine Bach führte nah am Wigwam vorbei – immerhin floss er so schnell, dass er nie ganz zufror. Ich hörte ihn im Schlaf und träumte, ich wäre auf Highside.

In den ersten Wochen erkundeten wir das Land und sammelten alles Essbare. Abgesehen von den Dünen war es nur ein kurzer Aufstieg – ich schätze, weniger als zweihundert Fuß –, und von dort hatte ich einen Überblick über das Land: nach Osten hin die endlosen Meilen wogender Wälder, die noch die leuchtenden Fetzen ihres Herbstschmucks trugen; nach Westen hin der Lake Michigan und die flachen Inseln, wie hingestreut zwischen hier und dem Nordufer, als hätte jemand eine Hand voll Münzen in eine Pfütze geworfen. Im Laufe der Wochen konnten wir zusehen, wie sich das Eis bildete und festsetzte, bis zwischen uns und den Manitou Islands eine Art Landschaft entstanden war, aus gemeißelten wilden Wellenkämmen und Erhebungen – ein stummes, sturmgepeitschtes Meer. Ich konnte förmlich zusehen, wie die Dünen von Wind und Wasser geformt wurden. Mit der Zeit fand ich Gefallen an dieser sich verändernden Wüste aus Sand und Eis. Zumindest war sie übersichtlich, wie meine Berge zu Hause. Doch zu bieten hatte sie uns nichts; notgedrungen verbrachten wir unsere Tage im Wald auf Nahrungssuche, doch wann immer ich Gelegenheit hatte, selbst tief im Winter, als Sand und Eis gleichermaßen unter einer dicken Schneedecke lagen, sodass das eine vom anderen nicht mehr zu unterscheiden war, kletterte ich auch bei schneidendem Wind auf die Dünen, als wollte ich hinaussehen.

Zunächst aber hatten wir zu arbeiten. Loic sagte: »Fleisch wird es den ganzen Winter über geben, doch wir können uns nicht allein von Fleisch ernähren, sonst werden wir krank. Solange noch Herbst ist, müssen wir alles sammeln, was zu sammeln ist.«

Die Beerenzeit war längst vorbei, doch zwischen den ersten Schneefällen zeigte mir Loic, wo noch mehr Essbares zu finden war. Wir gingen ausschließlich am Westufer des Binnensees auf Nahrungssuche und auf die Jagd. Ich entdeckte, dass der See die Gestalt einer Acht hatte; unser Ende war der kleinere Teil, dicht unterhalb der Dünen, sodass der Gang durch die Wälder ein endloses, mühseliges Auf und Ab über die Sandberge war. Wo ein großer Baum umgefallen war, sahen wir unter einer dünnen Erdschicht puren Sand. Gleichwohl war die Gegend mit Buchen, Ahorn und Schierling dicht bewachsen; anscheinend gedeihen die großen Bäume in Michigan in einer Erde, die kaum ein englisches Kornfeld ernähren würde. In den Vertiefungen zwischen den Sandhügeln lagen Zedernsümpfe, die zu unseren wichtigsten Jagdgründen wurden, wenn man sich auch in den tiefen Sumpflöchern und im faulenden Holz nur schwer fortbewegen konnte. Das Ufer des Sees war häufig unpassierbar, da der Sandstrand überflutet war. Eines Tages gingen wir an den Ablauf, der in den Jagdgründen der Indianer lag, und stellten fest, dass der Fluss von Treibholz verstopft war, was den hohen Wasserstand des Sees bewirkt hatte, doch wir konnten nichts dagegen tun. Sobald der See zugefroren war, kamen wir wesentlich leichter voran, da wir hauptsächlich über das Eis gingen. Schon bald war die leere weiße Weite von Pfaden durchkreuzt.

Anfangs gab es noch ein paar Haselnüsse an den Sträuchern, noch viel mehr hatten wir von den süßen Eicheln, der Mast, die in einer dicken Schicht unter den Bäumen lag. Gekocht schmeckten sie fast wie Kartoffeln. Im Schlamm des Sees gruben wir nach einer knorrigen Wurzel, die wir im Wigwam räucherten und dann im Topf zusammen mit dem Fleisch garten, ganz wie die Eintöpfe, die meine Mutter immer machte.

Erde wie Wasser – an den Binsenwurzeln hingen seltsame kleine Kartoffeln, die allerdings ziemlich verschrumpelt waren, weil das Jahr so weit fortgeschritten war – waren sträflich kalt. Doch wir benötigten viel, und so sammelten wir Tag für Tag, bis alles gefror.

Loic erntete auch Heilpflanzen. Ich bewunderte sein Wissen, doch er sagte mir, er kenne sich nicht so gut aus; er wünschte, er hätte als junger Mensch besser zugehört. Tagtäglich kochte er Lärchenholz aus, womit ich Alans Schulter behandelte, und tatsächlich verheilte die Wunde sehr sauber; das Fieber stellte sich nicht wieder ein. Loic brachte auch andere Kräuter mit, zum Beispiel Heilmittel gegen wundes Zahnfleisch und schlechte Verdauung. Letzteres würden wir gut brauchen können, da wir uns hauptsächlich von gekochtem Fleisch ernährten. Er hatte ein Stück Tabak zurückbehalten und brachte mir bei, dass man ein klein wenig davon an Stellen vergrub, an denen wir ernteten, als Dank an die Geister dieses Ortes.

Von Loic lernte ich viel mehr über das Fallenstellen als von Thomas in Yonge Street. Er zeigte mir, wie man auf umgestürzten Baumstämmen Fallen für Fischmarder herstellt[1], und im Gestrüpp für Kaninchen, sowie die beste Stelle im Fluss für die Otterfalle. Er lehrte mich, nach Waschbären Ausschau zu halten, die auf den verlassenen Nestern der Eichhörnchen schliefen, sodass wir sie von den Bäumen herunterschießen konnten. Bis zur Wintermitte bekamen wir auf diese Weise Kleinwild. Ich lernte, wie man durch den Wald geht, wie man sich die Richtung merkt, wo auf Baumfallen zu achten ist, dass man schweigen und sich der Gefahren bewusst sein muss. Loic zeigte mir die Stellen, an denen Bären ihren Bau anlegen würden: unter Gestrüpp oder zwischen den Zedernwurzeln. Manchmal sprangen wir auf das Gestrüpp und jagten damit die Kaninchen heraus, und Loic erzählte mir, sein Vater habe

1 Sie sind vergleichbar mit unseren Baummardern.

das einmal gemacht und dabei einen riesigen schwarzen Bären aus dem Winterschlaf gerissen. Danach ging ich nur noch mit Vorsicht an Gestrüpp heran.

Aus einem Kiefernschößling und Wilddarm baute Loic sich einen Bogen, dazu ein halbes Dutzend Pfeile, um den Verlust des Vorderladers wettzumachen. Aus einem unserer Zinnbecher stellte er scharfe Spitzen her. Er zeigte mir, wie man die Pfeile mit den Flugfedern von Falken ausbalanciert, damit sie richtig fliegen. Er sagte, in mancher Hinsicht seien Pfeil und Bogen besser als eine Waffe, da sie kein Geräusch machten und dem Jäger eine zweite Chance einräumten, wenn nicht sogar noch eine dritte. Manchmal zog ich mit der Flinte los und vergeudete zu viele Kugeln bei dem Versuch, einen der wilden Truthähne zu schießen, die sich in den Wäldern zu lärmenden Scharen trafen. Anfangs fand ich diese plumpen Vögel, die ebenso gut von einem Bauernhof hätten stammen können, mit ihrem großen schwarzen Rumpf und dem winzigen roten Kopf lustig. Zuerst dachte ich, es wäre so einfach, als wollte man ein Huhn im Hof schießen – als hätte ich das schon einmal getan! Tatsache war jedoch, dass ich noch nie auf derart gerissene Vögel gestoßen war. Immer entkamen sie mir. Hin und wieder erlegte ich Hasen, doch das war kein großes Verdienst, denn die ersten, die ich erwischte, saßen an einer aufgetauten Stelle, wo sie sich offenbar für unsichtbar hielten, in ihrem weißen Schneekleid vor den dunklen Zedernwurzeln aber gut zu erkennen waren.

Loic schoss einen Truthahn mit Pfeil und Bogen und zeigte mir, wie man mit den Flügelknochen einen Truthahnschrei nachahmt, um die Vögel anzulocken. Sie hören so gut, sagte Loic, dass sie mitbekommen, wenn man Flügelfedern ans Bein schlägt und dann loslässt, als Lockvogel sozusagen. Er dachte, ich hätte den ersten, auf den ich zielte, berührt, doch ihre Federn waren so dick, dass es schwer war, einen vom Baum herunterzuholen, auch wenn man ihn getroffen hatte. Er lehrte mich, nach den Kammlinien zu schauen, auf denen die Truthähne nach Nahrung suchten – sie haben gern einen guten Überblick –, wie man die Vögel an ihren Exkrementen erkennt und wie man sich anschleicht, ohne gesehen oder gehört zu werden. Es gelang mir nie, und Loic hatte nur einmal Erfolg, als ich nicht bei ihm war. Allerdings konnte ich die Sache nicht auf sich beruhen lassen – mein Stolz war verletzt, vermute ich – und beobachtete die Truthähne nach wie vor, plante und dachte nach, doch vergebens. Um dem Ganzen die Krone aufzusetzen, hinterlassen die Truthähne, wenn sie nach Eicheln suchen, kleine Abdrücke in Form von Pfeilen, an denen genau abzulesen ist, in welche Richtung sie gegangen sind. Ich wusste auch, wo sie ihre Schlafplätze hatten. Die Schar, die ich im Auge hatte, saß auf einem großen Baum, der über den See hinausragte. Eines Abends schlich ich in der Abenddämmerung hinaus und wartete im Schutz eines Zedernstammes mit schussbereiter Flinte, bis die Vögel alle versammelt waren. Dann hob ich die Waffe langsam an, ließ mir Zeit beim Anvisieren und fand meinen Vogel. Es war nicht schwer, ein kleiner dunkler Fleck auf dem leuchtenden Eis. So habe ich gewonnen, nehme ich an. Ich hätte gern einen im Flug getroffen, doch das ist mir nie gelungen.

Die Wildspuren waren leicht zu verfolgen. Mitten am Tag gingen wir oft leise durch den Wald und stellten fest, wo das Wild an der Rinde geknabbert oder im Schnee gescharrt hatte. Wild unterscheidet sich nicht sehr von Schafen und der Jäger nicht vom Hirten, wenn man es genau nimmt. Allerdings war ich den Wald ringsum nicht gewohnt und hätte Angst gehabt, mich zu verlaufen, auch mit Alans Kompass in der Tasche. Loic hat nie nach dem Kompass gefragt, obwohl dieser Teil Michigans ihm ebenso fremd war wie mir. »Wenn du weißt, wonach du suchen musst«, sagte er, als ich ihn danach fragte, »kannst du jeden Ort bestimmen. Die Zeichen sind dieselben, nur ihre Zusammensetzung ist jeweils eine andere.«

Mein erstes Wild schoss ich in einer Vollmondnacht. Selbst im Halbdunkel unter den Bäumen war die Wildfährte leicht zu finden. Gegen den Wind schlichen wir um den Zedernsumpf am Ende des Sees herum. Als wir unter den Bäumen hervorkamen, war es taghell, und das Eis auf dem See glänzte wie poliertes Glas. Ein leichter, eisiger Wind wehte; ansonsten war es still. Nie habe ich ein so kaltes Land gesehen, das sich noch dazu nachts in ein vollkommen fremdes Land verwandelt. Wir hätten die einzigen Menschen auf Erden sein können. Die Herde war in der Nähe der Binsen auf Nahrungssuche. Ich ließ mir Zeit, zielte genau und hatte meinen Bock. Er war ein großes Tier, und wir hatten zwei Tage lang damit zu tun, ihn zu verarbeiten und das Fleisch zum Trocknen in lange Stücke zu zerteilen. Das Hirschleder schnitten wir in Streifen für unsere Schneeschuhe. Sein Geweih hatte acht Enden, und wir konnten aus dem Horn allerlei nützliche Gegenstände herstellen. Ich schätze, das Fleisch dieses Bocks mit dem Reis und den Wurzeln, dazu etwas Kleinwild, hielt uns zwei Monate lang am Leben.

Loic brachte mir bei, wie man auf dem kleinen See durch das Eis angelt. War er zu dick zugefroren, um in Ufernähe ein Loch zu schlagen, gingen wir hinaus, wo das Eis dünn genug war. Doch als der Winter sich eingerichtet hatte, wurde es immer schwieriger, ein Loch zu brechen, denn unsere einzigen Werkzeuge waren Messer, die kleine Axt und ein Hammer, den wir aus einem an einen Holzgriff angebundenen schweren Stein gefertigt hatten.

Die schwierigste Zeit erlebten wir gegen Ende des Ersten Monats. Grimmige Schneestürme fegten über uns hinweg, und wir waren tagelang im Wigwam eingesperrt. Ich baute ein Paar Krücken für Alan, die ich mit Hirschleder umwickelte. Als seine Schulter wieder so weit in Ordnung war, dass er die Krücken benutzen konnte, beherrschte er sie bald meisterhaft. Sobald er aber versuchte, das Gewicht auf das gebrochene

Bein zu verlagern, tat es ihm weh. Ich hatte ihn für ungeduldig gehalten, doch er brachte nie Niedergeschlagenheit über seine Verletzungen zum Ausdruck, es sei denn im Scherz.

Während der Kälteperiode wechselten Loic und ich uns ab und blieben wach, um das Feuer in Gang zu halten. Ich kam mir vor wie ein Tier im Winterschlaf, während Tage und Nächte, Schlafen und Wachen zu einem endlosen, verschlafenen Feuerschein verschmolzen. Wenn der Tag klar war, machten wir das Beste daraus, und in der scharfen Luft im Freien war ich sofort hellwach. Wir mussten uns sputen, wollten wir in den kleinen friedlichen Wetterpausen die Gelegenheit nutzen, mehr Holz zu holen. Jagen oder angeln konnten wir jedoch nicht; der Bock war fast verzehrt, und unsere Vorräte gingen zur Neige.

Wenn wir nicht auf die Jagd gehen konnten, unterhielten wir uns zumindest darüber. Loic und Alan kannten eine Menge Geschichten. Wir hatten nur zwei Talgkerzen für die Laterne, die wir für Notfälle aufheben mussten, sodass wir in den dunklen Stunden – die den ganzen Tag über andauerten, wenn die Schneestürme kamen – nur den Schein des Feuers hatten und nur wenig mehr tun konnten, als einander zuzuhören. Allein der Gedanke an das Erzählen von Geschichten war mir neu. Zu Hause verbrachten wir unsere Winterabende damit, aus der Bibel und den Zeitschriften der Freunde vorzulesen oder die Ratschläge von der Jahresversammlung und andere Angelegenheiten zu erörtern. Es kam auch vor, dass wir schweigend beisammensaßen, während meine Mutter und Rachel am Spinnrad saßen oder nähten; ich las oder schnitzte kleine Gegenstände aus Holz, und mein Vater saß in der einzigen Mußestunde seines langen Tages reglos da und schaute unverwandt ins Feuer.

Eines Abends erzählte Loic mir etwas über Bären. »Ein Bär ist ganz anders als ein Mensch«, sagte er. »Und trotzdem sind Bären eigentlich Menschen, oder waren es einmal. Wenn du mit einem Bären sprichst, ist es gut. Das zeigt ihm, dass du keine Angst hast.«

»Aber ich hätte Angst«, bemerkte ich. »Und aus gutem Grund, nach allem, was du mir erzählt hast.«

»*Oui.* Aber es ist noch etwas anderes. Wenn du auf Bärenjagd gehst, musst du zuerst fasten und dann schwitzen – das habe ich dir schon gesagt. Das dient dazu, den Eigengeruch auszuschwitzen, bevor du auf die Jagd gehst. Das stimmt auch. Aber es ist nur die halbe Wahrheit. Wenn du als Bedrohung für ein Tier hinausgehst – für jedes Geschöpf auf Erden –, musst du zuerst deinen Frieden schließen. Das machst du lange bevor du auf die Jagd gehst. Es ist die Art und Weise, wie du lebst. Als Jugendlicher schickte man mich zu fernen Vettern – die Familie meiner Mutter war tot –, damit ich lernen konnte. Ich musste allein in den Zedernsumpf gehen und dort überleben. So wird ein Junge zum Mann. Er bringt sich bis an den Rand des Todes. Sein Geist ist bereits auf der anderen Seite. Er muss lernen, wie man das macht. Dabei muss er vorsichtig sein, denn vielleicht gerät er zu weit auf die andere Seite und ist nicht imstande, zurückzukommen. Wir sind ständig von Geistern umgeben. In diesem Wigwam sind unsere Geister bei uns. Glaubst du das, Mark?«

»Ja«, sagte ich.

»Wir haben unsere Sinne, die uns das sagen, so wie die Tiere. Wir haben sie, benutzen sie aber nicht richtig. Wir müssen lernen. Du lernst etwas, wenn du in den Wald gehst. Du gehst in den Wald und setzt dich hin. Wenn dein Verstand ungestört ist, kannst du es, einfach in den Wald gehen. Du musst deinem eigenen Tod gegenübertreten und darfst keine Angst vor dem Sterben haben. Geh in den Wald, setz dich und denke ›Ich bin ein Teil davon.‹ Und du weißt es. Deine Haut fängt an zu kribbeln. Wenn du deine Stelle findest und dich dort hinsetzt, wo dich nichts ablenkt, bitte um ein Zeichen aus der Welt der Geister. Bitte um deinen Traum. Er wird kommen. Du fragst mich immer nach dem Bären, Mark. Du kannst ihn spüren. Wenn du Angst hast, kannst du ihn rufen, damit er dir hilft. Wenn du ihn jagst, dann mach deinen Frieden mit ihm, und vielleicht gibt er sein Leben für dich hin.«

»Nein«, wehrte ich ab. »Den ersten Teil glaube ich, aber das nicht.«

»Warum fragst du dann ständig? Ich glaube, du hast wieder davon geträumt.«

Ich zögerte. »Es bedeutet gar nichts. Nachdem du mir von dem Bären unter dem Gestrüpp erzählt hast, habe ich geträumt, im Holzschuppen auf Highside sei ein Bär. Ich musste meine Schwester an der Tür vorbeiführen. Sie hatte Angst; ich tat so, als hätte ich keine. Und dann war es überhaupt kein Bär, sondern mein Hund Bowder. Ich legte ihm die Hand in den Nacken, und wir gingen zusammen weiter, und ich hatte am Ende keine Angst. Aber es war nichts, nur ein Traum.« Ich ärgerte mich, dass ich es ihnen überhaupt erzählt hatte.

»Du kennst den Bären«, sagte Loic. »Ich glaube, du wirst ihn sehen, wenn du stirbst.«

»Das hoffe ich nicht. Ich würde lieber in meiner Heimat sterben.«

Loic ging darüber hinweg. »Wenn du deinen Finger in das Fell des Bären bohrst und seine Haut spürst und mit ihm gehst, dann liegst du im Sterben. Geh nicht zu weit mit ihm mit. Spür nicht die Haut des Bären und geh mit ihm, wenn du noch nicht bereit bist zu sterben.«

»Das habe ich nicht«, antwortete ich, obwohl die gesamte Unterhaltung keinen Sinn ergab. »Ich habe ihm nur die Hand in den Nacken gelegt, und es war Bowder.«

Eine Weile saßen wir schweigend da. Loic legte frisches Holz ins Feuer, und es spuckte, während die Flammen höher züngelten und das Holz knisterte. »Was denkst du gerade, Bruder Mark?«, fragte Alan müßig.

»Ich dachte gerade daran, wie Esau hungrig von der Jagd

kam und sein Erstgeburtsrecht für ein Linsengericht verkaufte. Ich hatte immer den Eindruck, dass Jakob im Recht war. Zumindest habe ich nie richtig darüber nachgedacht.«

»Und jetzt gibst du Esau den Vorzug?«

»Ich weiß nicht so recht«, sagte ich, und das stimmte auch.

»Loic«, sagte Alan daraufhin, »jetzt erzähl uns eine Geschichte über dich.«

»Über mich?«, fragte Loic überrascht. »Da gibt es nicht viel zu sagen.«

Er schwieg eine Weile; ich dachte, vielleicht würden wir enttäuscht, doch ich wartete geduldig.

»Es ist eine Geschichte über meinen Vater«, begann Loic schließlich. »Martin Kerners, mein Vater, war zunächst *voyageur*. Er kam aus Montreal nach Mackinac und hat für MacTavish und McGillivray gearbeitet, danach für ein paar andere Firmen. Am liebsten war er frei. In einem Jahr ging er ans südliche Ende des Lake Michigan und verbrachte den Winter dort, um zu handeln. Martin Kerners richtete seinen Handelsposten in den Jagdgründen eines Mannes der Ottawa ein, der früher einmal Stammesführer war. Als dieser Mann noch sehr jung war, brachen die Pocken aus. Er hatte schreckliche Dinge gesehen. Die Pocken hatten nur so wenige überlebt, dass niemand mehr da war, die Toten aufzubahren. Wenn die Menschen starben, verwesten sie in ihren Wigwams. Der Gestank war entsetzlich. Ein paar Wigwams verbrannte er. Geister gingen umher. Die beiden Menschen, die übrig blieben, gingen fort, und danach kamen sie wieder in das Sommerlager.

Die Großeltern von Martin Kerners stammten aus Morbihan in einem Land, das Bretagne heißt. Dort war es so ähnlich wie hier, nur das Meer war salzig. Man konnte es nicht trinken. In Morbihan war ein See, doch ein kleiner Teil war mit dem Meer verbunden. Dort gab es viele Inseln. Auf den Inseln wohnten Manitous. Die Häuser der Manitous waren gut zu sehen, da sie aus Stein errichtet und manchmal sehr groß waren. Zweimal am Tag kam das Meer in den See und ging wieder. Wenn das Meerwasser sich in den See von Morbihan ergoss, lief es schneller als die Stromschnellen am Mattawa River. Kein Boot kam dagegen an. Wenn das Wasser ablief, blieb dort, wo es gestanden hatte, eine große Schlammfläche zurück. Auf dieser Fläche konnte man die Pflanze *salichon* ernten, die jedem Gericht eine köstliche Note verlieh, so kräftig war sie. Auf den Sanddünen wuchsen Stechginster, und in den Wäldern Brombeeren, Himbeeren und andere Beeren, aber nicht so viele Sorten wie bei uns hier. Fische gab es reichlich. Im Winter schneite es nicht so wie hier, aber die Stürme auf dem Meer waren sehr gefährlich. Die Männer konnten keine Fische fangen. Wenn ihre Familien Hunger litten und sie auf Fischfang gingen, ertranken sie oft. In Morbihan gab es viele Witwen und viele vaterlose Kinder. Die Großmutter meines Vaters zum Beispiel. Sie hat den Großvater meines Vaters geheiratet und kam mit ihm auf einem Schiff mit weißen, im Wind wie Vogelflügel gespreizten Segeln über den großen Ozean in das Land Quebec.

Am Anfang lebte eine Heilige im Land Morbihan, und als sie sah, wie die Männer die See bezwingen mussten, um nicht zu verhungern, hatte sie Mitleid mit ihnen und machte es sich zur Aufgabe, sie zu beschützen. Das hat sie seither getan. Weder Wald noch Ozean können sie von ihren Kindern trennen, soweit sie auch reisen. In der Sprache meiner Großeltern hieß sie Ker Anna. Als meine Vorfahren über das Meer nach Quebec gelangten, brachten sie sie mit. Aber als sie hierher kamen, mussten sie französisch sprechen, und so haben sie sie Sainte Anne genannt. Sie ist hier; sie beschützt die Kanus und alle anderen Schiffe, die über die Seen fahren. Sie beschützt uns in diesem Winter, und darüber bin ich froh.

Martin Kerners konnte sich noch gut an seinen Großvater erinnern und hörte zu, wenn er Geschichten erzählte, damit er sie eines Tages an seinen Sohn weitergeben konnte. Als Martin Kerners ins Land der Ottawa ging, um Handel zu treiben, kam er schließlich zum Wigwam des Mannes, der kein Volk hatte – so wird er genannt, weil die Seinen alle an Pocken gestorben waren. Nur seine Tochter wohnte noch bei ihm. Doch ihre ganze Familie war tot – ihre Mutter, ihre Brüder – alle, die sie gekannt hatte. Sie kam von der Grenze zum Tod zurück und fand in der Welt der Lebenden nur noch ihren Vater vor. Die Spuren ihrer Krankheit hat sie zeit ihres Lebens getragen. Manche Männer fanden sie hässlich und machten das Zeichen gegen das Böse, wenn sie vorüberging. Aber sie war weder hässlich noch böse. Diese Art Zauber besaß sie nicht – das weiß ich gut, weil sie meine Mutter war, und sie ist erst seit zwei Jahren tot. Das ist die Geschichte meines Vaters, Martin Kerners, den du kennst.«

Ich sah keinen Grund, warum Loic noch mehr über sich sagen sollte, doch Alan drängte ihn dazu, und so kam es, dass er uns im Laufe der Wochen hin und wieder etwas erzählte. Seine frühe Jugend hatte er zum Großteil in der Hütte auf Bois Blanc verbracht; nur einmal sprach er direkt darüber, wie er beim Stamm seiner Mutter aufgewachsen war.

»Nach meinem zwölften Winter schickten sie mich fort«, erzählte er. »Auf Bois Blanc hatte meine Mutter mir alles beigebracht, was sie wusste, doch wie soll eine Frau einen Jungen lehren, ein Mann zu werden? Ich meine, ein Mann von ihrem Stamm, *vous comprenez*, denn ich hatte immer meinen Vater bei mir, und deshalb wurde ich Franzose, doch das ist eine andere Sache. Niemand wird er selbst, ehe er nicht seinen Traum erhalten hat. Sein Traum ist das, wofür er lebt; deshalb ist er am Leben. Nur beim Stamm meiner Mutter konnte dieser Traum zu mir kommen. Genau so wie Gitchi Manitou seine Vision hatte und daraus die Welt erschuf, wie wir sie kennen, müssen wir uns unser eigenes Leben selbst erschaffen.

Ich ging also mit meinen Vettern an eine Stelle am Lake Superior, wo es viele Inseln gibt. *Manoominike-giizis* brach an – der Mond der Reisernte. Von unserem Reisfeld bis zum Oberen See war man zwei Tage unterwegs. Es war ein langer See; aus ihm strömte ein Fluss noch weiter ins Landesinnere. Im Reislager verweigerte ich die Nahrung, und obwohl alle mich mit Essen lockten, wollte ich nichts annehmen. Ich rieb mir das Gesicht mit Holzkohle ein. Dann kamen meine Vettern zu mir – denn sie ersetzten mir den Vater und die Onkel, die ich nicht hatte –, und sie brachten mich an einen alten Bibersee am Fluss. Auf einer kleinen Insel zwischen dem Röhricht bauten sie mir einen Wigwam aus Weiden, und dort ließen sie mich allein.

Fünf Tage lang habe ich gefastet, während der Mond abnahm. Noch nie hatte ich allein in einem Wigwam gelegen. Die Insel war sehr klein; es gab keine Pfade, nur seichte, mäandernde Bäche und den Fluss, der durch das Herz des Sumpfes floss. Aus Weiden machte ich mir ein Floß und band es mit Binsen zusammen. Mit dem Messer schnitzte ich mir aus einem Erlenstumpf eine Art Paddel. Tagsüber erkundete ich den See bis hin zu den Biberdämmen, wobei ich auf meinem kleinen Floß vorsichtig durch das Schilf fuhr. Ich folgte den Wegen der Enten und des Reihers, und manchmal scheuchte ich einen Elch auf, der im kühlen Wasser stand; er trollte sich dann, dass es nur so platschte. Ich aber war nicht so laut wie ein Elch, wenn ich mich bewegte. Nein, ich war leise wie ein Moorhuhn, und sogar die Otter hörten nicht, dass ich da war.

Ich versuchte, ein besseres Floß zu bauen. Ich paddelte an den Rand des Waldes und schnitt Birkenschößlinge, die ich in Form eines Kanus zusammenband. Ohne ein richtiges Kanu kam man dort nicht gut zurecht. Ohne Kanu fühlte ich mich wie ein Vogel, dem man die Flugfedern gestutzt hat. Ich dachte, wenn ich zurückgehe, baue ich mir als Erstes ein eigenes Kanu.

Mit diesem Gedanken schlief ich ein. Und jetzt will ich dir eine Geschichte erzählen:

Vor langer Zeit kam einmal ein junger Mann zu Nanubushus Wigwam auf Mackinac Island. Der Manitou rauchte gerade in der kühlen Abendluft Pfeife. Der junge Mann legte Nanubushu seinen Tabak als Geschenk zu Füßen und sagte: »Manitou Nanubushu, ich komme von weither zu dir. Willst du mir etwas geben?« Nanubushu schaute dem jungen Mann in die Augen, nahm den Tabak und stopfte seine Pfeife damit.

Der junge Mann sagte also zu Nanubushu: ›Ich bitte nur um eines. Ich hätte gern ein eigenes Kanu, so gut, wie noch kein Kanu gebaut wurde. Gib mir ein Kanu und die Kraft, zu paddeln, sodass ich hinaus in die weite Welt fahren kann, wohin ich will. Mehr will ich nicht.‹

Nanubushu nahm die Pfeife aus dem Mund und sagte: ›Faste noch drei Tage länger, junger Mann, und dann geh in dein Dorf zurück. Nimm eine Prise Tabak und verstreue sie über das weite Wasser. Sammle Zedernholz und Birkenrinde, Fichtenwurzeln und Harz, und für jedes Geschenk, das du dir aus dem Wald holst, lege dein Geschenk als Gegenleistung hin. Nimm nicht mehr als du brauchst. Und sage deinem Stamm, dass du *E-ntaa-jiimid bist*‹ (das heißt, *vous comprenez,* ein guter Paddler). ›Und jetzt geh, bevor du zu viel von mir haben willst!‹«

So etwas wie Loics Geschichten hatte ich noch nie gehört; infolgedessen schlief ich danach mit seltsamen Bildern vor den Augen ein und träumte wild. Doch unsere wirklichen Probleme waren nicht verschwunden. Nicht nur unsere Verpflegung, sondern auch Schießpulver und Blei gingen zur Neige, und drei Wochen lang hatten wir nicht auf die Jagd gehen können. Loic erzählte mir von den französischen Priestern von früher, die den Ledereinband ihrer Bibeln aufkochten und aßen, und Alan fügte hinzu, dass ganze Stämme den Winter nur mit Häuten und Knochen überlebt hatten. Anscheinend nahmen sie die Sache nicht so schwer, ich jedoch spürte zum ersten Mal im Leben nagenden Hunger. Ich habe einen gesegneten Appetit – immer schon gehabt, und selbst in der schlechten

Zeit Ende der Neunzigerjahre sind uns die Nahrungsmittel auf Highside eigentlich nie ausgegangen. Eines Abends sah ich, wie Alan – denn etwa um diese Zeit übernahm er das Kochen; er sagte, wenigstens dazu sei er zu gebrauchen – etwas Reis in die Brühe aus gekochtem Hirschfell gab, und mir dämmerte, dass ich der Einzige war, für den dieser Hungerschmerz neu war. Ich dachte an meinen jungenhaften Hunger in den Jahren, als ich heranwuchs, und mir fiel ein, wie mein Vater mich einmal gerügt hatte: »Ich glaube, eine vierte Portion Hammel ist mehr als ein Mann braucht.« Damals schämte ich mich und war gedemütigt. Alan und Loic waren schlanker als ich; ich fragte mich, wo Alan wohl mit dreizehn Jahren war und welches Leben er geführt hatte.

Es kam der Tag, an dem wir das letzte Blei erhitzten – es reichte nicht einmal, die Kelle zu füllen – und in die Formen gossen. In jeder Form waren vier Kugeln. Wir hatten noch Schrot, doch der Zweite Monat war noch nicht vorbei. Es würde noch mindestens zwei Monate dauern, bis der See wieder befahrbar war. Noch zwei Tage, und wir hätten kein Fleisch mehr.

»Wir verwenden also ab sofort Kugeln nur noch für Wild«, sagte Loic. »Eigentlich sogar nur für große Böcke. Du schlägst dir die Truthähne jetzt aus dem Kopf, Mark, ja?«

Der nächste Morgen war klar und sonnig, doch mir war das Herz schwer, und ich hatte Hunger. Ich saß auf einem Holzscheit in der Sonne und band einen Riss in einem meiner Schneeschuhe mit einer Sehne zusammen. Die Schneeschuhe waren nicht so gut wie die, die ich in Yonge Street angefertigt hatte, denn ich hatte nur mein Taschenmesser zum Schnitzen und den Kochtopf, um das Holz zu dämpfen. Ich hörte zwar nichts, nahm jedoch im Augenwinkel eine plötzliche Bewegung wahr und schaute auf.

Wenn du jemandem in die Augen schaust, von dem du weißt, dass er dich umbringen wird, dann vergisst du das nie.

Ich erkannte ihn sofort, auch die beiden Männer, die bei ihm waren. Zuletzt hatte ich ihn auf den Dünen von South Manitou Island gesehen, nachdem er Alan angeschossen hatte, den ich als meinen Bruder betrachtete.

Ich stellte meinen Schneeschuh ab und erhob mich.

»*Nigigwetagad.*«

Sie hatten einen frisch erlegten Bock bei sich, der an einem Schößling zwischen zwei Männern hing. Unwillkürlich wurde mein Blick darauf gelenkt, und mein Verlangen muss man mir angesehen haben.

»*Gibakade na?*«

»Ja«, sagte ich.

»*Nigigwetagad!*« Er lachte und sagte etwas, das ich nicht verstand. Ich schüttelte den Kopf.

»*Nigigwetagad!*« Dann gab er seinen Begleitern ein Zeichen, sie drehten sich um, der tote Bock schwang an seiner Stange zwischen ihnen, und sie verschwanden unter den Bäumen.

Alan hatte nichts gehört. Als ich hineinging und es ihm erzählte, pfiff er und sagte: »Wir hätten es uns denken können, dass sie nicht weit weg waren. Es müssen ihre Jagdgründe sein. Ich glaube allerdings nicht, dass ihr Wigwam in der Nähe ist; wir hätten sie schon gesehen.«

»Die anderen – die, mit denen wir gehandelt haben – haben nichts gesagt.«

»Wozu auch? Ich frage mich, wer er ist.«

Alan kannte das Wort *Nigigwetagad* nicht. Als Loic vom zugefrorenen See zurückkam und den ersten frischen Fisch seit Wochen mitbrachte, fragte ich ihn.

»Es bedeutet ›grau‹«, sagte Loic. »Nur die Farbe: ›Grau‹.«

Alan grinste. »Du hast nicht mehr viel Graues an dir, Mark. Was werden sie bloß in der Versammlung sagen, wenn du im nächsten Winter in Leder und Kaninchenfellen auftauchst?«

»Die Krieger werden von uns gehört haben«, sagte Loic, der seinen eigenen Gedanken nachging. »›Der Mann in Grau, der nicht töten will.‹ Wenn sie die Geschichte nicht gehört hätten, dann wärst du wahrscheinlich tot.«

»Dann hat es sich also gelohnt, dass du den ganzen Sommer lang öffentlich mit mir diskutiert hast«, sagte Alan.

»Das ergäbe einen Sinn für sie«, bestätigte Loic. »Die Indianer haben auch Männer, die keine Krieger sind. Da gibt es keine Respektlosigkeit.«

»Sie hatten so einen schönen Bock bei sich«, sagte ich sehnsüchtig.

»Sei froh, dass du nicht der Bock warst, Bruder Mark.«

Der nächste Morgen zog eisig und klar herauf. Ich lud die Flinte und machte sie zündfertig, steckte meine anderen drei Kugeln in meinen Beutel und machte mich auf den Weg zu unserem See. Ich ging über das schneebedeckte Eis, wo das Laufen leicht fiel, bis ich an ein dicht bewaldetes Gebiet am Ostufer kam. Ich war seit Winteranfang nicht mehr hier gewesen, als wir unter den großen Eichen die Mast gesammelt hatten. Die Bäume waren sehr alt, und riesige, tote Äste reckten sich über meinem Kopf. Loic sagte, es sei ein schlechter Platz für Baumfallen, doch es war windstill. Die Schneedecke war fest gefroren. Für gewöhnlich sank ich nicht mit den Füßen ein, doch an geschützten Stellen brach die Eisschicht, sodass ich plötzlich in hüfthohen, weichen Schnee stolperte. Das meiste Wild war auf leichten Füßen über die gefrorene Oberfläche gelaufen, doch ein strammer Bursche war darunter, der hier und da genau wie ich durch die Eisdecke eingebrochen war.

Die Spur führte mich durch ein Dickicht von Schößlingen und Unterholz. Das Wild hatte einen schmalen Pfad hinterlassen, dem ich von Baum zu Baum folgte, wobei ich mich unter dünnen Zweigen ducken musste. Ich gelangte an eine steile Böschung, die an den Stellen, wo die Erde fortgespült war, von Baumstümpfen zusammengehalten wurde. Ich wollte mich gerade an einem Ast festhalten und mich hinaufschwingen, besann mich aber eines Besseren bei dem Gedanken, die Herde könnte ganz in der Nähe sein, vielleicht auf der anderen Seite des Dammes. Ich blieb stehen, um die Zündung an meiner Flinte zu prüfen.

Da vernahm ich ein komisches Schnaufen und schaute auf. Keine fünfzehn Fuß von mir entfernt stand auf halber Höhe der Böschung ein großer, schwarzer Bär. Seine braunen Augen waren auf mich gerichtet. Er stellte sich auf die Hinterbeine, richtete sich zu Mannesgröße auf und schlug mit einer riesigen Tatze in die Luft. Fünf lange Klauen ragten wie Messer daraus hervor. Als ich meine Flinte hob, ließ er sich auf die Vorderbeine fallen und senkte den Kopf. Ich sank auf die Knie – ich musste unter den Kopf kommen –, als er angriff. Ich feuerte. Er blieb nicht stehen – schon war er über mir – ich rollte den Abhang hinunter und spürte im Rücken einen Schlag wie von einem herabfallenden Felsbrocken und einen plötzlichen Stich wie von Eis. Ich dachte, ich müsste sterben. Plötzlich war ich frei. Ich kam mühsam auf die Beine, holte mein Messer hervor und rannte verzweifelt auf den nächsten Baum zu. Ich schaffte es. Aus dem Schutz des Baumstamms schaute ich hinter mich. Der Bär war keine zwei Schritt entfernt. Ich machte einen Satz rückwärts. Dieses Spiel konnte nicht gut ausgehen. Ich umklammerte den Baumstamm und versuchte, in beide Richtungen zugleich zu schauen. Wieder vernahm ich das Schnaufen und sprang in die andere Richtung. Ich lugte um den Baum. Da war er und beobachtete mich. Ehe ich mich wegducken konnte, stellte er sich wieder auf die Hinterbeine. Er war so groß wie ich. Einen Moment lang waren wir beide ganz ruhig. Dann schrie er auf – ein lang gezogenes, menschliches Stöhnen – so kummervoll, dass es mich durchbohrte, als wäre mir das Blut in den Adern gefroren. Das große Tier kippte zur Seite und blieb still liegen.

Ich betrachtete es lange, wie mir schien, doch es regte sich nicht mehr. Behutsam löste ich mich von meinem Baumstamm und stellte mich neben den Bären. Das Maul war weit aufgerissen; solche Zähne habe ich noch nie gesehen. Unter dem Kopf färbte sich der Schnee hellrot. Ich schaute mir die Brust unterhalb des Halses an; im dichten Fell war Blut zu sehen. Wachsam beugte ich mich vor und erblickte das Loch, wo mein Schuss ins Ziel getroffen hatte.

Als ich ganz sicher sein konnte, dass das Raubtier tot war, sank ich im Schnee neben dem Kadaver auf die Knie. Ich zitterte am ganzen Leib, und das Herz schlug mir bis zum Hals. Mühsam versuchte ich zu Atem zu kommen, und dann legte ich eine Hand auf das dichte Fell. Ich war noch immer nervös, obwohl ich wusste, dass ich meine Beute erlegt hatte. Das Fell war nicht ganz schwarz; es hatte auch verschiedene Brauntöne. Es roch ziemlich streng. Der Bär war sehr groß – so groß wie ich, aber kompakter, schwerer. Warum hatte er seinen Bau verlassen? Eigentlich dürfte er nicht hier sein. Ich spürte ein Stechen im Rücken. Kein Mensch hätte mir je einen solchen Schlag versetzen können. Ich tastete über meine Schulter. Das Hirschleder war aufgerissen. Ich schaute meine zitternde Hand an: Sie war blutig.

Ich tat, was Loic mich gelehrt hatte – nicht auf seine Art, aber dem Sinn nach –, und bedankte mich inbrünstig bei meinem Retter, dass nicht ich tot auf dem Waldboden lag. Ich bedankte mich bei ihm, dass mein Schuss ins Ziel gegangen war und dass wir jetzt Fleischvorräte hatten, die bis zum Ende des Winters ausreichen würden, und wir nicht sterben müssten. In meinem Gebet war der, an den ich mich wendete, mir auf eine Weise bewusst, die mir vollkommen neu war. Hatte er nicht alles erschaffen und jeder Kreatur ihr eigenes Wesen gegeben? Für die Tiere auf dem Felde gibt es weder Gut noch Böse; wir sind, was wir sind. Damals war er kein gütiger Gott für mich, sondern grimmig und unbeugsam, obwohl er mir doch Gnade erwiesen hatte. Es war, als sagte er zu mir: »So habe ich die Welt geschaffen, Leben für Leben, und ein jedes nach seiner

Art.« Ich kann es nicht erklären – offenbar war ich zum Kern dessen vorgedrungen, wonach ich suchte. Rachel war nicht aufzufinden – darin hatte ich versagt –, doch etwas ganz anderes war mir gewährt worden. Merkwürdig, als mein Gebet zu Ende war, fühlte ich mich wohl.

Das war aber noch nicht alles, was ich tat. Als ich Loic sagte, ich könne an seinen Ritualen nicht teilnehmen, war er so aufgebracht, wie ich ihn noch nie erlebt hatte. Er sagte, es gebe bestimmte Sachen, die ich machen müsse, sonst würde es sich an uns allen rächen. Ich dachte darüber nach, und es schien mir ratsam nachzugeben. Wenn nichts dabei war, was konnte es schaden? So kam es, dass wir den Schädel des Bären sauber auskochten, und Loic malte mit meiner Tinte Muster darauf.[2] Er sagte, wir hätten Farben gebraucht, hatten aber keine. Wir hingen den Schädel im Wigwam auf, wo seine leeren Augen im Schein des Feuers auf uns herabschauten, und im flackernden Licht der Flammen schien er sich zuweilen zu bewegen. Wir schnitten die Krallen aus den Tatzen und polierten sie. Loic knüpfte sie an eine Kordel aus Hirschleder und hängte sie unter den Schädel. Er verbrannte seinen letzten Rest Tabak und etwas Salbei in einer Schale, die er rauchend vor dem Schädel stehen ließ, als Opfer an den Geist, der sein Leben dafür gegeben hatte, dass wir überlebten. Ich konnte mir denken, dass solche Praktiken in keiner Weise mit den Grundsätzen meiner Religiösen Gemeinschaft vereinbar waren, doch ich konnte mir auch nicht genau erklären, was daran falsch sein sollte, also ließ ich ihn gewähren.

2 Er hat die Flasche fast leer gemacht, weshalb ich Anfang des Dritten Monats die Einträge in mein Tagebuch einstellen musste und erst wieder anfangen konnte, als wir nach Mackinac zurückkamen.

22

Wir brauchten ein paar Tage, um mit unserem Bären fertig zu werden. Wir kochten das Fleisch sehr lange, denn es war mit roten Mückenlarven und anderen Parasiten verseucht. Dann schnitten wir das Fleisch in Streifen, die wir auf Holzrecks zum Trocknen auslegten. Diese Recks hängten wir außer Reichweite von Tieren an Bäume. Es war wieder so kalt geworden, dass das Fleisch gefror, noch während es trocknete, ohne in den Genuss von Rauch oder Salz zu kommen. Aufgetaut schmeckte es fast so gut wie frisches Fleisch. Aus den Knochen kochten wir Brühe und aßen das Mark. Das Fell gerbte ich und spannte es auf einen Rahmen, wie wir es auch bei Kleinwild taten. Loic hatte mir beigebracht, wie man die Hirnmasse zum Gerben verwendet; man rieb die Haut damit ein und schabte sie dann wieder ab. Das Bärenfell behandelte ich genauso. Das Fett ließen wir aus, um Talgkerzen herzustellen. Das Leben war etwas leichter, nachdem wir wieder Licht hatten. Auch für uns brauchten wir das Fett, denn mit ausreichend Fett kamen wir schon bald wieder zu Kräften und konnten die Kälte besser aushalten.

Loic rieb meinen Rücken mit einer Lotion aus Lärche und Sarsaparillwurzel ein. Er sagte, es seien fünf tiefe Wunden, als wäre ich von der rechten Schulter bis zur Taille mit einem Rasiermesser traktiert worden. Der Schlag hatte mich nur gestreift, sonst wäre die ganze Haut dabei abgerissen worden.

Unter diesen Umständen war der Rücken eine Weile wund, heilte aber schon bald ganz gut ab. Die Narben werde ich bis zu meinem Tode behalten.[1]

Der Dritte Monat begann mit einem Schneesturm, der mich die ganze Nacht hellwach hielt, während der Wind wie eine wirbelnde Todesfee heulte. Wenn ich den Rahmen unseres Wigwams berührte, vibrierte er unter meinen Fingern, angespannt wie die Sehne eines Bogens. Wenn ich am nächsten Morgen die Barrikade aus Stangen und Wildhäuten vom Eingang entfernte, stand ich vor einer festen, weißen Wand. Loic und ich wechselten uns ab, uns in diesen sperrigen Raum vorzugraben, und als wir ins Freie kamen, lag der Schnee schulterhoch. Wir gruben jeweils einen Pfad zum Fleischreck und zum Holzstoß, und ich legte Stufen zur Oberfläche an, sodass wir in unseren Schneeschuhen nach draußen gehen konnten. Zwei Wochen lang war unser Wigwam halb vergraben, doch das war nur gut, denn der Schnee hüllte uns ein wie eine Decke, und da wir mit Holz und fettem Fleisch versorgt waren, hatten wir es gemütlich wie Igel im Heuhaufen. Ich hatte Zeit, wieder im Tagebuch zu schreiben, bis mir die Tinte ausging. Die letzte Passage bringt mir jenen Winter wieder so nahe, als wäre es gestern gewesen.[2]

1 Als Alan und Caleb noch klein waren, brachten sie mich in Verlegenheit, als sie ihren Freunden gegenüber damit prahlten, ihr Vater sei beinahe von einem Bären gefressen worden und habe noch immer Narben als Beweis. Ein kleiner Bursche – es war James Wilsons Sohn Jeremiah – kam tatsächlich vor dem Versammlungshaus zu mir und fragte – noch dazu im Beisein mehrerer Ältester –, ob er die Raubtierspuren einmal sehen dürfe. Danach habe ich mir meine Jungen ziemlich ernst vorgeknöpft, doch einzig die Tatsache, dass sie älter wurden, hat sie von ihrer Prahlerei Abstand nehmen lassen.

2 Zufällig schreibe ich das hier auch während eines Schneesturms im Ersten Monat des Jahres 1840. Wind und Schnee toben vor den Fenstern, so wie damals draußen vor unserem Wigwam in der Wildnis von Michigan. Ein Steinkohlefeuer glüht im Kamin, und Caleb liegt auf dem Teppich davor und liest *The Explorations of Captain James Cook in the Pacific*, das heißt die Tagebücher von James Cook mit einer ausklappbaren Karte, die ich vor etwa zwanzig Jahren in Carlisle gekauft habe. Ich schaue auf den dunklen, vornüber gebeugten Kopf, das konzentrierte Gesicht, von der Hitze gerötet, das Kinn in die Hand gestützt, die Art und Weise, wie er die dicken Wollsocken mit seiner Hampelei halb abstreift (eine Angewohnheit, die er schon seit frühester Kindheit hat und die er bis heute beibehalten hat, obwohl er inzwischen erwachsen ist,

Es zieht unter den Kiefernästen her, dass die Flammen in der Mitte auflodern. Wenn ein neues Scheit Feuer fängt, schrumpelt die Rinde und reißt, ehe sie in die glühende Asche fällt. Das rote Zentrum des Feuers ist ein anderes Land; seine Farbe das genaue Gegenteil von Winter. Der Wind weht Schneeflocken zum Rauchabzug herein. Sie wirbeln wie der Schneesturm draußen, der dort, wo das Land auf den See trifft, ohne Ende kreist. Die neuen Scheite sind halb heruntergebrannt, grau, gefurcht und glühend. Das Tosen des Feuers stirbt ab, und kleine Flammen lecken am Holz wie Schmelzwasser an den Rändern des Eises. Ein Scheit verrutscht; Funken stieben auf. Wenn ich den Blick abwende, ist nur noch ein dunkler See da; grüne Flecken schwimmen vor meinen Augen, wenn ich sie bewege.

Ist das Feuer fast erloschen, flackern nur noch Schatten über die Birkenmuster an den Wänden. Der Lauf der Flinte glitzert ebenso wie der Eisentopf neben der Feuerstelle. Das Licht huscht über das auf den Rahmen gespannte Fell. Es berührt die Muster auf dem Bärenschädel, kann aber nicht in die tiefen Augenhöhlen dringen. Ich wende den Blick ab und betrachte die lebenden Gesichter, die im Schein des Feuers warm und rot glühen. Bei diesem Licht kann ich weder Hunger noch Schmutz sehen, weder Kälte noch Schmerz. Ich starre in die Flammen und sehe sie jetzt als einen wilden, orangefarbenen Fluss. Die Scheite sind Felsen, und ich stelle mir eine Route für ein imaginäres Kanu über die zusammenlaufenden Stromschnellen vor. Meine schmutzigen Finger riechen vom Umgang mit den Holzscheiten nach Asche und Harz.

Wo der See auf das Ufer trifft, wird der Schnee in einen kreisenden Sturm hineingeweht, der nirgendwohin geht. Wenn es dunkel ist, gibt es

und wenn er jetzt an seinem gewohnten Platz liegt, nimmt er die volle Länge des Fellteppichs ein). Mit Schrecken denke ich, »er ist nur zur Hälfte Engländer«, und ich ertappe mich bei der Frage, die mir zuweilen durch den Kopf geht, seitdem sie sprechen können: was eigentlich in seinem Kopf vorgeht, und ob die Welt, die er bewohnt, so anders ist als meine, dass ich es mir gar nicht vorstellen kann. Ich weiß es nicht, doch ich bin froh, dass wir hier zu Hause sind im Schutz unserer zwei Fuß dicken Steinmauern, in diesem schönen Raum mit den getünchten Wänden und dem gewachsten Holz, den Teppichen und Bildern, Büchern und Möbeln. Ich habe nie den Vorschlag gemacht, einer von ihnen sollte nach Nordamerika gehen, und sie haben es mir gegenüber nie erwähnt. Ihre Mutter hat vor langer Zeit gelernt, glaube ich, dass die Vergangenheit für immer vorbei ist und es keinen Sinn hat, deswegen unzufrieden zu sein. Komisch, dass ich derjenige bin, der davor zurückschreckt, dieselbe harte Lektion zu lernen.

jenseits des Wigwams nichts als Geräusch und Schnee. Ich kann mich nicht weiter als ein paar Fuß vom Eingang entfernen, dann pinkle ich in den Schnee, kann aber auch das nicht sehen. Durch eine wirbelnde, weiße Welt gehe ich zum Holzstapel. Oben und unten, nah und fern sind ausgelöscht; die paar Fuß zum Holzstoß sind, als wolle man bei Hochwasser durch Stromschnellen laufen. Ich habe Mühe, das Gleichgewicht zu halten. Schnee dringt mir in Augen und Nase, als wollte er mich ersticken.

An einem solchen Tag kämpfte ich mich zu unserem Unterschlupf zurück, taumelte, halb blind durch die plötzliche Wärme und den Feuerschein, gegen die Wand und schüttelte nassen Schnee über Alan.

»Mal sachte!« Alan betrachtete mich kritisch. »*Der Weg war lang, der Wind war kalt, der Quäker war geschwächt und alt* ... Ziemlich wild da draußen, wie?«

»Ja.« Ich schüttelte Schnee von meinem Pelzhut ins Feuer, das protestierend zischte. »Wer hat das gesagt?«, fragte ich.

»Ein Schotte namens Walter Scott – na ja, so in etwa hat er es jedenfalls gesagt. In den vergangenen zehn Jahren hat er drei außergewöhnliche Gedichte geschrieben, welche die Welt im Sturm erobert haben – vermutlich allerdings nicht die Gesellschaft der Freunde.«

»Ach, der. Ja, den kenne ich.«

»Tatsächlich? Ich dachte, du liest keine heidnische Literatur?«

»Er war kein Heide« – ich bekam Alans Bemerkungen von Zeit zu Zeit noch immer in den falschen Hals –, »und im Gegenteil, ich fand ihn sehr angenehm.«

Alan richtete sich auf und starrte mich an. »Du hast ihn *kennen* gelernt?«

»Ja.«

»Du *kennst* ihn! Ist dir klar, dass er einer der größten lebenden Dichter ist?«

»Ja, Robert Southey hat das auch gesagt. Und ob er gelebt

hat, das kann ich dir versichern. Dort, wo ich herkomme, pflegen wir im Übrigen den Umgang mit Dichtern.«

»Um Himmels willen, Mark, ist das alles, was du sagen kannst? Du hast das noch nie erwähnt. Erzähl doch mal!«

Seine Aufregung überraschte mich, doch ich hatte nichts dagegen, ihm davon zu berichten. »Robert Southey hat mich empfohlen. Ich habe dir allerdings noch nichts von meinen Führungen erzählt. Vielleicht sollte ich damit anfangen.«

Ich dachte eine Weile nach, während Loic sich so einrichtete, als erwarte er, dass ich die Unterhaltung des ganzen Abends bestritte. Ihm war nicht klar, dass man mich zum ersten Mal im Leben gebeten hatte, jemandem etwas zu erzählen.

»Angefangen hat alles mit dem Milchkäse des Mutterschafes«, hob ich schließlich an. »Meine Mutter kümmerte sich um die Milchwirtschaft, seitdem sie meinen Vater geheiratet hatte, und jetzt macht sie den besten Käse im Umkreis von zwanzig Meilen um Penrith.« Ich schluckte. Allein bei dem Gedanken an den Käse lief mir das Wasser im Mund zusammen. »Zu der Zeit, an die ich mich zuerst erinnere, belieferten wir die hochherrschaftlichen Häuser bereits direkt. Als ich noch klein war, hat mir das gefallen. Ich habe den Käse an Häuser um Keswick und ans Royal Oak Inn geliefert und unsere beste Butter obendrein; dabei ritt ich auf einem Pony, und das zweite führte ich am Zügel mit. So kam ich zum ersten Mal nach Greta Hall. Sarah Coleridge war damals für die Küche zuständig, und mit der war nicht gut Zucker schlecken. Aber sie wusste, dass man mit uns gut Geschäfte machen konnte, denn in Cumberland weiß jeder, dass auf Quäker Verlass ist.

So kam es, dass ich Greta Hall ziemlich gut kannte. Ich ging immer in die große Küche auf der Rückseite, wo die Familie und die Dienerschaft gemeinsam saßen. Manchmal bekam ich einen Happen zu essen, bevor ich nach Hause ging, denn ich kam bei Wind und Wetter und zu jeder Jahreszeit. Sie wussten, ich war zuverlässig.

In dem Jahr, als ich achtzehn wurde, hatte ich meine erste Anstellung als Fremdenführer. Es war im Neunten Monat, und ich war am frühen Morgen die Straße hinaufgeritten, zwischen Brombeersträuchern, von Spinnfäden überzogen, und Ebereschen und Zaunrüben. Der Hof von Greta liegt hinter dem Haus oberhalb einer steilen Böschung am Bach. Küchentür und Ställe gehen auf den Hof, und das Fenster von Robert Southeys Zimmer liegt in der ersten Etage darüber. Ich war gerade abgestiegen, als ich hörte, wie sich über mir ein Fensterflügel öffnete, und da stand Robert Southey am Fenster, die Nachthaube noch auf dem Kopf und die Rasierklinge in der Hand.

›Bist du Mark Greenhow?‹

Er sah sehr wohl, dass ich es war und kein anderer, deshalb nahm ich die Frage als rhetorisch hin. Ich schaute zu ihm hoch und fragte: ›Wünschst du etwas von mir, Robert Southey?‹

›Ja, Greenhow‹, sagte er. ›Ich habe eine Nachricht aus Grasmere. Mr. Wordsworth hat Gäste, die auf Skiddah steigen wollen. Miss Wordsworth ist indisponiert und hat Zahnweh, und Mr. Wordsworth leidet an Melancholie. Keiner von beiden ist geneigt, an einer Vergnügungstour teilzunehmen. Sie fragen an, ob ich etwas arrangieren könne, und da bist du mir eingefallen. Die Herren wären bereit, für einen zuverlässigen Führer zu zahlen.‹

Es schmeichelte mir, dass er dabei an mich gedacht hatte. Mit acht Jahren hatte ich zum ersten Mal auf dem Gipfel von Blencathra gestanden, an einem Tag, als wir auf der einen Seite die Berge von Schottland über dem Meer bis hin zum weiten Ozean im Westen sehen konnten; im Süden waren alle Berge meines Landes vor mir ausgestreckt, wie Gottes Hand sie erschaffen hatte. Als mein Vater mir all das zeigte, sagte ich zu ihm, dass ich eines Tages alle Bergzüge der Länge nach abschreiten wollte. Mein Vater sagte: ›Dein Wort ist deine Tat,

Mark. Was du sagst, musst du auch tun.‹ Und das werde ich auch, wenn es Gott gefällt, dass ich nach Hause komme. Eines Tages werde ich alle Berge von Swarthmoor bis Caldbeck und von Gosforth nach Shap abgeschritten haben. Das ist mein Land. In Lakeland gibt es fast überall Freunde, und selbst dort, wo keine sind, wird ein Freund überall aufgenommen, weil bekannt ist, dass wir die Wahrheit sagen und niemanden betrügen. Doch das nur nebenbei.

Zwei Tage darauf war ich also wieder in Greta Hall. Es war ein schöner, klarer Tag, gerade recht für unseren Ausflug. Die beiden Herren wurden in meine Obhut übergeben, und ich bekam ihr Mittagessen, das ich in meinem Rucksack tragen sollte. Es war so schwer, dass wir die ganze Woche auf dem Berg hätten bleiben können. Der stämmigere Herr hatte ein lahmes Bein. Das bereitete mir Kummer, doch er hatte einen Stock bei sich, und sobald wir uns auf den Weg gemacht hatten, ging er wie ein Mann, der an Berge gewöhnt war, mit dem stetigen Schritt eines Hirten. Robert Southey stellte ihn mir als Mr. Scott vor – ›Mr. *Walter* Scott‹, wiederholte Robert Southey –, doch ich muss ihn verständnislos angeschaut haben, denn der Mann lachte und sagte mit markantem schottischem Akzent: ›Sie glauben, alle Welt sei an literarischen Werken interessiert, Mr. Southey. Aber ich gehe davon aus, dass dieser Bursche mehr Poesie in seinem Kopf hat als so mancher Gelehrte. In einem solchen Land lässt sich das wohl kaum vermeiden.‹ – ›Liest du Gedichte, Mark Greenhow?‹, fragte mich Robert Southey mit schiefem Lächeln. Ich weiß, er glaubte, dass unsereins nichts außer der Bibel liest, in der allerdings genug Poesie enthalten ist. Das ärgerte mich, und deshalb sagte ich ihm unumwunden: ›Ich habe ein paar Gedichte von Thomas Wilkinson gelesen. Thomas Wilkinson aus Yanwath. Er ist mit meinem Vater befreundet.‹

Die Herren tauschten Blicke aus, und der Schotte klopfte mir auf die Schulter. ›Nun, Mr. Greenhow, ich hoffe, ich kann

Ihnen ein paar Cumberland-Balladen entlocken, ehe der Tag vorüber ist.‹

Wir sind ganz gut miteinander ausgekommen. Der andere Mann – er hieß Humpfrey Davy und kam aus Wales – war kein Dichter, und wenn wir eine Pause machten, wonach sie stündlich verlangten, sprach jeder von seinem eigenen Bergland. Der Tag hätte schöner nicht sein können. Ich führte sie ohne Schwierigkeiten bis zur Spitze – an manchen Tagen ist der Berg so offen und leicht zugänglich, dass man vergisst, wie er sein kann – und dort oben wehte kein Lüftchen. Wir konnten uns hinsetzen und unser Mittagessen so bequem ausbreiten, als hätten wir uns zum Picknick gleich hinter dem Haus niedergelassen. Ringsum dehnten sich die Bergzüge des Lake District unter der Sonne. Doch Walter Scott wollte, dass ich ihm die schottischen Berge von Galloway nannte. Ich zeigte ihm Criffel und den so genannten Skreel, doch mehr kannte ich nicht.

Er fragte mich nach dem Ufer des Solway. Er habe gehört, die Flut käme über die Sandbänke im Solway schneller herein als ein galoppierendes Pferd, und ich sagte ihm, das sei wahr, aber trotzdem könne ein Mann zwischen einer Flut und der nächsten von Skinburness nach Cardunnock hinüberreiten, wenn sein Pferd nur schnell genug ist. Er fragte mich, ob ich jemanden kenne, der es schon einmal gemacht habe, und ich sagte: ›Ja, und zwar so gut wie sonst niemanden.‹ Ich hoffe, das war nicht großspurig, doch er hörte mir so gut zu, dass ich ihm die ganze Geschichte erzählte. Wie der Mann, der mir unseren neuen Karren verkaufte, steif und fest behauptete, das könne man nicht schaffen. Meine Eltern wären schockiert gewesen, wenn sie mich gehört hätten – doch unter den forschenden Blicken von Walter Scott konnte ich nicht anders. Die Erregung jenes Tages durchflutete mich noch einmal; ich ertappte mich dabei, dass ich ihm erzählte, wie es war: auf einem guten Pferd, die glitzernde Wasserlinie im Westen und vor mir der lange

Galopp über den festen, flachen Sand. Ich sagte ihm, dass man sich mit dem Treibsand auskennen müsse, um den richtigen Weg zu finden. Ich gebe zu, seine Aufmerksamkeit bereitete mir Genugtuung.

›Es war eine Wette, nicht wahr?‹, fragte er mich mit strahlenden Augen.

Ich erklärte ihm, ich sei Quäker und Wetten sowie alle anderen Arten des Spiels verstießen gegen die Grundsätze unserer Gesellschaft. Es sei nur geschehen, weil der Stellmacher behauptet habe, es gehe nicht, und ich es mir zutraute. Deshalb hatte ich mir vorgenommen, es ihm zu beweisen.

›Ich dachte, Quäker lassen sich auch nicht auf eitle Sportarten ein?‹, sagte er.

Das kam der Wahrheit recht nah, doch das konnte er nicht wissen. Ich versuchte ihm den Unterschied zu erklären zwischen einem Sport, der nur ausgeübt wird, um der Laune und Eitelkeit des Sportlers nachzugeben, und einem seriösen, einträglichen Unternehmen. Ich spürte, dass er mich auslachte, doch es geschah mit einer so höflichen Anteilnahme, dass ich es ihm nicht übel nahm. Er unterließ es, mich zu fragen, was denn so einträglich daran war, wenn ich mein Leben dabei riskierte, über die Sandbänke des Solway zu reiten, und ließ mich stattdessen nachdenken. Wenn nach meiner Beweisführung Profit ein frommeres Motiv war als Sport, dann sei es doch edler, einen Lachs mit dem Netz als mit einer Fliege zu fangen. Als ich ihn offenbar verwirrt anschaute, sagte er lachend: ›Jetzt habe ich Sie, Sir.‹[3]

Ich mochte ihn sehr, obwohl ich ihm in unseren Gesprächen nicht das Wasser reichen konnte. Sie mochten mich aber

3 Als Freund interessieren mich keine Romane, und natürlich bin ich nicht stolz auf Verbindungen zu Werken, die auf reiner Fantasie beruhen, doch ich habe gehört, dass Mr. Scott das, was ich ihm erzählt habe, für eine Veröffentlichung mit dem Titel *Redgauntlet* verwendet hat. Natürlich habe ich das Werk nicht gelesen, doch im Stillen hat mir diese Nachricht nicht ganz so missfallen, wie sie mir hätte missfallen sollen.

auch, denn Robert Southey empfahl noch mehr Freunden, mich anzuheuern, wenn sie einen Führer brauchten. Dann habe ich einen Aushang im Royal Oak angebracht, der mir weitere Arbeit verschaffte. Noch nie hatte ich Guineen in der Hand gehabt, die ich nach Belieben ausgeben konnte. Ich habe nie woanders als auf Highside leben oder einer anderen Beschäftigung nachgehen wollen als der Bewirtschaftung unseres Hofes, doch es passte mir ganz gut in den Kram, ein wenig unabhängig von meinen Eltern und öfter im Land unterwegs zu sein.

Es war auch gut, dass ich etwas Neues zu tun hatte. Kurz nachdem ich Walter Scott nach Skiddaw hinaufgeführt hatte, erhielten wir die Nachricht über den Sieg bei Trafalgar. Ich habe die Zeitung gesehen – das war im Elften Monat –, als ich im Royal Oak darauf wartete, dass unsere Rechnung bezahlt wurde. Die Zeitung war schwarz umrahmt, denn Nelson war tot. Auf dem Gipfel von Skiddaw wurde ein großes Freudenfeuer entzündet – noch als ich in unserem Hof auf Highside stand, sah ich den roten Schein am Himmel. Ein paar Tage später stieg ich auf den Gipfel, und trotz der Wolken, die mich einhüllten, waren die Reste des Feuers noch warm. Ich war – ich weiß nicht – wütend, verwirrt und aufgeregt zugleich. Da war so ein Gefühl im Lande ringsum – ich bin ebenso ein Engländer wie meine Nachbarn und auch kein Feigling; die Leute sagten hinter meinem Rücken Sachen über Freunde und mehr als einmal mir auch ins Gesicht. Ich spürte keine Demut in mir, nur das Bedürfnis, mich zu wehren, und zwar nicht nur mit Worten. Ich kann es nicht erklären, doch den ganzen Winter über habe ich damals wider den Stachel gelöckt. Das andere Ereignis war, dass mein Vetter John Bristo sich der Bürgerwehr von Cumberland anschloss. Ich war nicht auf der Monatsversammlung, auf der sie ihn ausschlossen, doch ich war auf der Zusammenkunft zur stillen Andacht am darauf folgenden Ersten Tag, als am Ende der Zusammenkunft die

Notiz verlesen wurde. So nah war ich einem Streit mit meiner Gesellschaft noch nie. Ich machte mich auf in die Berge. Ich habe John auch weiterhin getroffen, obwohl meine Eltern mir vorläufig davon abrieten.[4] Das ganze Frühjahr und den Sommer des Jahres 1806 über blieb ich meinem Zuhause so oft wie möglich fern. Ich bürdete meinem Vater die gesamte Arbeitslast auf, doch ich war so übel gelaunt, dass es mir nichts ausmachte.

Seit meiner frühesten Kindheit war ich auf dem Berg zu Hause. Jetzt führten mich meine Wanderungen immer weiter hinaus. Ich fand Wege, wo es keine Pfade gab, wohin selbst Hirten nicht gingen. In Wasdale lernte ich einen Burschen kennen, der mein Interesse teilte. Gemeinsam erklommen wir den Great Gavel von der Seeseite her. Die Nachricht von unserem Aufstieg verbreitete sich rasch, so wie es eben geht, und dann fragten auf einmal Leute aus dem Lake District nach mir und baten mich, sie auf die Felsen hinaufzuführen. Ich habe das niemandem aus der Versammlung erzählt. Ich ließ sie in dem Glauben, ich sei ein einfacher Bergführer, der gelegentlich für Leute wie Robert Southeys poetische Freunde arbeitete. Was mich betrifft, ich habe die Bergwanderungen nie als müßigen Zeitvertreib betrachtet, doch ich lernte allmählich ein paar

4 John Bristo und ich treffen uns noch immer. Er ist heute seit fünfunddreißig Jahren nicht mehr in unserer Versammlung. Mehr als einmal haben mich Älteste auf meine fortgesetzte enge Bekanntschaft mit jemandem angesprochen, der nicht mehr mit uns übereinstimmt. Ich beachte sie nicht. John ist mein Vetter und einer meiner ältesten Freunde. Ich würde meine Söhne nicht gern in einer Familie aufwachsen lassen, die in sich gespalten ist. Gerade neulich wurde ich für meine Beharrlichkeit belohnt. Ich habe mich nicht verändert, doch die Gesellschaft der Freunde wird Jahr für Jahr toleranter im Umgang mit Mitgliedern und anderen, die nicht mit uns übereinstimmen. Immer mehr Mitglieder unserer Gesellschaft nehmen ihren Platz in der großen weiten Welt ein, und wir beschäftigen uns in der Tat mit Angelegenheiten, die uns in unserer Versammlung niemals hätten zu Ohren kommen dürfen, als ich noch klein war. So wie sich die Welt verändert, werden die Menschenrechte allzu oft ausgehöhlt, und dementsprechend gibt es immer mehr Grund zur Klage. Die neue Sorge der Freunde über die gerechtfertigten Bedürfnisse des Menschen ist vollauf zu begrüßen. Es gibt auf Erden keinen Ort, an dem ein Volk zu Recht geteilt werden darf. Ich glaube auch nicht, dass Gott der Allmächtige das beabsichtigt hat. Denn ist nicht das von Gott in jedem Menschen, ob Freund oder nicht? Warum also sollten wir uns nicht mit weltlichen Angelegenheiten befassen?

Burschen kennen, die das Klettern über Fels sehr wohl so ansahen.[5] Die meisten kamen aus der Gegend von Manchester. Ich war der Meinung gewesen, alle Städter seien bleiche, kränkliche Geschöpfe, die kaum Verwendung für ihre Beine hatten, erst recht keinen Sinn für Bergwanderungen mit dem Bewusstsein, dass es gut war. In Wahrheit konnte ich nicht einmal sagen, dass ihre Gesellschaft nur schwer zu ertragen war. Jedenfalls brachte es mir Geld ein, und wie gesagt, das war neu für mich und keinesfalls zu verachten.«

Am nächsten Morgen war der Sturm vorbei. Ich zog meine Schneeschuhe an und ging zum Bear Lake (so haben wir unseren See genannt, an dem wir auf Fischfang gingen). Der Schnee war leicht und fest und so kalt, dass er unter jedem Schritt knirschte. Frostluft stach mir in Nase und Wangen. Ich zog mir die Pelzmütze so tief wie möglich ins Gesicht. Nachdem ich den ganzen Abend so viel geredet hatte, war es eine Wohltat, allein über den gefrorenen See zu gehen, während der Wind den Schnee vom Eis fegte, dass es von weitem wie Rauch aussah. In der grellen Sonne tränten mir die Augen. Ich habe mich nie daran gewöhnen können, über eine Eisfläche zu laufen. Ich kam mir vor wie Peter auf dem See von Galiläa, und ich war froh, eine dicke Eisschicht unter den Füßen zu haben, statt bloßen Glauben. Ich kam an die Fischlöcher, die ich unter großen Schwierigkeiten angelegt hatte. Die Zweige, die ich hineingesteckt hatte, um die Löcher zu markieren, waren nur leicht beschädigt. Ich durchbrach die neue Eisschicht

5 Besonders einen Mann gab es da, der mich zuerst anheuerte, ihn auf den Skiddaw hinaufzuführen. Er kam wieder und bezahlte mir das Doppelte, damit ich ihn über die Scafells führte. Er hatte die Vorstellung, Scafell sei höher als Skiddaw, und bestand darauf, dass wir Sextanten und andere Instrumente mitnahmen, mit denen er es beweisen wollte. Ich fragte ihn, warum das eine Rolle spiele, und er erzählte mir etwas über einen alten Mann in der Schweiz, der in seiner Jugend den Gipfel des Mont Blanc erklommen hatte (das war offenbar der höchste Berg in der Gegend), um ähnliche Peilungen vorzunehmen, und der damit im Land eine regelrechte Klettermode ins Leben rief. Seither habe ich viele solcher Exzentriker in die Berge geführt. Sie sind im Großen und Ganzen harmlos.

mit der Axt und richtete mich dann auf langes Warten ein, während die Kälte des Eises durch die Moosschicht meiner Mokassins drang und mir die Zehen taub wurden. Es war eine kühle Art und Weise, den Vormittag zu verbringen, und wir litten nicht unter Nahrungsmangel. Doch jedes Mal, wenn ich bis hier heraus kam, spürte ich, wie meine Seele sich in den offenen Himmel weitete. Ich hatte genug von den dunklen Wäldern und verborgenen Stellen. Ich fing einen Weißfisch, dann noch einen. Mit der Geschichte vom Abend zuvor waren mir wieder Erinnerungen gekommen, und ich fragte mich, ob ich je wieder nach Hause zurückkehren würde.

Während wir zu Abend aßen, gingen mir noch immer Gedanken an die Vergangenheit durch den Kopf. Es fiel mir auf, dass ich Rachel in meiner ganzen Erzählung kein einziges Mal erwähnt hatte. Vielleicht begann ich allmählich zu vergessen, wie lange wir zusammengelebt hatten. Dass ich sie bei meiner Geschichte außen vor ließ, wenn auch unbewusst, war ein wenig, als hätte ich sie sterben lassen. Ich schauderte, als es mir frostig über den Rücken lief. Einen Moment lang war mir, als hätte ich sie verraten, doch das, sagte ich mir, war eitler Aberglaube; war ich nicht ihr zuliebe den weiten Weg hierher gekommen?

Es schneite wieder. Der Fisch war eine willkommene Abwechslung, und ich war froh, dass ich welchen gefangen hatte. Mir fiel auf, dass Alan wieder mit Appetit aß und die dunklen Ringe unter seinen Augen verblassten. Ich fragte mich, ob er wohl nie Heimweh hatte. Vermutlich war es diese Mischung aus meinen wandernden Gedanken, die mich dazu brachte, ihn nach dem Essen anzusprechen. »Ich glaube, jetzt bist du an der Reihe, Alan. Willst du uns heute Abend deine Geschichte erzählen?«

»Meine Geschichte?« Alan pfiff durch die Zähne. »Die ganze, Bruder Mark? Ich bin krank, wie du weißt. Die Strapaze könnte zu viel für mich sein. Würdest du dir das je verzeihen?«

»Wir können es in Etappen machen. Du bist an der Reihe. Wir haben unsere Geschichten auch erzählt.« Ich schaute mich um Unterstützung heischend um. »Er ist dran, nicht wahr, Loic?«

»Oui«, bestätigte Loic. »Ich denke schon.«

23

Alan räusperte sich. »Ich wurde geboren ... was für ein langweiliger Anfang ... ich wurde gezeugt ... daran kann ich mich nicht erinnern. Habt ihr *Tristram Shandy* gelesen? Natürlich nicht. Macht nichts.«

Er schwieg eine Weile, um seine Gedanken zu sammeln. Dann begann er seine Geschichte, ebenso wie Loic, auf überraschend formale Weise, als wäre Geschichtenerzählen etwas ganz Besonderes: mehr noch, etwas, an das Alan gewöhnt war.

»Ich kam am Erntefest, in der Vollmondnacht zum ersten August des Jahres 1787 zur Welt, im Haus meines Großvaters bei Craig in Lochalsh, an der Westküste von Schottland. Mein Vater war Soldat gewesen, so wie mein Großvater vor ihm. Ich war sieben, als mein Großvater starb, doch ich kann mich noch sehr gut an ihn erinnern. Ich trage seinen Namen. Mein Vater trat ins Zweiundsiebzigste Infanterieregiment ein – du weißt nicht, was das ist? –, das Zweiundsiebzigste ist ein Hochlandregiment, das vom Clanoberhaupt der Mackenzies gegründet wurde. Das alte Familienoberhaupt war ein paar Jahre vor meiner Geburt auf seinem Weg nach Indien gestorben, und der Vetter, sein Erbe – na ja, er war für uns alle die schlimmste aller denkbaren Möglichkeiten, wie sich herausstellte. Mein Vater trat aus der Armee aus, als mein Großvater zu alt und nicht mehr imstande war, sich um sein Land zu kümmern. Dann heiratete er ziemlich spät meine Mutter Helen Mathieson, die von der Südseite von Lochalsh stammte, auf der anderen Seite des Berges. Ich war das jüngste von sieben Kindern. Ich habe drei Brüder und drei Schwestern. James trat in die Fußstapfen meines Vaters und wurde Offizier im Zweiundsiebzigsten. Der Clanchef hatte ihm ein Offizierspatent versprochen, doch er war tot, und sein Erbe hielt sich nicht an einmal gegebene Versprechen. Er erfüllte nur, was schriftlich existierte, und mein Großvater, so wie auch mein Vater, waren immer der Ansicht gewesen, es sei ehrenhafter, dem Wort eines Mannes zu glauben als geschriebenen Buchstaben, die man zu leicht umdrehen und falsch auslegen konnte. So wurde das Geld für James' Offizierspatent vom Anwesen abgezogen, und als er starb, war noch nichts abbezahlt worden; in Wirklichkeit lag die dreifache Schuldenlast darauf. Deshalb hatten wir kein Geld, um Simon in die Armee zu schicken; er ging stattdessen nach Amerika. Und, *ça va sans dire,* als die Zeit kam, folgten Thomas und ich ihm. Aber davon später. Sim ging fort, als ich elf war; ich weiß noch, wie meine Mutter weinte, als er über den Berg ging und verschwand. Als wir Jüngeren später so weit waren, hatte sich so vieles ereignet, dass ihre Tränen versiegt waren, glaube ich. Sie lebt jetzt bei meiner Schwester Helen, die wieder in die Mathieson-Familie zurückgeheiratet hat und bei Ardelve in Lochalsh blieb – zumindest bekam ich etwa ein Jahr danach einen Brief, und ich vermute, sie sind noch alle dort.

Mein Vater dachte auf traditionelle Weise an sein Erbe. Er führte seine Ländereien nach dem Prinzip des so genannten *duthchas*, der Bindung zwischen einem Mann und seinem Oberhaupt. Das war eine Frage der Loyalität, und es wäre unehrenhaft gewesen, so etwas schriftlich festzuhalten. Das Wort eines Mannes ist heilig; ein Dokument wäre eine Beleidigung unter Verwandten. Der Vater meines Großvaters hat in zwei Feldzügen für sein Clanoberhaupt gekämpft, und nach dem Aufstand von 1715 weigerte er sich mitsamt unserer Verwandtschaft, Pacht an die Regierung zu zahlen. Sie vertrieben die Soldaten, die ausgeschickt worden waren, die Gelder einzutreiben. Sie zahlten ihre Pacht wie üblich an den Verwalter Mr. Murchison, und der brachte sie zehn Jahre lang jedes Jahr dem Clanoberhaupt ins Exil nach Spanien. Nach 1819 war es genauso: Die Bevollmächtigten für die eingebüßten Anwesen konnten die Seaforth-Ländereien nicht verkaufen, weil sie zugeben mussten, dass sie nicht in der Lage waren, sie in Besitz zu nehmen. Wir haben sie jedes Mal vertrieben.

Auch mein Vater kämpfte für sein Clanoberhaupt, nur ging es zu seiner Zeit darum, sich dem Regiment Mackenzie anzuschließen und gegen Bezahlung im Ausland zu kämpfen. Mein Vater wusste, der junge Anführer war anders als sein Vater. Er wusste, dass die Pacht aus den Ländereien dazu verwendet wurde, irgendwo in England Schulden zu begleichen, doch er konnte nicht wissen – wie auch –, dass die Bindungen durch Verwandtschaft und Dienst im Kampf jemals verraten werden würden, bis es ihm passierte.

Die Menschen verließen unser Land und alle Ländereien ringsum. Die meisten gingen nach Amerika oder in die großen Städte im Süden, wenn sie sich die Überfahrt nicht leisten konnten. Es war schlimm, Pächter zu verlieren, denn ohne Pächter keine Pacht. Mein Großvater war Lehnsmann. Das heißt, unser Land – und unser Grundbesitz war kleiner als der von Michael Dousman auf Mackinac – war unter all unseren Pächtern aufgeteilt, die hinsichtlich ihres Lebensunterhalts auf meinen Großvater zählten, so wie er sich auf sie verließ, damit er uns ernähren konnte. Wir nahmen nie mehr als sechzig Guineen Pachtzins pro Jahr ein, und es wurde immer weniger. Der Wohlstand einer Nation ist das Volk – ich brauchte keine Bücher zu studieren, um das herauszufinden, denn ich wusste es nur zu gut aus meinen ersten Jahren, in denen ich zusah, wie unser Vermögen, unsere Leute, von uns fortging wie das Wasser aus dem Sund, wenn die Ebbe eingesetzt hat.

Unsere Leute waren unsere Verwandtschaft. Wir trugen denselben Namen. Wir haben nie jemanden gezwungen, Lochalsh zu verlassen. Jedoch haben wir gehört, dass woanders Menschen vertrieben wurden. Sie zündeten ihnen das Dach über dem Kopf an, damit sie nicht zurückkamen. Selbst unser Clanoberhaupt hat es auf seinen Inselländereien so gemacht. Wir wussten, dass er bis zum Hals in Schulden steckte. Selbst als er erbte, war das Anwesen noch belastet. Jetzt waren unweigerlich wir dran.

Trotzdem, wenn ich mich an meine ersten Tage erinnere – sie sind so unberührt von allen Schatten, dass die Sonne beinahe immer scheint. In der Ferne zeichnen sich klar die Berge ab, obwohl die Abende an den meisten Tagen nass und grau und die Berge verhüllt sind. Für ein Kind ist alles normal; die Welt ist, wie sie ist. Ich wusste nicht, wie es war, wenn man Geld hatte, oder genug zu essen im Frühjahr, wenn man keine leisen Stimmen durch die Ritze im Boden unter unserer Matratze hört, sobald ein Reisender am Feuer unten saß und Neuigkeiten zu berichten hatte. Es berührte mich überhaupt nicht, obwohl es meiner Mutter Kummer bereitete, dass wir, die Söhne eines Herrn, barfuß laufen mussten; ich hatte noch nie gute Weine oder ausländisches Obst oder Süßigkeiten probiert; warum sollte ich das Bedürfnis danach haben? Fleisch oder Hering waren für einen Schmaus gut genug; meistens gab es nur Haferschleim und Kartoffeln und Buttermilch, doch immer, als ich noch sehr klein war, auf dem Eichentisch serviert, auf dem ein Damasttischtuch lag, mit silbernen Löffeln und Gabeln. Das Silber war allerdings schon verschwunden, noch ehe ich es richtig zu schätzen wusste. Ich lernte, meinen Porridge mit dem Hornlöffel zu essen.

Mein Großvater hat mir das Lesen beigebracht, in Englisch natürlich, und warum sollte ich zur Schule gehen, wenn es Bücher im Hause gab, die ich lesen konnte, wann ich wollte, und Geschichten, die im Winter am Feuer erzählt wurden?

Was sonst sollte ich wissen wollen? Ich war der Bücherwurm in der Familie. Ich war der Jüngste und blieb immer mit meinen Schwestern zu Hause, wenn meine Brüder ausgingen. Mein Großvater lehrte mich, Bücher zu mögen. Er saß immer am Wohnzimmerfenster in der Sonne, schaute über die Bucht, und ich kletterte dann auf die Fensterbank und betrachtete die Berge von Applecross, während er mir etwas vorlas. Als er starb, hinterließ er eine kleine Bibliothek; ich vermute, die schaut jetzt keiner an. Die Bücher waren größtenteils auf Englisch, und ich kann sie beinahe auswendig. Robinson Crusoe war mein Lieblingsbuch. Ich musste es heimlich lesen, denn obwohl mein Großvater es gekauft hatte (auf das Deckblatt hatte er geschrieben *Alan Mackenzie, gekauft auf Empfehlung von Peter Hill, Creech's Buchladen, Edinburgh, März 1777*), wollte mein Vater nichts davon wissen und erklärte, der Autor sei ein heimtückischer Engländer, dessen Machenschaften der Grund allen Übels gewesen seien, das uns noch alle in den Ruin treiben würde.

Auch mein anderes Lieblingsbuch kanzelte mein Vater ab. Es hieß *Pilgerreise*, und es enthielt reichlich Gebete, aber es gab auch noch die Ungeheuer, Reisen und Abenteuer, die mich begeisterten, und mein Vater sagte, der Schriftsteller sei ebenso fanatisch wie ein Covenanter aus Galloway, und ich täte besser daran, ihn im Regal stehen zu lassen, wo ihn das staubige Ende erwarte, das er verdient habe. Die letzten Bücher, die mein Großvater gekauft hat, wurden in der Woche, in der er starb, aus Edinburgh geschickt. Sie lagen aufgestapelt am Ende eines Regals, bis ich sie Jahre später herunterholte und abstaubte. Ich schnitt die Seiten von Buchanans *Travels in the Western Hebrides* auf und las meiner Familie laut daraus vor, bis mein Vater mir das Buch aus der Hand riss und zum Fenster hinauswarf. Mr. Buchanan konnte Lehnsherren nicht leiden, das war deutlich. Später erfuhr ich, dass der Mann stark zur Unzucht neigte, und die Lehnsherren von Harris haben ihn entsprechend behandelt. Doch es erschien mir falsch, dass solche unbegründeten Verleumdungen gedruckt und veröffentlicht wurden, damit alle Welt sie lesen konnte. Später holte ich das Buch wieder aus dem Schlamm, wischte es ab und presste es unter Mr. Johnson's Wörterbuch, denn ein Buch ist ein kostbarer Gegenstand, ungeachtet seines Inhalts, und sollte nicht misshandelt werden.

Die französischen Bücher, von denen es etwa sechs Stück gab, waren mühsam, doch Tomas hat mich in der Abgeschiedenheit unseres Schlafraums immer Rabelais übersetzen lassen. Die lateinischen oder griechischen Bücher wären ihm vielleicht zweckdienlicher gewesen, aber ich verstand sie nicht. Es gibt keine Bücher in unserer Sprache. Wir hatten zwar Macphersons Ballade von Ossian, doch mein Großvater hatte handschriftlich auf die Titelseite geschrieben, er zweifle die Richtigkeit der Übersetzung an.

Unterhalb unseres Hauses liegt eine Insel, auf der Reiher in den Kiefern nisten. Ich kann mich noch an ihre Geräusche zur Nistzeit erinnern. In unserer Sprache heißen sie *skriagh* – ähnlich wie ihre Schreie. Wir stellten auf der Insel immer Otterfallen auf. Da lernte ich, wie man Pelztiere häutet, doch ich dachte nicht im Traum daran, dass Pelze mir einmal ein Vermögen einbringen würden, denn das werden sie – bisher tun sie das nicht, Bruder Mark, das verspreche ich dir – aber sie werden.

Dein Land, Mark, habe ich nie gesehen, deshalb weiß ich nicht, welche Vergleiche du ziehst. Du hast gesagt, hier gebe es keine Straßen. Wenn du dir unter einer Straße die Wade Road nach Edinburgh vorstellst, oder vielleicht Yonge Street, dann hatten wir auch keine. Dennoch ziehen sich durch jede Bergschlucht breite Wege, auf denen das Vieh hinunter nach Crieff getrieben wird. Wenn das keine Straßen sind, dann weiß ich nicht, was eine Straße ist.

Manchmal sieht *le pays d'en haut* für mich so aus wie meine

Heimat. Hier gibt es Seen und Inseln und Felsen. Michigan besteht nur aus Sand. Mein Land war – und ist – voll felsiger Hügel mit Seen dazwischen. Man muss hoch hinaufsteigen, um zu sehen, wo man ist. Auf den Felsspitzen nisten Adler. Wir sind immer hinaufgeklettert und haben ihre Nester hinabgeworfen: Sie machen Jagd auf Jungtiere. Es gibt einen Pfad herum nach Westen, dort ziehen die Ponys hinauf ins Moor, und auch das Vieh – wir haben es im Frühjahr auf den Berg gebracht, damit wir auf den Feldern Korn aussäen konnten. Auch jetzt noch könnte ich dir alle Stellen beim Namen nennen, doch es würde dir nichts sagen; du kennst sie nicht.

Zu Mittsommer bin ich von zu Hause weggegangen, als die Sonne hinter den Applecross-Bergen versank. Dieses goldene Licht, das lange Schatten über die Felsen wirft, habe ich wieder gesehen, als ich in den *pays d'en haut* kam. So weit im Süden wie hier gibt es keinen richtigen Abend. Jedenfalls ging ich den Pfad an der Bucht entlang. Ich schaute lange auf die Reiherinsel, bis die Mücken mich vertrieben. Ich steuerte die Klippen an und kletterte rasch bis zum Kamm hinauf.

Wenn man am Rande der Klippen steht, sieht man gleich darunter unser Steinhaus. Es schaut über Loch Carron. Unsere Boote liegen am Strand. Das Wasser ist zu seicht für Größeres, doch direkt um die Landspitze herum befindet sich einer der besten Häfen an der Westküste. Dort legen manchmal Schiffe an. Das Ackerland ist übersät mit Pächterhütten, ähnlich wie Wigwams, nur bestehen sie aus Stein und Torf. Man sieht Vieh und Getreide und all die kleinen Pachtgüter, die von Steindämmen zusammengehalten werden. Das Ackerland zieht sich über die Hügel wie mit dem Messer geschnitten und teilt grüne Felder von Klippen und Heide ab.

Die höchste Erhebung auf unserem Land heißt Beinn Raimh. An jenem letzten Tag lief ich die gesamte Strecke um die Buchten und über die Klippen bis zur Spitze hinauf. Auf den Bergen in der Ferne lag noch Schnee, doch da, wo ich stand, war der Boden mit kleinen hellen Blumen bedeckt; man roch das Gras und hörte die Pieper pfeifen. Die Buchten leuchteten in der Sonne blau, außer Loch a'Ghlinne Dhuirch, das im Schatten des Berges bleigrau schimmerte. Auf Carn na Sean-chreag graste das Vieh. Von Beinn Raimh kann man unser Land nicht sehen, es versteckt sich unterhalb der Klippen.

Westlich von uns liegt das Meer, und eine große Insel. Die gesamte Insel Skye gehört den Macleods und Macdonalds. Ich bin nur einmal dort gewesen, als ich mit Simon nach Kylerhea ging, um Vieh zu kaufen. Die Rinder von Skye kommen zur Zeit der Viehmärkte nach Glenelg. Es gibt noch mehr Inseln. Mein Großvater hat mir die Namen beigebracht, und nach seinem Tod hatte ich Tomas, der sie mir ins Gedächtnis rief. Von unseren Klippen aus kann man den Black Cuillin auf Skye sehen und ein Stück rechts davon die sanften Rundungen des Red Cuillin. Der Cuillin ist spitz und steil, wie du es noch nie bei einem Bergkamm gesehen hast – er sieht unheimlich aus, wenn man ihn überhaupt sieht: blau unter dem Sommerhimmel oder als dunklen Umriss vor der untergehenden Sonne. Ich wollte dorthin. Ich wollte den Fels berühren und spüren, dass er echt war. Aber ich war nie da.

An Sommerabenden sind wir immer auf Fischfang gegangen, vor allem zur Makrelenzeit. Die Inseln an der Mündung von Loch Carron sind Sommergründe für Fische. Mit einer einfachen Angelschnur kann man jede Menge fangen. Ich könnte dir die Namen aller Familien am Ufer des Loch Carron nennen sowie den jeweiligen Verwandtschaftsgrad untereinander. Doch das werde ich dir ersparen, Bruder Mark.

Ich hatte Angst vor meinem Vater. Er hatte viel, worüber er sich ärgerte. Alles, was er besaß, rann ihm wie trockener Sand durch die Finger, und er konnte nichts tun, um den Verfall aufzuhalten. Als er aus dem Krieg nach Hause kam, kostete alles Geld, was vorher umsonst gewesen war. In dem Jahr, als ich vier wurde, gab es eine Missernte. Wir konnten unser Vieh nicht verkaufen. Die Pächter hungerten, und der Pachtzins blieb aus. Mein Vater brachte sein Schwert nach Edinburgh und verkaufte es zusammen mit den Kerzenleuchtern und der silbernen Teekanne meiner Großmutter, nur um für uns und die Hausangestellten etwas zu essen zu kaufen. Für die Pächter war nichts übrig, abgesehen von den Witwen und Waisen, die man nicht vergessen durfte. In jenem Jahr aßen wir Nesselbrühe und Napfschnecken vom Ufer, doch von den Schalentieren wurde ich krank. Ich habe sie nie wieder gegessen. Einmal kam ein ganzer Schwarm Heringe direkt in die Bucht. Ich weiß noch – es ist eine meiner frühesten Erinnerungen –, dass die Männer mit allen Booten hinausfuhren und sie bis zum Rand füllten. Niemand hätte mehr Hunger leiden müssen, nur hatten wir kein Salz – wegen der Steuer war nie genug Salz vorhanden –, also verfaulte der Fisch und musste wieder ins Meer geworfen werden, weil er so stank, und so waren wir nach nur wenigen Tagen wieder so hungrig wie zuvor.

Dann kam der Krieg gegen Frankreich. Die Preise stiegen. Wir hatten Butter und Eier und Hering zu verkaufen. Zweimal im Jahr fand ein Jahrmarkt in Ardelve statt, und manchmal gingen wir auch auf die Jahrmärkte in Glenelg. Ich kann mich noch an die Musik und den Tanz auf diesen Jahrmärkten erinnern; es war nicht alles schlecht, ganz und gar nicht. Wir schickten wieder Vieh hinunter nach Crieff, und das war gut, doch wir verloren zu viele Männer von unseren Ländereien, als der Rekrutierungssergeant aus Bernera kam. Jedes Mal, wenn wir uns erholten, wurden wir wieder zu Boden geworfen. Mein Vater war stur; er war entschlossen, durchzuhalten.

Die Menschen verließen zu schnell das Land. Die Regierung versuchte das zu unterbinden, indem sie die Leute von den Farmen holte und sie für Lohn arbeiten ließ. Das war ein schlechtes Geschäft, denn das Geld fiel in die Hände derer, die nie dafür geschuftet hatten, und wie ein Sklave im Seetang oder beim Fischfang zu arbeiten ist nicht dasselbe wie ein eigenes

Stück Land für einen Mann zu bewirtschaften, der denselben Namen trägt und dem man vertrauen kann. Für meinen Vater war das Clanoberhaupt bis zum Schluss noch ein Verwandter, für meine Brüder jedoch schon nicht mehr. Sie hatten Recht, denn Verwandtschaft wurde nicht mehr höher geschätzt als Geld, und Geld rangierte über allem.

Als ich neun oder zehn war, kam ein gewisser Mr. Knox zu uns und sprach mit meinem Vater über den guten Ankerplatz in der nächsten Bucht. Er kam von der Gesellschaft für die Rettung von Fischgründen. Er wollte eine Fischereistation einrichten mit einer aus dem Boden gestampften Stadt, wie es sie im Süden bereits gab. Meine Mutter und Sim waren dafür; mein Vater aber wollte davon nichts hören. Nachdem Mr. Knox gegangen war, stritten sich meine Eltern. Da habe ich zum ersten Mal gehört, wie meine Mutter laut sagte, wenn wir auf unserem Land blieben, würden wir nicht überleben. Sie sagte, mein Vater solle den Kindern zuliebe in die neue Fischereistadt investieren. Sie meinte uns: Sim, Tomas, meine Schwestern und mich; James war im Krieg, schickte seinen Sold aber immer nach Hause.

Schon lange bevor Mr. Knox kam, hatten wir Angst, das Clanoberhaupt könnte das Land in Lochalsh für Schafe freigeben; schließlich hatte er das woanders bereits getan. Dazu kam es zwar nicht, denn uns erreichte die Nachricht – und da war ich inzwischen alt genug, um es mir gut zu merken –, dass Lochalsh an einen Mann aus Elgin, einen gewissen Mr. Innes, verkauft worden sei – in der Erwartung, die Bergschluchten für Schafe freizugeben. Er fing auf der Stelle damit an, sobald er die Papiere für das Land in Händen hielt. Sim war zu dem Zeitpunkt schon in Amerika. Meine Schwester Helen war mit unserem zweiten Vetter mütterlicherseits verheiratet und nach Balmacara gezogen, doch als sie hinausgeworfen wurden, kamen sie für kurze Zeit zurück in die neue Fischereistadt. Heute wohnen sie in Ardelve. Mary hat einen gewissen MacRae aus

Glenshiel geheiratet. Als sie versetzt wurden, zogen sie nach Glasgow, eine Stadt so groß wie Montreal, wie ich gehört habe. Ich weiß nicht, wie groß Marys Familie ist. Doch damals waren meine Schwestern frisch verheiratet, und nur Ann und Tomas und ich lebten noch zu Hause.

Als das neue Jahrhundert anbrach, zündeten wir ein Freudenfeuer am Strand an, ein zweites oben auf den Klippen, und überall auf den Bergen von Applecross waren Feuer zu sehen. Mein Vetter Robin, der Fiedler, kam herüber und wir hatten ein – eine Party, wie du es nennen würdest, und wie ich nie wieder eine erlebt habe, bis ich nach Kamanistiquia kam – heute heißt es Fort William – am Lake Superior. Wenn ich mir Mühe gebe, dann habe ich noch jedes Gesicht vor Augen, so klar, als wäre es gestern Abend gewesen, unsere Pächter und Nachbarn, die Familie, alle. Das alles ist vorbei, verstreut in alle Winde.

Danach fiel Schnee. Mein Vater hustete immer nachts, unaufhörlich, und hielt uns durch die dünne Trennwand hindurch wach. Etwa eine Woche nach Anbruch des neuen Jahrhunderts erkrankte er an Lungenentzündung, und kurz vor der Fastenzeit starb er. Er war achtundfünfzig. Ich war zwölf.

James war mit seinem Regiment in Indien. Wir anderen sprachen darüber, was wir tun sollten. Meine Mutter wollte das Land so lange unterhalten, bis James aus dem Krieg zurückkehrte, um es für sich in Anspruch zu nehmen. Tomas sagte, das sei aussichtslos. Wir sollten einen Anteil an einem der neuen Heringsbusse in der Fischereistation erwerben. Meine Mutter glaubte nicht an eine Stadt, die nur auf dem Papier existierte; es war zu viel versprochen und zu wenig gehalten worden. Das Land gehörte seit zwölf Generationen uns, und sie wollte es für James halten, wie es der Wunsch meines Vaters gewesen wäre, und wenn es das Letzte war, was sie auf dieser Welt tat. Tomas fragte sie, wie sie das bewerkstelligen wolle, da die Pachten um die Hälfte gesunken seien und zwei weitere Familien noch in diesem Frühjahr fortgehen würden. Er und ich wussten über Boote gut genug Bescheid, besser als die Pächter allemal, und wir sollten lieber gemeinsam zu Mr. Innes gehen und mit ihm reden, noch ehe andere vor uns auf die Idee kamen. Meine Mutter sagte nein, Alan würde zu seiner Familie stehen und das Land halten, bis James zurückkehrte. Da saß ich nun, und hitzige Worte über meine Zukunft flogen über meinem Kopf hin und her, als meine Schwester Ann, die bis dahin so schweigsam gewesen war wie ich, plötzlich gelassen vorschlug: ›Wieso fragt ihr ihn nicht? Was willst du machen, Alan?‹

Noch nie hatte mich jemand gefragt, was ich machen wollte. Ich muss sie wohl mit offenem Mund angestarrt haben. Die Worte kamen mir über die Lippen, noch ehe ich sie bewusst gedacht hatte: ›Ich will nach Edinburgh gehen und bei Mr. Creech in der Buchhandlung arbeiten.‹

Sie gafften mich an, als wären mir zwei zusätzliche Köpfe gewachsen. ›Was willst du?‹, ›Was soll das?‹, *›Edinburgh?‹*, ›Wer ist denn Mr. Creech?‹, ›In einem Laden?‹

›Großvater hat seine Bücher dort gekauft. Er hat es auf das Deckblatt geschrieben, mit Datum. Ein Laden, in dem es Bücher gibt. Da gehen Leute hin. Sie lesen Bücher und reden darüber. Großvater hat es mir erzählt.‹

Ich hatte noch nie mit meiner Familie gestritten. Es war, als hätte ich nun, da mein Vater nicht mehr da war, plötzlich meine Stimme entdeckt. Als ich noch klein war und auf der Fensterbank kniete, während mein Großvater über die Bucht schaute, seine Decke über den Knien und die Brille auf der Nasenspitze, schaute er manchmal von dem Buch auf, das er mir gerade vorlas, und fragte mich, was ich dachte. Ich weiß nicht mehr, was ich sagte, aber einmal fragte ich, ob Mr. Johnson der dickste Mann gewesen sei, der je über Mam Ratachan gegangen sei, und ob Großvater und ich auch hingehen und auf Dun Caan tanzen könnten. Das fand er lustig, und danach war es wie ein Geheimnis zwischen uns. Sobald Dun Caan erwähnt wurde, schaute er zu mir herüber, zwinkerte mit den Augen und sagte: ›Unser Tag wird kommen, was, Alan?‹ Die anderen fragten gar nicht erst nach, was wir damit meinten.

Doch jetzt stand Ann mir bei. ›Wieso soll er nicht nach Edinburgh gehen?‹, fragte sie immer wieder. ›Wenn unser Onkel noch dort ist, warum soll Alan dann nicht zu ihm gehen? Wenigstens kann er fragen. Wenn es nicht geht, kann er immer noch nach Hause zurückkehren.‹

Der Bruder meines Vaters, bei dem mein Großvater übernachtet hatte, wenn er sich in Edinburgh aufhielt, war Schulmeister in der Stadt. Das Verhältnis zwischen ihm und meinem Vater war seit langem unterkühlt, weil er zur Staatsreligion übergetreten war, um die Universität von Edinburgh besuchen zu können. Meine ganze Familie gehörte der Episkopalkirche an, die in meiner Jugend wegen der Strafgesetze illegal war. Zu der Zeit, von der ich berichte, war sie erlaubt, doch deshalb war mein Onkel Alan damals zur Kirche übergetreten, und das hat mein Vater ihm nie verziehen. Da uns keine Nachricht von seinem Tod erreicht hatte, bestand für uns kein Grund anzunehmen, er sei nicht mehr am Leben.

So kam es, dass ich mit dem Bruder eines unserer Pächter, einem Viehtreiber, nach Falkirk hinunterging. Es war eine lange, langsame Reise – wir schafften nicht mehr als zwölf Meilen an einem schönen Tag, denn Rinder müssen gefüttert werden und schlafen, viel mehr als Menschen. Es war die erste lange Reise, die ich je unternommen habe, und sie hat mich gut auf den *pays d'en haut* vorbereitet – denn das schottische Hochland ist ein *pays d'en haut* für sich, und die Viehtreiber sind nicht viel anders als die *voyageurs*. Sie nehmen jeden Unterschlupf, den sie finden, und übernachten in der Wildnis; sie ernähren sich von Porridge – einer Mahlzeit zwischen Haferschleim und Erbsbrei –, und ob warm oder kalt, macht keinen großen Unterschied. Sie haben ihre spezielle Arbeit und sprechen ihre eigene

Sprache und singen ihre eigenen Lieder, und Menschen, die in Häusern leben und jede Nacht im gemachten Bett schlafen, haben von alledem keine Ahnung. An das Vieh war ich natürlich gewöhnt, und ich glaube, ich war Ian Mhor auch keine Last, obwohl ich keineswegs auf ein Leben als Viehtreiber vorbereitet war. Wir hatten etwa zweihundert Rinder, hauptsächlich von Skye, doch auch einige aus Lochalsh, und wir Treiber waren zu viert. Wir zogen durch Glenshiel und Glenloyne, dann nach Osten über den Corrieairack Pass. Als ich oben auf dem Pass stand und über die vielen Berge des Hochlandes blickte, wurde mir klar, dass mein Land viel größer war, als ich es mir je vorgestellt hatte, obwohl ich doch so oft in die Karte meines Großvaters geschaut hatte. Es gibt eben Dinge, die Karten dir nicht sagen, und was du vom *bealach* des Corrieairack siehst, gehört zu diesen Dingen.

Als wir schließlich in Drumochter eintrafen, waren auf dem Weg vor uns Hunderte von Tieren: ähnlich einer ziehenden Karibuherde in Athabasca, nur dass diese Tiere von Menschen zusammengestellt worden waren. Die Spuren indes sind dieselben – eine fünfzig Meter breite Bahn durch die Berge, auf der Gras und Heide zu Schlamm und Sumpf zertrampelt sind, und die Weideflächen im Umkreis von Meilen sind restlos abgegrast. Alles ist über und über mit Torfschlamm überzogen, Tier und Mensch gleichermaßen, und manchmal regnet es so stark, dass man auch mit zusammengekniffenen Augen kaum sieht, wohin man tritt. An anderen Tagen wiederum ist es dort oben wie im Himmel, die Lerchen trällern, und ringsum schimmern die blauen Berge.

Wir kamen an die Brücke von Wade bei Aberfeldy, wo wir den ganzen Tag warten mussten, bis wir mit der Überquerung des Tay an der Reihe waren, und kurz darauf schaute ich zum ersten Mal ins grüne Tiefland hinunter. Wir blieben so weit wie möglich auf der Höhe und gelangten über die Ochils nach Falkirk. Dort trennte ich mich von Ian Mhor, nicht ohne Furcht, denn so etwas wie den Treffpunkt von Falkirk hatte ich noch nie gesehen und war von dem Lärm und den Menschenmassen um mich herum überwältigt. Die ganze Zeit drängelten sich Mensch und Tier dicht aneinander, und Ian Mhor hatte mir geraten, auf meinen Geldbeutel Acht zu geben und meine fünf Sinne beisammen zu halten; auf diese Weise war ich noch nie verabschiedet worden. Am liebsten wäre ich davongelaufen. Aber das habe ich nicht getan. Ich verließ Falkirk, mein Geld und meine Würde gleichermaßen unversehrt, und machte mich über die staubige Poststraße auf nach Edinburgh.

Ich kann dir nicht erklären, wie anders alles war. Wenn eine Postkutsche an mir vorüberfuhr mit vier Zugpferden und sechs Passagieren auf dem Dach, blieb ich wirklich stehen und gaffte. Unterwegs sprach mich niemand an, doch ich hatte Schwierigkeiten, mir in den Wirtshäusern etwas zu essen zu kaufen. Ich war der Meinung gewesen, fließend englisch zu reden – ich konnte alles lesen, wozu ich Lust hatte, sowohl laut als auch für mich, doch niemand schien mich zu verstehen, und das, was sie mir antworteten, hätte ebenso gut Hebräisch sein können, wenn du mich fragst. Manche waren kurz angebunden, gelegentlich waren sie freundlich, doch bis ich in Edinburgh war, hatte ich eines gelernt: In diesem Land war ich nicht nur ein Fremder, sondern etwa so willkommen wie ein streunender Hund. Vor Falkirk hatte ich eine ziemlich gute Meinung von mir – war ich doch der Sohn eines Herrn, wohlgeboren und gut erzogen, aber dennoch zäh genug, um zu arbeiten und unter freiem Himmel bei den Viehtreibern zu schlafen. Doch als ich mir an einem Stand auf dem Markt in Linlithgow eine warme Pastete holte – mit der besten Absicht, dafür auch zu bezahlen, verstehst du –, beschimpfte der Kerl mich als Dieb, und sie wären über mich hergefallen. Doch ich ließ die Pastete fallen, gab Fersengeld und hörte erst auf zu rennen, als ich das Stadttor hinter mir hatte. Um ehrlich zu sein, als ich so weit weg war, dass ich mich sicher fühlen konnte, stieg ich durch eine staubige Hecke auf ein Kornfeld, wo ich mich einfach hinsetzte und heulte. Hätte ich zu Ian Mhor zurückgehen und ihn bitten können, mich wieder mit nach Hause zu nehmen, ich hätte es getan, doch es ging gegen meine Ehre, umzukehren. In jener Nacht schlief ich lieber unter einer Hecke, statt nach Unterkunft zu fragen, und als ich nach Edinburgh kam, war ich schmutzig, hatte Hunger und wusste nicht wohin. Ich fand mich mit einem Mal zwischen Häusern mit mindestens fünf Stockwerken wieder, an den Hängen eines Berges dicht an dicht gebaut, mit Hunderten von Gassen und steilen Stufen dazwischen. Gewiss gab es die Burg an einem Ende und den Palast am anderen, genau wie mein Großvater es mir beschrieben hatte, doch was nutzten sie mir schon?

In der High Street in Edinburgh wendete sich mein Schicksal. Dort wimmelte es von Leuten aus dem Hochland, und ich konnte in meiner Sprache nach dem Weg fragen. Der Erste, den ich ansprach, kannte die Adresse, die ich bei mir hatte – es sei ganz in der Nähe von Canongate, sagte er. Er führte mich direkt dort hin. Zu meiner Enttäuschung war es ein großes, hoch aufragendes Gebäude – so hoch, dass ich bei der engen Bebauung nicht zählen konnte, wie viele Stockwerke es hatte. Die schmale Gasse war übersät mit Schmutzlachen und dunkel wie ein Verlies. Ich wünschte, ich wäre nie hergekommen, doch der Bursche fragte die Frau in der Garküche im Erdgeschoss – damals ahnte ich noch nicht, was für eine gute Freundin sie mir werden sollte –, und sie sagte, Alan Mackenzie sei noch nicht zu Hause, aber er wohne im vierten Stock, ich könne mich auf die Treppe setzen und auf ihn warten, er wäre über kurz oder lang zurück. Ich gab dem Burschen einen Penny und gab einen weiteren für eine Scheibe Brot und Fleisch aus der Garküche aus.

Und dort«, sagte Alan, »können wir mich lassen. Für heute Abend habe ich genug von mir.«

»Aber morgen machst du weiter«, sagte Loic. »Ich habe

noch nie so eine Geschichte gehört. Du hast das noch nie erwähnt.«

»Natürlich nicht. Die Lage muss schon ziemlich verzweifelt sein, ehe man mit seiner Lebensgeschichte anfängt. Gute Nacht!« Alan rollte sich auf die Seite, mit dem Rücken zum Licht, und sagte nichts mehr.

Auch ich hatte noch nie eine solche Geschichte gehört. Ich hatte erwartet, dass mir Nordamerika fremd sein würde, und das war es ja auch, doch Alans Geschichte brachte mich aus der Fassung, denn sie war ähnlich fremdartig und doch so nah der Heimat. Ich kannte Händler, die jedes Jahr vom Treffpunkt in Falkirk zu den Märkten in Carlisle und Penrith herunterkamen. Die schwarzen Rinder aus dem Norden waren mir vertraut; ich hatte schon einmal mit schottischen Viehtreibern gesprochen. Doch das Land, aus dem sie kamen – die Welt, die Alan mir beschrieben hatte –, das alles erschien mir nun in viel weiterer Ferne als die Länder der Ottawa, in denen wir uns aufhielten.

Am nächsten Abend wischte ich gerade vor dem Wigwam unsere Becher und Schüsseln mit sauberem Schnee aus. Der Sturm hatte sich gelegt. In der windstillen Nacht schien das Leben zeitweilig unterbrochen zu sein. Ein Zweig knackte. Beim Einatmen stach mir die frostige Luft in der Nase und brannte wie Feuer in der Brust. Die Sterne über mir funkelten wie Eisstückchen. Gott hat diese Nacht außerordentlich schön gestaltet, dachte ich, doch wenn das alles für die Menschen sein sollte, dann hätte er es nicht so kalt geschaffen, dass sie nicht imstande waren, innezuhalten und zu schauen. Ich duckte mich unter den Vorhang aus Hirschhäuten und ging wieder hinein.

»Da kommt Mark«, sagte Loic. »Und jetzt, Alan, kannst du uns von dem Bruder deines Vaters erzählen, Alan Mackenzie in Edinburgh.«

Alan lehnte sich an einen Ballen und kuschelte sich in seine gestreifte Wolldecke. »Wenn mein Onkel Alan jetzt hier wäre, würde er sagen: ›Das alles hier erscheint mir höchst merkwürdig.‹ Es würde ihm nicht gefallen.«

»Fahr fort«, bat ich nach einer Pause. »Du kannst an dieser Stelle nicht aufhören.«

Alan seufzte. »Mein Onkel Alan? Was bedeutet er dir, was bedeute ich Hekabe? Na schön, wenn du darauf bestehst: Er stellte keine großen Ansprüche an das Leben und wäre erstaunt darüber, dass du eine Geschichte über ihn hören willst. Manchmal – nicht sehr oft – betrank er sich im Wirtshaus in der Gasse, oder, wenn er anders gestimmt war und sein Geld nicht versoffen hatte, ging er gern in ein Kaffeehaus und las die Zeitung, doch das konnte er sich nicht jeden Tag leisten. Wenn er hier wäre, würden ihm die Kälte, der Dreck oder die Unbequemlichkeit nichts ausmachen – all das war er gewohnt. Aber ihm würden die Leute fehlen, die vorbeischauen. Nicht seine Freunde – er hatte keine Freunde und sagte immer, Freunde seien eine kostspielige Ware und nur selten ihren Preis wert. Zynisch war er, mein Onkel. Allerdings ein sehr geistreicher Mann, den ihr beide wohl nicht verstanden hättet.«

Das ärgerte mich ungemein. »Hugh Chisholm ist auch so einer, und den verstehe ich.« Der Ehrlichkeit halber fügte ich hinzu: »Nachdem ich mich einmal an ihn gewöhnt hatte.«

»Meinen Onkel würdest du nicht verstehen«, sagte Alan bestimmt. »Er würde es nicht zulassen. Ihr gehört völlig verschiedenen Welten an, und du wirst ihn nie kennen lernen.«

»Dann erzähl die Geschichte«, sagte Loic. »Dazu sind Geschichten da.«

»Ja, schon gut«, sagte Alan mürrisch, doch ich merkte wohl, dass er im Grunde selbst fortfahren wollte. »Ich habe fast zwei Jahre bei meinem Onkel Alan gewohnt. Ich war glücklich. Er hatte kein Geld; er hat mir einmal erzählt, deswegen habe er nie geheiratet. Wir hatten einen kahlen kleinen Raum im vierten Stock des Gebäudes. Wenn wir es uns leisten konnten, gingen wir im Half Way House essen – das war das Wirtshaus direkt vor der Tür. Für einen Jungen vom Lande war das so etwas wie ein Teil der Ausbildung. Das Einzige, was Onkel Alan auf unserem Herd kochte, war Porridge, den wir kalt zum Frühstück aßen, eine kalte, in Papier eingeschlagene Kelle voll für mittags und manchmal (als besonderen Schmaus) warm vor dem Zubettgehen an einem Winterabend. Ich ging zur Schule. Da mein Onkel Lehrer war, bekam ich einen Platz an der Royal High School. Ich lernte zu lügen, zu kämpfen, meine Religion geheim zu halten und das Schottisch der Tieflandbewohner zu sprechen. (Niemand sprach meine Sprache, und sie lachten immer über das literarische Englisch, das ich von meinem Großvater gelernt hatte. Sie hörten nicht darauf, was ich sagte; sie warteten nur darauf, meinen Akzent nachäffen zu können.) Ich lernte hauptsächlich Latein und Griechisch, und Mathematik. Die anderen Burschen waren mir gleichgültig, doch ich war darauf aus, alles zu lernen, was möglich war.

Das Erste, was ich in der Stadt unternahm, war, die Buchhandlung von Mr. Creech zu suchen, in der Nähe der geschlossenen Stände, von der Einmündung unserer kleinen Gasse aus ein Stück die High Street hinauf. Zu Hause hatte ich lesen dürfen, was ich wollte, doch nachdem mein Großvater gestorben war, gab es keine neuen Bücher mehr. Bei Creech gab es in meinen Augen alle Bücher dieser Welt, Zeitschriften und, was ich noch nie im Leben gesehen hatte, eine Tageszeitung mit dem jeweiligen Datum darauf. Ich hatte zuvor nie an Nachrichten aus der großen weiten Welt gedacht, an die Ereignisse der Gegenwart, und plötzlich wurde mir bewusst, dass Lochalsh nicht der Mittelpunkt der Welt war, dass das Leben, das ich führte, nicht das Maß aller Dinge war und nicht ewig so weitergehen sollte. Mein Leben lang hatte ich mit anhören müssen, dass die besten Zeiten vergangen und vorbei seien und dass ich zu spät zur Welt gekommen sei. Man hatte mich gelehrt, die Zukunft berge nur Angst und Schrecken. In der

Buchhandlung erfuhr ich zum ersten Mal, dass es auch noch andere Welten gab, dass auch sie sich veränderten und dass eine jede von Lebewesen wie mir bewohnt war, die ihren Weg für den richtigen hielten. Eher aus Interesse begann ich ohne große Angst an Veränderung zu denken.

An Tomas' achtzehntem Geburtstag wurde der Friede ausgerufen. Im selben Jahr erhielt meine Mutter einen Brief von Sim; er hatte den Staat New York verlassen und war nach Montreal gezogen, wo er eine Anstellung in der North West Company bekommen hatte. (Letztere war zwei Jahre alt; Sim war zwei Winter im *pays d'en haut* gewesen, als wir den Brief erhielten.) Er sagte, unseren Namen gebe es in der Company ein paarmal, und es sei auch Platz für Tomas da, falls Tomas zu ihm kommen wolle.

Tomas ist ein guter Bruder. Er nahm den langen Weg nach Edinburgh auf sich, um mir vorzuschlagen, doch mit ihm zu kommen. Seltsamerweise war es ausgerechnet Onkel Alan, der darauf bestand. So nachsichtig er sonst auch war, er geiferte mich geradezu an, ob ich denn mein Leben lang in Armut leben und um meinen Lebensunterhalt kämpfen wollte, ob ich das Mädchen verlieren wollte, das ich liebte, um am Ende alt und klapprig und zweifellos einsam zu sterben? Ob mir denn nicht klar sei, dass kein Geld vorhanden war, mich zur Universität zu schicken, und selbst wenn, dass mich eine Ausbildung nicht unbedingt retten würde. Ich schaute ihn beunruhigt an; das war ein grässliches Bild, das er mir vor Augen hielt. Die beiden nahmen mich so in die Mangel, dass sie mich überzeugten. Tomas und ich gingen gemeinsam den langen Weg nach Hause, über den Forth von Queensferry über die Äcker von Fife und Perthshire, über Corriearrack in die vertrauten Berge.

Von Fort William aus – unserem schottischen Fort William in Lochaber – brachen wir am 2. Juli 1802 auf. Dieses Datum habe ich nie vergessen. Auch das Datum unserer Ankunft in Quebec wird mir immer in Erinnerung bleiben: der 15. September 1802. Unser Schiff hatte den Namen *Friends of John Saltcoats*. Mit zwei anderen Schiffen, der *Jean of Irvine* und der *Helen of Saltcoats* sollten wir im Konvoi fahren, doch die beiden ließen uns hinter sich, sobald wir die Inseln hinter uns hatten. Die Überfahrt war von einem Vetter zweiten Grades meiner Mutter, einem gewissen Archibald Macmillan, arrangiert worden.

Als wir nach Montreal kamen, überwinterte Sim draußen im Westen, doch er hatte einen Freund, Hugh Chisholm, gebeten, der in Montreal Urlaub machte, sich unser anzunehmen. Sim gab Hugh genug Geld, um für Tomas Kost und Logis zu bezahlen, doch natürlich hatte er nicht mit mir gerechnet. Hugh war wie ein Bruder zu uns: Er besorgte uns ein Zimmer in dem Haus, in dem auch er wohnte, und lieh uns das Geld für meine Verpflegung. Tomas bekam eine Stellung im Büro der Company und begann sogleich, Hugh das Geld zurückzuzahlen, doch Hugh hatte sich in den Kopf gesetzt, ich müsse meine Schulausbildung fortsetzen. Ich rebellierte – ich wollte nichts weiter, als auch für die North West arbeiten –, doch Hugh war unnachgiebig, und da er damals den Geldbeutel verwaltete, setzte er sich durch. In Montreal gibt es keine High School, sondern nur die katholischen Schulen. So kam es also, dass ich zusammengekauert vor dem Kamin in Hughs Wohnzimmer hockte und meinen Cäsar und Cicero übersetzte und ziemlich überflüssige Probleme bei Euklid löste. In Griechisch lasen wir Xenophon, danach Thukydides. Das Einzige, was ich jetzt noch weiß, ist *thalassa, thalassa*. Ich weiß nicht, ob ich das Meer jemals wieder sehen werde – ich meine, das richtige Meer. Ich habe auch Hughs englische Bücher gelesen – Hume und Gibbon noch im selben Winter, und Cooks Reisen. Auch Romane fand ich in Hughs Regalen: Mein Großvater hatte weder Smollett noch Fielding noch Cervantes besessen. Es war der kälteste Winter, den ich je erlebt habe. Draußen lag der Schnee fünf Fuß hoch. Ich bekam meine ersten Schneeschuhe, und auf den Hängen des Mount Royal lernte ich mit ihnen umzugehen. Dort oben lehrte Hugh Tomas und mich auch, wie man Peilungen vornimmt, sowie den Gebrauch eines Kompasses. Auch der Umgang mit Gleichaltrigen fehlte mir nicht. Nachdem ich mich einigermaßen eingerichtet hatte, war ich sogar kreuzfidel.

Als Hugh im Mai nach Fort William zurückging, begleitete Tomas ihn. Ich sah die beiden erst wieder, als ich ein Jahr später nach Fort William kam. Ich begann als sehr junger Angestellter bei der Company und wohnte allein in unseren Zimmern. Ich war stolz, auf mich allein gestellt zu sein und meinen Lebensunterhalt zu verdienen. Ich arbeitete mich langsam durch die Bücherliste, die Hugh mir noch gegeben hatte: Locke, Reid, Adam Smith. Jedes Mal, wenn ich am Ende eines Abschnitts angelangt war, belohnte ich mich mit einer weiteren Geschichte aus *Tausendundeine Nacht*. Eine ziemlich pragmatische Sicht der Liebe lernte ich bei Catull, Ovid und Apuleius, naiv, wie ich war. Die meisten Abende verbrachte ich mit Lesen. Ich kannte ein paar Burschen aus dem Büro – ungesellig war ich nicht –, doch ich war nie zuvor allein gewesen, und es gefiel mir.

Im Frühjahr 1804 brach ich mit den Brigaden auf. Ich war erst siebzehn, doch weder meine Brüder noch Hugh waren da, um mir ins Wort zu fallen, als der Mann mich nach meinem Alter fragte. Ich kam nach Kamanistiquia zum Treffen im Juli. (Ein paar Jahre darauf wurde der Ort in Fort William umbenannt, zu Ehren von William McGillivray, doch alles andere ist so geblieben, wie es war.) Es ging zu wie bei dem Stelldichein in Falkirk, doch diesmal war ich kein verängstigter Junge mehr; ich war ein Mann unter seinesgleichen. Denn das waren sie, fast allesamt Männer aus dem schottischen Hochland, bis auf die *engagés – les voyageurs* –, und mit denen war leicht umzugehen; ehe ich Montreal verließ, sprach ich fast fließend

Französisch. Außerdem handelten wir nicht mit Vieh, sondern mit Fellen. Nach Kamanistiquia bringen die *hivernants* die Felle aus dem gesamten *pays d'en haut*, und die Brigaden aus Montreal bringen die Handelswaren zum Tausch. Doch wir alle gehören zur Company. Es gibt kein Kaufen und Verkaufen; die Waren werden nur abgefertigt und neu verpackt, und es gibt so viel Rummel und so viele Festessen, wie tausend ehrliche Händler in vierzehn Tagen verkraften. Die Company war für mich, was meine Familie für mich hätte sein sollen – wie in früheren Zeiten, von denen ich als Kind gehört hatte, als alles, was Seaforth besaß, uns gehörte und wir ihm – wie in den Tagen vor den Aufständen, die selbst mein Großvater nur vom Hörensagen kannte. Vielleicht war es auch nie so, nicht einmal in den Clans – denn wer weiß das schon? Jedenfalls gehörten wir in Kamanistiquia niemandem außer der Company, und jeder konnte sein Glück machen, wenn er dazu in der Lage war, ob er dazu geboren war oder nicht.

Tomas und Hugh traf ich gleich nach meiner Ankunft, und mein anderer Bruder Sim traf ein paar Tage nach meiner Brigade ein – zehn Jahre hatte ich ihn nicht gesehen, und es wurde eine lange Nacht. Nun hatte ich also endlich meinen Platz gefunden, war kein Bursche mehr, der darauf wartete, erwachsen zu werden, sondern ich war wer und genau da, wo ich sein wollte – mehr als an jedem anderen Ort der Welt. Ich war froh wie ein König – falls Könige glücklich sind, was ich bezweifle. Doch so ist es tatsächlich: Seit ich in die North West Company eingetreten bin, habe ich mir nicht einen Moment lang gewünscht, woanders zu sein als dort, wo ich gerade war. Das schließt auch die harten Zeiten ein, und das ist die Wahrheit. Hugh fragte beim Rat nach, ob er mich als Sekretär haben könne; und so verabschiedete ich mich für ein Jahr von meinen Brüdern, sobald das Treffen vorbei war, und ging mit Hugh nach Athabasca.

Sobald ich in den *pays d'en haut* kam, wusste ich, dass dies die Gegend war, in der ich leben wollte. Ich weiß noch, als ich über das Meer nach Westen zum Cuillin schaute, direkt am Rande der Welt, hinter dem nur noch die Sonne im Meer versank. Ich bin nie dorthin gekommen, und ich bin auch nicht an den Rand der Welt gelangt. Doch als ich in Athabasca war, wusste ich, dass ich *angekommen* war – ich kann es dir nicht erklären – was immer im Westen hinter dem Cuillin liegen mochte, als ich von Craig aus hinschaute –, es war der Ort, an dem ich sein wollte. Der erste Winter war schrecklich – viel schlimmer als der diesjährige. Ich fuhr immer mit dem Schlitten – da draußen, wo der Himmel unvorstellbar weit ist. So viel Himmel, und dann die leere Fläche ringsum. Beim Betrachten dieser großen, weißen Leere dachte ich: ›Das ist es.‹ Und für mich war es das auch. Der Norden bringt dich um, wenn du ihm auch nur einen Augenblick deine Aufmerksamkeit entziehst – er ist wie ein weißer Bär, der dich verfolgt, immer hinter dir her ist und auf dein Blut wartet, und wenn er dich nicht umbringt, kriegt er dich auf andere Weise. Selbst wenn ich jetzt nach Lochalsh zurückkehren würde – und das werde ich niemals –, hätte ich mein Leben lang Heimweh. Du glaubst, mein Bein macht mir zu schaffen, weil es wehtut, nicht wahr? Das würde mich einen Dreck scheren – jetzt –, nur was das auf Dauer bedeuten könnte, macht mir Sorgen. Ich wollte nie hierher geschickt werden. Ich wollte befördert werden – o ja, und wie ich das wollte –, doch nur so, dass ich wieder *dorthin* zurückkehren und mein eigener Agent werden konnte. Das möchte ich: einen Partneranteil an der North West und einen Posten oben im Norden. Aber nicht, wenn ich ein Krüppel bin – dann nicht …«

»Du wirst kein Krüppel«, beruhigte ihn Loic. »Deinem Bein geht es von Tag zu Tag besser. Du wirst vielleicht ein wenig humpeln. Aber dank Mark wirst du ganz gut gehen, wenn nicht sogar laufen können.«

»Es stimmt, das Richten hat geklappt«, sagte ich. »Wenn

ich gewusst hätte, dass du deswegen Angst hast, hätte ich es dir schon vor drei Wochen gesagt.«

Alan schaute mich halb verlegen, halb misstrauisch an. »Kannst du das beschwören, Bruder Mark?«

»Nein. Aber ich gebe dir mein Wort darauf.« Ich zögerte; es gab mehr als einen Grund, das Thema zu wechseln. »Du hattest eine Indianerin zur Frau in Athabasca, nicht wahr?«

»Aha. Hat Hugh dir das erzählt?«

»Ja.«

Alan schaute in meine Richtung. »Ich habe ihr kein Leid zugefügt, Bruder Mark. Nie habe ich einer Frau etwas zuleide getan – zumindest nicht wissentlich.«

»Ich glaube dir.« Das hätte ich ein Jahr zuvor noch nicht über die Lippen gebracht. Ich machte mir nicht die Mühe, meine Gedanken über unwissentlich zugefügtes Leid auszusprechen und darüber, ob ein Mann sich einer Sünde schuldig gemacht hat, die in seinen Augen keine ist. Ich weiß auch wirklich nicht, was ich hätte sagen sollen, denn ich habe die Frage für mich bis zum heutigen Tage noch nicht beantwortet.

Jetzt, da seine Zunge gelöst war, erzählte uns Alan in den darauf folgenden Wochen viele Geschichten über den hohen Norden, über die Chippewyan, bei denen er gelebt hatte, und über die vielen Dinge, die sie ihm über ihr unfruchtbares Land im Norden beigebracht hatten. Sein häusliches Leben erwähnte er indes nie wieder, und ich fragte auch nicht danach. Er glaubte das, was ich über sein Bein gesagt hatte – tatsächlich war ich längst nicht so überzeugt, wie ich geklungen hatte. Doch es schien seinen Zweck zu erfüllen; die Last der Angst war ihm genommen, und von jenem Tag an heilte sein Bein rasch, bis er fast so gut wie eh und je gehen konnte. Seine Melancholie jedoch schien sich auf mich übertragen zu haben, als hätte ich die Last übernommen. Es war uns nicht gelungen, Rachel zu finden. Alan würde, sobald er von seinem Krieg frei war, bestimmt in den *pays d'en haut* zurückkehren und sich in dem Volk des Landes, das er sich auserwählt hatte, eine Frau suchen, die ihm in dem Leben, das er liebte, viel besser dienen würde, als meine Schwester es je vermocht hätte. Ich hätte mich niemals in sein Leben einmischen sollen. Geholfen hatte ich ihm auf gar keinen Fall; im Gegenteil, ich hatte ihn beinahe vernichtet. Meine Schwester Rachel war für immer verschwunden, und das hätte ich wissen müssen.

24

An dem Tag, an dem die Krieger wiederkamen, hatten wir gerade das Kanu zu unserem Wigwam getragen, damit wir mit der Instandsetzung für das Frühjahr beginnen konnten. Von Alan und Loic nahmen sie keinerlei Notiz. Sie waren bewaffnet wie zuvor, hatten die Vorderlader jedoch harmlos über der Schulter hängen. Der Mann, der mich auch beim letzten Mal angesprochen hatte, stellte sich vor mich und sagte erneut: *»Nigigwetagad.«*

»Ja?«

Er redete zu schnell, und die Sprache der Ottawa war für mich ohnehin ein Buch mit sieben Siegeln, deshalb hob ich die Hand. »Kann mein Freund bitte übersetzen?«

Loic beobachtete den Mann mit wachsamen Augen, während er dolmetschte. »Er sagt, du hast also noch einen Winter überlebt.«

»Ja.«

»Er fragt, ›du hast so lange gelebt, was willst du mit dem vielen Leben anfangen, das dir geschenkt wurde‹?«

»Sag ihm, dass ich meine Schwester Rachel suche.«

Es war deutlich, dass die Antwort sich auf Alan bezog. Alan zuckte nicht mit der Wimper, als auf ihn gezeigt wurde, er stand unerschütterlich auf seine Krücke gestützt.

»Er sagt, du erzählst ihm nichts Neues. Er fragt, ›warum reist du mit diesem Mann durch das Gebiet der Ottawa‹?«

»Er ist der Mann meiner Schwester, die verschwunden ist.«

»Er sagt, ›dieser Mann ist gekommen, um Ärger in mein Volk zu tragen. Dieser Mann stachelt uns zu einem Bündnis mit den Engländern an. Was er zu sagen hat, haben wir schon oft gehört. Seit Generationen hat sein Volk uns benutzt. Sie ziehen uns in ihre Kriege und überreden uns, für sie zu kämpfen. Wir wissen, was passiert. Manchmal kommen Weiße als Feinde und bekriegen uns. Manchmal sagen sie, sie seien Verbündete, und sie bringen schlimmeres Übel über uns als unsere Feinde. Wärst du nicht gewesen, *Nigigwetagad*, hätte ich diesen Mann getötet. Für uns wäre es besser, wenn es solche wie ihn nicht gäbe. Besser wäre es, wenn es in unserem Land überhaupt keine Weißen gäbe, wenn ihr dort geblieben wärt, wo ihr hergekommen seid, wenn ihr hier nicht rauben und morden und plündern und uns mit Versprechen locken würdet, die nicht eingehalten werden.‹«

»Sag ihm: ›Er ist mein Bruder, der Mann meiner Schwester, und er ist ein guter Mann. Ich bin ihm sehr zugetan.‹« Bei diesen Worten schaute ich Alan nicht an und wartete auf die Antwort.

»Er sagt, ›was geht mich das an? Ich bin gekommen, um mit dir zu reden, *Nigigwetagad*. Du hast in diesem Winter in meinen Jagdgründen einen Bären getötet.‹«

»Ja.«

»›Und deshalb hast du überlebt.‹«

»Ja.«

»›Hast du dich für das Leben bedankt, das dir geschenkt wurde, damit du überlebst? Hast du die richtigen Opfer gebracht?‹« Loic sprach schnell ein paar Worte und wandte sich dann wieder an mich. »Ich habe ihm gesagt, dass ich es dir gezeigt habe und du alles Notwendige gemacht hast.«

Der Mann redete erneut, und Loic übersetzte: »Er sagt, ›es besteht kein Grund, warum ich oder jemand aus meinem Volk dir helfen sollte, *Nigigwetagad*. Du hast nicht das Recht, auf meinem Land zu jagen, und dennoch bist du gekommen und hast dir genommen, was du wolltest, und jetzt ist Frühling, und du hast überlebt. Du schuldest mir etwas, ich schulde dir nichts. Trotzdem mache ich, was ich will. Deine Schwester ist nicht weit von hier. Willst du sie mitnehmen?‹«

Ich spürte Alans verblüffte Geste, als wäre es meine gewesen. Ich glaube, unsere Gedanken sind sich nie so nah gekommen wie in jenem Augenblick, und dennoch konnte ich ihn nicht ansehen. »Ja«, sagte ich ruhig. »Sag ihm, das will ich.«

»Er sagt, ›dann komm mit‹.«

So betäubt ich auch war, ich musste meine Gedanken beisammenhalten. »Frag ihn, ob es weit bis dahin ist.«

»Er sagt, ›einen Tag, vielleicht zwei Tage. Er wird dir einen Führer zur Verfügung stellen.‹«

»Nur ich?«

Die Antwort bestand aus einem Wort. »Ja, nur du«, übertrug Loic.

»Sag ihm, ich bin bereit.«

Loic jedoch hielt uns noch einen Augenblick auf. Er sagte etwas, dem ich nicht folgen konnte, und verschwand im Wigwam. Während seiner Abwesenheit sagte Alan plötzlich: »Du nimmst am besten den Vorderlader mit, Bruder Mark.«

In seiner Stimme klang etwas mit, das ich noch nie gehört hatte – Bitterkeit vielleicht, oder auch Scham –, eine Empfindung, die ich noch nie an ihm erlebt hatte, obwohl wir fast ein Jahr lang sehr eng zusammengelebt hatten. »Nein«, sagte ich. »Du und Loic, ihr werdet ihn brauchen. Im Übrigen würde ich nicht gehen, wäre ich nicht *Nigigwetagad*. Der werde ich sein.« Ich legte ihm unbeholfen eine Hand auf die Schulter. »Ich werde mir alle Mühe geben, Alan.«

Er ergriff meine Hand – er war nicht so zurückhaltend wie ich. Er schaute mich nicht an. Ich war noch viel zu verblüfft, um zu jubeln, und ihm ging es vermutlich ebenso. Erst später merkte ich, wie sehr ich ihn beschämt haben musste. Damals fand ich seine Schnoddrigkeit unziemlich, so wenig Verständnis brachte ich ihm entgegen. »Das weiß ich, Bruder Mark. Und wir werden wie fügsame Frauen auf deine Rückkehr warten. Ich kann dir nur danken.«

Ich ging in den Wigwam und holte mein Tagebuch und andere kleine Gegenstände aus meinem Rucksack. Mein Geldbeutel, den ich seit einem halben Jahr nicht mehr geöffnet hatte, lag ganz zuunterst. Nach kurzem Zögern ließ ich ihn drinnen und packte die Handelsgüter, die wir noch übrig hatten, in den Rucksack: größtenteils Stoff und Perlen. Loic stand neben mir. Er nahm die Kette aus Bärenklauen herunter, die er unter den Schädel gehängt hatte, folgte mir nach draußen und drückte sie mir in die Hand. »Nimm die mit, Mark. Häng sie dir um den Hals, wie ich es dir gesagt habe.«

»Nein, das kann ich nicht!«

»Mark, du sollst es tun! Wenn es dir nichts bedeutet, was kann es dir dann anhaben?«

Für Erklärungen blieb keine Zeit. Ich nahm die Kette und hängte sie mir um den Hals. Mein Jagdmesser hing bereits am Gürtel. Ich drehte mich zu den Kriegern um, die uns beobachteten. »Ich bin so weit.«

Zu meiner Überraschung war mein Führer nicht einer der Krieger, nein, er war nicht einmal ein Mann. Wir waren noch keine Meile gegangen, als wir an eine kleine Lichtung zwischen den Zedern kamen; hier war der Schnee stellenweise schon geschmolzen. Das Gras war braun, als wäre es versengt. Auf der anderen Seite lag ein umgestürzter Baumstamm, und als wir näher kamen, sah ich, dass eine Frau in der Krümmung hockte. Das Kleid aus Hirschleder hatte dieselbe Farbe wie die Zedernrinde, und ich hätte an ihr vorbeigehen können, ohne sie zu bemerken. Sie sprang herab, griff nach einem Hirschlederbeutel und warf ihn sich über die Schulter. Sie war größer als Waase'aaban, doch sie hatte etwas von Waase'aabans leichter Anmut. Sie warf mir einen kurzen Blick zu und hörte sich an, was der Anführer der Gruppe ihr zu sagen hatte. Die beiden wandten sich mir zu. Er zeigte auf sie und hob eine Hand, als wollte er sich verabschieden.

»Soll sie mich führen?«

Natürlich verstanden sie das nicht. Ich sah den Männern nach, wie sie im Schatten der Bäume verschwanden. Als ich mich umdrehte, schaute meine Begleiterin mich mit ernster Miene an, doch offenbar hatte sie keine Angst, auf diese Weise mit einem Fremden allein gelassen zu werden, noch dazu mit einem Weißen.

»Und was jetzt?«, fragte ich sie, nicht so sehr, weil ich eine Antwort erwartete, sondern eher, weil ich das Gefühl hatte, etwas sagen zu müssen.

Sie gab mir ein Zeichen, und ich folgte.

Zwei Tage lang führte sie mich immer tiefer in den Wald von Michigan. Zuerst gingen wir über eine dicke Schneedecke, die jedoch allmählich dünner wurde, bis zwischen den schmutzigen Schneeflecken immer wieder ein weicher Teppich aus nassen Kiefernnadeln und verfaultem Laub auftauchte. Wir liefen die ganze Zeit über einen Pfad, doch ohne meine Führerin hätte ich ihn immer wieder aus den Augen verloren, denn er war nur schwach zu erkennen, und über die Schneefelder war niemand gegangen. Nur selten mussten wir uns durch Schößlinge oder Unterholz zwängen oder unter herabhängenden Ästen den Kopf einziehen. Wir liefen unter Winterbirken entlang, von deren kahlen Ästen Vorhänge aus Flechten herabhingen; die Zweige nahmen gerade den purpurnen Schimmer neuer Knospen an. Von den Bäumen schallte Vogelgesang. Bunte Vögel schossen hin und her, ein paar vertraute Buchfinken, Meisen und Spatzen, und einige – allem Anschein nach die prächtigeren – waren mir unbekannt. Auf den Schneeflecken waren mehr Spuren zu sehen, als ich es vom Ufer des Sees gewohnt war. Die Wildspuren waren außerdem größer; hin und wieder sahen wir Rehe in kleinen Gruppen, die ins Dickicht sprangen, sobald sie uns hörten. Wir durchquerten Sümpfe, in denen unsere Füße durch das Eis ins kalte Wasser einbrachen. Wir gingen um einen großen See herum, dessen Eis an den Rändern geschmolzen war, sodass wir gezwungen waren, dem Ufer zu folgen; meine Begleiterin hatte damit keine Mühe, doch ich rutschte mit meinen Mokassins auf den eisglatten Felsen aus.

Einmal blieben wir an einem mit Schmelzwasser angeschwollenen Bach stehen und hockten uns nebeneinander, um zu trinken. Ehe sie sich wieder erhob, zeigte ich auf meine Brust und sagte: »Mark. *Nin Mark. Aaniin ezhinikaazoyan?*«

Ein strahlendes Lächeln huschte über ihr Gesicht. »Waubagone«, sagte sie und fügte noch einen Satz hinzu, den ich nicht verstand.

»Daga ikidon miinawaa«, sagte ich, wie Loic es mir beigebracht hatte.

Sie war so nett, das Gesagte zu wiederholen. Danach brachten wir es fertig, uns manchmal ein wenig zu unterhalten, obwohl ich nie ganz sicher war, ob es einen Sinn ergab.

Als am ersten Tag die Dämmerung einsetzte, blieb sie am Fuß einer riesigen Fichte stehen, führte mich an der Seite daran vorbei und war verschwunden. Im ersten Augenblick dachte ich, ich sei verhext, geführt von einem Irrlicht, das mit Einbruch der Dunkelheit von seinem eigenen Element verschluckt wird und mich für ewig im Dunkeln ließ – denn ich hätte niemals allein den Weg hinausgefunden. Dann rief sie mich, und ich sah den Spalt im mächtigen Stamm. Ich konnte mich gerade eben hindurchzwängen, doch nachdem ich einmal drinnen war, erwies sich die Höhlung des Baumes als trocken und behaglich, die Grundfläche so groß wie unser Wigwam. Vor uns hatten schon andere ihr Nachtlager hier aufgeschlagen, denn auf dem Boden waren Zedernzweige ausgebreitet. Sie waren kaum nötig; der Boden war durch alte Birkenreste und Holzstaub weich wie ein Schwamm.

Ich setzte mich und lehnte mich an den Stamm. Das Licht wurde rasch trüber. Waubagone holte Trockenfleisch mit Beeren hervor, das auch schlechter hätte schmecken können. Ich bot ihr Wasser aus meiner Feldflasche an, doch sie schüttelte den Kopf und ging fort. Kurz darauf kam sie mit frischem Wasser in einem Behälter aus Birkenrinden wieder, sodass wir keinen Mangel hatten; allerdings habe ich die Quelle nie entdeckt.

Bis wir fertig gegessen hatten, war es so dunkel, dass wir fast nichts mehr sehen konnten. *»Nibaan!«* Waubagone machte die zu dem Wort passenden Anstalten und rollte sich auf den Zedernzweigen auf der anderen Seite unseres Unterschlupfs zusammen, mit dem Rücken zu mir.

Gehorsam legte ich mich in meine Ecke, sprach ein kurzes Gebet und schickte mich an zu schlafen.

In der Nacht fror ich, und nachdem ich endlich eingeschlafen war, wurde ich spät wach und dachte, ich sei wieder bei Alan und Loic im Wigwam, doch dann erinnerte ich mich, richtete mich auf und schaute mich um. Waubagone war nicht mehr da. Ich war ein wenig besorgt, doch kurz darauf kam sie mit frischem Wasser wieder. Wir teilten es uns und aßen noch etwas Fleisch. Waubagone stand auf. *»Bi-wiijiiwishin!«*

Wir gingen schweigend weiter, wie tags zuvor. Kurz darauf wurde der Pfad breiter. Wir kamen an eine Stelle, an der sich vier Wege trafen, und danach folgten wir einem richtigen Weg zwischen Birken und Ahornbäumen. Solche Ahornbäume hatte ich noch nie gesehen; wenn ich meine Arme um einen Stamm legte, konnte ich ihn kaum zur Hälfte umfassen. Ich spürte die Sonnenwärme auf dem Rücken, und die Luft war erfüllt mit dem Geruch nach frischem Grün. Irgendwo zu meiner Linken begann eine Drossel zu singen, dieselbe sanfte, fließende Melodie, die wir von den Drosseln hören, die im Schlehdorn neben dem Tor auf Highside nisten. Mein Herz schlug schneller, als ich es hörte, und ich blieb stehen, um zu lauschen.

»Eine Drossel«, sagte ich.

Waubagone schaute mich lächelnd an. *»Opitchi«*, sagte sie, und ich lächelte zurück.

Kurz darauf stieg mir der süße Hauch von Holzrauch in die Nase. »Sind wir gleich da?«

Sie sagte etwas, das ich nicht verstand, und dann wiederholte sie ein paarmal langsam ein Wort. *»Sisibakwat, Sisibakwat.«*

Wir befanden uns zwischen großen Ahornbäumen. Der süßliche Geruch wurde stärker. Dann sah ich Bäume, an deren Stämmen Holzwannen befestigt waren, und erkannte, was es sein musste. »Ist das ein Ahornsirupdorf?«

Waubagone winkte mich zu den Bäumen, und ich sah, dass kleine Tüllen aus Zedernholz in die Bäume getrieben worden waren, damit wässriger Saft in die Wannen tropfte. Mit Gesten forderte sie mich auf, einen Finger einzutauchen und zu probieren. Es war wie das Zuckerwasser, das benutzt wird, um Kinder zu entwöhnen.

Ich folgte ihr weiter, bis wir an eine Lichtung gelangten, auf der eine einzelne große Hütte mit Binsenwänden und einem Dach aus Birkenrinde stand. Frisch gefangener Fisch trocknete auf Gestellen in der Sonne. Aus der Hütte stieg Rauch auf, und mit ihm stieg mir der Geruch von Toffee in die Nase, bei dem mir sofort die Backtage meiner Mutter einfielen, an denen ich als kleiner Junge die Schüsseln auskratzen und den Holzlöffel abschlecken durfte. Hunde bellten und Kinder schrien, und dann rief uns jemand unter den Bäumen etwas zu. Ein Mädchen kam auf Waubagone zugelaufen, um sie zu begrüßen. Drei oder vier Frauen traten an die Tür der Hütte. Plötzlich lachte und redete Waubagone, die ich für sehr schweigsam gehalten hatte, und beschrieb zweifelsohne unsere Wanderung. Eine ältere Frau unterbrach sie und stellte mit lauter, fester Stimme nur eine einzige Frage. Auf einmal wurde es ganz still. Waubagone drehte sich zu mir um. *»Bi-wiijiiwishin!«*

Die Tür der Hütte war breit, und der Vorhang aus Mattenstoff wurde zurückgeschlagen. Im Innern glühte ein längliches Feuer, umgeben von dichtem Dampf und Rauch, und der Hitzeschwall brachte den kräftigen Duft nach kochendem Zucker mit. Man bat mich nicht hinein: die Frau deutete auf eine Zedernholzbank neben der Tür, und ich nahm folgsam Platz. Die anderen traten wieder in die Hütte, doch Waubagone und die ältere Frau gingen in den Ahornwald. Ich wusste, ich hätte Tabak mitbringen sollen, doch wir hatten nichts mehr übrig, sodass ich mit leeren Händen gekommen war. Ich war hin und her gerissen zwischen Vorfreude und wilder Hoffnung auf das Wiedersehen mit Rachel und der Tatsache, dass ich ausgehungert war. An den letzten beiden Tagen, an denen ich ständig in Bewegung gewesen war, hatte ich außer ein paar Streifen Trockenfleisch nichts gegessen, und ich konnte von dem Gedanken an Toffee nicht ablassen.

»Nigigwetagad!« Ich schaute auf. Ein Mädchen war wieder herausgekommen und hielt mir eine Holzschale hin.

Dankbar nahm ich sie entgegen. *»G'miigwechiwìgìn, nwiijkiwenh«*, sagte ich.

Sie lachte und klatschte vor Freude über mein sprachliches Können in die Hände, was mehr als nett von ihr war, dachte ich, denn ich ärgerte mich über mich selbst, dass ich so schlecht vorbereitet war, jetzt, da es so wichtig war, sich mitzuteilen. In der Schale war frische Forelle mit Mais, und beides schmeckte sehr gut. In dieser Gegend musste das Eis geschmolzen sein, dachte ich, wenn die Männer so viele Fische fingen. Nachdem ich die Schale ausgekratzt hatte, blieb mir nichts anderes übrig, als zu warten.

Meine Geduld wurde nicht länger auf die Probe gestellt. Waubagone kam auf mich zu. Sie brachte drei Frauen mit, eine mit einer Kindertrage auf dem Rücken, die zweite mit einem Kleinkind auf der Hüfte. Sie traten in die Mitte der Lichtung. Dann ließ die Frau mit dem Kleinkind die anderen stehen und kam auf mich zu.

Langsam erhob ich mich. Sie trug ein Überkleid aus Hirschleder, das ihr bis zu den Knien reichte, über einem Baumwollhemd, und mit Fransen besetzte Leggins über Wintermokassins. Das zu Zöpfen geflochtene Haar fiel ihr über den Rücken, so wie bei jeder anderen jungen Frau auch. Sie war ein wenig kleiner als die Frau, die mich hierher geführt hatte, und viel blasser. Das Kind, das ganz und gar nicht bleich war, sondern braun wie ein gerade flügge gewordener Zaunkönig, schaute mich unter einem Pony aus dichtem, schwarzem Haar unerschrocken an.

Ich ging langsam auf sie zu. Wir standen etwa fünf Fuß voneinander entfernt, und ich schaute ihr in die Augen.

»Rachel?«

Ich dachte, sie versuchte zu sprechen, doch es kam kein Wort über ihre Lippen. Sie schluckte. Dann sagte sie heiser flüsternd, während sie mich so entsetzt ansah, wie ich es noch nie an ihr gesehen hatte: »Bist du … Mark?«

»Ja.«

Wäre sie die Schwester gewesen, die ich kannte, hätte sie das Gesicht verzogen, und sie hätte sich aufschluchzend in meine Arme geworfen. Das war schon vorgekommen. Diese Rachel hingegen stand wie versteinert und starrte mich an wie einen Geist, als wollte sie ihren Augen nicht trauen.

»Ja«, sagte ich noch einmal. »Ich bin's. Ich bin gekommen, um dich nach Hause zu holen.«

»Mark«, sagte sie heiser, als stellte sie sich selbst eine Frage. Dann: *»Mark!«*

»Ja. Ich bin's.« Es musste etwas geschehen. Zumindest konnten wir uns in derselben Sprache verständigen. »Ist das dein Kind?«, fragte ich sie freundlich. Ich kam mir vor, als redete ich auf ein ungezähmtes Fohlen ein, um ihm ein Halfter anzulegen. Hätte ich Zucker in der Tasche gehabt, so wage ich zu behaupten, dass ich ihn ihr auf der ausgestreckten Hand hingehalten hätte.

Dann fing sie tatsächlich an zu weinen, doch nicht wie sonst. Sie gab keinen Laut von sich, doch ich sah, wie ihr Tränen über die Wangen liefen. »Es ist mein Kind!«, wiederholte sie. »Du fragst mich das!«

»Ja«, sagte ich. »Die Frage scheint vernünftig.«

»Du *bist* Mark.« Diesmal hörte ich sie schluchzen. »Du *bist* es.«

»Ja.« Ich war unsicher, was ich als Nächstes tun sollte. »Hat er einen Namen?«

»Sie«, korrigierte Rachel und schniefte. Das Schniefen kannte ich. In dem Moment war sie mir wieder so nah, dass ich spürte, wie mir nun auch die Tränen kamen. »Du hast Recht, sie gehört mir. Sie heißt Zhawenjigewin. Ich will sie nicht verlassen, Mark.«

Es war kein Appell, doch klang ein Hauch Verzweiflung mit. »Ja«, sagte ich, »das sehe ich ein.« Ich betrachtete die Kleine, als wäre sie ein Rätsel, das es zu lösen galt.

»In Englisch bedeutet es dasselbe«, sagte Rachel plötzlich.

»Ach ja?«

»Zhawenjigewin. Du kannst es auf Englisch sagen. Clemency.«

»Clemency«, wiederholte ich dumpf. »Gut, Rachel, du triffst jetzt am besten deine Vorbereitungen, damit wir sie nach Hause bringen können. Es ist ein langer Weg.«

»Mark.« Zwei Tränen rollten über ihre Wangen und tropften vom Kinn. Rachel machte keine Anstalten, sie abzuwischen. »Du bist immer noch der Alte. Mark. Stimmt's?«

»Ja, doch das muss dich nicht stören.«

»Aber du musst doch einsehen … wie kann ich denn nach Hause gehen? … Wohin um alles in der Welt kann ich denn jetzt gehen?«

»Rachel«, sagte ich. »Alan ist ganz in der Nähe. Er ist verletzt; er konnte nicht so weit laufen, um dich zu suchen.« (Das war nicht die volle Wahrheit, aber es stimmte und schien diplomatischer.) Wir sind gekommen, um nach dir zu suchen, und deshalb wurde er verletzt. Ich habe ihn dort gelassen, und er wartet auf dich.«

»Ich will mein Kind nicht verlassen.«

»Habe ich darum gebeten?«

»Aber Alan …«

Ich konnte den Satz nicht auf ehrliche Weise für sie beenden. »Es gibt nur eine Möglichkeit, das herauszufinden«, sagte ich. »Wenn es so aussieht, als müsstest du dich von Alan trennen, dann werde ich dich nach Hause bringen.«

»Nach Hause!« Damals dachte ich, sie würde zusammenbrechen. Wäre sie allein gewesen, dann hätte ich sie wohl in den Arm genommen, doch mit dem Kind war das ungeschickt. Ich wollte es nicht ängstigen. »Nach Hause! Du weißt genau, dass ich nicht nach Hause kann! Bin ich nicht ausgestoßen?«

»Ja«, sagte ich. »Aber weder von mir noch von Vater oder Mutter.«

Plötzlich kam mir noch ein Gedanke: »Das kleine Mädchen ist nicht ausgestoßen.«[1]

Vorsichtig streckte ich die Hand aus. Plötzlich wischte Rachel sich mit einer ungeduldigen Geste, die ich gut kannte, die Tränen aus dem Gesicht und drehte sich um. Ich sah ihr nach, wie sie in der Hütte verschwand.

1 Das brachte ich in aller Ernsthaftigkeit vor, doch dieser Standpunkt wäre umstritten gewesen. Wenn Clemency nach Highside gekommen wäre, wo ihre Großeltern in Einklang mit der Gesellschaft lebten, dann wäre sie ungeachtet ihrer Mutter in die Gesellschaft aufgenommen, als wäre sie hineingeboren, und unter ihre Aufsicht gestellt worden. Die uneheliche Geburt wäre kein Thema gewesen; hätte sie Eltern gehabt, die vor einem Priester geheiratet hatten, wäre es schwieriger gewesen. Meine Schwester hätte sich viel schwerer aussöhnen können als ihr Kind. Wenn Rachel ihren Ausrutscher ernsthaft bereut und den festen Entschluss zum Ausdruck gebracht hätte, ihr Leben zu kitten, und wenn sie eine entsprechende schriftliche Erklärung an die Monatsversammlung abgegeben hätte, dann wäre ihrer Bitte nach geraumer Zeit entsprochen worden, und man hätte sie wieder in die Gemeinschaft aufgenommen. Ich kann mir nicht vorstellen, dass Rachel sich diesem Verfahren ohne weiteres unterworfen hätte. Als ich bei der Jahresversammlung in London war, fühlte ich mich beinahe berufen, meine Bedenken hinsichtlich unseres Zeugnisses über die Ehe vorzubringen. Im Laufe der Jahre habe ich miterlebt, wie viele gute Männer und Frauen die Mitgliedschaft in der Gesellschaft verloren, weil sie jemanden geheiratet haben, der nicht zu uns gehörte, der gezwungenermaßen von einem Priester vermählt

Ich wurde mir der Frauen bewusst, die uns beobachteten. Die Ältere folgte Rachel ins Dunkel der Hütte. Mir blieb nichts anderes übrig, als abzuwarten. Ich schritt unter den Ahornbäumen auf und ab – ich war viel zu unruhig, um still zu sitzen – und sah zu, wie der Saft in die Wannen tropfte. Hunde und Kinder folgten mir in sicherer Entfernung und beobachteten mich wachsam. Als ich mich wieder zur Hütte umdrehte, stand eine Gruppe Männer zwischen mir und der Tür, und sie sahen mich mit ernsten Mienen an. Niemand rührte sich oder sagte etwas. Etwa sechs Fuß vor ihnen blieb ich stehen. *»Boozhoo«*, sagte ich vorsichtig.

Ich weiß nicht, was passiert wäre, wenn in diesem Augenblick nicht gerade Waubagone mit der älteren Frau aus der Hütte getreten wäre. Die Frau gehörte offenbar zu den Stammesältesten, denn sie redete mit den Männern, und sie hörten respektvoll zu. Doch dann entstand so etwas wie ein Streit. Soweit ich mitbekam, sprachen zwei junge Männer heftig auf einen hoch aufgeschossenen Krieger ein, allem Anschein nach ihr Anführer – an seinen Adlerfedern konnte ich erkennen, dass er eine wichtige Rolle spielte. Ein anderer jedoch, ein älterer Mann, stimmte mit ihnen wohl nicht überein. Ich vermochte nicht zu erkennen, wem der Anführer den Vorzug gab; er schien beiden Parteien gegenüber ungehalten. Mir reichte es. Ich schaltete mich ein und sagte mit möglichst fester Stimme auf Französisch: *»Messieurs! Je cherche ma sœur. Je la trouve. Je la prend chez nous!«*

Der Herrgott war mir gnädig; einer der Männer, der sich

werden muss. Je älter ich werde, desto stärker bin ich davon überzeugt, dass wir solche Mitglieder nicht aus der Gemeinde ausschließen dürfen, wenn unsere geliebte Gesellschaft in dieser sich rasch verändernden Welt überleben soll. Es muss ein Weg gefunden werden, beides miteinander in Einklang zu bringen, denn sehr oft handelt es sich um überzeugte Freunde, deren einziger Fehler darin besteht, dass sie jemanden heiraten, den sie lieben. Wenn das eine Sünde sein soll, wer unter uns will dann den ersten Stein werfen? Ich sage, ich fühlte mich beinahe berufen. In Wirklichkeit hat die Jahresversammlung in London mich ein wenig eingeschüchtert: Noch nie war ich so weit von zu Hause entfernt (außer in Nordamerika), und es waren viele aus dem Süden anwesend, die viel mitzuteilen hatten, und außerdem fand ich, ich konnte nicht gut reden.

bisher herausgehalten hatte, tippte dem Anführer auf die Schulter, und nach einem kurzen Wortwechsel zwischen ihnen redete er mich in holprigem Französisch an. Mir fiel es schwer, seinen Akzent zu verstehen, doch es war klar, worum es ging. Sie – oder einige unter ihnen – sagten, Rachel gehöre ihnen, und zankten sich darüber, ob ich das Recht habe, sie mitzunehmen. Mich verließ der Mut. Dann fielen mir die Geschenke ein, die ich mitgebracht hatte. Ich machte meinen Rucksack auf und breitete die Stoffe und Perlenschnüre aus. Ich wünschte, ich hätte noch mehr gehabt, doch wenigstens kamen die Frauen heraus und schauten sich die Sachen an.

Es reichte anscheinend nicht. *»Asemaa«*, sagte Waubagone, und dann mit Nachdruck: *»Asemaa!«*

Hilflos breitete ich die Arme aus. »Ich habe keinen Tabak mehr.«

Der Anführer sprach, und seine Worte hatten etwas Endgültiges. Er wandte sich ab. Einer der jungen Männer warf mir einen vorwurfsvollen Blick zu und folgte ihm.

Ich lief an ihm vorbei und stellte mich dem Anführer in den Weg. Er runzelte die Stirn, doch ich hatte alle Angst abgelegt. Ich besaß nur noch meinen Geldbeutel, und der enthielt wenig genug, nur die zehn Guineen, die ich in Mackinac nicht hatte ausgeben können, obwohl ich sie gebraucht hätte, weil sie mir von Robert Southey als Geschenk an Rachel mitgegeben worden waren, falls ich sie je finden sollte. Ich löste den Lederriemen und schüttete die Goldmünzen in meine Hand. Damit hatte ich die Aufmerksamkeit des Mannes gewonnen. Ich hielt ihm die Hand hin. Die zehn Münzen funkelten im Sonnenlicht. »Ich habe dir dieses Geschenk mitgebracht«, sagte ich laut und deutlich, obwohl keiner von ihnen verstand, was ich sagte. »Es ist von einem meiner Leute. Meine Schwester hat ihm zu essen gegeben und eine Unterkunft gewährt, als sie noch ein kleines Mädchen war und er sich auf dem Berg verlaufen hatte. Ich habe dieses Gold den ganzen Weg von Greta Hall in Keswick hierher gebracht und für keinen anderen Zweck verwendet, denn es war für sie bestimmt. Jetzt gehört es dir, und ich nehme sie mit.«

Zwar ergaben die Worte für ihn keinen Sinn, aber er muss meinen Tonfall verstanden haben. Er betrachtete mich nun nicht mehr finster, sondern mit ernster Miene. Nach kurzem Zögern streckte er die geöffnete Hand aus. Einer der jungen Männer packte ihn an der Schulter und redete heftig auf ihn ein, doch der Anführer schob ihn beiseite und sah mich an. Ich begegnete seinem Blick, und ein Instinkt, von dem ich nicht wusste, dass ich ihn besaß, riet mir, so feierlich vorzugehen, wie es mir eben möglich war. Ich nahm die Goldmünzen und legte eine nach der anderen von meiner Hand in seine. Als sie in einem sauberen Kreis auf seiner linken Handfläche lagen, reichte ich ihm meine Rechte. Verwirrt schaute er darauf, und der Mann, der ein wenig Französisch konnte, flüsterte ihm etwas ins Ohr. Der Anführer gab mir die rechte Hand, die ich feierlich schüttelte. Somit war unser Handel besiegelt.

Dann sprach der Anführer in scharfem Ton mit seinen Männern, und im Nu zerstreuten sie sich. Die Jüngeren gingen in die Hütte. Ihnen folgten Waubagone und die Alte, und mich ließ man stehen.

Unverwandt schaute ich auf die Tür der Hütte. Ich wartete lange und bekam es mit der Angst zu tun. Endlich wurden die Häute zurückgeschlagen, und ich sah Rachel auf mich zukommen. Sie hatte das Kind nicht bei sich, eine kleine, angespannte Gestalt, wie für eine Auseinandersetzung gewappnet. Mir schwante Böses. Nie war mir in den Sinn gekommen, dass sie sich nach meiner langen Reise und meinem erfolgreichen Handel weigern würde, mit mir zu kommen. Meine Gedanken überschlugen sich: Was würde ich Alan sagen? Oder meinen Eltern? Was konnte ich tun, um mich durchzusetzen? Wenn Rachel sich einmal entschieden hatte, rückte sie nicht mehr von ihrem Standpunkt ab. Ich wartete gespannt.

Sie verlor keine unnötigen Worte, sondern trat zu mir und sagte: »Ich komme mit. Wir kommen beide mit. Sie sagen, mir bleibt nichts anderes übrig. Wenn ich … ich weiß nicht … ich weiß nicht … *Mark!*« Plötzlich war es mit ihrer Beherrschung vorbei. Weinend warf sie sich an meine Brust, und ich nahm sie in beide Arme. Sie roch nach Ahornsirup und Holzfeuer. Sie hatte das Gesicht in meinem Mantel vergraben und klammerte sich wie eine Besessene an mich. Ich sagte Dinge, mit denen man einen verängstigten Welpen zu beruhigen versucht. Ich weiß nicht, ob sie mir zuhörte, doch sie hielt plötzlich inne, löste sich von mir und ergriff meine Arme. »Mark. Du bist gekommen. Du bist *hier.* Ich muss dir sagen: Ich habe davon *geträumt.* Ich habe im Traum gesehen, dass du kommen würdest. Immer wieder. Ich habe mich gezwungen, damit aufzuhören, denn ich wusste, dass es unmöglich war. Aber jetzt *bist* du gekommen.«

»Ja.«

»Du bist *da.*«

»Ja, das haben wir festgestellt. Wo ist das Kind? Bist du so weit, dass wir jetzt gehen können?«

»Nein.« Sie schaute zu Boden. »Ich komme mit … aber ich kann nicht einfach so fortgehen … Morgen.«

»Warum dürfen wir nicht schon heute gehen?«

Sie zögerte. »Das kann ich dir nicht sagen. Später. Ich muss … Wirst du auf mich warten, Mark? Einen Tag?«

»Ein Tag mehr oder weniger macht jetzt auch nicht mehr viel aus.«

Sie hat mir nie gesagt, was sie noch zu tun hatte. Am Ende war ich damit einverstanden, die zwei Stunden bis zum ausgehöhlten Baum zurückzugehen und dort auf sie zu warten. Den Weg fand ich leicht: Bis zur Abzweigung war er deutlich zu sehen, und danach hatten Waubagone und ich hier und da unsere Fußabdrücke in Schnee und Matsch hinterlassen. Ich verbrachte die Nacht allein, und in der langen Stille der Dunkelheit ließen meine Ängste nach. Ich würde mich erst sicher fühlen, wenn ich sie nach Mackinac zurückgebracht hatte, doch mein Herz füllte sich mit Freude, da ich allmählich daran glaubte, dass ich sie gefunden hatte, dass mir geglückt war, wozu ich aufgebrochen war.

Am nächsten Vormittag kamen sie: Rachel mit Clemency-Zhawenjigewin auf dem Rücken und Waubagone. Die Kleine schaute mich aus hellen Augen an und brabbelte.

»Kann sie noch nicht sprechen?«, fragte ich Rachel, denn mit Kindern kannte ich mich nicht aus.

»Sie sagt ›ma-ma‹. Und ›da-da-da‹.«

»Ja, das ist immerhin ein Anfang, nehme ich an.«

Tatsächlich hatte das Kind auf unserem Weg durch den Wald mehr zu sagen als wir anderen. Mal schlief sie, mal brabbelte und summte sie, dann wieder schaute sie mit großen Augen ins Sonnenlicht, das durch die Bäume fiel. Ich bot an, sie zu tragen, doch Rachel weigerte sich, sie mir zu überlassen, und Waubagone sah mich erstaunt an, als Rachel ihr diesbezüglich etwas sagte. Wir mussten in Abständen eine Pause einlegen, damit das Kind gestillt und trockengelegt werden konnte. Während das alles passierte, saß ich etwas abseits und hing meinen Gedanken nach, die sich vor allem darum drehten, wie unsere Heimreise im Kanu mit einer Frau und einem Kleinkind zusätzlich vonstatten gehen sollte. Ich fragte mich, ob Alan schon wieder gesund genug war, um zu paddeln. Bestimmt konnte er nicht stundenlang mit untergeschlagenen Beinen sitzen. Mit den materiellen Problemen konnte ich mich beschäftigen, den emotionalen hingegen konnte ich mich nicht stellen. Sie waren in meinem Hinterkopf wie ein drohender Sturm, der mit jedem Schritt, den wir gingen, näher kam. Schließlich war er direkt über uns. Wir kamen am Bach auf die Lichtung und folgten dem Pfad, der von Alan, Loic und mir ausgetreten worden war.

Sie hatten draußen ein Feuer angezündet, saßen nebeneinander auf einem Baumstamm und nahmen im Schein der

Abendsonne ihr Essen ein. Der Topf war vom Feuer genommen, siedete aber noch zu ihren Füßen. Ich sah sie, kurz bevor sie uns erblickten, und vollkommen unerwartet überkam mich eine Woge des Kummers um all die Tage, die nur wir drei zusammen verbracht hatten und die nun vorbei waren. Die ganze Zeit über war ich bemüht gewesen und hatte mich nach diesem Augenblick gesehnt, in dem wir unsere Aufgabe vollbracht hätten und ich nach Hause zurückkehren könnte. Doch jetzt, da es so weit war, wurde mir schlagartig bewusst, was ich verlor und was nie wiederkehren würde.[2]

Sie sahen uns, und Loic sprang auf. Alan langte nach seiner Krücke und kam langsam auf die Beine. Ich trat zurück und ließ Rachel allein zu ihm gehen. Mir war klar, dass sie natürlich Zeit gehabt hatten, sich auf diesen Moment vorzubereiten. Die Kleinigkeit, die Alan wohl nicht erwartet hatte, war Clemency-Zhawenjigewin. Doch da tat ich ihm Unrecht: Alan war nicht dumm. Er wusste, was mit einer gefangenen Frau passieren würde; er hatte es bestimmt bedacht. Er sah die Kleine an und begriff sofort. Was ich nicht wusste – dabei hatte ich jede Menge Zeit gehabt, darüber nachzudenken –, war, wie er reagieren würde.

»Rachel«, sagte Alan. Er klang scheu, doch er streckte ihr beide Hände entgegen.

Sie nahm sie nicht an. »Sie heißt Zhawenjigewin«, sagte sie übergangslos. Ich kannte diesen wilden Trotz. So stellte Rachel sich immer Schwierigkeiten entgegen; sie weigerte sich, Kompromisse zu schließen, als wollte sie absichtlich noch mehr Ärger heraufbeschwören. »Sie ist meine Tochter.«

Ich an Alans Stelle wäre versucht gewesen, sie zu schlagen.

Nach langem Schweigen sagte Alan: »Und du bist meine Frau. Wir haben vor einem Priester geheiratet. Vor dem Gesetz ist sie demnach auch meine Tochter.«

2 Ich hatte Recht; es war nie wieder wie vorher.

»Das ist sie nicht«, sagte Rachel kategorisch. Sie musste es nicht unbedingt betonen. Clemency-Zhawenjigewin war offensichtlich weder zwei Jahre alt noch weiß. Ich sah, dass Rachel wieder in ihren alten Habitus zurückfiel und entschlossen war, sich schlecht zu benehmen. Ich konnte es nicht ertragen. Ich wandte ihnen den Rücken zu und gab meine Schwester als verschollen auf.

Alan sagte: »Das weiß ich. Willst du … Bittest du mich, dich zu verlassen?«

»Mich zu verlassen?«, wiederholte Rachel. »Du hast mich doch längst verlassen, glaube ich. Wie kannst du mich also jetzt verlassen?«

»Rachel …« Alan verstummte und fuhr sich mit der Hand über die Stirn. »Ich will nicht … Wir sind von weit her gekommen … du bist meine Frau. Ich habe dich nicht verlassen. Ich habe dich gesucht.«

»Mark hat mich gefunden.«

»Jetzt reicht es aber!« Ich zuckte zusammen – ich hatte Alans Wut einmal am eigenen Leib zu spüren bekommen. Rachel indes stand ungerührt. »Um Himmels willen, Frau, ist das alles, was du sagen kannst! Nach alldem … du wärst besser dran, wenn ich … du bist mit mir verheiratet, bei Gott! *Du hast mich verlassen!* Ich habe dir gesagt … Ach, um Gottes willen!« Er schaute sie wütend an und schenkte ihr ein schiefes Lächeln. »Das hatte ich eigentlich nicht sagen wollen, Rachel. Ich hatte weiß Gott genug Zeit zum Nachdenken. Ich werde dir sagen, was ich dir sagen wollte, ob du willst oder nicht: Wir haben vor einem Priester geheiratet. Vor dem Gesetz ist dein Kind auch mein Kind. Wenn du zu mir zurückkehrst, kann es nicht anders sein.«

»Ist das dein Ernst?«, fragte Rachel bedächtig. Sie schien so unterkühlt, doch ich, der sie am besten kannte, sah den Kummer in ihren Augen. Sie machte eher den Eindruck einer Hinterbliebenen als den einer Geheilten. Warum sie sich – und auch Alan – in dieser Weise quälte, war mir unbegreiflich.

»Ja«, sagte Alan kühn. Er hielt kurz inne. »Aber ich kann sie nicht Zhawenjigewin nennen. Sie muss einen englischen Namen haben.«

»Den hat sie«, fuhr Rachel ihn an. »Clemency.«

»Dann bring sie herein«, sagte Alan und humpelte zum Wigwam. Er hielt das Fell hoch. »Willst du nicht … Können wir uns unter vier Augen darüber unterhalten? Bitte! Rachel?«

Rachel zögerte einen Augenblick. Dann holte sie Clemency mit einem Schwung vom Rücken und setzte sie sich auf die Hüfte. Langsam schritt sie auf den Wigwam zu, mit jedem Schritt Widerspenstigkeit ausdrückend, zog im Eingang den Kopf ein und verschwand im Innern. Alan folgte ihr, und das Fell fiel hinter ihnen herab.

Loic und ich schauten uns an. Waubagone stand noch immer da und wartete geduldig. »Hast du Hunger?«, fragte Loic. »Wir haben reichlich gekocht, weil wir hofften, dass du kommen würdest.«

Waubagone ging, sobald sie gegessen hatte. Das einzige Geschenk, das ich für sie hatte, waren zwei Bärenkrallen, über die sie sich aber allem Anschein nach freute. Loic und ich setzten uns ans Feuer. Wir redeten ein paar Worte miteinander, doch hauptsächlich betrachteten wir die knisternden Holzscheite und die hinter den Bäumen versinkende Sonne. Loic erzählte mir, er habe an dem Tag, an dem ich gegangen sei, ein Reh geschossen. Damit dürften wir auskommen, jetzt, da das Frühjahr anbreche. In ein paar Wochen wären wir imstande, nach Hause zu fahren. Bei dem Gedanken an zu Hause versanken wir in Schweigen; jeder hing seinen eigenen Gedanken nach.

»Loic?«, fragte ich schließlich.

»Oui?«

»Nidon hat gesagt … alle haben gesagt, die ganze Zeit, dass sie es erfahren hätten, wenn Rachel bei den Ottawa in Michigan gewesen wäre.«

»Das habe ich mir auch überlegt. Es stimmt, sie hätten es

erfahren. Man hat es uns also nicht gesagt, *en effet*. Ich habe versucht, mir Wort für Wort ins Gedächtnis zu rufen, was gesagt wurde. Ich bezweifle, dass uns jemand belogen hat. Waubagone sagt, die Krieger, die du auf South Manitou getroffen hast, gehen jetzt im Frühling fort. Sie werden sich Tecumseh anschließen.«

»Meinst du, sie waren der Grund, weshalb man uns nichts gesagt hat?«

»Rachel ist Alan genommen worden«, sagte Loic. »Sie wurde nicht Alan zurückgegeben, sondern dir.«

»Das verstehe ich nicht.«

»*Oui*, Mark, du verstehst es sehr wohl, wenn du darüber nachdenkst. Würdest du einen Fremden willkommen heißen, der in dein Land kommt und die Männer zum Krieg aufhetzt? Ich glaube nicht. Du hast es doch selbst am liebsten auf deine Weise, oder nicht? Hier ist es genauso. Vielleicht kann Rachel es dir besser erklären, wenn sie sich wieder daran gewöhnt hat, unter uns zu leben.«

Wie sich herausstellte, war Rachel nicht bereit, überhaupt etwas zu erklären. Jetzt, da sie bei uns war, fand ich unser Winterquartier entschieden weniger friedlich. Sie sagte nicht viel, doch ihre Gegenwart brachte Unruhe mit sich, wie immer. Mein Unmut erschreckte mich. Nicht zum ersten Mal in meinem Leben war Rachel als unerwünschte Vierte aufgetaucht. Vielleicht hat sie Alan mehr erzählt als mir, doch sie hatten nur wenig Gelegenheit, unter sich zu sein, denn das gute Wetter hält im März nicht lange vor, und wir verbrachten viele Tage eingezwängt im Wigwam. Rachel störte den leichten Fluss des Schweigens und der Geschichten, an den wir uns gewöhnt hatten, und sie holte nicht auf und erzählte uns Geschichten von sich. Tatsächlich war sie wenig mitteilsam, was ungewöhnlich war. Alan schien nie verärgert. Er sagte wenig, doch ich erwischte ihn oft dabei, wie sein Blick auf ihr ruhte, und was ich darin las, sagte mir, dass er sie noch immer liebte. Mir war nicht klar, womit sie das verdient hatte. Andererseits hatte ich meine Aufgabe erfüllt, und je eher ich in mein Leben zurückkehren konnte, umso besser.

Am schlimmsten war ihr Schweigen. Alan, Loic und ich neigten nicht dazu, unnötig zu quasseln; wir hatten uns an unser Schweigen ebenso gewöhnt wie an unsere Abende, an denen wir miteinander redeten und uns gelegentlich Geschichten erzählten. Rachels Schweigen war anders. Es hatte etwas Erdrückendes, Brütendes und sorgte dafür, dass wir alle angespannt waren, auch Loic. Als sie zum ersten Mal abrupt von ihrem Platz neben dem Feuer aufstand und Richtung Bear Lake fortging, schauten wir einander an, unsicher, ob wir etwas getan oder gesagt hatten, was sie aus der Fassung gebracht haben konnte.

Ich stand auf und wollte ihr folgen.

»Lass sie«, sagte Alan kurz angebunden, ohne aufzublicken.

»Alan, so ist sie schon einmal verschwunden!«

»Ja«, gab Alan zurück. »Das musst du mir nicht extra sagen!«

»Die Indianer sind wieder in der Ahornsirupsiedlung hier am See«, rief ich ihm ins Gedächtnis. »Man kann nicht wissen, ob Rachel sie trifft. Vielleicht sogar absichtlich.«

»Und wenn?«, fragte Alan. »Steht es mir zu, sie aufzuhalten? Im Übrigen«, stellte er mit einer Andeutung von Lächeln fest, »haben wir eine Geisel, Bruder Mark.«

Ich hatte Clemency-Zhawenjigewin vergessen, die friedlich im Wigwam schlief. Alan war schlauer als ich. Ich setzte mich wieder hin.

Mit Einbruch der Dunkelheit kehrte Rachel zurück. Doch wenn ihr etwas missfiel, sei es, weil etwas Bestimmtes geschehen war, oder weil eben rein gar nichts geschah, dann ging sie wortlos hinaus, was mir, gelinde gesagt, taktlos erschien angesichts dessen, was gewesen war. Doch zuweilen war ich wirklich erleichtert, wenn sie ging, denn ihre Gegenwart war oft erdrückend für uns. Ihr Schöpfer wusste ohne Zweifel, was in ihr vorging, doch für normal Sterbliche war ihre unerklärliche Melancholie eine harte Prüfung. Ich hätte gedacht, sie würde sich unbändig freuen, wieder unter ihresgleichen zu sein, doch Freude war wohl das Letzte, was mit ihrem Zustand in Verbindung zu bringen war. Ich konnte nicht anders, ich fand sie undankbar und war dementsprechend verärgert. Wir waren nicht glücklich miteinander, doch andererseits, begann ich mich zu fragen, waren wir es jemals gewesen?

Als Loic und ich zusammen am Kanu arbeiteten, sagte er: »Ich glaube, sie trauert um das, was sie hinter sich gelassen hat. Du hast den Mann nicht gesehen?«

»Welchen Mann?«

Er sah mich an, als wäre ich ein besonders begriffsstutziges kleines Kind. »Ihren Mann, Mark. Zhawenjigewin hat doch einen Vater, oder?«

»Ich weiß nichts von ihm«, erwiderte ich steif.

»Schade«, stellte Loic fest. »Wenn du als ihr Bruder nicht mit ihr reden kannst, dann ist sie wirklich einsam, glaube ich.«

»Worüber reden?«

»Über das, was sie Alan nicht sagen kann.«

Ich gab auf. Rachel stellte mich vor genug Rätsel, da musste Loic nicht noch weitere auftun. »Würdest du mir bitte die Fichtenwurzel reichen«, sagte ich spitz, »dann kann ich das Schandeck hier festbinden.«

Meine kleine Nichte war leichter zu haben. Anfangs war sie schüchtern und wütend, wenn ihre Mutter nicht sogleich zur Stelle war. Bald gewöhnten wir uns aneinander. Ich behielt die Bärenkrallen um den Hals, weil sie gern damit spielte. Sie mochte Alan lieber, denn er sang ihr etwas vor, solange sie wollte: all die alten Lieder der *voyageurs*, die ich auf meiner Reise nach Westen gelernt hatte, und andere, traurigere Lieder in seiner schottischen Sprache, die ich nie bei ihm gehört hatte, bis auf die Zeit, in der er sehr krank war und ich nicht wusste, was er von sich gab. Doch Clemency schien ihn gut genug zu verstehen, und, was ein Segen für uns alle war, die Lieder hatten offenbar die Macht, sie einschlafen zu lassen, wenn gar nichts anderes mehr half.

Meine Gelegenheit kam, als Rachel sagte, sie wolle gern mit mir auf die Dünen gehen. Oben wehte ein frischer Wind. Unsere Augen tränten, als wir über die leuchtenden Eisfelder auf die Manitou Islands in der Ferne schauten. »Das Eis ist wie Wolken«, bemerkte Rachel, »als ob man von Skiddaw herab auf die Wolke über Borrowdale schaut.« Sie kicherte vor sich hin, wie immer, wenn ihr etwas sehr gefiel. »Ich würde gern darauf laufen.«

»Das wäre zu glatt für dich.« Ich warf ihr einen Seitenblick zu; zum ersten Mal, seit ich sie gefunden hatte, sah ich sie lächeln. Ich ergriff die Gelegenheit beim Schopfe. »Rachel, willst du mir nicht erzählen, was passiert ist, nur dieses eine Mal? Ich gebe dir mein Wort, dass ich dich nie wieder fragen werde, wenn du es mir jetzt sagst.«

Ihre Miene umwölkte sich. Kleine Falten entstanden zwischen den Augen, und sie schaute weiter unverwandt nach South Manitou hinüber. Ich ließ das Schweigen zu, und am Ende redete sie. »Vermutlich hätte ich mich zur Wehr setzen sollen. Ich kann kämpfen. Aber sie waren zu fünft oder zu sechst, und ich war allein, noch dazu eine Frau. Ich glaube nicht, dass ich etwas hätte ändern können.«

»Dessen bin ich mir sicher«, sagte ich, als das Schweigen zu lange währte.

»Für die Welt, aus der ich kam, bin ich gestorben«, sagte sie schließlich. »Dachte ich zumindest. Ein für alle Mal. Ich war gestorben. Das heißt, das, was ich früher einmal war, denn als ich mich eingelebt hatte, merkte ich, dass ich noch immer ich war. Im tiefsten Innern, meine ich, denn in jeder anderen

Hinsicht war ich eine andere. Ich war eine andere Frau in einem anderen Leben. Gott schenkt uns Leben, und wir müssen unsere Kraft in die Hände nehmen und es leben, was immer er uns schickt. Das habe ich versucht, gemäß seinem Willen. Ich habe mir alle Mühe gegeben, zu lernen – ich habe versucht, tapfer zu sein – und Gott hat mich belohnt. Ich habe mich verändert. Ich war eine andere Frau: eine Frau, die trotzdem zuweilen glücklich sein konnte, selbst wenn sie keine Vergangenheit hatte. Ich *bin* diese Frau, Mark. Ich will nicht noch einmal sterben.«

»Natürlich wirst du nicht sterben!« Ein solches Gerede erschien mir krankhaft, Rachel hingegen war eine starke Frau, und ich hoffte, sie zu ermutigen.

Sie seufzte. »O Mark!« Doch nach einer Weile fuhr sie fort: »In den Augen Gottes gehöre ich niemandem außer mir selbst.«

»Das stimmt allerdings.«

»Dennoch bin ich fähig zu lieben, Mark. Ich weiß nicht, wie du dir Liebe vorstellst. Ich glaube auch nicht, dass wir uns jemals darüber einigen werden. Aber ich kann lieben.«

Das war alles, was ich aus ihr herausbekam.[3] Wenn wir über die Dünen kletterten, stand ich ihr näher. Nach wie vor ging sie auf sicheren Füßen und schritt für ein Mädel rasch aus, und wagemutig war sie obendrein. Ich glaube, wir kamen immer am besten miteinander aus, wenn nicht gesprochen wurde.

3 Bis heute weiß ich nicht genau, was passiert ist. Eine Vermutung liegt nahe; man könnte sagen, es liege auf der Hand, dass sie geraubt wurde. Man kann nur mutmaßen, wer dafür verantwortlich war und warum sie es getan haben. Rachel wird im Laufe der Zeit Alan mehr über ihr Leben bei den Ottawa erzählt haben als mir. In dem einen oder anderen Brief gab es Andeutungen, die mich vermuten lassen, dass er mehr über die Geschichte wusste, als er gesagt hat. Ich habe gerade einen Brief von ihm vom Februar (wie er es nennt) 1814 vor mir liegen, in dem er schreibt: »Ich will ihre Loyalität nicht über Gebühr in Anspruch nehmen, obwohl der Gegenstand ihrer Loyalität nicht ganz klar ist. Sie besteht darauf – wortwörtlich – dass *nichts genommen wurde, was nicht geschuldet war*. Ich sage nicht, dass ich das verstehe, sondern ich kann ihr Schweigen nur respektieren, da ich keine Mittel habe, es zu brechen.« Rachel bezog sich in ihren Briefen nie auf dieses Thema. Meinen Eltern habe ich nie gesagt, dass Clemency nicht Alans Kind ist. Ich habe nicht gelogen; ich habe die Frage nur nicht zugelassen. Mehr noch, was sie

Als Loic und ich Anfang des Vierten Monats hinüber an den Lake Michigan gingen, war er noch mit Eisschollen übersät, so weit das Auge reichte, doch sie brachen rasch auseinander. Eisige Wellen schlugen wispernd ans Ufer, und es hörte sich an wie der Wind im Sommerlaub. Weiter draußen waren die zackigen Eisränder von den Wellen glatt geschliffen worden, bis die Schollen nur noch wie Sahnehäubchen auf einem heißen Pudding aussahen. Als die Tage wärmer wurden, behielten wir den See genau im Auge. Das Eis auf unserem kleinen See begann zu schmelzen, sodass wir über Nacht das Netz auslegen konnten. Außerdem ging uns mehr Wild in die Falle, sodass wir keinen Hunger leiden mussten. Die Ottawa kamen wieder in ihr Ahornsiruplager am Bear Lake. Obwohl wir die Männer, in deren Jagdgründen wir uns befanden, nie sahen, erhielten wir eines Tages überraschend Besuch von Nidon und den anderen Männern aus dem Dorf auf South Manitou, denn dies war auch ihr Ahornsiruplager.

Als Nidon Rachel sah, riss er die Augen weit auf, doch die Ottawa zeigen vor Fremden keine Gefühle. Als sie gegangen war, redeten wir Männer nur wenig miteinander. Wir saßen vor dem Wigwam und rauchten. Kurz darauf erwähnte Loic, ich habe Rachel von dem Volk zurückgeholt, das sie geraubt hatte. Nidon schaute zu mir herüber. Unsere Blicke begegneten sich, doch gesagt wurde nichts. Ich glaube nicht, dass er mich belogen hatte, sondern sich nur ruhig verhielt.

Wir trennten uns in Freundschaft, und als er merkte, dass wir keinen Tabak mehr hatten, schenkte er uns zwei dicke Rollen. Unbekümmert – denn das Frühjahr stand vor der Tür – gaben Loic und ich unsere Baumwolldecken her und schliefen danach unter Fellen. Nach dem langen, einsamen Winter freuten wir

glaubten, stimmte auch, denn in Alans Augen war Clemency seine Tochter, und soweit ich weiß, ist er weder in Wort noch Tat jemals von der Meinung abgewichen, die er äußerte, als er sie zum ersten Mal sah.

uns über die Nachbarn im Ahornsirupdorf. Als der Wind in unsere Richtung wehte, brachte er den schweren, süßen Duft gekochten Zuckers mit sich. Die Kinder waren neugierig und stachelten sich gegenseitig an, uns zu besuchen, und an ruhigen Tagen hörten wir die Stimmen aus dem Ahornwäldchen und Trommeln an den Abenden.

Rachel indes hielt sich abseits, und wenn Nidon und die anderen abends auf eine Pfeife zu uns kamen, verbarg sie sich im Wigwam. Ich glaube nicht, dass sie Angst hatte; es war etwas anderes. Ich ging so weit, dass ich sie darauf ansprach, doch ich erhielt die Antwort, die sie mir schon immer gegeben hatte: »Kapierst du denn gar nichts?« Ich sagte ihr – und die Worte schmeckten schal, denn wie oft hatte ich sie schon ausgesprochen: »Wie soll ich verstehen, wenn du mir nichts sagen willst?« Woraufhin sie nur seufzte und mich stehen ließ.

Komisch war, dass ich jetzt, da der Tag unseres Aufbruchs näher rückte, keine Eile hatte, fortzukommen. Ich war beinahe bekümmert. Das Wetter war jetzt so mild, dass ich jeden Tag auf die Dünen steigen konnte; dann schaute ich über die driftenden Eisfelder und sah die ferne blaue Linie des offenen Wassers langsam näher kommen. An windigen Tagen hallte das Krachen der sich scheuernden Eisschollen über den Lake Michigan. Dann waren die Tage plötzlich warm – wenn auch nicht die Nächte –, und wir konnten endlich unsere muffigen Felle ablegen, konnten es den Indianern gleichtun und mit bloßem Oberkörper in der Sonne herumlaufen. Jetzt gab es statt Wasserpfützen auf den Eisfeldern Inseln aus Eis im blauen Wasser. Unmengen von Enten tauchten auf, saßen auf dem Eis oder schwammen im offenen Wasser. Das Eis auf Bear Lake brach, und unsere Winterpfade gingen im Wasser unter.

Wir wollten mit dem voll beladenen Kanu kein Risiko eingehen, sodass wir erst nach der ersten Woche des Fünften Monats unser Winterlager abbrachen. Wir ließen die aufgerollte Birkenrinde, die Schneeschuhe und ein paar Werkzeuge, die wir angefertigt hatten, einfach im Rahmen des Wigwams liegen. Mir kam der abwegige Gedanke, dass es richtig wäre, eine Notiz zu hinterlassen. Das brachte Alan zum Lachen, doch Loic sagte ganz ernst, dass Nidon und die anderen unsere Botschaft ohne Schwierigkeit lesen würden. Und so stachen wir in die eisigen Wasser des Lake Michigan, wobei wir vorsichtig die restlichen Eisschollen umfuhren. Weiter im Norden trafen wir auf mehr Eis, und wir mussten tatsächlich bei L'Arbre Croche ein paar Tage warten, denn auf mehrere Meilen waren die Stromschnellen vom Eis blockiert. Bei Sleeping Bear hätte ich nie gedacht, dass es auf Mackinac so übel sein konnte, obwohl Alan und Loic mich gewarnt hatten.

Wir reisten in leichten Etappen, denn wir hatten eine schwere Ladung, und Alan war anfangs ziemlich schwach. Es fiel ihm schwer, so zu sitzen, dass er paddeln konnte, daher behielt ich meinen Platz am Bug bei. Rachel saß mit dem Kind auf dem Boden des Kanus, wo wir ihnen zwischen den Ballen eine geschützte Höhle hergerichtet hatten. Das Wetter war uns gnädig, Himmel und Wasser blieben blau und hell. Die Landbrise spielte nur mit uns und drohte nie, uns ans ungastliche Ufer zu werfen. Bis wir zum Dorf bei L'Arbre Croche kamen, trafen wir niemanden. Die Sommerlager am Ufer waren leer; alle waren noch im Inland in den Ahornwäldern. Zwischendurch gerieten wir sogar in Ferienstimmung, als hätten wir nur zum Vergnügen eine kurze Kanufahrt unternommen.

An einem solchen Tag hörte ich Rachel sagen – denn ich saß mit dem Rücken zu ihr am Bug – »Mark, kannst du dich noch an den Tag erinnern, als wir mit dem Kahn bis ans Ende von Derwentwater fuhren? Und unter den Klippen von Lodore haben sie die Kanone abgefeuert, und dann ging das Echo stundenlang zwischen Cat Bells und Castle Rigg immer hin und her.«

»Nicht stundenlang. Eine Minute etwa, wenn überhaupt.«

»Aber du weißt es noch?«

»Ja.«[4] Ich lachte und rief ihr über die Schulter zu – denn ich musste den Blick nach vorn gerichtet halten: »Das war der Tag, an dem du Jamie Wilson vom Anleger auf Lord's Island gestoßen hast, weil er deine Puppe geköpft hat.«

»Das war *nicht* an dem Tag. Der Kahn hat an keiner Insel angelegt. Was du meinst, ist unser Picknick auf Lord's Island nach der Heuernte in Onkel Johns großem Ruderboot. Vater und Mutter waren nicht dabei, als Jamie ins Wasser fiel.«

»Ja, aber trotzdem hast du den Ärmsten vom Anleger gestoßen.«

»Ja, und du hättest es auch getan, wenn man deinem kleinen Kind den Kopf abgerissen hätte!«

Ich lachte wieder. Vorübergehend waren wir glücklich. Nachts schlugen wir ein *voyageur*-Lager am Ufer auf. Ich kann mich an einen Abend erinnern, als ich unter den Kiefern stand und durch ihren Baldachin zu den Sternen emporschaute, die langsam wie kleine Punkte aufleuchteten. Ein Ziegenmelker sang im dunkler werdenden Dickicht, während sanfter Wind die Äste bewegte und mir mit kühlen Fingern über das Gesicht strich. Ein Seetaucher-Paar rief sich über den See hinweg etwas zu, der eine das Echo des anderen. Ich schaute hinunter auf unseren Lagerplatz auf dem Strand und sah vier vertraute Gestalten – drei große, eine sehr kleine –, die sich vor dem rot glühenden Feuer abzeichneten. Ich hörte das Holz knacken und zwei – nein, drei – Stimmen singen:

Derrière chez nous, y'a-t-un étang,
En roulant ma boule.
Derrière chez nous, y'a-t-un étang,

4 Ich glaube, das war das einzige Mal, dass mein Vater, meine Mutter, Rachel und ich alle gemeinsam zu einer Art Urlaub unterwegs waren. Es war so anders als alles, was wir sonst unternahmen, dass ich mir heute noch nicht vorstellen kann, wie es überhaupt zu einer solchen Fahrt gekommen war. Es war nicht die Art meiner Eltern, sich den Sommergästen im Lake District und ihrem Müßiggang anzuschließen. Ich kann mir nur denken, dass Rachel dort hin wollte und so lange bohrte, bis sie uns überredet hatte, mitzukommen. Anders kann es nicht gewesen sein.

En roulant ma boule.
Trois beaux canards s'en vont baignant,
En roulant ma boule roulant.
En roulant ma boule.

Unwillkürlich musste ich an Hugh, an Marc und Jean-Pierre denken, an Alan und Loic und an die wenige Zeit, die uns noch blieb und die so schnell verging. Ich dachte daran, wie ich Rachel gesucht hatte, denn es war letzten Endes doch nicht wie die Suche nach einer Stecknadel im Heuhaufen gewesen, und an das kleine Mädchen, das noch nicht auf der Welt war, als ich mich in England auf den Weg machte. Plötzlich gingen mir die Worte des ersten Psalms, den ich in meinem Leben auswendig gelernt hatte, durch den Kopf … *und schenkest mir voll ein. Gutes und Barmherzigkeit werden mir folgen mein Leben lang, und ich werde bleiben im Hause des Herrn immerdar.* Dann – ich weiß nicht, warum, aber vermutlich war einfach so vieles geschehen – im Allgemeinen bin ich jedenfalls nicht so leicht aus der Fassung zu bringen … dann lehnte ich mich an eine Kiefer – sie roch nach Rinde und Harz wie die Kiefern auf Highside – und heulte drauflos wie ein kleiner Junge.

25

Die lange Reise in unserem Kanu war zu Ende, als Loic und ich es sacht auf Kerners Strand auf Bois Blanc ausgleiten ließen. Der kurze Blick auf Mackinac hatte mich verwirrt, und Loics plötzliche Eile steckte mich an. Es hatte uns knapp eine halbe Stunde gekostet, Alan und Rachel an Land abzusetzen und ihre Sachen zu McGulpins Haus hinaufzutragen. Doch in der kurzen Zeit war ich überwältigt vom Lärm, vom Gedränge der Menschen, den Fremden, die vorübergingen. Dabei war es kein Jahr her, dass Mackinac mir wie ein verlassener Außenposten vorgekommen war. Mir blieb keine Zeit, an die außergewöhnliche Veränderung meiner äußeren Erscheinung zu denken, oder überhaupt an irgendetwas außer Loics Hast. Ich glaube, Rachel war entrüstet, als ich sagte, ich könne nicht bleiben. Für sie muss es noch seltsamer gewesen sein, wieder nach Mackinac zu kommen. Rückblickend wird mir klar, dass sie mich vielleicht brauchte. Offenbar hatten weder sie noch Alan damit gerechnet, dass ich sofort mit Loic aufbrechen würde. Falls Alan jemals geahnt hatte, was ich Waase'aaban gegenüber empfand, dann hatte er es wahrscheinlich inzwischen vergessen. Jedenfalls hatte ich meine Aufgabe erledigt; ich konnte Rachel nicht helfen, ihr Leben wieder aufzubauen. Alan schien besser mit ihr umzugehen, als ich es je vermocht hatte.

Auf Bois Blanc wartete Loic gar nicht erst, bis das Kanu entladen war. Wir zogen es halb aus dem Wasser an den Strand, dann sprang Loic an Land und lief auf die Hütte zu, ohne sich umzudrehen. Ich folgte ihm etwas langsamer. Er riss die Tür weit auf und lief laut rufend hinein. Ich sah jemanden aus dem Garten kommen. Es war der alte Mann: Er rannte beinahe und rief uns etwas zu. Loic kam heraus, lief auf seinen Vater zu und schloss ihn in die Arme. Martin drückte ihn an sich und küsste ihn mehrfach auf beide Wangen. Mein Vater liebt mich auch, doch sollte er mich je geküsst haben, dann muss es vor der Zeit gewesen sein, an die ich mich bewusst erinnere. Martin Kerners kannte diese Zurückhaltung nicht. Er hielt Loic an beiden Armen und sprach schnell auf ihn ein.

Als sie sich schließlich zu mir umdrehten, begrüßte Martin mich höflich und förmlich, während ihm die Tränen noch ungehindert über die Wangen liefen. Im ersten Augenblick dachte ich, etwas Furchtbares müsse geschehen sein, denn ich konnte ihrem raschen französischen Sprachfluss nicht folgen. Ich schaute Loic an, doch der strahlte von einem Ohr zum anderen. »Pakané ist im Dorf. Ihre Mutter ist schon wieder aus dem Winterlager zurück. Jetzt gehe ich hin! Kommst du mit, Mark?«

Plötzlich hatte ich Angst. Wären die beiden Schwestern im Haus gewesen, dann wäre es in Ordnung gewesen, denn Kerners' Hütte gehörte zu einer Welt, die ich wiedererkannte. Wahrscheinlich hätte ich in der Zwischenzeit lernen sollen, mich in einem Indianerdorf wohl zu fühlen, doch mir wäre es damals lieber gewesen, wenn ich nicht hätte dorthin gehen müssen. Ihre Mutter … Mir war nie in den Sinn gekommen, dass Waase'aaban eine Mutter hatte. Ich verband Waase'aaban mit Loic und Martin und Pakané und Biinoojii, nicht mit einer unbekannten Familie der Ojibwa. Ich dachte daran, was ich Waase'aaban angetan hatte, nicht mit der fleischlichen Lust, die in den vergangenen Monaten die Erinnerung angefacht hatte, sondern mit Schuldgefühlen, die ich in der Tat schon längst hätte haben sollen. Ihre Mutter ... Man hatte mich gelehrt, was richtig war – ich hatte überhaupt keine Ausrede. Und doch hatte ich mir erlaubt, darüber hinwegzusehen.

»Komm!«, sagte Loic und lief los.

Ich hatte keine andere Wahl, nachdem ich so weit gegangen war. Ich hetzte hinter ihm her – er war entschieden flinker als ich, und er wartete nicht. Wir rannten über den Uferpfad und durch den Kiefernwald. Ich stolperte über eine Wurzel und schlug der Länge nach hin. Bis ich mich wieder aufgerappelt hatte, war Loic verschwunden. Da ich ohnehin nicht wie ein gereizter Stier mitten in ihre Reihen platzen wollte, ging ich gemächlich weiter und kam wieder zu Atem. Auf dem Boden lag ein grüner Film. Die Weidenknospen waren aufgegangen, und unter den Bäumen standen große weiße Blumen, blass und rein, wie exotische Narzissen.

Ehe ich das Dorf erreichte, sah ich auf dem Weg vor mir eine kleine Gruppe. Ich kam näher. Eine von ihnen war Pakané, vor Freude strahlend; sie hatte Loic eine Hand auf die Schulter gelegt. Und da stand Loic und hielt lachend einen kleinen Jungen in die Höhe.

»Schau nur!«, rief Loic, als ich hinzu trat. »Sieh dir meinen Sohn an! Er ist nicht mehr Biinoojii. Jetzt ist er Martin. Er ist ein richtiger Junge geworden! Hier ist der neue Biinoojii! Hier ist unser neuer Kleiner!«

Hinter Pakané stand Waase'aaban, dunkel und schön, wie ich sie in Erinnerung hatte. Sie lächelte, und während Loic noch redete, drehte sie sich herum, sodass Loic und ich das Kleinkind sehen konnten, dass sie in der Kindertrage auf dem Rücken trug.

Ich erblickte das kleine, runzelige Gesicht eines beinahe Neugeborenen und einen dunklen Haarschopf.

In jenen paar Sekunden durchlebte ich ein ganzes Leben – ein Leben in Reue, Unsicherheit und Stolz. Mir war, als fiele ich in einen tiefen, dunklen Brunnen und als wäre meine ganze

Welt in einem einzigen Moment zunichte gemacht. Und doch war auch die Zukunft darin enthalten: eine Zukunft mit Besitz, Entzücken, mit einem Mühlstein um den Hals, der mich in die tiefsten Tiefen des Meeres hinabziehen würde. In jenem Augenblick wusste ich, dass ich nie wieder nach Hause zurückkehren würde.

Dann vernahm ich Loics freudige Ausrufe, die nicht aufgehört hatten, nur hatte ich nicht hingehört. »Schau! Der Winter war nicht vergeudet! Sie hat mir einen zweiten Sohn zur Welt gebracht! Biinoojii! Martin und Biinoojii! Gib ihn mir! Lass mich ihn halten!«

Waase'aaban befreite sich von den Riemen der Kindertrage, als Loic danach griff. Sie drehte sich um und sah zu, wie Loic das kleine Gesicht aus der Nähe betrachtete. Er schob die Kindertrage in seine Armbeuge und zog mit der anderen Hand Pakané zu sich. Sie trug Martin auf der Hüfte. Der kleine Junge beugte sich vor und berührte das Gesicht des Bruders.

»Doucement, doucement«, sagte Loic. »Nicht kneifen. Komm, wir gehen jetzt nach Hause, ja?«

Ich schaute Waase'aaban an. In jenem Augenblick wusste ich nicht, ob ich erleichtert oder enttäuscht sein sollte. Fern von ihr hatte ich zuweilen in panischer Angst an diese unmögliche Liaison gedacht. Jetzt, als ich sie sah, wusste ich, dass alles möglich war. Sie war keine Quäkerin, doch es bestand kein Grund, warum sie nicht eine von uns werden sollte. Wenn ich ein Meer überqueren konnte, dann konnte sie es auch. Ich könnte sie dahin bringen, dass sie die Grundsätze meiner Gesellschaft verstand und annahm, und damit wäre ein Ausstoß nicht notwendig. Ich konnte sie mir auf Highside vorstellen – ein Gedanke, den ich bis dahin nicht hatte. Freunde sind an sich schon ein wundersames Völkchen; wir waren niemals mit den Schibboleths einer ungerechten Welt einverstanden. Wir glauben, dass in jeder menschlichen Seele das von Gott ist. Warum sollten dann Äußerlichkeiten eine Rolle spielen? In den

Augen eines gerechten und gnädigen Gottes sind solche Dinge nicht von Belang. Ich streckte ihr beide Hände entgegen.

Ein Schauder überlief sie. Sie lächelte nicht. Sie sah mich zweifelnd an, wollte mir schon entgegenkommen, zog aber dann mit einem Ruck die Hand zurück.

Das zerstreute auf merkwürdige Weise all meine Zweifel. Ich hatte schon fast befürchtet, dass sie sich an mich hängen würde. Jetzt, da sie aber keine Anstalten machte, dachte ich nur noch daran, mich wieder bei ihr einzuschmeicheln.

»Waase'aaban? *Qu'est-ce que c'est?*«

Sie schüttelte den Kopf und schaute derart bekümmert drein, als wollte sie in Tränen ausbrechen.

»Je t'en prie«, sagte ich und meinte es auch so.

Sie trat näher. *»Ce n'est pas possible …«* Sie hielt inne und schlug die Augen nieder.

Ich ergriff ihre Hände. »*Oui, c'est possible. Je t'aime,* Waase'-aaban. Ich habe dir doch gesagt, dass ich zurückkomme, oder nicht?«

Ich hatte nicht bemerkt, dass sich uns jemand näherte, doch plötzlich packte mich jemand an der Schulter und riss mich zurück. Ich drehte mich auf dem Absatz herum; es war kein Mann, der mich belästigte, sondern eine Frau, nicht größer als Waase'aaban, aber vielleicht doppelt so alt. Ich verstand nicht, was sie mir sagte, doch an der Bedeutung bestand kein Zweifel, und sie redete so laut, dass Loic und Pakané schleunigst zurückkamen. Pakané begann sofort mit der älteren Frau zu streiten; ich hatte keine Ahnung, was vor sich ging. Ich zupfte Loic am Ärmel. »Worum geht es? Was sagt sie?«

Doch alle redeten durcheinander. Der kleine Junge begann zu jammern. Pakané – ich wusste nicht, dass sie dazu in der Lage war – übertönte sie alle: *»Anwaataan! Anwaataan!«* Dann sagte sie ruhig zu der älteren Frau: *»Eya, Ninga, Mii ya'aw Mark.«* Darauf folgte ein Wortschwall, dem ich nicht folgen konnte. Anschließend sagte sie mir auf Französisch würdevoll: »Das ist meine Mutter, Mark. Sie heißt Beedaubun. Sie ist sehr wütend auf Martin und Loic, und auf mich auch, weil wir nicht richtig auf meine Schwester Acht gegeben haben, als sie bei uns war. Waase'aaban konnte abends nach Belieben ausgehen. Meine Mutter sagt, wenn wir in einem anständigen Hause lebten und nicht in der Hütte eines weißen Mannes, wäre das nicht vorgekommen. Für ein junges Mädchen ist es gefährlich, nicht bei der Familie zu übernachten. Meine Mutter sagt, du hast Waase'aaban verführt, und es sei grundfalsch gewesen, ihre Tochter respektlos zu behandeln und damit Schande über unsere ganze Familie zu bringen.«

Nacheinander schaute ich Beedaubun, Pakané und Loic an, die mich mit ernster Miene betrachteten. Waase'aaban stand vor ihrer Mutter, blickte zu Boden und hatte die Fäuste fest an die Brust gedrückt. Und wenn die gesamte Jahresversammlung von London um mich herum gestanden wäre, hätte ich nicht beschämter sein können. Beedaubun ergriff wieder das Wort, diesmal etwas freundlicher. Ich las den bekümmerten Vorwurf auf ihrem Gesicht und wünschte, die Erde unter meinen Füßen möge sich auftun und mich verschlingen. Natürlich geschah nichts dergleichen. Als Beedaubun geendet hatte, brach Waase'aaban in leidenschaftslosen Protest aus, doch ich schnitt ihr das Wort ab und sprach mit ihrer Mutter, wobei ich Worte auf Französisch und Ojibwa wahllos durcheinander benutzte, wie sie mir gerade in den Sinn kamen.

»Es war falsch«, räumte ich ein. »Aber nicht respektlos. Ich bin wiedergekommen. Ich bin gekommen, um Waase'aaban zu heiraten, wenn sie will.«

Den Kern der Antwort begriff ich, und noch während ihre Mutter redete, übertrug Pakané mir die Worte ins Französische: »Sie heiraten! O ja, wir kennen eure Art von Heirat. Du nimmst sie eine Weile mit, und wenn es dir passt, lässt du sie sitzen, vielleicht mit Kindern, sodass sie für sich selbst sorgen muss. Wenn du sie von ihrem Volk fortgeholt und nach Belieben benutzt hast, dann gehst du weg und lässt sie allein. Das ist eure englische Art der Ehe!«

»Nein!« Zum ersten Mal schaltete sich Loic ein. »Mark nicht. Mark würde das nicht tun! Du gibst ihm keine Chance. Du kennst ihn nicht! Warum sollte er für Waase'aaban ein schlechterer Ehemann sein als ich für Pakané?«

»Bist du Engländer, Loic?«

»Natürlich nicht, aber …«

Pakané holte tief Luft und versuchte, mit dem Wortschwall Schritt zu halten. »Meine Mutter sagt zu Loic: ›Nein, du bist kein Engländer! Du gehörst zu unserem Volk, und du bist außerdem Martin Kerners' Sohn, der immer auf Bois Blanc lebt. Martin Kerners ist ein Narr. Er hat meine Tochter diesem Mann zu Füßen geworfen, ohne ihre Jungfräulichkeit zu achten oder die Schande für mich zu bedenken. Martin Kerners ist Franzose, nicht wie dieser Mann hier, und das heißt, er bleibt bei uns und wird Rücksicht auf seine Familie nehmen.‹«

»Mein Vater ist kein Narr!«, schaltete Loic sich ein. »Er dachte – wir beide dachten –, wir täten Waase'aaban einen Gefallen. Mark ist ein guter Mann. Außerdem hat er Geld. Sein Vater hat einen eigenen Hof, und …«

»Sie sagt: ›Aber nein! Nein, nein, und abermals nein!‹ Sie sagt: ›Wer ist denn dieser Mark überhaupt? Woher kommt er? Wird er auf Bois Blanc bleiben und für Waase'aaban sorgen und ihren Kindern ein Vater sein? Nein, ich kann euch sagen, das wird er nicht tun! Selbst wenn er sie mit nach Mackinac nimmt und vor dem Priester des weißen Mannes heiratet, wird er sie sitzen lassen, wann es ihm passt. Deshalb sage ich, er kann sie nicht haben, ob er sie heiraten will oder nicht. Sie gehört nicht ihm!‹«

»Das stimmt nicht!«, schrie Loic. Waase'aabans Augenlider zuckten. Hatte sie auch nicht damit gerechnet, dass Loic mich verteidigen würde? »Sein Wort ist ihm heilig, so wie es bei uns üblich ist. Darin ist er nicht wie weiße Männer. Seine

Leute heiraten wie wir: Sie vertrauen nicht auf Gelübde, die vor einem Priester abgelegt werden. Sie machen es wie wir: Sie gehen nach Vereinbarung ihrer Familien und aus gegenseitigem Respekt eine Verbindung ein. Sie zu brechen wäre für ihn ebenso beschämend wie für mich oder für meinen Schwiegervater, wenn er noch lebte. Ich habe mit Mark über viele Dinge geredet. Es wäre keine Schande für mich – nein, ich wäre froh –, ihn Bruder zu nennen. Ich schwöre, das ist die Wahrheit!«

Beedaubun erwiderte zornentbrannt, und Pakané übersetzte geschwind: »Meine Mutter fragt, ob du immer hier bei Waase'aaban bleiben und sie nicht verlassen willst, wenn es dir einfällt, lieber wieder nach Hause zurückzukehren?«

»Sag ihr, wenn ich nach England gehe, soll Waase'aaban mitkommen. Wenn ich sie heirate, werde ich sie nie verlassen.«

Diesmal dolmetschte Loic, und er sagte offenbar viel mehr als ich. Doch der Misserfolg war schon erkennbar, ehe er unverblümt übersetzte: »Sie sagt, wenn du Waase'aaban mit nach England nimmst, wird sie sterben.«

»Sterben? Warum sollte sie sterben! Ich sorge doch für sie!«

Pakané übernahm wieder die Rolle der Mittlerin. »Sie sagt: ›Hast du Macht über den Tod, junger Mann, dass du so etwas behaupten kannst? Wenn du meine Tochter über das große Meer mitnimmst, sie aus der Welt herausholst, zu der sie gehört, wird sie sterben. Waase'aaban wird bei ihrem Volk bleiben, und wenn du nicht auch bleiben willst, dann musst du sie jetzt ein für alle Mal verlassen. Warum muss Waase'aaban ihrem Volk fortgenommen werden? Warum nicht du? Wenn sie dir lieber wäre als dein Leben, würdest du bleiben und bei ihrem Volk leben. Aber so sehr liebst du sie nicht. Kein Mann ist einer solchen Liebe fähig, und wenn doch, dann wäre er ein Narr, denn sein eigenes Volk verlassen und werden, was man nicht ist – das geht nicht.‹«

Loic schaltete sich ein. »Ich weiß nicht. Niemand weiß es.

Aber Waase'aaban hat nichts gesagt. Was hält sie davon? Waase'aaban, willst du ihn heiraten?«

Waase'aaban schaute ihre Mutter an, dann mich, und presste die Lippen zusammen. Die Antwort, die schließlich herauskam, war so leise, dass ich sie kaum verstand. *»Oui.«*

»Willst du denn auch mit ihm nach England gehen? In seine Heimat?«

Sie sah mich flehend an, doch ich wusste nicht, was ich sagen sollte. Dann flüsterte sie: »Für immer?«

Ich schaute zu Pakané, die sich zu Wort meldete: »Sie meint: Wird sie nie wieder nach Hause zurückkommen?«

Sie waren alle sehr still und warteten auf meine Antwort. Waase'aabans Mutter legte ihrem Kind die Hände auf die Schultern, nicht besitzergreifend, schien mir, sondern eher Trost spendend. Waase'aabans Schultern entspannten sich ein wenig. Ich betrachtete die beiden, Mutter und Tochter, wie sie beisammenstanden und mich voller Pein anschauten. Einen kurzen Augenblick lang sah ich die verblüffende Ähnlichkeit zwischen ihnen, die eher derselben Miene entsprang denn ähnlichen Gesichtszügen. Mein Blick fiel auf Waase'aaban, und in meinem Herzen entbrannte aufs Neue eine heiße Liebe, als wären wir gerade gestern noch zusammen gewesen. Dann dachte ich an den langen Weg zurück nach Montreal, an die Fahrt auf dem Fluss nach Quebec und die dann folgenden endlosen Wochen der Überfahrt über den Atlantik. Ich dachte an mein Zuhause in Mungrisdale, an meine Eltern, an unsere Versammlung in Mosedale und was aus Waase'aaban werden müsste, damit sie zu uns gehören würde. Ich konnte nichts als die Wahrheit sagen. »Ja«, lautete meine heisere Antwort. »Es wäre für immer. Ohne Rückkehr.«

»Sie wird sterben! Wenn du ihr das antust, wird sie sterben!«

»Waase'aaban?«, fragte Pakané leise.

Waase'aaban schaute mich traurig an, und ich sah die

Antwort in ihren Augen, noch ehe sie den Mund aufmachte. *»Non.«*

Dann schlug sie einen Moment lang die Hände vor die Augen, ehe sie von uns fortlief, wie ein kleines Kind, das sich aus dem Kreis der Erwachsenen löst, hinein in den Wald, wo sie sehr bald unseren Blicken entschwand.

Beedaubun brach das Schweigen.

»Sie sagt: ›Was hast du meiner Tochter angetan, weißer Mann?‹«

Ich wusste nichts zu antworten. Doch ich schaute Loic an und fragte ihn auf Englisch: »Was wird jetzt mit Waase'aaban geschehen? Ich wollte sie nicht vernichten!«

»Vernichten?«, wiederholte Loic, als wäre das die falsche Frage. »Was meinst du mit ›vernichten‹? Sie lebt. Sie wird es überleben.«

»Aber wenn ich Schande über sie gebracht habe, und ihr Volk weiß davon?«

Ein rascher Wortwechsel der drei untereinander folgte, dann sagte Loic zu mir: »Wer von uns hat noch keine Schande erfahren? Waase'aaban ist noch jung, und sie hat kein Kind. Für ihren Bruder wäre es die größte Schande, und er ist noch nicht in Bois Blanc eingetroffen. Man rechnet jetzt täglich mit ihm. Ich glaube, dann solltest du fort sein, Mark. Niemand hat ihm mitgeteilt, dass ein weißer Mann mit seiner Schwester geschlafen hat. Wahrscheinlich wird er es auch nicht erfahren; er ist nicht der Mann, der sich damit abfindet, wenn er vor seinen Augen beschämt wird. Ich glaube, das wird jeder vermeiden wollen. Ansonsten ist es keine große Sache. Sie wird heiraten; sie wird Kinder haben, und alles wird vergessen sein.«

»Sagst du mir die Wahrheit? Gibst du mir dein Wort darauf? Denn bei meinen Leuten wäre es nicht so.«

»Aber hier.«

Was hätte ich ihnen noch sagen können? Sie redeten miteinander, und dann machte sich die ganze Familie auf zu Kerners'

Hütte. Ich wollte nicht mitgehen, rief aber Loic noch einmal zu mir, der seinen Sohn Martin auf dem Arm hatte.

»Ich gehe fort«, sagte ich. »Kann ich das Kanu nehmen?«

Er versuchte nicht, mich zum Bleiben zu überreden, sondern sagte nur: »Das kleine Kanu meines Vaters ist besser. Du findest es am Strand, gleich am Weg. Das Paddel liegt darunter.« Er packte mich am Arm. »Tut mir Leid, dass es so gekommen ist, Mark.«

»Ja«, sagte ich. »Mir auch. Sagst du deiner Familie in meinem Namen *adieu*, Loic? Wir sehen uns noch, nicht wahr?«

»*Oui.* Ich werde nach Mackinac kommen.« Er schenkte mir ein schiefes Lächeln. »Alan muss mir noch meinen Lohn auszahlen. Dann sehen wir uns, Mark.«

Ich fand das Kanu, ließ es jedoch noch nicht sofort zu Wasser. Stattdessen saß ich noch ein wenig allein am Ufer. An der Stelle, an der ich zwei Nächte mit Waase'aaban verbracht hatte, war jetzt ein Teppich aus kleinen lila Iris, eine jede Blüte so zart, als wäre sie die einzige auf der ganzen Welt. Ich pflückte eine und riss sie auseinander, während ich zum Schildkrötenrücken von Mackinac am Horizont hinübersah. Ich weiß nicht, wie lange ich dort gesessen hatte, als sie kam. Im Stillen hoffte ich es, hatte aber keinen Grund, anzunehmen, dass sie kommen würde, und anstandshalber hätte ich sofort gehen müssen.

»Mark?« Obwohl ich nicht gänzlich überrascht war, sprang ich auf, denn ich hatte sie nicht kommen hören.

»Ja.«

Sie setzte sich im Abstand von sechs Fuß zu mir. Sie hatte geweint. »Du gehst wirklich nach England zurück?«

»Ja.«

»Adieu, Marc!« Sie erhob sich.

Ich streckte eine Hand aus. »Halt, warte!«

»Worauf?«

Ich ließ die Hand sinken. »Auf nichts wahrscheinlich.« Gelassen stand sie dort und war im Begriff, mich zu verlassen.

»Waase'aaban!«

»Oui?«

Schon war ich aufgesprungen und hielt sie in den Armen. Sie war noch schmächtiger, als ich sie in Erinnerung hatte, der Körper angespannt. Ich weiß nicht, was ich ihr sagte – oder ich will es nicht mehr wissen –, doch sie gab nach und hörte mir zu. Ich habe sie nicht verletzt, doch wir gingen erst nach einer Stunde auseinander, zum letzten Mal. Ich habe sie wissen lassen, dass ich sie liebte, denn das war die Wahrheit, und dass ich sie nie hatte verletzen wollen, denn auch das war die Wahrheit, so weit, so gut. Schließlich sagte sie, sie müsse gehen. Ich sah ihr nach, wie sie zwischen den Weidebüschen verschwand, und dann sah ich sie nie wieder.[1]

Von dem Augenblick an, als ich auf Mackinac aus Martins Kanu stieg und es an Land trug, hatte ich das Gefühl, zu früh zurückgekommen zu sein. Es war, als würde ich mitten aus einem Traum gerissen. Man weiß, das Ende des Traumes ist der wesentliche Teil, noch während er in den Nebeln des Unterbewusstseins verschwindet. Es wurde bereits dunkel. Ich hievte mir das Kanu auf die Schultern und trug es bis zu McGulpins Haus, wo ich es neben der Tür ablegte. Gerade wollte ich meine Hand auf die Klinke legen, als ich Alan hinter mir die Straße entlanghumpeln hörte.

»Mark! Mark! Weißt du schon das Neueste?« Er packte mich an den Schultern und schüttelte mich. »Michigan gehört uns! Seit dem vergangenen Jahr! Was sagst du dazu?«

1 Das war mein letzter Besuch auf Bois Blanc. Zuletzt erhielt ich vor zehn Jahren Nachricht von Loic, als Alan ihn in Sainte Marie du Sault traf. Waase'aaban, schrieb Loic, habe kurz nach meiner Abreise einen Ojibwa vom Ufer des Lake Huron in Michigan geheiratet. Nachdem der Vertrag von Saginaw unterzeichnet worden sei, der beinahe die Hälfte von Michigan an die Regierung der Vereinigten Staaten abtrat, habe ihr Mann beschlossen, sein Land zu verlassen und seine Familie ins Gebiet der Ojibwa westlich von Fort William zu führen und die räuberischen Käufe des weißen Mannes weit hinter sich zu lassen. Es muss im Frühjahr 1820 gewesen sein, dem Jahr nach der Unterzeichnung. Das war das Letzte, was Loic von Waase'aaban erfahren hat.

Wochenlang hatte ich keinen Gedanken mehr an Alans Befehle von General Brock verschwendet, oder an den Brief, den ich von William McGillivray mitgebracht hatte. Den Winter über hatte ich meine eigenen Schlussfolgerungen gezogen, und inzwischen kam mir Alans Mission größtenteils belanglos vor. »Wie geht das an?«, fragte ich. »Wir haben keinen einzigen weißen Mann in Michigan gesehen. Ich begreife nicht, wie eine der beiden Nationen das Gebiet für sich in Anspruch nehmen kann.«

»Am Raisin River hat es eine Schlacht gegeben. Dank unserer verbündeten Ottawa haben wir die Yankees überrumpelt. Du siehst also, ich habe nicht völlig versagt; einige dieser Verbündeten müssen von uns rekrutiert worden sein.« In der zunehmenden Dunkelheit versuchte er in meinem Gesicht zu lesen. »Mark! So sag doch was! Was denkst du gerade?«

»Von dir rekrutiert«, stellte ich richtig. »Wenn Michigan jetzt in der Hand der Briten ist, dann sieht es ganz so aus, als hättest du dein Ziel erreicht. Sind viele Männer in dieser Schlacht umgekommen?«

Alan wich meinem Blick aus. »Sei nicht so naiv, Bruder Mark. Im Kampf sterben nun mal Männer.« Er zögerte. »Und in diesem Fall sieht es so aus, als hätten unsere Verbündeten auch ein paar Verwundete getötet, was bei ihnen Brauch ist, wie du weißt. Doch wo gehobelt wird, fallen Späne. Du hast schließlich die vergangenen vier Monate in Upper Canada verbracht, Bruder Mark, auch wenn du von alldem nichts wusstest. Du solltest also nicht murren.« Er stöberte in seiner Provianttasche herum. »Da ist noch etwas. Ein Brief an dich, Bruder.«

Ich nahm den Brief an mich, der mit einer Siegelmarke verschlossen war. Im Halbdunkel konnte ich nur die Adresse entziffern. Sie war in fester, fließender Handschrift geschrieben, und über dem Siegel stand der Absender: *C. Armitage, Yonge Street, bei York, Upper Canada.* Ich zögerte, das Siegel zu brechen. Alan redete noch immer. Ich schnappte nur das eine Wort auf.

»York?«, wiederholte ich und schaute auf. »Was ist mit York?«

»So hör mir doch um Himmels willen zu! Selbst dir sollte etwas daran gelegen sein! Es ist so viel passiert! York ist erobert worden! Die Yankees haben York niedergebrannt!«

Ich starrte ihn an und zerdrückte den Brief in der Hand. »Die Amerikaner … sie sind in Yonge Street? Warum hast du das nicht gleich gesagt?«

»Ich habe dir das mit Michigan erzählt, weil es uns am meisten am Herzen liegt. Diese Nachricht kam heute: York wurde erobert. Und, der Herr möge uns beistehen, Brock ist tot!«

»Ist er umgekommen, als er York verteidigt hat?«

»Nein, Mark. Er wurde im vergangenen Oktober in Queenston getötet. Die Amerikaner haben versucht, den Niagara zu überqueren und in Upper Canada einzumarschieren. Wir haben sie abgewehrt. Der Sieg war unser, aber zu welchem Preis! Und das war im Oktober letzten Jahres! Seither hat Sheaffe die ganze Sache verpfuscht, wie wohl zu erwarten war. Wie konnte dieser Mann nur Nachfolger von Brock werden? Verdammt, wir waren viel zu lange fort.« Alan lehnte sich mit der Schulter an die Tür und schob sie heftig auf.

»Du kannst dir doch jetzt kaum wünschen, du wärst früher zurückgekehrt«, lenkte ich ein, während ich ihm ins Haus folgte.

Er reagierte nicht, sondern schritt auf und ab, den Stock dabei laut auf dem Boden aufsetzend. Ich bückte mich, um Holz nachzulegen. »Wo ist Rachel?«, fragte ich. Alan schaute sich zerstreut um. Offensichtlich hatte er sie vollkommen vergessen. Ich gab mir selbst die Antwort. »Wahrscheinlich hat sie das Kind zu Bett gebracht.«

»Während ich also in dem verdammten Wigwam auf dem Rücken lag, haben unsere Truppen die Yankees bei Frenchtown am Raisin River besiegt«, fuhr Alan fort. »Das ist südlich von Detroit – von hier aus weit im Süden.«

»Ich dachte, Detroit sei vor Monaten erobert worden?«

»Stimmt. Die Amerikaner haben diese neue Armee aus Kentucky geholt. Der Plan war derselbe – sie wollten den Niagara überqueren und in Upper Canada einmarschieren. Winchester hat es verpfuscht. Statt weiter vorzudringen, haben sie ein Fort errichtet, um zu überwintern – nur hatten sie nicht genug Vorräte. Keine Winterkleidung. Sie waren viel schlimmer dran als wir. Trotzdem haben sie zuerst Procter geschlagen. Doch als es zur offenen Feldschlacht kam, haben wir kurzen Prozess mit ihnen gemacht.«

»Soll das heißen, sie wurden alle umgelegt?«

»Nein ... nicht ganz.«

»Nicht ganz umgelegt?«

»Es soll heißen, dass die meisten in Gefangenschaft gerieten – sie zogen es vor, sich zu ergeben, denn sie hatten Angst vor Vergeltungsmaßnahmen unserer indianischen Verbündeten. Tatsache ist, Bruder Mark, dass Michigan uns gehört!«

»Willst du damit sagen, deine indianischen Verbündeten haben sie umgebracht, nachdem sie sich ergeben hatten?«

»Nicht alle, Bruder Mark, nicht alle.« Ich kannte Alan gut genug, um zu wissen, wann er mir auswich. »Wenn Brock da gewesen wäre ... Andererseits, wenn Tecumseh die Indianer angeführt hätte ... Es stimmt; was ich gehört habe, hat mir nicht gefallen. Das Schlimmste daran ist, es liefert den Yankees Stoff für Verleumdungen, und bei Gott, du kannst dich darauf verlassen, dass sie das ausnutzen werden.«

»Wenn du die reine Wahrheit sagst, Alan, dann ist es keine Verleumdung.«

Er beachtete mich nicht. »Aber wir haben sie nicht nach Upper Canada gelassen! Dafür hat Brock in Queenston gesorgt. Aber Brock ist tot. Was nützt schon ein Sieg, wenn man nicht nachstößt? Unsere indianischen Verbündeten treffen noch immer ein. Das Schlimmste daran ist, dass wir jetzt, nachdem wir Brock verloren haben, auf unserer Seite keinen anständigen General haben. Der Himmel weiß, was in diesem Sommer passieren wird.« Er stieß an den Tisch. Eine Tonschale fiel krachend zu Boden und zerbrach in zwei Teile. »Verdammt!«

»Setz dich«, forderte ich ihn auf. »Du hast Michigan erobert; du musst nicht auch noch das Haus abreißen. Hast du eigentlich etwas gegessen?« Merkwürdigerweise wirkten Alans Befürchtungen hinsichtlich eines Krieges, der mir nichts bedeutete, auf mich eher beruhigend. Zwei Stunden zuvor hatte ich an Hunger nicht einmal gedacht, da ich in meinem kleinen Wirbelwind aus Verlust und Schmerz gefangen war. Jetzt, da ich in diese Welt aus Streit und Hader zurückgekehrt war, hatte ich seltsamerweise meine fünf Sinne wieder beisammen. Ich hob die Scherben vom Boden auf. »Dafür brauchst du nur ein halbes Dutzend Nieten, dann ist es wieder fast so gut wie vorher«, sagte ich nach eingehender Prüfung.

»Ist das alles, was du zu sagen hast? Alles andere geht dich nichts an?«

»Nein. Aber auch an kleine Dinge muss gedacht werden, wo wären wir sonst?« Unterdessen stöberte ich im Brottopf und in der Anrichte herum. »Ist das alles, was zu essen im Haus ist?«, fragte ich und stellte Brot, Wasser und etwas von unserem getrockneten Fleisch auf den Tisch.

»In Mackinac gibt es nichts zu essen, Bruder Mark«, sagte Alan zornig. »Du denkst wohl nur an deinen leeren Magen! Augenscheinlich, sonst hättest du vielleicht inzwischen gemerkt, was das hier für ein Winter war. Seit September ist die Garnison auf Mindestverpflegung gesetzt. Die ersten Vorräte aus Montreal kamen vor einer Woche durch. Captain Roberts liegt im Sterben. Die Truppen hatten überhaupt keine Wintervorräte. Roberts hat befohlen, aus Baumwolldecken Mäntel für die Soldaten anzufertigen – davon hatten wir hier stapelweise. Dann brach Keuchhusten im Dorf aus – in dieser

Gegend bislang völlig unbekannt –, und viele Kinder sind daran gestorben. Noch immer herrscht Krieg, Bruder Mark. Dir mag es ja gleichgültig sein, aber hier ist immer noch die Front. Wenn wir nicht durchhalten, dann ist es das Ende von Upper Canada. Wenn wir durchhalten, ist es wahrscheinlich auch am Ende. York ist gefallen. Brock ist tot. Wir warten noch ab, ob mehr indianische Verbündete aus dem Westen eintreffen. Ein paar Indianer sind aus dem Norden von Michigan gekommen. Askin hat sie ausgerüstet und nach Detroit geschickt. Ich weiß nicht, wie viele auf mein Betreiben hin gekommen sind. Das werde ich wohl nie erfahren.« Alan trat mit dem gesunden Fuß gegen den Korb mit Brennholz. »Ich hätte bei ihnen sein sollen! Du und Loic wärt hierher zurückgekehrt, und ich hätte die Indianer zusammengetrommelt und wäre persönlich mit ihnen in den Süden gegangen. So lauteten Brocks Befehle, und jetzt ist er tot, und ich habe nichts unternommen! Es ist gerade so, als wäre ich nie hier gewesen. Ebenso gut hätte ich die ganze Zeit bei der North West Company bleiben können. Ich wünschte, das hätte ich getan, verdammt!«

»Vielleicht wünscht meine Schwester sich das auch.« Sobald die Worte heraus waren, wollte ich, sie wären ungesagt geblieben. Im Stillen war ich wütend über das, was er gerade offen angesprochen hatte. Natürlich hätte ich es mir längst denken können. Es ging nicht nur um den Verrat an mir, sondern um das stillschweigende Eingeständnis, dass Rachels Rettung von Anfang an nicht in seinen Plan gepasst hatte. Als wir aufbrachen, hat er es nie ernsthaft erwogen, das war mir jetzt klar. Ich hatte meine liebe Mühe, mich zu beherrschen und nicht wie Alan im Raum auf und ab zu schreiten wie ein eingesperrter Bär. Ich hätte ihm auch sagen können – und das hatte ich tatsächlich auch oft –, dass Kriege niemals gut ausgehen. Er war offensichtlich auch der Meinung, dass ich keine Sorgen hatte, und in einem Anfall von Selbstmitleid nahm ich ihm das übel.

Als hätte sie nur auf ihr Stichwort gewartet, kam Rachel aus Alans Zimmer, verschlafen und zerzaust. »Alan, würdest du bitte aufhören, so zu schreien? Du weckst noch die Kleine.«

In meinen Augen gab es keinen Satz, der besser geeignet gewesen wäre, einen Mann wütend zu machen, doch da irrte ich mich. Alan schaute zwischen Rachel und mir hin und her und grinste mich plötzlich an. »Verzeih, Bruder. Was bleibt einem Mann mit einer solchen Familie schon anderes übrig, als sich unter allen Umständen rechtschaffen zu verhalten? Zum Teufel mit dem Krieg und unseren Aussichten. Schreib meinen Wutausbruch dem Hunger zu.« Er setzte sich an den Tisch und zog den Brotlaib zu sich hin. »Rachel, möchtest du etwas essen?«

»Ich komme gleich wieder«, sagte ich. Draußen war es ziemlich dunkel. Ich ging am Fort vorbei in die Market Street, in der ich aus dem Wirtshaus, in dem wir an meinem ersten Tag in Mackinac gegessen hatten, Stimmen hörte, die von den zarten Weisen einer Fiedel übertönt wurden. Über den schwarzen Rechtecken der Häuser waren die Sterne erschienen. Der Neumond stand über Bois Blanc. Der leuchtenden Mondsichel folgend, zeichnete sich das Rund des Vollmonds ab. Ich betrachtete ihn eine Weile, bis die schäumende Wut in mir allmählich nachließ. Als ich ins Haus kam, saßen Alan und Rachel einander gegenüber am Tisch und aßen in augenscheinlicher Eintracht Brot und Fleisch. Sie warfen mir einen Blick zu, als ich mich zu ihnen setzte.

»Es ist auch der Schock«, bemerkte ich kurz darauf. Sie schauten mich fragend an. »Der Rückkehr«, erklärte ich, während ich mein Messer hervorholte und mir ein Stück Fleisch abschnitt. »Zu alldem hier zurückzukehren. Es ist ein Schock.« Ich schaute auf und erwischte Rachel dabei, wie sie mir einen vernichtenden Blick zuwarf. Man musste mir nicht sagen, dass ich mich im Vergleich zu ihr über nichts zu beklagen hatte. Ich wappnete mich gegen einen Rüffel, doch sie sagte nichts.

Stattdessen warf sie den Kopf zurück und zog den zerkrümelten Brotlaib zu sich.

Kurz darauf sagte Alan mit vollem Mund: »Nur eins noch. Wir halten die Seen. Die Yankees werden auf dem Wasser nicht mit uns fertig.«

»Sieht ganz so aus, als brauchten sie es auch gar nicht«, fuhr Rachel ihn an. »Nach York kommen sie ohnehin.«

Bei dem Gedanken daran, dass dieser hässliche Krieg nach Yonge Street getragen würde, blieb mir beinahe das Herz stehen. Ich wischte mein Messer am Brot ab und schlitzte unter dem Tisch den Brief auf. Meine Hände zitterten. Ich befürchtete, Rachel würde mich fragen, was ich da tat, doch ich konnte nicht länger an mich halten. Ich hielt das Papier unter dem Tisch verborgen auf dem Knie und las bei Kerzenlicht.

3. Tag des Elften Monats, 1812

An Mark, unseren Freund in Jesu Christo

es war nett von dir, mir einen Brief zu schreiben. Dich im letzten Winter hier zu haben, war ein Geschenk für uns alle. Meine Schwägerin Sarah hat am 29. Tag des Fünften Monats einen strammen Jungen zur Welt gebracht. Er heißt John, denn er war in der Tat ein Geschenk Gottes für diese kleine Familie. Seine Gegenwart nimmt dem Haus einen Teil des Kummers; dennoch macht es mich traurig, wenn ich daran denke, dass mein Vater und meine Mutter und Hannah und Elizabeth auch entzückt von ihm gewesen wären. Thomas und ich meinen, er gleicht meinem Vater, vor allem, wenn er lächelt, was er schon im Alter von zwei Monaten konnte.

Wir haben an dich gedacht und jeden Tag für dich und Rachel gebetet. Vielleicht findest du sie ja, noch während ich das hier schreibe. Ich bete zu Gott, dass es so sein möge. Denn barmherzig und gnädig ist der Herr, geduldig und von großer Güte. Doch sollte es nicht so sein, dann soll sein Wille geschehen. Unsere Gedanken sind bei dir, Mark, und wir schauen immer nach Nachrichten von dir und unserer lieben Rachel, und wir hoffen stets, Gutes zu hören.

Die Zeiten waren nicht leicht. Die Kriegsgerüchte und die Plünderung unserer Gemeinde durch die Kriegssteuer, der Versuch, unsere jungen Männer in die Armee zu pressen, all das wurde noch verschlimmert durch einen Mangel an Einklang innerhalb unserer Versammlung, was für uns sehr traurig war. Ich bitte dich, uns alle aus Yonge Street im Licht zu behalten und darum zu beten, dass unsere Differenzen bald beigelegt werden. Es ist schon schlimm genug, wenn draußen der Krieg wütet, aber schlimmer noch ist es, Konflikte im Innern zu erleiden. Wenn ich sage im Innern, dann meine ich sowohl innerhalb der Versammlung als auch in unseren Herzen, denn wen würden die Winde des Streits nicht rühren, die uns von allen Seiten entgegenwehen, sogar, wie es jetzt scheint, aus der Mitte unserer Versammlung?

Die Kriegserklärung, wenn auch lange erwartet, hatte eine traurige Wirkung auf uns. Die ganze Welt scheint sich in einen äußeren Konflikt gestürzt zu haben, der keinen Grund für die Annahme bietet, dass er ein Ende findet. Als die Nachricht über den Krieg eintraf, hatten wir in der Versammlung das zwölfte Kapitel der Offenbarung zum Thema; über die Frau, die mit der Sonne bekleidet war und den Mond unter den Füßen hatte, und auf ihrem Haupt eine Krone von zwölf Sternen, und über den Drachen, welcher der Krieg ist, der vom Himmel herabgeworfen wurde. Ich kann nicht behaupten, dass ich den Text verstehe, doch die Worte, die mir im Gedächtnis haften geblieben sind, lauten: ›Und ich hörte eine große Stimme, die sprach im Himmel: Nun ist das Heil und die Kraft und das Reich unsres Gottes geworden.‹ Ich hoffe und bete, dass es so sein möge: dass aus dem Unheil unserer Zeit ein Reich des Friedens hervorgehen möge, wie im Himmel, also auch auf Erden.

David Willson ist nicht mehr mit uns im Einklang, sondern hält am Ersten und am Fünften Tag bei sich eine Versammlung ab. Dafür wurde er vor drei Wochen ausgeschlossen, was zu viel Tumult in unseren Reihen geführt hat, wie du dir sicher vorstellen kannst. Er hat uns verlassen, weil er uns in unserem Wunsch nach Frieden nicht leidenschaftlich genug fand, nicht mutig genug, um nach den Vorstellungen jenes Reichs der Gnade zu handeln, die Gott uns eröffnet hat. Meiner Meinung nach neigt David Willson zu einer theatralischen Form des Gottesdienstes, die sich nicht ziemt, doch ich mache mir Sorgen, dass wir das Wesen der Erleuchtung vielleicht abstoßen, weil wir ihren Stil nicht mögen. Denn wenn je eine Herde eines Zeichens von ihrem liebevollen Hirten bedurft hat, dann diese. Wir wandern durch eine Wüste, die wir selbst geschaffen haben, und die Wölfe heulen vor der Tür.

Unterdessen haben sich einige unter uns David Willson in Gwilimbury angeschlossen und nennen sich die Kinder der Friedensgöttin. Sie unterwerfen sich weder dem Buchstaben der Schrift noch den Zwängen einer gewalttätigen Welt, sondern lassen sich nur von dem Lichte leiten, das eines jeden Menschen Herz erleuchtet.

Freund Mark, wir denken oft an dich, wir behalten dich im Herzen und schließen dich in unser Gebet ein. Der Gott des Friedens sei mit dir.

In Freundschaft,
Clemency Armitage

»Was machst du da, Mark?«

Ich faltete das Papier zusammen und schaute meine Schwester an. Clemency hatte nichts geschrieben, was ich nicht hätte mitteilen können. »Ich lese einen Brief aus Yonge Street. Du kannst ihn dir nach dem Essen ansehen.« Ich legte das gefaltete Papier auf den Tisch und wandte mich direkt an sie. »Außer dir und mir gibt es hier keine Freunde, Rachel. In Mackinac gibt es sonst niemanden, der unser Zeugnis ablegt. Morgen ist der Erste Tag. Sollen wir beide unsere Zusammenkunft zur stillen Andacht hier in McGulpins Haus abhalten? Wir können einen Zettel an die Tür hängen, dass teilnehmen kann, wer will. Wir wären nicht allein« – das sagte ich ebenso zu meiner wie zu ihrer Beruhigung –, »denn auch in Yonge Street versammeln sie sich, in Mosedale und überall, wo es Freunde gibt. Machst du mit?«

Ein Hauch von Farbe überzog ihr Gesicht, und Tränen stiegen ihr in die Augen. Zum ersten Mal, seit ich sie gefunden hatte – vielleicht auch zum ersten Mal in unserem gemeinsamen Leben –, schaute sie mich an, als sähe sie mich klar und deutlich: nicht nur als ihren Bruder Mark, sondern als den Mann, der ich bin. »Ich bin ausgeschlossen, Mark«, erwiderte sie ruhig.

»Das spielt keine Rolle. Steht eine Zusammenkunft zur stillen Andacht nicht allen offen, die daran teilnehmen wollen?«

»Ja«, sagte sie und schaute mich noch immer an, als wäre es ihr schließlich wie Schuppen von den Augen gefallen. »Ja, wenn es dein Wunsch ist. Ich komme.«

26

Zu unserer Versammlung am Ersten Tag kam außer uns niemand, doch die Nachricht von unserer Werbung verbreitete sich rasch; infolgedessen besuchte uns am darauf folgenden Zweiten Tag keine geringere als Madeleine La Framboise. Rachel und ich saßen auf der Bank hinter dem Haus, während die Kleine mit der Nachbarskatze spielte, die sich zu unseren Füßen im Gras wälzte. Das gutmütige Tier war schon in die Küche gekommen und hatte um Abfall gebettelt, als Alan und ich bei McGulpin gewohnt hatten.

Da unsere Besucherin drinnen niemanden antraf, kam sie um das Haus herum zu uns. Sobald Rachel sie erblickte, lief sie auf sie zu und begrüßte sie in der Stammessprache der Ottawa. Das war mir unangenehm, vor allem, wenn sie so schnell miteinander redeten, dass ich die Wörter nicht verstand. Dann kam Madeleine La Framboise zu mir. »So, so, Mr. Greenhow, da haben sie Ihre Schwester am Ende doch noch gefunden.«

»Ja«, sagte ich. Da kam mir ein neuer Gedanke. »Sie haben es gewusst!«, stellte ich fest und schaute ihr fest in die Augen.

»Das haben Sie sehr gut gemacht, Mr. Greenhow«, sagte sie, ohne auf meine Worte zu reagieren. »Ich gratuliere.«

»Sie haben es gewusst!«, wiederholte ich, denn so einfach wollte ich sie nicht davonkommen lassen.

»Mr. Greenhow«, sagte sie. »Sie haben keine Ahnung von diesem Land. Wer hat wohl am meisten gelitten, was meinen

Sie? Ihre Schwester wurde Ihnen zurückgegeben, und ich danke Gott für all seine Gnade.« Sie wandte sich von mir ab und lächelte dem Kind zu, das sich im Gras aufgerichtet hatte und sie mit großen Augen anstarrte.

»Das ist meine Tochter Zhawenjigewin«, sagte Rachel mit hoch erhobenem Kopf.

Noch ehe Madeleine etwas sagen konnte, rief jemand vor dem Haus: »Alan! Mark! Ist jemand da?«

»Loic!« Ich ließ die beiden Frauen allein und rannte förmlich durch das Haus.

Loic lächelte, als er mich sah, und umarmte mich. Ich schrak zurück; ich war ebenso erfreut, ihn wiederzusehen, wenn ich es auch nicht so zeigte wie er. »Loic! Freut mich, dich zu sehen. Komm doch herein.«

Nachdem ich drei Tage lang versucht hatte, die unvorhersehbaren Schweigephasen meiner Schwester zu deuten, war es eine Erleichterung, offen reden zu können. Auf Bois Blanc gehe es allen gut, berichtete Loic. Es wäre jedoch besser, wenn ich nicht käme. Waase'aabans Mutter hatte darauf bestanden, ihre jüngere Tochter wieder mit ins Dorf zu nehmen. Pakanés Bruder war eingetroffen, doch niemand hatte ihm etwas gesagt, und mit etwas Glück würde er es auch nie erfahren. Waase'aaban war traurig. »Aber sie wird es überleben«, sagte Loic. »Und du, Mark? Tut mir Leid, dass es so zu Ende gehen musste. Aber du kommst darüber hinweg, ja?«

»Ja«, sagte ich. Dann fiel mir ein, dass Loic mehr Offenheit verdiente. »Ich hätte sie geheiratet. Ich wäre jetzt bei ihr, wenn ich könnte. Trotzdem, wenn ich es recht bedenke, verstehe ich, was Beedaubun sagte. Vielleicht komme ich von zu weit her. Mag sein, dass wir uns nicht gut genug verstanden hätten. Ich weiß es nicht.«

»Oui«, sagte Loic, »und kann es sein, dass du auch ein bisschen erleichtert darüber bist, noch frei zu sein? Wenn dem so ist – und ich glaube, du kannst es nicht leugnen –, dann darfst du nicht zu

streng mit dir sein. Es gibt keinen Mann unter der Sonne, der das nicht gedacht oder gewünscht hätte, sosehr er seine Frau auch liebt oder so traurig er über ihren Verlust ist. Denn nun kannst du deiner Wege gehen und musst dir keine Sorgen mehr darum machen. Vielleicht war es auch für eine Weile sehr gut, und deshalb hast du keinen Grund, es zu bereuen.«

»Ich habe Unrecht getan«, entgegnete ich finster.

»Pah! Was ist schon *Unrecht*? Es hat dir Freude bereitet. Du hast Waase'aaban Freude bereitet – dessen bin ich mir sicher –, und jetzt bist du frei, bei der nächsten Frau wirst du umso willkommener sein. Darin sehe ich keinen Grund zur Sorge.«

»Und was ist mit Waase'aaban?«

»Waase'aaban? Sie ist unter ihresgleichen. Sie wird geliebt. Was willst du mehr? Wenn du sagst, es sei schlecht gewesen, mit ihr zu schlafen, dann beleidigst du sie. Wenn du mit Achtung über sie reden willst, dann musst du nun zugeben, dass es gut war. Ist das nicht so?«

»Ja«, sagte ich, wenig überzeugt.

Ich ging mit Loic zum Büro der Company hinüber, doch Alan war nicht da. Wir stöberten ihn schließlich auf, als er gerade aus der Hinterpforte des Forts kam. Zu Hause hatte Rachel uns eine Notiz hinterlassen: *Bin in la maison de Mme La Framboise.* Ich weiß nicht, ob Alan oder Loic meine Erleichterung teilten, doch ich war froh, dass wir jenen letzten Nachmittag für uns hatten. Alan zahlte Loic den doppelten Lohn für all die zusätzlichen Monate unserer Abwesenheit. Er sagte, die Company habe ihn gerade entlohnt, sodass er sich umso reicher machen könne, wenn er den Überschuss fortgebe.[1] Ansonsten saßen wir nur und redeten, und als Anne auftauchte,

1 Alan und Loic war so eine seltsame Art von Logik über Geld zu Eigen, die damals für mich keinen Sinn ergab. Heute verstehe ich sie vielleicht besser. Ich habe die Erfahrung gemacht, dass Männer, die reichlich geben, oft auch sehr gut leben, obwohl sie nicht reicher werden, als ein Leben in Schlichtheit erfordert. Auf Alan und Loic traf das gewiss zu. Alan gab mir von seinem Lohn auch zwölf Guineen, denn ich hatte kein Geld mehr und musste noch nach Hause fahren.

um zu kochen, gingen wir ins Freie, bis die Sonne hinter dem Nachbarhaus versank. Dann trug ich mit Loic das kleine Kanu seines Vaters ans Ufer, sodass er es hinter sich her nach Hause schleppen konnte. Ich half ihm, die beiden Kanus zu Wasser zu lassen. Ehe er einstieg, drehte er sich zu mir um.

»*Adieu,* Mark.«

Diesmal war ich vorbereitet und zuckte nicht zurück, als er mich nach französischer Manier auf beide Wangen küsste. »Lebe wohl, Loic«, sagte ich standhaft.

Geschmeidig stieg er in das Kanu, und ich sah ihm nach, wie er in der Dämmerung davonpaddelte.

Am nächsten Morgen gingen Alan und ich zum Barbier. Als der Bursche mir die Haare gestutzt hatte, schaute ich in den Spiegel und sah, dass meine Haut ganz weiß war, wo der Bart gewesen war und unter den struppigen Locken, die mir fast bis in die Augen gewachsen waren, obwohl ich sie hin und wieder mit meinem Jagdmesser abgesäbelt hatte. Von Alans Geld kaufte ich mir im Laden der Company zwei Baumwollhemden und zwei Paar graue Socken, doch konnte ich mir nicht mehr vorstellen, in einem Kanu Stiefel anzuziehen, sodass ich die Mokassins anbehielt, die Waase'aaban für mich angefertigt hatte. Meine Wintermütze aus Eichhornfell hatte ich beiseite gelegt – die Pelzhändlermütze hatte ich irgendwo unterwegs verloren –, und ich kaufte mir einen breitrandigen Biberhut. Ich tat das nur sehr ungern, denn ich dachte daran, dass die Biberfelle den weiten Weg bis nach London zurückgelegt hatten und als Hüte wieder nach Mackinac gebracht worden waren, was in meinen Augen nicht viel mit Einfachheit zu tun hatte. Doch ich wollte zumindest einen kleinen Teil meines früheren Selbst wiederherstellen. Diesem Prozess musste ich mich auf der langen Reise, die vor mir lag, stellen, und ich dachte, ich könnte auch gleich damit beginnen.

Rachel verbrachte viel Zeit bei Madeleine La Framboise.

Wenn sie mit Alan und mir zusammen war, sprach sie kaum ein Wort. Um Clemency kümmerte sie sich leidlich, doch es beunruhigte mich, als ich sie mit dem Kind in der Sprache der Ottawa reden hörte, was zu meiner Schwester nicht passen wollte. Tatsächlich wurde ich wütend. »Sie muss in englischer Sprache aufwachsen«, sagte ich grob. »Du sprichst doch englisch. Was denkst du dir eigentlich dabei? Das Kind – und dafür solltest du Gott dankbar sein – wird nie wieder nach Michigan kommen.«

Rachel warf mir einen vorwurfsvollen, entsetzten Blick zu, packte die Kleine, die sofort zu greinen anfing, und floh aus dem Haus.

Ich sah ihr von der Tür aus nach. Mit wehenden Röcken lief sie durch den Garten von Madeleine La Framboise und stieg die Treppe zur Tür hinauf. Ich hörte sie laut schluchzen. Das war wieder die alte Rachel. Es hatte wohl wenig Sinn, ihr zu folgen, doch etwa eine Stunde darauf ging ich doch hin und klopfte an die Tür. Die schwarze Hausangestellte öffnete, so wie vor einem Jahr, als ich zum ersten Mal hier war. Sie bot mir an, meinen Hut zu nehmen, doch ich wollte nicht, woraufhin sie mit den Schultern zuckte und mich ins Wohnzimmer führte.

Madame La Framboise war allein. Sie hieß mich feierlich willkommen. »Sie sind hier, um Ihre Schwester zu suchen?«

»Ja.«

»Ich habe sie in mein Bett gelegt.« Madeleine La Framboise bedeutete mir, Platz zu nehmen, und ich setzte mich behutsam auf die Kante eines kleinen, mit Chintz bezogenen Lehnstuhls. »Ihrer Schwester geht es nicht gut, Mr. Greenhorn.«

»So?« Ich war bestürzt. »Sie war doch bis jetzt immer gesund. Was fehlt ihr denn?« Ein entsetzlicher Gedanke kam mir. »Sie wollen mir doch nicht sagen, dass sie wieder schwanger ist?«

Im ersten Augenblick dachte ich schon, sie lächelte, doch es muss eine Täuschung des Lichts gewesen sein. »Ich spreche von ihrem Verstand«, sagte Madeleine La Framboise. »Ich glaube, sie leidet mehr, als Sie denken.«

Heftig schüttelte ich den Kopf. »Rachel ist nicht verrückt«, versicherte ich ihr. »Nicht im Geringsten. Manchmal« – ich wollte ihr nicht in den Rücken fallen, doch ich befürchtete, dass wir in tiefe Wasser gerieten – »jagt sie den Leuten Angst ein mit ihren Anfällen und so, aber daran ist gar nichts. Als sie noch klein war, hat sie es sogar fertig gebracht, vorsätzlich in Ohnmacht zu fallen. Ein anderes Mädchen hat ihr gezeigt, wie das geht, und sie hat es wirkungsvoll eingesetzt. Doch meine Mutter hat gesagt, beachte Rachel nicht, und sie hat es sich schnell wieder abgewöhnt, weil sie nichts damit erreichen konnte.«

»Ich glaube, Sie verstehen nicht ganz«, sagte Madeleine La Framboise.

»Das hat Rachel mir auch schon gesagt.« Ich seufzte kläglich. Ich musste den Stier bei den Hörnern packen. »Dann sagen Sie mir doch bitte, was ich nicht begreife und was wir tun müssen.«

»Ich glaube, Sie haben nicht richtig verstanden, was es für Ihre Schwester bedeutet, drei Jahre lang bei meinem Volk gelebt zu haben, und dass es ihr jetzt schwer fällt, wieder bei ihrer Familie zu sein.«

»Sie meinen, sie wollte gar nicht gerettet werden?«

»Mr. Greenhow«, sagte sie und verstummte. Was sie auch hatte sagen wollen, ich bin mir sicher, dass sie es hinunterschluckte. Stattdessen sagte sie: »Ich glaube, Sie haben alles getan, was in Ihrer Macht stand, und über kurz oder lang wird Ihre Schwester Ihnen dafür dankbar sein. Daran besteht kein Zweifel. Doch fürs Erste …« Sie betrachtete mich nachdenklich. »Ich glaube, es wäre gut, wenn Rachel ein wenig hier bliebe. Würden Sie das bitte ihrem Mann erklären? Es wird wohl nicht für lange sein. Auf jeden Fall gehe ich bald nach Grand River. Doch vorerst, glaube ich, ist es so am besten.«

Das Alan zu erklären war nicht leicht. Da er nie zu Hause war, dachte ich, würde es ihm nicht viel ausmachen, wenn Rachel ein paar Tage abwesend wäre. Ich irrte mich, doch ich hatte das Gefühl, mich bereits hinreichend mit den Marotten meiner Schwester abgegeben zu haben, sodass ich nicht noch denen von Alan Vorschub leisten musste. »Wenn es dir nicht gefällt«, sagte ich mürrisch, nachdem ich mir fast zehn Minuten lang sein Gezeter angehört hatte, »kannst du nach nebenan gehen und sie zurückholen. Doch ich will damit nichts zu tun haben.«

Natürlich ist er nicht gegangen. Im Laufe der nächsten Tage sah ich Rachel und Madeleine La Framboise im Garten oder draußen spazieren gehen. Meine kleine Nichte fehlte mir – mit jedem Tag verging eine Gelegenheit, sie zu sehen, die nie wiederkehren würde –, doch ich wahrte meine Distanz. Ich wurde dafür belohnt; noch in der ersten Woche kehrte Rachel zu uns zurück und kam eines Abends hereinmarschiert, als wäre nichts gewesen. Ich habe sie nie wieder mit dem Kind in der Sprache der Ottawa reden hören – andererseits war ich auch nicht immer in ihrer Nähe. Das kleine Mädchen trug jetzt eine Art Amulett an einem Lederband um den Hals, was mir nicht gefiel, doch ich hielt den Mund, und Rachel war mir gegenüber ähnlich zurückhaltend.

Jetzt, da ich meine Mission erfüllt hatte, war ich bestrebt, nach Yonge Street zurückzukehren und unseren Freunden dort jede mir mögliche Hilfe zu gewähren. Es gab für mich keinen Grund mehr, noch länger auf Mackinac zu bleiben, dafür aber hatte ich allen Grund, aufzubrechen. Alan und ich gingen zum Büro der South West Company, um uns zu erkundigen, ob ich mit einem der Versorgungsschiffe über den Lake Huron übersetzen könnte, die jetzt, da die Seen vom Eis befreit waren, ungeachtet der Amerikaner hin- und herpflügten. In der Faktorei reichten die Angestellten gerade eine *Upper Canada Gazette* herum, die keine zwei Wochen alt und in York gedruckt worden war. Allein die Existenz dieser Zeitung sprach für sich, und auf den Seiten wurde die gute Nachricht bestätigt: Nachdem die Amerikaner die Parlamentsgebäude in York geplündert und niedergebrannt hatten, waren sie nicht imstande, die militärische Präsenz jenseits des Sees aufrechtzuerhalten, und hatten sich ans Ufer von New York zurückgezogen. Die schlimmsten Verluste waren die Vorräte im Militärdepot gewesen und die Zerstörung eines halb fertigen Schiffs in der Werft. Beide waren auf Befehl von General Sheaffe in Brand gesetzt worden, ehe sie den Amerikanern in die Hände fielen.

»Nun musst du dich doch nicht beeilen«, sagte Alan. »Deinen Freunden wird nichts geschehen sein; die Yankees waren nur sechs Tage in York und sind nicht ins Landesinnere vorgedrungen. Bleib noch ein paar Wochen. Ich habe zu tun, und für Rachel ist es gut, dich noch eine Weile hier zu haben.«

Ich ließ mich überreden. Soweit ich weiß, hat Rachel sich niemandem außer Madeleine La Framboise anvertraut, und ich wagte mir auch nicht ansatzweise vorzustellen, was sie sich erzählten. Doch das musste bald ein Ende haben, denn Madeleine La Framboise traf die letzten Vorbereitungen, um zu ihrem Handelsposten am Grand River zu reisen, gerade so, als wäre der Krieg nie ausgebrochen. Tagsüber war Alan kaum da. Ich fragte mich, ob Rachel sich an die Vernachlässigung ebenso gewöhnt hatte wie ich. Natürlich verbrachten sie die Nächte gemeinsam in einem Zimmer. Ich weiß nicht, ob sie ihm damals mehr erzählt hat als mir. Über die Beziehung zwischen ihnen hat sie kein Sterbenswörtchen verlauten lassen, doch wenn ich sah, wie Alans Blicke auf ihr ruhten – ich glaube, er war sich dessen nicht einmal bewusst –, war ich mir sicher, dass seine Liebe zu ihr nicht nur neu entflammt war, sondern auch erwidert wurde. Ich betete, dass sie nicht wieder getrennt würden, denn ich hielt Alans Gedächtnis, was Treue angeht, nicht unbedingt für das verlässlichste. Doch nun, da er wieder Tisch und Bett mit Rachel teilte, war es, als seien sie nie auseinander gewesen. Er konnte sich mit ihr messen, und darüber war ich froh. Er ließ sich offenbar nicht im Mindesten von ihrer schroffen Art aus der Fassung bringen. Ich konnte ihm nur wünschen, dass er Freude mit ihr hatte, doch sie wollten noch immer nicht, dass ich aufbrach.

Der Sechste Monat zog ins Land. Anfangs erreichten uns nur schlechte Nachrichten. Die Amerikaner eroberten Fort George am Niagara River, dann gaben die Briten Fort Erie auf und zogen sich vom Ufer des Niagara zurück. Wie Alan vorausgesagt hatte, überquerte eine amerikanische Armee den Fluss mit Booten und verfolgte die Briten bis Upper Canada. Den Amerikanern gelang es jedoch nicht, Errungenes zu halten, denn knapp zwei Wochen später war Fort Erie wieder zurückerobert, und am fünften Tag des Sechsten Monats schlugen siebenhundert Britische Soldaten des Achten und Neunundvierzigsten Regiments bei Stoney Creek eine amerikanische Armee in der Stärke von dreitausend Mann zurück. Die beiden amerikanischen Kommandeure wurden gefangen genommen, und wieder war Upper Canada vor einer Invasion gerettet.

Auf Mackinac war alles ruhig. Die britische Garnison und die amerikanischen Zivilisten waren eine unbehagliche Allianz gegen den drohenden Hunger eingegangen. Nun, da die Seen offen waren, trafen ziemlich regelmäßig Lieferungen ein. Wir lechzten nach neuen Nachrichten. Obwohl Michigan vermeintlich zu Upper Canada gehörte, deckte es unseren Bedarf auf Mackinac nur unzureichend. Die ortsansässigen Indianer brachten frischen Fisch, der eine willkommene Nahrungsergänzung darstellte; Mais hingegen war sehr begehrt, und das sollte auch bis nach der Ernte so bleiben. Der Herrgott allein wusste, was bis dahin geschehen würde.

Unterdessen gingen Rachel und ich fast jeden Tag spazieren; wir nahmen das Kind mit zu Dousmans Farm, wo die Kleine gern die Tiere betrachtete, oder am Ufer entlang, manchmal bis zu der Stelle, an der die Briten gelandet waren. Außerhalb des Forts und des Ortes lag die Insel in mittsommerlicher Stille. Wir gingen über ausgetretene Pfade durch den Halbschatten der Wälder, und ich schwamm zuweilen, wenn niemand in der Nähe war, im See, der noch immer kühl war, sich aber allmählich erwärmte; unterdessen planschten Rachel und das Kind in den seichten Stellen. Wir erkundeten die seltsamen Felsformationen und kletterten den kleinen Berg hinauf. Die Insulaner der umliegenden Farmen gewöhnten sich an uns. Auf Dousmans Farm kehrten wir hin und wieder auf ein Glas Milch ein, doch für gewöhnlich wünschten wir den Leuten nur guten Tag und guten Weg.

Auf diese Weise schufen wir einen kleinen Flecken des Friedens im Auge des Sturms. Ringsum tobte der Krieg, und wir beachteten ihn nicht. Wir waren uns der bevorstehenden, unvermeidlichen Trennung wohl bewusst, und einmal sprachen wir an, was wir beide wussten: dass wir uns nach dem Abschied nie wiedersehen würden, zumindest nicht in dieser Welt. Nie stand ich Rachel so nah, und nie hatte der Frieden zwischen uns so lange gehalten. Das Wetter war freundlich, und die wohltuende Wärme spiegelte sich in unseren Herzen wider. Ich dankte Gott für diesen kurzen Segen, der uns zuteil wurde, und in dieser Zeit gab ich mich damit zufrieden, der weiten Welt den Rücken zu kehren und in unserem kleinen Garten Eden zu leben, als wären wir noch Kinder auf Highside. Das Kind gedieh und begann, englische Wörter zu sprechen, darunter auch meinen Namen. Wenn Rachel und ich uns unterhielten, dann ging es oft um früher. Anfangs war ich zurückhaltend, da ich dachte, solche Erinnerungen wären schmerzhaft; doch Rachel bestand darauf, und ich glaube, wir verstanden uns am Ende besser denn je. Sie erzählte mir ein wenig über ihre Reisen mit Judith, und einmal sprach sie über das Kind, das sie verloren hatte, und die ersten Monate ihrer Ehe – und weinte.

»Ich war einsamer als je zuvor in meinem Leben, Mark. Ich hatte mich durch mein eigenes Dazutun ausgestoßen. Mich allein traf die Schuld. Das machte die Sache noch schlimmer. Man gelangt an einen gewissen Punkt der Einsamkeit, an dem die Außenwelt keine Rolle mehr spielt. Dann ist alles möglich.

Es hat anscheinend keinen Sinn, sich zu wehren. Das Seltsame ist: Dadurch, dass man sich nicht wehrt, findet man den Weg zurück in die Welt. Doch sich so weit zu verlieren – das ist gefährlich, Mark. Dem, was dir dann zustoßen kann, sind keine Grenzen gesetzt.«

Ich vermutete, sie sprach über ihren Aufenthalt bei den Indianern und sagte: »Du bist jetzt wieder zu Hause und in Sicherheit. Früher oder später kannst du deine Gefangenschaft vergessen.«

»Nein!« Wie üblich hatte ich wohl wieder das Falsche gesagt. »Nein, niemals! Was bedeutet schon ›Sicherheit‹ für mich? Was ist ›zu Hause‹? So etwas gibt es nicht mehr! Du sagst mir, ich solle vergessen, Mark, als wäre ich ein kleines Kind, das aus einem schlechten Traum aufwacht. Ich sage dir, ich werde es nie vergessen! Ich will es auch gar nicht! Es ist eine schreckliche Last, aber es ist auch ein Geschenk, innerhalb eines einzigen Lebens zwei verschiedene Menschen zu sein. Es ist keine Gefangenschaft. Ich glaube, es könnte eine Stärke sein, wenn ich nur den Mut hätte, es in eine solche zu verwandeln. Eines weiß ich sicher: Ich kann nie wieder jemanden gänzlich von außen betrachten.«

»Du denkst zu viel darüber nach.« Ich wünschte, ich hätte besser verstanden, wovon sie sprach, und ich versuchte sie zu trösten. »Du musst dein Leben weiter leben und nicht immer zurückblicken.« Ich schaute sie an. »Aber wenn du nicht vergessen kannst, würde es dir dann nicht helfen, wenn du mir erzählst, was passiert ist?«

»Das kann ich dir niemals sagen«, verkündete Rachel entschieden, doch dann wurde sie plötzlich sanft – ihre Launen schlugen ebenso schnell um wie bei Alan – und legte eine Hand auf mein Knie. Wir saßen nebeneinander auf einem Wiesenstück oberhalb des Strandes. »Mark, ich mag dich sehr. Ich werde nie vergessen, was du für mich getan hast. Ich wünschte, ich könnte darüber reden ... Ich weiß, du möchtest, dass ich es erkläre … ich kann es aber nicht. Ist dir je aufgefallen, dass wir umso weniger übereinstimmen, je länger wir miteinander reden? So war es wohl immer, und jetzt mehr denn je. Verzeih, habe ich dich damit verletzt? Das wollte ich nicht; ich muss dir für vieles dankbar sein.«

»Es steht mir nicht an, dich zu verurteilen«, sagte ich, ohne ihre letzte Frage zu beantworten. Sie hatte mich tatsächlich verletzt, und das nicht zum ersten Mal. Niemand hat meine Auffassungsgabe je für derart unzureichend gehalten.

»Ich habe dich also doch verletzt.« Sie betrachtete mich eingehender, als mir lieb war. »Und du verletzt mich zuweilen auch, mehr, als du denkst. Ich wünschte … Wenn du nach Hause kommst, möchte ich, dass du daran denkst …«

»Ja?«

»Als ich noch klein war, wollte ich mehr als alles andere bei dir sein«, sagte Rachel plötzlich. »Du wolltest mich nicht immer mitnehmen. Eigentlich immer seltener. Das hat mich tief getroffen. Am allerliebsten wäre ich dein Bruder gewesen. Wirst du dir das in Erinnerung rufen?«

»Ja.« Wenn ich mich an die Vergangenheit erinnerte, dann an die Tatsache, dass sie immer ungeduldiger mit mir war, je älter sie wurde. Oft sagte sie Dinge, die keinen Sinn ergaben, und ließ mich dumm und gedemütigt dastehen, auch wenn ich mir die größte Mühe gab, es zu verbergen. Ich glaube, wir waren nicht dazu geschaffen, einander zu verstehen. Schon bald würden wir auseinander gehen. Es gab nichts, was ich zu erklären hatte; ich wollte, dass die letzten Tage harmonisch waren. »Ja«, sagte ich noch einmal, »ich werde es mir in Erinnerung rufen.«

An den Ersten Tagen hängten wir unsere Ankündigung der Zusammenkunft zur stillen Andacht bei McGulpin aus, und nach jenem ersten Mal, als wir nur zu zweit waren, kamen für gewöhnlich vier oder fünf Personen, meistens Frauen. Ich glaube, sie waren vor allem neugierig, doch das Schweigen hat sie vielleicht in gewisser Weise angesprochen. Ich habe sie nicht gefragt – ihr Innenleben war nicht meine Angelegenheit. Doch ich möchte gern glauben, dass sie in jenen Kriegszeiten bei den Freunden ein wenig Frieden fanden. Es war ein kleiner Kieselstein, der in einen Strudel geworfen wurde, und die ringförmigen Wellen wurden sogleich geschluckt. Doch man kann nie wissen, ob jemand sich hatte anrühren lassen, und darauf vertraue ich, wie immer.

Es kam die Zeit, da wir an die Zukunft denken mussten. Alan musste im Siebten Monat nach Fort William gehen, wenn die Brigaden von Montreal auf ihrem Weg zum Treffen der North West Company vorbeikommen würden. Er müsse sich mit den Handelsagenten treffen, sagte er. Die Zukunft der South West Company und die Beziehungen zwischen der North West und der American Fur Company wären unsicher, solange Krieg herrschte. Vom Pazifik gab es nichts Neues. »Da wird die Sache entschieden«, sagte Alan. »Ich muss es herausfinden.«

»Und was wirst du dann machen?«

»Das weiß ich nicht. Ich würde gern wieder zur North West gehen. Wenn ich in Fort William bin, will ich mit Sim und Tomas reden. Ich bin diesen verdammten Krieg leid. Du könntest behaupten, ich hätte meinen Anteil daran verpatzt. Ich werde tun, was ich für mein Land tun muss, doch ich bin verflucht froh, wenn alles vorbei ist.«

»Ich dachte, es hätte dir gefallen? Ich wusste gar nicht, dass du für England gekämpft hast.«

»Mir gefällt die Sache nicht«, sagte Alan kurz angebunden. »Was ich auch anfangs gedacht habe, jetzt gefällt mir die Sache nicht. Und ich bin kein Engländer. Es ist kein englischer Krieg, Mark. Siehst du Napoleon auf Mackinac? Ich nicht.«

»Welches ist denn dein Land? Großbritannien?« Ich hatte ihn noch nie desillusioniert erlebt, daher war ich neugierig.

Alan zuckte mit den Schultern. »Woher soll ich das wissen? Ich habe es einmal gewusst, aber jetzt weiß ich es nicht mehr.

Wahrscheinlich dort, wo ich lebe. Ich will keine Yankees in Kanada. Dafür werde ich auch weiter kämpfen, wenn es sein muss. Aber ich wünschte, es wäre vorbei.«

»Also wirst du kämpfen oder wieder bei der North West anfangen. Und was ist mit Rachel? Und dem Kind?«

»Wenn ich in diesem Winter Urlaub für Montreal bekomme, kann ich ihnen dort eine feste Bleibe verschaffen. Ich hoffe, das werden die Handelsagenten mir anbieten. Bis zum nächsten Frühjahr wird mein Bein wohl wieder in Ordnung sein. Wenn sie mich bei der North West wieder nehmen, kann ich gut für deine Schwester sorgen, Bruder Mark, was die Yankees auch unternehmen. Tatsache ist, dass wir diesen Krieg gewinnen werden – darüber musst du dir keine Sorgen machen – und ich werde für sie sorgen, besser als vorher. Das verspreche ich dir.« Er schaute mich von der Seite an; wir saßen in der kühlen Abendluft auf der Bank. »Ich meine es ernst, Mark. Ich werde mich um sie kümmern, und das weißt du.«

Ich verließ Mackinac als ein Mischlingswesen in geflickter grauer Kniehose und einem Kittel aus Hirschleder (mein schlichter Mantel war so verschlissen, dass man ihn nicht mehr reparieren konnte, und geeigneter Stoff war knapp auf Mackinac). Alan, Rachel, das Kind und ich machten uns in einem Kanu der South West Company auf den Weg zum Sault. Ich hatte vergessen, wie schnell acht *voyageurs* in einem *canot du nord* durch das Wasser preschen können. Ich war als Paddler nicht gefragt, sodass ich mich in Ruhe umsehen konnte. Diese Fahrt hatte ich noch nie bei Tageslicht unternommen. Wir überquerten St. Mary's Bay und fuhren an der Küste entlang nach Osten, vorbei an einigen kleinen Inseln, umrundeten schließlich die Landzunge und nahmen an St. Joseph Island vorbei Kurs nach Nordwesten in die Straits of St. Mary's hinein. Jetzt gab es keine Grenze, die uns hätte Kummer bereiten müssen. Wir waren wachsam, denn obwohl die Briten die Seen hielten und die Indianer in diesem Gebiet friedlich waren, konnte man nie wissen, ob zwischen den vielen Inseln nicht irgendwo amerikanische Schiffe auf der Lauer lagen. Der See hob und senkte sich sanft, und wenn ich zurückschaute, sah ich eine Reihe kleiner Strudel vom Eintauchen der Paddel. Wir hielten uns so dicht am linken Ufer, dass wir jeden einzelnen Baum am Waldrand erkennen konnten. Die Inseln zu unserer Rechten lagen in blauem Dunst, manche nah und manche so weit entfernt, dass sie ebenso gut eine Wolkenbank hätten sein können. Beim Anblick des lang gestreckten St. Joseph Island dachte ich an die Zeit vor knapp einem Jahr, als ich im Hause von John Askin lange Gespräche mit Alan geführt hatte.

Es war Vollmond, und nachdem wir eine Bucht überquert hatten – etwa eine Meile über offenes Wasser – gingen wir an Land, sodass die *voyageurs* essen und sich ausruhen konnten; dann ging es im Eiltempo weiter in die Nacht hinein. Das Wasser schimmerte wie Glas, bis der Schatten des Waldes darüber fiel, in dem alles pechschwarz und undurchdringlich war. So zogen die langen Meilen vorüber, bis wir schließlich vor uns weißes Wasser schäumen sahen – die Stromschnellen am Sault. Wir überquerten den Fluss und gingen unterhalb des Anlegers der North West Company an Land, wo bereits sechs andere Kanus lagen. Dort schlugen wir für den Rest der Nacht unser Lager auf. Trotz der Gedanken und Erinnerungen, die sich mir aufdrängten, schlief ich tief und fest.

Als wir am nächsten Morgen zu Charles Ermatinger gingen, erschien der Sault unverändert, bis auf die Tatsache, dass mehr Uniformierte zugegen waren, und das rief mir die Veränderungen in mir selbst noch stärker ins Bewusstsein. Ich fand keine Ruhe; die Zeit raste, und mir ginge es besser, dachte ich, wenn alles vorüber wäre. Ich begleitete Alan zu den Büros der Company und sah unterwegs einen Zweimastschoner auf dem Fluss, dessen Großsegel langsam eingerollt wurde. Während ich auf Alan wartete, sah ich zu, wie die anderen Segel niedergeholt wurden und das Schiff exakt an der Mole längsseits ging. Ich las den Namen am Bug: *Nancy*. Noch während die Männer das Schiff vertäuten, ging ich hinunter, um mit einem Verantwortlichen zu reden. Doch kaum hatte ich einen Fuß auf den Anleger gesetzt, als ich auch schon einen Ruf vom Uferpfad hörte. »Monsieur Greenhorn! Ich fasse es nicht, Mark Greenhorn!«

Ich wirbelte herum. »*Hugh!* Hugh Chisholm!«

Wir schüttelten uns herzlich die Hand. »Sie sind es wirklich, Greenhow! Ich dachte schon, es sei einer der alten *coureurs de bois*, die unsere Faktorei häufig aufsuchen. Aber nein, es ist ein Quäker in Wildleder, was noch bemerkenswerter ist. Aber Sie haben einen neuen breitkrempigen Hut, wie ich sehe! Dabei fand ich, die rote Mütze stand Ihnen ganz gut.« Die ganze Zeit schaute er mich voller Erstaunen an, schüttelte mir unaufhörlich die Hand, als wäre er wirklich hocherfreut, mich wiederzusehen.

Seine Kanubrigade war vor einer knappen halben Stunde im Sault eingetroffen. Der Kanal war an diesem Tag überfüllt, weil alle Welt unterwegs nach Fort William war. Sie warteten, bis sie an der Reihe waren, sich zum Lake Superior hinauf schleusen zu lassen.

»Ist Marc bei Ihnen?«, fragte ich. »Und Jean-Pierre? Und Jacques?«

»Marc ist hier. Jacques ging vor einem Jahr zu den Soldaten. Von Jean-Pierre weiß ich nichts. Der junge Alban ist bei uns. Aber was ist mit Ihnen, Mark? Haben Sie Ihre Schwester gesucht?«

»Ja, und ich habe sie auch gefunden.« Sein Staunen brachte mich zum Lächeln. »Sie ist hier bei Charles Ermatinger. Und auch Alan ist hier – er ist im Büro der Company direkt hinter Ihnen.«

Danach ging alles so schnell, dass ich es kaum begreifen konnte. Vielleicht hat Gott es in seiner Gnade so eingerichtet, denn ein in die Länge gezogener Abschied wäre nicht zweckdienlich gewesen. Die Kanus konnten nicht warten. Das Treffen in Fort Williams war dringlicher als jede Privatangelegenheit. Alan und Hugh hatten alles in Minutenschnelle geregelt. Dann ging Alan rasch zu Rachel bei Ermatinger, um sich von ihr zu verabschieden. Hugh schickte Alban mit, der Alans Sachen tragen sollte. Ich schaute ihnen nach. Wenn Alan schnell ging, humpelte er noch immer ein wenig. Vor einem Jahr wäre er gerannt. Ich hoffte von ganzem Herzen, dass ich das Bein ordentlich gerichtet hatte und er im nächsten Jahr wieder ganz gesund wäre.[2] Hugh und ich gingen am Kanal entlang, und ich erzählte ihm unterdessen alles, was geschehen war. Seine Brigade wartete noch in der Schlange von Kanus darauf, durchgeschleust zu werden. Als Marc mich erblickte, sprang er ans Ufer, und da ich von Loic geschult war, überließ ich mich seiner stürmischen Begrüßung. *»Mais regardez-vous, mon brave! Quel homme vous êtes devenu! Je suis fier de vous, mon voyageur!«*

Zu dritt standen wir am Kanal und redeten rasch aufeinander ein, denn wir hatten nur wenig Zeit, alle Neuigkeiten auszutauschen, während die Kanus neben uns vom Ufer wegdrifteten. Hugh fragte mich: »Und was werden Sie jetzt tun, Mr. Greenhorn, da Ihre Aufgabe erfüllt ist? Werden Sie Ihre Schwester wieder mit nach Montreal nehmen?«

»Nein. Sie wird warten, bis Alan zurückkommt. Charlotte Ermatinger hat sie eingeladen, solange bei ihnen zu bleiben. Für mich gibt es nichts mehr zu tun. Ich kann nach Hause gehen.«

»Sie kehren also auf direktem Wege nach England zurück?«

»Zuerst muss ich noch bei meinen Freunden in Yonge Street vorbeischauen. Dann fahre ich zurück.«

Das letzte Kanu der vorigen Brigade hatte die Schleuse ver-

2 Ich habe Alan letzten Endes doch dazu gebracht, es mir zu schreiben, als ich darauf hinwies, dass ich das Bein schließlich eigenhändig gerichtet und selbstverständlich ein Interesse am Ergebnis meiner Arbeit hätte. Er berichtete, der Knochen sei kräftig wie eh und je, doch das Humpeln bereitete ihm Schwierigkeiten, bis ein Chirurg in Montreal sagte, das könne geheilt werden, wenn man die Sohle eines Stiefels etwas dicker mache als die andere, und das, so schrieb Alan, habe den Zweck im Wesentlichen erfüllt.

lassen. Marc lief wieder zu seinem Kanu. Der Wasserstand in der Schleuse sank langsam, glich sich dem niedrigeren Pegel an, und das untere Tor ging auf. Hugh und ich traten hinzu, als die Ersten aus seiner Brigade in die schmale Kammer paddelten. Gerade als das letzte Kanu einfahren wollte, vernahmen wir schnelle, unregelmäßige Schritte auf den Holzbohlen des Leinpfads hinter uns.

»Das ging ja noch mal gut«, sagte Hugh fröhlich. »Wir lassen sie durch und gehen vom oberen Ufer aus an Bord. Alles klar, Alan?«

»Ja«, erwiderte Alan kurz angebunden. Ich fragte mich, wie Rachel diese überstürzte Abreise aufgenommen hatte. Ich stellte keine Fragen, sondern ging hinter den anderen an der Schleusenkammer vorbei. Das *canot du maître* – es erschien mir nach der langen Bekanntschaft mit dem von Loic jetzt riesengroß – glitt durch das Tor und kam nahe ans Ufer, das so steil abfiel, dass die drei Männer an Bord gehen konnten. Alans kleine Kiste wurde hinübergehievt, und danach stieg Alban ein. Er streckte eine Hand aus, um Hugh zu helfen, der seinen Platz vor Marc einnahm. Hugh schob seine Proviantasche ein Stück zur Seite, um Platz für Alan zu schaffen. Alan reichte mir die Hand. »*Au revoir,* Bruder Mark. Ich muss dir für vieles danken.«

Ich schüttelte ihm die Hand. »Lebe wohl, Alan.«

Plötzlich ließ er meine Hand fahren und nahm mich fest in den Arm. *»Sòraidh slàn leat, a bhràthair. Turas math dhut!«*

Diesmal versuchte ich nicht, den Kanus am Ufer entlang zu folgen. Ich blieb still stehen, bis sie im Dunst verschwunden waren, der über dem See hing. Ich glaubte etwas Weißes aufblitzen zu sehen; womöglich hatte Hugh mit dem Taschentuch gewunken, doch der See war sehr neblig, und es kann sein, dass ich mich getäuscht habe.

Ehe ich zu Rachel zurückkehrte, erledigte ich das, wozu ich hergekommen war, und suchte den Kapitän des Schoners. Sie waren damit beschäftigt, die Vorräte und Handelswaren zu entladen, die sie mitgebracht hatten, und sobald das geschafft war, würden sie ablegen und nach Penetanguishine fahren. Ich war ihnen als Passagier willkommen – das Schiff fahre fast leer zurück, sagte der Kapitän –, doch ich musste noch vor dem Morgengrauen an Bord sein, denn der Wind stand günstig, und sie wollten mit dem ersten Tageslicht auslaufen.

»So«, sagte Rachel, als wir an jenem Abend am Anleger standen; den Rucksack und einen Proviantkorb hatte ich zu meinen Füßen abgestellt. »Das wär's also. Hätte ich heute Morgen beim Aufwachen gewusst, was ein einziger Tag bringen würde … Wahrscheinlich ist es eine Gnade, dass ich es nicht wusste.« Plötzlich ergriff sie meine Hand und hielt sie mit beiden Händen fest umschlungen. »Ich wünschte, Clemency wäre so alt, dass sie sich an dich erinnern könnte.«

»Ja«, sagte ich. »Das geht mir auch so. Erzähl ihr etwas von mir.«

»Ja«, sagte Rachel.

Ich fragte mich, was sie dem Kind wohl berichten und was verborgen bleiben würde, bis eines Tages alle, die in der Erzählung vorkamen, tot waren und die Wahrheit für immer verschwunden wäre. Sehr wahrscheinlich würde ich weder die Kleine noch Rachel jemals wiedersehen. Die Zeit war fast um. Es gab Dinge, die ich nie ausgesprochen hatte und die kein Mann sagt, solange es noch ein Morgen gibt. Ungeschickt, wie ich war, versuchte ich nun, es auszudrücken. »Ich habe dich lieb, Rachel. Deine Mutter und dein Vater lieben dich. Für uns kannst du nie ausgestoßen sein.«

»Ja, Mark, das hast du mir zu verstehen gegeben.«

Meine Schwester gehörte nicht zu den Menschen, die umarmen und küssen. Als wir noch Kinder waren, hat sie leichter einen Schlag ausgeteilt als eine Umarmung, und da ich wusste, dass mir Strafe drohte, wenn ich zurückschlagen würde, hielt ich mich meistens außer Reichweite. Zum ersten und letzten Mal im Leben klammerten wir uns förmlich aneinander. Der

Augenblick verstrich und war vorbei. Als sie sich von mir löste, warf ich mir den Rucksack über die Schulter. Sie wischte sich die Tränen ab und strich mir kurz über die Wange. Bis ich an der Landgangplanke war, hatte sie den Anleger bereits verlassen. Mit langen Schritten ging sie über den Uferpfad zurück zu Ermatingers Haus, wo ihr kleines Mädchen schlief. Das war das Letzte, was ich von ihr sah. Ich wartete noch, falls sie sich umdrehen würde, doch sie unterließ es. Ich hob meinen Proviantkorb auf und ging über die Landgangplanke an Bord.[3]

3 Seither habe ich weder meine Nichte noch meine Schwester jemals wiedergesehen. In Fort Williams wurde Alan von den Handelsagenten der North West Company befragt und infolgedessen als leitender Angestellter bei der North West Company wieder eingestellt. In jenem Winter erhielt er im Neunten Monat Urlaub in Montreal mit Frau und Kind, etwa vier Wochen, nachdem ich die Stadt verlassen hatte. Er hat mir nie gesagt, womit er im letzten Kriegsjahr beschäftigt war, doch nach dem Friedensschluss im Jahre 1814 war er wieder in Montreal. Er kaufte ein Haus in der Nähe des Mount Royal – er hat mir eine genaue Zeichnung davon geschickt –, in dem er seine kleine Familie einrichtete. Der letzte Brief, den ich von Rachel erhalten habe, ist aus dem Zwölften Monat des Jahres 1814. Ich glaube, als sie ihn schrieb, war sie glücklich. Ich habe ihn jetzt vor mir liegen. Liebevoll spricht sie über ihr kleines Mädchen: *Ich glaube, du wirst dich mit mir freuen, Mark, wenn ich dir sage, dass wir im Siebten Monat mit einem zweiten Kind gesegnet sein werden. Der Herr war wahrlich gut zu uns, nach unseren langen Mühen. Ich glaube, für Clemency wird es gut sein; sie ist auf dem besten Wege zu einer verwöhnten Göre und wird von einem zweiten Kind nur profitieren* … Ende 1815 erreichte uns Alans Brief. Es war eine schwere Entbindung gewesen. Meine Schwester hatte zwei Tage lang in den Wehen gelegen. Das Kind ist, noch ungeboren, mit ihr gestorben. Alan ging im darauf folgenden Jahr zurück in den *pays d'en haut*. Meine Nichte Clemency wuchs im Hause ihres Vaters in Montreal auf, umsorgt von Kinderfrau und Erzieherin. Alan ließ sie in einer Klosterschule unterrichten, was mir nicht recht sein konnte, doch die Nonnen haben ihr beigebracht, einen Pflichtbrief zu schreiben: Dafür kann ich mich zumindest verbürgen. In den Falten von Rachels letztem Brief fand ich gerade eine geprägte Einladungskarte, die Anfang 1833 in Highside eintraf: *Alan Mackenzie wäre es eine Freude, Sie zur Hochzeit seiner Tochter Clemency begrüßen zu können* … Als sie ankam, schrieb ich zurück und sagte ihm offen, dass ich einer solchen Bitte nicht hätte entsprechen können, auch wenn sie rechtzeitig eingetroffen wäre, da die Entfernung zu groß war und es den Grundsätzen unserer Gesellschaft widersprach, einer Hochzeit beizuwohnen, die ein Priester vollzieht. Ich schrieb meiner Nichte, um ihr mitzuteilen, dass wir sie stets im Lichte halten würden und dass ihr Mann, Georges Camelon, fürderhin an ihrer Seite in unser Gebet mit eingeschlossen wäre. So gut ich konnte drückte ich die Zuneigung aus, die ich ihrer Mutter wegen für sie empfand. Sie schrieb sehr nett zurück; seither habe ich noch zweimal von ihr gehört; sie hat jetzt zwei Kinder, oder drei. Was meinen Bruder Alan betrifft, er wurde Handelsagent der North West Company, als der Krieg vorüber war, und nach 1815 überwinterte er einige Jahre im *pays d'en haut*. Als die North West sich im Jahre 1821 mit der Hudson's Bay zusammenschloss, war er öfter in Montreal, doch er hielt sich noch immer monatelang in der Wildnis auf. Ich weiß, dass er zu Geld gekommen ist. Wie sein Privatleben aussieht, habe ich nie gefragt, und er hat es mir nie mitgeteilt. Er ist ein zuverlässiger Briefpartner. Wir sind im selben Jahr geboren, sodass ich mir sehr gut vorstellen kann, wie es für ihn ist, alt zu werden. Nicht vorstellen kann ich mir, dass einer von uns beiden das Meer überqueren wird, das zwischen uns liegt, und was den anderen Übergang betrifft, den wir noch vor uns haben, so glaube ich von ganzem Herzen an die Gnade des Herrn, der uns erschaffen hat. Doch ob wir letzten Endes wiederauferstehen, um uns zu erkennen, das weiß ich nicht, und ich bringe es auch nicht fertig, daran zu glauben, so gern ich es wollte.

27

Yonge Street hatte ich vor genau fünfzehn Monaten verlassen, als die Schneeschmelze eingesetzt hatte. Nun kehrte ich in der trägen Hitze eines Sommerabends zurück, während die Schatten auf dem staubigen Weg vor mir immer länger wurden. Von Penetanguishine war es ein Tagesmarsch nach Süden. Die Dünung des Sees begleitete mich noch immer, sodass der Wald die ganze Zeit leicht zu schwanken schien. Gelegentlich trank ich aus einem dürftigen Bach, ansonsten jedoch ging ich stetig weiter, während die Hitze des langen Tages zu- und abnahm und die Sonne gnadenlos auf den hellen Weg vor mir brannte. Vor meinem geistigen Auge hatte ich noch Bilder von dahinjagenden Wolken und offenem Wasser, von unzähligen Inseln, die immer wilder und zerklüfteter wurden, je weiter wir in die Georgian Bay einfuhren, und mich immer stärker an mein bergiges Heimatland in weiter Ferne erinnerten. Als ich nach Yonge Street kam, traf mich der Anblick von kleinen, ordentlich umzäunten Farmen unvorbereitet. Das besiedelte Land erschien mir winzig und zahm. Eigentlich hatte ich mir unterwegs Gedanken machen wollen, um mich darauf einzustellen, doch die Gegenwart war allzu rasch Vergangenheit geworden. Als ich am Heck der *Nancy* stand und den Sault verschwinden sah, wurde das Schiff schnell von der Strömung erfasst und davongetragen; mein trauriges Herz indes wollte nicht folgen, und es hatte noch nicht aufgeholt. Ich traf also unvorbereitet ein, und ein Gefühl der Angst beschlich mich. Dann begegnete ich einem Mann, der mir entgegenkam. Er trug einen breitkrempigen Hut und einen schlichten, altmodisch geschnittenen grauen Mantel. Seit über einem Jahr hatte ich einen solchen Mantel nicht mehr getragen.

»Guten Abend, Freund«, sagte er, als er an mir vorbeiging.

»Guten Abend«, erwiderte ich, nannte ihn jedoch nicht Freund, denn ich wollte nicht, dass er mich erkannte, obwohl ich mich aus einer Zusammenkunft vage an ihn erinnerte.

Ich spürte seinen Blick im Rücken, drehte mich aber nicht um.

Ich erblickte das Anwesen von Amos Armitage an der Straße und bog sogleich in den Feldweg ein. Die Schlaglöcher waren unter der Sonne hart geworden und mit kleinen Steinen gefüllt. Ich ging langsam, denn ich fühlte mich ausgedörrt und klebrig. Meine Stiefel waren mit weißem Staub überzogen. Ein eigenartiges Flattern machte sich in meiner Brust bemerkbar. Als ich zur Haustür kam, stand sie offen, und – ich schaute zweimal hin – ein kleines Kind saß auf der sauberen Stufe und hielt die Reste eines Marmeladenbrots in der Hand. Das Gesicht und das kurze Kleid waren reichlich mit Marmelade bekleckert. Die dicken Wangen blähten sich. Unter der gestärkten Haube traten rote Haarsträhnen hervor.

»Guten Abend, Freund«, sagte ich freundlich. Der Kleine hörte auf zu kauen und schaute mich mit großen blauen Augen an, als ich über seinen Kopf hinweg an die Tür klopfte.

Mein Hals war so trocken, dass ich nur noch krächzen konnte. Doch man hatte mich gehört, denn eine Stimme rief: »Komm herein, Freund! Wer ist es?«

In einer Schürze, die ihr zu groß war, stand sie am Küchentisch und rollte Teig aus. In der Herdstelle brannte Feuer, und es war glühend heiß im Raum. Ich starrte sie an und konnte meinen Augen nicht trauen. Als sie mich sah, blieb ihr der Mund offen stehen; sie war ebenso erstaunt wie ich, doch nach einem Moment des Zögerns erkannte sie mich wieder. Was immer ich erwartet hatte, das hier jedenfalls nicht. »Tante Judith!«

»Mark!« Sie ließ das Nudelholz fallen, und schon hatte sie mir die mehligen Arme um den Hals geschlungen und drückte mich an sich. »Mark! Unser kleiner Mark!«

»Der Kleine nun nicht mehr, Freundin.« Ich löste mich so höflich wie möglich aus ihrer Umarmung – meine Tante hatte mich noch nie in den Arm genommen – und schaute ihr ins Gesicht. »Judith, wie kommst du denn hierher?«

»Mark, mein Junge, dasselbe könnte ich dich auch fragen.« Sie wischte sich mit einem Schürzenzipfel zwei Tränen ab und hinterließ eine Mehlspur auf der Wange. »Ich fürchtete schon, du wärst tot!« Sie war fast wieder die Alte, als sie fortfuhr: »Hättest du nicht schreiben können, Mark?«

»Ich habe doch geschrieben. Hat Clemency denn nichts gesagt?«, fügte ich hinzu, obwohl es wirklich keine Veranlassung gab, mich zu rechtfertigen. »Dir konnte ich nicht schreiben, weil du keine Adresse hinterlassen hast.«

»Ja«, sagte Judith. »Clemency hat einen Brief erhalten. Aber der war vom Siebten Monat letzten Jahres! Wo bist du gewesen, Mark? Demnach hast du sie nicht gefunden?«

»Doch.«

»Wo ist sie denn?«, fragte sie mit blitzenden Augen, als hätte ich Rachel unachtsam im Hof stehen lassen. Manche Dinge ändern sich eben nie.

»Ich werde es dir erzählen. Es ist alles in Ordnung. Aber ich bin eine lange Strecke gegangen und habe Hunger. Ich berichte über alles. Aber wo ist Cl… wo ist Thomas? Und Sarah?«

»Du hast sie *gefunden!*« Erst allmählich dämmerte es ihr. »O Mark, mein Junge! Stimmt das wirklich? Du willst mich nicht nur schonen?«

»Judith«, sagte ich streng. »Willst du mein Wort in Zweifel ziehen?«

»Nein, nein!«, rief sie. »Es ist nur, dass … ich hätte nie gedacht … du hast sie *gefunden!*« Plötzlich aufsteigende Angst ließ sie wachsam werden. »Tot, Mark? Ist sie tot?«

»Nein, sie lebt, und es geht ihr sehr gut.«

»Ach!« Judith gab einen Laut von sich, der wie Aufschluchzen klang. *»Sie war tot und ist wieder lebendig geworden, sie war verloren und ist gefunden worden.«*

»Ja«, sagte ich.

Ich sah, wie es in ihrem Kopf zu arbeiten begann, und dann warf sie sich mir auf einmal an die Brust und drückte mich fest an sich, wie sie es noch nie getan hatte. »O Mark, mein Junge! O Mark!« Ich versuchte, sie mir als die kleine Schwester meiner Mutter vorzustellen – was sie in der Tat war – und nicht als meine herausragende Tante Judith, und ich versuchte sie so gut es ging zu besänftigen, als wäre sie meine Mutter. Dann brachte ich sie dazu, sich zu setzen und ein wenig Vernunft anzunehmen.

»O Mark, mein Junge, dem Herrn sei Dank. Denn Gott ist wirklich gnädig mit uns! Dem Herrn sei Dank …« Gemeinsam schwiegen wir eine Weile, und dann sagte Judith: *»Denn seine Barmherzigkeit währet für und für bei denen, die ihn fürchten, von Kind zu Kindeskindern* … Dem Herrgott sei Dank! Und jetzt, Mark, erzähl …«

Von der Türschwelle kam ein Jammern.

»Johnnie! Hier bin ich, mein Kleiner.« Judith eilte hinaus und kam mit dem klebrigen Kleinkind auf dem Arm wieder herein. Sie wischte ihm das Gesicht mit einem Tuch ab. Ich zuckte vor Mitgefühl zusammen; ich konnte mich noch daran erinnern, dass es mir auch so ergangen war, wahrscheinlich mit derselben Gründlichkeit.

»Ist das Thomas' Kind?«

»Natürlich. Das ist John Armitage. Ist er nicht ein prächtiger Bursche?« John warf den Kopf hin und her und versuchte, dem nassen Tuch auszuweichen. »Mein guter Junge!«, gurrte

Judith und stellte ihn wieder auf die Beine. Er klammerte sich an ihren Rockzipfel und ließ mich nicht aus den Augen. Ich begegnete seinem Blick. Bis zu diesem Augenblick hatte ich vergessen, dass Judith mich nicht im Geringsten erzürnt hatte, als ich klein war. Ich hatte vergessen, dass sie uns, wenn sie backte, aus dem übrig gebliebenen Teig immer Teigmännchen und Marmeladenkuchen machte. Unwillkürlich lächelte ich sie an. »Ehrlich, Judith, alles ist in Ordnung. Rachel ist in Sicherheit. Ich werde dir die Geschichte erzählen. Aber ich hätte nie gedacht, dich hier anzutreffen. Clemency sagte, du würdest nach Hause zurückkehren.«

»Ach, Mark, das hatte ich auch vor! Doch als ich kurz davor stand, diesen Ozean noch einmal zu überqueren – und das ohne meine Begleiterin! Ich dachte an dieses schreckliche Meer, und die Wahrheit ist, Mark, mein Junge – so feige es auch sein mag – denn hätte ich mich nicht ebenso wie auf dem trockenen Land in Gottes Hände begeben? – ich konnte den Gedanken nicht ertragen. Und als ich das dem Herrgott vorbrachte, gab er mir so deutlich, wie du jetzt zu mir sprichst, ein, dieser Kelch werde an mir vorübergehen. Denn hier gibt es Arbeit für mich. Außerdem, Mark, konnte ich nicht fortgehen mit dem Gedanken, dass du und Rachel in der weglosen Wildnis verschwunden wart und ich die einzige Verwandte in diesem Land war, die für euch beten und nach euch Ausschau halten konnte. Manchmal verlor ich den Glauben – ich dachte, wir würden nie wieder von euch hören –, doch ich wusste, was zu tun war. Mir bleibt nicht mehr so viel Zeit zu leben, als dass ich den Rest widerwillig mit Warten zubringen könnte.«

Ich war gerührt. »Das war lieb von dir, Judith.«

Während ich die Marmeladenkuchen aß, die mir aufgetischt wurden, erzählte ich ihr fast alles, was sich zugetragen hatte. Judith schrie auf, weinte noch ein wenig und verhielt sich mir gegenüber einträchtiger als je zuvor, seit ich aus den kurzen Mänteln herausgewachsen war. Ich ließ ihr Zeit, und als noch immer niemand aus der Familie aufgetaucht war, fragte ich beiläufig: »Ist Clemency nicht da?«

»Clemency? Sie ist Himbeeren pflücken – wir kochen ein, Mark. Schade eigentlich, dass du es nicht wusstest. Du hättest noch mehr Einmachgläser aus York mitbringen können.«

»Wo?«

»Mark, mein Junge, ich weiß es nicht. In York gibt es bestimmt genug Gläser. Hier gibt es kein einziges Glas mehr für Geld und gute Worte, nicht zu dieser Jahreszeit, und alle, die vorbeikommen, wollen sich den Einmachtopf ausleihen, den ich in Philadelphia gekauft habe, denn mir war schon vorher aufgefallen, dass so etwas fehlte.«

»Tante Judith, ich meine, wo ist Clemency?«

»Sie pflückt Himbeeren, das habe ich doch gesagt.«

»Aber *wo* …« Ich fing ihren Blick auf und wurde rot. Tante Judith ist gerissen ohnegleichen, und es war nicht das erste Mal, dass ich auf sie hereingefallen war. Mir dämmerte auch, dass sie auf diese Weise ihrer Freude und Dankbarkeit Ausdruck verlieh, dass Rachel der Welt wiedergeschenkt worden war.

»Auf der anderen Seite der Weide, als wolltest du zum Wigwam der Indianer gehen. Kurz bevor du in den Wald kommst.«

Ich war im Begriff, zu gehen, doch als ich gerade an der Tür war, trat sie zu mir und kniff mir in den Arm. »Du bist wahrhaft zurückgekommen«, flüsterte sie, als versuchte sie noch, sich davon zu überzeugen. »O Mark, mein Junge, du bist wirklich da!«

Langsam ging ich über das abgemähte Feld, denn ich hatte über vieles nachzudenken. Ich hatte mich bereits entschieden, war aber noch unsicher. Wie es in meinem Herzen aussah, wusste ich, oder glaubte es zu wissen, doch niemand kann sich der Gedanken eines anderen Menschen sicher sein. Die Sonne brannte mir auf den Rücken. Heugeruch hing in der Luft, und auf dem frisch gemähten Gras waren noch die Spuren einer Sense zu sehen. Ich kam an den Zaun und folgte einem gut ausgetretenen Pfad zum Tor am Wald, das von einem Gewirr aus Nesseln und Brombeeren halb überwuchert war. Auch Himbeerranken waren darunter, restlos abgeerntet. Jemand hatte die Querstange heruntergehoben. Ich trat an die Öffnung und sah eine junge Frau in grauem Kittel mit einem Korb am Arm. Sie stand mit dem Rücken zu mir. Rote Locken traten unter ihrer Haube hervor. Dann hörte sie mich und drehte sich um.

Ich hatte die Pockennarben vergessen. Seit ich sie zum letzten Mal gesehen hatte, war mir viel Schönheit begegnet, und ich hatte vergessen, wie vernarbt sie war. Rote Haarsträhnen fielen ihr in die Stirn. Sie muss einmal sehr gut ausgesehen haben. Ihr Körper – ihre Haltung – war jung und voller Anmut, doch nicht so anmutig wie die, die ich in Erinnerung hatte.

»Mark?« Es war eine Frage, kein Ausruf, als könnte sie nicht recht glauben, dass ich es war.

»Judith hat mir gesagt, ich würde dich hier finden.«

Vielleicht hatte ich in jenem ersten Augenblick mehr Gedanken verraten, als mir bewusst war, denn sie zögerte, als fürchtete sie, ich sei von so weit hergekommen, nur um sie zu verletzen.

»Du hast Judith gesehen? Sie hat dich geschickt? Hast du herausgefunden … Hast du etwas über Rachel erfahren?«

»Ich habe sie gefunden«, sagte ich. »Sie ist wieder bei ihrem Mann. Sie hat ein kleines Mädchen, etwa so alt wie dein Neffe John.«

Sie starrte mich an, und dann begann sie von innen her zu strahlen. Ihr Lächeln war so innig, wie ich es in Erinnerung hatte. »O Mark! Gott hat dir seine Gnade erwiesen! Ich freue mich so für dich. Wie kam es denn dazu?«

Während wir langsam mit nur halb gefülltem Korb über die Wiese zurückschlenderten, erzählte ich meine Geschichte noch einmal. Clemency war überglücklich, dass es ihrer Freundin gut ging und sie in Sicherheit war. Doch ehe wir in den Hof traten, hielt ich sie zurück.

»Ich muss dir noch etwas sagen.«

»Was denn?«, fragte sie rasch. »Ist es etwas Schlimmes?«

»Etwas Schlimmes? Warum?« Ich fasste mir ein Herz. »Clemency, ich möchte dich heiraten. Hier. Und bald. Bei unseren Freunden in Yonge Street. Ich würde dich gern mit zurücknehmen.« Sie sah mich verständnislos an, deshalb stotterte ich weiter. »Nach England, meine ich. Als meine Frau. Ich meine, mein Haus soll auch deins sein, und ich will alles mit dir teilen.«

Sie schenkte mir ein halbes Lächeln, als würde es ihr gefallen. Dann – Frauen sind mir immer unbegreiflich – runzelte sie die Stirn und schwieg. »Warum willst du mich heiraten, Freund?«, fragte sie dann.

»Weil ich dich liebe.« Das stimmte soweit auch, und ich vertraute darauf, dass dieses Gefühl noch anwachsen würde.

Sie schaute mich nachdenklich an. Nie war mir ein Schweigen so lang vorgekommen. Dann sagte sie: »Auch ich muss dir etwas sagen.«

Plötzlich überlief mich ein kalter Schauer, als wäre die Sonne vor der Zeit versunken und hätte einen eisigen Schatten über mich geworfen. Ich war nicht der einzige Mann in Yonge Street … ich hätte es mir denken können. Nie erschien sie mir begehrenswerter als in jenem Augenblick. Ich musste sie fragen. »Was denn?«

»Hat Judith dir erzählt, was in deiner Abwesenheit hier vorgefallen ist? Nein? Hat sie die Kinder der Friedensgöttin nicht erwähnt?«

»Wen?« Ich spürte, wie die Sonne in meinem Herzen leise wieder aufging. »Die Kinder der Friedensgöttin? Wer ist das?«

»Ich habe dir doch in meinem Brief geschrieben, dass David

Willson nicht mehr in Einklang mit den Freunden in Yonge Street lebt.«

»Ja.«

»Er hatte Visionen«, erklärte Clemency. Was kümmerten mich David Willsons Visionen? Aber Clemency waren sie offenbar wichtig, und so schenkte ich der Angelegenheit meine Aufmerksamkeit. »Ich muss es dir sagen, Mark! Es war so: Die Friedensgöttin wandelt durch die Welt, doch wir sehen sie nicht. Sie trägt ein rotes Gewand – rot von dem vielen Blut, das auf der Erde vergossen wird, von all dem Morden der Menschen untereinander, rot vom Blut aller, die seit jeher in Kriegen und blutigen Auseinandersetzungen ihr Leben ließen. Die Friedensgöttin wandelt unter uns, doch wohin sie auch geht, wenden Menschen sich gegen sie, schmähen sie und versuchen sie umzubringen. Immer wenn sie ein Kind unter dem Herzen trägt, kommen wilde Tiere und verschlingen es, sobald es geboren ist. Nie kann sie fruchtbar sein und sich vermehren, denn die Hunde des Krieges werden bis in alle Ewigkeit die Früchte des Friedens fressen. Doch in David Willsons Vision kommt sie wieder zur Erde, und sie trägt zwei Kinder auf dem Arm, die Kinder der Friedensgöttin, und durch sie kann es endlich Frieden werden auf Erden.«

»Ja«, sagte ich. »Ja gut.«

»Mark, versteh mich doch! Wir sind uns hier in Yonge Street so nahe, und wir sind so wenige! Ich wusste nicht, was ich davon halten sollte. Und jetzt bittest du mich, eine andere Entscheidung zu treffen! Ich habe mir immer vertraut, und jetzt kann ich es nicht! Hältst du – ich meine dich, Mark – es denn nicht für möglich, dass du dich irrst?«

»Freundin, ich habe in meinem Leben eine Menge Fehler begangen. Doch das, worum ich dich bitte – nein, da irre ich mich nicht.«

»Du glaubst nicht an Visionen?«

»Das würde ich nicht behaupten«, sagte ich vorsichtig.

»George Fox hatte reichlich Visionen. Ich habe über diese Dinge viel nachgedacht, seit ich dich zuletzt gesehen habe. Wenn wir alle Kinder der Friedensgöttin wären, dann wäre das nicht schlecht. Allerdings muss ich zugeben, dass ich mir in Bezug auf David Willson nicht so sicher bin. Ich traue ihm nicht.«

»Es ist nicht nur David Willson. Es sind die Doans, und … Selbst ein paar von unseren Ältesten, Mark – selbst Amos und Martha Armitage – oh, einige sehr gewichtige Freunde – haben Yonge Street verlassen und gehen zum Gottesdienst zu David Willsons Versammlung – so heißt es bei ihnen. Sie nennen sich Kinder der Friedensgöttin, und wir sind mit ihnen nicht mehr in Einklang.«

»Ich verstehe, warum du dir Sorgen machst.«

»Freund, ich war mehr als besorgt!« Plötzlich wurde sie heftig. »Ich war versucht – oh, mehr, als du dir vorstellen kannst. Es lag nicht nur daran, dass ich einsam und bekümmert war. Nicht nur daran, dass ich glaubte, für immer allein zu sein. Nicht nur mein Schmerz – was ich fühle, was mir zustößt, das ist nur Teil eines größeren Ganzen, das jedem zustößt. Jedes Mal, wenn wir einen Kompromiss schließen, jedes Mal, wenn wir der Welt ihren Lauf lassen und von den Grundsätzen unserer Gesellschaft abweichen – und sei es auch nur ein klein wenig –, dann setzen wir mehr Streit in die Welt, und mehr Leid. Die Kinder der Friedensgöttin … wenigstens haben sie wohl eine klare Vorstellung von einer besseren Welt. Wenigstens werden die Dinge einfach – ja, eine gewisse Einfachheit ist möglich.«

»Einfachheit ist etwas anderes, als sich von der Welt abzukehren.«

»Das habe ich auch nicht gesagt!«

»Nein, und du hast dich den Kindern der Friedensgöttin nicht angeschlossen?«

»Nein, aber was ich dir sagen will, Mark, ich stand nahe davor. Überall herrscht Streit und Tumult. Manchmal denke ich noch immer, ich sollte mich ihnen anschließen. Hast du an dir selber nie festgestellt – nicht einmal in deinem Herzen –, dass du dich bei einer bestimmten Frage nicht in Einklang mit den Freunden verhältst?«

»Doch.« Die Frage hatte gesessen. Meine Gedanken waren in Aufruhr, doch ich versuchte, es nicht zu zeigen. »Doch, aber die Grundsätze unserer Gesellschaft müssen verlässlicher sein als die Eingebungen unseres Herzens. Manchmal mag das schwer einzusehen sein, doch so muss es sein. Du machst – ich meine, wir machen hin und wieder Fehler, und dann müssen wir sie hinter uns zurücklassen.«

»Wenn es nur so einfach wäre!«

»Mädel«, sagte ich. »Nichts ist so einfach wie das, worum ich dich bitte.«

»Das glaube ich nicht«, erwiderte Clemency, doch wenigstens hatte ich sie zum Lächeln gebracht, auch wenn ich mir nicht vorstellen konnte, womit.

Sie hatte mir keine Antwort gegeben, doch vorerst unterließ ich es, sie zu drängen. Als wir hineingingen, waren alle zu Hause, und auf dem Feuer siedete ein Eintopfgericht, das herrlich duftete. An jenem Abend herrschte eitel Freude über unser verlorenes Schaf, das gefunden worden war. Es war auch ein wenig Trauer beigemischt, denn Rachel würde nie wieder zu uns zurückkommen und in Einklang mit den Freunden leben.

Am nächsten Tag war Erster Tag, und wir besuchten die Zusammenkunft. Sie war sehr geschrumpft. Es hieß, mehr als dreißig Mitglieder seien aus den Versammlungen in der Umgebung ausgetreten und hätten sich in Gwilimbury den Kindern der Friedensgöttin angeschlossen. Mir schien, als sei die Versammlung in Yonge Street stark vom Streit in den eigenen Reihen und dem Krieg von außen heimgesucht, und ich fürchtete um ihren Fortbestand. Sie wurden zwar tatkräftig von meiner Tante Judith unterstützt, und sie hießen mich herzlich willkommen. Ich muss aber zugeben, dass ich kein Verlangen hatte, ihnen bei ihrem Kummer beizustehen. Ich wollte nichts lieber als nach Hause zurückkehren, doch das, wozu ich hergekommen war, hatte ich noch nicht bekommen. Ich wartete sieben Tage, die ich nicht untätig verbrachte. In Yonge Street war es Brauch, dass ein jeder auszog, den Nachbarn reihum bei der Ernte zu helfen. Auf diese Weise traf ich alle, die ich bereits beim letzten Mal kennen gelernt hatte, und wurde in ihrer Mitte aufgenommen, als wäre ich nie fort gewesen.

Es gab gewisse Dinge, auf die ich an mir selbst achten musste. Unmerklich hatte ich von unserer einfachen Sprache Abstand gewonnen – bis heute habe ich sie mir noch nicht wieder angeeignet. Zu viel hatte ich mit Menschen geredet, die nicht im Einklang mit unserer Gesellschaft lebten und die eine andere Ausdrucksweise hatten. Außerdem hatte ich zu viele weltliche Bücher gelesen, und nun, da ich es mir zur Gewohnheit hatte werden lassen, konnte ich nicht davon lassen, auch wenn ich es gegenüber den Freunden in Yonge Street nicht erwähnte. Der Freude am Lesen wurde von den Freunden in meiner Heimat mehr Verständnis entgegengebracht, denn dort sind wir an Dichter und dergleichen gewöhnt, selbst in unseren entlegenen Tälern. Mein Kittel aus Hirschleder war mir lieb und wert geworden, und als die Freunde mich freundlicherweise mit einem neuen schlichten Mantel versorgten, legte ich meine Ausstattung aus der Wildnis nur ungern beiseite. Auch einige der Gegenstände in meiner Provianttasche verschwieg ich, besonders die Kette aus Bärenkrallen und meine federgeschmückten Mokassins.[1] Ohne Scheu holte ich allerdings mein Jagdmesser

1 Diese Krallen hängen jetzt am Spiegel über dem Waschtisch in unserem Schlafzimmer, vor dem ich mich jeden Tag rasiere. Die Mokassins waren die wärmsten Hausschuhe, die ich je besaß. Meine Frau hat sie oft für mich geflickt, bis sie zuletzt auseinander fielen. Ich hatte einen Ballen Felle, einschließlich des Bärenfells, mit einem Kanu der North West Company nach Montreal geschickt, wo sie bei William Mackenzie wie abgemacht auf mich warteten. Die Felle

hervor, denn Thomas wollte alles über den Bären wissen und wie wir weit hinter der Grenze in Michigan den Winter mit der Jagd hatten überleben können. Auch meinen Kompass bestaunte er. Nie habe ich ihm gegenüber erwähnt, dass ich auch gelernt hatte, Tabak zu rauchen, doch während ich in Yonge Street war, spürte ich wie nie zuvor das Bedürfnis danach, so sehr, dass ich eines Nachmittags in den Wald zu Mesquacosys Wigwam ging.

Doch im Hochsommer war das Winterlager natürlich einsam und verlassen. Ich betrachtete den Rahmen des Wigwams und die leere Feuerstelle, und zu meiner Überraschung hätte ich beinahe Tränen vergossen. Da wurde mir schlagartig bewusst, dass das, was vorbei war, nie wiederkehren würde.

Am achten Tag ging ich nach dem Essen noch einmal mit einem Rechen auf die abgemähte Wiese, denn ich fand keine Ruhe und beschäftigte mich damit, ziellos ein paar liegen gebliebene Halme aufzusammeln. Die Baumwipfel im Westen waren mit einem goldenen Schimmer überzogen, doch unten auf der Wiese krochen die Schatten über das gemähte Gras und besprenkelten es sacht mit Tau. Die Kühle des Abends war in der Luft zu riechen. Ich sehnte mich nach meinem Zuhause und nach etwas Handgreiflicherem. Ich wünschte, ich hätte etwas Tabak, wenn die Mücken mich auch an jenem Abend nicht belästigten. Ich kam ans Ende einer langen Reihe, schaute auf und lehnte mich auf den Rechen.

Clemency saß auf dem Weidezaun und beobachtete mich. Sie hatte die Füße wie ein Junge auf eine Stange gestellt und das Kinn in die Hände gestützt. Das ungemähte Gras unter dem Zaun war dicht mit Butterblumen und Wicken durch-

sind inzwischen ziemlich abgenutzt, doch den Läufer vor dem Kamin hier drinnen will ich nicht auswechseln. Alan und Caleb würden es nicht zulassen: Sie haben als Kleinkinder darauf gelegen, als Jungen wild darauf herumgetobt und sich lang darauf ausgestreckt, um sich durch meine Bibliothek zu lesen. Sowohl meine Söhne als auch ich wollten in diesem Raum nicht das Geringste verändern.

wachsen. Clemencys Haube saß wie üblich schief, und eine dicke rote Locke wellte sich über ihre Schulter.

»Deine Haube ist verrutscht.«

»Ja.« Sie seufzte. »Andauernd.« Sie hob die Hände, um sie gerade zu rücken.

Ich ließ den Rechen fallen, trat zu ihr und zog ihr die Haube ganz vom Kopf. Es war, wie ich gedacht hatte: Wirres Haar breitete sich wie eine Wolke um ihren Kopf. Sie gaffte mich an, und unter ihren Narben errötete sie. »Was *tust* du da, Mark?«

»Was machst *du* hier, beobachtest mich und sagst nichts? Wie lange sitzt du schon hier?«

»Gib mir die Haube wieder!«

»Wolltest du zu mir?«

»Gib mir die Haube wieder!«

»Nein.« Ich zog sie vom Zaun herunter und hielt sie über den Ellenbogen an beiden Armen fest. »Willst du mich heiraten?«

Sie schaute mir bekümmert in die Augen. »Ich liebe dich«, sagte sie schlicht. »Aber du … ich weiß nicht. Ich hätte nie gedacht, dich wiederzusehen.«

Das Bild vom Strand auf Bois Blanc schoss mir durch den Kopf, schneller als ein Augenaufschlag. Das hier war nicht anders, nur konnte es nicht genauso geschehen, diesmal nicht. Mit Clemency musste es nach Art der Freunde gehen. »Ich liebe dich«, sagte ich. »Das habe ich dir gesagt. Ich würde gern von Quebec aufbrechen, noch ehe der Winter einsetzt. Meine Eltern warten auf mich, und ich will zu Hause sein. Sie werden dich wie ihre eigene Tochter willkommen heißen, das weiß ich. Ich muss von dir jetzt nur wissen, ob es ja oder nein ist.«

»Ja«, sagte sie, und damit war die Sache zwischen uns ein für alle Mal geklärt.

Die gesamte Versammlung von Yonge Street kam, um unsere Eheschließung zu bezeugen, und in ihren Beiträgen sprachen sie von dem Einklang, der immer zwischen ihnen und uns als Freunde herrschen würde, obwohl der große Ozean uns schon bald trennen und wir uns auf dieser Welt nie wiedersehen würden.[2]

2 Da Judith in Yonge Street blieb, erhielten wir mindestens einmal im Jahr Nachrichten über die Versammlung dort. Sie informierte uns auch darüber, wie es mit den Kindern der Friedensgöttin weiterging. 1825 begannen sie, in Gwilimbury ihren großen Tempel zu bauen, den sie mit Fahnen schmückten, auf denen David Willsons Visionen zu sehen waren, und in dem Gebäude selbst, so Judith, spielten sie Musik und sangen, womit sie sich von den Grundsätzen der Religiösen Gesellschaft, aus der sie stammten, weit entfernten. Da Judith vor sieben Jahren Yonge Street verlassen hat und zu den Freunden nach Philadelphia gegangen ist, hören wir nur noch sporadisch etwas von der Versammlung in Yonge Street. Thomas ist ein schlechter Briefpartner, und in den seltenen Fällen, in denen er seiner Schwester einmal schreibt, hat er uns außer der Wetterlage und dem Stand der Ernte nichts mitzuteilen. Es wäre netter für Clemency, wenn er ihr mehr über seine wachsende Familie und die Freunde in der Versammlung schriebe; doch ein Mann ist, wie er ist, und ich bin sicher, sollten wir Thomas noch einmal wiedersehen, wäre es, als hätten wir uns gerade erst gestern voneinander verabschiedet.

Nachwort der Autorin

Ich schlug die letzte Seite um. Vor mir lag ein unbeschriebenes Blatt. An den Rändern waren ein paar braune Flecken. Ich konnte – wollte – es nicht glauben. Ich wendete jede Seite, bis der Papierstapel zu Ende war. Elf Seiten. Alle, aber auch alle vollkommen leer, zum Verrücktwerden. Mark hatte mich zu guter Letzt betrogen. Unter meiner Hand war noch ein täuschend dicker Stapel Papier gewesen, als ich die letzte Seite umgeschlagen hatte. Wie konnte er mich so sitzen lassen, ohne ein Wort der Warnung oder des Abschieds an die Leserin, die ihm auf Schritt und Tritt bis hierher gefolgt war? Er hatte mir nicht einmal erzählt, wie er und Clemency nach Hause kamen. Auch diese endgültig letzte Seite war wie alle anderen dicht beschrieben, ohne Hinweis darauf, dass er noch viel Platz übrig hatte für alles, was er noch sagen wollte.

Ich habe alles unternommen, um noch mehr herauszubekommen. Ich weiß nicht, ob sein restliches Leben ereignislos verlief. Ich kann nur sagen, dass es zumindest in Archiven und Erzählungen der Leute aus dem Ort nicht überliefert ist. Nichts ist von ihm geblieben außer den üblichen Daten über Geburtstag, Eheschließungen und Sterbefälle. (Wann Mark gestorben war, wusste ich schon seit Wochen: Er war in den Siebzigern, und Clemency überlebte ihn um zwei Jahre.) Da er Quäker war, ist nicht einmal sein Grabstein markiert. Vermutlich wurde er auf dem Friedhof in Mosedale beigesetzt, der dem Versammlungshaus gleich gegenüberliegt. Zu Lebzeiten muss er in der Öffentlichkeit immer schweigsam gewesen sein. Auf seine private Geschichte bin ich als Lauscherin gestoßen, wie eine Diebin in der Nacht, und ich kann seine Stimme nur auf den gestohlenen Seiten hören. Unwillkürlich muss ich an all die anderen Geschichten denken, die dem Schweigen anheim gefallen sind, all die Stimmen, die nie wieder zu hören sein werden.

Während ich an meinem Schreibtisch sitze, höre ich es auf dem Dachboden hämmern, wo die Bauarbeiter an meinem neuen Arbeitszimmer zu Gange sind (gestern und vorgestern waren sie gar nicht da). In wenigen Wochen werde ich mit Computer und dem ganzen Papier an meinen neuen Arbeitsplatz umgezogen sein. Im Augenblick habe ich einen provisorischen Schreibtisch am Wohnzimmerfenster. Ich schaue zur Landspitze von Derwentwater hinaus, und zwischen den Regenschauern kann ich verwaschen im Nebel Grasmoor sehen, wie einen bleichen Geist. Vorige Woche bin ich auf den Gipfel von Grasmoor gestiegen. Auch auf Blencathra war ich: Man kommt direkt von unserer Hinterpforte aus auf die östlichen Hänge. Wenn ich nach oben umziehe, wird mir diese Aussicht fehlen. Hier hat Mark gesessen. Genau hier. Er hat wirklich hier gesessen, und für ihn war es die Gegenwart, so, wie sie es jetzt für mich ist.

Was mich stärker als alles andere interessieren würde – ich weiß, es ist unsinnig –, ist, ob er sich den einzigen Wunsch erfüllt hat, den er je zum Ausdruck brachte. Hat er tatsächlich jeden Bergkamm im Lake District erwandert, von Swarthmoor nach Caldbeck, von Gosforth nach Shap? Bei meinen Recherchen habe ich mich an die Dinge gehalten, die ich sicher weiß, doch im tiefsten Innern kann ich denken, was ich will – und ich habe entschieden, dass er es geschafft hat.

Die Wikingerfahrt nach Amerika – erzählt aus der Sicht einer Frau

Wenn sie ihnen den Rücken zukehrt, tuscheln die Frauen über sie. Gudrid habe das zweite Gesicht, vielleicht sogar Zauberkräfte, raunt man. Erst als die schöne Isländerin mit dem Sohn Eriks des Roten verheiratet wird, verstummen die Gerüchte. Aber Gudrid ist nicht glücklich, denn Thorstein hat nur eines im Kopf: Vinland, wo es Wild, Fisch, Holz und Wein im Überfluss geben soll. Gudrid wird von Visionen gequält. Die Männer schlagen ihre Warnungen in den Wind. Gudrid muss mit auf die große Fahrt. Aber schon bald scheint es, als sollten ihre Ahnungen sich auf entsetzliche Weise erfüllen …

Margaret Elphinstone
Der Weg nach Vinland
Roman
Deutsche Erstausgabe

Ein Blick zwischen Unschuld und Verführung und das Schimmern einer Perle ...

Wer war die geheimnisvolle Unbekannte, die Vermeer so unvergesslich auf die Leinwand gebannt hat? Ein bezaubernder Roman – Liebesgeschichte und holländisches Genrebild zugleich.

»Sinnlich gemalte Sprache – ein barocker Hochgenuss.«
Berliner Morgenpost

»Eine reizvolle Kunst-Geschichte«
Stern

Tracy Chevalier

Das Mädchen mit dem Perlenohrring

Roman

List Taschenbuch

»Schräg, überraschend – und gut«
GALA

Die New Yorker Literaturdozentin Elizabeth soll das Drehbuch zu einem modernen Film über Emma Bovary schreiben. Ein glanzvoller Auftrag, an dem die erfolgreiche Wissenschaftlerin jedoch bald zu scheitern droht – trotz der kraftvollen Unterstützung durch ihre Mutter Greta und Großmutter Lotta. Darüber hinaus gerät das ganze Familienleben aus den Fugen, denn Greta verliebt sich … Ein modernes Buch über die Liebe: hintergründig, humorvoll und lebensweise.

Cathleen Schine
Tage mit Emma
Roman
ISBN-13: 978-3-548-60551-7
ISBN-10: 3-548-60551-6

List Taschenbuch